*Zum Buch:*

Für die Modedesignerin Caroline Shelby waren die Sterne zum Greifen nah. Bis ihr New Yorker Chef ihre Entwürfe stahl und dann ihre beste Freundin plötzlich starb. Aber Caroline lässt sich nicht unterkriegen. Sie zieht mit den verwaisten Kindern an den einzigen Ort, der ihnen ein sicheres Zuhause bietet: in das kleine Küstenörtchen Oysterville am Westpazifik. Hier begegnet sie ihrer ersten großen Liebe Will wieder, und die Frauen ihres Heimatorts tun sich zusammen, um bei ihrem Neuanfang zu helfen. Doch dann droht Caroline die Kinder zu verlieren …

»Susan Wiggs hat ein verschachteltes Patchwork aus alten Wunden und Neuanfängen, Liebe und der heilenden Kraft von Freundschaft geschaffen, umsäumt von einer herrlichen Kleinstadtgemeinde, die ihre eigenen Geheimnisse birgt.«
SPIEGEL-Bestsellerautorin Lisa Wingate

*Zur Autorin:*

Das Leben der Nummer-1-New-York-Times-Bestsellerautorin Susan Wiggs dreht sich um drei Dinge: Familie, Freunde und Fiktion. Sie lebt mit ihrem Mann, ihrer Tochter und dem Hund auf einer Insel im nordwestlichen Pazifik. Ihre Romane stehen regelmäßig auf den internationalen Bestsellerlisten, sind in 25 Sprachen übersetzt und werden weltweit millionenfach verkauft. Obwohl sie gerne wandert, fotografiert und Ski fährt, macht sie es sich am liebsten mit einem guten Buch auf der Couch bequem.

*Lieferbare Titel:*

Für immer in meinem Herzen
Was mein Herz dir sagen will

*Susan Wiggs*

# Wie Sterne am Himmel

Roman

Aus dem amerikanischen Englisch von
Ivonne Senn

mtb

MIRA® TASCHENBUCH

1. Auflage: März 2020
Deutsche Erstausgabe

Originaltitel: »The Oysterville Sewing Circle«
Erschienen bei: William Morrow,
an imprint of HarperCollins *Publishers*, US

Published by arrangement with
HarperCollins *Publishers* L.L.C., New York

Umschlaggestaltung: zero-media.net, München
Umschlagabbildung: Purestock, Xuanyu Han / Getty Images
Lektorat: Annkatrin von Roth
Satz: GGP Media GmbH, Pößneck
Printed in Germany
Dieses Buch wurde auf FSC®-zertifiziertem Papier gedruckt.
ISBN 978-3-7457-0062-6

www.mira-taschenbuch.de

*Für die Überlebenden*

# Prolog

In der dunkelsten Stunde der Nacht, kurz vor Anbruch der Morgendämmerung, rollte Caroline Shelby mit ihrem Wagen nach Oysterville hinein; ein Ort am äußersten Rand des Staates Washington. Das kleine Örtchen ruhte an der Spitze einer schmalen Halbinsel, die gebogen wie ein lockender Finger zwischen der ruhigen Bucht und dem tobenden Pazifik lag.

Sie war zu Hause.

Zu Hause an einem Ort, den sie für immer hinter sich gelassen hatte. An einem Ort, der ihr Herz und ihre Erinnerungen hielt, aber nicht ihre Zukunft – das hatte sie zumindest bis zu diesem Moment geglaubt. Die chaotische, überstürzte Reise hierher hatte ihre Nerven zerfranst und ihren Blick getrübt, und beinahe hätte sie den Schatten übersehen, der sich am Fahrbahnrand bewegte und dann auf die Straße schoss.

Sie wich dem trippelnden Opossum gerade noch rechtzeitig aus und hoffte, dass die Kinder von der ruckartigen Bewegung des Wagens nicht geweckt wurden. Ein Blick in den Rückspiegel verriet ihr, dass sie tief und fest schliefen. Träumt weiter, sagte sie stumm zu ihnen. Nur noch ein kleines bisschen länger.

Vertraute Wegzeichen tauchten an der neben einem Wasserweg verlaufenden Straße auf, als sie Long Beach durchquerte, den größten Ort der Insel. Im Gegensatz zu seinem bekannteren Namensvetter in Kalifornien gab es in Washingtons Long Beach eine Promenade, Karussells, ein Gruselkabinett und eine Sammlung anderer Merkwürdigkeiten, wie die größte Pfanne der Welt und eine aus Holz geschnitzte Schwertmuschel von der Größe eines Surfbretts.

Mehrere kleine Siedlungen und Kirchencamps lagen an der Hauptstraße, die nach Oysterville führte – ein Dorf, das von der Zeit vergessen worden war. Die Siedlung am Ende der Welt.

So hatten sie und ihre Freundinnen den Ort immer halb im Scherz genannt. Nie hätte sie gedacht, einmal wieder hier zu enden.

Und nie hätte sie gedacht, hier den ersten Mann wiederzusehen, den sie je geliebt hatte.

Will Jensen. Willem Karl Jensen.

Anfangs hielt sie ihn für eine Erscheinung, getaucht in den nebligen Schein der Natriumdampflampen, die die Kreuzung zwischen der Küstenstraße und dem Ortszentrum beleuchteten. Um diese Uhrzeit sollte sich doch niemand auf den Straßen herumtreiben, oder? Niemand außer gewitzte Otter, die um die Austernflotten herumglitten, oder Waschbär- und Opossumfamilien, die sich über die umgekippten Mülleimer hermachten.

Und doch war er hier, in seiner ganzen, fast eins neunzig großen, verschwitzten Pracht in einem T-Shirt, auf dessen Rücken sich der Schriftzug *Jensen* über seine breiten Schultern spannte. Joggend führte er eine Schar von Teenagerjungen in Sweatshirts der *Peninsula Mariners* und Laufschuhen an. Langsam fuhr sie auf der Gegenfahrbahn an der Gruppe vorbei, um ihnen ausreichend Platz zu lassen.

Will Jensen.

Natürlich würde er ihr Auto nicht erkennen, doch vielleicht würde er sich über das New Yorker Nummernschild wundern. In einem so kleinen Ort und so weit von der Ostküste entfernt, fielen den Einheimischen solche Dinge in der Regel auf. Vor allem, weil niemand aus New York je hierherkam. Sie war so lange fort gewesen, dass sie sich wie ein Fisch an Land fühlte.

Wie ironisch, dass sie nach zehn Jahren des Schweigens nun beide wieder hier gelandet waren, wo alles angefangen – und geendet hatte.

Die einzige Ampel im Dorf schaltete auf Rot, und als Caroline anhielt, erscholl ein wütendes Brüllen vom Rücksitz. Das Geschrei riss sie aus ihren Gedanken zurück in die Gegenwart. Flick und Addie hatten die anstrengende Fahrt quer durchs Land ohne Murren ertragen – vermutlich in einer Mischung aus Schock, Verwirrung und Trauer. Doch jetzt, da sie ihr Ziel fast erreicht hatten, ging den Kindern die Geduld aus.

»Hunger«, jammerte Flick, den der abrupte Tempowechsel aus dem Schlaf gerissen hatte.

Ich hätte einfach bei Rot rüberfahren sollen, dachte Caroline. Niemand außer den frühmorgendlichen Joggern hätte es gesehen. Sie wappnete sich gegen den erneuten Ansturm von Besorgnis und rief sich dann zum wiederholten Male in Erinnerung, dass sie und die Kinder in Sicherheit waren. *In Sicherheit.*

»Ich muss mal«, sagte Addie. *»Dringend.«*

Caroline biss die Zähne zusammen. Im Rückspiegel sah sie, dass Will und sein Team zu ihr aufschlossen. Zu ihrer Rechten befand sich der *Bait & Switch Fuel Stop*, die kleine Tankstelle mit Supermarkt, die auch Anglerbedarf verkaufte. Das Neonschild flackerte schwach vor dem blau-schwarzen Himmel. *24 Stunden geöffnet*, genau wie damals, als sie und ihre Freundinnen hierhergekommen waren, um sich für ein paar Pennys Süßigkeiten und Drachenschnur zu kaufen. Mr. Espy, der Besitzer des Ladens, hatte immer behauptet, er wäre ein halber Vampir, weshalb er jahrzehntelang nachts an der Kasse gestanden hatte.

Sie bog auf den Parkplatz ein und hielt vor dem Laden an. Ein Bündel Morgenzeitungen lag auf der Fußmatte vor der Tür. »Ich hol dir hier was zu essen«, sagte sie zu Flick. »Und du kannst auf Toilette gehen«, fügte sie an Addie gewandt hinzu.

»Zu spät«, erklang die kleine, verlegene Stimme. »Ich habe in die Hose gemacht.« Dann brach Addie in Tränen aus.

»Igitt!«, rief Flick. »Das stinkt.« Und dann fing auch er an zu weinen.

Die Lippen fest zusammengepresst, um ihre Gereiztheit zu unterdrücken, löste Caroline den Gurt, stieg aus und hob

Addie von ihrer Sitzerhöhung. »Wir machen dich schnell sauber, meine Süße«, sagte sie und ging zur Rückseite des verbeulten Kombis, um aus einer der Taschen eine frische Unterhose und eine Leggins zu holen.

»Ich will zu meiner Mama«, schluchzte Addie.

»Mama ist nicht hier«, erwiderte Flick. »Mama ist tot.«

Addies Weinen steigerte sich zu einem Brüllen.

»Es tut mir leid, Liebes«, sagte Caroline, obwohl sie wusste, dass diese tröstenden, aber gleichwohl abgenutzten Worte niemals die verständnislose Trauer einer Fünfjährigen durchdringen konnten. Mit einem finsteren Blick in Richtung Flick sagte sie: »Das ist nicht hilfreich.« Dann nahm sie die kleine Hand des Mädchens. »Komm.«

Eine Glocke erklang, als sie die Ladentür öffnete. Caroline drehte sich gerade rechtzeitig um, um zu sehen, dass Flick in wütendem, blindem Zorn in die andere Richtung auf die Straße zulief. »Flick!«, rief sie. »Komm sofort zurück.«

»Ich will zu meiner Mama«, schluchzte Addie erneut.

Caroline ließ ihre Hand los. »Warte hier und rühr dich nicht vom Fleck. Ich muss eben deinen Bruder holen.«

Er war schneller, als ein Sechsjähriger es sein sollte, und schoss im Halbdunkel wie der Blitz über den feuchten Asphalt des Parkplatzes. Innerhalb von Sekunden wurde er vom Nebel verschluckt, während er in Richtung des Sumpfes hinter dem Laden lief, in dem Cranberrys wuchsen. »Flick, komm sofort zurück!«, brüllte Caroline und rannte los. »Ich schwöre …«

»Ganz ruhig«, erklang da eine tiefe Stimme. Ein großer Schatten kam in Sicht und blockierte dem Jungen den Weg.

Caroline eilte hinüber. Vor Erleichterung wurden ihr die Knie weich. »Danke«, sagte sie und packte Flick an der Hand.

Der Junge riss sich von ihr los. »Lass mich in Ruhe!«

»Flick …«

Will Jensen ging in die Hocke und versperrte ihm erneut den Weg. Dann schaute er dem Jungen direkt in die Augen. »Du heißt Flick?«

Der Junge blieb ganz still stehen, nur seine Brust hob und senkte sich unter seinen heftigen Atemzügen. Er funkelte Will, diesen fremden Mann, böse und misstrauisch an.

»Ich bin Coach Jensen«, sagte Will und zeigte eine geübte Leichtigkeit im Umgang mit dem Jungen. »Du bist ein ganz schön schneller Läufer, Flick. Vielleicht wirst du eines Tages in mein Team kommen. Ich bin Trainer für Football und Geländelauf. Wir trainieren jeden Morgen.«

Flick nickte kurz. »Okay«, sagte er.

»Cool. Denk darüber nach. Einen schnellen Läufer kann unser Team immer gebrauchen.«

Caroline konnte Will nur stumm anstarren. Es hatte eine Zeit gegeben, da hatte sie die Haltung seiner Schultern, die Form seiner Hände, das Timbre seiner Stimme ganz genau gekannt.

Will richtete sich auf. Sie spürte den Moment, in dem er sie wiedererkannte. Sein gesamter Körper spannte sich an, und die freundliche Miene wich einem Ausdruck der Verwunderung. Leicht kniff er seine blauen Augen zusammen und sagte: »Hey, Fremde. Du bist zurück.«

*Hey, Fremder.*

So hatte sie ihn in ihrer Jugend zu Beginn eines jeden Sommers begrüßt. Sie war auf der Halbinsel aufgewachsen, umgeben vom Meerwasser, das ihr durch die Adern floss, und dem Sand vom Strandrestaurant ihrer Eltern, der ihre Füße bestäubte wie Zimt einen Donut. Will Jensen war einer der Sommergäste aus der Stadt gewesen – gebildet und privilegiert –, und er war jedes Jahr im Juni an die Küste gekommen.

*Du bist zurück.*

Doch jetzt wurde die jahrzehntealte Begrüßung nicht von dem vorfreudigen Grinsen begleitet, das sie jedes Mal beim ersten Treffen ausgetauscht hatten. Als Kinder hatten sie sich immer die Abenteuer ausgemalt, die sie erwarteten – mit den Drachen an den endlosen Stränden entlanglaufen, nach Schwertmuscheln graben, während die Brandung ihre sonnengebräunten, nackten Füße umspülte, das schüchterne Drängen der jugendlichen Anziehungskraft spüren, nach dem mythischen grünen Blitz Ausschau halten, wenn die Sonne über dem Meer unterging, am Lagerfeuer aus Treibholz sitzen und Geschichten erzählen.

Jetzt sagte sie nur: »Jupp, das bin ich.« Dann ergriff sie Flicks Hand und wandte sich in Richtung *Bait & Switch*. »Komm, gehen wir zu deiner Schwester.«

Der Eingang des Ladens, wo sie das kleine Mädchen zurückgelassen hatte, lag verlassen da.

Von Addie keine Spur.

»Wo ist sie hin?«, fragte Caroline und schaute sich um. Dann setzte sie sich in Bewegung und zog Flick mit sich. »Addie?«, rief sie, als sie den Laden betrat. Ein kurzer Blick zwischen die Regale ergab nichts. Und auch in den Spiegeln, die in den Ecken hingen, war nichts zu entdecken. »Haben Sie ein kleines Mädchen gesehen?«, fragte sie den schläfrig wirkenden Jungen an der Kasse. Nicht Mr. Espy, sondern ein übergewichtiger Jugendlicher, der ein Spiel auf seinem Handy spielte. »Sie ist fünf Jahre alt und hat milchkaffeebraune Haut, genau wie ihr Bruder.« Sie zeigte auf Flick.

»Ist Addie verschwunden?«, fragte Flick und schaute sich hektisch zwischen den Regalreihen um.

Der Junge an der Kasse zuckte nur mit den Schultern und strich sich die Haare aus dem Gesicht. »Hab keinen gesehen.«

»Ich habe sie vor nicht mal einer Minute direkt hier an der Tür zurückgelassen.« Eine Eisschicht legte sich um Carolines Herz. »Addie!«, rief sie. »Adeline Marie, wo bist du? Hilf mir, sie zu suchen. Sie kann nicht weit sein«, sagte sie zu dem Jungen.

Will, der ihr in den Laden gefolgt war, wandte sich an sein Team aus verschwitzten Athleten, das inzwischen zu ihnen gestoßen war. »Helft sie suchen!«, befahl er. »Ein kleines Mädchen namens Addie. Vor einer Minute war sie noch hier. Kommt schon, bewegt euch.«

Die Jungs – ungefähr ein halbes Dutzend – verteilten sich auf dem Parkplatz und riefen Addies Namen.

Caroline fand die Leggins und die Unterhose neben der Tür. »Sie musste mal. Ich habe ihr gesagt, sie soll warten. Ich war nur eine Minute weg.« Ihre Stimme zitterte vor Entsetzen. »O mein Gott …«

»Wir finden sie. Such du im Laden«, sagte Will.

Sie schnappte sich die Sachen und stopfte sie in ihre Jackentasche. »Bleib bei mir, Flick«, befahl sie. »Lass meine Hand nicht los, verstanden?«

Sein süßes, rundes Gesicht war wie versteinert, seine Augen vor Furcht weit aufgerissen. »Addie hat sich verlaufen«, sagte er. »Das wollte ich nicht.«

»Vor einer Minute war sie noch hier«, erwiderte Caroline. »Addie! Wo bist du, Süße?« Sie schritten jeden Gang ab, schauten unter und sogar auf den Regalen nach. Der Laden schien sich nicht verändert zu haben. Sie kamen an Gläsern mit Süßigkeiten und Tüten mit Marshmallows vorbei. Es gab Unmengen an Anglerbedarf und eine laut vor sich hin brummende Tiefkühltruhe mit Ködern und Eiscreme. Dazu Tütensuppen und *Willapa-Bay*-Panade zum Frittieren von Austern und Fisch. Ein Schild wies auf Produkte von einheimischen Produzenten hin – Mais, Brot, Eier von der *Seaside Farm*, Milch von *Smith's Dairy*. Carolines Mutter hatte sie oder ihre Geschwister immer zu *Bait & Switch* geschickt, um schnell noch etwas zu kaufen: Brot, Erdnussbutter, Toilettenpapier, Cupcake-Förmchen … Mit fünf Kindern im Haus fehlte ihnen ständig irgendetwas.

Methodisch nahm sie sich einen Gang nach dem anderen vor. Sie sah auch zweimal auf der Toilette nach. Der träge Kassierer setzte sich endlich auch in Bewegung und suchte im Lager. Aber nirgendwo eine Spur von Addie.

Guter Gott. Verfluchter Mist, sie war erst seit einer Woche für diese Kinder zuständig, und schon hatte sie eines von ihnen verloren. Sie kamen mitten aus Hell's Kitchen in New York

City, und hier, in dem womöglich kleinsten Örtchen Amerikas, war Addie verloren gegangen.

Caroline öffnete ihre Handtasche und holte ihr Handy heraus. Kein Signal. Kein gottverdammtes Signal.

»Ich muss mal dein Handy benutzen«, sagte sie und griff sich das Telefon des Kassierers vom Tresen. »Ich rufe die Polizei.«

Der Junge zuckte mit den Schultern. Im gleichen Moment steckte Will den Kopf zur Tür herein und rief: »Ich habe sie gefunden!«

Carolines Beine drohten unter ihr nachzugeben. Sie legte das Telefon wieder zurück. »Wo ist sie? Geht es ihr gut?«

Er nickte und winkte sie mit dem Finger zu sich. Schwach vor Erleichterung schnappte sie sich Flick und folgte Will hinaus zu Angeliques Auto – das vermutlich jetzt mein Auto ist, dachte Caroline.

Sie beugte sich vor und schaute durchs Fenster. Da lag Addie zusammengerollt auf dem Rücksitz und schlief. In der Hand hielt sie ihr Lieblingsspielzeug, eine Wonder-Woman-Puppe mit langen schwarzen Haaren. Caroline atmete tief ein. »Gott sei Dank. *Addie.*«

»Einer der Jungs hat sie entdeckt«, sagte Will.

Mit reumütiger Miene stieg Flick auf der anderen Seite ein.

Caroline ließ sich kurz gegen den Wagen sinken und versuchte sich zu beruhigen. Die überstürzte Abreise, die scheinbar endlosen Tage auf der Straße, ihre fürchterlichen Ängste und ihre Verwirrung, das schwindelig machende Gefühl, dass ihr Leben immer mehr außer Kontrolle geriet – all das brach in einer großen Welle der Erschöpfung über ihr zusammen.

»Geht es dir gut?«, fragte Will.

Ein Echo seiner Worte hallte Caroline durch den Kopf. Vor zehn Jahren hatte er sie das Gleiche gefragt, in der Nacht, in der alles zusammengebrochen war. *Geht es dir gut?*

Nein, dachte sie, mir geht es nicht einmal ansatzweise gut. Hatte sie das Richtige getan, indem sie hierhergekommen war? Sie nickte. »Danke für die Hilfe. Auch an deine Jungs.«

»Ich richte es ihnen aus.«

Obwohl so viele Jahre ins Land gegangen waren, hatte er sich nicht groß verändert. Er wirkte nur … solider, vielleicht. Geerdet vom Leben. Groß und sportlich, mit kantigem Kiefer wie der typische All-American-Boy, doch mit gütigen Augen und einem fröhlichen Lächeln. Das jetzt schwand.

»Ich nehme an … du bist auf dem Weg zum Haus deiner Eltern?«

»Ja, sie erwarten mich.« Leichtes Grauen überkam sie bei dem Gedanken daran, wie sie willkommen geheißen würde. Doch das war nichts im Vergleich mit der Situation, aus der sie geflüchtet war.

»Das ist gut.« Er räusperte sich und ließ seinen Blick über sie gleiten, über das verbeulte Auto mit den hastig gepackten Habseligkeiten darin, über die kleinen Kinder auf dem Rücksitz. Dann sah er Caroline eindringlich an. In seinen Augen standen Fragen, die zu beantworten sie viel zu müde war.

Sie erinnerte sich daran, wie er sie auch ohne Worte verstanden hatte, jede ihrer Stimmungen hatte er spüren können. Das war alles so lange her; es war in einer Ära gewesen, die zu anderen Menschen in einem anderen Leben gehört hatte. Jetzt war er ein Fremder. Ein Fremder, den sie nie vergessen hatte.

Er ging um den Wagen herum und schloss die Kofferraumklappe. Dabei huschte sein Blick über das darin herrschende Durcheinander – in Eile gepackte Taschen, ihre alte, auseinandergebaute Tischnähmaschine, ihre Overlock-Nähmaschine, Kisten mit ihren bescheidenen Besitztümern. Er drückte die Klappe zu und drehte sich zu Caroline um.

»Du bist also zurück«, sagte er.

»Ja, ich bin zurück.«

Er schaute durch das Wagenfenster. »Die Kinder …?«

Nicht jetzt, dachte sie. Es war alles viel zu kompliziert, um es jemandem zu erklären, den sie kaum mehr kannte. Im Moment musste sie einfach nur nach Hause.

»Das sind meine«, sagte sie schlicht und stieg ein.

# 1. TEIL

# 1. Kapitel

NEW YORK CITY
*Fashion Week*

Das Dampfbügeleisen stieß eine Wolke aus, die durch den Backstagebereich schwebte, wo Caroline arbeitete. Sie und einige andere vom Mick-Taylor-Design-Team überprüften und beschrifteten die einzelnen Kleidungsstücke in Vorbereitung auf die Show und hängten sie ordentlich auf. Die Luft hier hinten war stickig von den Glühlampen der Schminkspiegel, den Strahlern und dem Gedränge von zu vielen Menschen auf zu engem Raum.

Wenn ein Spitzendesigner kurz davor stand, seine Arbeit der Öffentlichkeit zu präsentieren, war die Energie beinahe mit den Händen zu greifen. Trotz des Stresses und der Anspannung liebte Caroline diese Momente kurz vor der Show. Die heutige Veranstaltung war für sie besonders aufregend, weil einige der Entwürfe, die sie für Micks Label designt hatte, gezeigt werden würden. Das war nicht ganz das Gleiche, wie eine eigene Modelinie zu haben, aber es war definitiv ein Schritt in diese Richtung. Ihre Arbeitstage für Mick waren lang und anstrengend, und doch nutzte sie jede freie Minute, um an ihrer eigenen Kollektion zu arbeiten. Sie verzichtete auf Mittagspausen, Zeit mit Freunden und Schlaf. Sie war ehrgeizig. Sie tat alles, was nötig war.

Für Mick Taylor war die heutige Show ebenfalls wichtig. Die letzten Saisons war es ihm nicht gelungen, die Modekritiker und Influencer zu beeindrucken, und die Investoren wurden langsam nervös. Einkäufer für Luxuskaufhäuser wollten von den Socken gehauen werden. Mick und seine Chefdesignerin waren angespannt. Die gesamte Branche lauerte darauf, zu sehen, ob er es schaffen würde, wieder an die Spitze der Nahrungskette zu klettern.

Das gesamte Team war angehalten worden, sich auf den Wow-Effekt zu konzentrieren, der den Designer wieder in den Mode-Olymp befördern sollte. Rilla Stein, besagte Chefdesignerin, verlangte viel von ihren Mitarbeitern. Sie war verbissen und beinahe grimmig in ihrer Loyalität Mick gegenüber. Die meisten Teammitglieder hatten Angst vor ihr. Mit ihren Cat-Eye-Brillen und Peter-Pan-Kragen sah sie zwar aus wie eine Bibliothekarin aus einem Zeichentrickfilm, aber sie hauchte dem Atelier Feuer ein und hatte die Persönlichkeit einer Grubenotter.

»Hey, Caroline, kannst du mir hier zur Hand gehen?«, rief Daria. Das Model machte aufgrund seiner Schwangerschaft eine Pause vom Laufsteg und arbeitete in der Zwischenzeit als Stylistin. Ihr »Mädchen von nebenan«-Look und der wachsende Babybauch bildeten einen starken Kontrast zu Angelique, Micks derzeitigem Lieblingsmodel, das gerade auf einer umgedrehten Kiste stand. Angelique war das heißeste Laufstegmodel der Stadt. Sie hatte nicht mal bei den Castings mitmachen müssen, sondern war von Mick sofort zu seiner neuen Muse ernannt worden.

Sie war gefragt, weil sie es verstand, sich in Szene zu setzen und sich in Lichtgeschwindigkeit umzuziehen – manchmal in gerade einmal dreißig Sekunden. Sie hatte ausgeprägte hohe Wangenknochen, volle Lippen und eine winzige Lücke zwischen den Vorderzähnen. In ihren weit auseinanderstehenden Augen lag immer ein Schatten des Geheimnisvollen. Daria hatte sie mit knalligen Farben geschminkt und Angeliques Haare in einem Wirbel hochgesteckt, um ihre Gesichtszüge noch stärker hervorzuheben. Wenn man Angelique nicht kannte, hatte sie etwas leicht Furchteinflößendes an sich. Doch sie war eine von Carolines besten Freundinnen in der Stadt, und anstatt Angst vor ihr zu haben, fühlte sie sich von ihr inspiriert.

Orson Maynard, ein Klatschreporter und Fashion-Blogger, stellte Angelique gerade seine neueste Praktikantin Becky Barrow vor. »Sie arbeitet für mich an einem Blog-Post und wollte dich mal kennenlernen«, sagte Orson.

»Das hast du jetzt ja.« Angeliques Miene wurde weicher, als sie die Hand von Becky schüttelte, die sie voller Bewunderung anschaute. Angelique hatte begeisterte Fans in der Modewelt. Mick selbst hatte sie bei einem Shooting an einem der atemberaubenden Strände ihrer Heimatinsel Haiti entdeckt. Der Spitzendesigner war dafür bekannt, in Länder der Dritten Welt zu reisen und einheimische Talente für seine Modeshootings zu nutzen. Er war sogar mit einem Preis für sein humanitäres Engagement in den Orten, die er besuchte, ausgezeichnet worden.

»Das muss so aufregend gewesen sein, als Mick dich entdeckt hat«, sagte Becky. »Ich würde so gerne hören, wie das gelaufen ist. Und ist es okay, wenn ich das alles aufnehme?«

Angelique nickte. In den richtigen Blogs erwähnt zu werden war wichtig. »Ach, das war keine sonderlich große Geschichte. Ich war erst sechzehn und so grün hinter den Ohren wie Dünengras. Natürlich dachte ich, ich wäre darauf vorbereitet, weil ich es so gerne wollte. Haiti hat einige der schönsten Strände der Welt. Jedes Mal, wenn ich gehört habe, dass in der Nähe von Port-au-Prince ein Shooting stattfand, bin ich dahin, habe mich nützlich gemacht, alle möglichen Aufgaben übernommen und alles wie ein Schwamm in mich aufgesaugt. Ich habe gelernt, wie man geht, wie man posiert. Ich habe den Umgang mit Make-up gelernt und wie man schminkt. Dann habe ich angefangen, nach bezahlter Arbeit zu fragen. Alles, was kam – Sachen holen und bringen, Erledigungen übernehmen, übersetzen, weil die Leute aus den USA immer einen Übersetzer brauchten.«

»Und so hat Mick Taylor dich entdeckt.« Becky war hingerissen.

»*Entdeckt* ist nicht ganz das richtige Wort. Ich bin ihm bei einem Shooting aufgefallen, als ich noch zu jung zum Arbeiten war. Und dann wieder bei einem Shooting ein Jahr später. Damals hatte ich schon meinen Sohn Francis – er ist jetzt sechs. Ja, ich war eine echte Teen-Mom.«

»Du bist eine fabelhafte Mom, und Flick ist umwerfend«, warf Daria ein.

»Ein Jahr danach bekam ich Addie und konnte nach New York kommen.«

»Er hat dein Leben verändert.«

»Wo wir gerade von Veränderungen sprechen«, sagte Orson und stupste Caroline an. »Ich habe gehört, du stellst deine eigenen Entwürfe im *Emerging Talent*-Programm aus.«

»Das tue ich«, bestätigte Caroline betont lässig. Doch insgeheim freute sie sich wahnsinnig über diese Gelegenheit. Sie wandte sich an Becky. »Aber schreib das nicht in deinem Blog. Es ist nicht mein erstes Mal, aber ich bin noch ein Geheimtipp.«

»Du hast also schon vorher ausgestellt?«

»Mehrmals.«

Das *Emerging-Talent*-Programm war, wie der Name schon sagte, ein Programm zur Nachwuchsförderung. Es wurde von einem Konsortium bestehend aus etablierten Designern finanziert, die eine Non-Profit-Organisation gegründet hatten, um junge Künstler zu fördern, und war in der New Yorker Fashionwelt höchst angesehen. Eine Jury aus Experten der Branche schaute sich die Arbeiten von verschiedenen Designern an. Der oder die Auserwählte bekam die Chance, die eigene Kollektion auf dem größten Laufsteg der jeweiligen Saison zu zeigen.

Wenn die ausgewählten Designs die richtigen Leute beeindruckten, konnte das der Anfang einer erfolgreichen Karriere sein.

»Fünf Minuten noch!«, rief eine der Produktionsassistentinnen.

»Wir kommen am Ende der Show noch mal vorbei«, sagte Orson. »Um den Rest der Geschichte zu hören.«

Die Atmosphäre im Raum wurde noch hektischer. Mit kritischem Blick musterte Caroline das Jersey-Kleid mit Cut-Outs, das sie entworfen hatte. Zu dem Look gehörte ein experimenteller Serape-Umhang, der aus dem Garn eines recycelten Seiden-Saris gefertigt worden war. Rilla hatte Einspruch gegen das handgewebte Stück erhoben, aber Caroline war standhaft geblieben. Worüber sie jetzt, wo sie Angelique mit ihrer für die Show frisierten Haare und dem Make-up sah, froh war. Der Look war faszinierend, wie aus einer anderen Welt, und ein atemberaubender Auftakt für die Show.

»Du bist eine Fantasiefrau«, sagte Caroline. »Die Leute werden umfallen, wenn sie dich sehen.«

Angelique lachte leise. »Ich möchte aber doch keine Unfälle verursachen, *Chérie*.« Sie neigte den Kopf, trat dann von der Kiste herunter und machte ein paar Probeschritte.

»Umwerfend«, sagte Caroline. »Du bist das lebende Beispiel dafür, wie man in der Öffentlichkeit an seinem Ex vorbeilaufen sollte.« Sie zögerte, dann sagte sie: »Wo wir gerade vom Ex sprechen, was ist mit Roman?«

Vor ein paar Wochen hatte Angelique sich verliebt. Roman Blake, ein Fitnessmodel für eine große Sportmarke, war wie der perfekte Partner erschienen. Er war unglaublich attraktiv, an den richtigen Stellen tätowiert, hatte einen rasierten Kopf, der ihn noch besser aussehen ließ, und war – laut Angelique – der Hammer im Bett. Die wenigen Male, die Caroline ihn getroffen hatte, fand sie ihn einschüchternd. Er hatte einen harten Glanz in den Augen und redete nicht viel. Letzte Woche hatten er und Angelique Schluss gemacht.

Angelique murmelte etwas auf Kreolisch, ihrer Muttersprache, das keiner Übersetzung bedurfte. »Ich nehme an, er ist jetzt das Problem einer anderen«, sagte sie dann auf Englisch.

»Und du?«, fragte Caroline. »Geht es dir gut?«

»Mir geht es fabelhaft.« Angelique drehte sich um, sodass der Serape wie Flügel hinter ihr aufflatterte. »Ich glaube, das hat etwas mit diesem umwerfenden Outfit zu tun, das ich anhabe.«

Caroline beschloss, nicht weiter nachzuhaken. Sie, Angelique und Daria waren zwar befreundet, doch Angelique war immer sehr zurückhaltend, was ihr Privatleben betraf. »Danke«, sagte sie. »Gefällt es dir wirklich?« Sie zog sich ständig selbst in Zweifel.

»Wirklich, *copine*.« Angelique ließ ein Lächeln aufblitzen, das im Widerspruch zu ihrer üblichen Coolness stand.

»Ich schulde dir was für diesen Auftritt«, sagte Caroline. Angelique hatte Caroline und Rilla einander vorgestellt, was dazu geführt hatte, dass sie diesen Job bekommen hatte. »Wenn ich je etwas für dich tun kann …«

»Mal sehen … Du könntest mein Konto ausgleichen? Meine Kinder erziehen? Eine größere Wohnung für mich finden?« Angelique steckte die Zunge heraus. »Nur ein paar kleine Gefallen.«

»Ist quasi schon erledigt.« Caroline dachte an ihr eigenes spärlich gefülltes Konto und ihre entsprechende Wohnung. Sie könnte sich keine Kinder leisten, selbst wenn sie welche hätte haben wollen.

Angelique stellte sich wieder auf die Kiste und überprüfte ihr Make-up im Spiegel. »Deine Kleider tragen zu dürfen ist Dank genug«, sagte sie, und Caroline spürte eine Welle von Dankbarkeit.

»Ich liebe alles an diesem Look«, sagte Daria. »Der wird ein echter Showstopper, glaub mir.«

»Danke, Dar.« Caroline schaute die beiden an – zwei umwerfende Schönheiten auf langen Beinen. »Im Himmel ist ein Platz für besonders loyale Freunde reserviert.« Sie hatte enormen Respekt vor dem, was die beiden als Models leisteten. Doch sie selbst hatte nie den Drang verspürt – geschweige denn das Aussehen gehabt –, es ihnen gleichzutun.

Die Branche konnte hart, teilweise sogar brutal sein. Täglich konnte sie miterleben, wie junge Frauen kaum genug Geld für ihren Lebensunterhalt verdienten, zusammengepfercht in überfüllten Wohnungen hausten und sich abrackerten, um über die Runden zu kommen. Zu viele von ihnen – selbst einige der erfolgreichsten Models – litten unter Essstörungen, finanzieller Ausbeutung durch ihre Agenturen, sexuellen Übergriffen und Einsamkeit.

Als Designerin kämpfte sie ständig mit ihrem Gewissen. Sie war Teil einer Industrie, die die Models auf einen harten, gefährlichen Weg schickte. Schon früh hatte sie sich geschworen, es anders zu machen. Ihre Entwürfe waren dazu gemacht, an jeder Frau schön auszusehen, nicht nur an denen mit Size Zero.

Die Luft fing an zu vibrieren, als Mick höchstpersönlich im Backstagebereich auftauchte und ein aufgeregtes Tuscheln auslöste. Trotz seines Rufs in der Modewelt sah er nicht sonderlich bemerkenswert aus – im Gegenteil, er wirkte beinahe bescheiden. Er war mittleren Alters, trug eine schlichte Jeans und ein Polohemd und hatte das freundliche Gesicht eines Lieblingsonkels. Aber diese Augen. Sie waren von dem klarsten, strahlendsten Blau, das Herz einer Flamme, und so scharf, dass sie nicht in dieses durchschnittliche Gesicht zu gehören schienen.

Als er in der Modewelt aufgetaucht war, hatte die Presse ihn als einen Jedermann bezeichnet, dessen innovative Designs sich nahtlos auf tragbare Looks übertragen ließen. Aufstrebende Designer wie Caro betrachteten ihn als den perfekten Mentor – er ermutigte, ohne zu viel zu verlangen, kritisierte, ohne einen niederzumachen. Sie arbeitete gerne für ihn, weil sie so viel von ihm lernen konnte. Wenn man ihn jetzt so sah, würde man nicht denken, dass seine Marke auf wackligen Beinen stand und er gerade von einem Ausflug in die Entzugsklinik zurückgekommen war.

Er durchquerte den vollen Raum, blieb hier und da stehen, um einen Kommentar abzugeben oder etwas zu richten, begrüßte Models und Designer mit einem freundlichen Lächeln. Rilla, sein Schatten, folgte ihm und machte weitere Korrekturen, wobei sie überhaupt nicht freundlich wirkte.

»Schau an, schau an«, sagte Mick, als er zu Angelique kam, die immer noch auf der Kiste stand. Sie sah aus wie eine Göttin, den Blick geradeaus gerichtet, als würde sie seine Existenz kaum wahrnehmen. »Das ist also unser heutiger Lead-Look.«

Caroline hielt den Atem an, während er das Outfit musterte. Als er sich zu ihr umdrehte, wäre sie beinahe ohnmächtig geworden.

»Ist das deine Arbeit?«, fragte er.

»Ich … Ja. Ja, das ist von mir.« Nicht stottern, Caroline, ermahnte sie sich. Sei stolz darauf.

Rilla hielt ihr Klemmbrett hoch und sagte mit leiser Stimme etwas zu Mick.

Er nickte.

Als er endlich wieder das Wort ergriff, war Caroline vor Aufregung halb tot. Hatte sie etwas falsch gemacht? Hasste er es? War der recycelte Sari zu anspruchsvoll? Würde Mick darauf bestehen, die Show mit einem anderen Look zu eröffnen?

Nachdenklich musterte er das Outfit. Caroline hatte Stunden daran gearbeitet, um es perfekt zu machen. Mick ging einmal um Angelique herum, dann wandte er sich wieder Caroline zu. »Das ist brillant«, sagte er. »Wie heißt du noch mal?«

»Caroline Shelby«, stieß sie erleichtert aus.

»Gute Arbeit, Ms. Shelby.« Er hob den Daumen und schlenderte weiter.

»Richte den Armausschnitt«, sagte Rilla kurz angebunden.

Caroline ließ sich gegen Daria sinken. »Es gefällt ihm.«

Daria klatschte mit ihr ab. »Es gefällt ihm!«

»Hilf mir, herauszufinden, was mit dem Armausschnitt nicht in Ordnung ist.« Caroline hob Angeliques Ellbogen.

Angelique zuckte zusammen und atmete scharf ein.

»Oh, sorry! Habe ich dir wehgetan? Steckt da noch irgendwo eine Nadel drin?« Caroline schob den Umhang beiseite. Ihr fiel ein kleiner Concealer-Fleck am Halsausschnitt des Kleides auf. Sie schnappte sich einen Wattepad und rieb vorsichtig darüber. Dabei sah sie eine schillernde Prellung, die von Angeliques Rippen bis zu ihrer Achselhöhle reichte. »Hey, was ist denn da passiert? Daria, hast du das gesehen?«

»Nein.« Daria runzelte die Stirn. »Das sieht schmerzhaft aus, Ange. Was hast du denn da gemacht?«

»Ach, das.« Angelique winkte ab. »Ich bin gestolpert und die Treppe hinuntergefallen. Manchmal bin ich so ungeschickt.«

Caroline verspürte einen Anflug von Besorgnis. »Du bist nicht ungeschickt«, sagte sie und tauschte einen Blick mit Daria, die sie aus großen Augen anschaute. »Du bist eines der elegantesten und grazilsten Models im Business. Hat dir jemand wehgetan?«

Eine Produktionsassistentin mit Headset und Klemmbrett rauschte an ihnen vorbei. »Zwei Minuten!«, rief sie ihnen zu.

»Ich sagte doch, ich bin gefallen«, murmelte Angelique.

Caroline wusste nicht, was sie tun sollte. Ihre Hände arbeiteten unabhängig von ihrem Gehirn und korrigierten Armausschnitt, während sie die Prellung ihrer Freundin musterte. »So sieht es aber nicht aus. Sprich mit mir.«

»Kümmere dich um die Änderungen«, sagte Angelique, »und mach nicht aus einer Mücke einen Elefanten.«

Vielleicht ist es wirklich nichts, sagte Caroline sich. Extrem dünne Models neigten dazu, schnell blaue Flecken zu bekommen, was noch etwas war, worüber man sich Sorgen machen sollte. Aber vielleicht sollte sie auf das hören, was ihr sich leise meldender Instinkt ihr verriet – Angelique steckte in Schwierigkeiten.

»Wenn du je etwas brauchst … vielleicht einfach nur mal reden willst …«

»Ich hasse es, zu reden.«

»Ich weiß. Ich hingegen rede ständig.«

»Ich weiß«, bestätigte Angelique.

»Es ist nur … Ich helfe dir, wann immer du mich brauchst. Das meine ich ernst. Zu jeder Tages- und Nachtzeit kannst du zu mir kommen oder mich anrufen.«

Angelique verdrehte die Augen. »Hör mal, ich bin auf mich allein gestellt, seitdem ich sechzehn bin. Eine Treppe hinunterzufallen ist wirklich die geringste meiner Sorgen.«

»Alle auf Position!«, rief jemand. »Hier drüben aufstellen.« Eine Assistentin reihte die Models am seitlichen Bühneneingang auf.

»Denk daran, was ich gesagt habe«, wiederholte Caroline. »Wenn du je etwas brauchst, ich kann dir helfen …«

»*Nom de Dieu*, hör einfach auf.« Angeliques Gesicht erstarrte zu einer hoheitlichen Maske, als sie sich auf ihren Walk vorbereitete. Ein Profi vom Scheitel bis zur Sohle, straffte sie die Schultern und schlüpfte in ihre Rolle für die Show. »Wir müssen arbeiten.«

»Wir sind mit dieser Unterhaltung noch nicht fertig«, sagte Caroline.

»Doch, das sind wir.« Angelique stieg von der Kiste und folgte einer Produktionsassistentin in Richtung Aufstellung, wo sie mühelos den Platz ganz vorne in der Reihe einnahm.

Vom Laufsteg drang Musik zu ihnen herüber, und die Monitore im Backstagebereich zeigten ein volles Haus. Carolines Blick hing wie gebannt an ihnen.

»Ich mache mir Sorgen um sie«, sagte sie zu Daria, als sie Angeliques Weg durch die Menge an die Spitze der Aufstellung verfolgte.

»Ich mir auch. Hat sie sich gestritten? Hat jemand sie geschlagen?«

»Ich habe sofort an Roman Blake gedacht«, sagte Caroline. »Sie haben zwar Schluss gemacht, aber was ist, wenn er das nicht so gut aufgenommen hat?«

»In dem Fall ist es besser, dass das mit ihnen vorbei ist«, entgegnete Daria.

In Caroline blitzte eine Erinnerung von vor ein paar Wochen auf. Sie war mit einer Gruppe von Freunden im *Terminus* gewesen, einem Club, der bevorzugt von Models und Schauspielerinnen besucht wurde. Dort hatte sie Angelique und Roman auf der Dachterrasse gesehen. Ihre Haltung war angespannt gewesen, und sie hatten sich hitzig unterhalten. Roman hatte Angeliques Arm gepackt, und sie hatte sich von ihm losgerissen und war weggegangen. An jenem Abend hatte Caroline nichts gesagt. Jetzt wünschte sie, sie hätte es getan.

»Vermutlich hast du recht.«

»Und wir könnten uns auch irren«, sagte Daria, während sie die Utensilien in ihrem großen Make-up-Koffer sortierte. »Ich bin mal während eines Shootings vom Pferd gefallen und sah tagelang aus wie ein Zombie. Wie stehen die Chancen, dass es genauso war, wie sie gesagt hat, und sie die Treppe hinuntergefallen ist?«

»Wann bist du das letzte Mal eine Treppe hinuntergefallen?« Caroline machte einen Schritt zurück, als immer mehr Models sich auf den Weg zum Lineup machten. Ein weiterer ihrer Entwürfe schwebte an ihr vorbei, aber sie war zu abgelenkt, um ihn sich noch einmal genau anzuschauen. »Ich hoffe, wir sehen Roman nie wieder.«

Daria nickte. »Könnte es jemand anders sein? Ein neuer Typ? Jemand aus ihrer Vergangenheit? Was weißt du über den Vater ihrer Kinder?«

»Sie hat mal gesagt, dass er keine Rolle in ihrem Leben spielt, und ihn danach nie wieder erwähnt.«

Daria zeigte auf den Backstage-Monitor. »Sieh sie dir nur an. Mein Gott, Caroline.«

Auf dem Monitor war das Geschehen auf dem Laufsteg zu sehen. Angelique befand sich auf dem Höhepunkt ihrer Karriere und führte eine der wichtigsten Kollektionen der Saison an. Die dramatische Lichtshow und die sinnliche Musik von Sade umflossen ihre aufrechte, förmlich schwebende Gestalt, während sie den Laufsteg eroberte. Die Zuschauer hielten den Atem an, beugten sich vor und verschlangen sie mit den Blicken.

»Sie sieht aus wie eine verdammte Königin«, flüsterte Daria. »Und das Outfit …«

Caroline konnte ein Lächeln nicht unterdrücken, als sie sah, dass das von ihr entworfene Design Aufregung in der Menge auslöste. Die einflussreichsten Modekritiker und Blogger kritzelten oder tippten hektisch ihre Notizen, während ein regelrechtes Blitzlichtgewitter ausbrach.

Angelique wirkte wirklich wie eine Königin. Der umstrittene Umhang floss wie eine Königsrobe hinter ihr her. Wie ein Opfer sah sie definitiv nicht aus.

# 2. Kapitel

An dem Tag, an dem sie ihre Originalentwürfe der Jury vorstellen sollte, verließ Caroline ihre Wohnung im Meatpacking District. Die kühle Luft war von dieser besonderen Klarheit, die selbst den abgestumpftesten New Yorker den Blick zum strahlend blauen Himmel heben ließ.

Das Licht des Nachmittags tauchte die gesamte Umgebung in einen seltenen goldenen Schimmer. Die Temperatur war perfekt für Jeans und Stiefel und einen kuscheligen Pullover. Unter diesen Bedingungen war es unmöglich, die aufregendste Stadt der Welt nicht zu lieben. Caroline nahm das Wetter als Zeichen von oben. Die Leute neigten dazu, den Herbst in New York City zu romantisieren, und das aus gutem Grund. Wenn das Wetter der Stadt ein Geschenk machte, war es immer spektakulär.

Sie rollte die Kleiderstange mit den verhüllten Entwürfen neben sich die Straße hinunter und summte dabei innerlich vor Aufregung. Ihre beiden laufstegerfahrenen Freundinnen ragten wie Türme neben ihr auf: Daria und Angelique. Die beiden würden ihr helfen, ihre Designs der Jury vorzustellen, die die Aufgabe hatte, den nächsten Kandidaten für das *Emerging-Talent*-Programm auszusuchen. Als sie an dem Flagship-Store von Diane von Furstenberg vorbeikamen, dessen blitzblanke Schaufenster den Rahmen für die ikonischen Designs bildeten, wurde Caroline nervös.

»Ich sterbe«, sagte sie. »Was ist, wenn sie meine Entwürfe hassen?«

»Sie werden sie lieben«, versicherte Angelique. Selbst ohne kunstvoll frisierte Haare und ungeschminkt sah sie immer noch umwerfend aus. Sie hatte einen langen, schlanken Hals und bewegte sich mit einer natürlichen Eleganz. »Diese Leute haben Geschmack.«

Caroline schenkte ihr ein dankbares Lächeln. »Ohne euch würde ich das hier nicht schaffen«, gestand sie.

»Würdest du schon, aber ich freue mich, dass ich dich unterstützen kann.«

»Wie geht es dir?«, fragte Caroline zögerlich. Sie wollte nicht neugierig sein, konnte aber den Anblick des von blauen Flecken überzogenen Körpers ihrer Freundin nicht vergessen.

»Fabelhaft«, erwiderte Angelique mit einem Lächeln. »Ich bin bereit, zu sehen, wie du die Jury mit dieser Kollektion vom Hocker haust.«

»So etwas wie das haben die noch nie gesehen«, warf Daria ein. Sie war im achten Monat schwanger und legte deshalb eine Pause mit dem Modeln ein, aber mit ihrem dicken Bauch und den weichen Gesichtszügen war sie genau das, was Caroline jetzt brauchte.

Sie war zu pleite, um ihre Models zu bezahlen, aber sie hatten einen Tauschhandel gemacht. Caroline nähte die Schulkleidung für Angeliques Kinder Flick und Addie. Für Daria hatte sie eine sechsteilige Umstandsgarderobe entworfen, und Daria schwor, dass sie jedes Mal, wenn sie ein Teil davon trug, gefragt wurde, wo sie es gekauft hatte.

»Hast du Krämpfe in den Beinen gehabt?«, fragte Daria jetzt Angelique, während sie nebeneinander hergingen. »Ich meine, während der Schwangerschaften.«

»O ja. Vor allem bei Flick. Als ich mit meinem kleinen Jungen schwanger war, haben mich die Krämpfe die ganze Nacht wach gehalten. Probier doch mal, vor dem Zubettgehen eine Banane zu essen. Das Kalium könnte helfen.«

Caroline versuchte, sich ihre Freundin schwanger vorzustellen. Angelique war damals gerade sechzehn oder siebzehn Jahre alt und auf Haiti schon auf sich allein gestellt gewesen. Erst war Flick gekommen, ein Jahr später dann Addie – ohne Partner, ohne Hilfe. Bei dem Gedanken fühlte Caroline sich beinahe schuldig für ihre total normale Familie in Washington State.

»Musstest du auch alle paar Stunden aufstehen, um zu pinkeln?«, fragte Daria weiter. »Mir kommt es vor, als wenn ich in letzter Zeit nichts anderes mehr mache.«

»Willkommen im dritten Trimester«, sagte Angelique. »Betrachte es als Training für das kommende nächtliche Stillen.«

»Bei euch beiden klingt es so wunderbar, Kinder zu kriegen«, merkte Caroline ironisch an.

»In welchem Krankenhaus bist du gewesen?«, erkundigte sich Daria.

»Das war in Port-au-Prince.« Angelique wandte schnell den Blick ab und wich einem Riss im Bürgersteig aus. »Ich bin nach New York gekommen, als die beiden Babys waren. Addie habe ich damals noch gestillt. Daran erinnere ich mich, weil mir bei einem Vorstellungsgespräch in einer Agentur die Milch ausgelaufen ist.«

»Oje.«

»Du hättest ihre Gesichter sehen sollen. Sie haben mich aber trotzdem unter Vertrag genommen, und dank Mick musste ich nicht mal ein Casting mitmachen.«

»Sie wären auch verrückt gewesen, wenn sie dich nicht genommen hätten«, warf Caroline ein. »Du bist unglaublich.«

Der Ort, an dem der Design-Wettkampf stattfand, war ein höhlenartiges, lichterfülltes altes Gebäude, das einst ein Lagerhaus für Metzger gewesen war. Nun war es das Zentrum des Design-Distrikts, ein Sammelplatz, der vor Kreativität förmlich platzte. Als sie sich der großen Flügeltür näherten, verlangsamte Caroline ihre Schritte.

»Du wirkst nervös«, merkte Daria an und half ihr, den Kleiderständer an einem Foodtruck, vor dem sich die Menschen drängten, vorbei in den Backstagebereich zu schieben.

»Was ist, wenn sie die anderen Sachen besser finden?« Caroline musterte die anderen hoffnungsvollen Designer, die ebenfalls darauf warteten, ihre Entwürfe zu präsentieren. Die meisten von ihnen kannte sie, wenn auch nur vom Sehen. Die Welt der Designer war klein, und die große Menge an Talenten sorgte für einen erbitterten Wettbewerb.

»So darfst du nicht denken«, schalt Daria sie.

»Bin ich ein schrecklicher Mensch, weil ich das hier so sehr will?«, fragte Caroline. Die Veranstaltung war in der Modewelt sehr anerkannt, und die Einsätze hätten kaum höher sein können. Schon mehrmals hatte sie an dem Wettbewerb teilgenommen, es jedoch nie in die engere Auswahl geschafft. Ihre Kollektion war nicht edgy genug gewesen. Nicht geschmackvoll genug. Nicht mutig genug. Zu mutig. Zusammenhanglos. Nicht umsetzbar. Sie hatte schon alles gehört.

»Ganz schrecklich, *Chérie*«, zog Angelique sie auf.

»Das ist heute mein sechster Versuch«, sagte sie. »Wenn es dieses Mal auch nicht klappt …«

»Was dann?«, hakte Daria nach.

Caroline atmete tief durch. Sie erinnerte sich an etwas, das sie mal irgendwo gelesen hatte: *Frag nicht, wer dich hereinlässt. Frag, wer dich aufhalten soll.* »Dann versuche ich es noch einmal.«

»Du gibst niemals auf«, sagte Daria. »Das gefällt mir an dir. Heute wird dein Tag. Aller guten Dinge sind sechs.« Sie tätschelte ihren dicken Bauch. »Das ist unsere Chance, und du hast dir den Arsch dafür aufgerissen. Das kann nicht schiefgehen.« Sie befühlte einen der Entwürfe. »Was ist das für ein Stoff?«

Caroline hatte die Schutzhülle von der Kleiderstange heruntergenommen und machte sich jetzt an ihren Entwürfen zu schaffen. »Das ist Seidenjersey. Den Schimmer erhält er von einem eingewebten Kupferfaden.« Die Entwürfe mussten fehlerfrei und makellos sein. Kein loser Faden, kein Staubflöckchen. Sie hatte Stunden in die Entwürfe investiert, und sie wollte, dass sie auf dem Laufsteg strahlten.

Während sie ihre Models im Backstagebereich stylte, krochen die alten Zweifel in ihr hoch. Auf dieser winzigen Fläche war so viel Talent versammelt, dass es schon beinahe lächerlich war. Einige der anderen Designer waren genau wie sie aufs *Fashion Institute of Technology* gegangen. Andere kannte sie von Jobs in den großen Modehäusern. Und sie waren gut. Sie sah spektakuläre Kleider, Palazzo-Hosen, dramatische Etuikleider, handbemalte Stoffe und Formen, die die Models wie lebende Statuen einhüllten.

Sie spürte aber auch die Aufmerksamkeit, die ihr galt – und das aus gutem Grund. Es kam nicht jeden Tag vor, dass eine Designerin mit einem schwangeren Model und jemandem, der so bekannt war wie Angelique, auftauchte. Aber Darias Schwangerschaft war ein Schlüsselelement in Carolines Show. Eine Kollektion wie diese zu entwickeln war höchst riskant, das wusste sie. Sie wusste aber auch, dass die größten Erfolge in ihrer bisherigen Laufbahn möglich gewesen waren, weil sie ein Risiko eingegangen war. Vor zwei Jahren hatte sie den Job bei Mick Taylor ergattert, indem sie eine Regenwetterkollektion gezeigt hatte, die die Farbe änderte, wenn der Stoff nass wurde.

Daria und Angelique standen hinter einem Paravent und legten letzte Hand an ihre Looks. Angelique trat einen Moment beiseite. »Ich möchte, dass du einen Glücksbringer bei dir trägst«, sagte sie und hielt ihr ein geflochtenes Armband mit Muscheln hin. »Als kleines Mädchen habe ich am Strand Kaurimuscheln gesammelt und daraus Armbänder gemacht, die ich an die Touristen verkauft habe. Die Muschel ist ein Symbol des Meeresgeistes des Reichtums und der Erde, und sie bietet den Schutz der Göttin – einen sehr mächtigen Schutz, weil er mit der Stärke des Ozeans verbunden ist.«

Caroline streckte ihren Arm aus, damit Angelique die drei Bänder um ihr Handgelenk knoten konnte. »Du bringst mich noch zum Weinen«, sagte sie. »Womit habe ich nur eine Freundin wie dich verdient?«

Angelique antwortete nicht, sondern trat nur einen Schritt zurück und sagte: »So, nun bist du beschützt. Und jetzt zieh los und zeige ihnen, was du kannst.«

Caroline schob die Kleiderstange zurück in den Showroom. Die fünfköpfige Jury saß an einem Tisch, der von Papieren, Kameras, Handys und Kaffeebechern übersät war, und bestand aus prominenten Persönlichkeiten der Modewelt – die Chefredakteurin eines Modemagazins, ein Modekritiker und drei Topdesigner, die alle ganz wild darauf waren, ein neues Talent zu entdecken. Ich kann auf so viele Arten scheitern, dachte Caroline und hoffte, dass die Jury nicht sah, wie sehr sie schwitzte.

Sie trat vor die Kleiderstange und öffnete den Reißverschluss der Hülle, die sie für den Weg hierher wieder über die Kleidungsstücke gestülpt hatte. Maisie Trellis, die Kritikerin, setzte sich eine Lesebrille auf und warf einen Blick auf das Tablet, das vor ihr auf dem Tisch lag. »Du bist Caroline Shelby aus Oysterville, Washington.«

Caroline nickte. »Ja, dort bin ich aufgewachsen. Das liegt so weit im Westen, wie man nur gehen kann, bevor man ins Meer fällt.«

»Erzähl uns ein wenig von deinem bisherigen Berufsweg.«

»Ich bin auf dem *Fashion Institute of Technology* gewesen und arbeite seitdem als Freelancerin. Mein erster Job nach dem Studium war das Aufarbeiten von Vintage-Modellen. Ich habe Änderungen gemacht, im Akkord gearbeitet, alles, was mir half, meine Miete zu bezahlen.«

»Und jetzt entwirfst du für Mick Taylor.«

»Ja, ich habe gerade die Arbeit an einer Prêt-à-porter-Kollektion für ihn beendet.«

»Erzähl uns von deinen Entwürfen«, bat Maisie und schaute über den Rand ihrer Brille zu Carolines Kleiderstange.

Caroline atmete tief durch. Jetzt war der Moment gekommen. »Ich nenne diese Linie *Chrysalis.*« Sie zog die Hülle von der Kleiderstange. Stoffe in warmen Erd- und Himmelstönen schimmerten im Herbstlicht, das durch die Fenster fiel. Daria trat hinter dem Paravent hervor. Ihre Schwangerschaft sorgte für Gemurmel in der Jury. Der Stoff umhüllte ihren Bauch wie ein hauchdünner Kokon und umfloss sie bei jedem Schritt. Als Nächstes kam Angelique heraus, eine schlanke, schmale Göttin in einem ähnlichen Look.

»Meine Kleider werden nach der Geburt des Kindes nicht überflüssig«, erklärte Caroline, ermutigt von den Mienen der Jurymitglieder. »Das Oberteil verwandelt sich wie ein Kokon – daher der Name *Chrysalis*.«

Mit einem dramatischen Schwung führte Angelique die Verwandlung vor. Die göttliche Tunika konnte nach oben gehoben und an der Schulter befestigt werden. »So entsteht eine Trageschlinge für das Baby und ein Sichtschutz für die stillende Mutter«, fuhr Caroline fort. »Dieses Kleidungsstück wird die Schwangerschaft und auch die Stillzeit überdauern.«

Dann zeigte sie Stück für Stück den Rest der Kollektion. Jedes Kleidungsstück konnte durch verschiedene Arten, es zu drapieren oder zu befestigen, verändert werden. Die Stoffe waren nachhaltig produziert und mit Akzenten aus Perlmutt versehen als Verneigung vor Carolines Kindheit am Meer. An den Schultern aller Stücke hatte sie ein kleines, markantes Markenzeichen angebracht: eine stilisierte Nautilusmuschel aus schimmerndem Garn.

»Was war deine Inspiration für diese Kollektion?«, fragte einer aus der Jury. »Hast du Kinder?«

»Nein, habe ich nicht.« In einem Anflug von Ehrlichkeit fügte sie hinzu: »Ich bezweifle auch, dass ich jemals Kinder haben werden. Ich bin das mittlere von fünf Geschwistern und bin in meiner geschäftigen Familie irgendwie untergegangen. Ich mag die Kinder anderer Leute, aber ich liebe meine Unabhängigkeit. Mich inspirieren Menschen wie Angelique und Daria. Sie sind arbeitende Mütter und haben es verdient, jeden Tag schöne Sachen zu tragen – während der Schwangerschaft, in der Stillzeit und danach. Außerdem ist es mein Beitrag zur Nachhaltigkeit. Ich schätze, das hören Sie oft. Nachhaltigkeit ist ja derzeit ein Modewort, und wir alle stellen uns die Frage, was wir mit dem Müllberg anfangen sollen, der durch weggeworfene Kleidung entsteht. Meine Schwangerschaftstunika kann als Stilloberteil und Tragetuch weitergetragen werden, und der Stoff für die meisten Stücke stammt von CycleUp.« Das war der Industriestandard für recycelte Stoffe.

Caroline beobachtete, wie die Jury jedes einzelne Teil ihrer Kollektion genau anschaute. Das Herz klopfte ihr bis zum Hals. Ihre Handwerkskunst war fehlerfrei, jeder Stich saß an der richtigen Stelle, jede Falte war messerscharf. Sie wusste, dass das hier ihre bisher beste Arbeit war. Und als die Vorführung langsam zum Ende kam, verspürte sie Stolz. »Das ist das Beste, was ich habe. Ich hoffe, es gefällt Ihnen. Danke, dass Sie mir die Gelegenheit gegeben haben, Ihnen meine Arbeit zu zeigen.«

Die Jury besprach sich, stellte weitere Fragen, machte sich Notizen. Dann entließ Maisie sie mit einem undurchdringlichen Blick. »Wir sind fasziniert, Caroline Shelby. Aber wir haben heute noch einiges vor uns. Wir melden uns bei dir.«

# 3. Kapitel

Caroline schleppte den schweren Koffer die Treppe von ihrer Wohnung ins Erdgeschoss hinunter. Zu einer Show brachte sie immer alles für Notfälle mit: Stoffe und Garne, Nadeln, eine Schere, Make-up, Handtücher, eine Taschenlampe und doppelseitiges Klebeband, dazu Taschentücher für den Fall, dass eines der Models einen Nervenzusammenbruch bekam … oder einer der Designer.

Sie würde heute keinen Nervenzusammenbruch kriegen. Ganz im Gegenteil. Der heutige Tag markierte einen großen Sprung in ihrer Karriere. Endlich, nach so vielen Fehlschlägen und Beinahe-Erfolgen, war ihre Chrysalis-Linie für das *Emerging-Talent*-Programm ausgewählt worden. Die Kollektion mit ihrem Namen würde auf dem Laufsteg vor der gesamten Mode-Elite der Stadt gezeigt werden.

Wenn sie die richtigen Leute beeindruckte, würde sie die Chance erhalten, eine eigene Modelinie unter ihrem Namen herauszubringen.

Das würde, wie sie wusste, ihr gesamtes Leben verändern. Die Leute zu Hause hatten nie verstanden, was sie tat, was sie antrieb. Sicher, sie waren nett gewesen, hatten gesagt, dass sie ihre Kreativität bewunderten. Und doch schien Carolines Leben und ihre Arbeit für sie ein Mysterium zu bleiben. Ihre Einstiegsjobs, die meist aus vielen Stunden Arbeit für geringe Bezahlung bestanden hatten, waren ihnen undankbar und wenig lohnenswert vorgekommen. Was in ihrer Familie, die ein Restaurant betrieb, schon was heißen sollte.

Aber eine eigene Modelinie – das wäre der konkrete Beweis dafür, dass sie sich auf dem richtigen Weg befand. Eine Prêt-á-porter-Kollektion war ein greifbarer Erfolg, etwas, das jeder sehen konnte. Dieser Gedanke allein war schon aufregend genug. Aber er schenkte Caroline auch die Erfüllung, nach der sie immer gesucht hatte – die Befriedigung eines ganz besonderen kreativen Hungers.

In den acht Saisons, in denen sie bisher für Mick Taylor gearbeitet hatte, hatte sie sich ganz auf dieses Ziel konzentriert. Sie hatte viel gelernt, aber diese Arbeit für ihn war nicht ihr Traum. Ihr Traum war vielmehr das, was sie tat, wenn sie abends nach Hause kam, nachdem sie unzählige Stunden unter dem strengen Blick von Rilla Stein modernste Entwürfe für die jeweilige Saison designt hatte. Sie hatte gelernt, von Mikrowellen-Burritos und zu viel Koffein zu leben und nachts lange aufzubleiben, um etwas zu erschaffen, das allein ihres war, ein ausgelassener Ausdruck ihrer eigenen, einzigartigen Ästhetik.

Sie zog ihren Koffer über den Bürgersteig in Richtung des *Illumination* und gab sich dabei Tagträumen an die Zeit hin, in der sie Assistenten und Stylisten haben würde, die sie unterstützten. Die Location für die heutige Show hatte einen langen Laufsteg und fabelhaftes Licht, dazu im Hintergrund einen Wasserfall und unzählige Backstage-Monitore, damit man auch ja keinen Moment verpasste. Jedes Mal, wenn sie sich ihre Kollektion auf diesem Laufsteg vorstellte, musste sie sich kneifen.

Sie hoffte, dass ihr eigenes Outfit okay war. Sie hatte sich für schlichtes Schwarz und Weiß entschieden, ihre übliche Arbeitskombination. Die schmal geschnittene schwarze Hose und das kastenförmig geschnittene Oberteil, dazu klobiger Schmuck und flache Schuhe, waren wie gemacht, um in der Stadt herumzuflitzen.

Der Backstagebereich war in einen West- und den Ostflügel aufgeteilt, die durch eine Faltwand voneinander getrennt waren. Caroline war dem Ostflügel zugeteilt worden. Hier herrschte die vertraute Atmosphäre, die vor Aufregung nur so vibrierte und in der es nach Haarspray und frisch gefärbten

Stoffen roch. Sie stürzte sich in das Gewimmel aus herumeilenden Designern, Anziehhilfen, Assistenten, Models, Produzenten, Fotografen samt Entourage, Bloggern und Reportern. Das Getümmel glich einer chaotischen Choreografie, die hektischer wurde, je näher der Anfang der Show rückte. Die etablierten Designer würden ihre Kollektionen als erste zeigen, und Carolines Debüt würde ganz am Ende erfolgen.

Sie bahnte sich ihren Weg zwischen den Kleiderstangen hindurch und fand den Platz, der für sie reserviert worden war. Dort warf sie noch einen Blick auf ihre Notizen, bevor sie Angelique erblickte, die auf einem Podest stand und mit Orson Maynard plauderte, der sich Notizen machte.

»Es geht das Gerücht um, dass du für diese bezaubernde Kreation verantwortlich bist«, sagte Orson zu Caroline, als sie näher trat, und musterte das Fantasie-Ballkleid, das sie für Mick Taylor entworfen hatte.

»Ja, das Kleid ist mein Entwurf, aber das Bezaubernde bekommt das Stück erst durch Angelique.« Caroline fiel ein Stück Stoff auf, das aus der Korsage schaute. »Halt still«, sagte sie und fädelte schnell einen Faden ein, um das Problem zu beheben.

Daria gesellte sich schnaufend und stöhnend zu ihnen und stellte eine Kiste mit Accessoires ab. Dann trat sie einen Schritt zurück, um Angelique zu bewundern. »Wow.«

»Wie geht es dir?« Caroline nahm einen klobigen Cocktailring aus dem mitgebrachten Schmuckkästchen und steckte ihn Angelique an.

»Gut«, erwiderte Daria. »Ich wäre zwar lieber draußen auf dem Laufsteg, aber du bist die einzige Designerin, die ein hochschwangeres Model braucht.« Sie wählte einen Pinsel aus und begann, Angelique zu schminken.

»Ihre beide habt bei meiner Präsentation unglaublich ausgesehen«, sagte Caroline.

Orson trat mit seinem Notizblock in der Hand näher. »Und …?«, fragte er.

Caroline hatte ganz vergessen, dass er da war. Sie senkte den Kopf und beschäftigte sich damit, ihre Accessoires durchzugehen.

»Du darfst offiziell noch nichts davon gehört haben«, sagte sie und unterdrückte ihre Aufregung.

»Du weißt doch, wie schnell sich Gerüchte verbreiten«, gab er zurück.

»Was hast du gehört?«

»Dass deine Entwürfe für das *Emerging-Talent*-Programm ausgewählt wurden.«

Sie versuchte, sich nichts anmerken zu lassen, nicht zu hyperventilieren. »Ach ja?«

»Stampf einmal mit dem Fuß auf, wenn es stimmt, zweimal, wenn es nicht stimmt.«

»Es stimmt«, murmelte Angelique unter Darias Pinselstrichen. »Aber du darfst noch nichts darüber verraten.«

»Sie hat recht«, bestätigte Caroline. »Diese ganze Unterhaltung hat nie stattgefunden.«

»Natürlich.« Orson steckte seine Notizen weg. »Also gehe ich davon aus, dass du einmal aufgestampft hast.«

Caroline konnte ein Grinsen nicht unterdrücken. »Die ganze Welt wird es am Ende der heutigen Show sehen.«

»Das ist so großartig«, sagte Daria. »Als sie mir die Sachen gezeigt hat, die sie vorstellen wollte, wusste ich, dass sie sie nehmen würden.«

»Jetzt läuft mir langsam das Wasser im Mund zusammen«, gestand Orson.

»Ich habe seit dem Anruf kaum schlafen oder essen können.« Caroline platzte fast. In dem Moment, in dem sie die Neuigkeiten gehört hatte, war ihre Welt auf den Kopf gestellt worden.

»Kannst du mir mal mein Handy geben?«, bat Angelique. »Ich muss meine Kinder anrufen.«

Caroline stellte das Telefon auf ein Regal in der Nähe, und Angelique machte einen Videoanruf. Ihre Tochter ging ran und hielt das Telefon ganz nah an ihr Gesicht. »*Maman*«, sagte sie mit ihrer Minnie-Maus-Stimme und fragte dann etwas auf Kreolisch.

»Bei der Modenschau, *ti cheri mwen*. Hol mal deinen Bruder.«

Das Bild verrutschte, als Addie nach Flick rief. Dann beugten sich beide über das Handy und plapperten in einer Mischung aus Französisch und Englisch mit ihrer Mutter.

»Ihre Kinder sind so verdammt süß!« Daria seufzte.

Caroline hielt ihr Gesicht neben das von Angelique. »Hey Leute! Erinnert ihr euch noch an mich?«

»Caroline!« Addie klatschte in die Hände. »Du hast mir eine Kapuze mit einer Maske gemacht.«

»Ganz genau. Für den Fall, dass du dich vor den Paparazzi verstecken musst.«

»Was sind Paparazzi?«, fragte Flick.

»Die ganzen Leute, die Fotos von euch machen wollen, wenn ihr einen Kaffee trinken geht«, erklärte Caroline.

»Ich mag keinen Kaffee«, erwiderte Flick.

»Dann musst du dir auch keine Gedanken über Paparazzi machen«, sagte Angelique.

»Wann kommst du nach Hause, *Maman*?«, fragte Addie.

»Nach der Show. Wenn ihr schon schlaft. Seid lieb zu Nila, okay?« Sie sagte noch etwas auf Französisch und warf den beiden einen Luftkuss zu.

»Sie sind wundervoll«, sagte Caroline.

Angelique lächelte. »Sie sind mein Leben.«

»Ich weiß nicht, wie du das alles schaffst – alleinerziehende Mutter zu sein und gleichzeitig diese unglaubliche Karriere zu machen.«

Daria nickte. »Das muss echt schwer sein. Ich weiß nicht, wie ich es schaffen würde, wenn ich Layton nicht hätte.«

»Ich versuche, mir nicht zu viele Gedanken darüber zu machen«, sagte Angelique. »Ich tue einfach, was getan werden muss.«

Darias Hand glitt zu ihrem dicken Bauch. Sie keuchte auf und schob die Hand ein wenig nach unten.

»Geht es dir gut?«, fragte Caroline besorgt.

Sie nickte. »Das sind nur Vorwehen.«

»Bist du sicher?«

»Jupp. Ich war heute früh bei meinem Arzt.«

»Los geht's!«, rief ein Produktionsmanager. »Noch fünf Minuten!«

In der immer größer werdenden Aufregung im Backstagebereich musste Caroline ihre Sorgen für den Moment beiseiteschieben. Jeder legte letzte Hand an die Models, um sie dann zu dem Percussion-Soundtrack loszuschicken, der durch die Lautsprecher hallte. Zwischen hektischen Kleiderwechseln verfolgten Caroline und Daria die Show auf den Monitoren. Die hochkarätigsten Stars und Medienvertreter saßen in der ersten Reihe direkt am Laufsteg. Hinzugeschaltete Blogger kommentierten die Show live, und der Feed lief am unteren Rand der Monitore.

Selbst auf den Bildschirmen sah die Show unglaublich aus. Das Thema Wasser und Licht funktionierte wunderbar. Die Models schienen auf dem auf den Laufsteg projizierten fließenden Wasser zu schweben.

»Mein Gott, ich liebe meinen Job«, murmelte Caroline, als das Model mit der Goucho-Hose und der bauchfreien Bluse über den Laufsteg ging, die sie für Mick Taylor entworfen hatte.

Die Kollektion war ein Erfolg, wenn man dem stürmischen Applaus, den blitzenden Kameras und den wild tweetenden und tippenden Kritikern und Bloggern glauben durfte. Caroline warf einen Blick auf den Live-Feed auf ihrem Handy. Die Einträge, die über das Display liefen, waren voll des Lobes.

Daria klatschte mit ihr ab. »Das war unglaublich. Und wir sind hier jetzt fertig. Das Finale startet auf der anderen Seite des Laufstegs. Danach ist dann dein großer Augenblick.«

Caroline erschauerte vor Vorfreude und Nervosität. »Cool. Gucken wir es uns an.«

Inmitten der Models, die hin und her eilten, um sich umzuziehen, fanden sie gerade in dem Moment einen Platz vor einem der großen Bildschirme, als die Show für die finale Kollektion auf der anderen Seite des Laufstegs begann. Die Musik wechselte zu einer eindringlichen Version von Händels *Wassermusik*.

Das erste Model erschien, und die Zuschauer keuchten kollektiv auf. Sofort wurden die ersten Kommentare im Live-Feed am unteren Bildschirmrand angezeigt. Caroline legte den Kopf in den Nacken, um besser sehen zu können. Sie blinzelte und zog dann verwirrt die Stirn kraus. Was zum Teufel …?

Das unübersehbar hochschwangere Model trug eine Tunika. Und nicht irgendeine Tunika, sondern genau die, die Caroline für ihre Kollektion entworfen hatte.

Sie packte Darias Arm so fest, dass ihre Fingernägel sich in die Haut gruben.

»Autsch! Hey …«

»Schau auf den Laufsteg«, flüsterte sie drängend. Dort demonstrierte das Model gerade, wie sich die Tunika in ein Stilloberteil verwandeln ließ, und die Zuschauer drehten durch.

»Heilige Scheiße«, sagte Daria. »Ist das …? O Gott.«

»Das ist meine Kollektion.« Caroline wurde schlecht, als ihre Entwürfe auf dem Laufsteg präsentiert wurden und bewundernde Blicke und Zwischenapplaus einheimsten. Die Stücke waren von ihren beinahe nicht zu unterscheiden. Sie waren aus anderen Stoffen gefertigt, die Models trugen teureren Kopfschmuck und andere Schuhe. Und die Models hatte Caroline noch nie zuvor gesehen.

Doch die Einzigartigkeit ihrer Kleidung – die Wandelbarkeit von Umstandsmode zu Stillmode zu Alltagsmode, selbst die stilisierte Nautilusmuschel auf der Schulter – waren direkt geklaut worden.

Die Kollektion wurde als Mick Taylors innovative neue Linie namens *Cocoon* angepriesen.

Caroline verschränkte die Arme vor der Brust, als eine Welle der Übelkeit in ihr aufstieg. Das Gefühl, bestohlen worden zu sein, war so überwältigend wie ein körperlicher Übergriff. Der Live-Feed am Fuß des Monitors verkündete weiteres Lob: *Mick Taylor ist mit einer umwerfenden neuen Kollektion zurück.*

Daria sagte etwas, aber Caroline hörte sie nicht durch das wütende Brausen in ihren Ohren. Ihr Blick hing wie gebannt an dem Bildschirm, auf dem nun Mick Taylor auf den Laufsteg trat und die Huldigungen wie ein siegreicher Held entgegennahm.

Im Backstagebereich herrschte immer noch die übliche Hektik nach einer Show, aber Caroline rührte sich nicht. In ihrem Kopf wirbelten die Gedanken durcheinander. Mick Taylor hatte ihre Kollektion kopiert. Die Kollektion, mit der sie ihre Karriere hatte starten wollen. Der Mann, für den sie gearbeitet hatte, dem sie ihre Loyalität und harte Arbeit geschenkt hatte, hatte ihre Entwürfe gestohlen.

Vor Entsetzen wurde ihr ganz schwindelig, und sie geriet ins Wanken. Sofort war Angelique an ihrer Seite und führte sie zu einem Hocker. »Hast du das gesehen?«, fragte Caroline vollkommen fassungslos.

»Es tut mir so leid. Komm, setz dich«, sagte Angelique.

»Wie scheiße ist das denn bitte?« Daria schüttelte ungläubig den Kopf. »Was für ein hinterhältiges Verhalten.«

Caroline atmete tief ein. Die Taubheit ließ nach, aber das Unwohlsein nahm zu. Nichts hätte sie auf diesen Schock vorbereiten können. »Ich zittere am ganzen Körper. Mein Gott, ich fühle mich so verletzt.«

»Er ist schrecklich«, sagte Angelique. »Ich schäme mich, dass ich ihn überhaupt kenne.«

Caroline musste sich ermahnen, das Atmen nicht zu vergessen. In der Modewelt passierte es ständig und auf allen Ebenen, dass man sich gegenseitig die Ideen klaute. Niemand war davor gefeit. Diese spezielle Situation war praktisch eine Fallstudie darüber, wie sich ein großes Label die Entwürfe eines freien Designers aneignete. Im Studium wurde man gewarnt, dass man damit rechnen musste, und vielleicht hatte sie das unbewusst auch getan. Die Praxis hatte verschiedene Namen – »ein Verweis auf«, »inspiriert von«, »eine Hommage an«.

Um sich nicht an Ort und Stelle zu übergeben, schlang sie sich die Arme um den Oberkörper. »Niemand ist gestorben oder verletzt«, murmelte sie. »Niemand hat eine Krebsdiagnose erhalten. Das ist nicht das Ende der Welt.«

»So ist es richtig«, sagte Angelique. »Du bist stark. Du stehst das durch. Du wirst noch Großes leisten.«

Caroline versuchte, die Übelkeit abzuschütteln. Sich zusammenzureißen. Ihr Handy vibrierte, und auf dem Display überschlugen sich die Nachrichten. Nach ein paar Minuten stieg ein neues Gefühl in ihr auf – eine langsame, schwelende Wut. »Okay«, sagte sie. »Ich habe es nicht so weit geschafft, weil es leicht war, richtig?«

»Richtig«, bestätigte Daria.

»Ich werde ihn suchen gehen.«

»Nein«, sagte Angelique und riss die Augen auf. »Tu das nicht, Caroline. Mick wird …«

»Er wird *was*?« Caroline stand auf. Die Wut brannte wie ein Fieber in ihr und schärfte ihre Sinne. »Was wird er tun? Meine Karriere zerstören? Das hat er bereits getan.« Die Erkenntnis schlug wie ein Blitz in ihr ein. »Ich kann meine Kollektion jetzt nicht mehr zeigen. Ich habe also nichts mehr zu verlieren.«

Daria und Angelique schauten einander an. »Es tut mir so leid«, flüsterte Daria.

Mick hatte den Diebstahl perfekt geplant, erkannte Caroline. Er war ihrem Debüt zuvorgekommen und hatte so jeden Versuch sabotiert, ihre eigene Modelinie auf die Beine zu stellen – zumindest mit diesen Entwürfen. »Ich werde es überleben«, sagte sie mit ruhiger Überzeugung. »Aber das bedeutet nicht, dass ich mich kampflos ergebe.«

Zu ihrer absoluten Demütigung wurde nun ihre Kollektion angekündigt und auf den Laufsteg geschickt. Das Publikum erwartete eine Sensation von der Gewinnerin des *Emerging-Talents*-Programms. Caroline brachte es nicht über sich, zu den Monitoren zu schauen. Sie wollte die Mienen der Zuschauer nicht sehen. Wollte nicht sehen, wie sie mit den Fingern zeigten und flüsterten, wie sie über die offensichtliche Ähnlichkeit zwischen ihren Entwürfen und denen von Mick Taylor spekulierten. Soweit es die Zuschauer betraf, war sie die Diebin, nicht er.

Das war der ultimative Verrat eines Mannes, dem sie vertraut hatte. Ihre Beziehung zu ihm war kompliziert; in den letzten Jahren war es die wichtigste Beziehung in ihrem Leben gewesen, die nur wenig Raum für etwas anderes gelassen hatte. Sie hatte ihm viel zu verdanken. Und doch hatte er ihre Karriere heute zerstört und sie in aller Öffentlichkeit ins offene Messer laufen lassen. Sie kam sich betrogen und unglaublich naiv vor. Wie hatte sie ihm jemals vertrauen können? Wieso hatte sie das nicht kommen sehen?

Vielleicht war sie von seinem Ruhm geblendet gewesen, angezogen von seinem lässigen Charme und seinem Charisma. Vielleicht hatte sie die Zeichen übersehen.

Irgendjemand – ein Produktionsassistent oder Praktikant – gab ihr einen kleinen Schubs, damit sie dem letzten Model auf den Laufsteg folgte. Was ein Triumphzug hätte werden sollen, war zu einem Gang der Schande geworden. Der Applaus war gedämpft, und anstatt ihrer vorbereiteten Worte über ihre Inspiration und ihre Dankbarkeit gegenüber Mick Taylor brachte sie nur ein »Danke für die Chance« hervor.

Stille senkte sich über den Raum, gefolgt vom Kleiderrascheln, als die Zuschauer sich erhoben und sich zu den Ausgängen begaben. Mit dem Gefühl, verraten worden zu sein, lief Caroline in den Backstagebereich zurück.

»Caroline, warte.« Angelique streckte die Hand nach ihr aus.

Doch Caroline schüttelte den Kopf und bahnte sich einen Weg durch die Menge in den Zuschauerraum, der sich langsam leerte. Die Stardesigner hatten sich neben dem Laufsteg versammelt. Umgeben von ihrer jeweiligen Entourage nahmen sie Glückwünsche und Einladungen zu After-Show-Partys entgegen, posierten für die Fotografen und beantworteten die Fragen der Medienvertreter.

Mick war leicht zu finden. Er war umringt von einer Gruppe von Reportern und Fotografen. Strahlend lächelnd sonnten er und Rilla sich im Erfolg ihrer Show.

Caroline drängte sich durch die Menge. Rilla bemerkte sie zuerst. »Gute Show, Caroline«, sagte sie. »Deine Entwürfe sahen super aus.«

Caroline ignorierte sie, auch wenn Rilla bei der Arbeit ihre Mentorin war, diejenige, die sie angestellt hatte, die Vorgesetzte, der gegenüber sie Bericht erstatten musste. Rilla hätte ihre Entwürfe schützen sollen. Aber natürlich galt die Loyalität der Chefdesignerin einzig Mick Taylor.

Sie sah eine Lücke und zwängte sich hindurch. Dann stellte sie sich direkt vor ihn. »Du hast meine Entwürfe geklaut«, sagte sie langsam und deutlich.

Er schaute sie an und zog die Augenbrauen leicht zusammen. »Sorry, wie bitte?«

Mehrere Fotografen schossen ein Bild von ihnen.

Caroline stellte sich auf die Zehenspitzen und wiederholte dicht an seinem Ohr: »Du hast meine Entwürfe geklaut – deine sogenannte *Cocoon*-Linie.«

Sein Stirnrunzeln vertiefte sich. Dann glitt sein Blick kurz zu Rilla, bevor er herablassend lächelte. Weitere Kameras blitzten auf. »Und wer bist du noch mal?«

Caroline wusste, dass diese absichtliche Spitze sie auf ihren Platz verweisen sollte. Wieder stellte sie sich auf die Zehenspitzen, legte ihm eine Hand hinters Ohr und flüsterte: »Ich bin dein schlimmster Albtraum.«

Sein Lächeln geriet nicht einmal ins Wanken. Carolines Mut verwandelte sich in ein Gefühl des Grauens. Sie ahnte, was er tun würde. »Und in fünf Minuten«, sagte Mick, »wird sich niemand mehr an deinen Namen erinnern.«

# 4. Kapitel

Mitten in der Nacht klingelte es. Caroline krabbelte verschlafen aus dem Bett und ging zur Gegensprechanlage an der Tür. Alle ihre Schlösser waren vorgelegt.

Wieder klingelte es.

Trotzdem zögerte sie. Niemand kam mitten in der Nacht bei ihr vorbei. Es kam überhaupt niemand mehr zu ihr. Nicht, seitdem sie Mick Taylor den Krieg erklärt – und verloren hatte. Sie war in den Flammen des Ruhms untergegangen. Nein, nicht mal des Ruhms. Keine rechtschaffene Wut der Welt konnte es mit der Realität der Modewelt aufnehmen – Designer stahlen ständig und schamlos voneinander. Und die Opfer hatten keinerlei Rechte. Mick hielt alle Karten in der Hand. Er hatte die Macht, mit einem einzigen Anruf jemanden feuern zu lassen und zum Paria zu machen.

Sie schlüpfte in einen Hoodie und trat ans Fenster, um hinauszuschauen. Vor der Tür des Deli im Erdgeschoss stand Angeliques Wagen. Was zum Teufel …? Sie drückte auf den Türöffner und eilte ihr die Stufen hinunter entgegen.

»Wir brauchen einen Platz zum Übernachten«, sagte Angelique. »Ich und die Kinder.« Addie und Flick klammerte sich an ihre Beine.

»Ist was passiert?«

Angelique nickte mit dem Kopf in Richtung der Kinder. »Kannst du uns helfen?«

Caroline war nicht überrascht. Sie war sich sicher, es hatte etwas mit den blauen Flecken zu tun, die sie vor einer Weile bei der Modenschau an Angelique gesehen hatte. Also nickte sie. Schnell brachten sie die Kinder nach oben in ihre Wohnung. In ihre unglaublich winzige Wohnung. Flick und Addie jammerten in schläfrigem Protest. Caroline und Angelique schafften es, sie auf das Klappsofa zu betten. Nachdem sie eingeschlafen waren, ließ Angelique sich in einen Sessel fallen. Selbst in dem dämmrigen Licht sah Caroline, dass die Lippen ihrer Freundin geschwollen waren und verkrustetes Blut an ihnen klebte.

»Wer war das?« Sie holte einen feuchten Lappen und etwas Eis. »War das Roman?«

»Roman? Nein. Er ist … wir sind … nein.« Angelique wirkte verwirrt, aufgewühlt. »Ich habe dir doch gesagt, dass ich mit ihm Schluss gemacht habe. Er ist nicht …«

»Ist er deswegen sauer? Macht er dir Schwierigkeiten?«

»Roman? Nein«, sagte sie erneut.

»Wer hat dich dann verletzt? Wir müssen zu einem Arzt. Oder zur Polizei.«

Angelique schüttelte den Kopf. »Damit ich mich die ganze Nacht mit Fragen herumschlagen darf? Und was soll ich mit den Kindern machen? Nein, das kann ich nicht gebrauchen. Ich bin … Ich muss einfach nur weg. Ich war mit der Miete im Rückstand. An der Tür hing eine Nachricht mit der Androhung einer Zwangsräumung. Das Auto ist alles, was ich noch besitze.«

»Ange, ich hatte ja keine Ahnung. Ich dachte, dir geht es gut.«

»Meine Agentur hat die Miete von meinen Honoraren einbehalten, um sie an meinen Vermieter zu überweisen – was sie aber nicht getan haben. Und das ist nur die Spitze des Eisberges.«

Caroline wusste, dass einige Agenturen dafür berüchtigt waren, ihre Models auszubeuten. Doch heute Nacht wollte sie Angelique nicht bedrängen. »Sag mir, wer das getan hat. Das ist ernst. Du brauchst Hilfe. Mehr Hilfe, als ich leisten kann.«

»Nein«, wiederholte sie. »Ich kann nicht … Alles wird gut. Es ist kompliziert.«

»Das ist nicht kompliziert. Du bist geschlagen worden – und nicht zum ersten Mal. Ich rufe die Polizei an.«

»Das geht nicht. Bitte. Dann werde ich ausgewiesen.«

Caroline runzelte die Stirn. »Bist du illegal hier?«

Angelique nickte. »Mein Arbeitsvisum ist abgelaufen. Wenn du die Behörden anrufst, könnte ich meine Kinder verlieren. Ich bin einfach nur so müde. Ich muss mich ausruhen. Können wir morgen darüber reden?«

»Bist du hier sicher?«, fragte Caroline. »Hat dich jemand verfolgt?«

»Nein. Ich würde dich niemals in Gefahr bringen.«

»Hör mal, du kannst mit den Kindern so lange bleiben, wie du musst«, sagte Caroline. »Aber wenn du das nicht meldest, gibt es keine Garantie für deine Sicherheit.«

»Ich kann es nicht riskieren, abgeschoben zu werden.« Sie erschauderte.

»Kannst du nicht Asyl beantragen oder so? Ich weiß, das ist vermutlich nicht einfach, aber es wäre ein Anfang.«

»Heute Nacht fange ich gar nichts mehr an.« Angelique seufzte schwer und berührte vorsichtig ihre Lippe. »Es war ein Fehler, hierherzukommen. Ich sollte wieder gehen.«

»Wage es ja nicht! Ich will dir helfen. Aber ich muss wissen, wie. Wir müssen herausfinden, was man in so einer Situation tun kann.«

Angelique weigerte sich standhaft, ihren Angreifer preiszugeben. Sie weigerte sich auch, Anzeige zu erstatten. »Mein Visum ist abgelaufen«, erklärte sie erneut. »Das bedeutet, ich bin illegal hier. Meine Kinder auch. Das kann ich nicht riskieren.«

»Aber das, was dir passiert ist, ist auch illegal, und das hat mit deinem Aufenthaltsstatus nichts zu tun.«

»Vielleicht. Ich werde das Risiko trotzdem nicht eingehen.«

»Was würde passieren, wenn du nach Haiti zurückkehrst?«, hakte Caroline nach. »Wäre das wirklich das Ende der Welt?«

»Ehrlich gesagt, ja.«

»Wäre es schlimmer, als von einem Mann geschlagen zu werden, dessen Namen du aus Angst nicht nennen magst?« Sie verdächtigte immer noch Roman, den verschmähten Freund, aber aus irgendeinem Grund beschützte Angelique ihn.

»Haiti ist wesentlich schlimmer, und das sage ich nicht einfach so dahin.«

»Ernsthaft? Hast du da keine Familie? Freunde?«

Angelique sah sie mehrere Sekunden schweigend an. »Ich erzähle dir mal was vom Leben auf Haiti. Wohin ich zurückkehren würde. Wir haben in einer Wellblechhütte im Slum Cité Soleil gelebt – der liegt in Port-au-Prince. Ich war drei, als ich meine Mutter verlor. Angeblich ist sie zusammen mit meinem kleinen Bruder an der Cholera gestorben. In Cité Soleil gibt es ständig Choleraausbrüche.«

»Tut mir leid. Das wusste ich nicht.«

»Mein Vater hatte keine Schulbildung, weil seine Familie ihn zum Arbeiten geschickt hat, seitdem er zehn war. Er hat überlebt, indem er als *bayakou* gearbeitet hat. Weißt du, was das ist?«

»Nein, sorry.«

»Sei dankbar, dass du es nicht weißt. In Haiti gibt es in vielen Teilen der Stadt kein Abwassersystem. Familien, die sich den Anschluss an die Kanalisation nicht leisten können, haben stattdessen Latrinen. Und diese Latrinen müssen geleert werden. Das ist die Arbeit der *bayakou*. Mein Vater hat den Gegenwert von vier Dollar pro Nacht damit verdient. Das hat kaum gereicht, um uns am Leben zu halten. Er ist immer nachts losgezogen, wenn ich geschlafen habe.« Sie hielt kurz inne. »Bist du sicher, dass du das alles hören willst?«

»Du hast es erlebt. Da werde ich es wohl ertragen können, es mir anzuhören.«

»Er musste seinen Job nackt machen, weil man die Kleidung nach der Arbeit unmöglich hätte reinigen können. Als ich noch sehr klein war, war ich stolz, so einen hart arbeitenden Papa zu haben. Als ich ins Schulalter kam, hat sich das verändert. Die anderen Kinder haben mich wegen der Arbeit meines Vaters gemieden. Du kannst dir sicher vorstellen, wie sie mich genannt haben.«

»Meine Güte, Angelique. Ich hatte ja keine Ahnung.«

»Da geht es dir wie dem Großteil der Welt. Ich war fünfzehn, als Papa an einer Infektion starb. Er hat sich bei der Arbeit ständig irgendetwas eingefangen – Infektionen, Wunden, die nicht heilen wollten. Er hat mich auf Abstand gehalten. Ich habe keine Erinnerung daran, dass er mich je berührt hätte. Als er starb, hatte ich nichts. Also habe ich die Armbänder mit den Kaurimuscheln verkauft, die ich am Strand gesammelt hatte, und manchmal musste ich auf die Großzügigkeit von Fremden hoffen.«

Caroline legte sanft ihre Hand auf die schlanke, elegante Hand ihrer Freundin, deren Nägel rissig und abgekaut waren. »Du hattest es so schwer. Ich kann mir das nicht einmal vorstellen. Jetzt finde ich dich noch beeindruckender, weil du einen Weg gefunden hast, um zu überleben.«

Angelique schwieg wieder. Dann weinte sie endlich. Die Tränen rannen ihr wild und majestätisch über die Wangen, und sie sah aus wie eine Königin, deren Leben gerade in tausend Stücke zersprungen war. »Ich bin hergekommen, um meinen Kindern die Chance auf ein besseres Leben zu ermöglichen. Was für eine Versagerin ich doch bin.«

Caroline versuchte, selbstbewusst und entschieden zu klingen. »Nichts von alldem ist deine Schuld. Du bist nicht allein. Ich möchte, dass du jetzt ein wenig schläfst. Morgen finden wir gemeinsam einen Ausweg.«

In dieser Nacht fand Caroline keinen Schlaf. Es verstörte sie zu sehr, dass irgendein Monster ihre Freundin schlug. Sie war frustriert, weil sie nicht wusste, was sie tun sollte. Und sie war wütend – auf ihre Freundin, weil die sich ihr nicht anvertraute. Auf den Angreifer, dessen Namen Angelique sich weigerte, zu nennen. Auf die Agentur, die ein verletzliches Model ausgebeutet hatte. Auf sich, weil sie nicht wusste, wie sie ihre Freundin unterstützen sollte.

Sie verbrachte Stunden im Internet, recherchierte Frauenhäuser und Hilfsorganisationen für Immigranten und Opfer häuslicher Gewalt. Sie stalkte Roman Blake online. Und auch Angelique – ging ihre Liste an Freunden und Bekannten durch und versuchte, herauszufinden, wer in ihrem Umfeld sonst fähig wäre, sie zu schlagen.

Am Morgen brachten sie die Kinder gemeinsam zur Schule. Trotz allem, was in der Nacht zuvor geschehen war, sah Angelique unglaublich gut aus: Sie hatte ihre aufgeplatzte Lippe geschickt überschminkt, die Fingernägel geschnitten, und sie trug ein weites Oberteil zu Skinny Jeans und Stiefeletten. Caroline fragte sich, wie oft ihre Freundin schon das Grauen hatte verstecken müssen, das sie erlitten hatte.

Die Kinder schienen von dem Drama nichts mitzubekommen. Sie wussten nur, dass sie mal wieder umzogen – was in ihrem Leben schon häufiger vorgekommen war. In der Schule füllte Caroline ein Formular aus, das sie als Notfallkontakt und zusätzliche Betreuerin der Kinder auswies. Dann überzeugte sie Angelique, mit ihr zum *Lower East Side Haven* zu gehen, einer Hilfseinrichtung für Opfer von Gewalt. Die Mitarbeiter dort waren diskret und handelten in unglaublicher Geschwindigkeit. Sie zeigten Angelique Wege auf, sich und ihre Kinder zu beschützen. Zu Carolines Überraschung drängte niemand Angelique dazu, den Namen ihres Angreifers zu nennen oder ihn anzuzeigen. Die Beraterin erklärte, dass in einer brisanten Situation Sicherheit vor Gerechtigkeit galt.

Nach einer erschöpfenden Befragung sagte die Beraterin: »Ich wünschte, ich hätte bessere Nachrichten für Sie, aber ich muss Ihnen sagen, dass wir eine Warteliste für sichere Unterkünfte haben. Es ist leider eine traurige Tatsache, dass der Bedarf unsere Möglichkeiten weit übersteigt.«

Als Caroline die Verzweiflung in der Miene ihrer Freundin sah, nahm sie deren Hand. »Du bleibst mit den Kindern erst einmal bei mir.« An die Beraterin gewandt sagte sie: »Wir kriegen das irgendwie hin.«

»Hierherzukommen war das Richtige.« Die Frau schaute Angelique an. »Es ist sehr wichtig, dass Sie vorbereitet sind.«

Dann ging sie es Schritt für Schritt mir ihr durch: Immer einen vollen Tank. Ein bar bezahltes Prepaid-Handy. Einen Notgroschen.

Angelique verspannte sich sichtlich, als die Beraterin nach persönlichen Dokumenten fragte: Personalausweis, Geburtsurkunden von ihr und den Kindern, Versicherungspolicen, Bankunterlagen. Angelique steckte in der gleichen schrecklichen Situation wie so viele Illegale mit ihren Kindern. Sie konnte jederzeit abgeschoben werden. Vielleicht würde man sie von ihren Kindern trennen. Diese Aussicht machte ihr am meisten Angst, was Caroline daran erkannte, wie sehr ihre Freundin bei diesem Thema zitterte.

»Es tut mir leid, dass ich danach fragen muss«, sagte die Beraterin. »Aber haben Sie einen Plan für ihre Kinder, für den Fall, dass Ihnen etwas zustößt?«

»Der Plan ist, dass ich die Betreuung übernehme. Ich kenne deine Kinder, Ange. Und es ist ja sowieso nur für den Notfall, der hoffentlich nie eintritt.« Caroline versuchte, zuversichtlich zu klingen.

Angelique starrte den Stapel Papiere vor sich an, ohne sich zu rühren.

»Alle Eltern sollten sich diesbezüglich Gedanken machen, egal, in welchen Umständen sie leben. Ich weiß, Sie lieben Ihre Kinder.« Die Beraterin schaute Angelique wieder mitfühlend an. »Haben Sie ein Testament?«

# 5. Kapitel

Carolines Handy summte an ihrer Brust wie eine gefangene Biene. Sie ignorierte es. Sie stand im Bus und schwankte unter dem Gewicht des Seesacks voller Vintage-Lederjacken, die aufgearbeitet werden mussten. Dank Mick Taylor war sie auf die schwarze Liste gesetzt worden. Sie hatte versucht, sich zur Wehr zu setzen, hatte Mick in den sozialen Medien angeschwärzt, sich an Blogger und Reporter gewandt. Aber die Situation war zu alltäglich, und deshalb wurde ignoriert, was geschehen war. Keines der großen Modehäuser der Stadt würde sie anstellen, also musste sie, um ihre Miete weiterhin bezahlen zu können, zur Akkordarbeit zurückkehren, so wie sie es damals während des Studiums gemacht hatte.

Das war ein großer Rückschritt. Viele Rückschritte sogar. Nachdem sie sich jahrelang unter größter Anstrengung hochgearbeitet hatte, war sie nun mit einem Schlag wieder an den Ausgangspunkt katapultiert worden. Wenn sie an die Zeit und die Mühen dachte, die sie investiert hatte, um es so weit zu schaffen, wurde sie von einem Gefühl der Sinnlosigkeit erfasst. Es gab Momente, in denen wollte sie aufgeben, sich zusammenrollen und über die Ungerechtigkeit der Welt weinen.

Doch mit der gleichen sturen Entschlossenheit, die sie bis nach New York gebracht hatte, zwang sie sich, auch diese Phase durchzustehen. Manchmal fühlte sich das an, als müsste sie sich von der schlimmen Seite eines Moments zur guten durch ein zähflüssiges Schlammloch ziehen.

Dann stellte sie sich immer Micks herablassendes Gesicht vor, und das Bild half ihr, ihr Feuer wiederzufinden. Wie hatte sie je glauben können, er wäre ihr Mentor, ihr liebenswerter Ersatzonkel? Er hatte zwar ihre Entwürfe gestohlen, aber sie würde nicht zulassen, dass er ihr auch ihren Traum stahl. Und trotz seines Ansehens in der Modewelt wussten er und seine Chefdesignerin, was sie getan hatten, ob sie es nun zugaben oder nicht.

Das Problem darin, ein Design-Dieb zu sein, war, dass man immer gezwungen sein würde, zu klauen. Caroline wusste, dass sie eine unendliche Menge an Ideen in sich trug. Ein Dieb hingegen war auf die Entwürfe angewiesen, die er von anderen kopieren konnte.

»Du hast eine leere Seele, Mick Taylor«, murmelte sie leise. »So leer wie …«

Das Handy vibrierte erneut. Sie zog es aus der Tasche, doch der Anrufer hatte schon aufgelegt. *So leer wie mein Konto.*

Als sie aus dem Bus stieg, vibrierte das Handy schon wieder – ein eingehender Anruf und eine Sprachnachricht auf der Mailbox. Die Nummer sagte ihr nichts. Vielleicht waren es endlich einmal gute Nachrichten. Wäre es nicht großartig, wenn sie eine neue Stelle angeboten bekäme?

Sie eilte in den Flur des Hauses, in dem sie wohnte, um dem Straßenlärm zu entfliehen. Die üblichen Werbesendungen waren aus den zu kleinen Briefkästen gequollen und lagen überall im Eingangsbereich herum, in dem es wie immer nach Eintopf roch. Für sie war nichts Wichtiges dabei. Ein paar Rabattcoupons, Angebote für Kreditkarten, die Heizkostenabrechnung, auf die wohl jemand getreten war, denn sie trug einen halbmondförmigen Schuhabdruck auf dem Umschlag.

Sie sammelte die Post auf, stopfte sie in ihren Seesack und schleppte ihn nach oben, wo sie ihn vor der Tür abstellte, um aufzuschließen. Die Tür war nicht abgeschlossen, wie sie genervt bemerkte. Seitdem Angelique und die Kinder bei ihr eingezogen waren, war es in ihrer kleinen Wohnung noch beengter als vorher. »Hallo?«, rief sie.

Im Apartment war es still. Und doch … irgendetwas stimmte nicht. Caroline konnte das Gefühl nicht einordnen, das ihr die Haare auf den Armen zu Berge stehen ließ. Es war sehr subtil, nur eine gewisse Schwere in der Luft. Und ein unbekannter Geruch.

»Oh, hey, Angelique«, sagte sie und schüttelte das Gefühl ab.

Ihre Freundin lag schlafend auf dem Sofa und rührte sich nicht. Ihr Tagesablauf war manchmal etwas unstet; der einzige Fixpunkt waren ihre morgendlichen Besuche in der Kirche von Saint Kilda's, nachdem sie die Kinder in die Schule gebracht hatte. Es schien zu ihrem Leben dazuzugehören, aber da sie nie darüber sprach, fragte Caroline auch nicht nach.

»Ange.« Caroline zog den Seesack ins Wohnzimmer. »Hey Süße«, sagte sie. »Du hast die Tür nicht abgeschlossen. Das ist nicht gut …« Ihr Handy summte erneut, und dieses Mal ging sie ran. »Hallo?«

»Hier ist das Sekretariat der *Sunrise Academy*«, sagte eine Stimme. »Wir konnten Ms. Baptiste nicht erreichen, und ihre Kinder warten darauf, abgeholt zu werden. Ihre Nummer ist hier als Alternativkontakt gelistet. Haben Sie eine Ahnung, wo Ms. Baptiste ist?«

»Ehrlich gesagt, ja. Ich bin gerade nach Hause gekommen, und sie ist hier.«

»Ah, gut. Können Sie sie bitten, sofort zu kommen? Unglücklicherweise ist es schon spät, und wir haben niemanden, der bei ihren Kindern bleiben kann.«

»Ja, ich werde es ihr ausrichten.« Gereizt steckte Caroline das Handy wieder ein. Wie konnte Angelique nur ihre Kinder vergessen? »Hey, Freundin«, sagte sie. »Du musst sofort zur Schule. Deine Kinder warten.«

Angelique rührte sich immer noch nicht.

Caroline zog sich vor plötzlicher Anspannung der Magen zusammen. Sie durchquerte den unordentlichen Raum, zog den Vorhang beiseite und sah ihre Freundin an.

»Nein.« Ihre Stimme war ein ungläubiges Flehen. »Guter Gott, nein.« Sie erstarrte für drei Herzschläge. Eins – der Winkel von Angeliques Kopf. Zwei – die aschfahle Haut. Drei – irgendwelches Drogenzubehör auf dem Boden.

Caroline schrie nicht. Zumindest nicht laut.
Sie stolperte rückwärts und tastete nach ihrem Handy.

Während Polizisten und Rettungssanitäter durch ihre Wohnung schwärmten, zitterte Caroline vor unerträglicher Angst. Sie hatte die erste Runde Fragen hölzern und unzusammenhängend beantwortet. Dann war sie ins Badezimmer gerannt, um sich zu übergeben.

Jemand von der Rechtsmedizin kam. Weitere Fragen. Alle Zeichen deuteten auf eine versehentliche Überdosis hin, was jedoch noch durch eine toxikologische Untersuchung bestätigt werden musste. Eine Überdosis? Wie konnte Angelique an einer Überdosis gestorben sein, wenn sie überhaupt keine Drogen nahm?

»So etwas kommt vor«, sagte ein Mann, der neben Caroline stand, die kurz davor war, zu hyperventilieren. »Abhängige wissen, wie man die Anzeichen der Sucht verbirgt.« Er fügte noch hinzu, dass die Leiche von der Rechtsmedizin abtransportiert und ein Untersuchungsbericht erstellt werden würde.

Caroline konnte das alles gar nicht aufnehmen. Wörter wie *Leiche* und *die Verstorbene* waren in ihrer Gegenwart bisher noch nie ausgesprochen worden. Angelique, eine Drogensüchtige? Wie konnte das sein?

Sie schaffte es, noch einmal in der Schule anzurufen und eine Erklärung zu stammeln. Gerade, als die Dunkelheit sich über die Stadt zu senken begann, traf sie in der Schule ein. Die Rektorin und eine Sozialarbeiterin warteten bereits auf sie. Flick und Addie – er in seiner blauen Schuluniform, sie in ihrem Schottenrock – saßen im Büro der Rektorin, aßen Cracker und schauten sich auf einem Laptop einen Kinderfilm an.

Caroline zwang sich, das Zittern ihrer Hände zu unterdrücken. Sie betrat das Büro und setzte sich neben die beiden auf den Boden. »Hey ihr zwei«, sagte sie mit etwas zu fröhlicher Stimme.

»Willst du einen Cracker?« Flick hielt ihr die Tüte hin.

»Nein, danke.« Sie klappte den Laptop zu und schaute dann zur Rektorin und der Sozialarbeiterin auf. »Ich bin hier, weil eurer Mama etwas zugestoßen ist«, sagte sie. Guter Gott. »Es sind schreckliche Neuigkeiten. Addie, Flick.« Sie zog die Kinder an sich. Ihre winzigen warmen Körper fühlten sich so zerbrechlich an. »Das vermutlich Schlimmste ist passiert. Eure Mama ist heute gestorben.«

Addie legte den Kopf schief. Dann fiel ihr süßes Gesicht in sich zusammen. »Sie kann nicht tot sein. Ich will nicht, dass sie tot ist.«

»Das will niemand. Sie hätte euch niemals freiwillig allein gelassen. Es war ein Unfall. Sie hat ein schlechtes Medikament eingenommen, und das hat ihren Tod verursacht. Ihr bleibt jetzt erst einmal bei mir.« Sie musste sich jedes Wort unter großen Mühen abringen. »Es tut mir so leid, dass das passiert ist. So unglaublich leid. Wir werden sehr lange sehr traurig sein, aber ich werde mich um euch kümmern.«

Flick schlug auf die Tüte mit den Crackern ein, bis diese nur noch Krümel waren. Er sah vollkommen verstört aus. »Wo ist Mama jetzt?«

»Sie haben sie an einen besonderen Ort gebracht«, erklärte Caroline sanft. »Sie müssen nachgucken, woran genau sie gestorben ist. Und dann … ich bin mir nicht sicher.« Hilflos sah sie die Sozialarbeiterin an. Addie fing an zu weinen. Flick, der nur ein Jahr älter war als seine Schwester, rutschte zu ihr und legte die Arme um sie.

»Wo gehen wir jetzt hin?«, fragte Flick. »Gehen wir nach Hause?«

Die Sozialarbeiterin führte aus, dass die Kinder ins Kinderschutzprogramm kämen, sollte man keine Alternative finden. Sie fügte allerdings hinzu, dass das System vollkommen überlastet sei. Es gab mehr Kinder, die Hilfe benötigten, als die Behörde unterbringen konnten. Es standen auch Pflegefamilien für Notfälle bereit, doch die stellten nur eine vorübergehende Lösung dar. Die Sozialarbeiterin schloss mit der Bemerkung, dass Flick und Addie, wenn sie keinen Vormund hätten und sich niemand fand, der sie aufnehmen würde, bei Fremden untergebracht und vermutlich sogar getrennt werden würden.

Caroline brauchte ungefähr zwei Sekunden, um eine Entscheidung zu treffen. Sie ertrug den Gedanken nicht, dass diese beiden armen Kinder ins Unbekannte geschubst und ihre traumatisierten Herzen dabei vermutlich irreparabel geschädigt würden.

»Sie bleiben bei mir«, erklärte sie. »Sagen Sie mir, was ich tun muss.«

Eine weitere Sozialarbeiterin half ihr, einen Antrag auf Notübertragung der Vormundschaft auszufüllen. Mit beiden Kindern im Schlepptau und ohne Geld für einen Anwalt tauchte Caroline zu einer Anhörung bei Gericht auf. Die Sozialarbeiter hatten gesagt, dass ein Anwalt nicht nötig sei, da es niemanden gab, der die Vormundschaft anfechten wollte. Der quadratische Raum mit der hohen Decke war voll und laut, und die Kinder drückten sich auf einer Bank eng an Caroline, bis sie dran waren. Ein Vertreter des Familiengerichts erklärte, dass es sich nicht um eine formelle Anhörung handele und das Urteil nur vorübergehend sei.

Der Richter wirkte abgekämpft und ein wenig resigniert, aber mitfühlend. Er musterte sie nachdenklich, las den Polizeibericht und sah dann die Kinder an. »Euer Verlust tut mir sehr leid«, sagte er. »Ich habe alles, was diesen Fall betrifft, gelesen. Vielen Dank, Ms. Shelby, dass Sie die Informationen so schnell zur Verfügung gestellt haben.«

Es war eine hektische Suche nach eidesstattlichen Versicherungen von der Schule, Vorsorgevollmachten, einem notariell beglaubigten Testament, dem Polizeibericht und dem Bericht der Rechtsmedizin gewesen. Eine Sozialarbeiterin hatte Caroline in ihrer Wohnung besucht, die zwar klein war, aber für die Unterbringung der Kinder dennoch als angemessen betrachtet wurde. Während der Richter in einer Akte blätterte, tauchte

Addies Lehrerin auf und brachte die Kinder in den Vorraum hinaus.

Gut, dachte Caroline. Die beiden sollten nicht hören, was hier über ihre Mutter gesagt wurde.

»In welcher Beziehung standen Sie zu Ms. Baptiste?«

»Sie war meine Freundin, Eurer Ehren. Wir arbeiten – arbeiteten – in der gleichen Branche, und … wir waren Freundinnen. Enge Freundinnen.« Caroline atmete tief durch und versuchte, das Geraschel und Getuschel der Leute im Gerichtssaal zu ignorieren. »Wir haben uns als Kolleginnen kennengelernt. Angelique war Model, und ich bin Designerin. Am Abend des dreiundzwanzigsten März kam sie mit Verletzungen zu mir. Sie wollte weder die Polizei anrufen noch mir sagen, wer sie so zugerichtet hatte. Ich glaube nicht, dass die Kinder es wissen. Angelique und die Kinder sind erst mal bei mir untergekommen. Ich habe zugestimmt, ihr Vormund zu sein, sollte Angelique je etwas zustoßen. Nie hätte ich gedacht, dass diese Situation wirklich einmal eintritt.«

»Wussten Sie, dass sie Drogen nahm?«

»Nein«, gab Caroline zu. »Ich hatte keine Ahnung. Und ich kann es auch immer noch nicht glauben.«

»Und doch ist sie in Ihrer Wohnung an einer Überdosis intravenös verabreichter Drogen gestorben.«

Das Herz zog sich schmerzhaft in ihrer Brust zusammen, als Caroline den Richter anschaute. »Ich bin keine Expertin, aber ich kann Ihnen sagen, dass ich nie ein Anzeichen für Drogenmissbrauch bemerkt habe. Angelique war eines der besten Models der Branche. Sie hat hart gearbeitet. Sie hat ihre Kinder geliebt, und die beiden haben sie angebetet. Ich wünschte, ich hätte es gewusst. Ich wünschte, ich hätte etwas tun können. Euer Ehren, das Einzige, was ich noch für meine Freundin tun kann, ist, mich um ihre Kinder zu kümmern.«

Erneut dachte sie an Roman Blake. Er war von der Polizei befragt worden, und man hatte herausgefunden, dass er vorbestraft war, doch da es nichts gab, was ihn mit Angeliques Tod in Verbindung brachte, war er wieder auf freien Fuß gesetzt worden. Er hatte keinerlei Anspruch auf die Kinder, trotzdem fürchtete Caroline sich vor ihm. Sie musste Flick und Addie beschützen.

»Sie sind sich über den Umfang der finanziellen und emotionalen Verpflichtungen im Klaren, die mit einer Vormundschaft einhergehen …?«

»Ja, das bin ich. Es ist viel. Aber sie haben sonst niemanden. Angelique hat keine lebenden Verwandten mehr. Ich schaffe das, Euer Ehren. Ich habe immer gesagt, dass ich für sie da bin.« Sie schloss den Mund und ermahnte sich, nicht ins Plappern zu geraten.

»Sie sind derzeit arbeitslos, ist das korrekt?«

»Nein.« Sie reckte das Kinn. »Ich bin freiberuflich tätig.«

»Laut Ihren Kontoauszügen verdienen Sie nicht genügend Geld, um Ihren Lebensunterhalt zu bestreiten, geschweige denn den für zwei Kinder. Wir müssen wissen, wie Ihr Plan aussieht, Ms. Shelby.«

Sie hatte die halbe Nacht wach gelegen und über ihre Entscheidung nachgedacht, daher war sie gut vorbereitet. »Mein Plan ist es, Flick – also Francis – und Adeline in meine Heimat nach Washington State zu bringen. Dort werden wir bei meiner Familie in dem Ort wohnen, in dem ich aufgewachsen bin – in Oysterville.«

Der Richter studierte die Dokumente, die Caroline für die Anhörung eingereicht hatte. »Ich habe die Aussagen von Dorothy und Lyle Shelby gelesen. Sind das Ihre Eltern?«

»Ja, Sir, Euer Ehren.« Als Caroline die beiden in ihrer Panik angerufen hatte, hatten sie nicht gezögert – Gott möge sie segnen. *Bring diese armen Kinder nach Hause*, hatte ihre Mutter gesagt. *Wir finden eine Lösung, sobald du hier bist.*

Vorausgesetzt, der Richter würde es erlauben. Er studierte weitere Dokumente, ließ sich Zeit, machte sich Notizen. Caroline wagte kaum, Luft zu holen. Bisher hatte sie niemand nach Angeliques Aufenthaltsstatus oder dem der Kinder gefragt, vermutlich aus Angst, weitere Komplikationen und eine neue Runde des bürokratischen Grauens heraufzubeschwören. Bitte, fragen Sie nicht danach, flehte sie stumm. *Bitte, bitte, bitte.*

Der Richter legte die Akte beiseite und musterte Caroline eingehend. »In den Berichten steht, dass Sie den Kindern eine kindgerechte und fürsorgliche Umgebung bieten können. Ich werde diesen Antrag unterschreiben und Ihnen damit das Notfallsorgerecht zusprechen. Ich werde Ihnen auch gestatten, die Kinder mit nach Washington zu nehmen, vorausgesetzt, Sie halten sich an gewisse Bedingungen.« Er zählte ihr ihre Pflichten auf, darunter, die Behörden bezüglich der Kinder in allen wichtigen Angelegenheiten auf dem Laufenden zu halten. »Ich wünsche Ihnen nur das Beste, Ms. Shelby. Ich gehe davon aus, dass das Nachlassgericht Ms. Baptistes Wünschen folgen wird, außer, Sie erweisen sich als vollkommen ungeeigneter Vormund für die Kinder.«

»Danke, Euer Ehren. Ich werde mich gut um sie kümmern.« Auch wenn sie versuchte, ihre Stimme selbstbewusst klingen zu lassen, war Caroline beinahe starr vor Angst. Es gab Augenblicke – und zwar nicht zu knapp –, in denen sie sich vollkommen ungeeignet fühlte. Sie würde ihr Leben für immer ändern und einen Weg einschlagen, den sie niemals vorausgesehen hatte.

# 2. TEIL

# 6. Kapitel

Caroline Shelby an einem stinknormalen, nebligen Morgen wortwörtlich über den Weg gelaufen zu sein warf Will Jensen vollkommen aus der Bahn. Der morgendliche Lauf mit den Jungs, die er trainierte, war durch diese seltsame zufällige Begegnung so unerwartet unterbrochen worden, dass Will das Team früher in die Umkleidekabine zurückschickte. Er klatschte einmal mit Gil Stanton ab, dem Jungen, der das Mädchen schlafend im Auto gefunden hatte.

Er versuchte zu verstehen, dass Caroline »Ich werde niemals Kinder haben« Shelby jetzt zwei Kinder hatte. Wieso hatte er das nicht gewusst? Wieso hatte er keinerlei Gerüchte darüber gehört?

Eines hingegen wusste er – wenn auch nicht aus eigener Erfahrung: dass ein vermisstes Kind der Albtraum aller Eltern war.

»Wir sehen uns im Unterricht, Coach«, sagte Augie Sandoval, der Kapitän der Geländelauf-Teams.

Will trank seine Wasserflasche aus und kehrte in sein Büro zurück, das sich in einem Gebäude am Sportplatz befand. Dort schaltete er die Kaffeemaschine und seinen Laptop an, bevor er unter die Dusche sprang. Für ihn als Trainer gab es ein eigenes kleines Badezimmer, was für ihn bequemer war, als nach Hause zurückfahren zu müssen, um sich dort für den Tag fertig zu machen. Außerdem war Sierra in der Nacht zuvor lang auf gewesen, und er wollte sie nicht wecken.

In letzter Zeit duschte er oft auf der Arbeit.

Nach den brutal kurzen, nicht einmal lauwarmen Duschen, die er während seiner Zeit in der Navy hatte ertragen müssen, war ein langer, heißer Wasserschwall ein Luxus, von dem er nie genug bekam. Während er sein morgendliches Ritual genoss, dachte er normalerweise an den vor ihm liegenden Tag – Algebra, Trigonometrie, berufsbegleitender technischer Unterricht, Büroarbeiten. Nach der Schule warteten immer irgendwelche Meetings auf ihn – Planung und Entwicklung, Öffentlichkeitsarbeit –, und irgendwie war ihm in einigen dieser Komitees der Vorsitz übertragen worden.

Dann nach Hause, um am Haus zu arbeiten. Ein weiteres zeitintensives Projekt, doch hierbei handelte es sich um eine Arbeit, der er voller Begeisterung nachging. Nach seiner verletzungsbedingten Entlassung aus der Navy hatte er einen anderen Traum verfolgt: das sich seit Generationen im Familienbesitz befindliche alte Anwesen zu restaurieren, das als *Water's Edge* bekannt war. Das weitläufige Gebäude aus Holz im Gotischen Stil war von seinem Vorfahren Arne Jensen gebaut worden, einem Austernfischer, der sich seinen Lebensunterhalt damit verdient hatte, während der Zeit des Goldrauschs frische Austern in die Bay Area zu verschiffen.

Will hatte die Sommer seiner Kindheit und Jugend mit seinen Großeltern in diesem Haus auf dem großen grünen Grundstück mit seiner riesigen Scheune, den Austernschuppen und -Piers und der Flotte an Schlauch- und Motorbooten verbracht. Im Laufe der Zeit war das Haus heruntergekommen, und als seine Großeltern sich auf ihr Altenteil in Arizona zurückgezogen hatten, hatten sie das Haus Will überschrieben. Er hatte immer davon geträumt, es wieder in seinem alten Glanz erstrahlen zu lassen.

Heute jedoch beschäftigte ihn etwas anderes – Caroline Shelby. Er wünschte, er wüsste nicht, dass es genau zehn Jahre her war, seitdem er sie das letzte Mal gesehen hatte. Er wünschte, er würde nicht das Datum des Tages kennen, an dem er zugesehen hatte, wie sie weggefahren war und zersplitterte Austernschalen unter ihren Reifen hochgespritzt waren. Es war der Tag, an dem er ihre beste Freundin Sierra Moore geheiratet hatte.

Aber er wusste es, und das nervte ihn kolossal.

Er fragte sich, was sie hier machte. Sie sollte ein tolles Leben in New York City führen, sich einen Namen als berühmte Designerin machen. Seit Jahren hatte er nicht mehr an sie gedacht, und mit einem Mal war sie da, eindeutig erschöpft und gestresst von ihren beiden kleinen Kindern – verdammt, zwei Kinder! – und mit ihrem alten Wagen, der bis obenhin mit Gepäck vollgestopft war. Trotz der Umstände hatte Caroline immer noch so ausgesehen wie das Mädchen, das er fast sein ganzes Leben lang gekannt hatte: zart und stark zugleich, ihr Mund wie eine rote Blüte, ihre Bewegungen schnell und hektisch, ihre kurz geschnittenen, zerzausten Haare von neonfarbenen Strähnen durchzogen wie bei einigen seiner Schüler von der Highschool.

So wie er das Dorf kannte, würde der örtliche Klatsch schon bald die Antworten auf die Fragen liefern, die ihm durch den Kopf schossen. Vor allem die zu den Kindern. Ein Mädchen namens Addie. Ein Junge namens Flick. Was sollte das? Und wo war der Vater?

Offensichtlich hatte Caroline sich in den letzten Jahren nicht ausschließlich ihrer Karriere gewidmet.

Der Dampf hüllte ihn ein, als er aus der Dusche trat und nach dem Handtuch griff.

»Bitte schön.« Jemand drückte es ihm in die Hand.

»Meine Güte.« Er schnappte sich das Handtuch und sprang zurück in die Dusche. Dann erholte er sich, linste hinter dem Duschvorhang hervor durch den dichten Dampf und reckte den Kopf vor, um seine Frau zu küssen – nur ganz leicht, damit sie ihn nicht ermahnte, ihre Schminke nicht zu verwischen. »Hey, Baby«, sagte er. »Du bist aber früh auf.«

»Ich bin auf dem Weg nach Portland«, sagte sie. »Ich bin nur kurz vorbeigekommen, um Tschüss zu sagen.«

*Wieder einmal?*

»Das Herbstshooting für den Katalog«, rief sie ihm in Erinnerung.

Er rubbelte sich mit dem Handtuch die Haare trocken. »Herbst, hm?«

»In der Modewelt sind die Jahreszeiten vertauscht, das weißt du doch.« Mit dem Ärmel wischte sie über den beschlagenen Spiegel und beugte sich vor, um ihr Gesicht zu betrachten. »Miriam Goddard hat mich gefragt, wo ich mir die Haare machen lassen. Meinst du, das war eine versteckte Beleidigung?«

»Glaube ich nicht. Deine Haare sind perfekt, wie alles an dir.«

Sie lächelte flüchtig. »Dann will ich dir mal glauben. Wir leben hier wirklich wie auf dem Präsentierteller. Jeder hat eine Meinung über uns.«

Er ließ das Handtuch zu Boden fallen und legte die Arme um seine Frau. »Du beschwerst dich ständig über den Klatsch im Dorf. Also geben wir ihnen doch etwas, worüber sie tratschen können.«

Sie schob ihn von sich. »Sehr lustig. Du musst zum Unterricht, und ich muss los.«

»Kommen wir doch einfach ein wenig zu spät.«

»Nein, das werden wir nicht.« Sie tätschelte ihm die Schulter und ging in sein Büro. »In einem Dorf kann man nichts verbergen.«

»Mir gefällt das Dorfleben«, entgegnete er und zog sich schnell an. »Mir gefällt das langsame Tempo, das Gemeinschaftsgefühl.«

»Das Gefühl, dass jeder alles über jeden weiß«, ergänzte sie. »Glaub mir, die einzige Tochter von Pastor Moore zu sein war kein Picknick. Du warst ein Navy-Kind, du hast keine Ahnung, wie es ist, ständig darauf achtgeben zu müssen, nur ja nichts zu tun, was deine Eltern in Verlegenheit bringen könnte.«

Sierra störte sich manchmal an den prüfenden Blicken, doch Will sah das Ganze philosophischer. »Gut, dass wir jetzt alt genug und verheiratet sind. Für die Leute gibt es hier nichts zu sehen, so einfach ist das.«

»So einfach ist das nicht«, widersprach sie. »Einige werden immer etwas finden, worüber sie tratschen können.«

»Vielleicht hast du recht.« Er kam aus dem Bad und versuchte, sich die Krawatte zu binden. »Erinnerst du dich noch an den Sommer, in dem uns dein Dad beim Fummeln auf der Empore für den Chor erwischt hat? Ich hatte meine Hand unter deinem …«

»Hör auf«, sagte sie und schlug seine Hand weg. Dann trat sie vor und band ihm in dem inzwischen vertrauten Ritual die Krawatte. »Du bist in die Stadt zurückgekehrt, und ich musste mich allein den Konsequenzen stellen.«

»Komm schon, wir hatten Spaß. Deine Eltern sind inzwischen meine größten Fans.«

»Das stimmt. Manchmal denke ich, sie mögen dich lieber als mich.« Sie war wie immer sorgfältig zurechtgemacht: glänzende Haare, perfekt aufgetragenes Make-up und eine Stirn, die dank der Botox-Injektionen, auf denen Sierra bestand, glatt und makellos war.

»Ich nehme an, du hast einen vollen Tag vor dir«, sagte er.

»Jupp. Heute haben wir Innen- und Außenshootings.« Sie richtete seinen Kragen und trat einen Schritt zurück.

»Klingt gut. Also darfst du hübsche Sachen anziehen und sie von den Socken hauen.«

»Ganz genau.« Sie versuchte, ihre zu glatte Stirn zu runzeln. »Das älteste Model der Welt.«

»Nur meine Neuntklässler halten vierunddreißig für alt.«

»Tja, Eilmeldung: Die gesamte Modewelt denkt, vierunddreißig ist alt.«

Er wusste, dass er besser nicht mit einer Frau über die Modewelt sprechen sollte. Trotz des Unfalls, bei dem er ein Auge verloren hatte, sah er mit dem gesunden Auge sehr wohl, dass seine Frau umwerfend war. Die Art von umwerfend, bei der die Leute zweimal hinschauten, so wie sie es taten, wenn ein seltener Doppelregenbogen am Himmel erschien. Sie hatte schimmernde rote Haare und war schlank und hochgewachsen. Ihre günen Augen funkelten wie Juwelen. Sie hatte schon Anzeigen für Zahnpasta, Katzenstreu, hochwertige Parfüms und überhaupt alles geziert, was sich mit einem hübschen Gesicht verkaufen ließ.

Obwohl sie so unglaublich aussah, hatte sie sich ausgerechnet den einzigen Beruf ausgesucht, in dem ihr Aussehen nichts Besonderes war.

In letzter Zeit – und er wusste, dass sie das frustrierte – waren ihre Buchungen als High-Fashion-Model zurückgegangen. Und er würde garantiert nicht nach dem Grund dafür fragen. Er wollte nicht hören, dass es daran lag, dass sie alt war. Oder dass sie in dem kleinsten, hinterletzten Dorf auf der Welt wohnte, von wo aus sie mindestens zwei Stunden mit dem Auto fahren musste, um auch nur einen Hauch von Zivilisation zu finden.

»Hast du noch Zeit für eine Tasse Kaffee?«

Sie schaute auf die Uhr, die an der Wand über seiner Bürotür hing. »Aber nur kurz. Haare und Make-up beginnen um elf.«

»Wessen schöne Kleider wirst du heute tragen?«

Ihr Zögern verriet ihm, dass sie nicht glücklich war. »McCall's«, sagte sie kurz.

Ein Discountladen am unteren Ende des Spektrums also. Nicht gerade Nordstrom. »Die können von Glück reden, dich bekommen zu haben.«

Sie nahm die angebotene Tasse Kaffee und gab ein wenig Stevia hinein, denn sie achtete immer streng auf die Anzahl der Kalorien, die sie zu sich nahm. »Ja, klar.«

Er gab einen guten Schuss Sahne und echten Zucker in seinen Becher. Nach dem morgendlichen Lauf war er kurz vorm Verhungern, und die erste Pause hatte er erst nach der dritten Stunde. Während er seine Tasche für den Tag packte, überlegte er, ob er von seiner morgendlichen Begegnung mit Caroline berichten sollte.

Wenn er es nicht tat, würde Sierra von irgendjemand anderem von dem erst verschwundenen und dann wieder aufgetauchten Kind hören. Und auch, dass es von einem seiner Sportler gefunden worden war. Dann würde sie sich vielleicht wundern, warum er die Begegnung nicht erwähnt hatte. Wenn er es jedoch ansprach …

»Ich bin heute Morgen Caroline Shelby über den Weg gelaufen«, sagte er, während er seinen Gürtel in die Schlaufen seiner Hose einfädelte.

Sie lehnte sich gegen die Ecke seines Schreibtischs, die Augen aufgerissen, der Mund vor Überraschung geöffnet. »Caroline! Du machst Witze. Sie ist seit zehn Jahren wie ein Geist. Wo hast du sie gesehen? Hier im Ort?«

Er nickte. »Während eines Trainingslaufs mit dem Team. Ganz früh heute Morgen. Sie war beim *Bait & Switch*. Ich hatte den Eindruck, als wäre sie die ganze Nacht durchgefahren und gerade erst eingetroffen. Hast du gewusst, dass sie kommen wollte?«

»Nein. Wieso sollte ich? Wir haben seit Jahren keinen Kontakt mehr, abgesehen von einem Facebook-Like hier und da. Was will sie hier?«

»Das habe ich nicht gefragt. Wie gesagt, es war früh, und ich war mit der Mannschaft draußen.« Er hielt inne. »Hast du gewusst, dass sie zwei Kinder hat?«

Sie riss die grünen Augen noch weiter auf. »Caroline hat Kinder?«

»Einen kleinen Jungen und ein kleines Mädchen.«

»Wow. Ich hatte ja keine Ahnung. Ich schätze, dann werde ich ihr wohl die Tage über den Weg laufen. Wohnt sie bei ihren Eltern?«

»Das habe ich auch nicht gefragt.«

»Caroline Shelby. Zwei Kinder. Wow«, sagte sie noch einmal und schüttelte langsam den Kopf.

Will hatte immer gedacht, dass er und Sierra zu diesem Zeitpunkt in ihrem Leben auch schon ein oder zwei Kinder haben würden. Das war zumindest immer der Plan gewesen. Aber bisher hatten sie kein Glück gehabt. Was nicht daran lag, dass sie es nicht versucht hätten – was ehrlich gesagt der Teil war, der ihm an der ganzen Sache am besten gefiel. Er war bereit für Kinder. Er stellte sich vor, wie sie hier aufwuchsen, an dem Ort, der schon immer die Heimat seines Herzens gewesen war. Während seiner Zeit in der Navy hatte er die ganze Welt bereist. Er war mit seinem SEAL-Team an Orte entsandt worden, von denen die meisten Leute noch nie gehört hatten. Sein Stützpunkt war in Coronado gewesen. Er hatte Orte voller Magie und unglaublicher Schönheit gesehen, doch wenn er darüber nachgedacht hatte, wo er hingehörte, waren seine Gedanken immer zurück nach Oysterville gewandert, wo die Sommer über das Land hereinbrachen wie ein goldener Segen und wo die Winter mit sintflutartiger Ungezwungenheit tobten.

Sierra war einverstanden gewesen, zurückzukehren. Wie Caroline war sie hier aufgewachsen. Ihr Vater war immer noch Pastor der *Seaside Church*, und ihre Mutter kümmerte sich um den Kirchenbrief und den Veranstaltungskalender.

Sierra warf einen Blick auf die Uhr über der Tür. »Ich muss los.« Sie stellte sich auf die Zehenspitzen und gab ihm einen Kuss auf die Wange. »Warte mit dem Abendessen nicht auf mich. Es wird vermutlich spät. Es kann sein, dass ich in der Stadt bleibe.«

Das war ein Kompromiss, auf den sie sich früh in ihrer Beziehung geeinigt hatten. Wenn sie hier draußen an der Küste wohnten, würde sie es nach einem Job nicht immer nach Hause schaffen und in der Stadt übernachten. »Okay. Sag mir Bescheid. Und jetzt zieh los und hau sie um.«

»Okay.« Sie verdrehte kurz die Augen.

»Fahr vorsichtig. Ich liebe dich.«

Und dann war sie fort. *Ich liebe dich.* Natürlich liebte er sie. Sie war seine Frau. In letzter Zeit klangen ihre *Ich liebe dichs* allerdings routiniert und automatisch, ein Zeichen, dass sie in der gesetzten Phase ihrer Ehe angekommen waren. Was nichts Schlechtes war. Und doch fühlte er sich deswegen manchmal mies. Er hoffte, dass er sich das nur einbildete, aber in den letzten Monaten hatte seine Frau immer öfter Anzeichen von Unzufriedenheit gezeigt. Sie sprach häufig vom Leben in der Stadt, das sie geführt hatte, während er im Einsatz gewesen war – Los Angeles, Portland, Seattle. Es gab verstörende Hinweise darauf, dass ihre Ehe sich an den Rändern aufzulösen begann. Was würde Sierra glücklich machen? Er beschloss, später an dem begehbaren Kleiderschrank zu arbeiten, den er für sie in dem alten Haus baute. Vielleicht würde er ihn heute fertig bekommen – als Überraschung, wenn sie nach Hause kam.

Er schnappte sich seine Tasche und brach dann auf, um am Verwaltungsgebäude entlang zur Highschool zu gehen. Auf dem Weg grüßten ihn Kollegen und Schüler. Auch wenn Sierra es ein »Leben auf dem Präsentierteller« nannte, Will gefiel das enge Gemeinschaftsgefühl in der Gemeinde, die Beständigkeit, die das Leben hier mit sich brachte. Als Kind eines Navy-Soldaten hatte er nie lange genug an einem Ort gelebt, um wirklich dazuzugehören, und der einzige Ort, an dem er sich je zu Hause gefühlt hatte, war *Water's Edge*.

Als er und Sierra sich nach seiner Entlassung dauerhaft hier niedergelassen hatten, waren sie anfangs wie kleine Könige behandelt worden – die Tochter des Pastors und der verwundete Held. Eine Bezeichnung, die er im Laufe der Jahre nur zu gerne abgelegt hatte. Jetzt war er einfach nur Coach Jensen, der sich in einem Leben eingerichtet hatte, das sich für ihn genau richtig anfühlte. Zumindest meistens.

Wegen seiner Pflichten als Trainer hatte er keine eigene Klasse, die er betreute, also ging er ins Lehrerzimmer, um in sein Postfach zu schauen. Danach loggte er sich in den Computer ein, warf einen Blick auf seinen Kalender und suchte die Materialien für den Unterricht zusammen, bevor er sich auf den Weg zum Klassenzimmer machte. Die Wände des Schulkorridors waren voller bunter Ankündigungen – ein anstehender Schulball mit Damenwahl, Collegenacht, Club-Meetings –, und nach der morgendlichen Versammlung aller Schüler wimmelte es nun nur so vor Kindern, die die Türen ihrer Spinde zuknallten, sich laut miteinander unterhielten und ihre übervollen Rucksäcke in die Klassenräume schleppten.

Pünktlich mit dem ersten Klingeln betrat Will das Klassenzimmer. Er schaltete das Licht einmal an und aus, um seine Ankunft anzukündigen, dann stellte er sich vor die Klasse. »Okay, ihr Gelehrte und Taugenichtse«, sagte er wie immer. »Schalten wir unsere Gehirne an.«

Es gab das übliche Durcheinander, ein paar Schüler stöhnten oder gähnten. Hausaufgaben raus. Handys abgeben – er stellte sich neben den sogenannten Handyparkplatz, eine Ladestation vorne auf dem Tisch. Ein fehlendes Handy bedeutete einen fehlenden Schüler – oder einen vergesslichen. Platz 2c war nicht besetzt. »Ms. Lowry«, sagte er. »Sie sind entweder nicht da, oder Sie snapchatten noch nach dem ersten Klingeln …«

Mit einem hörbaren Seufzer stand May Lowry auf und legte ihr Handy auf die Ladestation. »Alle anwesend«, sagte er und drehte sich zur Tafel um, um mit der ersten Aufgabe des Tages zu beginnen. »Also, sagen wir, ihr startet einen Trip mit dem Auto morgens um neun Uhr von einem Punkt …«

»Von was für einem Punkt?«, rief jemand von hinten.

»Von egal wo, Idiot«, sagte der Junge neben ihm. »Das ist vollkommen unwichtig.«

»Ich finde das sehr wohl wichtig.«

»Na gut«, schaltete Will sich ein. »Aus New York City. Eure Fahrt beginnt in New York City.«

»Und wohin fahren wir?«, fragte May.

»Nach Oysterville«, rief ein anderes Kind dazwischen. »Wohin sonst? Sind wir nicht das Zentrum des Universums?«

»Hört gut zu«, sagte Will. »Die Geschichte wird noch komplizierter. Ihr fahrt mit vierzig Meilen pro Stunde. Um zehn Uhr startet ein weiteres Auto am gleichen Punkt mit sechzig Meilen pro Stunde in die gleiche Richtung. Wann wird dieses

Auto euch eingeholt haben und an euch vorbeiziehen?« Er schrieb die Aufgabe an die Tafel.

Jana Lassiter hob die Hand. Sie war ein keckes, kluges Mädchen, und es machte Spaß, sie in der Klasse zu haben. »Ich habe eine Frage. Wenn ich in New York City bin, warum sollte ich dann dort wegwollen, um ausgerechnet hierher zu fahren?«

»Ja, gute Frage«, bestätigte eine andere Schülerin.

»Laut der großen Tafel am Highway befinden wir uns hier im Ferienparadies am Watt«, sagte Will. »Aber darum geht es nicht …«

»Sind *Sie* schon mal in New York City gewesen?«, fragte Jana.

»Mr. Jensen war schon überall auf der Welt«, sagte Helen Stokes. Sie war eines von den Mädchen, die ein wenig in ihn verschossen waren, was Will peinlich war, weshalb er immer so tat, als bemerkte er es nicht. »Mit der Navy, oder, Mr. Jensen?«

»Auch darum geht es nicht. Es geht um Geschwindigkeit, Zeit und Entfernung.«

»Wie soll uns das in der realen Welt helfen?«, wollte ein anderer Schüler wissen.

»Wenn ihr diesen Kurs nicht besteht, werdet ihr die reale Welt gar nicht erst betreten«, entgegnete Will.

»Muss man dieses Zeug wissen, um Navy SEAL zu werden?«

»Mathe ist nur die Spitze des Eisbergs«, sagte Will.

»Stimmt es, dass Sie verletzt wurden, als Sie versucht haben, jemandem das Leben zu retten? Und stimmt es, dass Sie ein Glasauge haben?«

»Eine Augenprothese, das ist richtig. Und ich sage dir, was noch richtig ist«, wich Will dem Thema geschickt aus. »Nachsitzen. Und du bist drei Sekunden von der Höchststrafe entfernt.«

Der Junge sackte auf seinem Stuhl zusammen. »Entschuldigung, Sir.«

»Also, anstatt zu versuchen, sich zu drücken, bearbeiten wir doch besser die Aufgabe. *D1* ist die Entfernung des ersten Autos, und *t* steht für die Zeit …«

Entfernung, Geschwindigkeit und Zeit, reduziert auf eine schlichte Gleichung. So schön ordentlich. Es gab nur eine Lösung und nicht hundert mögliche Wege und Abkürzungen. *Wenn Caroline Shelby den Ort mit Lichtgeschwindigkeit verlassen und die Entfernung eines ganzen Kontinents und zehn Jahre zwischen sie gelegt hatte, an welchem Punkt würde er dann aufhören, sich zu fragen, was hätte sein können?*

# 7. Kapitel

Als Caroline die letzte Etappe ihrer Reise antrat, hing die morgendliche Meeresluft wie hauchdünne Gaze über den Moltebeeren und den Farnen, die am Straßenrand wuchsen. Dieser seltsame Nebel gab ihr das Gefühl, sich außerhalb von Zeit und Raum zu befinden und durch eine urzeitliche Welt zu schweben.

Durch den Adrenalinrausch, ausgelöst durch Addies Verschwinden am *Bait & Switch*, war sie immer noch aufgedreht und hellwach. Das Gefühl der Unwirklichkeit hüllte sie ein. Und doch war der Grund für ihre Reise nur zu real. Sie war hierhergekommen, weil sie Raum zum Atmen brauchte. Einen Ort, an dem sie alles sortieren, einen Plan für die Kinder schmieden konnte. Sie wusste nicht, ob sie die Antworten hier finden würde, aber eine andere Möglichkeit hatte sie nicht.

»Hier ist es irgendwie gruselig«, sagte Flick vom Rücksitz aus.

»Findest du?« Im frühen Morgenlicht sahen die Meeresarme und das bewaldete Hochland vermutlich wirklich ein wenig bedrohlich aus.

»Sind wir hier sicher?«

Diese Frage, die keinen Sechsjährigen umtreiben sollte, stellte er oft. Und endlich konnte sie ihm voller Überzeugung antworten: »Ja, total.«

»Ich sehe keine Häuser, sondern nur Wälder und Nebel.«

»Und Hunderttausende Watvögel«, erwiderte sie. »Es ist die Zeit der Frühjahrszüge, und viele verschiedene Vogelarten kommen hierher, um sich auszuruhen und zu essen. Wir werden mal zusammen auf Erkundungstour gehen, dann wirst du es sehen. Außerdem besorgen wir dir ein Fernglas wie für einen professionellen Vogelbeobachter.«

Addie wachte wimmernd auf. »Ist es schon Morgen?«

»Du bist weggelaufen«, sagte Flick. »Du warst ungezogen.«

»Ich bin nicht ungezogen.«

»Nein, das bist du nicht«, schaltete Caroline sich schnell ein, bevor die beiden ernsthaft anfingen, sich zu zanken. »Addie, auch wenn du nichts falsch machen wolltest, hast du auf der Tankstelle vergessen, dortzubleiben, wo ich es dir gesagt habe, als ich losgelaufen bin, um Flick zu holen.« Sie warf einen Blick in den Rückspiegel. Das kleine Mädchen rieb sich gähnend die Augen. »Es macht mir Angst, wenn ich nicht weiß, wo du bist. Als du also zurück ins Auto geklettert bist, ohne es mir zu sagen, habe ich mir schreckliche Sorgen gemacht.«

Addie schaute aus dem Fenster und blinzelte sich den Schlaf aus den Augen.

»Mama ist auch gegangen, ohne uns Bescheid zu sagen«, merkte Flick an.

Caroline versuchte, unter der Erinnerung nicht zusammenzuzucken. »Das ist etwas ganz anderes. Sie ist nicht freiwillig gegangen. Das hätte sie niemals getan.«

Seit dem Vorfall – sie wusste nicht, wie sie es sonst nennen sollte – hatte sie Unmengen an Büchern darüber verschlungen, wie man kleinen Kindern durch eine Krise half. Während der einwöchigen Fahrt hierher hatte sie tägliche Videotelefonate mit einer Kinderpsychologin geführt, die sie sich nicht leisten konnte. Von der Psychologin und aus den Büchern hatte sie Tipps erhalten, wie man geeignete Worte wählte, die die Kinder verstanden, und wie man ehrlich und ermutigend auf Fragen antwortete. Doch schlussendlich gab es kein Drehbuch für diese Situation, keine Landkarte, die ihr die richtige Richtung wies. Und sie wusste, trotz all ihrer Bemühungen würden Worte am Ende nie genug sein.

Nicht lügen. Aber auch nicht zu viel erklären.

»Du hast gesagt, dass wir gleich da sind«, wechselte Flick das Thema und reckte den Hals, als sie an einem großen Schild vorbeikamen, das sie im »Ferienparadies am Watt« willkommen hieß.

»Sind wir gleich da?«

»Tja, das kommt darauf an, was du als *gleich* bezeichnest. Ich kann euch sagen, dass wir rechtzeitig zum Frühstück da sein werden. Ich habe meiner Schwester Virginia eine Nachricht geschickt, und sie hat mir gesagt, dass sie Blaubeerpfannkuchen mit echtem Sirup macht. Ihre Blaubeerpfannkuchen sind die besten im ganzen Land.«

Ein Blick in den Rückspiegel verriet ihr, dass sie die Aufmerksamkeit der Kinder hatte. Gut, dachte sie. Bring sie ins Hier und Jetzt. Das war noch etwas, das sie in ihrem Crashkurs übers Elternsein gelernt hatte: Biete den Kindern konkrete Informationen auf einem für sie verständlichen Level an. Erzähle ihnen vorab, was passieren wird. Nicht zu weit im Voraus, aber so weit genug, dass sie wissen, was sie erwartet. Flick und Addie hatten bisher nur das umtriebige, bunte Viertel von Hell's Kitchen kennengelernt, wo sie einen Block von ihrer Grundschule entfernt mit ihrer Mutter gelebt hatten. Jetzt standen sie davor, eine fremde neue Welt zu betreten, und Caroline sah ihre stummen, weit aufgerissenen Augen und wusste, dass sie Angst hatten.

»Spielen wir das Erinnerungsspiel«, schlug sie vor, um die innere Unruhe zu vertreiben, die einem Zusammenbruch oft vorausging. »Wie heißt der Ort, in dem meine Familie lebt?«

»Oysterville!«, riefen beide zusammen.

»Hey, das ist super. Das habt ihr drauf. Jetzt kommt eine etwas schwierigere Frage: Wie viele Geschwister habe ich?«

»Fünf!«, sagte Flick.

»In meiner Familie gibt es fünf Kinder, also habe ich vier Geschwister.«

»Wie viel ist vier?«, fragte Addie.

»So viel wie deine Finger ohne Daumen.« Flick hob seine Hand. »Eins, zwei, drei, vier.«

»Mit den Fingern hast du recht«, sagte Caroline. »Ich habe zwei ältere Schwestern und zwei jüngere Brüder. Erinnert ihr euch noch? Ich habe euch erzählt, dass unsere Familie ein Geschwister-Sandwich mit mir in der Mitte ist.«

Zerquetscht in der Mitte, dachte sie.

»Spielen wir noch einmal das Namensspiel«, sagte sie. Sie wollte die Kinder mit den neuen Umständen vertraut machen, damit sich nicht alles so schrecklich fremd für sie anfühlen würde. »Könnt ihr euch an die Namen meiner Schwestern erinnern?«

»Virginia«, sagte Flick. »Das hast du gerade gesagt.«

»Gut. Wie ist es mit meiner anderen Schwester? Wisst ihr noch, dass wir Mädchen alle nach amerikanischen Bundesstaaten benannt wurden? Caroline für Carolina, Virginia und ...?«

»Georgia!«, rief Flick.

»Georgia«, wiederholte Addie.

»Ganz genau. Und meine beiden Brüder sind jünger als ich, weil ich das mittlere Kind bin. Unsere Eltern haben sie nach Städten benannt.«

Ihre Eltern fanden auch nichts dabei, jedem zu erzählen, dass sie ihre Kinder nach den Orten benannt hatten, in denen sie gezeugt worden waren. Caroline fand, das war etwas zu viel Information. »Mal sehen, ob ihr euch erinnert. Ich habe euch die Fotos auf meinem Handy gezeigt.«

»Jackson.«

»Richtig. Jackson lebt auf einem Boot im Hafen von Ilwaco. Wir sind daran vorbeigekommen, als es noch dunkel war, aber ich wette, er würde es euch gerne zeigen. Er ist Fischer und beliefert unser Restaurant mit Fischen und Meeresfrüchten.«

»Wie kann er denn auf einem Boot leben?«, fragte Addie.

»Glaub mir, du bist nicht die Erste, die diese Frage stellt.« Jackson war der Freigeist der Familie und interessierte sich nicht sonderlich für das, was man ein normales Leben nannte.

»Ist es ein Haus, nur als Boot?«

»Nicht ganz. Es ist ein Boot mit sehr kleinen Zimmern darin. Wir werden ihn bald besuchen fahren. Nun zu meinem anderen Bruder – er ist der Jüngste der Familie.«

Zögern.

»Sein Name fängt mit *Au* an«, gab sie ihnen einen Hinweis. »Wenn ihr älter seid, werdet ihr in der Schule die Staaten und ihre Hauptstädte lernen, und dann erfahrt ihr, dass es die Hauptstadt von Texas ist.«

Flick zuckte mit den Schultern. »Hab ich vergessen.«

»Das macht nichts. Es ist immer schwer, sich Namen zu merken, wenn man die Leute nicht kennt. Meine Brüder sind Jackson und Austin. Meine Eltern heißen Dottie und Lyle. Wie wäre es damit: Erinnert ihr euch noch an den Namen vom Restaurant meiner Familie?«

*»Star of the Sea!«*

Während der Fahrt hatten sie an Dutzenden Restaurants, Diners und Raststätten gehalten. Sie hatte den Kindern von dem Restaurant ihrer Familie erzählt, das ihre Eltern vor vielen Jahren eröffnet hatten. Inzwischen war es ein berühmtes Ausflugsziel auf der Halbinsel und lag direkt am Strand, zwischen den Dünen, wo sich das Meer und der Sand trafen.

»Das ist richtig«, bestätigte sie. *»Star of the Sea.* Ich glaube, es wird euch gefallen.«

»Können wir da jetzt hinfahren?«, fragte Flick. »Ich habe Hunger.«

»Meine Schwester macht uns Frühstück bei uns zu Hause«, rief Caroline ihm in Erinnerung. »Aber wir werden ausreichend Gelegenheit haben, dort zu essen. Der gesamte Shelby-Clan arbeitet im Restaurant.« Ihr Bruder Austin war staatlich geprüfter Buchhalter und für die Finanzen zuständig, und Georgia war die Managerin. »Es ist ein echtes Familienunternehmen.«

»Nur du arbeitest da nicht«, warf Flick ein.

»Stimmt. Nur ich arbeite da nicht.«

Als Kind war Caroline nicht bewusst gewesen, wie hart ihre Eltern arbeiteten – lange Arbeitstage und der Kampf mit den all den Problemen, die mit der Eröffnung eines Restaurants einhergingen. Als sie älter wurde, hatte sie versucht, ihren Teil beizutragen, doch sie hatte nie über die Leidenschaft und den Einsatzwillen verfügt, die nötig waren, um sich ganz in das Unternehmen einzubringen. In der Shelby-Familie war sie die Träumerin, die sich immer nach etwas sehnte, das sie hier nicht finden würde.

»Ich habe allerdings die Jacken für die Köche und die Uniformen für die Kellnerinnen und Kellner entworfen. Aber sie haben ihnen nicht gefallen. Sie waren zu Avantgarde.«

»Was bedeutet das?«

»Sie waren zu toll«, sagte sie.

»Wirst du jetzt in dem Restaurant arbeiten?«, fragte Addie.

Ich habe keine Ahnung, was ich tun werde, dachte Caroline.

»Wir werden sehen.« Sie hielt kurz inne. »Als Kind war ich jedes Mal skeptisch, wenn ein Erwachsener gesagt hat: ›Wir werden sehen.‹ Was soll das überhaupt heißen? Was werden wir sehen? Und wann?«

Keine Reaktion. Sie konnte den Kindern nicht verdenken, dass sie sich genauso verwirrt und verloren fühlten wie sie. Sie seufzte. »Und jetzt habe ich gerade ›Wir werden sehen‹ gesagt. Heißt das, ich bin jetzt eine Erwachsene?«

»Du warst schon immer eine Erwachsene«, sagte Flick.

»Danke schön. Du glaubst nicht, dass ich mal ein Kind war wie du?«

»Wir werden sehen«, gab er zurück.

»Du bist ganz schön frech«, sagte sie. »So, jetzt passt auf. Ich möchte, dass ihr Ausschau nach einem bestimmten Briefkasten haltet. Auf dem steht *Shelby*, und er ist mit Muscheln dekoriert.«

Sie verlangsamte das Tempo, als sie zwischen den hügeligen Dünen auf der Westseite und einem Küstenwald an der Ostseite entlangfuhren. Der Nebel wand sich wie eine Schlange durch die Landschaft. Handgemalte Schilder lockten die Touristen mit frischen Eiern und Biogemüse, Cranberrys und Blaubeeren zum Selbstpflücken. Windschiefe Briefkästen trugen ihr sowohl bekannte als auch unbekannte Namen – Gonzalez, Moore, Espy, Haruki, Ryerson.

»Ich seh ihn, ich seh ihn«, sang Flick. »Fahren wir da hin?«

Der mit Muscheln bedeckte Briefkasten war eine Monstrosität und so hässlich, dass er zu einem Wahrzeichen geworden war. Sie und ihre Geschwister hatten ihn einmal als Überraschung für ihre Eltern gebastelt. Zu fünft hatten sie den Betonklotz gegossen und den Briefkasten mit einem Mosaik aus Muschelschalen, Seeglas, Treibholz und Knochen von einem Seelöwenkadaver, den sie am Strand gefunden hatten, beklebt. Caroline hatte natürlich eine bestimmte Vorstellung von dem fertigen Design gehabt, aber die anderen hatten sich ohne jeglichen Sinn für Ästhetik in die Aufgabe gestürzt. Als ihre Mutter das Geschenk gesehen hatte, war sie in Tränen ausgebrochen, und bis heute war Caroline nicht vollkommen davon überzeugt, dass es Tränen der Rührung gewesen waren. Jetzt, Jahrzehnte später, war der Briefkasten ein schweigendes Mahnmal an die Vergangenheit. Sein Anblick weckte Erinnerungen in ihr, für die sie mit einem Mal sehr dankbar war.

Sie bog in die Straße ein, die zum Haus der Shelbys führte. Die Auffahrt war mit Austernschalen bedeckt und wurde von windgebeugten Büschen und Beeten voller Strandrosen gesäumt. Seitdem sie direkt nach der Highschool von hier weggezogen war, hatte Caroline ihre Familie pflichtbewusst ein paarmal zu Weihnachten besucht. Sie war nach Seattle oder Portland geflogen, hatte sich einen Mietwagen genommen und war die drei Stunden bis an die Küste gefahren. Das hatte die Familie zufriedengestellt und ihren Ruf als schwarzes Schaf zementiert.

Jede Familie braucht ein Haustier, hatte ihr Bruder Jackson immer gewitzelt.

Doch dieses Mal war alles anders. Das hier war kein Besuch. Und das schwarze Schaf hatte nun zwei Lämmer.

Nichts hier, in dem am Wasser gelegenen Königreich, in dem sie aufgewachsen war, hatte sich verändert. Die Bäume und Büsche waren vom Wind gebeugt und vom Wetter gegerbt und krallten sich mit ihren weit ausgreifenden Wurzeln tief in den Sand der Dünen. Das Haus war groß und bescheiden, die Außenwände aus Holz waren in einem Grauton gestrichen, die Fensterrahmen weiß, und auf dem Dach wuchsen Moos und Flechten.

Doch der Ort, an dem dieses ganz gewöhnliche Haus stand, machte es zu etwas Besonderem. Hinter dem Garten begannen die Dünen – die Vorläufer eines wahren Königreichs. Der sich ständig in Bewegung befindliche Strand und die Gräser erstreckten sich bis zum Meer und waren so wild wie ein rastloser Traum. Hier gab es keine Promenade wie in der Hauptstadt der Insel, kein Wegenetz, nur dichtes, hüfthoch stehendes Strandgras, zwischen dem kleine, wetterfeste blühende Pflanzen wie Chile-Erdbeeren, Meersenf, einheimische Lupinen und Strand-Platterbsen wuchsen.

»Wir sind da«, sagte sie zu den Kindern. »Vor langer, langer Zeit war das hier meine gesamte Welt.« Sie ließ den Blick über den Garten mit seinen knorrigen Apfelbäumen und dem großen Amberbaum gleiten, an dem eine Schaukel hing. Es gab einen Hühnerstall und einen Gemüsegarten, der zum Schutz gegen Rehe eingezäunt war. Es war wirklich ein wunderschöner Ort – den zu verlassen sie einst nicht hatte erwarten können.

»Wir sind da?«, fragte Flick.

»Wir sind da!«, rief Addie und presste sich ihre Wonder Woman gegen die Brust.

»Ja, endlich sind wir da«, bestätigte Caroline.

Als sie den Wagen abgestellt und die Kinder abgeschnallt hatte, waren ihre Eltern schon auf die Veranda hinausgekommen, um sie zu begrüßen.

»Willkommen zu Hause.« Mit weit geöffneten Armen eilte ihre Mutter die Treppe hinunter und überquerte den Vorplatz. Ihre langen Haare flatterten hinter ihr her, und für einen Moment sah sie so unglaublich jung aus in ihren engen Jeans, dem schlichten Karohemd und den Halbstiefeln, die sie immer zur Gartenarbeit trug.

Im Näherkommen sah Caroline jedoch die feinen Linien, die die Augen ihrer Mutter umgaben, die leichte Fülle um ihre Hüften. Aber das Lächeln und die zur Begrüßung ausgestreckten Arme waren wie immer.

Während die Kinder sich an ihre Beine drückten, genoss Caroline die feste Umarmung von Dottie Shelby. Ihre Mutter roch nach Handseife und Bodylotion, und ihre Umarmung war wie ein Zufluchtsort. »Ich bin so froh, dass du einen ganzen Tag früher gekommen bist«, sagte sie und trat einen Schritt zurück.

»Ich konnte nicht schlafen, also haben wir zusammengepackt und sind losgefahren«, sagte Caroline. »Hey, Dad.«

Er schloss sie in seine tröstenden, mächtigen Arme. Es war das erste Mal seit Angeliques Tod, dass Caroline sich wirklich sicher fühlte. Sie schloss die Augen und erlaubte sich, diesen Moment des Friedens zu genießen, wobei sie sich kurz in die Rolle der geliebten Tochter zurückversetzt fühlte.

Ihre Eltern waren fit und attraktiv, oft waren sie in den offiziellen Broschüren der örtlichen Handelskammer abgebildet als Beispiel für ein Paar, das sich mit harter Arbeit und Entschlossenheit seinen Traum verwirklicht hatte. Sie hatten sich auf der Kochschule in der Bay Area kennengelernt – Dottie, das Inselmädchen, und Lyle, der Kalifornier. Als die Ausbildung endete, hatten sie ihre Träume und ihre Leben miteinander verwoben.

»Es ist schön, wieder hier zu sein«, sagte Caroline. »Flick und Addie haben einen langen Weg hinter sich gebracht, um euch kennenzulernen.«

Ihre Mutter ging in die Knie und sah die Kinder an. »Ich bin froh, dass ihr hier seid. Ich bin Dottie, und das ist Lyle. Ihr könnt mich Dottie oder Grammy Dot nennen. So rufen mich meine anderen Enkelkinder.«

Wollte sie mit *anderen Enkelkindern* etwas andeuten?

»Aber das müsst ihr nicht jetzt sofort entscheiden«, fügte sie hinzu.

Addie umklammerte ihre Wonder Woman und starrte zu Boden. Flick musterte Dottie mit ernster, nachdenklicher Miene. »Mein echter Name ist Francis«, sagte er.

»Oh! Ist dir das lieber als Flick?«

Er schüttelte den Kopf. »Als ich noch ein Baby war, konnte ich Francis nicht aussprechen, also habe ich immer Flick gesagt. Das ist irgendwie hängen geblieben, also bleibe ich dabei.«

»Das ist eine gute Idee. Ich wette, ihr habt Hunger.« Dottie Shelby war ein Mensch, der andere so sah, wie sie gesehen werden wollten. Sie hatte die besondere Gabe, das Beste in den Menschen hervorzubringen, ob es nun Kinder oder Erwachsene waren.

»Wir haben Gerüchte gehört, dass es heute Pfannkuchen gibt«, sagte Caroline.

»Ganz genau. Kommt rein, lasst uns essen. Dad bringt eure Sachen hinein. Es gibt so viel zu tun und zu sehen, aber das müsst ihr nicht alles heute machen«, plapperte sie weiter. »Ihr beide seht aus, als würdet ihr gerne laufen und springen. Stimmt das?«

Flick und Addie tauschten einen Blick, und Flick nickte zögernd. Dottie bedrängte sie nicht weiter, sondern marschierte voran ins Haus.

Drinnen hielten die Kinder sich eng an Caroline. Das alte Haus hieß sie genauso vertraut willkommen, wie die Umarmung ihrer Mutter es getan hatte. Durch einen Spiegel, der das Licht von draußen reflektierte, war der Eingangsbereich einladend hell. In einer Ecke stand ein Garderobenständer aus Treibholz.

Jedes Haus hatte seinen ganz eigenen Geruch. In diesem hier war es eine Mischung aus Gebackenem, der salzigen Meerluft und dem speziellen Duft des ständig laufenden Wäschetrockners. Zumindest war er ständig gelaufen, als Caroline und ihre

Geschwister noch klein gewesen waren. Jetzt wurde vermutlich wesentlich weniger Wäsche gewaschen, doch der frische Duft lag noch in der Luft.

Das Wohnzimmer war mit einer Mischung aus Möbeln, Familienfotos, ein paar Antiquitäten und Dotties altem Klavier gefüllt.

»Wir haben alle Unterricht genommen«, sagte Caroline, als sie Flicks Interesse bemerkte. »Mein Bruder Austin ist richtig gut gewesen.« Sie ging mit den beiden ins Badezimmer und schaffte es irgendwie, Addie ihre nach Urin riechenden Klamotten aus- und frische Sachen anzuziehen. Dann sorgte sie dafür, dass die beiden sich die Hände wuschen, wobei sie sich immer noch daran gewöhnen musste, dass sie nun für solche Aufgaben zuständig war. Noch vor wenigen Tagen war sie nur für sich allein verantwortlich gewesen und hatte mitten in New York Citys Fashiondistrikt gewohnt.

Überall sah sie Erinnerungsstücke – eine selbst getöpferte Seifenschale mit einem kleinen Handabdruck darin, die Jackson aus der Vorschule mitgebracht hatte. Ein Familienfoto über der Kommode, auf dem die älteren Mädchen ein Surfbrett mit Caroline und den Jungs darauf trugen. Sie erinnerte sich noch an das Gelächter, das ausgebrochen war, als sie dieses Bild inszeniert hatten, denn dabei waren sie mehrmals in den Sand gefallen. Auf dem Foto war sie acht oder neun und trug einen von Virginias abgelegten Badeanzügen, dem sie mit einem kleinen, per Hand angenähten Rüschenröckchen neues Leben eingehaucht hatte.

»Ich muss los zur Arbeit!«, rief Dad vom Eingang aus. »Wir sehen uns heute Abend, okay, C-Shell?«

»Klingt gut«, erwiderte sie.

Der nächste Halt war die Küche. Im Gegensatz zu dem, was die meisten Leute bei einer Familie erwarten würden, die seit langer Zeit ein Restaurant betrieb, war diese Küche klein und schlicht. Sie hatte nur einen vierflammigen Gasherd, einen großen Kühlschrank und die lebenswichtige Spülmaschine. Dottie hatte immer gesagt, eine schicke Küche sei kein Ersatz für gute Kochkünste.

»Ich bin Virginia«, sagte ihre Schwester und warf ihnen von ihrem Platz an der Arbeitsplatte einen Luftkuss zu. »Und ihr werdet gleich die besten Pfannkuchen eures Lebens essen.«

Caroline stupste die Kinder an. »Manchmal kann sie ganz schön herrisch sein.«

»Nicht herrisch«, widersprach Virginia. »Ich habe nur bessere Ideen als die meisten Menschen.« Sie war die zweitälteste und kommunikativste der Shelbys. »Ich habe ein geheimes Pfannkuchenrezept. Aber ich verrate es jedem, also ist es nicht wirklich ein Geheimnis.« Sie schob ein paar Barhocker an den Tresen. »Setzt euch, ihr zwei, und passt gut auf. Ihr müsst die trockenen Zutaten erst sieben. Seht ihr, wie das geht?« Sie machte es vor und ließ die beiden es dann probieren. »Das macht den Teig nachher schön fluffig. Und wir nehmen Buttermilch, keine normale Milch. Das schmeckt dann leicht säuerlich.« Sie bot den beiden einen Löffel zum Probieren an, aber die Kinder zuckten zurück und schüttelten stumm den Kopf.

Als Caroline beobachtete, mit welcher Leichtigkeit ihre Schwester mit den Kindern umging, kamen erneut die Zweifel in ihr auf, die sie quer durchs Land getrieben hatten. Anders als Virginia und ihre Mom verstand sie Kinder einfach nicht. Das hatte sie noch nie getan. Sie hatte immer lauthals verkündet, dass sie aus freien Stücken keine Kinder haben wolle. Möglicherweise hatte sie deshalb auch keinen Freund, aber das war der Preis, den sie für ihre Freiheit bezahlte. Und doch hatte sie nun zwei Kinder, um die sie sich kümmern musste, und keine Ahnung, wie das gehen sollte.

Kurz dachte sie über Will Jensens Gesichtsausdruck nach, als sie ihm gesagt hatte, die Kinder seien ihre.

Und das waren sie. Aber gleichzeitig auch nicht.

»Die Eier stammen von unseren eigenen Hühnern. Seht ihr, wie schön gelb das Eigelb ist?« Virginia zerbrach zwei Eier über einer Glasschüssel und verrührte sie mit der Buttermilch und ein wenig geschmolzener Butter. Dann gab sie die restlichen Zutaten dazu. »Das größte Geheimnis ist jedoch diese gusseiserne Pfanne. Es ist eine Griswold – die werden gar nicht mehr hergestellt. Die hier ist so glatt wie Glas. Ich habe sie auf die perfekte Temperatur gebracht, und jetzt brauche ich eure Hilfe.«

Sie gab ein wenig Teig in die Pfanne und zeigte den Kindern, wie sie die Blaubeeren darauf verteilen konnten. Ein paar Minuten später führte Caroline die beiden zu der an die Küche angrenzende Essecke. Mit weit aufgerissenen Augen sahen sie zu, wie Caroline die ersten Pfannkuchen zum Tisch brachte, die vor Blaubeeren schier barsten und in Butter und warmen Ahornsirup schwammen. Das ultimative Trostessen.

»Haut rein, ihr zwei«, sagte sie. »Schlagen wir uns die Bäuche voll, und dann zeige ich euch euer Zimmer.« Über ihre Köpfe hinweg schaute sie zu ihrer Mutter, die zustimmend nickte.

Die Kinder verschlangen das Frühstück in rasender Geschwindigkeit. Caroline nahm sich einen Kaffee und einen Pfannkuchen direkt aus der Pfanne. Er war so gut, dass ihr beinahe die Tränen kamen. »Danke, Virginia. Das war köstlich. Die Fahrt ist anstrengend gewesen.«

»Ihr habt ein ganz schönes Abenteuer hinter euch«, sagte ihre Mutter. »Ihr sollt wissen, wie leid mir das mit eurer Mutter tut. Sie muss euch schrecklich fehlen.«

»Sie ist gestorben«, sagte Addie. »Sie kommt nicht zurück.«

»Das ist fürchterlich. Ich wünschte, ich könnte etwas für euch tun. Aber wir können euch nur lieben und beschützen und euch helfen, euch an eure Mom zu erinnern. Wenn ihr traurig seid und darüber reden wollte, hören wir euch jederzeit zu.«

Caroline war ihrer Mutter und ihrer Schwester unbeschreiblich dankbar. Das hier war nicht der Weg, den sie je für sich gewählt hätte, doch nun musste sie sich weit entfernt von dem Leben, das sie in New York geführt hatte, um zwei Waisenkinder kümmern. Im Bruchteil einer Sekunde hatte sich alles verändert – ungeplant und unvorhergesehen. Und sie musste schauen, wie sie damit klarkam. Ohne die Unterstützung ihrer Familie hätte sie nicht gewusst, was sie tun sollte.

Nach dem Frühstück sagte ihre Mutter: »Jetzt räumen wir zusammen den Tisch ab, und dann gucken wir uns mal euer Zimmer an.«

Flick ließ den Blick einmal über den Tisch gleiten und zog die Augenbrauen leicht zusammen. Angelique war in vielerlei Hinsicht eine unkonventionelle Mutter gewesen, und bei ihr hatten die Kinder im Haushalt nicht mithelfen müssen.

»Wir bringen alle unseren Teller zur Spüle«, sagte Caroline. »Dann wischen wir den Tisch ab.« Es fiel ihr leicht, in die vertraute Routine zurückzufallen, aber sie merkte, dass die Kinder Zeit brauchten, um sich an die neuen Umstände zu gewöhnen.

Das Aufräumen ging schnell, und danach gingen sie alle nach oben, wobei sie an weiteren Familienfotos vorbeikamen, die an den Wänden hingen. Für Flick und Addie hatte Dottie das Zimmer vorbereitet, das Caroline sich einst mit Virginia geteilt hatte. Georgia, die Älteste, hatte das Privileg eines eigenen Zimmers gehabt, was sie ausgenutzt hatte, um über die anderen wie eine Königin zu herrschen. Die Jungs hatten sich ein weiteres Zimmer geteilt, und alle fünf hatten sich wie die Gassenjungen um das Badezimmer gestritten.

Nun stand ihre Mutter in der weit geöffneten Tür. »Ich habe Spielzeuge von früher herausgeholt«, sagte sie. »Ich hoffe, ihr mögt Lego und Stofftiere. Und Bücher mit Seiten, die man tatsächlich umblättern kann.«

Die Kinder schauten sich mit großen Augen im Zimmer um. Verglichen mit der Wohnung in Hell's Kitchen und später der, die sie sich mit Caroline und ihrer Mutter geteilt hatten, wirkte das Zimmer auf sie vermutlich so groß wie ein Flugzeughangar.

An den Wänden hingen noch ein paar alte Landkarten. Die Farben waren verblasst, und das trockene Papier rollte sich an den Ecken auf. Caroline sah, wie Addie die Karten musterte.

»Das sind die Vereinigten Staaten«, sagte sie. »Das ganze riesige Land. Hier ist New York, von wo wir letzte Woche losgefahren sind. Und wir sind den ganz Weg bis hierher gekommen.« Sie fuhr die Route mit dem Finger nach und wies auf die Stelle, an der sich Oysterville befinden würde, wenn es denn groß genug gewesen wäre, um auf einer Landkarte aufzutauchen.

»Das war eine sehr lange Fahrt«, sagte ihre Mom. »Ich hoffe, ihr beide werdet euch hier wohlfühlen.«

Addie betrachtete zögernd die Spielzeuge und Bücher, die Carolines Mom sorgfältig ausgesucht hatte. Und Dotties Aufmerksamkeit hatte da nicht geendet. Sie hatte auch einige von Carolines ersten und sehr gewissenhaft angefertigten Stücken aufbewahrt. »Caroline hat die Überdecken und die Vorhänge ganz allein genäht, als sie erst zwölf war. Sie war schon immer gut in solchen Dingen. Gefällt es euch auch, etwas selbst zu machen?«, fragte sie die Kinder.

Flick zuckte mit seinen kleinen Schultern und senkte dann den Blick zu Boden.

Die Überdecken waren auch als »Crazy Quilts« bekannt, und laut Lindy im Quilt-Shop hatte Caroline das Wort »verrückt« auf eine ganze neue Ebene gehoben. Die Stücke bestanden nicht aus den üblichen gleichförmigen Quadraten, sondern aus vollkommen unterschiedlichen, kunterbunten Formen, die zusammengenäht und mit ausgefeilten Verzierungen gesäumt worden waren. Caroline ließ die Hand über den Stoff gleiten und dachte an das kleine Mädchen, das von Kunst und Design so besessen gewesen war. Es hatte nie eine Zeit gegeben, in der sie nicht irgendetwas entworfen hätte. Sie hatte sich hier so eingesperrt gefühlt und gewusst, dass es in der großen weiten Welt so viel zu entdecken und zu lernen gab. Selbst nach Jahren in New York bezweifelte sie noch immer, dass ihre Familie ihren Hunger und das Bedürfnis verstand, im pulsierenden Zentrum der Designwelt leben zu wollen.

Nach Hause zu kommen fühlte sich wie eine liebevolle Umarmung an.

Nach Hause zu kommen fühlte sie wie eine Niederlage an.

Nach Hause zu kommen war ihr letzter Ausweg.

Das Gefühl war wie ein hohler Raum in ihrem Inneren. Caroline wusste, es war falsch, sich so gehen zu lassen. Ein besserer Mensch würde das Gefühl von Verunsicherung in Entschlossenheit verwandeln. Doch in diesem Moment, in dem die Erschöpfung sie zu überwältigen drohte, war sie nicht stark genug, um sich gegen die Verzweiflung zu wehren, die immer wieder in ihr aufstieg.

Addie ging mit Wonder Woman in der Hand zu der Dachgaube zwischen den beiden Betten und schaute hinaus. Eine dicke Glyzinie rankte sich am Haus entlang, und ihre violetten Blüten wippten in der Brise. Im Garten gab es vor Alter knorrige Obstbäume und eine Feuerstelle, um die sie sich früher immer abends versammelt hatten, um Marshmallows zu rösten und einander Geschichten zu erzählen. In der Ferne, hinter den Dünen, lag der flache Sandstrand.

Caroline ging neben ihr in die Hocke. »Virginia und ich haben hier oft an Sommerabenden nebeneinandergestanden und die Leute am Strand beobachtet. Du wirst sehen – im Sommer bleibt es unglaublich lange hell; weit über neun Uhr hinaus. Wenn wir also die Kinder am Strand haben spielen sehen, fanden wir das immer unglaublich unfair. Es kam uns nicht richtig vor, dass wir ins Bett mussten, während der Rest der Welt noch aufbleiben durfte.«

»Und doch habt ihr es überlebt«, warf ihre Mutter ein.

»Stimmt.« Caroline richtete sich auf. Später war die Glyzinie ihr Fluchtweg gewesen. Sie hielt es für besser, das jetzt nicht zu erwähnen.

»Was ihr da seht, ist der Pazifik«, erklärte sie den Kindern. »Das ist der größte Ozean der Welt. Wir wäre es, wenn wir uns jetzt ein wenig ausruhen und nachher ans Wasser gehen?«

»Ich bin nicht müde«, sagte Flick.

Caroline hatte das Gefühl, eine Woche durchschlafen zu können. Was allerdings mit zwei Kindern, die sie brauchten, keine Option war. »Okay. Dann gehen wir jetzt an den Strand und erkunden die Gegend. Und es gibt noch mehr gute Neuigkeiten.«

Das erregte ihre Aufmerksamkeit.

»Keine Fahrten mit dem Auto heute.«

»Jippie!«

»Nach der ganzen Fahrerei müssen wir uns dringend die Beine vertreten.« Sie gingen nach unten, und auf dem Weg zur Tür drehte Caroline sich zu Virginia um. »Danke noch mal fürs Frühstück.«

»Gern geschehen.« Virginia wischte die Arbeitsplatte ab. »Ich habe aber noch einige Fragen.«

»Das kann ich mir vorstellen«, erwiderte Caroline.

»Drinks heute Abend, nachdem die beiden im Bett sind, ja?«

»Okay.« Drinks und Gespräche wären ein guter Anfang. Sie ging mit den Kindern hinaus. Die Luft war klar und feucht; sie roch nach Meer und irgendwie verheißungsvoll. »Ihr könnt im Garten überall spielen, wo ihr wollt«, erklärte sie. »Aber bleibt auf dem Grundstück, wenn ihr nicht von einem Erwachsenen begleitet werdet.« Sie schlenderten gemeinsam durch den Obstgarten, und Caroline zeigte ihnen die Rankgitter für die Beeren und den Gemüsegarten, der gerade für die neue Saison frisch angelegt worden war. Schließlich kamen sie an den von einem Maschendrahtzaun umgebenen Hühnerauslauf.

»Können Hühner beißen?«, fragte Addie misstrauisch.

»Nein, du Dummerchen, die haben keine Zähne«, sagte Flick.

»Hey.« Caroline unterband den drohenden Streit sofort. »Wir haben doch darüber gesprochen. Auch wenn ihr müde und schlecht gelaunt seid, könnt ihr nett zueinander sein. Wenn nicht, müsst ihr den Mund halten.«

»Tut mir leid«, murmelte er.

Caroline zerzauste ihm die Haare. »Hühner beißen wirklich nicht«, sagte sie. »Aber manchmal versuchen sie, einen mit ihren Schnäbeln zu picken.«

»Tut das weh?«

»Man darf es ihnen nicht durchgehen lassen«, sagte Caroline. »Als ich noch klein und an der Reihe war, die Eier einzusammeln, habe ich immer ein Geschirrtuch mitgenommen.« Sie machte eine Bewegung mit dem Arm. »Ich habe es so geschwungen, und die Hühner sind weggelaufen. Ich zeige dir später, wie das geht, wenn du magst.«

Flick blieb stehen, um einen großen Akazienbaum anzuschauen, an dessen Fuß ein Stein mit eingemeißelter Schrift stand. »Da steht *Wendell* drauf.«

Caroline wurde von einer bittersüßen Welle der Erinnerungen gepackt. »Das stimmt. Wendell war unser Hund. Wir waren alle sehr traurig, als er gestorben ist, also hat Grandpa Lyles Freund Wayne diesen Stein mit seinem Namen angefertigt.«

»Bekommt Mama auch einen Stein?«

Damit hätte sie rechnen müssen. Auch wenn die Kinder es nicht wussten, Angeliques Überreste hatten sie auf der Fahrt quer durchs Land begleitet. Der schlichte, versiegelte Behälter steckte im Reservereifen des Wagens, und Caroline hatte keine Ahnung, was sie damit anstellen sollte.

»Hättet ihr das gern?«, fragte sie.

Wieder erntete sie ein Schulterzucken. Das war Flicks Art zu zeigen, dass er nicht weiterwusste. Sie legte ihm eine Hand zwischen die Schulterblätter. Er war so klein und zart. Sie hatte stundenlang über die Katastrophe nachgegrübelt, zu der ihr Leben geworden war, aber ihre Sorgen waren nichts im Vergleich zu dem Trauma, das diese Kinder erlitten hatten. »Du kannst es mir irgendwann sagen. Es hat keine Eile.«

Aus dem Augenwinkel nahm sie eine Bewegung wahr. »Hey, guckt mal. Da ist eine kleine Kreatur, die in den Dünen lebt. Rührt euch nicht. Das ist eine Wühlmaus. Seht ihr, wo sie wohnt? Es sieht aus wie ein kleines Vogelnest.«

Sie beobachteten das kleine Tier, das durch das Gras huschte.

»Können wir es streicheln?«, fragte Addie.

»Das ist ein wildes Tier. Wir können es anschauen, aber nicht anfassen, okay?«

Die Kinder kannte nichts anderes als die Stadt. Ihre Erfahrungen mit Tieren waren auf schmutzige Stadttauben und Ratten begrenzt, die um die Mülleimer in den Seitengassen herumschlichen.

»Das hier wird ein ganz neues Leben für euch«, sagte sie und beobachtete, wie die beiden sich fasziniert inmitten der gelbbraunen Gräser und der grünen Schösslinge hinknieten, um die Wühlmaus zu beobachten, die ihr Nest mit trockenen Blättern und Blütenflaum aufpolsterte. »Hier gibt es viele Vögel und kleine Tiere.«

Nach einer Weile führte sie die beiden zum Strand – dem Spielplatz ihrer Kindheit. Es hatte nie eine Zeit gegeben, in der sie nicht zum gedämpften Rauschen des Meeres und dem fruchtbaren Aroma der salzigen Luft aufgewacht war.

Eine von Carolines frühesten Erinnerungen war daran, wie sie sich zwischen den Dünen verlaufen hatte, wo das Gras höher als sie gewesen war. In einem Anflug von Panik hatte ihr Herz heftig zu klopfen begonnen. Dann hatte sie sich an einen Rat ihres Vaters erinnert: Niemals im Kreis gehen. Geh in einer gerade Linie. So wirst du irgendwann irgendwo herauskommen.

Nachdem sie dem hohen Gras entkommen war, hatte sie ihre Familie im Garten gefunden, vermutlich um die Feuerstelle versammelt oder beim Frisbeespielen mit dem Hund, so genau wusste sie das nicht mehr. Niemand hatte etwas zu ihrer Abwesenheit gesagt. Niemand hatte sich auf die Suche nach ihr begeben. Dieses Erlebnis hatte sie geprägt und verfolgte sie bis heute: Als mittleres von fünf Kindern war sie seit ihrer Geburt unsichtbar gewesen.

Letzten Endes hatte ihre Position in der Geburtsreihenfolge für sie aber ganz gut funktioniert. Sie war zwar nicht so organisiert wie Georgia und nicht so schön wie Virginia. Aber während alle anderen mit dem Restaurant beschäftigt gewesen waren, hatte Caroline ihren eigenen Weg gehen können. Sie hatte entdeckt, dass sie es eigentlich mochte, nicht gesehen zu werden. Am liebsten war sie in Lindys Stoffladen oder dem Textil- und Designzentrum an der Schule untergetaucht, wo sie ihrer wilden Leidenschaft folgte, die niemand in ihrer Familie zu verstehen schien.

Jetzt rannten die Kinder den Weg hinunter, der dort endete, wo der Strand begann.

»Passt auf, wenn ihr da runtergeht!«, rief Caroline. »Das ist ein steiler … mein Gott.«

Flick verschwand, als wäre er in ein Loch gefallen. Caroline rannte los. Als sie den Rand der Böschung erreichte, spürte sie, wie der weiche Sand unter ihr nachgab. Flick lag unten, halb vergraben im Sand, und schaute zu ihr hoch.

»Hey«, sagte sie. »Alles in Ordnung?«

»Ja.«

»Du hättest dir wehtun können.« Sie nahm Addies Hand und ging langsam den Abhang hinunter, wobei der Sand um sie herum nach unten rieselte.

»Das war lustig.« Flick sprang auf und klopfte sich den Sand ab. Dann schaute er sich mit großen Augen um. Die Landschaft hier veränderte sich ständig und war doch immer gleich – der von Wind und Wellen geformte Sand, die Wracklinie, die aus Seetang und Muscheln, Federn und Knochen sowie kleinen Stücken Treibgut und leider auch Unrat gewebt wurde.

Eine Gruppe Sanderlinge, die kleinen Watvögel, rannte am Rande der Brandung hektisch auf und ab. Strandläufer pickten in den Mündungsarmen, und Möwen flogen kreischend über sie hinweg.

»Das ist so groß«, hauchte Addie und betrachtete die Szene voller Staunen.

»Ja, das ist es.« Caroline ließ sich in den Sand fallen. »Zieh deine Schuhe aus. Der Sand fühlt sich wundervoll an. Seid ihr je am Strand gewesen?«

»Mama hat gesagt, sie würde mal mit uns nach Coney Island fahren«, sagte Flick. »Aber sie hat es nie gemacht.«

Caroline versuchte, nicht an all die Dinge zu denken, die sie mit ihrer Mutter nie mehr machen würden. »Tja, jetzt seid ihr hier.« Sie stand auf. »Ich kann nicht am Strand sein und kein Rad schlagen«, erklärte sie. »Das ist vollkommen unmöglich. Egal, in welcher Stimmung ich bin, ich muss einfach ein Rad schlagen. Die Weite zwingt mich förmlich dazu.«

Damit breitete sie die Arme aus und schlug ein nicht ganz so perfektes Rad. »Wie war das?«

»Ich will auch mal!« Addie sprang in die Hocke.

»Das war kein Rad«, erklärte Flick.

»Das braucht Übung. Passt gut auf.« Mit einem Stock zog Caroline eine Linie in den Sand. »Ihr müsst mit einem Ausfallschritt anfangen. Das ist wie die Kriegerpose im Yoga.« Sie wusste, dass die beiden an der Schule Yoga-Unterricht gehabt hatten. »Stützt beide Hände auf die Linie und hüpft dann mit den Beinen hoch, bis sie über eurem Kopf sind.« Sie zeigte es ihnen noch einmal. »Und dann landet ihr wieder im Ausfallschritt auf der gleichen Linie. Voilà!«

Die Kinder versuchten es noch ein paarmal, und Caroline half ihnen dabei. »Für ein paar Anfänger gar nicht schlecht«, verkündete sie. »Ihr werdet viel Zeit zum Üben haben. Wisst ihr, was am Strand noch Spaß bringt? Zu rennen!« Sie rannte los und warf den beiden über die Schulter einen Blick zu. Sie folgten ihr begeistert und sausten bald mit ihr über die breite Endlosigkeit. Sie liefen auf einen Schwarm Vögel zu und beobachteten, wie sie sich in einer geschmeidigen Bewegung in den Himmel erhoben. Caroline führte die Kinder an den Rand des Meeres, wo sie sich von den Wellen jagen ließen und kreischten, als das kalte Wasser ihnen über die nackten Füße spülte. Für wenige Momente waren sie einfach nur Kinder, und der Anblick, wie sie über den Strand tobten, löste in Caroline ein Gefühl der Freude – und vielleicht sogar der Hoffnung – aus.

Doch das Gefühl wurde von Trauer und Unsicherheit getrübt. Sie hatte immer noch keine Antwort auf die Frage gefunden, die sie quer durchs Land begleitet hatte – was jetzt?

Nach einer Weile fanden sie einen vom Meer angespülten Baumstamm, der von Zeit und Wasser ganz glatt geschmirgelt worden war und dessen gezwirbelte Form eine natürliche Bank bildete. »Kommt her, ihr zwei, und setzt euch.« Sie vergrub ihre Füße im kühlen Sand, wobei sie einen Sanddollar und eine zerbrochene Nautilusmuschel fand. »Im Sommer gibt es hier Sandburgenwettbewerbe«, sagte sie, während sie den Sand mit ihren Füßen aufhäufelte. »Einmal hat meine Familie einen Drachen gebaut, der so lang war wie ein Lastwagen.«

Flick beschattete seine Augen und schaute in den Himmel. »Werden wir jetzt hier wohnen?«

Oje. Nicht lügen. »Ja, hier werden wir erst einmal wohnen. Ihr habt ein schönes Zimmer, und am Montag melden wir euch in der Schule an. Also ja. Wir wohnen jetzt hier. Ich hoffe, es gefällt euch. Ich habe meine ganze Kindheit hier verbracht.«

»Hat es *dir* gefallen?«

Sie schlang die Arme um die angezogenen Knie. *Nicht lügen.* »Das hat es«, sagte sie. »Früher einmal.«

»Warum bist du dann weggegangen?«

»Ach, das hatte viele Gründe. Ich wollte die Welt entdecken«, antwortete sie. »Ich bin nach New York gezogen, um Designerin zu werden. Aber ich habe mich immer an mein Zuhause erinnert, und selbst jetzt noch, wenn ich etwas entwerfe, steckt darin ein klein wenig von diesem Strand.« Sie strich mit den Fingern über die Wirbel der Nautilusmuschel. »Das hier ist meine absolute Lieblingsmuschel.« Noch während sie die Worte aussprach, zuckte sie zusammen. Denn die Muschel war von dem Fiasko in New York, das ihre Karriere beendet hatte, besudelt worden.

Ein paar fette Regentropfen zerplatzten unvermittelt auf ihrer Haut. »Willkommen im Pazifischen Nordwesten«, sagte sie. »Hier regnet es ziemlich viel.« Sie steckte die Muschel in ihre Tasche. »Ich schätze, das ist unser Signal, nach Hause zu gehen«, fügte sie hinzu und reckte das Gesicht gen Himmel. »Ihr werdet Regenklamotten und Gummistiefel brauchen.«

Irgendwie brachten sie den Rest des Tages hinter sich. Als es Zeit war, ins Bett zu gehen, waren die Kinder verständlicherweise besonders anhänglich. Sie waren zwei kleine Fremde in einer Welt, die sich für sie vermutlich wie ein anderer Planet anfühlte.

Bei Angelique hatte es keine festen Schlafenszeiten oder -rituale gegeben. Manchmal gab es ein Bad und eine Geschichte. An anderen Abenden waren die Kinder auf dem Sofa eingeschlafen, und ihre Mutter hatte sie ins Bett getragen. Die Psychologin hatte Caroline geraten, eine Abendroutine mit den Kindern einzuführen. Und so hatte sie sich selbst auf der langen Fahrt bemüht, einen immer wiederkehrenden Ablauf einzuhalten. Egal, wo sie waren, um sieben Uhr abends begann sie damit, die beiden bettfertig zu machen.

Ein paarmal hatte Caroline auf der Reise das Gefühl gehabt, vor lauter Erschöpfung zusammenzubrechen, aber sie hatte sich gezwungen, jeden Abend das gleiche Ritual durchzuziehen, egal, in welchem Motel oder welcher Pension sie eingekehrt waren.

Und auch an ihrem ersten Abend in Oysterville wich sie nicht davon ab. »Okay«, sagte sie und zeigte auf die Küchenuhr. »Wie spät ist es?«

Flick musterte die alberne Uhr in Katzenform mit dem im Sekundentakt hin und her schlagenden Schwanz. »Sieben.«

»Wow. Du kannst schon die Uhr lesen. Das ist klasse«, sagte Carolines Mutter. »Ich bin beeindruckt.«

»Er ist wirklich klug. Genau wie Addie. Was passiert abends um sieben?«

»Badewanne, Bett, Geschichte, Lied«, zählte Addie auf.

»Genau. Das haben wir jeden Abend geübt«, bestätigte Caroline. »Und wir sind darin inzwischen richtig gut, oder?«

»Ich möchte noch aufbleiben«, sagte Flick.

»Das kann ich mir vorstellen. Aber Kinder gehen ohne Ausnahme um sieben ins Bett.« Sie hatte gelernt, dass die beiden immer versuchen würden, mit ihr zu verhandeln. »Ab heute kommt allerdings noch etwas Neues hinzu: Ihr müsst allen gute Nacht sagen.«

Zögernd und unsicher machten sie ihre Runde. Fremde in einem fremden Land. Sie wünschten Carolines Eltern und Virginia, die nach ihrer Scheidung in die Wohnung über der Garage eingezogen war, eine gute Nacht.

Dann folgten sie Caroline nach oben, um sich den Sand abzuwaschen. »Kann Dottie euch mit dem Bad helfen?«

Addie nickte, doch Flick dachte einen Moment nach. »Wir haben Probleme, zu vertrauen.«

Caroline zerzauste ihm die Haare. »Klugscheißer«, sagte sie liebevoll. Dann sah sie ihre Mutter an. »Wir haben uns über Skype mit einer Kinderpsychologin unterhalten. Flick und Addie lernen gerade, wie sie über ihre Gefühle sprechen können.«

»Ich verstehe.« Mom ging vor Flick in die Knie und schaute ihm in die Augen. »Ich weiß, ihr habt mich gerade erst kennengelernt, und ihr habt bestimmt ganz viele Gefühle in euch, weil die Veränderungen in eurem Leben so plötzlich gekommen sind. Es ist unglaublich, dass ihr quer durchs Land gefahren seid, um hier zu sein. Ich hoffe, dass ich mir bald euer Vertrauen verdient habe.«

Dann ließ sie das Wasser ein und zog sich zur Tür zurück. Während die Kinder in der Badewanne saßen, hatten sie viele Fragen.

»Warum sind wir hier?«

Caroline seifte sie ein und spülte ihre kleinen Körper ab. »Weil wir nicht länger in unserer Wohnung in New York bleiben konnten.« Nicht nach dem, was dort passiert war.

»Wir hätten woanders hinziehen können. In die Nähe meiner Schule«, sagte Flick.

»Das konnte ich mir nicht leisten.« Das Versagen war wie ein bitterer Geschmack auf Carolines Zunge.

»Weil du gefeuert worden bist.«

»Ja, so in der Art.« Sie sah, dass ihre Mutter sie musterte, und widmete sich schnell wieder den Kindern. Gefeuert. Das passierte in ihrer Branche ständig. Egos drehten durch, Temperamente sprudelten über, Menschen stachen einander Messer in den Rücken, Designer wurden auf die schwarze Liste gesetzt. Caroline hatte jedoch nie geglaubt, dass ihr das auch einmal passieren könnte. Ihre Arbeit war für sie alles gewesen. Sie hatte sich darüber definiert, und als dann alles zusammengebrochen war, hatten der Verlust und die Verzweiflung sie ins Taumeln gebracht. Sie war nicht nur vollkommen ungeeignet, zwei Waisen aufzuziehen, sie war auch offenbar nicht dazu in der Lage, irgendetwas anderes zu tun, als sich in den Schoß ihrer Familie zu flüchten. Worüber würde sie sich jetzt definieren? Über ihr Versagen? Ihre Verzweiflung?

»Du hast aber Geld damit verdient, Kleidung anderer Leute zu reparieren«, fuhr Flick fort.

»Wow, dass du das weißt.« Sie legte ihm schützend eine Hand über die Augen, als sie ihm das Shampoo aus den Haaren spülte, die seinen Kopf wie kurze, dicke Wolle überzogen. Addies Haare waren eine prächtige Mähne aus Korkenzieherlocken. Durch schmerzhaftes Ausprobieren hatte Caroline herausgefunden, wie sie damit umgehen musste – viel Conditioner und danach ein sanftes Durchkämmen mit den Fingern.

Auf den fragenden Blick ihrer Mutter hin sagte sie: »Ich habe für Second-Hand-Läden alte Lederjacken auf- oder umgearbeitet. Das ist nicht gerade eine Goldgrube.«

»Mama war Model«, sagte Addie.

Mom nickte. »Caroline hat mir erzählt, dass eure Mama sehr talentiert war und hart gearbeitet hat. Und dass sie sehr lustig war.«

Caroline hatte ihr nichts von alldem erzählt.

»Müssen wir zur Schule gehen?«, quengelte Flick.

»Na klar«, erwiderte Caroline betont fröhlich. »Das müssen alle Kinder, egal, wo sie wohnen.«

»Wir haben hier wunderbare Schulen«, warf Carolines Mom ein. »Ich glaube, es wird euch gefallen.«

»Denn welches Kind liebt die Schule nicht?« Caroline ließ die Augenbrauen sarkastisch in die Höhe schnellen.

»Hört nicht auf sie«, sagte ihre Mom. »Sie war eine fantastische Schülerin. So kreativ.«

»Lasst uns heute Abend nicht an die Schule denken«, schlug Caroline vor. »Darum kümmern wir uns am Montag. Dann lernt ihr eure Lehrer kennen und findet viele neue Freunde.«

»Ich würde lieber eine Sendung gucken«, sagte Flick, als die beiden sich für die Gute-Nacht-Geschichte in ihre Betten legten.

Der tägliche Kampf. Die Kinder wurden von allem, was einen Bildschirm hatte, angezogen wie Motten vom Licht. Obwohl Caroline keinen mütterlichen Knochen im Leib hatte, wusste sie instinktiv, dass zu viel Fernsehen und Internet das Gehirn betäubte. Außerdem hatte die Kinderpsychologin ihr eine Regel mitgegeben, an die sie sich halten sollte: nicht mehr als eine Stunde vor dem Fernseher oder Computer pro Tag. Was für Flick und Addie höchst unwillkommene Neuigkeiten gewesen waren. Offensichtlich hatte es bei Angelique keine zeitlichen Beschränkungen gegeben.

»Ich habe etwas Besseres«, sagte sie. »Das ist sogar besser als alles andere.« Addie richtet sich neugierig auf. Flick verdrehte die Augen. Er wusste, was jetzt kam.

Mit großer Geste nahm Caroline eines ihrer alten Lieblingsbücher zur Hand.

»Das ist nur ein Buch«, meckerte Flick.

»Ganz genau«, bestätigte Caroline. »Bücher sind Magie.«

»Bücher sind langweilig.« Er reckte das Kinn und sah sie herausfordernd an.

»Bücher sind das absolute Gegenteil von langweilig.« Sie ignorierte seine zweifelnde Miene und setzte sich auf den Bettrand. Dann fing sie an. »An dem Abend, an dem Max seinen Wolfspelz trug und nur Unfug im Kopf hatte, …«

»Warum hat er einen Wolfspelz an?«, fragte Addie.

»Pst«, machte Flick und beugte sich vor, um die Bilder anzuschauen. »Hör einfach zu.«

»Sie sind jetzt im Bett«, sagte Caroline, als sie nach unten in die Küche kam, wo ihre Mom und Virginia nach dem Abendessen aufräumten. »Endlich. Jetzt brauche ich erst einmal ein Glas Wein.«

»Ist bereits eingeschenkt.« Virginia deutete auf ein Tablett mit Gläsern.

»Du bist ein Schatz.« Caroline nahm sich eines der Gläser und trank einen großen Schluck von dem guten Rotwein. »Wie zum Teufel hast du das nur hingekriegt?«, fragte sie ihre Mom. »Jeden Abend baden und ins Bett bringen. Und das mit fünf Kindern. Wir waren ein Albtraum.«

»Eine große Familie unterscheidet sich nicht sonderlich von einem Restaurant. Es dreht sich alles um dreckiges Geschirr und schmutzige Wäsche.«

»Der Kreislauf des Lebens«, warf Virginia ein.

»Wo ist Fern?«, fragte Caroline. »Verbringt sie dieses Wochenende bei ihrem Dad?«

Ein kurzes Nicken. »Sie kann es kaum erwarten, dich zu sehen und die Kinder kennenzulernen. Ich habe versucht, die Wochenenden mit Dave zu tauschen, aber er hat sich geweigert. Er hat es sich gerade zur Aufgabe gemacht, jede meiner Bitten abzulehnen.«

»Klingt, als würde er seinen Job als Exmann ernst nehmen«, sagte Caroline.

»Ja, das ist das Einzige, worin er gut ist.« Virginia war seit einem Jahr geschieden. Jeder hatte gedacht, ihre Ehe mit einem Anwalt liefe gut. Sie hatte als Ermittlerin in seiner Kanzlei gearbeitet, und ihre gemeinsame achtjährige Tochter Fern war eine fröhliche Pippi Langstrumpf.

In der Shelby-Familie war Virginia »die Hübsche« – was man in der heutigen Zeit natürlich nicht mehr sagen sollte, aber die Leute taten es trotzdem. Virginia war bezaubernd und hatte eine perfekte Figur. Ihre Haare saßen jeden Tag wie frisch vom Friseur, ihre Augenbrauen waren von Natur aus elegant gebogen, und sie hatte makellose Haut.

Doch was die Liebe anging, hatte sie entweder einen fürchterlichen Geschmack oder schreckliches Pech, je nachdem, wen man fragte. »Mein Herz ist so oft gebrochen worden, es besteht nur noch aus Narbengewebe«, sagte sie oft mit einem Hauch Theatralik in der Stimme. Als sie Dave geheiratet hatte, einen ehrgeizigen, frischgebackenen Anwalt, hatte die Familie geglaubt, das Drama hätte jetzt ein Ende. Das traf auch eine Weile zu, bis sein Begriff von Treue wieder für Ärger gesorgt hatte.

Mom öffnete die Hintertür der Küche. »Auf zur Erwachsenenunterhaltung.«

»Kann ich was tragen helfen?«, fragte Caroline.

»Nur dein emotionales Gepäck«, erwiderte Virginia und nahm ein Tablett mit kleinen Häppchen mit raus.

So eine Unterhaltung wird das also, dachte Caroline, als sie ihrer Schwester nach draußen folgte.

In der Feuerstelle flackerte ein fröhliches Feuer, das ihr Vater angezündet hatte, und sie setzten sich in die darum stehenden Adirondack-Stühle. Die Flammen tauchten ihre Gesichter in goldenes Licht.

»Wow«, sagte Caroline. »Wir sind beschlussfähig.«

Denn sowohl ihre Eltern als auch Virginia und ihr Bruder Jackson waren da. Er war ein fröhlicher Single, ein Fischer mit einer wilden Seite, die er auch als Erwachsener nicht abgelegt hatte. Wenn es um die Fische und Meeresfrüchte für das Restaurant ging, war er ganz Geschäftsmann – ein wahrer Gourmet und Unterstützer von nachhaltigem Fischfang. Beinahe alles, was sie im Restaurant servierten, stammte aus einem Umkreis von hundert Meilen vor der Küste von Oysterville. Das

Meer in dieser Gegend bot ein reichhaltiges Angebot an Fischen und Meeresfrüchten.

Ihr Vater hob sein Bierglas. »Ein Indian Pale Ale aus der *Razor-Clam*-Mikrobrauerei, und der Wein ist ein hübscher Clairet, den ich für eine besondere Gelegenheit aufgehoben habe.«

Er war ein erfahrener Sommelier und für die Bar im Restaurant zuständig. Wenn er einen Wein »hübsch« nannte, war das eigentlich immer eine Untertreibung.

»Ein Toast«, sagte ihre Mutter. »Willkommen daheim, Caroline. Die Umstände, die dich zurückgeführt haben, tun mir sehr leid, aber es ist schön, dich hierzuhaben.«

Sie stießen miteinander an. Caroline nippte an ihrem Wein und genoss das Aroma. Der Clairet war, wie erwartet, außergewöhnlich. »Oje«, sagte sie. »Danke, Dad. Guten Wein habe ich schon seit Ewigkeiten nicht mehr getrunken.«

»Sieht so aus, als würde sich das jetzt ändern.« Er schenkte ihr sein vertrautes Lächeln, bei dem sich kleine Falten um seine Augen bildeten. Für diesen Blick hatte sie einst gelebt.

Lyle Shelby war der charmante Patriarch der Familie. Er war die Sonne, er brannte mit Leidenschaft und Enthusiasmus für das Leben, und alle aalten sich in seiner Wärme. Das Ziel war immer gewesen, ein Lob von ihm zu erhaschen. Er war so aufrichtig stolz auf seine Familie, dass die schlimmste Strafe, die er je ausgeteilt hatte, Enttäuschung gewesen war. »Du hast uns gefehlt, C-Shell«, sagte er und lächelte ihr über das Feuer hinweg zu, als er ihren alten Kosenamen benutzte.

Sie trank noch einen Schluck. »Ich bin wirklich dankbar, dass ich die armen Kinder hierherbringen konnte.«

»Sie wirken, als stünden sie noch unter Schock«, warf ihre Mutter ein.

»Das tun sie auch. Aber glaubt mir, es geht ihnen schon wesentlich besser.« Sie zuckte zusammen, als sie sich daran erinnerte, wie Flick in den ersten Nächten nach seiner Mutter geschrien und Addie so heftig geschluchzt hatte, dass sie kaum noch Luft bekam.

Caroline schaute sich ihre Familie an, deren Gesichter ihr so vertraut und teuer waren. Trotz all der Zeit, die vergangen war, war das Gefühl von Geborgenheit und Zuversicht noch genauso mächtig wie in ihrer Jugend. Sie biss die Zähne zusammen, um die Tränen der Erleichterung zurückzuhalten. Dann entsann sie sich, dass sie das nicht mehr musste.

Sie war zu Hause. Sie war in Sicherheit.

Die brennenden Tränen wurden begleitet von einem wahren Gefühlsrausch aus Trauer und Stress, Sorge und Unsicherheit, Angst und Enttäuschung. Und dem Wissen, dass zwei kleine Kinder nun zu ihr gehörten, und zwar nur zu ihr.

Sie stellte ihr Weinglas ab und winkte rasch ab, um ihre Familie zu beruhigen. »Sorry«, sagte sie und tupfte sich die Augen mit dem Saum ihres T-Shirts ab. »Mir geht es gut. Ich bin nur wahnsinnig erschöpft.«

»Natürlich bist du das«, sagte ihre Mutter. »Morgen wirst du dich besser fühlen. Versprich mir, dass du ausschläfst. Ich werde mich um die Kleinen kümmern.«

»Das Angebot würde ich sehr gerne annehmen«, entgegnete Caroline. »Aber morgen würde ich gerne auf sein, wenn die beiden wach werden. Ich habe schon den Überblick darüber verloren, an wie vielen verschiedenen Orten sie in den letzten Tagen aufgewacht sind.« Mit bemüht ruhiger Stimme fügte sie an: »Die armen Kinder. Ihre gesamte Welt steht kopf.«

»Das stimmt«, bestätigte ihre Mom. »Und sie haben Glück, dass du da warst, um ihnen zu helfen.«

Caroline schüttelte den Kopf. »Ich bin ein schrecklicher Mensch. Ich hätte sehen müssen, was vorging. Ich kann nicht aufhören, über das nachzudenken, was ich wusste, was ich nicht wusste und was ich mich geweigert habe zu sehen.«

»Die Anzeichen für häusliche Gewalt können sehr subtil sein«, meinte Virginia.

»Aber es war nicht subtil. Ich habe die blauen Flecke gesehen. Und wie eine Idiotin habe ich mich von Angelique überzeugen lassen, dass es ein Unfall war.« Sie starrte in die Flammen und suchte nach Antworten, die sie vermutlich niemals finden würde. Dann riss sie den Blick vom Feuer los und schaute wieder ihre Familie an.

»Das war der erste Hinweis darauf, dass etwas nicht gestimmt hat«, fuhr sie fort. »Mir sind aber nie irgendwelche Anzeichen für Drogenmissbrauch aufgefallen. Ich habe nicht erkannt, wie brisant die Situation war. Vielleicht wollte ich nicht tiefer bohren. Und offensichtlich habe ich darin versagt, die richtigen Fragen zu stellen.«

»Du gehst zu hart mit dir ins Gericht«, sagte Virginia. »In meinem neuen Job habe ich recht schnell gelernt, dass die Menschen ihre Geheimnisse zu hüten wissen.«

Caroline warf einen Stock ins Feuer, woraufhin Funken in den Nachthimmel stoben. »Vermutlich hast du recht, aber ich fühle mich schrecklich schuldig. Ich war so auf mich und meine Karriere konzentriert, dass ich nicht gesehen habe, was direkt vor mir war. Ich werde mir nie verzeihen, dass sie in Gefahr schwebte und ich es nicht erkannt habe. Wie sollte ich auch jemals aufhören, es zu bereuen?«

Ihre Mom kam zu ihr, um sie in den Arm zu nehmen, und irgendwie tauchte eine Packung Taschentücher auf. »Ich weiß, Baby«, sagte ihre Mutter. »Das muss sehr schwer sein.«

»*Sie* war diejenige, für die es schwer war. Wie konnte ich die Anzeichen nur nicht sehen?«

Virginia stupste sie mit der Schulter an. »Was zum Teufel hast du in letzter Zeit entworfen? Büßerhemden?«

»*Das* Design hätte Mick Taylor wenigstens nicht geklaut.«

»Es tut mir leid, dass dir das widerfahren ist«, sagte Virginia.

»Verglichen mit allem anderen kommt mir das so banal vor. Es hat meine Karriere beendet, und ich dachte, das wäre das Schlimmste auf der Welt. Aber das hier? Mein Gott. Ich werde mich nie wieder über Probleme bei der Arbeit beschweren.«

»Was ist mit dem Kerl passiert, der sie geschlagen hat?«

»Roman? Also ich glaube zumindest, dass er es war. Keine Ahnung, was mit ihm passiert ist. Und das ist ätzend. Kerle, die

Frauen schlagen, hören damit nicht auf. Vermutlich leidet jetzt eine andere unter ihm. Die Polizei hat seinen Namen, aber mehr konnte ich ihnen nicht geben.«

»Sag uns, wie wir dir helfen können.« Ihre Mutter lächelte ihr liebevoll zu.

»Ihr helft mir bereits. Und nur damit ihr es wisst: Das hier war mein erster Zusammenbruch. Ich will nicht, dass die Kinder das mitbekommen.«

»Wir sind stolz darauf, wie du dich für sie einsetzt, C-Shell«, sagte ihr Vater.

»Sie sind noch so klein.« Der Kloß, der sich in ihrer Kehle gebildet hatte, machte ihr das Sprechen schwer. »Was zum Teufel soll ich nur tun? Ich weiß überhaupt nichts über Kinder, und schon gar nicht über Kinder, die ein solches Trauma erlitten haben. Ich bin vollkommen unvorbereitet.« Sie hielt inne und zerknüllte das Taschentuch in ihrer Hand. »Und ich habe Angst.«

»Vertrau mir«, sagte Jackson. »Kinder sind auch dann Furcht einflößend, wenn man sich auf sie vorbereitet hat. Deshalb habe ich keine.«

Virginia stieß ihm den Ellbogen in die Rippen. »Sobald du erwachsen bist, wirst du deine Meinung ändern.«

»Hey ...«

»Mach doch bitte noch eine Flasche Wein auf«, bat ihr Vater. »Die erste haben wir schon ausgetrunken.«

»Wie viel wissen Addie und Flick über das, was geschehen ist?«, fragte ihre Mutter. »Du hast gesagt, du glaubst nicht, dass sie misshandelt wurden, aber haben sie gemerkt, dass etwas nicht stimmte?«

»Das ist eine schwierige Frage. Sie haben nie erwähnt, dass sie gesehen hätten, wie jemand ihre Mom geschlagen hat, aber das bedeutet nicht, dass sie nichts mitbekommen haben. Joan, die Kinderpsychologin, hat mir geraten, sie aufmerksam zu beobachten und immer gut hinzuhören. Auf was genau ich achten soll, weiß ich nicht. Ich gehe den Tag im Kopf wieder und wieder durch und bin immer noch verwirrt. Ich kann nur erahnen, wie es den Kindern gehen muss.« Caroline hatte immer noch nicht herausgefunden, was Flick und Addie über den Mann wussten, der ihre Mutter verletzt hatte. Sie und die Sozialarbeiter hatten sich bemüht, ihre Fragen vorsichtig zu formulieren.

*Hat eure Mommy je Besuch bekommen?*

*Nein.*

*Vielleicht jemanden, der bei euch übernachtet hat?*

*Nein.*

*Hat je jemand anderes bei euch gefrühstückt?*

*Nein.*

Soweit die Kinder es wussten, war ihre Mutter arbeiten gegangen, während sie in der Schule waren. Danach hatte Nila auf sie aufgepasst. Und ihre Mom war irgendwann wieder nach Hause gekommen. Angelique war eine Meisterin darin gewesen, Dinge zu verbergen.

Caroline zog die Knie an die Brust. »Habt ihr je einen Toten aus der Nähe gesehen?«

»Ach, Süße.« Ihre Mom erschauderte sichtlich.

Die Erinnerung ließ Caroline auch erschaudern. Sie erinnerte sich an den Schock und das Grauen, das sie an jenem Tag überwältigt hatte. Die Szene in ihrer Wohnung hatte sich auf ewig in ihr Gedächtnis gebrannt. »Es ist schrecklich. Auf eine sehr … besondere Art. Man sieht diesen Menschen an und erkennt, dass er nicht mehr da ist. Eine leere Hülle. Sie wird nie wieder etwas fühlen. Nie wieder Liebe oder Freude, Traurigkeit oder Wut empfinden. All ihr Potenzial ist mit einem Mal ausgelöscht. All die Wünsche und Hoffnungen, die sie gehegt hatte – für sich selbst, für ihre Kinder –, haben sich zerschlagen. Sie wird nie erfahren, was aus ihren Kindern geworden ist. Das ist mir während der längsten fünfzehn Minuten meines Lebens durch den Kopf gegangen. So lange habe ich ungefähr darauf gewartet, dass Hilfe eintraf. Ich musste mein Handy auf den Tisch legen, um es zu benutzen, weil meine Hände so sehr gezittert haben. Ich habe kaum die Tasten getroffen, um den Notruf zu wählen.«

»Das muss hart gewesen sein«, warf ihr Vater ein. »Du hast also nicht gewusst, dass sie Drogen genommen hat?«

»Nein. Gar nichts. Sie war auf dem Höhepunkt ihrer Karriere und schien auch als alleinerziehende Mutter gut zurechtzukommen. Nun, abgesehen davon, dass irgendein Kerl sie verprügelt hat. Die Kinderpsychologin, mit der ich gesprochen habe, sagte, es sei nicht ungewöhnlich, dass Opfer von Gewalt sich in Drogen flüchten. Heroin zum Beispiel eliminiert den Schmerz – sowohl körperlich als auch emotional. Aber ich dachte, ich würde sie kennen. Wie konnte mir da entgehen, dass sie Drogen nahm?«

»Süchtige sind sehr geschickt darin, ihre Sucht zu verbergen«, erklärte Virginia. »So wie es klingt, war sie noch nicht allzu lange abhängig. Es könnte sein, dass sie schlechten Stoff erwischt hat. Oder vielleicht war sie im Entzug, und niemand wusste davon. Und dann hatte sie einen Rückfall. Bei Rückfällen kommt es oft zu einer Überdosis, weil die Süchtigen nicht mehr richtig einschätzen können, wie viel sie vertragen.«

»Das haben die Sanitäter und Polizeibeamten auch gesagt. Genau wie der Rechtsmediziner. Sie meinten, die Anzeichen seien leicht zu übersehen, wenn man nicht weiß, wonach man Ausschau halten muss. Es waren die kleinen Details, die für mich keinen Sinn ergaben, bis es zu spät war. Wie zum Beispiel die Rasierklingen, die auf einmal aus meinem Nähetui fehlten. Und dass mir die Alufolie ausging. Ich bin einfach nicht draufgekommen, dass es da einen Zusammenhang geben könnte, geschweige denn, was es bedeutet. Mein Gott, es kommt mir immer noch vollkommen unwirklich vor.«

»Als du uns am Telefon gesagt hast, dass es kompliziert ist, hast du wahrlich nicht übertrieben«, sagte ihre Mom.

Vor der hastigen Abreise in Richtung Westen hatte Caroline ihrer Familie die Ereignisse in einer arg gekürzten Version geschildert. Da die Kinder sich seit Angeliques Tod beinahe ständig in ihrer Nähe aufgehalten hatten, hatte sie keine Details über die vermutete Misshandlung, die Überdosis und Angeliques unklaren Aufenthaltsstatus erzählen können. Sie wollte ganz aufrichtig mit den Kindern sein und ihre Fragen klar und einfach beantworten, aber gleichzeitig wollte sie ihnen nicht zu viele Informationen geben, bevor sie dazu in der Lage waren, damit umzugehen.

Jetzt warf sie das Taschentuch ins Feuer und sah zu, wie es in Flammen aufging. »Es ist auf so vielen Ebenen kompliziert. Ich habe ja erzählt, dass Angelique aus Haiti stammt. Was ihr noch nicht wisst: Sie hatte keine Papiere. Sie kam mit einem Visum her – es ist gar nicht mal so unüblich, dass High-Fashion-Models mit einem Arbeitsvisum in die USA einreisen und dann länger bleiben. Oder sie kommen ohne Visum und arbeiten schwarz. Angelique hat beides gemacht. Ihr Visum war abgelaufen, und sie hat schwarz gearbeitet. Wie sich herausgestellt hat, hat ihre Agentur sie über den Tisch gezogen.«

»Heißt das, die Kinder haben auch keine Papiere?«, fragte ihr Vater.

»Ich fürchte, ja. Angelique ist nach New York gekommen, da war Flick ein Jahr alt und Addie noch ein Baby. Versteht ihr mein Dilemma? Ich weiß nicht, was ich tun soll. Ich fürchte mich, zu viele Fragen über ihren Status zu stellen, weil ich Angst habe, die zwei könnten abgeschoben werden.«

»Das wird nicht passieren«, meinte Jackson. »Die beiden sind doch noch so klein.«

»Sei dir da nicht so sicher«, meldete Virginia sich zu Wort. »Heutzutage ist alles möglich. Als ich in der Kanzlei gearbeitet habe, hatte ein Anwalt einen Fall, wo eine noch stillende Mutter von ihrem Baby getrennt worden ist. Das war schrecklich. Es hat einem das Herz zerrissen.«

»Weißt du von irgendwelchen Verwandten oder Freunden, die Angelique auf Haiti hatte?«, fragte Dottie.

Caroline schüttelte den Kopf. »Da gibt es niemanden. Deshalb habe ich mich ja bei der Schule der Kinder als Betreuerin eintragen lassen für den Fall, dass sie Angelique mal nicht erreichen können. Damals habe ich mir nicht viel dabei gedacht. Es war einfach ein Freundschaftsdienst.« Jetzt jedoch erkannte sie, dass sich ihr Leben an jenem Tag unwiederbringlich verändert hatte.

»Und du bist dir sicher, dass sie keine Familie hat?«

»Ja. Aber selbst wenn sie dort noch Verwandte hätten, haben die Kinder keinerlei Erinnerungen an Haiti mehr. Angelique war Einzelkind und ist bei ihrem Vater aufgewachsen, der gestorben ist, als sie noch ein Teenager war. Sie hatte wirklich ein hartes Leben.« Caroline hielt inne und beschloss, nicht genau zu schildern, *wie* hart das Leben für Angelique in ihrem Heimatland gewesen war. Dazu hätte sie die ganze Nacht gebraucht. »Ihre Mutter hat sie nie kennengelernt. Sie hat es allein als Model geschafft. Bei einem Shooting auf Haiti wurde sie entdeckt, und es ist ihr irgendwie gelungen, nach New York zu kommen. Als ich sie kennengelernt habe, war sie auf dem Höhepunkt ihres Erfolgs, wurde ständig gebucht, hat Unmengen an Geld verdient. So sah es für mich zumindest aus. Und für alle, die sie kannten. Wie sich herausgestellt hat, war ihr Leben in der Stadt auch hart, aber das habe ich zu spät erkannt.« Sie zitterte trotz der Hitze des Feuers.

»Du hast das Richtige getan, indem du hergekommen bist«, sagte ihre Mom.

»Wirklich? Flick und Addie haben immer noch kein Zuhause. Sie haben keine Familie. Sie haben nur eine gescheiterte, arbeitslose Designerin, die keine Ahnung von Kindern hat – abgesehen davon, wie man keine bekommt.«

»Das ist im Moment alles zu viel für dich«, sagte ihr Vater tröstend. »Nach einem zweiten Glas Wein und einer durchschlafenen Nacht wirst du dich besser fühlen.«

Caroline lehnte sich zurück und spürte die vertraute Liebkosung der Meeresbrise in ihrem Gesicht. Sie musste sich immer noch daran gewöhnen, wieder zu Hause zu sein, an die Düfte und Gefühle und Aromen, die seit ihrer Geburt Teil ihres Bluts waren. Wie sehr sie sich danach gesehnt hatte, von hier wegzukommen. Sie war sicher gewesen, dass sie ihr Leben in der Hektik und Aufregung der Metropolen dieser Welt verbringen wollte. Nun betrachtete sie die vom sanften Licht des Feuers erhellten Gesichter ihrer Familie. »Ihr sollt wissen, wie dankbar ich für eure Hilfe bin. Es bedeutet mir so viel, zu wissen, dass ich einen Ort habe, an dem ich in Ruhe versuchen kann, diese Situation in den Griff zu bekommen.«

»Wir freuen uns, dass du da bist«, sagte ihre Mutter. »Du weißt, wir tun alles, was wir können, um dir zu helfen.«

»Fern und ich werden nicht für immer im Gästehaus wohnen«, warf Virginia ein. »Sobald ich etwas Eigenes habe, kannst du dort einziehen.«

»Wir drei brauchen nicht das Gästehaus«, sagte Caroline. »Sondern einen Plan.«

»Tja, wie sieht denn der nächste logische Schritt aus?«, wollte ihr Vater wissen. Das war seine Lieblingsfrage.

»Zum ersten Mal in meinem Leben weiß ich es nicht. Deshalb macht es mir ja solch eine Angst, für die Kinder verantwortlich zu sein. Wie soll ich für sie sorgen? Was ist, wenn einem von ihnen was passiert, weil ich einmal nicht hingeguckt habe?«

»Das ist der Albtraum aller Eltern«, versicherte Virginia ihr. »Willkommen im Club.«

»Hier seid ihr in Sicherheit«, sagte ihr Vater. »Du kannst dir so viel Zeit nehmen, wie du brauchst.« Er streckte die Hand aus und drückte Carolines Schulter. »Du bist gerade erst zu Hause angekommen, C-Shell. Gönn dir eine Pause.«

Sie starrte ins Feuer, als ob die Antwort dort zwischen Flammen und Funken auftauchen würde. »Ich hatte dreitausend Meilen Zeit, um eine Antwort zu finden«, sagte sie. »Und ich weiß es immer noch nicht.«

»Gehen wir die Sache einen kleinen Schritt nach dem anderen an.« Ihr Vater war wie immer die Stimme der Vernunft.

Aber wie sah der nächste Schritt in dieser Situation aus?

Caroline wusste es nicht. Doch ihr Dad hatte recht. Sie war erschöpft und musste erst mal wieder zu Kräften kommen.

»Welche Optionen haben die Kinder im Moment?«, erkundigte sich Virginia.

»Bei der Notfallanhörung in New York hat man mir angeboten, dass ich sie in staatliche Obhut geben kann. Die Sozialarbeiter haben mir versichert, dass das nicht grausam wäre. Sie würden dann in eine Notfall-Pflegefamilie kommen, allerdings ohne die Garantie, dass sie zusammenbleiben. Danach würden sie entweder in Pflegefamilien aufwachsen, oder es könnte sein, dass sie adoptiert werden. Aber da ich es nicht über mich gebracht hätte, sie im Stich zu lassen, habe ich sie mitgenommen.«

»Das kann ich dir nicht vorwerfen«, sagte ihre Mutter. »Und was für eine mutige Entscheidung.«

»So mutig fühle ich mich gar nicht. Ich habe die Vorstellung einfach nicht ertragen, dass sie bei irgendwelchen Fremden enden und einander womöglich verlieren. Jetzt, wo ich in Washington State bin, muss ich einen Antrag auf dauerhafte Vormundschaft stellen.«

»Willst du das denn?«

»Ich … Mein Gott, Mom. Das wäre, als würde ich sie zu meinen Kindern machen«, sagte sie.

»Und?«

»Das war nie mein Plan. Ich wollte nie Kinder haben. Ich schaffe es ja nicht mal, einen festen Partner zu finden, geschweige denn jemanden, der in mir den Wunsch weckt, seine Babys zu bekommen.« Sie hatte immer geglaubt, das Einzige, was ihre Einstellung zum Kinderkriegen ändern könnte, wäre, wenn sie sich so sehr verliebte, dass sie sich danach sehnen würde, mit jemandem ihr Leben zu teilen und eine Familie zu gründen.

»Du warst mit einigen tollen Männern zusammen«, sagte Virginia. »Also, sie sahen in den sozialen Medien zumindest toll aus.«

»Ist das nicht der Sinn der sozialen Medien?« Caroline hatte tatsächlich einige nette Männer kennengelernt. Aber eben nicht den einen. Da war Kerwyn gewesen – in Wales geboren, ironisch und auf düstere Weise attraktiv. Als sie zusammengekommen waren, hatte sie nicht aufhören können, sich in Tagträumen über ihn zu verlieren, und sie hatte geglaubt, vielleicht etwas Dauerhaftes gefunden zu haben. Doch im Laufe der Zeit hatte sie erkennen müssen, dass sie für ihn nur selten Priorität hatte. Sie war bequem für ihn gewesen, ein Nebengedanke. Doch das hatte ihr nicht gereicht. Sie wollte für jemanden die Welt sein – was zugegebenermaßen eine ziemlich idealistische Vorstellung war, die ihn schließlich in die Flucht getrieben hatte. Ihr nächster Kandidat Brent war *zu* sehr in sie verliebt gewesen. Anfangs hatte sie die Aufmerksamkeit genossen, aber nach einer Weile hatte sie sich erdrückt gefühlt und Schluss gemacht. Zuletzt war sie mit Miles ausgegangen, der lustig, charmant und gut im Bett gewesen war – aber ihre Leben hatten unterschiedliche Geschwindigkeiten gehabt. Sie war auf der Überholspur gewesen, und er hatte sich von einem Job zum nächsten treiben lassen, ohne wirklich ein Ziel zu verfolgen.

Nach drei Fehlschlägen war sie sicher, dass es an ihr lag. Wusste sie nicht, wie man sich vernünftig verliebte? Wie man es blieb, wie man eine Beziehung mit Leidenschaft und Freude aufrechterhielt?

Vielleicht erwartete sie zu viel, vielleicht träumte sie von etwas, das es gar nicht gab. Vor langer Zeit hatte es einen Moment gegeben, in dem sie die Liebe für sich definiert hatte, und zum Nachteil aller ihrer darauffolgenden Beziehungen hatte sie diesen Moment nicht vergessen können.

Schließlich hatte sie sich mit der Realität abgefunden. Sie führte eben nicht mit einem Mann eine Beziehung, sondern mit ihrem Beruf. Diese Beziehung konnte sie kontrollieren. Diese Beziehung wurde nicht von den Bedürfnissen eines anderen Menschen zerstört – das hatte sie zumindest gedacht, bis Mick

Taylor des Weges gekommen war und ihr auch das kaputtgemacht hatte.

»Die Modewelt von New York ist nicht gerade das beste Dating-Pflaster«, erklärte sie ihrer Familie. »Aber das ist jetzt auch egal. Ich bin Single und für zwei Kinder verantwortlich. Single und arbeitslos. Das ist nicht gerade das, worauf Männer anspringen.«

Virginia warf ihr einen Blick zu. »Ehrlich gesagt gibt es durchaus Männer, die sich von Frauen mit Kindern angezogen fühlen.«

»Hey.« Sie beugte sich über die Armlehne ihres Stuhls, erleichtert, das Thema zu wechseln. »Du triffst dich mit jemandem, oder?«

»Wenn du mit *treffen* ausgehen meinst und mit *jemandem* ein paar knackige Kerle, dann ja. Ich gehe mit verschiedenen Männern aus. Und glaub mir, ein Kind hält den richtigen Mann nicht ab.«

»Das ist gut zu wissen. Gibt es da jemand Besonderen?«

Virginia schüttelte den Kopf. »Im Moment strecke ich nur mal meine Fühler aus, denn ich bin noch nicht bereit für etwas Festes. Die Dates sind eine nette Ablenkung, wenn Fern bei ihrem Dad und Amanda ist.«

»Mein Gott, willst du damit sagen, dass Dave bereits mit der Frau zusammenwohnt? Er konnte nicht mal warten, bis die Tinte auf eurer Scheidungsurkunde getrocknet ist?« Caroline war entsetzt. »Meine Güte, der ist echt unglaublich. Warum habe ich nichts davon gewusst?«

»Es kam mir nicht sonderlich schwesterlich vor, dich auch noch mit meinen Problemen zu belasten. Und ehrlich gesagt, ist die Geschichte, die ich erlebt habe, auch irgendwie zu abgeschmackt. Schließlich hat sich mein ›perfekter‹ Mann ganz klassisch verhalten. Er hat sich mit einer Partnerin der Kanzlei eingelassen, einen eleganten Abgang hingelegt und mein Leben mit kreischenden Bremsen zum Stillstand gebracht. Die Frau ist übrigens furchtbar – eine von diesen heuchlerischen

Christen, die behaupten, sie würden sich ›für die Ehe aufsparen‹.«

»Du hättest sie fragen sollen, für *wessen* Ehe«, sagte Caroline trocken. »Sie sollte sich schämen, aber offensichtlich kennt sie kein Schamgefühl, sonst hätte sie sich nicht mit einem verheirateten Mann mit Kind eingelassen. Vee, ich wünschte, ich wäre eine bessere Schwester gewesen. Du hast das alles nicht verdient, und es tut mir wirklich leid. Was kann ich für dich tun?«

»Ich werde dir irgendwann die ganzen hässlichen Einzelheiten erzählen.« Die Flammen warfen flackernde Schatten auf ihr erschöpftes Gesicht. »Und glaub mir, sie sind wirklich hässlich.«

Caroline stocherte mit einem Stock im Feuer herum. »Okay, es ist offiziell. Ich werde niemals mehr einen Mann auch nur anschauen.«

»Berühmte letzte Worte.«

»Apropos letzte Worte.« Sie trank ihren Wein aus. »Ich habe Will Jensen gesehen.« Das war nicht gerade sicheres Terrain, aber der Wein hatte ihre Schutzmauern ein wenig ins Wanken gebracht.

Virginia beugte sich vor. »Schon?«

»Er war heute Morgen am *Bait & Switch*, als ich ankam. Er war gerade mit einer Gruppe Jungs laufen.«

»Ja, das macht er.« Virginia nickte. »Er ist Trainer an der Highschool. Und?«

»Und nichts.« Doch das seltsame Flattern in ihrem Magen fühlte sich nicht wie nichts an. »Die Kinder brauchten eine Pause, also habe ich an der Tankstelle gehalten, und er hat mir geholfen.«

»Und?«, hakte Virginia nach.

Er sah wundervoll aus, dachte Caroline. Er sah aus wie der triftige Grund dafür, dass sie seit über zehn Jahren keine feste Beziehung mehr gehabt hatte. »Sag du es mir. Ich habe ihn vielleicht fünf Minuten gesehen, und das war um sechs Uhr morgens.«

»Er und Sierra sind in das alte Haus der Jensens in der Bucht gezogen.«

»Ich bin sicher, Sierra und du werdet euch treffen«, sagte ihre Mom. »Das wird nett. Ihr beide habt euch immer so nahegestanden.«

Nett – so nett, wie sich mit einem Hammer auf den Kopf zu schlagen? Caroline und Sierra waren als Kinder beste Freundinnen gewesen. Es hatte eine Zeit gegeben, in der es zwischen ihnen kein Geheimnis gegeben hatte. Als sie alles miteinander geteilt hatten, selbst …

»Will hat die Footballmannschaft gut in Form gebracht«, merkte Jackson an. »Er ist das Beste, das den Peninsula Mariners hatte passieren können.« Er warf einen Blick auf die Uhr. »Und dieser Matrose hier muss jetzt ins Bett.«

»Ha!«, zog Virginia ihn auf. »Ich wette, du hast ein heißes Date.«

»Ich bin gerade mitten in einem heißen Roman.«

»Ich bin neidisch«, gestand Caroline und stand auf, um ihn zum Abschied zu umarmen. »Ich gehe jeden Abend mit *Des Kaisers neue Kleider* und anderen Märchen ins Bett.«

»Gute Wahl für eine Designerin.« Virginia grinste.

»Wirklich? Der Knackpunkt der Geschichte ist, dass der Kaiser nackt ist.«

»Warte nur, bis du siehst, was sie mit der Stadtbücherei gemacht haben«, sagte ihre Mom. »Die ist jetzt doppelt so groß. Und jeden Tag gibt es eine Vorlesestunde. Das wird deinen Kindern bestimmt gefallen.«

Sie sind nicht meine Kinder, dachte Caroline.

Aber sie waren es doch.

Caroline krabbelte in das Bett in dem Zimmer, das einst Georgia gehört hatte. Das Knacken der Holzwände und das Rauschen der Brandung in der Ferne waren das Wiegenlied ihrer Kindheit.

Diese Art des tiefen Schlafs hatte sie immer nur hier zu

Hause erlebt. Eingehüllt in den warmen Kokon des durch die Jahre weich gewordenen Quilts ergab sich Caroline dem Gefühl absoluter Sicherheit. Ob es nun angemessen war oder nicht, aber hier, an dem Ort, an dem sie aufgewachsen war, fühlte sie sich absolut geborgen – und das war ein Gefühl, das sie sehr lange nicht mehr empfunden hatte. Sie kuschelte sich tiefer in die gestärkte, nach Sonne duftende Bettwäsche und stieß einen Seufzer der Erleichterung aus.

Sie wusste, dass es sich nur um eine kurze Atempause von all ihren Sorgen handelte. Ihre Probleme hatten, genau wie ihr neues Leben, gerade erst begonnen. Sie musste jetzt einen anderen Plan entwickeln als gedacht, und zwar nicht nur für sich, sondern auch für die beiden Kinder, für die sie die Verantwortung trug. Und sie hatte keine Ahnung, wo sie anfangen sollte.

Fang hier an, dachte sie. Fang in diesem Moment an.

Ihre Familie hatte sich mit beruhigenden Umarmungen und tröstenden Worten um sie geschart, doch hierher zurückzukommen fühlte sich wie ein Rückschritt an.

Später, dachte sie und schlang die Arme um das frisch gewaschene Kopfkissen. Später würde sie für alles eine Lösung finden. Im Moment kuschelte sie sich einfach in den Trost des gemütlichen Betts ihrer Schwester. Endlich würde sie eine Nacht durchschlafen können. Sie schwebte gerade auf das selige Vergessen zu, als sie eine klitzekleine Störung wahrnahm.

Nein, das bildete sie sich nur ein.

Dann wieder dieses winzige Geräusch, gefolgt von einem Schniefen.

Caroline blinzelte in der Dunkelheit. »Addie?«, flüsterte sie.

Zwei kleine Silhouetten zeichneten sich im Türrahmen ab.

»Wir können nicht schlafen.«

*Na super.*

»Natürlich könnt ihr schlafen«, sagte sie. »Ihr habt bisher in jedem Hotel geschlafen wie die Weltmeister.«

»Weil du im gleichen Zimmer warst«, sagte Flick.

»Ich wusste gar nicht, dass ich ein Schlafmittel bin.«

»Wir sind hier ganz allein«, sagte Addie mit zitternder Stimme. Sie drückte sich Wonder Woman an die Brust.

Caroline biss die Zähne zusammen. Gleichzeitig regte sich etwas anderes in ihr. Sie hatte noch nie mit einem Kind in einem Bett geschlafen, geschweige denn gleich mit zweien. »Ich dachte, ihr freut euch, ein Zimmer ganz für euch allein zu haben.«

Schweigen.

»Wir wollen nicht allein sein«, sagte Flick mehrere Herzschläge später.

Caroline schaltete die Nachttischlampe an. Es hatte ihr nichts ausgemacht, sich die Hotelzimmer mit den beiden zu teilen. Sie hatte sich an ihr leises Atmen und das gelegentliche Wimmern im Schlaf gewöhnt. »Hört mal. Ich bin supermüde. Zu müde, um mit euch zu diskutieren. Also schlage ich euch einen Deal vor. Ihr könnt heute Nacht hier schlafen, weil es eure erste Nacht ist. Aber ab morgen schlaft ihr in euren Betten.«

Die Kinder schauten einander an, dann wieder Caroline. Begleitet von einem langen Seufzen hob sie die Bettdecke an. Die Kinder schlüpften wie Hundewelpen darunter, ruschelten ein wenig hin und her und kuschelten sich fest an sie.

Caroline schaltete das Licht wieder aus.

# 8. Kapitel

Allen Stoffläden war dieser besondere Duft zu eigen – subtil und nostalgische Erinnerungen heraufbeschwörend. Als Caroline durch die Tür von Lindys *Fabric and Notions* trat und tief einatmete, erkannte sie den Geruch nach Kurzwaren und Färbemitteln wieder, nach süßlich riechendem Nähmaschinenöl und Schneiderkreide, nach getrocknetem Lavendel und Bergamotte von dem importierten Tee, den Lindy ebenfalls anbot.

Ein vetrautes Gefühl umfing sie, als sie sich umschaute. Selbst das Läuten der kleinen Messingglocke über der Tür weckte Erinnerungen in ihr. Während ihrer Kindheit und Jugend war der Laden für Caroline wie ein zweites Zuhause gewesen. Sie hatte hier endlose Stunden damit verbracht, die Grundlagen des Nähens und Entwerfens zu lernen, was zur Leidenschaft ihres Lebens geworden war.

Das hier war ihr erster Ausflug ohne die Kinder seit Angeliques Tod, und sie spürte, wie die Anspannung von ihr abfiel. Ihre Mutter hatte Flick und Addie unter ihre Fittiche genommen wie eine Henne ihre Küken, und Caroline mit einem kurzen Wedeln ihrer Schürze zur Haustür hinausgescheucht. »Nimm dir ein wenig Zeit für dich«, hatte sie gesagt. »Ich übernehme hier. Schau dich ein bisschen im Ort um.«

Caroline hatte die Gelegenheit ergriffen, weil sie mal eine Auszeit brauchte. Sie musste sich ein wenig von ihren Sorgen ablenken. Musste herausfinden, wie es weitergehen würde. Und so hatte der Weg sie wie von selbst zu Lindy geführt.

»Hallo, kann ich Ihnen helfen?«, fragte die junge Frau hinter dem Zuschneidetisch. Sie trug eine Brille mit dickem Gestell und eine Schürze mit einem Vogelkäfigmuster, die an ihr irgendwie cool aussah. Auf dem Namensschild an ihrer Brust stand *Echo*.

»Das hoffe ich«, sagte Caroline und ließ den Blick über die Reihen mit Stoffballen gleiten. Außer ihnen befand sich in dem Laden nur eine orange getigerte Katze, die im Schaufenster vor sich hin döste. »Ich bin eine alte Freundin von Lindy. Ich habe mal hier gearbeitet. Ist sie heute da?«

»Das Gesicht kenne ich doch!«, rief eine Stimme aus dem Atelier im hinteren Bereich des Ladens.

Caroline spürte, wie sich Freude in ihr ausbreitete. »Lindy? O mein Gott. Es ist so schön, dich zu sehen.«

Eine ältere Frau – ungefähr im Alter von Carolines Mom – trat mit ausgebreiteten Armen durch den Durchgang in den Laden. »Miss Caroline Shelby wie sie leibt und lebt. Ich hatte Gerüchte gehört, dass du wieder im Ort bist.« Sie zog Caroline in ihre Arme, dann trat sie zurück und strahlte sie an. »Meine Starschülerin. Wie schön, dich wiederzusehen.«

Lindy besaß den Laden schon so lange, wie Caroline denken konnte. Sie war eine geschickte Schneiderin und Quilterin, die Caroline großzügig Zugang zu den Nähmaschinen in ihrem Atelier gewährt und ihr die Grundlagen des Nähens und Quiltens beigebracht hatte.

»Das hier ist Echo Sanders«, sagte Lindy. »Ein weiterer aufstrebender Stern.«

Echos Wangen liefen vor Verlegenheit rot an. »Wir werden sehen«, murmelte sie.

»Meine Güte, wir kennen uns schon ewig, oder?«, rief Lindy und strahlte Caroline an.

Seitdem sie alt genug gewesen war, einen Faden einzufädeln, hatte Caroline davon geträumt, Kleidung zu entwerfen und zu nähen. Dank eines Ausflugs nach Portland mit Lindy hatte sie erfahren, dass es so etwas wie eine Designschule gab. Lindy war es auch gewesen, die ihr Infomaterial über das *Fashion Institute of Technology* in New York gegeben hatte. Danach hatte Caroline sich mit aller Entschlossenheit darangemacht, das

Entwerfen, das Nähen von Musterstücken sowie das Anpassen und Erstellen von Schnittmustern zu erlernen.

»Ich war immer dankbar für die Zeit, die ich hier verbringen durfte. Du warst eine großartige Lehrerin. Ich wollte immer die ganze Welt in deine Vintage-Baumwollstoffe einkleiden.«

»Und wie es aussieht, tust du genau das«, sagte Lindy und wandte sich an Echo. »Sie hat als Designerin in New York gearbeitet.«

Echo stützte sich mit den Ellbogen auf dem Zuschneidetisch ab. »Das klingt wie ein wahr gewordener Traum.«

»Es war …« Caroline wandte kurz den Blick ab. »… eine ziemliche Achterbahnfahrt.«

»Ich hoffe, wir haben bald mal Zeit für ein ausführliches Pläuschchen«, sagte Lindy.

»O ja. Ich weiß allerdings gar nicht, wo ich anfangen sollte.« Caroline seufzte. »Ich habe New York verlassen und suche nach einem Weg, wieder auf die Beine zu kommen.«

Lindy zog die Augenbrauen zusammen. »Auf die Beine? Ist alles in Ordnung?«

»Das ist eine lange Geschichte«, erwiderte Caroline. »Ich habe in New York eine enge Freundin verloren, und nun kümmere ich mich um ihre Kinder, Flick und Addie. Die beiden sind fünf und sechs Jahre alt.«

»Meine Güte, Caroline. Was ist passiert? Ich meine, falls das nicht zu privat ist …«

»Überhaupt nicht.« Caroline atmete tief durch. »Wenn ich durch das Ganze eines gelernt habe, dann, dass es ungesund sein kann, Geheimnisse zu haben. Angelique ist an einer Überdosis gestorben. Ich wusste nicht einmal, dass sie ein Drogenproblem hat. Außerdem bin ich mir ziemlich sicher, dass ihr Partner sie misshandelt hat. Am meisten bedauere ich allerdings, dass ich einen Verdacht hatte, aber nichts getan habe.«

»Du warst nicht ihre Aufpasserin.«

»Ich war ihre Freundin. Ich wünschte, ich hätte gewusst, was zu tun ist. Ich meine, ich habe ihr Fragen gestellt, aber offensichtlich nicht die richtigen, um eine ehrliche Antwort von ihr zu erhalten.«

Lindys Gesichtsausdruck veränderte sich. Ihre sonst so freundliche Miene verhärtete sich, als sie die Arme vor der Brust verschränkte. »Lass mich raten. Sie hat gesagt, sie sei gestolpert und gefallen. Hätte sich in der U-Bahn wehgetan.«

»So in der Art.« Caroline nickte. »Ich dachte, sie verbirgt etwas, wollte sie aber nicht bedrängen. Ich hätte hartnäckiger sein sollen, hätte sie dazu bringen sollen, mir zu erzählen, was los war.«

»Wenn sie nicht darüber reden wollte, hättest du sie mit nichts dazu bringen können«, sagte Lindy mit fester Stimme.

Caroline musterte ihre ehemalige Mentorin und Lehrerin, eine Frau, die immer so stabil und geerdet wirkte wie die Leuchttürme entlang der Küste. Lindy war mit einem Banker verheiratet, der für sein Engagement im Rotary Club bekannt war. »Lindy?«, fragte sie leise. Da war ein Gefühl, das sie wiedererkannte. Ein *Wissen*. Es war das gleiche Gefühl, das sie in Bezug auf Angelique gehabt und ignoriert hatte. »Geht es dir gut? Ich will nicht neugierig klingen, aber …«

»Nein, frag nur«, forderte Lindy sie heraus. »Du hast es selbst gerade gesagt: Geheimnisse können ungesund sein. Und um deine Frage zu beantworten: Ja, mir geht es jetzt gut. Aber ich war jahrelang mit einem Mann verheiratet, der mich geschlagen hat.«

Caroline musste sich am Zuschneidetisch festhalten, um nicht das Gleichgewicht zu verlieren. Sie versuchte, ihre Erinnerungen an Lindy und ihren Ehemann, diese Stütze der Gesellschaft, mit dem zu vereinbaren, was sie gerade gehört hatte. Sie hatte ihn kaum gekannt. Mr. Bloom hatte immer schicke Autos gefahren und maßgeschneiderte Anzüge getragen. Sie hatten ein wunderschönes Haus mit einem Pool und einem endlosen Blick über das Meer gehabt. Er war jeden Sonntag in die Kirche gegangen und war ihr immer wie ein Musterbürger vorgekommen.

Das war alles ein wenig zu viel für sie. Caroline kannte Lindy, seitdem sie ein kleines Mädchen gewesen war und in den Kisten mit den Knöpfen und den Stoffballen gewühlt hatte. Sie hatte so viele Stunden mit ihr verbracht, vor sich hin geplappert, ohne etwas von dem geheimen Schmerz der Frau zu ahnen. Noch vor einer Minute hätte sie gesagt, dass sie Lindy gut kannte. Doch sie lernte schnell, dass jeder Mensch verborgene Facetten hatte. Zu hören, dass Lindy die ganze Zeit über gelitten hatte, erfüllte sie mit Schuldgefühlen. »Es tut mir so leid, dass du solche Schwierigkeiten mit deinem Mann gehabt hast«, sagte sie. »Geht es dir jetzt gut?«

Echo hörte aufmerksam zu. Lindy atmete einmal tief durch, und ihre Miene wurde wieder weicher. »Ich bin seit drei Jahren geschieden. Er ist weggezogen, und ich muss ihn nie wiedersehen.«

»Oh, Lindy. Ich bin so froh, dass du das nicht mehr ertragen musst.«

»Ja, ich … Nun, mein Leben hat sich seit der Scheidung verändert. Hauptsächlich positiv. Ich habe alle Gedanken daran, mich zur Ruhe zu setzen, aufgegeben. Meine Freiheit zurückzugewinnen bedeutet auch, dass ich für mich selbst aufkommen muss. Ich führe jetzt ein deutlich bescheideneres Leben, wie du dir sicher vorstellen kannst, aber mir geht es gut, und ich bin in Sicherheit.« Sie lächelte Echo über den Tisch hinweg an. »Mit diesem Laden werde ich zwar nicht reich, aber ich war noch nie in meinem Leben glücklicher.«

»Ich hoffe, die Geschäfte laufen gut.«

»Es könnte immer besser sein, aber ich komme klar.« Lindy lächelte ein wenig erschöpft.

»Ehrlich gesagt, stehe ich noch immer unter Schock«, gab Caroline zu. »Als Kind war ich offenbar sehr egozentrisch. Ich hatte keine Ahnung, dass du so etwas Schreckliches durchgemacht hast.«

»Das hat sehr lange niemand gewusst. Und es gibt immer noch Menschen im Ort, die es nicht glauben. Ich schätze, du hast inzwischen gemerkt, dass Geheimnistuerei und Scham bei diesem Thema eine große Rolle spielen.« Lindy nahm ein Taschentuch und tupfte sich die Augen ab. »Ich komme mir so dumm vor, weil ich nach all dieser Zeit immer noch so emotional werde. Aber es ist eine große Erleichterung, darüber reden zu können.«

»Hör mal«, sagte Caroline. »Du musst dich nicht dumm fühlen. Niemand sollte so etwas durchmachen müssen.«

Lindy schenkte ihr ein wackliges Lächeln. »Ich habe dich immer gemocht, Caroline. Du hast ein gutes Herz.«

So fühlte es sich aber nicht an. Sie kam sich so oberflächlich vor. »Kann ich dir irgendwie helfen?«, fragte sie. »Ich meine, ich weiß, du bist jetzt in Sicherheit, aber wenn du irgendetwas brauchst …«

»Zu reden«, sagte Lindy. »So wie jetzt. Das hilft.«

»Ja«, ließ sich Echo mit kaum hörbarer Stimme vernehmen. »Das Zuhören hilft auch.« Sie starrte auf den Tisch, auf dem ihre Finger die Ränder der Schneidematte umkrampften.

Lindy tätschelte Carolines Arm. »Echo und ich habe etwas gemeinsam. Wir sind beide Überlebende.«

»O mein Gott, du auch?« Caroline kam sich vor, als wäre ein Vorhang zurückgezogen worden und würde den Blick auf eine Welt freigeben, von deren Existenz sie keine Ahnung gehabt hatte.

Echo hob den Blick. »Ich habe einen Mann verlassen, der mir alles genommen hat. Ich bin immer noch dabei, die Scherben meines Lebens wieder aufzusammeln. Lindy war so nett, mir einen Job zu geben. Ich habe in einer Fabrik in Astoria als Näherin gearbeitet. Wir haben dort Handschuhe und Uniformen fürs Militär hergestellt. Aber dann hat die Firma den Vertrag mit der Regierung verloren und alle entlassen. Ich schätze, sie werden die Produktion jetzt nach Fernost verlegen, wie alle.«

Caroline dachte an den Grund für ihren Besuch im Laden und verwarf die Idee. »Ich würde mich gerne bald ausführlicher mit euch unterhalten«, sagte sie zu den beiden Frauen. »Also, wenn das für euch nicht zu schmerzhaft ist. Es gibt so vieles, was ich über das Martyrium meiner Freundin nicht weiß. Aber ich bin es ihren Kindern schuldig, es zu verstehen.«

Lindy ordnete das Nähzubehör, das neben der Kasse aufgebaut war. »Wie gesagt, zu reden kann helfen. Also jederzeit gerne, Caroline. Und willkommen zu Hause.«

An jenem Abend fand Caroline vor dem Zubettgehen eine Lichterkette von Weihnachten im Keller. Auf allen vieren krabbelte sie im Obergeschoss über den Flur, um sie entlang der Fußleiste anzubringen.

»Ist mir irgendetwas entgangen?«, fragte ihre Mutter, die mit einem Stapel frisch gewaschener Wäsche aus der Waschküche kam. »Schmücken wir das Haus dieses Jahr besonders früh, oder sind die Lichter für den Osterhasen?«

Die Kinder, die Caroline von der Tür ihres Zimmers aus beobachteten, kicherten leise.

»Weder noch«, erwiderte Caroline. »Ich beleuchte den Weg vom Zimmer der Kinder zu meinem.« Sie schaute zu Flick und Addie hinüber, die frisch gebadet waren und schon ihre Schlafanzüge trugen. »Wollt ihr Grammy Dot den Grund verraten?«

»Damit wir sie nachts finden können«, sagte Flick.

Ihre Mutter wippte auf den Fußballen. »Das klingt nach einer verdammt guten Idee. Ich mag es auch nicht, im Dunkeln herumzutappen.«

Das brachte ihr ein Lächeln von Addie ein. Caroline zeigte den Kindern, wie sie den Lichtern den Flur hinunter zu ihrem Zimmer folgen konnten. »Ich sage nicht, dass ihr kommen *sollt*, aber wenn ihr mich wirklich braucht, weisen die Lichter euch den Weg.«

Die beiden tauschten einen Blick. Caroline wusste, dass sie sich zu ihrer Mutter hingezogen fühlten, aber noch unsicher waren. Den ganzen Tag lang waren sie ihr gefolgt, während sie ihre Arbeiten erledigt hatte. Jetzt musterten sie Dottie mit ernster, prüfender Miene.

»Sie ist wahnsinnig gut darin, Kinder ins Bett zu bringen«, sagte Caroline ermunternd.

»Okay«, sagte Flick. »Probieren wir es mal aus.«

# 9. Kapitel

Am Samstagabend hatte Caroline eine besondere Überraschung für die Kinder. »Ich werde euch eines meiner ältesten und liebsten Bücher vorlesen«, erklärte sie. »Meine Mom hat uns früher jeden Abend ein Kapitel vorgelesen, und es ist meine absolute Lieblingsgeschichte. Ich freue mich riesig, sie mit euch zu teilen.«

Sie machte es sich auf Addies Bett bequem, und die Kinder kuschelten sich an sie. »Es ist eine Geschichte über einen Jungen und seinen Hund«, sagte sie.

»Das hat ja gar keine bunten Bilder«, merkte Addie an.

»Die kannst du in Gedanken farbig ausmalen, während ich vorlese.« Caroline schlug das erste Kapitel auf. Sie erinnerte sich nicht so sehr an die Geschichte als vielmehr an das Gefühl, sich mit ihren Geschwistern zusammen um ihre Mom herum versammelt zu haben. An das Gefühl von Sicherheit und Geborgenheit. Beides wollte sie Addie und Flick vermitteln. Da sie nicht wusste, wie man das machte – und ob es überhaupt möglich war –, hatte sie gedacht, dass es ein guter Anfang wäre, sich im warmen Licht der Nachttischlampe zusammenzukuscheln.

»Wir nannten ihn *Old Yeller*«, begann sie. »Der Name hatte eine doppelte Bedeutung. Zum einen war sein kurzes Fell von einer schmutziggelben Farbe, die wir zu jener Zeit *yeller* nannten …«

»Da hat jemand ins Buch gekritzelt«, sagte Flick.

»Ja, das ist komisch.« Eine oder zwei Sätze waren mit einer dicken schwarzen Linie ausgestrichen worden, als wäre ein Zensor am Werk gewesen. »Man sollte niemals in Bücher herumkritzeln. Aber egal. Machen wir weiter. Diese paar Wörter werden uns nicht fehlen.«

Als sie das Ende des Kapitels erreichte, waren die Kinder fasziniert von Travis und Yeller, der sich um Travis' Mom und seinen kleinen Bruder kümmern musste, während der Vater loszog, um die Rinder auf den Markt zu treiben. Flick und Addie bettelten um mehr, aber Caroline hielt sich streng an die Regel, nur ein Kapitel pro Abend zu lesen.

Als sie die Kinder zudecken wollte, trat Flick rastlos gegen seine Decke, starrte aus dem Fenster, zerknüllte die Ecke seines Kissens mit den Händen.

»Was ist los, Kumpel?«, fragte Caroline und legte das Buch beiseite.

»Ich kann morgen nicht in die Schule gehen.«

Oje. »Wir haben doch den ganzen Tag darüber gesprochen, wie viel Spaß du mit deinen neuen Freunden und Lehrern haben wirst«, sagte sie.

»Ich fühle mich nicht gut«, erwiderte er. »Ich glaube, ich werde krank.«

»Ich fühle mich auch nicht gut«, piepste Addie und tätschelte ihren Bauch.

Caroline legte den beiden nacheinander die Hand auf die Stirn, um zu fühlen, ob sie Fieber hatten. »Ihr seid vollkommen gesund«, sagte sie schließlich. »Ich glaube, ihr seid einfach nur nervös, weil morgen die Schule losgeht. Könnte es das sein?«

»Puh«, sagte Flick leise.

»Wir kennen da keinen«, sagte Addie.

»Es macht einem immer erst einmal Angst, etwas Neues anzufangen«, beruhigte Caroline die beiden, obwohl ihr Magen sich nervös zusammenzog. »Aber sobald ihr erst einmal ein paar Tage da gewesen seid, ist es bald nicht mehr neu.«

»Nein«, widersprach Addie.

»Fern geht auch auf eure Schule, und die kennt ihr doch schon.« Carolines Nichte war ein offenes, liebes Mädchen, das sich sofort in seine Rolle als ältere Cousine gestürzt hatte.

»Die ist in der dritten Klasse«, beschwerte sich Flick.

»So wie du irgendwann.«

»Aber nicht morgen.«

»Das stimmt. Morgen werden die Lehrer dafür sorgen, dass ihr euch gut eingewöhnt.« Während der Fahrt von New York hatte sie in der Schule angerufen, um der Rektorin die Situation zu erklären. Die freundliche Dame hatte ihr versichert, dass alles gut werden würde. »Ich habe schon mit euren Lehrern gesprochen«, sagte sie. »Sie freuen sich darauf, euch kennenzulernen.«

»Die müssen uns ja auch mögen«, sagte Flick. »Die Kinder nicht.«

»Warum sollten sie euch nicht mögen?«, fragte Caroline. »Ihr seid großartig.«

»Sie mögen uns bestimmt nicht, weil wir braun sind.«

Caroline war entsetzt. »Wie kommst du darauf?«

»Weil sie weiß sind.«

»Ich bin weiß, und ich mag euch«, sagte Caroline. Sie wollte nicht einer dieser weißen Menschen sein, die vorgaben, farbenblind zu sein. Denn sie wusste, dass die Welt so nicht funktionierte. »Und einige der Kinder auf eurer Schule sind auch braun. Und es gibt Asiaten und Latinos und vielleicht sogar Kreolen wie euch und eure Mama. Ihr werdet viele neue Freunde finden. Ich weiß, das ist schwer, aber ihr schafft das.«

Addie schob die Unterlippe vor, schnappte sich ihre Wonder Woman und ließ sie über ihre angezogenen Knie fliegen. »Ich wünschte, ich könnte wegfliegen und nie wiederkommen.«

»Das geht aber nicht«, sagte Caroline. »Wir brauchen dich hier.«

»Dann wünschte ich, ich hätte Superkräfte.«

»Ich glaube, die hast du schon«, entgegnete Caroline. »Die habt ihr beide. Ihr seid supernett und superstark und superklug.«

Flick schniefte. »Das sagen alle Eltern zu ihren Kindern.«

*Ihr seid nicht meine Kinder.*

»Das weiß ich nicht, aber ich würde es nicht sagen, wenn ich es nicht so meinte. Ich weiß nur, dass ihr beide das in eurer neuen Schule super hinkriegen werdet.«

Addie richtete das mit Sternen verzierte Top ihrer Puppe und strich den Umhang glatt. »Woher weißt du das?«

»Weil ich auch klug bin. Ich weiß so einiges.« Sie stand auf und trat an den Schrank. »Ich sage euch was: Wir suchen jetzt eure Sachen für morgen raus, damit es morgen früh ganz schnell geht. Was würdet ihr gerne anziehen?«

»Ist egal«, murmelte Flick missmutig. Schließlich entschied er sich aber doch für ein schlichtes blaues T-Shirt, das ein wenig abgetragen, aber sauber war.

»Gute Wahl«, sagte Caroline. »Blau geht immer.«

Addie wählte ein gelbes T-Shirt. »Das ist meine Lieblingsfarbe.«

»Dann solltest du sie tragen, denn sie passt zu deiner Persönlichkeit: Du bist genauso strahlend und sonnig.«

»Mama hat uns für den ersten Schultag immer neue Sachen gekauft.«

Caroline wurde das Herz schwer. Ihr war überhaupt nicht in den Sinn gekommen, den beiden etwas zum Anziehen zu kaufen. Die Liste dessen, was sie alles *nicht* über Kindererziehung wusste, wurde stetig länger. »Ich habe eine Idee. Ich werde eure T-Shirts und Hosen bügeln, damit sie aussehen wie neu, okay?«

Das schien sie nicht sonderlich zu beeindrucken. Addie gähnte und kuschelte sich mit ihrer Puppe unter die Decke. Caroline strich ihr über die Haare, dann deckte sie Flick zu.

»Ihr macht das schon«, versicherte sie den beiden. »Schlaft schön, und morgen früh mache ich euch Blaubeerpfannkuchen.« Sie gab den Kindern je einen Kuss – eine Geste, die jeden Tag ein wenig natürlicher wirkte. Auf dem Weg nach draußen nahm sie die T-Shirts mit. Im Flur versuchte sie, den angespannten Knoten in ihrem Magen zu lösen. Wie würde es morgen für die Kinder sein, wenn sie mitten im Schuljahr in eine neue Klasse kamen, in der sie niemanden kannten? Caroline wünschte wirklich, sie könnte ihnen eine Supermacht verleihen – das Selbstvertrauen, die ganzen Veränderungen in ihrem

Leben zu ertragen. Vielleicht … Sie musterte die T-Shirts und verspürte den Anflug einer Inspiration, aus der sich eine Idee zu formen begann.

Unten saßen ihre Eltern zusammen auf dem Sofa und schauten irgendeine gruselige Serie. Caroline lockerte die Schultern, um ihren Nacken zu entspannen. »Die Kinder laugen mich aus«, sagte sie.

»Wem sagst du das«, erwiderte ihre Mutter.

»Hey, ihr habt freiwillig fünf Kinder bekommen.«

»Nur, weil ich sie nicht von sechs überzeugen konnte«, warf ihr Vater ein.

*Guter Gott.*

»Ich muss jetzt noch was nähen«, sagte sie.

»Um diese Uhrzeit?«

»Ich will die T-Shirts der Kinder umändern, damit sie morgen etwas Besonderes zur Schule anziehen können. Gibt es irgendwo noch eine alte Windjacke, die ich zerschneiden kann?«

Ihre Mom stand auf. »Ich bin sicher, dass du alles, was du brauchst, in der Kiste mit den Sachen zum Spenden findest. Komm, ich helfe dir schnell.«

»Ich will euren Abend nicht stören …«

»Keine Sorge. Die Zombiapokalypse kann warten.« Dottie tätschelte die Schulter ihres Mannes. »Ruf mich, wenn es zu gruselig wird.«

Sie gingen in den Raum neben der Küche, der, solange Caroline sich erinnern konnte, das Lager für die vielen unvollendeten Kunstprojekte ihrer Mutter gewesen war: Drucktechnik, Scrapbooks, Häkeln, Stoffmalerei, Holzschnitzerei. Dottie war ihr Leben lang unglaublich kreativ gewesen und hatte ständig etwas Neues angefangen, aber bei fünf Kindern und einem Restaurant war sie immer zu beschäftigt gewesen, um irgendetwas zu Ende zu bringen.

Caroline hatte ihre eigene Nähmaschine bereits in dem Raum aufgebaut. Es war ihr wertvollstes Stück, eine industrielle Nähmaschine, für deren Kauf sie sich damals auf der

Designschule in Schulden gestürzt hatte. In New York hatte sie eine Umzugsfirma beauftragen müssen, nur um die Maschine aus ihrer Wohnung runter zu Angeliques Wagen zu tragen, denn das Ding wog eine Tonne. Ihr Vater und Bruder hatten ihr geholfen, sie ins Haus zu schleppen.

»Was machen wir denn?«, fragte ihre Mutter.

»Die Kinder haben mir gerade erzählt, dass ihre Mutter ihnen für den ersten Schultag immer neue Sachen gekauft hat. Also will ich ihnen etwas Neues für morgen nähen.«

Mom umarmte sie. »Ach Caroline, was für eine schöne Idee.«

»Sie machen sich Sorgen, weil sie hier niemanden kennen und an einem fremden Ort noch mal neu anfangen müssen.«

»Natürlich tun sie das.« Mom wühlte in einer Kiste, auf der SPENDEN stand. »Was hast du dir denn vorgestellt?«

»Einen roten Stoff, der dünn und glatt ist. Wie von einer Windjacke oder einem Innenfutter.«

»Könnte das hier gehen?« Mom hielt eine Windjacke mit dem *Sustainable-Seafood*-Logo hoch – Jacksons Firma.

Caroline schüttelte das rote Ripstop-Gewebe aus. »Das ist perfekt.«

»Super. Also, was soll ich machen?«

»Kannst du einen Schriftzug auf diese T-Shirts stempeln?«

»Darauf kannst du wetten. Ich habe noch das Set, mit dem ich die Uniformen für das Restaurant machen wollte. Nicht, dass ich das Projekt je vollendet hätte.«

Während Caroline ein Muster aufzeichnete und den Stoff der Windjacke zurechtschnitt, spürte sie, wie sie sich Stück für Stück entspannte. »Das ist mein Glücksort«, sagte sie. »Wenn ich etwas nähe.«

»So war das schon immer«, bestätigte ihre Mom. »Erinnerst du dich noch an Grammys alte Nähmaschine? Du warst ungefähr sechs, als du gelernt hast, wie man damit umgeht.«

»Ich habe diese Maschine geliebt. Wenn alle in der Küche oder im Garten waren, habe ich hier gesessen und Kleidung für den Hund genäht.«

»Ja, du bist deinem eigenen Weg gefolgt.«

»Da hast du wohl recht. Ich hatte immer das Gefühl, dass ich etwas falsch mache.«

»Und ich fand immer, du warst die Kreativste von uns allen. Und nun sieh dich an – eine Designerin aus New York.«

»Genau. Die Betonung liegt auf *aus* New York. Ich werde nie wieder zurückkehren können.«

»Wenn du willst, wirst du das eines Tages tun«, versicherte ihre Mom ihr. »Und zwar als siegreiche Heldin.«

»Na klar.« Caroline konzentrierte sich wieder auf die vor ihr liegende Aufgabe, weil sie zusätzlich zu allem anderen nicht auch noch an ihre zerstörte Karriere denken wollte. Nach einer Weile merkte sie, dass ihre Mutter sie beobachtete. »Was ist?«

»Du bist so voller Leidenschaft. Es ist inspirierend, das zu sehen. Hast du je daran gedacht, einen Nähraum einzurichten oder ein ... ich weiß nicht, wie man das nennt. Ein Atelier?«

»Das klingt ein wenig hochtrabend.« Caroline entschloss sich, ein Thema anzusprechen, über das sie ständig nachdachte. »Ich habe gehört, dass es in Astoria eine Firma gab, die Kleidung fürs Militär hergestellt hat und die dichtgemacht wurde. Eine Frau, die ich bei Lindy getroffen habe, meinte, sie würden die Nähmaschinen und so weiter versteigern. Es juckt mich in den Fingern, da zuzugreifen. Das Problem ist nur, ohne Menschen, die sie bedienen, können Maschinen gar nichts machen. Ich bin aber nur eine Person. Eine Person mit zwei Kindern, um genau zu sein.« Sie seufzte. »Mit einem Mal kommen mir meine Optionen arg begrenzt vor.«

»Ich habe einen Vorschlag.«

»Den hast du immer.«

»Anstatt die Kinder als Hindernis zu sehen, betrachte sie doch als Inspiration. Sieh dir nur an, was wir hier gerade machen.« Mom hob eines der T-Shirts hoch. »Nicht schlecht, oder? Die Kinder haben Glück, dich zu haben.«

»Diese Kinder sind verlorene Seelen.« Sie waren die unschuldigsten aller Opfer, mitgerissen von dem verborgenen Chaos im Leben ihrer Mutter. »Ich habe bei Angelique versagt. Wenn ich daran denke, auf wie viele Arten ich hätte helfen können und es nicht getan habe, könnte ich mich übergeben. Was, wenn ich es mit ihren Kindern auch vermassle?«

»Hör mal, sie sollten dir nicht als Mittel zur Wiedergutmachung dienen, Caroline. Drück ihnen diese Rolle nicht auf – das ist Addie und Flick gegenüber nicht fair. Sie sollen einfach nur Kinder sein dürfen, und als solche haben sie eine andere Aufgabe.«

Caroline zuckte zusammen. »Autsch. Aber du hast recht. Ich habe nur Angst, dass ich bei ihnen die Anzeichen genauso übersehe wie bei Angelique. Ich weiß nicht, was sie gesehen oder erlebt haben. Wenn ich sie frage, wirken sie immer ahnungslos. Flick meint, er hat nie gesehen, dass jemand gemein zu seiner Mom war. Und ich glaube ihm, denn das ist seine Wahrheit. Aber was ich über häusliche Gewalt gelernt habe, ist, dass Geheimhaltung und Scham immer eine Rolle spielen. Die Isolation, die mangelnde Unterstützung. Ich wünschte, ich hätte Angelique besser geholfen. Ich fürchte, dass ich nicht dazu in der Lage bin, um mich um die Kinder zu kümmern. Jede Nacht liege ich wach und überlege, was das Richtige ist. Seitdem die beiden mit einem Knall in meinem Leben gelandet sind, habe ich nicht mehr richtig geschlafen. Es gibt Zeiten, in denen ich mir sicher bin, dass ich mich gut um sie kümmern kann. Dass ich sie beschützen und glücklich machen kann. Und dann gibt es Zeiten, in denen ich keine Ahnung habe, was ich tue, und mir absolut sicher bin, das Leben dieser armen Kinder zu zerstören. Und das ist nicht das Gleiche, wie einen Entwurf oder ein Kleid oder eine Vorspeise zu ruinieren. Das sind zwei menschliche Wesen. Der Einsatz ist zu hoch, als dass ich versagen dürfte.« Sorgfältig legte sie die beiden T-Shirts zusammen. »Vielleicht sollte ich die Kinderfürsorge anrufen und gucken, ob es eine Familie für sie gibt, die ihnen ein besseres Leben ermöglichen kann. Ich meine, irgendwo gibt es doch bestimmt ein Paar, dass geeignet wäre. Mit einem sicheren Job.« Könnte sie das tun? Könnte sie es übers Herz bringen, die Kinder an eine andere Familie abzugeben? Und wie genau würde das aussehen?

Mom betrachtete die sorgfältig zusammengelegten T-Shirts. »Was sagt dir dein Herz?«

Caroline musste nicht lange überlegen. »Dass ich dabei bin, mich in die beiden zu verlieben. Aber das wird ihnen weder ein Dach über den Kopf noch eine sichere Zukunft schenken.«

»Du musst das nicht jetzt entscheiden«, sagte ihre Mutter. »Gib dir ein wenig Zeit.«

Caroline nickte. Sie musste mal eine Weile an etwas anderes denken, um nicht verrückt zu werden. »Ich habe Lindy Bloom besucht. Das war sehr nett. Für sie arbeitet jetzt eine Frau namens Echo. Wusstest du, dass beide Opfer von häuslicher Gewalt gewesen sind?«

»Opfer von … *was*? Lindy?«

»Ich war auch schockiert. Offensichtlich hat sie jahrelang gelitten, und niemand hat etwas geahnt.«

»Guter Gott. Quentin Bloom?«

»Heißt er so? Quentin? Das habe ich nicht gewusst. Für mich war er immer Mr. Bloom. So hat Lindy ihn auch genannt – Mr. Bloom.«

»Meine Güte. Ich war jahrelang Kundin bei der Bank, in der er gearbeitet hat. Ich hatte gehört, dass die beiden sich getrennt haben und er von hier weggezogen ist, aber … Guter Gott«, wiederholte sie.

»Mir wird gerade klar, dass Misshandlungen dieser Art in allen Gesellschaftsschichten stattfinden – vom angesehenen Banker bis zu dem ungebildeten Kerl, mit dem Echo zusammen war. Ich will mehr darüber erfahren. Ich will helfen. Ich wünschte, ich könnte etwas für Frauen tun, denen es so ergangen ist wie Angelique. Ich will ihnen zuhören, von ihnen lernen.«

»Vielleicht kannst du das. Hör dich doch mal um, ob es eine örtliche Selbsthilfegruppe gibt.«

»Gibt es nicht. Ich habe schon im Internet recherchiert.«

»Wie wäre es, persönlich mit ihnen in Kontakt zu treten? Offenbar gibt es dieses Problem überall, selbst in unserem kleinen, kuscheligen Örtchen. Selbst …«

»Mom, was meinst du damit? Kennst du jemanden?«

Ihre Mutter zögerte kurz. »Bei uns im Restaurant arbeitet eine junge Frau. Nadine. Georgia hat sie letztes Jahr angestellt, als sie sich auf der Suche nach Arbeit bei uns vorgestellt hat. Sie hatte einen gebrochenen Wangenknochen und eine einstweilige Verfügung gegen ihren Freund erwirkt, verfügte aber über keinerlei Erfahrungen in der Gastronomie. Georgia hat sie ganz unten anfangen lassen, mit Geschirrspülen und Putzen.«

»Glaubst du, sie wäre offen für ein Gespräch?« Caroline wusste nicht viel über Selbsthilfegruppen. Sie hatte immer gedacht, die wären für bedürftige, verstörte Individuen, die nicht allein zurechtkamen. Doch jetzt erkannte sie, dass es den Frauen vielleicht helfen würde, wenn sie an einem sicheren Ort offen sprechen könnten.

»Das weißt du erst, wenn du sie fragst«, antwortete ihre Mutter.

In Caroline flammte ein Funke auf. Dieses Bauchgefühl, das ihr verriet, wenn etwas richtig war. Sie sah ihre Mutter an und hielt ihren Blick, während eine Idee in ihrem Kopf Gestalt annahm. »Was wäre, wenn *ich* so eine Gruppe ins Leben rufen würde? Eine Selbsthilfegruppe hier im Ort? Meinst du, die Leute würden kommen?«

»Caroline, du hast schon immer so viele Ideen gehabt. Es muss anstrengend sein, in deinem Kopf zu leben.«

»Ich denke nur an Angelique. Wenn sie einen sicheren Ort gehabt hätte, an dem sie hätte reden können, Freunde, die ihr geholfen, ihr zugehört und sie unterstützt hätten …«

Sie sah, dass ihre Mutter gähnte. »Vielleicht ist es auch verrückt, aber ich werde mal ein wenig recherchieren.«

»Ich finde, das ist eine wundervolle Idee.«

»Danke, dass du mir zugehört hast, Mom. Du bist die Beste.«

Das brachte ihr ein flüchtiges Lächeln ein. »Je älter du wirst, desto klüger werde ich, oder?«

# 10. Kapitel

Will beendete das Training am Montagmorgen mit ein paar Sprints auf Zeit auf der Bahn, die um das Footballfeld herum verlief. Beau Cannon, einer der älteren Schüler, war sehr vielversprechend und wurde derzeit von einigen Colleges umworben. Will hegte große Hoffnungen für ihn. Und Beaus alleinerziehende Mutter würde sich die Collegegebühren ohne ein Stipendium nicht leisten können.

»Gute Arbeit heute«, sagte er, als sie gemeinsam den Platz verließen. »Du bist heute eine Top-Zeit gelaufen.«

»Sie muss noch besser werden.« Mit einem Zipfel seines T-Shirts wischte Beau sich den Schweiß von der Stirn.

»Auf die Gefahr hin, mich zu wiederholen: Es liegt an deinem Start. Du musst aus dem Startblock förmlich explodieren. Die ersten zwanzig Meter musst du rennen, als wäre der Teufel hinter dir her. Das verschafft dir den zeitlichen Vorsprung, den du brauchst. Arbeite weiter an deinem Start, und du erreichst das Ziel in der von dir gewünschten Zeit.«

Beau nickte. »Danke, Coach. Das mache ich.«

Die Sehnsucht und der Ehrgeiz in den Augen des Jungen kamen Will bekannt vor. Er erinnerte sich an seine Zeit als Schulsportler, als er immer dort auf die Schulen für die Angehörigen des amerikanischen Verteidigungsministeriums gegangen war, wo sein Vater stationiert gewesen war. Immer noch konnte er das beinahe schmerzhafte Gefühl in sich hervorrufen, der Beste sein zu wollen, sich bis an seine eigenen Grenzen und darüber hinaus zu quälen. Trotz der damit verbundenen Anstrengungen hatte der Sport in ihm eine Euphorie ausgelöst, die beinahe das nagende Unwohlsein überlagert hatte, das damit einherging, nirgendwo richtig dazuzugehören.

Kaum hatte er sich in einer Schule eingelebt, hatte er schon wieder umziehen müssen. Als er zwölf gewesen war, war seine Mutter unerwartet verstorben und hatte ein klaffendes Loch in seinem Leben hinterlassen. Dieses Loch hatte die Kluft, die zwischen ihm und seinem Vater schon immer bestanden hatte, noch vergrößert. Von Trauer angetrieben, hatte er sich immer härter gefordert, aber selbst die extremsten Sportarten hatten es nicht geschafft, die Leere zu füllen.

In der Navy hatte er sich für die härtesten Kurse eingeschrieben, die angeboten worden waren – er war Kampfschwimmer und SEAL geworden. Das Training war so zermürbend gewesen, dass er sich an manchen Tagen gefühlt hatte, als hätte seine Seele seinen Körper verlassen. Er hatte in sich Überlebensmechanismen gefunden, von denen er nicht gewusst hatte, dass er sie besaß, und während des aktiven Dienstes hatten diese ihm mehr als einmal das Leben gerettet. In der Navy zu dienen war seine Art gewesen, einen Platz in der Welt zu finden – zumindest für eine Weile.

»Vermissen Sie das manchmal?«, fragte Beau. »Ich meine, bei den SEALs zu sein. Wären Sie ohne Ihre Verletzung immer noch dabei?«

»Ich denke nicht viel über ›was wäre wenn‹ nach«, erwiderte Will. »Ich habe immer hier auf der Halbinsel leben wollen, und ich wollte auch immer Lehrer sein. Das ist nur früher eingetreten als geplant. Denkst du darüber nach, zur Armee zu gehen?«

»Das wäre eine große Hilfe für meine Mom«, gestand Beau.

»Ich sag dir was: Komm nach der sechsten Stunde in mein Büro, und dann reden wir.«

Die Erleichterung war dem Jungen anzusehen. »Danke, Coach.«

Will blickte Beau nach, als der auf das Hauptgebäude zuging. Er sah so viel von sich in diesem Jungen – die begierige Sehnsucht, die Zielstrebigkeit. Aber konnte er wirklich irgendjemandem empfehlen, zum Militär zu gehen? Dazu benötigte man entweder den Wunsch, seinem Land dienen zu wollen. Oder man hatte einfach keine Alternative.

Nach dem Unfall, bei dem er sein Auge verloren hatte, hatte sich sein Leben beinahe über Nacht verändert. Er war zu seiner Frau und in ein Leben als Zivilist zurückgekehrt. Und jetzt war er hier, wo er immer hatte sein wollen, und wollte dennoch mehr. Er wollte Beständigkeit. Er wollte, dass Sierra Zufriedenheit fand. Er wollte eine Familie.

Das Leben hier war gut. Das hatte er schon immer gedacht. Dieser Ort war Teil seiner DNA, die einzige Konstante in seiner rastlosen Kindheit. Als Kind eines Navy-Soldaten hatte er überall auf der Welt gelebt, doch das Haus seiner Großeltern in Oysterville, wo er seine Sommer verbracht hatte, war die Heimat seines Herzens gewesen. Es war ein Paradies für jeden Jungen. Hier hatte er das kristallklare Wasser der Willapa Bay oder die turbulenten Wellen des Pazifiks auf der Westseite der Halbinsel erkunden können. Er war erfüllt von Erinnerungen ans Reiten, ans Drachensteigen am schier endlosen, flachen Strand, ans Wandern durch geheimnisvolle Wälder, ans Angeln oder ans Sammeln der süßen, kostbaren Austern, für die der Ort berühmt war.

Während er sich ein Handtuch um den Nacken schlang, schaute er auf die Uhr und ging quer über den Parkplatz zu seinem Wagen. Auf der anderen Seite der weitläufigen Fläche sah er Caroline Shelby, die gerade mit ihren beiden Kindern auf das Verwaltungsgebäude zusteuerte. Diesmal war er nicht so erstaunt, sie zu sehen, wie neulich, als sie so urplötzlich vor ihm gestanden hatte. Vielmehr verspürte er jetzt den instinktiven Drang, wieder Kontakt zu ihr aufzunehmen.

Geh weiter, befahl er sich.

Sag ihr Hallo, sagte eine andere Stimme in seinem Kopf.

Tu so, als würdest du sie nicht sehen, meldete sich wiederum eine andere Stimme zu Wort.

Seitdem er ihr an jenem Morgen begegnet war, hatte er vergeblich versucht, nicht an sie zu denken. Aber die Schule war die reinste Gerüchteküche, und die Menschen redeten bereits. Das mittlere Kind der Shelbys war wieder da, und sie hatte zwei Kinder im Schlepptau. Er hatte gehört, wie die Sekretärin voller erbitterter Überzeugung gesagt hatte, dass Caroline schon immer seltsam gewesen sei – die violetten Haare, die verrückten Outfits. Eine Außenseiterin im Shelby-Clan. Die Leute sprachen auch über die beiden kleinen Kinder und fragten sich, was Caroline jetzt schon wieder im Schilde führte.

Das fragte er sich auch.

»Da ist der Mann«, sagte der Junge und zeigte auf Will.

Caroline schaute in Wills Richtung, und er sah, wie sie sich anspannte, als sie ihn erkannte.

»Hey, ihr!«, rief er und legte die letzten paar Meter rasch zurück, um dann neben ihnen weiterzugehen. »Habt ihr heute euren ersten Schultag?«

»Ja«, sagte Caroline und warf den Kindern einen nervösen Blick zu.

»Cool.« Er schaute die Kleinen an. »In welche Klasse geht ihr?«

Der Junge – Frank? Nein, Flick – murmelte: »Vorschule und erste Klasse.«

»Ich weiß aus sicherer Quelle, dass die Lehrer in der Vorschule und in der ersten Klasse die nettesten sind.«

»Ach ja?« Caroline schenkte ihm ein flüchtiges Lächeln. »Wo hast du das denn gehört?«

»Von den Schülern«, erwiderte Will. »Kinder sind die schärfsten Kritiker. Ich sollte es wissen, schließlich bin ich auch Lehrer.«

Flick starrte ihn an. »Wirklich?«

»Jupp. Ich unterrichte die großen Kinder in Mathe. Und ich muss besonders nett sein, weil, wie gesagt, Schüler die schärfsten Kritiker sind.«

»Wir haben Angst«, sagte Addie.

Sie war so verdammt süß. Sie trug Jeans und ein gelbes T-Shirt und kleine Turnschuhe mit gekrausten Schnürsenkeln.

Er las die Worte auf der Vorderseite ihres T-Shirts. »Hey, da steht: ›Frag mich nach meiner Superkraft‹.« Er sah Flick an. »Auf deinem auch. Also frage ich euch: Was ist eure Superkraft?«

Die Kinder schauten erst einander, dann Caroline an.

»Er hat gefragt«, sagte sie. Die Sorgen, die er in ihren Augen wahrgenommen hatte, schienen ein wenig zu verblassen.

»Guck gut zu.« Addie öffnete eine Tasche seitlich an ihrem T-Shirt und holte ein dünnes, rotes Stück Stoff heraus – einen Schal? –, das sie an die Rückseite des Kragens knöpfte.

»Wow«, sagte Will. »Das ist ja cool. Du hast einen Umhang.«

»Das ist ein Superheldenumhang. Hier ist meiner.« Ihr Bruder holte seinen heraus und knöpfte ihn ebenfalls an den Kragen seines Shirts. »Wir können fliegen!« Er rannte quer über den Rasen vor dem Verwaltungsgebäude, und der dünne Stoff flatterte hinter ihm her. Seine Schwester folgte ihm, und beide stießen laute Summgeräusche aus.

»Lass mich raten: Du hast die T-Shirts gemacht.«

»Ja, ich war so gegen Mitternacht damit fertig«, antwortete sie. »Meine Mom hat die Schrift aufgedruckt.«

»Gute Arbeit. Die sind echt cool. Genial sogar. Wie bist du auf die Idee gekommen?«

»Es ist wirklich erstaunlich, auf welche Ideen man kommt, wenn die Kinder eine Krise haben. Und was man mit alten T-Shirts und einer abgetragenen Windjacke alles anstellen kann.«

»Ernsthaft? Das hast du aus alten Sachen gemacht?«

»Und mit ein wenig Einfallsreichtum.«

»Ich wette, dass alle Kinder so ein Teil haben wollen. Verdammt, selbst *ich* will eins haben.«

Das brachte ihm ein Lächeln von ihr ein. »Ja, klar.«

Er erinnerte sich an dieses Lächeln. Es war, als hätte plötzlich jemand das Licht angeschaltet. Das immer noch vertraute, freundschaftliche Gefühl von damals, das er auch jetzt in ihrer

Nähe empfand, überraschte ihn. Diese Zeiten sind vorbei, ermahnte er sich. Sie gehörten zu einer Vergangenheit, die von der Nostalgie golden eingefärbt worden war. Sie waren etwas, an das man sich erinnern, das man aber nie zurückhaben konnte.

»Ich sollte mir auch eines machen«, überlegte sie laut. »Ich glaube beinahe, dass ich nervöser bin als die beiden. Ihre Schule in New York war so bunt, fast wie eine Mini-UN. Was ist, wenn sie sich hier fehl am Platz fühlen?«

Er fragte sich, wer wohl der Vater war. War sie mit ihm verheiratet gewesen? Er wollte sie danach fragen. Er wollte sie so vieles fragen. Doch stattdessen sagte er nur: »Kinder sind ziemlich anpassungsfähig. Ich wette, sie kriegen das prima hin.« Das war lahm. Aber er kannte Caroline nicht mehr, deshalb flüchtete er sich in Plattitüden. »Ich lass euch dann mal euer Ding machen. Ich hoffe, für die Kinder läuft heute alles gut.«

Angesichts der Tatsache, dass die beiden munter herumflitzten, schätzte er, dass es ihnen wirklich gut ergehen würde.

»Flick hat sich in der Pause geprügelt, und Addie hat sich in die Hose gemacht«, sagte Caroline zu Virginia. Sie saßen zusammen auf einer Bank am Spielplatz neben dem Restaurant und sahen zu, wie die Kinder nach der Schule ihre überschüssige Energie loswurden.

Virginia tätschelte ihr den Arm. »Der erste Schultag ist immer schwer. Als Fern mit der Vorschule angefangen hat, hat sie den ganzen Tag auf der Toilette verbracht.«

Caroline sah zu, wie ihre Nichte selbstbewusst Aufschwünge am Reck übte. »Und am nächsten Tag?«

»Ich glaube, da war nur ein halber Tag auf der Toilette. Irgendwann hatte sie sich dann eingewöhnt.«

»Addie war zu schüchtern, um zu fragen, wo die Toiletten sind. Zum Glück hatte die Lehrerin Ersatzklamotten parat.«

»Ein Zeichen für eine erfahrene Lehrerin«, sagte Virginia. »Fern hatte Marybeth Smith, und sie war fabelhaft.«

Caroline strich mit der Hand über den Stapel Formulare, den sie mit der Bitte, sie auszufüllen, von der Schule bekommen hatte. Anfragen nach Zeugnissen, Gesundheitsnachweisen, Meldebescheinigungen … »Mein Gott, ich bin so was von überfordert.«

»Das ist alles neu für dich. Gib dir ein wenig Zeit.«

Virginia hielt ihr die Chipstüte hin, die sie sich teilten – leicht schal gewordene Reste von Addies Lunch-Paket. »Ich dachte, die Superhelden-Shirts würden ihnen Selbstvertrauen geben. Stattdessen hat Flick sich wegen seinem gestritten, und Addie hat ihren Umhang angeblich verloren. Ich habe ihn ganz unten in ihrem Ranzen gefunden.«

»Falls du es noch nicht wusstest«, sagte Virginia. »Es geht nicht um die Shirts. Kinder streiten sich ständig, und sie verlieren täglich irgendetwas in der Schule.«

»Wieso bin ich dann diejenige, die sich verloren fühlt?«

»Willkommen in der Welt der Eltern. Vertrau mir, jeder von uns hat sich irgendwann mal so gefühlt. Und doch haben unsere Kinder bis jetzt überlebt. Vor einem Jahr dachte ich, dass meine Scheidung mich in ein heulendes Elend und Fern in einen Fall für die Psychiatrie verwandeln würde. Und jetzt? Jetzt geht es uns beiden gut.« Ihre Miene wurde weich vor Liebe, als sie ihr kleines Mädchen beobachtete, das gerade die Leiter zu der höchsten Rutsche auf dem Spielplatz hinaufkletterte.

»Das stimmt«, versicherte Caroline ihr. »Es tut mir leid, dass ich während des Dave-Dramas im letzten Jahr nicht für dich da war. Ich weiß, es muss schrecklich gewesen sein, herauszufinden, dass er dich mit jemandem aus seiner Firma betrügt.«

»Ja, es war schrecklich.« Virginia nickte gedankenversunken. »Das beinahe Ätzendste war, dass meine Situation, so schlimm sie sich auch angefühlt hat, nichts Besonderes war. Die Geschichte des Scheiterns meiner Ehe ist die gleiche wie bei so vielen anderen auch. Wir waren ausschließlich damit beschäftigt, zu arbeiten und uns um Fern zu kümmern. Wir waren *zu* beschäftigt, und wir haben einander vernachlässigt. Dann hat er sich mit der jungen Anwältin in seiner Kanzlei eingelassen.«

»Ich hoffe, ihm fallen die Eier ab.«

»Ja, oder? Und als ich ihn wegen Amanda zur Rede gestellt habe, hat er versucht, es zu leugnen. Und danach hat er so getan, als wäre es meine Schuld, dass er mich betrogen hat.«

»Verdammt. Ich dachte immer, ihr beide wärt der Standard, an dem alle anderen sich messen müssten. Bei euch hat alles gepasst: tolle Karrieren, ein schönes Haus, die perfekte Tochter … Ich dachte, ihr hättet alles.«

»Das dachte ich auch. Bis ich erkannt habe, wie sehr wir uns voneinander entfernt hatten. Ich war die Ermittlerin der Kanzlei, um Himmels willen, und ich habe nicht mitbekommen, dass er direkt vor meiner Nase mit dieser Frau angebändelt hat. Es ist wirklich erstaunlich, wie wenig man bemerkt, wenn es direkt vor der eigenen Nase passiert. Und es ist so leicht, sich auf andere Dinge zu konzentrieren und dabei zu vergessen, auf das achtzugeben, das förmlich nach Aufmerksamkeit schreit.«

Darüber musste Caroline einen Moment nachdenken. Sie fragte sich, wie oft sie einfach zu abgelenkt gewesen war, um zu bemerken, was in Angeliques Leben vorgegangen war. »Das, was du durchgemacht hast, tut mir wirklich leid. Aber ich freue mich, dass es dir und Fern wieder gut geht.« Sie verspürte einen Anflug von Schuldgefühlen. »Du hast deinen Mann verloren, weil du nicht aufgepasst hast. Flick und Addie haben ihre Mom verloren, weil *ich* nicht aufgepasst habe.«

»Es war nicht dein Job, ihre Mutter zu bemuttern«, merkte Virginia an.

»Wie bist du so klug geworden?«

»Ja, es ist schon lustig, wie klug man hinterher ist.« Virginia seufzte. »*Und* nach einem halben Jahr Therapie. Oh, oh.« Ihr Ton und ihre Haltung änderten sich, und ihr Blick folgte einer Frau, die mit resoluten Schritten auf sie zukam.

»Was ist *oh, oh*?«

»Hier kommt Cindy Peters, Vorsitzende des Eltern-Lehrer-Ausschusses. Sie hat quasi die Kontrolle über die gesamte Schule. Mit ihr willst du es dir nicht verderben.«

Cindy Peters sah aus wie die perfekte Mutter: Caprihose mit passendem Jersey-Oberteil, das ihrer Yoga-Figur schmeichelte, dazu vegane Designersandalen, die zu ihrer Handtasche passten. Und ein entschlossenes Funkeln in den Augen. »Entschuldigen Sie!«, rief sie. »Sind Sie die Mutter von Flick?«

Caroline steckte die Chipstüte weg und wischte sich die Krümel von den Händen. »Hi. Ja. Nein. Ich ...«

»Hi, Cindy«, sagte Virginia lässig. »Das ist meine Schwester Caroline.«

Cindy ließ ihr Zahnpastalächeln aufblitzen und streckte die Hand aus. »Schön, dich kennenzulernen.«

Sie schüttelten einander die Hände, wobei einige der Krümel, die Caroline nicht rechtzeitig hatte abwischen können, an Cindys Hand kleben blieben. »Virginia hat mir gesagt, dass du die Vorsitzende des Eltern-Lehrer-Ausschusses bist.« Sie deutete auf den Stapel Formulare. »Ich habe den Aufnahmeantrag hier. Ich versuche, ihn so schnell wie möglich abzugeben.«

»Das ist fabelhaft.« Sie holte einen Caroline bekannt vorkommenden roten Umhang aus ihrer Tasche. »Mein Sohn Ruttger sagt, der gehört Flick.«

Oh, Mist. War das der Junge, mit dem Flick sich heute geprügelt hat? »Äh, ja ...«

Cindy setzte sich neben sie auf die Bank. »In dem Fall müssen wir reden.«

Eine halbe Stunde später spielten Flick und Addie fröhlich mit Cindys Kindern, während Virginia und Caroline zum Stoffladen fuhren.

»Okay, du bist meine neue Heldin«, sagte Virginia. »Das war so cool, als Cindy meinte, die anderen Mütter wollten alle wissen, wo du die T-Shirts herhast.«

»Du sagst ›die anderen Mütter‹, als wäre ich jetzt eine von ihnen.«

Virginia bedachte sie mit einem festen Blick. »Das bist du ja auch. Und du hast gerade zugestimmt, diese T-Shirts en masse für die Spendenaktion des Eltern-Lehrer-Ausschusses herzustellen.«

»Ich weiß echt nicht, was mich da geritten hat.«

»Offensichtlich die Aussicht auf einen dicken fetten Scheck vom Spendenkomitee.«

Cindy Peters war eine Frau, die anpackte. Die Spendenaktion für den Frühling stand bevor, und der T-Shirt-Verkäufer, der sonst für diese Veranstaltung beauftragt worden war, hatte wegen eines Produktionsengpasses abgesagt. Daraufhin hatte Cindy Caroline ein mehr als großzügiges Angebot unterbreitet, weil sie sicher war, dass Carolines T-Shirts mit dem anknöpfbaren Umhang ein Hit werden würden.

»Das ist nicht gerade ein Auftrag von Yves Saint Laurent«, stellte Caroline fest. »Aber ich nehme ihn trotzdem an. Vorausgesetzt, ich kann liefern. Das ist total irre, aber so ist mein Leben in letzter Zeit eben. Es wäre echt schön, die T-Shirts zu machen und ein wenig Geld zu verdienen, um wieder auf die Füße zu kommen. Ist es verrückt, zu glauben, ich kann das schaffen?«

Virginia fand einen Parkplatz in der Nähe des Stoffladens. »Das ist überhaupt nicht verrückt. Vertrau mir, es ist ein gutes Gefühl, wieder auf die Füße zu kommen. Ich meine, als ich in Daves Kanzlei gearbeitet habe, war das zwar ein Job, aber unsere Existenz hing nicht davon ab. Jetzt, wo ich wieder selbst für mein Leben verantwortlich bin, steht viel mehr auf dem Spiel. Einiges ist schwerer. Aber ich würde meine Unabhängigkeit für nichts in der Welt mehr eintauschen. Okay, vielleicht für ein besseres Auto.« Die Tür quietschte, als sie sie öffnete.

»Ich habe solche Angst«, gab Caroline zu. »Ich habe nichts von alldem hier je gewollt. An dem einen Tag hatte ich noch einen Job als Modedesignerin, und am nächsten bin ich für zwei Kinder und die Produktion von dreihundert T-Shirts verantwortlich.«

»Wie Heidi Klum immer sagt …« Virginia ahmte einen deutschen Akzent nach: »An einem Tag bist du drin, am nächsten bist du raus.«

»Ich bin raus«, erwiderte Caroline, die immer noch versuchte, diese verrückte neue Situation zu verdauen. »Ich bin so weit draußen, dass ich bezweifle, jemals wieder reinzukommen.«

Virginia ging auf Lindys Laden zu. Caroline hatte ihrer Schwester von Lindy und Echo erzählt – von den Misshandlungen und dem Wunsch, zu reden. Virginia war nicht überrascht gewesen. Bei ihrer Arbeit als Ermittlerin war sie auf alle möglichen hässlichen Geheimnisse gestoßen.

»Das hat meine kleine Schwester gerade nicht gesagt«, erklärte sie mit fester Stimme. »Wo ist das Mädchen, das sich seinen Weg in die Modewelt von New York erkämpft hat?«

»Das Mädchen? Es ist erwachsen geworden und musste die schmerzliche Erfahrung machen, dass es keine Möglichkeit gibt, die Top-Designer von New York davon abzuhalten, Entwürfe zu stehlen. Und dass es auch keine Möglichkeit gibt, in der Branche wieder Fuß zu fassen, nachdem man einmal auf die schwarze Liste gesetzt worden ist. Zudem hat sie inzwischen zwei hilfsbedürftige Kinder …«

»Du bist komplett ins Schwimmen geraten.«

»Ich fühle mich wie eine Ertrinkende.« Caroline seufzte und verlangsamte ihre Schritte, während sie sich auf der Hauptstraße des Ortes umschaute, auf der sich die Läden und Cafés wie vertraute Freunde versammelten. »Nein, du hast recht. Ich muss meine Gedanken ordnen und mich neu aufstellen. Und mit den Kindern fange ich an.«

»Du beginnst mit einem Projekt, das sowohl dir als auch den Kindern hilft.« Virginia hielt ihr die Ladentür auf. Drinnen schauten sich ein paar Kundinnen das Angebot an, und Echo stand am Zuschneidetisch und maß einige Meter Stoff von einem Ballen ab.

Lindy lächelte und winkte ihnen von hinter der Kasse zu. »Willkommen zurück!«

»Danke«, sagte Caroline. »Ich brauche ein paar Sachen. Also ziemlich viel, um ehrlich zu sein.«

»Meine Schwester hat einen großen Auftrag von der Schule erhalten«, warf Virginia ein. »Sieh dir das mal an.« Sie zeigte Lindy Flicks Superhelden-T-Shirt und führte den anknöpfbaren Umhang vor.

»Das ist bezaubernd!«, rief Lindy. »Mir gefällt der Spruch auf der Vorderseite. Wie kann ich dir helfen?«

»Der Eltern-Lehrer-Ausschuss möchte, dass ich dreihundert von diesen T-Shirts für eine Spendenaktion produziere«, erwiderte Caroline. »Die T-Shirts kann ich bedrucken lassen, aber die Taschen und Umhänge muss ich selbst nähen. Wenn ich es schaffe, sie zu einem vernünftigen Preis herzustellen, könnte das für mich ein Neustart sein. Ich brauche also die Stoffe und Garne, und eigentlich bräuchte ich auch Hilfe beim Konfektionieren.«

»Echo kann nähen wie der Blitz«, sagte Lindy.

Echo reichte gerade der Kundin den Stoff über den Tisch. »Sie hat recht. Das kann ich.«

Caroline dachte an den Vorschuss, den sie von dem Ausschuss erhalten würde, und zeigte Echo Flicks T-Shirt. »Hättest du Lust, mir zu helfen, dreihundert Superheldenumhänge zu nähen? Ich meine, das ist keine Militäruniform, und ich kann auch nicht das Gleiche zahlen wie die Regierung, aber …«

Echo strahlte übers ganze Gesicht. »Ich würde wahnsinnig gerne mitmachen.«

»Super. Ich werde nämlich alle Hilfe benötigen, die ich kriegen kann.«

Nachdem Echo bei der Kundin kassiert hatte, kam sie zu Caroline hinüber. »Bist du sicher?« Ein wenig fahrig nahm sie eine Rolle Bordürenband und rollte das lose Ende auf. »Ich meine, wenn du wirklich willst ... Ich könnte das zusätzliche Einkommen gebrauchen, auch wenn es nicht viel ist.«

Caroline dachte über Echos Situation nach. Die Misshandlung endete nicht, wenn die Schläge aufhörten, denn die hatten auch das Selbstbewusstsein der Frau zerstört. »Ich bin mir sehr sicher, und Lindy würde nicht sagen, dass du gut bist, wenn du es nicht wärst. Aus einem Impuls heraus habe ich Cindy, der Vorsitzenden des Ausschusses, versprochen, dass ich es schaffe. Und ich glaube, wir kriegen das wirklich hin. Am Anfang kann ich tatsächlich nicht viel zahlen ...«

»Das ist mir egal. Ich liebe es zu nähen, und du bist eine unglaubliche Designerin. Wir haben uns deine Sachen im Internet angesehen. Echt der Wahnsinn.« Echos Haltung veränderte sich – sie straffte die Schultern, und ihre Augen leuchteten auf.

»Dann geben wir einfach unser Bestes.« Caroline fühlte sich so lebendig wie schon lange nicht mehr. Es gab nichts Besseres für sie, als ein neues Design-Projekt, selbst wenn es sich um etwas so Einfaches wie T-Shirts für Kinder handelte. »Hattest du nicht gesagt, dass die Fabrik in Astoria ihre Maschinen verkauft?«

Lindy tippte auf ihrem Handy herum und notierte dann etwas auf einem Zettel. »Hier ist die Telefonnummer.«

»Cool«, sagte Virginia. »Ich bin dafür, dass ihr es macht.«

»Ich auch.« Lindy strahlte. »Wir hatten immer so viel Spaß beim Nähen, als du noch kleiner warst, oder?«

Caroline schaute von Lindy zu Echo. Eine ältere, lebenserfahrene Frau und eine jüngere, die unsicher, aber enthusiastisch war. Nach allem, was Angelique zugestoßen war, hatte Caroline viel über das nachgedacht, was Frauen vor der Welt verbargen. Von den kleinsten Demütigungen bis zu körperlichen Misshandlungen. Und doch war da etwas Unbeugsames an ihnen – eine gewisse Stärke. Es ist nicht das Nähprojekt, das ihre Laune hebt, erkannte sie. Es war mehr. Vielleicht das Gefühl, wieder eine Aufgabe im Leben zu haben.

»Ich habe mir viele Gedanken über das gemacht, was ihr mir erzählt habt«, sagte sie. »Ich wünschte, ihr hättet das nicht durchmachen müssen.«

»Danke, Caroline«, sagte Lindy. »Echo und ich gehören zu den Glücklichen.«

Caroline schaute sich im Laden um, in dem sie nun die Einzigen waren. Diese vier Wände hielten viele schöne Erinnerungen für sie, und sie fragte sich, ob er für Lindy eine Zuflucht gewesen war. »Was wäre, wenn es einen sicheren Ort gäbe, an dem man reden und zuhören könnte?«, fragte sie.

»Die Räder in ihrem Kopf hören nie auf sich zu drehen«, merkte Virginia an.

»Ich hatte da so eine Idee. Angenommen, es gäbe eine Selbsthilfegruppe. Ich meine, die müsste vernünftig organisiert sein und so, aber … was wäre wenn? Ich habe nicht verstanden, was mit Angelique los war, bis es zu spät war. Ich möchte es in Zukunft besser machen. Wenn es eine Möglichkeit gibt, anderen Frauen zu helfen …«

»Das ist eine schöne Idee«, unterbrach Lindy sie. »Aber ich kann mir nicht vorstellen, wie das funktionieren soll.«

»Dann pass gut auf«, erwiderte Caroline. »Ich wette, ich kann was auf die Beine stellen.«

»Ich wäre dabei«, meldete Echo sich zu Wort. »Lindy?«

»Natürlich. Es ist eine gute Idee. Du hast ein großes Herz, Caroline.«

»Wirklich?« Sie schüttelte den Kopf. »Ich komme mir vor, als wäre ich blind gewesen. Aber ich werde es tun«, sagte sie entschlossen. »Und meine Schwestern werden mir helfen.«

»Das werden wir«, stimmte Virginia zu. »Ich kann zwar nicht für Georgia sprechen, aber ich wette, sie will auch mitmachen.«

»Sagt mir Bescheid, wenn es so weit ist«, bat Lindy.

Caroline sah auf die Uhr. »Wir sollten langsam die Kinder abholen.«

Lindy begleitete die beiden zur Tür und umarmte sie kurz. »Ich bin froh, dass du wieder da bist, Caroline. Du warst immer so ein Energiebündel. Du und deine Freunde. Hast du Will Jensen schon getroffen? Seine Großmutter war eine meiner besten Kundinnen. So eine geschickte Quilterin. Und du und Will, ihr wart immer unzertrennlich.«

»Ich bin ihm ein-, zweimal über den Weg gelaufen«, antwortete Caroline ausweichend und verspürte ein seltsames Flattern im Magen.

»Nun, ich bin mir sicher, er und Sierra freuen sich, dass du wieder da bist.«

Caroline biss die Zähne zusammen. Sie war sich da nicht so sicher.

# 11. Kapitel

Sierra Jensen hielt vor dem *Star of the Sea* und rechnete damit, dass es in dem beliebten Restaurant eine Warteschlange geben würde. Aber die Cranberry-Scones mit der Glasur aus brauner Butter waren die Wartezeit wert. Genau wie der Buchweizenkuchen vom Blech mit Bourbon-Ahornsirup-Tropfen. Und die frittierten grünen Tomaten.

Ab und zu erlaubte Sierra sich, alle Gedanken an Kalorien zu vergessen, und üblicherweise tat sie das im Restaurant der Shelbys, das in einem verwitterten Holzhaus direkt am Rand der Dünen lag. Dank seines hervorragenden Rufs, was unglaublich gute, selbst gebackene Kuchen und die frischesten Meeresfrüchte betraf, war das Restaurant an der ganzen Küste eine Legende und sowohl bei den Einheimischen als auch bei Touristen beliebt.

Georgia Shelby Ryerson, die Managerin, hatte sich etwas einfallen lassen, um die Wartezeit auf einen Tisch angenehmer zu gestalten. Auf der vorderen Veranda des Gebäudes, die in Richtung Pioneer Park hinausging, gab es eine Kaffeebar mit Bistrotischen. Hier waren sowohl das Rauchen als auch der Gebrauch von elektronischen Geräten verboten. Stattdessen lagen auf den Tischen regionale und überregionale Zeitungen aus, und die Gäste wurden eingeladen, sich miteinander zu unterhalten und sich über die Ereignisse des Tages auszutauschen, während sie einen kostenlosen Kaffee aus ökologischem Anbau genossen, der in kleinen Mengen auf der Halbinsel geröstet wurde.

Wie so oft hatte auch dieses Mal das Foto-Shooting am Tag zuvor bis spät in die Nacht gedauert. Da Sierra für die lange Fahrt nach Hause zu müde gewesen war, war sie in der Stadt geblieben und hatte in letzter Sekunde ein gutes Angebot für ein Zimmer in einem Hotel bekommen, das ansonsten viel zu schick und teuer für sie gewesen wäre. Will machte sich immer Sorgen, wenn sie nachts Auto fuhr. Die schmalen Straßen schlängelten sich verlassen und dunkel über die Insel, und Sierra zog es meistens vor, sich ein hübsches Zimmer zu nehmen und vor dem Zubettgehen zum Entspannen ein paar Züge hochwertiges Gras zu rauchen.

Sie vermisste das Leben in der Stadt. Früher, während Will auf Auslandseinsätzen gewesen war, hatte sie in Seattle und Portland gelebt und gearbeitet. Sie hatte sich an die Hektik und den Verkehr gewöhnt, an die Shoppingmöglichkeiten und das Nachtleben. Nach seiner Entlassung waren sie nach Water's Edge gezogen, das einsam gelegene, wunderschöne Anwesen der Jensen-Familie. Es war für sie beide eine Heimkehr gewesen – für sie als Einheimische, die seit ihrem vierzehnten Lebensjahr auf der Insel gelebt hatte, als ihr Vater der Pastor der *Oceanside*-Gemeinde geworden war. Und für Will, der seine Kindheitssommer an der Küste verbracht hatte.

Als rastloser Teenager hatte Sierra sich nach einem anderen Leben fernab von den bescheidenen Strandorten gewünscht. Sich in Water's Edge niederzulassen, das alte Haus zu restaurieren und eine Familie zu gründen, war Wills Traum gewesen. Am Anfang ihrer Ehe, noch wie verrückt vor Liebe und voller Pläne, hatte sie diesen Traum mit ihm geteilt. Zehn Jahre später war sie sich aber nicht mehr so sicher.

Ihre regelmäßigen Ausflüge in die Stadt hätten eigentlich ein zufriedenstellender Kompromiss sein sollen. Aber manchmal – zu oft, wenn sie ehrlich war – war sie nicht glücklich. Es fühlte sich einfach nur an wie ein … Kompromiss.

Und nun stand ihre Karriere auf wackligen Beinen. Damals, Anfang zwanzig, war sie für Modenschauen von Luxusmarken und edlen Boutiquen gebucht worden. Sie hatte die Aufregung sowie die Aufmerksamkeit der Stylisten und Fotografen geliebt. Im Laufe der Jahre war es eine Obsession von ihr geworden, dünn zu bleiben, ihre Haut und Haare zu pflegen. Aber es gab Dinge, die ließen sich vom unbarmherzigen Lauf der Zeit nicht aufhalten. Sie kam nicht länger damit durch, den Leuten weiszumachen, sie wäre neunzehn, um für mehr Jobs gebucht zu werden. Langsam, aber sicher wurde sie durch den nicht enden wollenden Strom an jungen, geschmeidigen, frischen Teenagern ersetzt. Egal, dass es sich dabei oft um abgemagerte, mit Koks zugedröhnte Minderjährige handelte, die sich an ihren wesentlich älteren Sugardaddys festklammerten. Egal, dass sie meist den Weg vom einen Ende des Laufstegs zum anderen nicht ohne Anweisungen finden konnten. Alle Erfahrungen der Welt kamen nicht gegen einen eins siebzig großen Teenager mit Kleidergröße 34 an.

Auch wenn Sierra beinahe ganz allein das gesamte Styling und alles für ein Fotoshooting Notwendige auf die Beine stellen konnte, fehlte ihr das eine, was die Branche am meisten schätzte: jugendliche Unschuld. Immer häufiger wurde sie für Katalogshootings für Billigläden oder Postwurfsendungen gebucht, die ungelesen im Mülleimer landeten. Sie hatte zwar einen steten Strom an Aufträgen, doch den Buchungen fehlte das Prestige, das sie in ihrer Anfangszeit genossen hatte.

*Bekomm ein Baby*, hatten ihre Eltern ihr geraten, als wäre das die magische Lösung für ihren Karrierefrust. Sie glaubten aus vollem Herzen daran, dass die Familie das Wichtigste war. Das predigte ihr Vater seiner Gemeinde jeden Sonntag.

Scheiß drauf, dachte sie und wünschte, sie könnte irgendwohin verschwinden, um eine Zigarette zu rauchen. Aber das hier war ein kleiner Ort, und sie war die Tochter des Pastors und mit dem Footballtrainer der Highschool verheiratet, also wäre es schlecht, beim Rauchen in der Öffentlichkeit erwischt zu werden.

Außerdem hasste Will es, wenn sie rauchte. Sie versuchten doch, ein Baby zu bekommen.

Nun, zumindest einer von ihnen versuchte es.

»Sierra? O mein Gott. Hi!«

Sierra drehte sich um und sah Caroline Shelby auf sich zukommen. Einen Moment lang war sie so erschrocken, dass sie sich nicht rühren konnte. Caroline sah unglaublich aus, wesentlich jünger, als sie war. Ihre dunklen Haare waren ein zerzauster Mopp mit violetten Spitzen, ihre Jeans saß auf perfekte Weise lässig unter der taillierten weißen Bluse. Sie trug eine Brille mit violettem Gestell und auffälligen Schmuck, dazu Stiefeletten mit Keilabsatz und eine Vintage-Tasche. Bei ihr waren zwei ganz bezaubernde Kinder mit milchkaffeefarbener Haut.

In einem Anflug von Sentimentalität breitete Sierra die Arme aus. »Komm her, Fremde. Meine Güte, es ist eine Ewigkeit her.«

»Und noch länger«, sagte Caroline und umarmte sie.

Sierra spürte etwas Zögerliches in der Umarmung, als würde sie eine Fremde in die Arme schließen. Und nach all dieser Zeit waren sie ja auch Fremde. Doch ihre gemeinsame Jugend hatte eine solide Basis gebildet. Als Teenager waren sie beste Freundinnen gewesen und hatten sich so nahegestanden wie Schwestern. Nein, noch näher, hatte Caroline immer gewitzelt. Schwestern, die sich nicht stritten. Es hatte eine Zeit gegeben, da hatten sie einander so gut gekannt, dass sie die Sätze der anderen hatten beenden können. Die Insider-Witze, die Spitznamen, die Geheimnisse und gemeinsam durchlittenen gebrochenen Herzen während der Schulzeit hatten ein Band zwischen ihnen gewoben, das Sierra seither nie wieder in einer Freundschaft gefunden hatte.

Nach der Schule hatten sie sich auseinandergelebt. Es war ein langsamer natürlicher Prozess gewesen, in dessen Verlauf Caroline auf dem *Fashion Institute of Technology* in New York und Sierra in den Armen des Mannes gelandet war, den sie später heiraten sollte.

Jetzt waren sie wieder hier, an dem Ort, den sie beide so unbedingt hatten verlassen wollen.

»Setz dich doch zu uns an den Tisch«, schlug Caroline vor. »Wir haben uns so viel zu erzählen.«

Sie durchquerten das volle Lokal, das von Carolines Schwester Georgia gemanagt wurde, und setzten sich an einen Tisch am Fenster, von dem aus man die Dünen, die Klippen in der Ferne und die rauen, baumbewachsenen Hügel im Süden sehen konnte.

»Meine Güte, du bist Mutter.« Immer noch ein wenig fassungslos musterte Sierra die beiden Kinder.

»Das sind Flick und Addie«, sagte Caroline und half dem kleinen Mädchen, auf den Stuhl mit dem extra dicken Kissen zu krabbeln.

Beide Kinder winkten Sierra schüchtern zur Begrüßung zu. Der Junge, der Flick hieß, sagte: »Sie ist nicht unsere Mom.«

»Ach?« Sierras Zunge war wie gelähmt. Was zum Teufel war sie dann?

»Unsere Mom ist gestorben«, fügte der Junge hinzu.

»O mein Gott.« Diese Aussage traf Sierra in ihrer verstörenden Schlichtheit mitten ins Herz. Sie war noch nie gut darin gewesen, mit Kindern zu reden. »Mist. Das tut mir echt leid.«

»Sie hat Mist gesagt!«, rief Addie ein. »Das ist ein Schimpfwort.«

»Stimmt«, gab Sierra zu. »Das war nicht schön von mir.« Sie warf Caroline einen verzweifelten Blick zu.

»Das ist eine lange Geschichte«, sagte Caroline. »Ich erzähle sie dir vielleicht ein andermal …«

»Natürlich. Sicher.« Sierra machte sich nicht die Mühe, ihre Erleichterung zu verbergen, als eine Kellnerin, auf deren Namensschild NADINE stand, mit Kaffee und heißer Schokolade an ihren Tisch kam. Die Kinder verschlangen ihr Frühstück, während Sierra nur an ihrem Scone herumpickte. Ihren Appetit hatte sie in einer Welle der Nostalgie und dem Gefühl vertaner Gelegenheiten verloren.

Nadines Hand zitterte, als sie einschenkte, sodass der Kaffee vor Caroline auf den Tisch spritzte. »O nein«, sagte sie und lief rot an. »Das tut mir so leid.«

»Ist schon gut.« Caroline wischte den Kaffee mit einer Serviette auf, bevor er über die Tischkante auf den Boden tropfen konnte.

Nadine eilte davon, um einen Lappen zu holen. »Es tut mir wirklich sehr leid«, sagte sie, als sie wiederkam.

Sierra fielen die Arme der Kellnerin auf, die von hässlichen Tätowierungen überzogen waren. Doch die Tinte konnte die blauen Flecken nicht komplett überdecken. Schnell wechselte sie einen Blick mit Caroline, und in dieser kurzen Sekunde verbanden sie sich auf die Weise, wie sie es in der Highschool immer getan hatten.

»Bitte, mach dir keine Gedanken darüber«, sagte Caroline zu Nadine.

»Danke«, sagte die Kellnerin. »Heute ist wohl nicht mein Tag.«

Sierras Handy piepte einmal und verkündete eine neue Nachricht. Verflucht, sie hatte total vergessen, dass sie heute die Vorhänge für die Fenster im Erdgeschoss hatte aussuchen sollen. »Ich muss los«, sagte sie. »Komm doch bald mal bei uns vorbei, okay? Du kannst diese beiden Süßen gerne mitbringen, und dann quatschen wir mal wieder richtig.«

»Äh, klar. Wobei die Kinder im Moment viel auf dem Zettel haben. Sie sind neu hier in der Schule und noch dabei, sich einzugewöhnen.«

War das eine Ausrede? Oder die Wahrheit? Sierra konnte es nicht mit Gewissheit sagen. »Okay, das verstehe ich. Und ich habe eine bessere Idee: Wie wäre es, wenn du dich mit Will und mir auf einen Drink triffst? An den Docks gibt es ein neues Lokal namens *Salt*. Wir waren bisher noch nicht da, aber ich habe nur Gutes darüber gehört.«

Es folgte ein kurzes Zögern, das Sierra ebenfalls nicht deuten konnte. Was war geschehen, dass sie nicht mehr einzuschätzen wusste, was in ihrer einst besten Freundin vorging? Dann lächelte Caroline. »Das fände ich toll.«

»Super. Dann gib mir doch schnell deine Telefonnummer.« Sierra holte ihr Handy heraus.

»Ist das hier immer noch deine?« Caroline drehte ihr Handy so, dass Sierra das Display sehen konnte. »Denn wenn ja, habe ich sie bereits.«

»Heiliger Bimbam«, sagte Sierra. »Ich kann nicht glauben, dass du die nach all den Jahren noch gespeichert hast.«

»Du warst das erste Kind, das ein eigenes Handy bekommen hat. Ich war so neidisch damals.«

»Ich hatte das Handy, du hattest die Geschwister.«

»Ich hätte alle vier gegen ein eigenes Telefon eingetauscht.« Sie seufzte. »Ich war nie gerne Einzelkind. Mein Gott, wenn du mich nach unserem Umzug hierher nicht gerettet hättest, wäre ich verdorrt und davongeweht.«

»Ich habe dich gerettet? Ich glaube, es war eher so, dass ich dir befohlen habe, als Model für meine Nähprojekte zu dienen.« Caroline lächelte. »So viele Erinnerungen, hm?«

»Tja, wie auch immer. Man sagt, die Freundschaften, die man mit vierzehn knüpft, halten ein Leben lang.«

Caroline wandte den Blick ab. »Es tut mir leid, dass ich so lange fort war.«

»Ich bin froh, dass du wieder da bist. Es wird wie in alten Zeiten, du wirst schon sehen. Verdammt, ich hatte ganz vergessen, wie gerne ich mit dir zusammen bin.«

»Ich habe es nie vergessen«, murmelte Caroline.

»Ach, Caroline. Ich will wirklich alles hören. Alle deine Abenteuer in New York.«

Sie rührte mit ihrem Löffel in der Kaffeetasse. »Das sind ganz schön viele.« Sie schaute zu den Kindern. »Bald, okay?«

Sierra schnappte sich ihre Tasche. »Es war schön, euch beide kennenzulernen«, sagte sie zu den Kindern. Als sie das Restaurant verließ, sah sie Caroline mit angespannter Miene aus dem Fenster schauen.

# 12. Kapitel

Caroline starrte auf die Nachricht auf ihrem Handy. Wenige Tage nach ihrem ersten Treffen, bei dem sie das Eis gebrochen hatten, hatte Sierra sie und die Kinder zu sich nach Hause eingeladen. Es war eine schlichte Einladung von einer Freundin, die sie seit Jahren nicht gesehen hatte. Sollte sie annehmen?

Wenn nicht, würde das womöglich den Eindruck erwecken, als würde sie ihnen aufgrund ihrer komplizierten gemeinsamen Geschichte aus dem Weg gehen.

Geh einfach, sagte sie sich. Bring es hinter dich.

Wir sind keine Kinder mehr, versuchte sie sich einzureden. Die Vergangenheit war genau das: vergangen. Sie konnten neu anfangen. Eine neue Form der Freundschaft entwickeln, die nichts mit dem unzertrennlichen Trio zu tun hatte, das sie in ihrer Jugend gebildet hatten.

Es war ein wunderschöner Frühlingstag, die Sonne brannte auf den Strand und die Wiesen herab, und somit war es ein perfekter Tag, um Water's Edge zu besuchen, einen Ort, den sie einst geliebt hatte. Der sie magisch angezogen und an dem sie viel Freude erlebt hatte. Und Kummer.

»Kommt, ihr Racker«, sagte sie zu Flick und Addie, nachdem sie ihren Entschluss gefasst und die Einladung per Textnachricht angenommen hatte. »Wir besuchen ein paar Freunde.« Sie zog die Kinder an und hoffte, dass ihre Stimme nicht zu gezwungen fröhlich klang. »An einem schönen Tag wie heute wollt ihr sicher draußen spielen, also nehmt eine Jacke mit.«

»Müssen wir?«, fragte Flick.

»Nein. Ihr könnt auch hierbleiben und die Fusseln in eurem Bauchnabel zählen.«

»Was für Freunde?«, wollte Addie wissen.

»Sierra – ihr habt sie vor Kurzem im Restaurant kennengelernt. Und Will.«

»Coach Jensen«, sagte Flick. Er hob sein T-Shirt an und starrte seinen Bauchnabel an.

»Kommt, gehen wir«, animierte sie die Kinder. »Ich glaube, das Haus der Jensens wird euch gefallen.«

»Woher willst du das wissen?«

»Weil ich als Kind immer dort war und es *geliebt* habe. Es gibt einen Steg und eine alte Scheune. Außerdem wuchs im Garten ein toller Kletterbaum, der bestimmt immer noch da steht. Seid ihr je auf einen Baum geklettert?«

»Wir sind Stadtkinder«, rief Flick ihr in Erinnerung. »Was wissen wir schon über Bäume?«

»Ich will auf einen Baum klettern!« Addie rannte zur Tür. Flick folgte ihr wesentlich langsamer.

Caroline schnallte die Kinder im Auto an. »Es ist eine schöne Fahrt dorthin. Sie wohnen ein ganzes Stück die Straße rauf.«

»Warum heißt der Ort Oysterville?«, fragte Addie.

»Weil von hier die besten Austern der Welt kommen.«

»Was ist eine Auster?« Addie zog die Stirn kraus.

»Das ist eine Muschel, die am Grund der Bucht wächst. Die meisten Muscheln, die du hier in der Gegend findest, sind Austern.«

»In Austern kann man manchmal Perlen finden«, erklärte Flick. »Das hat uns Miss Liza erzählt.«

»Eure neue Lehrerin kennt sich gut aus. Aber Austern mit Perlen sind sehr selten.« Vor Carolines innerem Auge blitzte das Bild von den Saatperlen auf, die sie in ihrer Chrysalis-Kollektion verwendet hatte. Ihrer geklauten Kollektion.

Schweigend fuhren sie über die Halbinsel. Der morgendliche Nebel lag weich über dem dichten Dickicht, das die Straße säumte. Der Frühling erhob sich aus den Marschen, in denen Blaureiher standen und wilde Iris und knospende Bäume wuchsen. Caroline machte die Kinder auf ein Stachelschwein aufmerksam, das im Farndickicht stöberte. Zwitschernde Vögel flitzten zwischen den dicht stehenden Kiefern hindurch, und in der Ferne graste eine Herde Elche auf einer Lichtung.

Doch trotz der sie umgebenden Schönheit krampfte sie die Finger fest ums Lenkrad. Sie konnte nicht aufhören, an die Dinge zu denken, die sie zurückgelassen hatte. Während ihrer Zeit in New York hatte sie geglaubt, die alten Gefühle überwunden zu haben. Aber ihre Rückkehr hatte alles wieder an die Oberfläche gespült.

Mit einer nervösen Handbewegung schaltete sie das Radio ein und suchte einen örtlichen Musiksender.

»Das ist Lorde«, sagte Addie, die das Lied erkannte. »Die hat Mama immer gemocht.«

Caroline schaute in den Rückspiegel. Addie hielt ihre Wonder Woman ans Fenster, damit sie hinausschauen konnte. »Ja, das hat sie, oder? Was hat eure Mama noch gemocht?« Sie wollte, dass die Kinder ihre Erinnerungen an Angelique bewahrten. Die beiden waren noch so verdammt klein. Würden sie sich auch später noch an sie erinnern?

»Adele«, sagte Flick. »Und Bruno Mars.«

»Wir sollten mal eine Playlist mit den ganzen Lieblingsliedern eurer Mom erstellen, okay?«

Keiner der beiden antwortete. Während der schwermütige Song aus den Lautsprechern drang, versuchte Caroline, sich von der Traurigkeit nicht überwältigen zu lassen. »Hey, wisst ihr was? Ich nähe Superhelden-T-Shirts, damit eure Schule sie verkaufen kann. Ist das nicht cool?«

»Du meinst, dann kriegt jeder so eins?«, fragte Flick.

»Jeder, der eins will, ja«, bestätigte sie. »Wäre das für euch in Ordnung?«

Schweigen.

»Zuckt ihr mit den Schultern? Denn das kann ich hier vorne nicht sehen.«

»Wenn jeder ein Superhelden-T-Shirt hat, sind wir ja alle gleich.«

*Oje.* »Aber du und Addie, ihr hattet die ersten. Ihr seid meine Inspiration. Ist es nicht toll, wenn alle so sein wollen wie ihr?«

»Vermutlich schon.«

Die ganze Woche über war Caroline mit dem Projekt beschäftigt gewesen. Sie hatte die bedruckten T-Shirts bestellt und den Stoff für die Umhänge, das Nähgarn und die Knöpfe ausgesucht. Sie war sogar zu der Fabrik in Astoria gefahren und hatte einen Deal für den Kauf einer Overlock-Nähmaschine, einer normalen Nähmaschine für die Knopflöcher und andere verstärkte Nähte und eine Transferpresse ausgehandelt. Die Firma hatte noch eine Etikettierpistole und ein paar andere Sachen dazugegeben, die sie brauchte, um ihre Ausrüstung zu komplettieren.

Das einzige Problem war, dass sie keinen Ort zum Arbeiten hatte. Sie würde einen großen Raum brauchen, der ausreichend Platz für die Industriemaschinen und die Schneidetische bot, die sie und Echo für die Herstellung der T-Shirts benötigten.

Einen Raum für die Treffen der Selbsthilfegruppe zu finden war weniger schwierig gewesen. In einem Anbau des Polizeireviers gab es einen Gemeinderaum, der perfekt war. Sie konnte sich keinen besseren Ort für die Frauen vorstellen, die Gewalt durch Männer erlebt hatten. Georgia war sofort bereit gewesen, das Projekt zu unterstützen, und viele Abende waren Caroline und ihre Schwestern lange aufgeblieben, um alles zu planen und zu organisieren.

Viel zu tun zu haben hatte geholfen, Carolines Zukunftsängste einzudämmen.

Daran erinnerte sie sich nun, während sie langsam durch die kleine Gemeinde mit den alten Häusern, verwitterten Zäunen, üppigen Gärten und Austernschuppen fuhr. An dem Briefkasten mit der verblichenen Aufschrift WATER'S EDGE bog sie ab. Zypressen säumten die Auffahrt wie stumme Wächter, und der Rasen wurde von einem moosbewachsenen Zaun eingegrenzt. Das alte Haus schaute über die Willapa Bay hinaus, in deren unnatürlich stillem Wasser sich die mit Bäumen bewachsene Tiefebene spiegelte. Es gab einen Steg und einen Austernschuppen, dazu eine riesige Scheune, die auf der anderen Seite einer großen Lichtung am Waldrand stand.

Oh, die Abenteuer, die sie hier erlebt hatte: Verstecken spielen, Kescher ins Wasser tauchen und gucken, was darin hängen blieb. Sie erinnerte sich daran, alte Turnschuhe getragen zu haben, um sich nicht die Fußsohlen an den Austernschalen und Seepocken aufzuschneiden. Zu gewissen Zeiten im Jahr hatten sie Lachse gesehen, die auf dem Weg zu ihrem Laichplatz durch die schlammigen Wasserläufe im Wald geschwommen waren. Aber das größte Abenteuer von allem war …

»Hey, Leute!« Will kam auf sie zu, als Caroline den Wagen abstellte. »Willkommen.« Er trug eine an den richtigen Stellen abgewetzte Jeans und ein Jeanshemd mit aufgerollten Ärmeln. Aus seiner hinteren Hosentasche hing ein rotes Nickituch, und an seinem Gürtel klemmte ein Maßband. Wie immer wirkte er wie ein Mann, der sich in seiner Haut komplett wohlfühlte.

Caroline nahm die Tasche vom Beifahrersitz und senkte den Kopf, um die Röte in ihren Wangen zu verbergen.

»Wir haben euch etwas mitgebracht.« Sie stieg aus und hielt ihm ein Einmachglas hin. Addie und Flick stiegen ebenfalls aus und schauten sich um. »Erdbeermarmelade von meiner Mom. Die erste des Jahres.«

Will nahm das Glas entgegen. »Als du das erste Mal zu uns gekommen bist, hast du ein Glas von der Erdbeer-Rhabarber-Marmelade deiner Mom mitgebracht.«

»Einige Dinge ändern sich wohl nie«, sagte sie, wohl wissend, was für eine Plattitüde das war. Nichts blieb jemals, wie es war. Und doch war sie ein wenig überrascht, dass er sich an dieses kleine Detail von jenem Tag erinnerte.

Er ging vor Addie in die Hocke. »Als ich *dich* das erste Mal getroffen habe, hast auf der Rückbank von Carolines Auto geschlafen. Aber beim zweiten Mal …« Er stieß einen leisen Pfiff aus. »Bei zweiten Mal hattest du dich in ein Supergirl verwandelt.«

»Was hast du mit deinem Auge gemacht?«, fragte Addie und starrte ihn unverwandt an.

Caroline war zu Tode beschämt. »Addie …«

»Ist schon gut«, sagte er, ohne den Blick von dem kleinen Mädchen zu wenden. »Als ich in der Navy war, hatte ich einen Unfall und habe mich schlimm am Auge verletzt. Die Ärzte mussten es durch ein Auge aus Acryl ersetzen. Manchmal trage ich eine Augenklappe wie ein Pirat, aber meistens laufe ich ohne herum.«

»Wow«, flüsterte sie.

Caroline war vor Schock wie erstarrt. Was zum Teufel? Er hatte ein Auge verloren?

Flick drängte sich nah an seine Schwester. »Welches Auge ist es?«

»Na, was glaubst du?« Will sah die beiden ruhig an. Ihre Neugierde schien ihn nicht im Geringsten zu stören.

»Für mich sehen beide gleich aus.«

»Das sollen sie ja auch.«

Ganz, ganz vorsichtig legte Addie ihre Hand an seine linke Wange. »Dieses hier«, sagte sie.

Er nickte. »Stimmt. Einige Menschen merken es sofort. Aber den meisten fällt es nicht auf.«

Mir ist es auch nicht aufgefallen, dachte Caroline.

»Was siehst du, wenn du durch das Auge guckst?«, fragte Flick.

»Jetzt reicht es mit den Fragen«, ging Caroline dazwischen. Meine Güte, er hatte ein Auge verloren.

Will richtete sich wieder auf. »Wenn ich mein anderes Auge schließe, sehe ich nur einen dichten Nebel, so wie wir ihn hier morgens manchmal haben. Zum Glück kann ich mit dem gesunden Auge ganz gut sehen. Kommt rein. Dann suchen wir Sierra und können vielleicht Dots Marmelade probieren.«

Wie Gänseküken folgten sie ihm die Treppe hinauf.

Sierra begrüßte sie an der Tür. In ihrer blassblauen Caprihose und einem weißen Oberteil sah sie hinreißend aus. »Willkommen in unserem bescheidenen Heim. Ich hätte Kekse und Limonade im Angebot.«

Caroline hatte Will und Sierra seit dem Wochenende ihrer Hochzeit vor zehn Jahren nicht mehr zusammen gesehen. Einer von beiden kannte den Grund dafür, der andere nicht.

Addie und Flick wichen Caroline nicht von der Seite, als sie das Haus betraten. Es war ein weitläufiges Gebäude im viktorianischen Stil, das ihr einst so prachtvoll vorgekommen war. Einer von Wills Vorfahren hatte es erbaut, und es hatte Bleiglasfenster mit gewellten Scheiben, Holzschnitzereien, eine geschwungene Treppe und ein großes Panoramafenster mit Blick aufs Wasser. Der Geruch nach frisch gesägtem Holz und Farbe vermischte sich mit dem warmen Duft von frisch gebackenen Keksen.

»Hier geht es zur Küche«, sagte Sierra. »Passt gut auf, wo ihr hintretet. Wir renovieren noch.«

Gemeinsam gingen sie in die helle, offene Küche mit den neuen Schränken und Arbeitsflächen. Von der Frühstücksecke aus konnte man den Steg und den Austernschuppen sehen. »Nehmt euch einen Keks.« Sierra hielt ihnen einen Teller mit perfekt arrangierten Pekan-, Marmor- und Cranberry-Keksen mit weißem Schokostreuseln darauf hin.

Caroline nickte den Kindern zu. »Was Kekse angeht, ist Sierra die Beste, weil ihr Vater der Pastor einer großen Kirche ist. Und nach dem Gottesdienst gibt es immer Kekse.«

Die Kinder nickten verwirrt, und sie überlegte, ob sie mit den beiden wohl mal in die Kirche gehen sollte. Würde es ihnen helfen, sich an das neue Leben zu gewöhnen?

»Da hat sie recht«, bestätigte Sierra. »Ich kenne mindestens zehn Rezepte auswendig.«

Die Kinder kletterten auf die Stühle und bedienten sich. »Danke«, sagte Addie und stieß ihrem Bruder in die Seite.

»Danke«, murmelte Flick. Caroline nahm sich selbst einen Keks. »Mein Gott, was hast du da reingetan. Crack?«

»Sie ist die Keksflüsterin«, sagte Will und tätschelte sich den Bauch. »Dank ihr verfette ich langsam.«

Caroline riss den Blick von seinem gut gebauten Körper los, an dem kein Gramm zu viel war. Sie ging hinüber zur Kücheninsel, die mit Skizzen und Stoffmustern bedeckt war. »Okay, erzählt mir von eurem Projekt.«

»Will ist besessen davon«, sagte Sierra. »Aber auf eine gute Art. Die meisten Arbeiten erledigt er selbst.« Sie gab Caroline eine kurze Führung. »Die Wand hat er rausgenommen und neue Schränke und Arbeitsplatten montiert. Erinnerst du dich noch, wie eng die Küche immer war? Und wie alt die Ausstattung?«

Caroline nickte und bewunderte den hellen, aufgeräumten Raum. Die Küche war modernisiert worden, ohne dass der Charme vergangener Zeiten verloren gegangen wäre. »Das ist toll«, sagte sie. »Nachdem ich in einer winzigen Wohnung in New York gelebt habe, kommt mir das hier wie der reinste Luxus vor.« Was sie nicht erwähnte, war, dass eine winzige Wohnung in der Stadt zu haben quasi ein Ehrenabzeichen für aufstrebende Designer war. »Das ist wirklich alles wunderschön geworden. Ich freue mich für euch.«

*Ich freue mich für euch.* Noch so eine Phrase, die man nutzte, um seine wahren Gefühle zu verbergen. Konnte man wirklich so selbstlos sein und Freude über das Glück anderer Menschen empfinden?

Vielleicht, dachte sie, als sie beobachtete, wie Flick seinen zweiten Keks mit einem Ausdruck der Glückseligkeit verschlang. Ein unerwarteter positiver Effekt des Zusammenlebens mit den Kindern war, dass ihr Lächeln, wenn sie glücklich waren, auch sie glücklich machte.

Addie stieg vom Stuhl und ging zur Hintertür, um auf das glitzernde Wasser der Willapa Bay zu schauen. »Habt ihr Hühner?«, fragte sie. »Grammy Dot hat auch Hühner.«

»Nein, keine Hühner, aber heute Morgen habe ich ein Rotkehlchen-Nest mit drei Eiern darin entdeckt«, antwortete Will. »Willst du es dir mal ansehen?«

Addie drehte sich um und schaute zu Caroline. »Kannst du mitkommen?«, fragte sie leise.

Die fremde Umgebung verunsicherte das kleine Mädchen verständlicherweise. Flick hingegen schien sich angstfrei in das Unbekannte zu stürzen. Nur bei Leuten, die sie gar nicht kannten, hielten sich beide Kinder zurück – was laut Joan, der Psychologin, eine ganz natürliche Reaktion war.

»Ich habe eine Idee«, sagte Caroline. »Wieso gehen wir nicht alle zusammen?«

Sierra schaute auf ihr Handy und tippte schnell etwas hinein. »Sorry«, sagte sie. »Ich organisiere gerade ein Meeting.« Dann stecke sie das Handy in die hintere Hosentasche und schnappte sich einen breitkrempigen Strohhut, bevor sie alle hinausmarschierten.

Will ging voran. Seine Bewegungen waren noch genauso lässig wie damals, wie Caroline feststellte. Er war schon immer sportlich gewesen und hatte sich in seinem Körper wohlgefühlt. Die Kinder folgten ihm über den Rasen zu einigen dicht stehenden, großen Rhododendren. »Wir müssen ganz leise sein«, sagte er zu ihnen. »Die Vogelmama sitzt die meiste Zeit auf ihrem Nest, und wir wollen sie nicht stören. Ich muss euch hochheben, damit ihr es sehen könnt. Ist das für euch in Ordnung?«

Wie klug von ihm, sie zu fragen, dachte Caroline. In ihrem Crashkurs zum Umgang mit trauernden Kindern hatte sie gelernt, dass Kinder, genau wie Erwachsene, gefragt werden sollten, bevor man sie berührte.

Die beiden nickten, und mit einer fließenden Bewegung hob Will sie beide mit je einem Arm hoch.

Dann beugte er sich vor und sagte: »Das Nest ist direkt da, vor uns. Und die Vogelmama sitzt darauf.«

»Ich sehe sie!«, flüsterte Addie aufgeregt. »Flick, siehst du sie auch?«

»Jupp. Die ist süß.«

Mit flatternden Flügeln erhob sich der Vogel aus den Büschen und verschwand panisch fiepend zwischen den großen Bäumen am Rande des Grundstücks.

»Du hast ihr Angst gemacht, Flick«, sagte Addie anklagend.

»Hab ich gar nicht! Ich …«

»Schaut euch schnell die Eier an, und dann lassen wir sie wieder in Ruhe«, ging Will rasch dazwischen. »Seht ihr alle drei Eier?«

»Die sind so winzig«, sagte Addie. »Und ganz blau. Wie kommt das?«

Will stellte die beiden wieder auf dem Rasen ab und trat von dem Rhododendron zurück. »Das ist ihr Sonnenschutz«, erklärte er. »Die Farbe sorgt dafür, dass sie nicht zu warm werden.« Als er ihre Mienen sah, grinste er. »Wirklich, das ist wie die Sonnencreme, die ihr im Sommer auftragt, um keinen Sonnenbrand zu bekommen. Blaue Eier bleiben länger kühl. Kommt, geben wir der Mutter die Möglichkeit, zurückzukommen.«

»Wird sie denn zurückkommen?«, fragte Addie und schob ihre kleine Hand in Wills große.

»Ganz sicher«, entgegnete er. »Ich beobachte sie seit ein paar Tagen, und sie kommt immer zurück.«

»Und was, wenn nicht?« Flick starrte ihn aus großen Augen besorgt an.

»Er hat doch gerade gesagt, dass sie zurückkommt«, erklärte Addie ihm genervt. Dann schaute sie um Will herum und streckte ihrem Bruder die Zunge raus.

»Aber was, wenn nicht?«, beharrte Flick.

»In dem Fall werden die Eier nicht ausgebrütet«, antwortete Will.

»Niemals?«

»Niemals. So ist das leider.«

»Das ist traurig«, stellte Addie fest. »Ich will, dass die Vogelmama zurückkommt.«

»Geben wir ihr ein wenig Zeit«, sagte Will leichthin.

»Unsere Mama ist gestorben«, flüsterte Addie.

Caroline schmolz das Herz. Will ging in die Hocke, sodass er mit den Kindern auf Augenhöhe war, und sah sie liebevoll an. »Meine Mama ist auch gestorben, als ich noch ein Junge war. Ich denke jeden Tag an sie.«

»Sie wird nie wieder zurückkommen«, sagte Flick.

»Das stimmt. Und das ist wirklich traurig«, bestätigte Will.

»Weinst du jeden Tag?«, fragte Addie.

»Nein. Aber manchmal schon.« Seine Aufrichtigkeit und der schnörkellose Umgang mit diesem traurigen Thema schien die Kinder zu beruhigen. »Ich hoffe, dass ihr mir eines Tages mehr von eurer Mama erzählt.«

»Caroline will mir ein Fernglas zum Beobachten der Vögel kaufen«, sagte Flick.

»Du Glücklicher. Kommt mit runter zum Steg, dann zeige ich euch noch etwas.«

Addie winkte Caroline zu. »Kommst du auch mit?«

Caroline sah zu Sierra. »Gehen wir mit?«

Sierra war schon wieder mit ihrem Handy beschäftigt. »Oh, klar. Da stehen ein paar Gartenstühle. Wir können uns hinsetzen und ein wenig quatschen.«

Will fand ein paar Rettungswesten für die Kinder und legte sie ihnen an.

»Warum müssen wir die tragen?«, fragte Flick. »Fahren wir mit dem Boot?«

»Heute nicht, aber wenn ihr auf einem Steg seid, solltet ihr immer Schwimmwesten tragen, für den Fall, dass ihr ins Wasser fallt.«

Er war so umsichtig mit den Kindern. Caroline sah zu, wie sie ihm zu dem verwitterten Steg folgten, dessen Planken mit Moos bewachsen waren. Wie schnell sie angefangen hatten, ihm zu vertrauen. Am Ende des Stegs lagen ein kleines Schlauchboot und eine Austernschute. Will packte einen Tampen und zog einen Austernsack aus dem Wasser.

»Was ist das?«, fragte Addie.

»Einjährige Austern«, sagte er und nahm eine aus dem Netz. Die Kinder beugten sich vor und betrachteten die äußere Schale. Will löste ein Austernmesser mit der typischen kurzen Klinge von seinem Gürtel und öffnete die Schale mit einer geübten Drehung der Hand, sodass das glänzende Innere sichtbar wurde. »Habt ihr schon mal eine Auster gegessen?«

»*Das* ist eine Auster?« Addie schaute sie genau an.

»Das sieht eklig aus.« Flick schüttelte sich.

Mit übertriebenem Genuss schlürfte Will die Auster aus der Schale und wischte sich dann den Mund mit dem Ärmel ab.

Wie vorherzusehen gewesen war, zuckten die Kinder angewidert zurück.

»Die meisten Kinder mögen keine Austern. Das kommt erst, wenn man älter ist«, erklärte Will.

Dann öffnete er noch eine und bot sie Sierra an, die den Kopf schüttelte. »Ich bin noch nie ein Fan von Austern gewesen, das weißt du doch.«

»Das bedeutet, du bist immer noch ein Kind«, zog Caroline sie auf.

»Meine erste Auster habe ich mit dir probiert«, sagte Will zu Caroline. »Erinnerst du dich noch?«

»Ja. Und du hast sie geliebt.«

»Caroline hat mir ein altes Sprichwort verraten: Eine Auster zu essen ist, wie die Lippen des Meeres zu küssen.«

»Doppelt igitt!«, rief Flick.

Will hielt Caroline die Schale hin. Sie setzte sie an die Unterlippe und ließ die kühle, glatte Muschel in ihren Mund gleiten. Sie war cremig und weich, beinahe butterig, und salzig vom Meer. Die Willapa-Austern hatten einen ganz eigenen Geschmack und waren wesentlich süßer als die der Ostküste. Als sie die Mienen der Kinder sah, lachte sie. »Das nennt man anerzogenen Geschmack.«

»Oysterville ist vor hundert Jahren nur deshalb erbaut worden, weil die Menschen Austern lieben.« Will wies auf die Bucht. Sie gingen ein Stück weiter den Steg entlang, und er zeigte ihnen, wie man einen kleinen Kescher in das klare Wasser tauchte. Das Sonnenlicht funkelte auf der Wasseroberfläche, und für einen Moment schien die Zeit stillzustehen.

»Die ganzen Stunden, die wir auf den Stegen hier in der Gegend verbracht haben«, sagte Sierra, die Carolines Gedanken zu lesen schien.

Caroline spürte immer noch die goldene Hitze der Sommersonne auf ihrem Rücken, als sie auf dem Bauch auf den Stegen gelegen und fasziniert die Seeigel und Anemonen und Muscheln beobachtet hatten, die sich in dem glasklaren Wasser an die Pfähle geklammert hatten. Sie hatte sich immer Muster und Designs vorgestellt, die im Wasser zum Leben erwachten und kleine funkelnde Spuren hinterließen, die sich irgendwie in ihre Fantasie eingebrannt hatten.

»Ja, ich erinnere mich an diese Tage«, sagte sie.

»Ich war besessen davon, mich vor der Sonne zu verstecken«, sagte Sierra.

»Auch daran erinnere ich mich.« Caroline musterte Sierras breitkrempigen Hut.

»Du hast mir dieses tolle Sonnenschutzkleid genäht, weißt du noch? Ich kam mir vor wie eine Königin, wenn ich darin herumstolziert bin.«

»Sollte ich die Kinder mit Sonnenschutz eincremen?«, fragte Caroline sich laut. »Es ist noch früh im Jahr, aber …«

»Sonnencreme ist immer eine gute Idee, auch für Kinder mit dunkler Haut. Vertrau mir, ich habe mich gründlich mit diesem Thema auseinandergesetzt.«

»Caroline, guck mal!«, rief Addie und hielt eine Muschel hoch. »Die sieht aus wie deine.«

Caroline nahm die Nautilusmuschel in die Hand. Sie war nicht mehr bewohnt, aber noch intakt. »Es ist wohl eher umgekehrt. Ich habe ihre Form in meinen Entwürfen verwendet. Sie ist sozusagen mein Markenzeichen. Aber das hast du gut erkannt.« Sie gab sie Addie zurück und wandte den Blick ab, um ihren Frust zu verbergen.

»Was ist?«, fragte Sierra. »Ich wette, deine Entwürfe sind wunderschön.«

»Das sind sie. Also, sie waren es zumindest. Was vermutlich das Problem gewesen ist.« Caroline war nicht danach, über das Ende ihrer Karriere zu sprechen. »Das ist eine lange und öde Geschichte. Die Kurzfassung ist: Es hat nicht geklappt.«

Wills tiefes Lachen riss sie aus ihren Gedanken. Er hielt einen Krebs in der Hand, damit die Kinder ihn ansehen konnten. Flick und Addie näherten sich vorsichtig und schreckten sofort zurück, als der Krebs seine Scheren zuschnappen ließ. Will entließ ihn wieder ins Wasser, und alle drei schauten zu, wie er davonschwamm. Dann tauchte Flick den Kescher ins Wasser und holte etwas Glänzendes heraus.

Caroline stieß einen langen Seufzer aus, als sie und Sierra zum Rand des Stegs schlenderten. »Es ist so schön hier. Wir hatten Glück, an so einem magischen Ort aufzuwachsen.«

»Und doch konnten wir es nicht erwarten, hier wegzuziehen«, entgegnete Sierra und deutete auf zwei Adirondack-Stühle aus grauem Holz. »Und nun sieh uns an. Wieder da, wo wir angefangen haben.«

»Für den Moment«, erwiderte Caroline.

»Für immer«, sagte Sierra. »Mein Gott.«

Caroline schaute sie an. Sierra war so umwerfend wie immer und makellos zurechtgemacht. Glänzende Fingernägel, modischer nudefarbener Lippenstift, makellos aufgetragenes Make-up. Und doch war irgendetwas anders, irgendetwas, das sie nicht benennen konnte. »Du klingst frustriert.«

»Will ist hier so glücklich. Wir versuchen, es irgendwie hinzukriegen.«

*Es*. Meinte sie damit ihre Ehe? Ihren Beruf? Ihr Leben?

»Nach dem Unfall …«

»Was für ein Unfall?«, fragte Caroline. »Ach, du meinst sein Auge.«

»Das ist bei einem Einsatz in Übersee passiert. Er hat sein Auge verloren und musste anschließend aus gesundheitlichen

Gründen die Navy verlassen. Seine Großeltern waren in ein Seniorenheim gezogen, und Will hat eine neue Karriere als Lehrer begonnen.«

»Ich habe ungefähr hundert Fragen«, gab Caroline zu. »Zu allem. Was war das für ein Unfall?«

»Er hat nie im Detail über die Mission gesprochen, denn das ist oberste Regel bei den SEALs: totale Geheimhaltung. Er war in Diego Garcia stationiert, und es gab eine Geiselrettungsaktion in der Nähe von Somalia. Irgendwelche amerikanischen Entwicklungshelfer wurden festgehalten, und man forderte Lösegeld für ihre Freilassung. Will war der Einzige, der bei der Schießerei verletzt wurde. Er hat nie gesagt, wer ihn getroffen hat. Angeblich war es zu dunkel, um etwas zu erkennen. Mehr weiß ich auch nicht.«

»Es tut mir leid, dass das passiert ist«, sagte Caroline und zuckte innerlich zusammen, als sie sich vorstellte, wie er angeschossen worden war und sein Auge verloren hatte.

»Er war am Boden zerstört. Die Rekonvaleszenz war schwer. Als seine Großeltern ihm dieses Haus überschrieben haben, hat er sich mit Feuereifer darauf gestürzt. Er hat es hier immer geliebt, und jetzt hat er es sich zur Aufgabe gemacht, es zu renovieren. Das ist alles Teil seines großen Traums von dem weißen Gartenzaun, einer Familie, dem Leben in einer Kleinstadt …«

Nach dem Chaos in New York klang das in Carolines Ohren gar nicht mal so schlecht. »Und was ist mit *deinem* Traum?«

Sierra beschattete sich die Augen mit der Hand und schaute hinaus über die Bucht. »Es ist ziemlich schwer, mich zur Priorität zu machen, wenn mein Mann so perfekt ist.«

»Wie bitte? Komm schon.«

»Du weißt, dass ich recht habe. Er ist perfekt. Bilderbuchkarriere beim Militär, lokaler Held, Lehrer und Trainer, wundervoller Ehemann. Und sieh ihn nur an.« Sie nickte mit dem Kinn in Richtung Steg, wo er sich total selbstvergessen um die Kinder kümmerte. »Mein Traum?« Sie zupfte an einem Holzsplitter an der Armlehne ihres Stuhls. »Ich fahre für die Arbeit oft nach Seattle oder Portland.«

Addie stieß ein lautes Heulen aus. Caroline sprang sofort auf und lief zum Steg. Nachdem die Kinder in ihr Leben getreten waren, hatte sie schnell gelernt, die unterschiedlichen Arten zu weinen voneinander zu unterscheiden. Sie war jetzt zutiefst vertraut mit dem Weinen aus tiefer Trauer. Dem »Ich bin gelangweilt«-Gejammer. Dem mitleiderregenden Plärren, wenn sie Hunger hatten. Dieses Weinen jedoch war ein echtes, tief empfundenes Weinen vor Schmerz.

Als sie Addie erreichte, hatte Will das kleine Mädchen schon auf den Arm genommen und war Caroline entgegengekommen. »Sie hat einen Splitter im Knie.«

»Oh, das ist aber ein ziemlich großer Brocken.« Caroline inspizierte den Schaden. *O nein.* Ein zwei Zentimeter großes Stück graues Holz von dem alten Steg steckte in Addies zarter Haut.

»Das tut so weh«, schluchzte Addie. »Mach das weg!«

»Ja, das tut bestimmt weh«, sagte Will ungerührt und trug sie zum Haus. Caroline nahm Flick bei der Hand und folgte den beiden. »Als ich in der Navy war«, fuhr Will fort, »habe ich gelernt, mit solchen Verletzungen umzugehen. Glaub mir, ich bin darin echt gut.«

»Er wird ihn mit einer Nadel rausholen«, orakelte Flick.

»Nein!« Addie klammerte sich an Wills Hals.

Er setzte sie auf die Arbeitsplatte neben der Spüle. »Nein, wir nehmen keine Nadel. Ich habe eine bessere Idee.«

»Ich habe Angst vor Nadeln«, gestand Addie.

»Dann passt mal gut auf, ihr zwei. Ich zeige euch, wie man einen richtigen Verband macht.« Will wusch sich die Hände und holte dann einen Erste-Hilfe-Kasten vom Regal.

Addie schniefte und flüsterte: »Es tut immer noch weh.«

»Ja, ich weiß«, sagte Will. »Splitter sind übel. Siehst du das hier?« Er hielt eine Flasche hoch. »Damit kann man die Wunde reinigen, und das tut überhaupt nicht weh. Gib ein wenig direkt auf den Splitter.«

Sie ergriff die Flasche und tröpfelte sich die Lösung aufs Knie. »Tut immer noch weh«, murmelte sie.

»Nimm ruhig mehr«, ermutigte Will sie. Dann half er ihr, die Stelle zu trocknen. »Ich habe eine geheime Splitter-Entfernungs-Waffe«, sagte er. »Klebeband. Das fühlt sich gleich so an, als würden wir ein Pflaster abreißen.« Er sprach beruhigend weiter, während er den Klebestreifen auf den Splitter drückte und ihn dann schnell abzog.

»Autsch!«, schrie Addie.

»Schon fertig.« Er präsentierte ihr den Splitter, der am Klebeband klebte. »Du warst sehr tapfer.«

»War ich gar nicht. Ich hab geweint.« Sie schaute verloren auf das Blut, das aus der kleinen Wunde sickerte.

»Aber du hast mich dir helfen lassen, obwohl du geweint hast. Ich nenne das tapfer.« Er gab ein wenig Jod auf die Stelle und klebte dann ein Pflaster darauf. »So, nun ist alles wieder gut«, sagte er und stellte sie auf den Boden.

»Danke«, sagte Caroline. »Das war sehr beeindruckend, Mr. Jensen.« Er war so geschickt und selbstsicher im Umgang mit den Kindern. Woher kam das? Und wann würde sie je einen Bruchteil dieses Selbstbewusstseins verspüren?

Flick schaute sich in dem Vorraum der Küche um. »Was baust du da?«, fragte er mit Blick auf die Werkzeuge und die halb fertigen Regale.

»Alles Mögliche«, erwiderte Will. »Ich bin ständig dabei, etwas zu bauen, weil wir hier renovieren. Im Moment sind Regale und Schränke für diesen Raum dran.«

»Ich mag Werkzeuge«, verkündete Flick.

»Das wusste ich ja gar nicht«, sagte Caroline.

»Du hast mich ja auch nie gefragt.«

»Ich mag Werkzeuge auch, Kumpel«, sagte Will. »Ich wette, ich weiß noch was, das du magst. Wassereis.«

Er ging zum Gefrierschrank und holte zwei heraus, dann schnitt er sie oben auf und reichte sie den Kindern, bevor er Caroline fragte, ob sie auch eines wollte.

»Nein danke. Du kannst wirklich gut mit Kindern umgehen«, sagte sie.

»Das liegt daran, dass Kinder großartig sind.« Er warf Sierra einen Blick zu. »Oder?«

Er schaute so schnell wieder weg, dass ihm Sierras Reaktion entging – ein sichtbares Erschauern.

Wirklich? fragte Caroline sich. Gab es etwa Ärger im Paradies?

Addie drückte von unten auf ihr Wassereis, und die obere Hälfte landete mit einem Plopp auf dem Boden. »Ach männo«, rief sie.

»Das kann passieren.« Er holte ihr ein neues Eis. Dann schaute er wieder zu Sierra, die gerade die Eisreste vom Boden mit einem Küchentuch aufwischte.

»Wie wäre es, wenn du mit ihnen nach draußen gehst?«, schlug sie vor.

»Behaltet eure Rettungswesten an, wenn ihr ans Wasser geht!«, rief Caroline ihnen hinterher, als sie zur Tür hinausmarschierten.

»Hey, Mr. Will!«, hörte sie Flick aus dem Garten. »Können wir uns die Scheune ansehen?«

»Klar«, sagte er, und dann mit einem Blick zu Caroline: »Oder?«

Sie nickte. »Ja, sicher.«

»Kommt, ihr zwei«, sagte er und ging hinaus.

Sierra verschränkte die Arme vor der Brust und sah Caroline an, die gerade aus dem Fenster beobachtete, wie die Kinder Will zur Scheune folgten. »Im Moment ist das nur ein großer leerer Raum. Er hat die Elektrik erneuert, weil er die Idee hat, da eines Tages einen Indoor-Spielplatz zu errichten. Verstehst du jetzt, was ich meine? Er ist perfekt.«

»Komm schon. Niemand ist perfekt.«

»Er will das Familienanwesen retten und Kinder haben. Das ist doch perfekt, oder?«

»Ich schätze, das hängt davon ab.«

»Wovon?« Sierra tigerte wie eingesperrt auf und ab. »Wenn er so perfekt ist, wieso kann ich dann nicht wollen, was er will? Warum kann ich mit alldem nicht glücklich sein?«

Vielleicht, weil er für jemand anderen perfekt ist, dachte Caroline. »Ich werde nicht mal versuchen, darauf zu antworten«, sagte sie laut. Sie war mit den Kindern hierhergekommen, um zu versuchen, die Beziehung zu Sierra und Will zu erneuern. Sie hoffte, dass sie Fortschritte machten, was das anging. Trotzdem, sie hatten sich alle verändert. Will fehlte ein Auge. Sierra fehlte das Stadtleben. Und Caroline … Sie hatte lange keinen Kontakt zu ihren Freunden gehabt, aber die spürbare Spannung zwischen den beiden lastete schwer auf ihr. Und sie wusste nicht, wie sie darauf reagieren sollte.

»Komm, ich zeige dir noch den Rest des Hauses«, schlug Sierra vor. »Den Rest des Groschengrabs.«

Caroline enthielt sich eines Kommentars und folgte Sierra nach oben. Wieder mit ihrer alten Freundin zusammen zu sein war, milde ausgedrückt, irgendwie unangenehm. Einst hatten sie einander alles erzählt, aber damals war es darum gegangen, was sie in der Unterwäscheschublade ihrer Mom gefunden hatten oder dass sie eine Flasche Kommunionswein aus der Kirche geklaut hatte. Diese Unterhaltung jetzt gab dem Wort »alles« jedoch eine komplett neue Bedeutung.

Sierra zeigte ihr ein frisch gestrichenes Gästezimmer und ein kleineres Zimmer voller aufeinandergestapelter und beschrifteter Umzugskartons.

»Das hier soll mal das Kinderzimmer werden«, erklärte sie. »Will möchte so gerne Kinder haben.«

»Du erzählst viel davon, was er will. Aber was ist mit dir?«

Sie zuckte mit den Schultern. »Ich denke immer, dass mit mir irgendetwas nicht stimmt. Ich meine, er ist so wundervoll – und ich bin einfach schrecklich. Ich komme mir wie eine Heuchlerin vor.«

»Mit dir ist alles in Ordnung«, versicherte Caroline ihr. »Es ist nur … Beziehungen können kompliziert sein. Gott weiß, vor dir steht gerade der lebendige Beweis dafür.«

»Also gibt es niemand Besonderen in deinem Leben?«, fragte Sierra.

»Nein. Ich meine … Ich bin mit ein paar Männern ausgegangen. Habe mich ein oder zweimal verliebt. Zumindest glaube ich das. Und dann …« Sie zuckte mit den Schultern, als sie sich an das Hochgefühl erinnerte, dem immer ziemlich schnell die Enttäuschung gefolgt war. »Ich habe etwas Dauerhaftes gesucht. Und weißt du was? Ich habe es gefunden. Allerdings handelte es sich nicht um einen Mann, sondern um meine Karriere. Die habe ich jetzt auch hinter mir gelassen. Was allerdings so war, als hätte jemand vollkommen unerwartet mit mir Schluss gemacht.«

»Du findest schon deinen Weg. Dieses neue Projekt für die Schule ist doch ein Anfang, oder? Du bist einer der cleversten, kreativsten Menschen, die ich kenne.«

»Danke für dein Vertrauen.« Sie hatte ihr ganzes Herz, ihre gesamte Energie in die Chrysalis-Kollektion gesteckt, hatte ihre Hoffnungen und Träume daran gehängt wie schimmernde Perlen an einen Gazestoff. Sie fragte sich, wann das Gefühl von Demütigung und Hoffnungslosigkeit wohl verschwinden würde. Wann sie das Selbstvertrauen wiederfinden würde, um neu anzufangen.

»Tja, *ich* könnte deine Hilfe gebrauchen.« Sierra öffnete einen Kleiderschrank. »Mir geht der Platz aus.«

»Oh, super, jetzt bin ich also jemand, der Kleiderschränke aufräumt.«

»Nein, das habe ich nicht gemeint. Ich habe da was anstehen«, sagte Sierra. »Keinen Modeljob, aber ein Treffen wegen der Produktion eines höchst exklusiven Shootings. Dafür will ich aussehen wie jemand, den sie ernst nehmen.«

»Dann kann ich dir tatsächlich helfen«, sagte Caroline. »Willst du cool, elegant oder modern wirken?«

»Kann ich alles auf einmal sein?«

»Das bist du bereits.«

Während sie die Kleider durchgingen, kamen alte Erinnerungen hoch. Sie waren wieder Kinder, beste Freundinnen.

Caroline fand eine Bluse aus Moireseide, die sie mit einem Bleistiftrock kombinierte. Sie probierten ein paar Accessoires dazu aus und entschieden sich schließlich für ein breites Armband, Schuhe und eine Handtasche.

»Du bist echt in deinem Element.« Sierra lächelte sie begeistert an.

»Ich habe so viele Models gestylt.« Caroline hielt inne. »Meine Freundin Angelique – die Mutter von Flick und Addie – war eines der besten Laufstegmodels von New York. Sie kam aus Haiti und hat es sofort an die Spitze geschafft. Und dann ist sie an einer Überdosis gestorben.«

»Ach du lieber Gott.« Sierra erschauerte. »Das tut mir so leid. Die armen Kinder.«

»Das verfolgt mich seitdem ständig. Kurz, bevor sie gestorben ist, fiel mir auf, dass sie Verletzungen, blaue Flecke hatte.«

»Du meinst Einstiche?«

»Nein. Jemand hat sie geschlagen.«

Sierra keuchte auf. »Das ist ja schrecklich. Aber in der Modelwelt auch nicht unüblich. Die Mädchen fangen schon so jung an. Sie wissen nicht, wie sie sich in der Branche verhalten sollen, und sie wollen so verzweifelt Erfolg haben, dass sie alles ertragen.«

Caroline schaute sie an. »Ist dir das auch mal passiert?«

»Nein«, erwiderte Sierra schnell. »Guter Gott, nein. Ich wurde zwar angemacht, aber nie geschlagen. Ich wusste mich immer zu behaupten.«

»Das überrascht mich nicht. Ich wünschte, mehr Frauen könnten das von sich behaupten.« Sie hielt inne und zögerte, ihre noch nicht ganz ausgereifte Idee zu teilen. Dann befand sie, dass ihre Freundschaft mit Sierra sich langsam wieder in die richtige Richtung entwickelte. »Meine Schwester und ich bauen eine Selbsthilfegruppe für Überlebende von häuslicher

Gewalt auf. Wie sich herausgestellt hat, ist es wesentlich verbreiteter, dass Frauen von ihren Partnern misshandelt werden, als wir geahnt haben. Ich denke, es wird mir helfen, mit Flick und Addie umzugehen.«

»Wow, das ist eine gute Idee, Caroline. Wirklich.«

»Nach dem, was Angelique zugestoßen ist, habe ich mich so machtlos gefühlt. Vielleicht wird das Ganze ein Reinfall, aber es fühlt sich richtig an, es wenigstens zu probieren. Es gibt Frauen, die Hilfe brauchen. Direkt hier, in unserem kleinen Ort. Ich kann die Zeit nicht zurückdrehen und Ange retten, aber je mehr ich über häusliche Gewalt und Drogensucht lerne, desto besser werde ich Flick und Addie helfen können.«

»Tja, das klingt, als würdest du für eine Weile hierbleiben.«

»Ich weiß nicht, was ich sonst tun soll. Mein Gott, ich fühle mich so gefangen.«

»Willkommen im Club.« Sierra hängte das ausgesuchte Outfit zurück in den Schrank. »Du hast mir gefehlt«, sagte sie. »Es hat mir gefehlt, jemanden zu haben, der mich versteht. Jemanden, dem ich alles erzählen kann, ohne mir Gedanken machen zu müssen, dass er mich verurteilen könnte.«

Ist das nicht eigentlich die Rolle des Ehemannes? fragte Caroline sich.

Sie gingen gemeinsam nach draußen. Will hatte am größten Baum im Garten eine Schaukel aufgehängt, und die Kinder wechselten sich darauf ab.

»Die werden hier nie mehr wegwollen«, unkte Caroline.

Er lachte kurz und zeigte auf sie, Sierra und sich. »Seht uns an. Die alte Bande ist wieder zusammen.«

»Was für eine Bande? Habt ihr mal Musik gemacht?«, fragte Flick.

»Nein, keine Band. Eine Bande«, erklärte Caroline. »Als wir noch Kinder waren, haben wir jeden Sommer zusammen verbracht. Wir waren unzertrennlich. Wisst ihr, was das heißt?«

Addie schüttelte den Kopf.

»Das heißt, dass wir eigentlich immer zusammen waren. Wir haben uns jeden Tag getroffen und Abenteuer erlebt.«

»Wo wir gerade von Abenteuern sprechen«, schaltete Will sich ein. »Ich muss noch was beim Holzwerk abholen.«

»Kann ich mitkommen?«, fragte Flick aufgeregt. Ganz eindeutig hatte er Will zu seinem Helden erklärt.

»Vielleicht ein andermal«, sagte Caroline.

»Definitiv.« Will winkte den Kindern zum Abschied lächelnd zu und ging dann zu seinem Pick-up, der neben der Scheune parkte.

»Wir sind schon ein Trio«, meinte Sierra. »Früher habe ich immer vergessen, dass du ihn als Erste gesehen hast. Jetzt denke ich überhaupt nicht mehr daran.«

Caroline warf ihr einen scharfen Blick zu.

»Erzählt mir von früher«, bat Flick. »Habt ihr hier gespielt? Am Steg?«

»Das haben wir. Es sieht noch ziemlich genauso aus wie damals«, erwiderte Caroline. »Es ist genau so, wie ich es in Erinnerung habe.« Ihr Blick glitt über die Auffahrt zur vorderen Veranda. »Das erste Mal bin ich mit meinem Fahrrad hierhergekommen. Und Will war, wenn ich mich recht erinnere, ein Froschmann.«

»Ein was?« Flick beugte sich vor.

»Als ich ihn kennengelernt habe, war er klitschnass, wie ein Froschmann.«

»Was ist ein Froschmann?«

»Ein Mensch, der sowohl im Wasser als auch an Land zu Hause ist. Könnt ihr schwimmen?«

Beide Kinder schüttelten die Köpfe.

Caroline und Sierra tauschten einen Blick. »Ihr seid jetzt Kinder der Halbinsel. Bis der Sommer beginnt, werdet ihr schwimmen können.«

# 13. Kapitel

Es war eine willkommene Abwechslung, ein Projekt zu haben – etwas, das nichts mit den Kindern, den Sorgen und der ungewissen Zukunft zu tun hatte. Caroline wünschte, sie hätte schon früher für sich entdeckt, wie wohltuend es war, eine Mission zu haben, die keinerlei Berührungspunkte mit der Modewelt hatte. Sie wollte einen sicheren Ort für Frauen wie Echo Sanders und Lindy Bloom schaffen. Und vielleicht auch für das dumme Mädchen, das sie selbst vor langer Zeit gewesen war – in der Nacht vor Sierras Hochzeit. Natürlich war es zu spät, um Angelique zu helfen. Aber vielleicht, ganz vielleicht, würde es einer anderen Frau helfen können; einer Frau wie Lindy, die so lange allein vor sich hin gelitten hatte, ohne jemanden gehabt zu haben, an den sie sich hätte wenden können.

Die Vorstellung, jemandem wirklich helfen zu können, war vielleicht zu idealistisch. Aber in letzter Zeit hatte Caroline sich desillusioniert gefühlt, und etwas Gutes zu tun wäre auch gut für sie, egal, wie es ausging. Manchmal hielt sie mitten in dem, was sie gerade tat, inne – dem Anruf bei der örtlichen Zeitung, der Reservierung des Gemeinderaums, dem Druck von Flyern – und dachte über die Veränderungen in ihrem Leben nach. Vor nicht allzu langer Zeit war sie eine Designerin in New York gewesen, die kurz vor dem Durchbruch gestanden hatte. Jetzt kümmerte sie sich um zwei kleine Kinder, reservierte Domain-Namen für ein neues Unternehmen und recherchierte zum Thema häusliche Gewalt.

Sie stürzte sich mit Feuereifer in das Projekt, hakte Punkte auf ihrer To-do-Liste ab, stellte ein Team zusammen, verbreitete die Kunde von der Selbsthilfegruppe. Sie konnte es schaffen.

»Ich brauche deine Hilfe«, sagte sie zu Sierra, mit der sie sich im *Star of the Sea* auf einen Kaffee getroffen hatte.

»Wobei?«

»Beim *Oysterville Sewing Circle.*« Sie grinste, als sie die Miene ihrer Freundin sah. »So nenne ich meine Frauengruppe, von der ich dir erzählt habe.«

Virginia gesellte sich zu ihnen. »Was gibt's?«

»Den *Oysterville Sewing Circle*«, erklärte Sierra. »Caroline ist auf einer Mission.«

»Und du wirst mir dabei helfen«, verkündete Caroline.

»Ein Nähkreis?« Virginia wirkte verblüfft. »Ich kann nicht mal einen Knopf annähen, und ich schäme mich nicht, das zuzugeben.«

»Nun, es geht eigentlich gar nicht ums Nähen. Und es ist auch nicht im eigentlich Sinne ein Kreis.«

Virginia lehnte sich auf ihrem Stuhl zurück, als es ihr dämmerte. »Du meinst deine Gruppe. So willst du sie nennen?«

»Ja. Wir werden uns in dem Gemeinderaum neben der Polizeistation in Long Beach treffen.«

»Ich will das erste offizielle Mitglied sein«, sagte Sierra.

Virginia starrte sie an. »Warte mal. Du meinst ... Meine Güte ... Hat Will ...«

»Guter Gott, nein.« Sierra winkte die unausgesprochene Frage ab. »Will ist ein Heiliger.« Sie klang ein wenig verbittert. »Das wisst ihr doch. Ich möchte euch aber trotzdem unterstützen, weil ich es gut finde, was ihr macht.«

»Wenn wir es schaffen, das auf die Beine zu stellen. Georgia ist übrigens auch dabei«, sagte Virginia.

»Mein Gott.« Nun war es an Sierra, entsetzt zu sein. »Dann ist Georgia ...?«

»Verdammt, nein.« Virginia schüttelte beruhigend den Kopf. »Wer würde es je wagen, Hand an Georgia zu legen? Aber danke, dass du fragst. Um die Wahrheit zu sagen, ich habe erst begreifen müssen, dass niemand davor gefeit ist, häusliche Gewalt zu erleben. In so vielen Fällen, in denen ich für die Kanzlei ermittelt habe, hat Gewalt gegen Frauen eine Rolle gespielt. Und es beschränkt sich nicht allein auf ungebildete oder arme Frauen mit schwierigem sozialem Hintergrund. Es kann auch Frauen wir dir und mir und Georgia passieren – Frauen aus sogenannten guten Familien und mit einer guten Ausbildung.«

»Ja.« Sierra nickte. »Die Vorstellung ist echt gruselig.«

»Vielleicht hat der Mann den Drang, zu kontrollieren und zu dominieren, weil er sich eigentlich unterlegen fühlt. Oder er ahmt das nach, was er aus seiner Kindheit kennt. Oft spielt auch Alkohol eine Rolle. Also sollten wir uns besser darauf vorbereiten, es mit allen möglichen Menschen zu tun zu bekommen.«

In Caroline blitzte eine Erinnerung an Angelique auf – königliche Haltung, Aufmerksamkeit fordernd. Wie sie einen Raum voller mächtiger Modeprofis mit der kleinsten Geste oder leicht zusammengekniffenen Augen beherrscht hatte. Sie hatte einfach nicht wie ein Opfer ausgesehen – doch wie Virginia angemerkt hatte, wussten Frauen, wie man sich hinter einer Maske versteckte, die einen erfolgreich und selbstbewusst wirken ließ.

Sie öffnete eine Mappe und zeigte die Flyer, die sie entworfen hatte. Das Logo war ein stilisiertes Nadelkissen, in dem Nadel und Faden steckten. Dazu der Spruch: »Flick dein Herz« zusammen mit den Kontaktinformationen und den Terminen für die Treffen. »Ich wollte einen möglichst harmlosen Namen für die Gruppe, der nicht die Leute anspricht, die dazu neigen, ihre Partner zu verprügeln.«

»Und du hast dich fürs Nähen entschieden.« Sierra lächelte. »Wofür auch sonst.«

»Was glaubst du, wie viele Schlägertypen Lust haben, Nähen zu lernen?« Caroline grinste.

»Guter Punkt. Die meisten Männer suchen bei dem Thema sofort das Weite.«

»Es freut mich, dass euch der Name gefällt. Er ist ein Tribut an den *Elsinore Sewing Club* aus Helsingør. So nannte eine

Gruppe Widerstandskämpfer in Dänemark ihre Bewegung während des Zweiten Weltkriegs, um ihren wahren Zweck, nämlich vor den Augen der Deutschen dänische Juden ins nahe gelegene Schweden zu verschiffen, zu verbergen. Sie haben einfach gesagt, sie würden zum Nähkreis gehen.«

»Wie cool«, sagte Virginia beeindruckt. »Ich bin froh, dass du das machst, Caroline. Und ich bin sehr stolz auf dich.«

»Ich habe noch eine Idee. Arbeit zu finden stellt nach der Trennung eine der größten Schwierigkeiten der Frauen dar. Und dank des Eltern-Lehrer-Ausschusses brauche ich bei jedem Schritt der Produktion der T-Shirts Unterstützung. Denn ratet mal – eine Schule aus Seattle und ein andere aus Portland sind auf die Superhelden-T-Shirts aufmerksam geworden und haben auch welche bestellt. Echo arbeitet bereits als Näherin für mich. Ich kann im Moment nur den Mindestlohn zahlen, aber wenn es so weitergeht, brauche ich mehr Näherinnen. Und ich denke auch an all die anderen Firmen, die Frauen anstellen könnten …«

»Georgia ist mit Sicherheit sofort dabei«, warf Virginia ein. »Sie kann Leute für das Restaurant ausbilden.«

Caroline dachte an Nadine, die Kellnerin, die sie ganz vorsichtig angesprochen hatte. *Ich gründe gerade eine Frauengruppe …* Aber Nadine hatte sie nur ausdruckslos angeschaut. Nicht jeder würde die Idee gutheißen. Vielleicht sogar niemand. »Wie auch immer, ich werde den Gemeinderaum für unser erstes Treffen reservieren. Vorher muss ich aber noch mit Mom klären, ob sie an dem Abend auf die Kinder aufpassen kann.«

Vor nicht allzu langer Zeit hatte sie gar nichts mit niemandem absprechen müssen. Und das hatte ihr gefallen. Jetzt konnte sie keinen Schritt tun, ohne an die Kinder zu denken. Sie waren das Erste, woran sie nach dem Aufwachen dachte, und das Letzte, bevor ihr abends die Augen zufielen.

»Na, ich würde sagen, dann legen wir mal los.« Virginia klatschte in die Hände.

Alle halfen mit. Carolines Mutter druckte die Flyer und Visitenkarten auf dem Drucker des Restaurants aus, und innerhalb weniger Tage lagen sie überall im Ort aus – im Restaurant, in der Bücherei, in öffentlichen Toiletten, in Läden, Schulen und in der Kirche. Caroline erhielt ein paar Anrufe – einen von einem jungen Mädchen mit zittriger Stimme, das jedoch schnell wieder auflegte. Einen weiteren von einer Touristin, die einen Bungalow in der Nähe der Dünen gemietet hatte. Sie bekam auch ein paar E-Mails. Vielleicht, dachte sie, ganz vielleicht wird das Ganze was. Sie hoffte es sehr. Denn eines Tages, wenn die Kinder älter waren, würden sie mit Sicherheit Fragen stellen. Und Caroline konnte nur hoffen, dass sie bis dahin Antworten für sie hatte.

Am Abend des ersten Treffens parkten Caroline und Virginia vor dem Polizeirevier. Sierra war bereits da und überprüfte im Rückspiegel ihres Wagens noch einmal ihr Make-up. Caroline klebte einen Wegweiser an einen Pfeiler, damit die Leute den Gemeinderaum auch finden konnten. Dann trugen die drei Frauen mehrere Kisten mit Lesestoff hinein.

»Das war eine gute Wahl.« Virginia schaute sich in dem schlichten Raum um. Es gab Klappstühle, einen großen Tisch, eine Pinnwand, eine Tafel, ein Spülbecken und eine kleine Arbeitsplatte. Beige Wände, ein Linoleum-Fußboden … alles sehr neutral.

»Ja, fand ich auch«, stimmte Caroline ihr zu. »Selbst der hartnäckigste Stalker wird es sich zweimal überlegen, bevor er hier jemanden angreift.«

»Meinst du, so etwas könnte passieren?« Sierra warf einen nervösen Blick zur Tür.

»Nach allem, was ich bisher gelesen habe, ja. Aber hier, direkt neben dem Polizeirevier? Ich hoffe, dass unsere Treffen herrlich friedlich verlaufen.« Sie schaute auf die Uhr, dann auf ihr Handy. »Was ist, wenn niemand kommt?«

Sierra zuckte mit den Schultern. »Dann gehen wir irgendwo was trinken und probieren es nächste Woche noch einmal.«

Virginia sortierte ein paar Flyer und legte einen Anmeldezettel an den Tisch neben der Tür. »Wo ist Georgia?«

»Sie meinte, sie kommt ein wenig später.« Caroline warf erneut ein Blick auf ihr Handy.

»Und wir sind zu früh.«

»Ich mache mir Sorgen. Ich habe eigens eine E-Mail-Adresse für diese Gruppe eingerichtet und war so aufgeregt, als ich ein paar Anfragen erhalten habe, aber niemand hat wirklich zugesagt, zu kommen.«

»Es ist so eine Angewohnheit von dir, dir Sorgen über Dinge zu machen, die noch gar nicht eingetreten sind«, sagte Virginia.

»Wirklich? Aber es ist doch besser, sich vorab auf Probleme und Schwierigkeiten einzustellen, anstatt sich erst dann zu überlegen, was zu tun ist, wenn man damit konfrontiert wird, oder?«

Darüber dachte Virginia kurz nach. »Nein. Und das weiß ich durch die Therapie, die ich nach meiner Scheidung gemacht habe. Ich war gern verheiratet. Ich war jeden Tag glücklich – bis Dave die Bombe hat platzen lassen, dass er die Scheidung will. Also musste ich mich fragen: Wenn ich mir die ganze Zeit über Gedanken gemacht hätte, warum er so viel arbeitet, warum er so distanziert ist, warum er Amanda in der Kanzlei ständig über den grünen Klee lobt – hätte ich dann etwas ändern können? Oder war es besser, den Dingen einfach ihren Lauf zu lassen? Sollte ich froh sein, dass er mir erst die Wahrheit gesagt hat, als seine Entscheidung feststand?«

»Er hätte was sagen sollen«, antwortete Sierra sofort, und in ihrer Stimme lag eine gewisse Schärfe. »Alles andere ist Betrug. Das wusste er.«

»Okay. Ich schätze, deine Meinung kennen wir jetzt«, sagte Caroline. Ihr fiel auf, dass Virginia ihre Freundin eindringlich musterte. Eine kleine, verstörende Frage regte sich in ihr, aber sie schob sie beiseite. »Ich weiß immer noch nicht, ob wir warten oder uns schon Sorgen machen sollen.«

Die Stühle waren in einem lockeren Kreis aufgestellt. Flyer und Namenschilder und Stifte lagen aus. An die Tafel hatte Caroline geschrieben: *Wir glauben dir. Wir glauben an dich.* Darunter stand die Philosophie der Gruppe.

Alles war bereit. Caroline war bereit. Aber niemand tauchte auf.

Sierra schaute auf die Uhr, die über der Tür an der Wand hing. Es war Punkt sieben. »Okay, ab jetzt darfst du dir Sorgen machen.«

Virginia nickte. »Es wird seine Zeit brauchen, Caroline. Wir müssen einfach nur verlässlich da sein, okay?«

»Okay.« Caroline fühlte Resignation in sich aufsteigen. Sie hatte gehofft, dass vielleicht eine oder zwei Frauen kommen würden. »Und wo ist Georgia? Hat sie uns im Stich gelassen?«

»Vielleicht war was mit ihren Kindern«, meinte Virginia.

»Ja, vielleicht.« Caroline seufzte und fing halbherzig an, die Flyer und die anderen Sachen wieder einzupacken. »Ich frage mich, ob sieben Uhr abends vielleicht keine gute Zeit ist. Ich schätze, wir müssen mehr darüber reden, dass es diese Gruppe gibt, und es nächste Woche noch mal probieren. Aber wer weiß, vielleicht war es auch einfach nur eine dumme Idee.«

In dem Moment ging die Tür auf. »Was nennst du eine dumme Idee?«, fragte Georgia und kam in den Raum gerauscht. Hinter ihr erschien Lindy Bloom mit ein paar Tabletts in den Händen. »Sorry, dass wir zu spät sind. Wir mussten auf dem Weg noch was aus dem Restaurant abholen.«

Mit einer geschickten Handbewegung breitete Georgia eine gestärkte Leinendecke über dem Tisch aus. Mit ihrem Jersey-Top, den flachen Schuhen und dem Pixie-Cut machte Georgia einen äußerst selbstsicheren und effizienten Eindruck. Sie war in vielen Dingen hervorragend, aber ihre wahre Leidenschaft galt dem Backen, und sie war eine Meisterin im Organisieren.

Auch jetzt zeigte sich die ihr innewohnende Führungsstärke. »Steht da nicht einfach so rum«, sagte sie über die Schulter. »Helft uns.«

Caroline und die anderen legten los. Virginia holte das Kaffeeservice aus Georgias Minivan, Caroline half Lindy, Gebäck auf den Tabletts zu arrangieren, wobei sie sich einen Rosinenriegel stahl und beim ersten Bissen vor Genuss die Augen verdrehte. Georgia hatte genau die richtige Mischung aus Süße und Würze gefunden. »Kein Wunder, dass du immer Moms Liebling warst«, sagte sie.

»Stimmt.« Georgia lächelte. »Die Älteste muss die Eltern erziehen. Vergiss das nie.«

Caroline steckte sich den Rest des Rosinenriegels in den Mund. »Danke, dass ihr heute gekommen seid. Ich wünschte, es würden auch ein paar Frauen kommen, für die wir das hier machen.«

»Und was ist mit mir?« Lindy legte einen Stapel Cocktailservietten auf den Tisch und fächerte ihn mit einer Handbewegung auf.

»Du weißt, was ich meine«, erwiderte Caroline. »Wir haben überall in der Stadt Werbung gemacht, aber unser Angebot wird offenbar nicht angenommen.«

»Es passt gar nicht zu dir, so schnell aufzugeben«, sagte Georgia. »Ehrlich, Caroline, ich bin total beeindruckt. Dieses Projekt … das wird etwas Besonderes.«

»Ihr seid alle solche Streber«, erklärte Sierra. »Ich weiß nicht, wie ihr das alles zusätzlich zu euren Kindern und Jobs und allem hinbekommt.«

»Ich schätze, man nimmt sich einfach Zeit für das, was einem wichtig ist«, meinte Georgia.

Diese schlichte Aussage erhellte eine für Caroline unangenehme Wahrheit. Ihre Kunst und ihre Karriere hatten sie die letzten zehn Jahre vollkommen vereinnahmt. Sie fragte sich, was ihr wohl alles entgangen war, während sie ihre Scheuklappen aufgehabt hatte. Als sie nun ihren Schwestern half, den schlichten beigefarbenen Raum in einen freundlichen Treffpunkt zu verwandeln, überlegte sie, dass sie vielleicht aufhören sollte, ihre Situation als Fiasko zu betrachten und sie stattdessen als Chance anzusehen.

Sierra ging Lindy mit dem Kaffeeservice zur Hand. »Du gehörst also auch zu den Organisatorinnen?«, fragte sie.

Die ältere Frau zog ironisch die Augenbrauen in die Höhe. »Ich habe vor zu helfen, wo ich kann«, sagte sie. »Aber nein, ich gehöre nicht zu den Organisatorinnen. Diese Ehre gebührt allein Caroline. Ich bin eine der Überlebenden.«

Damit schrieb sie ihren Namen und das Wort »Überlebende« auf einen Aufkleber und klebte ihn sich auf ihre perfekt geschnittene Bluse. Dann sah sie Sierra an. »Und nun kannst du den Mund wieder zumachen, meine Liebe. Sonst fliegt da noch eine Fliege rein. Es ist eine lange Geschichte, aber solange niemand sonst auftaucht, wirst du sie heute Abend zu hören bekommen.«

»O Lindy, ich hatte ja keine Ahnung.«

»Ganz genau. Frauen, die von ihren Männern geschlagen werden, sind sehr gut darin, das zu verbergen.« Sie reichte Sierra ein Namensschild. »Du bist so hübsch wie immer«, sagte sie. »Ich habe es immer genossen, wenn du in den Laden gekommen bist, um für Caroline zu modeln.«

Sierra klebte sich das Namensschild an. »Du warst eine tolle Mentorin. Ich hoffe, der Laden läuft gut.«

»Gut genug.«

Caroline freute sich aufrichtig über die Hilfe ihrer Schwestern und Freundinnen, war aber trotzdem enttäuscht von dem fehlenden Zulauf der Gruppe. Gerade überlegte sie, ob sie ihre Enttäuschung in Zitronenkuchen und Espresso-Brownies ertränken sollte, als die Tür aufging und eine Frau hindurchschlüpfte.

»Echo«, sagte sie. »Wie schön, dass du gekommen bist.«

»Ihr habt ja keine Ahnung, wie verlockend der Gedanke war, den Abend mit einem Glas Wein und einem Liebesroman auf der Couch zu verbringen.« Echo wirkte erschöpft, als sie sich einen Kaffee einschenkte. Dann sah sie die leckeren Sachen, die Georgia mitgebracht hatte. »Okay, ich ziehe alles zurück. Das sieht köstlich aus.«

Caroline wurde von einer Welle der Dankbarkeit erfasst – und des Mitgefühls. Neben ihrer Arbeit in Lindys Laden fuhr Echo morgens den Schulbus. Caroline hoffte, dass das Geld, das Echo mit der Näharbeit für sie verdiente, ihr ein wenig Druck nehmen würde. Auch wenn es natürlich erst einmal mehr Stress für Echo bedeutete. Caroline hatte ein gutes Gespräch mit der örtlichen Bank bezüglich eines Geschäftsdarlehens geführt, aber ihr eigenes Atelier zu eröffnen würde nicht leicht werden.

Erneut ging die Tür auf, und zu Carolines Erstaunen trudelten immer mehr Frauen ein. Meistens allein, ein paar in Begleitung einer Freundin oder Verwandten. Einige von ihnen waren unsicher, wichen jeglichem Blickkontakt aus, wie Ladendiebe, die überzeugt waren, gleich erwischt zu werden. Ganz die Tochter eines Pastors begrüßte Sierra jeden Neuankömmling wie einen Ehrengast. Selbst Nadine, die nicht auf Carolines direkte Einladung eingegangen war, tauchte auf. Sie trug noch ihre Kellnerinnenkluft aus dem Restaurant.

Mit einem Mal brannten Caroline Tränen in den Augen. Diese Frauen, die meisten von ihnen vollkommen Fremde, waren zu ihrem Nähkreis gekommen. Bitte, lass mich sie nicht enttäuschen, schickte sie ein Stoßgebet zum Himmel.

Georgia stupste sie an. »Lass uns anfangen. Wenn noch mehr kommen, kümmere ich mich um sie.«

Caroline schluckte und versuchte, sich zusammenzureißen. »Willkommen«, sagte sie, bevor sie komplett die Fassung verlor. »Um Himmels willen.« Sie schnappte sich ein Taschentuch. »Ich hatte nicht erwartet, dass mich das emotional so mitnehmen würde. Ich bin Caroline Shelby, und das hier ist das erste Treffen des Oysterville Sewing Circle.«

Sie atmete tief ein und stieß die Luft langsam wieder aus. »Ah, es tut mir leid. Wie auch immer, danke, dass ihr hier seid. Sollen wir anfangen?«

Es folgte gemurmelte Zustimmung.

»Okay, beginnen wir mit unserer Gruppenphilosophie. Ich bin gestern Abend viel zu lange aufgeblieben, um die richtigen Worte zu finden.« Sie zeigte auf die Worte an der Tafel. »›Der Oysterville Sewing Circle ist gegründet worden, um Opfern von häuslicher Gewalt, ihren Familien und Freunden eine sichere und unterstützende Gemeinschaft zu bieten.‹ Gut, das ist nicht gerade Shakespeare, aber ich wollte deutlich machen, wofür wir stehen. Wir sind kein Kriseninterventionsteam – dafür könnt ihr die Nummern anrufen, die auf den Flyern stehen. Wir alle sind Ehrenamtliche, die für das, was wir tun, kein Geld bekommen.« Sie reichte ein Klemmbrett mit einer Telefonliste herum. »Ich bin euch sehr dankbar, dass ihr gekommen seid. Ihr dürft hier alles teilen, was ihr wollt, aber ihr könnt auch einfach nur zuhören – ganz, wie ihr euch am wohlsten fühlt. Alles was hier besprochen wird, wird vertraulich behandelt. Und ich schlage vor, dass wir die Gruppe der Einfachheit halber Nähkreis nennen.«

Sie stellte ihre Schwestern und Sierra vor. »Habt ein wenig Geduld mit mir«, bat sie. »Das ist alles neu für mich. Aber ich schätze, heute Abend ist für uns alle eine Premiere.« Sie hielt inne, als eine junge Frau hereinhuschte und in der Nähe der Tür stehen blieb, bevor sie kurz nickte und sich setzte.

»Ich bin Ilsa«, murmelte sie, den Blick zu Boden gerichtet.

Freundliches Gemurmel hieß sie willkommen.

»Danke, dass du gekommen bist.« Carolines Herz hämmerte wie wild in ihrer Brust. Oh, sie wollte so sehr, dass das heute gut lief. »Fangen wir an.« Sie holte einen Korb hervor, der unter ihrem Stuhl gestanden hatte. »Dies ist eine Sammlung von ganz normalen Haushaltsgegenständen. Die Idee ist, dass ihr eins davon auswählt, das für euch eine Bedeutung hat, und der Gruppe eine kleine Geschichte darüber erzählt.«

Kurz entstand ein zögerndes Schweigen. Caroline klammerte sich an der Sitzfläche ihres Stuhls fest. Mist. War dieses kleine Spiel, das dazu gedacht war, das Eis zu brechen, zu verrückt? Zu langweilig? Zu bedrohlich?

»Ich fange an«, sagte eine Frau schließlich. »Ich bin Amy.« Sie trug ein formloses Kapuzenshirt, Jogginghosen, abgetragene Turnschuhe und schien Mitte zwanzig zu sein. Sie nahm den Korb, kehrte an ihren Platz zurück und musterte den Inhalt gründlich. Caroline ganz alltägliche Dinge zusammengestellt – Küchenutensilien, einen Briefbeschwerer, eine Eintrittskarte, das Übliche, was man in der Krimskramschublade in jedem Haus finden konnte.

»Okay, hier ist etwas.« Amy hielt einen Schlüsselanhänger mit einer kleinen Taschenlampe daran hoch. »Ein Schlüsselbund scheint nicht sonderlich aufregend zu sein, aber für mich bedeutet er alles. Ich habe die Ankündigung für dieses Treffen in der Bücherei gesehen und bin von Ilwaco hergekommen, um es mir mal anzuschauen.« Ihre Stimme klang hart vom Rauchen oder Trinken oder beidem. »Für die meisten Menschen ist ein Schlüsselbund keine große Sache. Aber mein gottverdammter Ehemann wollte mich nicht den Führerschein machen lassen. Denn wenn ich Auto hätte fahren können, wäre ich womöglich abgehauen, und dann hätte er niemanden mehr zum Verprügeln gehabt. Das Beste, was mir je passiert ist, war, dass er wegen Autodiebstahls festgenommen wurde. Im Moment sitzt der Scheißkerl seine Zeit in Walla Walla ab. Nachdem er weg war, habe ich mich als Erstes in der Fahrschule angemeldet. Dafür habe ich meinen Ehering verpfändet – er hätte mich allein dafür plattgemacht, dass ich ihn abgenommen habe, aber ich bedauere nichts. Ich war fest entschlossen. Ich wollte lernen, Auto zu fahren wie ein Profi, und ich bin Meilen um Meilen gefahren und habe es geliebt. Es fühlte sich wie die pure Freiheit an. Der Tag, an dem ich den Führerschein erhielt, war für mich ein Neuanfang. Ich habe Angst vor dem, was mein Mann tun wird, wenn er rauskommt, aber im Augenblick bin ich in Sicherheit. Ich liebe es, Auto zu fahren. Das ist das Beste überhaupt. Ich liefere Pizzas aus, ich fahre für Uber, ich erledige Besorgungen für andere. Oh, und es gibt da diese Reinigung in Astoria, für die ich Sachen abholen und ausliefern darf.

Ich verdiene zwar nicht viel Geld, aber ich kann ständig unterwegs sein.«

Schweigen senkte sich über die Gruppe. Amy zuckte nur mit den Schultern und legte den Schlüsselbund wieder in den Korb, den sie dann an die Frau neben ihr weiterreichte. »Wie auch immer, ich bin froh, hergekommen zu sein. Die Kekse sind übrigens der Wahnsinn.«

Die nächste Frau – Evelyn, in sich ruhend und großmütterlich wirkend – wühlte in dem Korb und zog ein leeres Scheckbuch heraus. »Ah, das ruft definitiv etwas in mir hervor«, sagte sie mit weicher Stimme, die einen starken Kontrast zu Amys bildete. »Nachdem mein Mann mich das dritte Mal krankenhausreif geschlagen hatte, hat der Richter eine einstweilige Verfügung gegen ihn erwirkt. Ich weiß, der Richter hat es nur gut gemeint, aber er hat mir damit ein riesiges Problem eingehandelt. Ich hatte weder einen Job noch irgendwelche Qualifikationen. Ich habe meine Tochter großgezogen, die medizinische Behandlungen benötigte, die ich mir nicht leisten konnte. Ich bin also zum Gericht und habe den Richter angefleht, das Kontaktverbot aufzuheben, weil mein Mann unsere Finanzen kontrolliert hat.«

Während sie sprach, drehte Evelyn den goldenen Ring an ihrem linken Ringfinger. »Ich weiß, wie das für euch junge, unabhängige Frauen klingen muss, aber zu meiner Zeit hatten wir nicht die gleichen Möglichkeiten wie ihr. Der Richter hat mich angeschaut und gefragt: ›Sie sind bereit, zum Wohl Ihrer Tochter weiter den Sandsack zu spielen?‹« Sie umfasste ihr Handgelenk, als wollte sie einen dort sitzenden Schmerz lindern. »Sosehr ich auch gebettelt habe, der Richter hat das Kontaktverbot aufrechterhalten. Aber ich habe gemerkt, wie verstört er von alldem war. Später hat er mir jemanden vorgestellt, der mir geholfen hat, staatliche Unterstützung für die Behandlungen meine Tochter zu erhalten und Anspruch auf einen Teil der Pension meines Mannes zu erheben. Ich bin immer noch mit ihm verheiratet, obwohl ich ihn seit Jahren nicht mehr gesehen habe. Ich schätze, eines Tages werden wir uns scheiden lassen. Für mich wäre das nur eine Formalität. Ich habe mich schon vor Jahren von ihm verabschiedet.«

Echo Sanders wählte eine Garnspule aus dem Korb. »Für mich kann es keine andere Wahl geben«, sagte sie und ließ ihr schüchternes Lächeln aufblitzen. »Nähen war meine erste Liebe, und es ist cool, dass diese Gruppe sich Nähkreis nennt.« Sie sprach hastig, wobei ihr Blick immer wieder zu der Uhr an der Wand huschte. Sie erwähnte ihre Dankbarkeit dafür, dass sie Caroline mit ihrem neuen Projekt helfen durfte. »Ich habe irgendwo gelesen, dass die Menschen von ihrem Weg abkommen, wenn sie ihre Träume vergessen. Stimmt das? Ich hoffe, nicht. Denn ich habe meinen Traum nie vergessen. Ich weiß genau, wie er aussieht. Mein Problem ist, ich bin zu sehr damit beschäftigt, über die Runden zu kommen. Das sage ich nicht, um von euch bemitleidet zu werden, sondern weil es mich echt beschäftigt.«

Die nächste Frau hieß Willow. Sie holte einen Kalender mit cremeweißen leeren Seiten aus dem Korb. »Oh, der weckt viele Erinnerungen«, sagte sie. »Ich war eine obsessive Planerin, ich hatte mein Leben bis ins letzte Detail durchorganisiert. Aber das Leben – es verläuft nicht nach Plan. Ich habe einen Mann geheiratet, der mich verbal fertiggemacht und mit seinen Wutanfällen so eingeschüchtert hat, dass ich mich nur noch in der Ecke zusammenkauern konnte. Dabei ging er gleichzeitig sehr subtil vor. Dass es immer schlimmer wurde, ist nicht einmal mir aufgefallen. Ich habe die Situation nicht klar gesehen. Die Misshandlungen haben langsam, aber sicher meine Unabhängigkeit und mein Selbstbewusstsein zerstört. Als ich endlich den Mut aufbrachte, ihn zu verlassen und neu anzufangen, war ich nur noch eine leere Hülle.«

Sie blätterte durch die leeren Seiten. Ihre Hände sahen rau und zehn Jahre älter aus als ihr glattes, rundes Gesicht. »Mein Exmann leugnet alles. Er versucht, mich in den Wahnsinn zu treiben, indem er mir das Gefühl gibt, ich wäre die Verrückte, die darauf aus ist, ihm etwas anzuhängen, die sich Dinge einbildet. Ich habe versucht, mich Freunden oder meiner Familie anzuvertrauen, aber sie glauben mir nicht und halten mich nun auch alle für verrückt. Manchmal frage ich mich, ob sie vielleicht recht haben. Er ist erfolgreich und überall beliebt. Er hat Einfluss. Ist ein aufrechter Bürger. Alles so, wie man es bei einem Mann erwartet, der ein großes Krankenhaus leitet.«

Sie blätterte zur Jahresübersicht des Kalenders und betrachtete die Seite einen Moment schweigend. »Ich habe viele dumme Ratschläge von wohlmeinenden Menschen erhalten. Mein Pastor hat mir Tipps gegeben, wie ich meinen Mann besänftigen, seinen Zorn mildern kann. Eine Freundin meinte, ich müsste einfach im Bett besser werden.«

Amy schnaubte laut auf.

»Ganz genau. Ich bin also in der Hoffnung hierhergekommen, jemanden kennenzulernen, der mich versteht.« Sie schaute sich nervös um, bevor sie den Blick zu Boden senkte. »Ich glaube – ich hoffe –, dass das der Fall ist.«

Caroline nahm Sierras Hand. Sie schauten einander an und hielten sich ganz fest.

»Ich musste bei Gericht eine einstweilige Verfügung gegen ihn erwirken, als ich ihn verlassen habe«, fuhr Willow fort. »Was natürlich nur noch mehr Psychoterror zur Folge hatte. Selbst der Richter hat kein Verständnis mehr gezeigt, denn ich konnte einfach nicht erklären, wie sich emotionaler Missbrauch anfühlt. Ich war depressiv. Das bin ich vermutlich immer noch, aber eine Therapie kann ich mir nicht leisten. Mein Selbstbewusstsein ist am Boden. Der einzige Job, den anzunehmen ich mich getraut habe, war in der Wäscherei eines Hotels. Ich weiß nicht, ob ich je den Weg zu der Frau zurückfinde, die ich einmal war.« Sie strich mit ihren geröteten Händen über den Kalender. »Und ich war mal jemand. Eine Friedensrichterin. Könnt ihr das glauben? Es ist wirklich ironisch, aber ich habe Ehen geschlossen. Und ich konnte noch mehr. Ich bin Analystin und Patentanwältin. Ich habe Businesspläne für

Multimillionen-Dollar-Konzerne und Start-ups aus dem Ärmel geschüttelt.«

Caroline traute ihren Ohren nicht. Eine Anwältin. Friedensrichterin. Und jetzt arbeitete diese Frau in der Wäscherei eines Hotels?

Nach einem Blick auf Caroline schien Willow zu ahnen, was in ihr vorging. »Nur weil ich eine gute Ausbildung genossen habe, heißt das noch lange nicht, dass ich davor gefeit gewesen wäre, auf einen charmant wirkenden und erfolgreichen Mann reinzufallen, der aber in Wahrheit ein Monster ist. Mein Juraabschluss konnte mich auch nicht schützen.«

Sie klappte das Buch zu. »Wie heißt es so schön: Jede noch so lange Reise beginnt mit dem ersten Schritt.« Sie schaute sich in dem Kreis um. »Und ihr seid mein erster Schritt.«

Caroline fühlte sich wie gelähmt, so erschüttert war sie von den Geschichten der Frauen. Diesen Frauen zuzuhören machte sie zutiefst demütig. Sie kamen aus allen möglichen Gesellschaftsschichten, doch ihnen allen war gemein, dass sie unter einem gewalttätigen Partner gelitten hatten. Einem Ehemann. Einem Freund. Einer Freundin.

Und alle hatten in der Folge mit finanziellen Sorgen zu kämpfen. Frauen blieben aus den unterschiedlichsten Gründen bei ihren Männern, die sie schlugen und erniedrigten, manchmal ertrugen sie die Tortur jahrelang, ohne sich zu wehren. Auch hatten die wenigsten Eltern wie Caroline, die einen sicheren Hafen boten.

Ihr gesamtes Leben lang hatte Caroline ihre Freiheit als gegeben betrachtet. Jetzt, da sie Kinder hatte, um die sie sich kümmern musste, erkannte sie mit einem Mal die Kompromisse, die einzugehen Frauen sich manchmal gezwungen sahen. Sie wollte etwas so Erfolgreiches erschaffen, dass sie es sich leisten konnte, Echo in Vollzeit einzustellen. Und das war nur ein kleiner Schritt. Caroline wollte mehr. Sie wollte anderen Frauen ermöglichen, wieder auf die Beine zu kommen. Frauen wie Amy. Caroline hatte bereits einen Lieferdienst beauftragt, der ihre fertigen Sachen nach Seattle und Portland bringen sollte. Warum sollte sie diese Aufgabe nicht Amy übertragen, die das Autofahren so sehr liebte? Und wenn sie erst einmal genug Gewinn erwirtschaftete, würde sie Willow einstellen, damit die ihr bei der geschäftlichen Seite des Unternehmens half. Caroline war kreativ. Sie kannte sich aus mit dem Entwerfen von Mustern, mit dem Nähen, den Stoffen. Aber was die unternehmerische Seite anging, hatte sie so gut wie keine Ahnung.

Ilsa, die Frau, die als Letzte gekommen war, wühlte in dem Korb. »Ich sehe hier nichts für mich«, sagte sie. »Ich bin mir nicht mal sicher, ob ich in diese Gruppe gehöre. Ich war nie verheiratet, hatte nie eine längere Beziehung. Ich bin hier, weil ich …« Sie stellte den Korb ab und hielt den Blick auf den Boden gerichtet. »Ich weiß nicht mal, wie man das nennt, was mir passiert ist. Ein mieses Date? Eine schlimme Begegnung?«

Abwesend massierte sie sich mit einer Hand den Nacken. Auf Caroline wirkte sie sehr jung, als wäre sie gerade mal den Teenagerjahren entwachsen. »Ich habe mich mit einem Mann auf ein paar Drinks getroffen. Er wirkte irgendwie süß. Ich bin Webdesignerin, und er war an meiner Arbeit interessiert. Sein Profil auf der Dating-Seite war gut. Ich war ein wenig betrunken«, fuhr sie fort. »Ich hätte nicht zu ihm ins Auto steigen sollen, aber ich konnte nicht mehr fahren. Er hat mir angeboten, mich nach Hause zu bringen. Dann wollte er rummachen, also haben wir das für eine Weile getan, aber ich wollte wirklich nach Hause. Und … und dann hat er angefangen, mich zu bedrängen, und ich habe *Nein* gesagt, aber nicht wirklich nachdrücklich. Ich wollte nicht dramatisch sein. Seine Reaktion darauf war ›Oh, du magst es also etwas gröber‹, und dann hat er mir die Bluse aufgerissen und versucht, mich zu vergewaltigen.«

Die Worte lösten eine tiefe Wut in Caroline aus und riefen eine alte Erinnerung in ihr hervor. Sie rührte sich nicht, spürte aber, wie sich ihre Hände unwillkürlich zu Fäusten ballten.

»Ich … Er … Irgendwie ist es mir gelungen, mich zu befreien. Ich hab die Tür aufgestoßen und bin förmlich auf den Parkplatz gefallen. Dann bin ich wie verrückt zu meinem Auto gerannt. Ich erinnere mich nicht mal mehr daran, eingestiegen zu sein. Ich erinnere mich aber noch, wie er weggefahren ist. Ich saß da in meinem Auto, alle Knöpfe unten, und habe gezittert. So sehr gezittert, dass ich glaubte, mir würden die Zähne ausfallen. Irgendwann ist es mir gelungen, den Schlüssel ins Zündschloss zu stecken. Inzwischen war ich wieder total nüchtern. Ich bin mir sicher, dass ich unter Schock stand. Mein Gott, das ist alles so schnell gegangen …«

Ja, so etwas kann einen eiskalt erwischen, dachte Caroline und spürte ein leichtes Prickeln im Nacken.

»Ich sollte dankbar sein, dass ich davongekommen bin«, sagte Ilsa. »Es ist vorbei. Es war eine schreckliche Situation. Ich muss einfach vergessen, dass es passiert ist, und darüber hinwegkommen.«

Endlich hob sie den Blick. »Aber ich kann es nicht vergessen. Dieser Vorfall hat vielleicht fünf Minuten gedauert, doch ich kann nicht aufhören, darüber nachzudenken. Ich gehe das alles wieder und wieder in Gedanken durch. War ich selbst schuld, weil ich ein Glas zu viel getrunken habe? Warum war ich so dumm, in seinen Wagen zu steigen? War mein Rock zu kurz? Meine Bluse zu eng? Und dann frage ich mich, ob ich es jemandem erzählen soll – meiner Mom, einer Freundin. Aber ich bringe es nicht über mich, darüber zu sprechen. Heute ist das erste Mal, dass ich ein Wort darüber verloren habe. Und das Schlimme ist: Er schickt mir immer noch Nachrichten, versucht, mich zu überreden, noch mal mit ihm auszugehen. Er tut so, als hätten wir Spaß gehabt. Er hat mir sogar ein Penisfoto geschickt. Also schätze ich …« Sie zog die Schultern hoch und massierte sich wieder den Nacken. »Deshalb bin ich mir nicht sicher, ob ich hier richtig bin.« Sie starrte auf ihre Hände und zupfte an ihrer Nagelhaut. »Ich meine, bin ich misshandelt worden? War das ein sexueller Übergriff? Oder einfach nur ein echt mieses Date?«

Das war ein Übergriff, dachte Caroline mit absoluter Sicherheit. Daran gab es nichts zu rütteln. Sie konnte sich das Trauma kaum vorstellen, das das Mädchen erlitten hatte. Wobei ... vielleicht konnte sie es doch. Ein lange verdrängter, aber nicht ganz vergessener Vorfall stieg aus der Vergangenheit auf. Der Geruch von Salzwasser auf seiner Haut, von Jägermeister in seinem Atem. Sein Gewicht, das sie auf die Decke drückte. Seine raue Stimme an ihrem Ohr. Das war auch nur eine kurze Begegnung gewesen, trotzdem hatte ihr die Erfahrung lange zu schaffen gemacht. Sie war erstaunt, wie übel ihr jetzt immer noch wurde, als sie daran zurückdachte. Erst jetzt wurde ihr bewusst, dass Intimität, die sich nicht richtig anfühlte, auch niemals richtig war.

»Du bist hier herzlich willkommen«, sagte Lindy Bloom. »Es gibt keine besonderen Voraussetzungen, die man erfüllen müsste, um dabei zu sein.«

Als der Korb bei Caroline landete, ließ sie sich einen Moment Zeit, um den Inhalt zu sichten, obwohl sie die Objekte persönlich ausgesucht hatte. Ganz normale Gegenstände. Dinge, die einem jeden Tag begegneten. In ihrem Beruf hatte Caroline Präsentationen vor hochkarätigen Profis und Kreativdirektoren gehalten, vor den weltweit angesehensten Designern. Doch zu dieser Gruppe Frauen aus Oysterville und Umgebung zu sprechen fand sie wesentlich einschüchternder.

Sie entschied sich für eine kleine rosa-braune Muschel, wie man sie hier an den Stränden häufig fand. »Ich fühle mich zu dieser hier hingezogen«, sagte sie und legte sich die Muschel in die Handfläche. »Sie erinnert mich an den Spitznamen, den meine Familie mir gegeben hat – C-Shell. Den hatte ich beinahe vergessen, bis ich hierher zurückgekommen bin. Jetzt verwende ich ihn als Markennamen für die Kleidung, die ich entwerfe.« Sie atmete tief durch und schaute sich im Raum um. »Ich muss euch sagen, dass mich das, was ich heute gehört habe, umgehauen hat. Und auch wenn ich nie in einer Beziehung gewesen bin, in der ich misshandelt wurde, habe ich einen ähnlichen Vorfall erlebt wie den, den Ilsa beschrieben hat.«

Auch ohne ihre Schwestern anzusehen spürte sie, dass diese sich aufsetzten, als hätte jemand ihnen einen Stock in den Rücken gestoßen. »Es ist schon lange her, und ich habe damals auch nichts gesagt, aber manchmal quält mich der Vorfall noch heute.« Sie wusste, dass ihre Schwestern viele Fragen haben würden, und später würde sie ihnen antworten. Vielleicht. Erinnerungen waren mächtig. Sie konnten einen verfolgen und peinigen und die Seele mit lauter *Was wäre wenn* und *Hätte ich bloß* traktieren. Sie umfasste die Muschel so fest, dass die scharfen Kanten sich ihr in die Haut gruben.

»Aber deshalb habe ich diese Gruppe nicht gegründet. Mein Leben ist aufgrund von häuslicher Gewalt komplett auf den Kopf gestellt worden. Eine meiner engsten Freundinnen ist geschlagen worden. Ich wünschte, ich könnte euch erzählen, dass sie eine Überlebende ist, aber sie hat es leider nicht geschafft.«

Wieder atmete sie tief durch und sammelte ihre Gedanken. Als sie die Augen kurz schloss, schossen die Erinnerungen in ihr hoch, als wäre es gestern gewesen. »Als ich als Designerin in New York gelebt habe, habe ich mit einem wunderschönen Model zusammengearbeitet, das am Zenit der Modewelt angekommen war. Eines Tages sind mir blaue Flecken an ihr aufgefallen. Sie hat meine Sorge beiseitegewischt, und ich habe nicht nachgehakt. Ich wünschte … Ich wünschte, ich wäre hartnäckiger gewesen, aber ich habe es auf sich beruhen lassen. Ich habe nicht erkannt, wie ernst die Lage war … Kurz darauf ist sie eines Nachts voller Panik mit ihren Kindern bei mir aufgetaucht. Sie brauchten einen Platz zum Schlafen. Ich habe versucht, zu helfen. Ich *dachte*, ich würde helfen. Doch eines Tages kam ich nach Hause und fand sie tot in meiner Wohnung. Eine Überdosis. Ich hatte keine Ahnung, dass sie Drogen nahm. Ich denke ständig, dass es etwas mit den Misshandlungen zu tun hatte. Jetzt kümmere ich mich um ihre Kinder und fühle mich vollkommen überfordert. Ich gebe mein Bestes, um ihnen zu helfen, mit dem umzugehen, was passiert ist, aber ich weiß nicht, ob das reicht.«

Sie wusste, das Versprechen, das sie ihrer Freundin so aufrichtig und naiv gegeben hatte, würde ihr Leben für immer beeinflussen. Wieder wurde sie von Fragen, Zweifeln, Unsicherheiten geplagt. Hätte sie gleich zu Anfang die Polizei informieren sollen? Hätte sie entschlossener nachfragen, Angelique dazu bringen sollen, sich ihr zu öffnen? Hätte sie überhaupt irgendetwas tun können, was zu einem anderen Ergebnis geführt hätte?

»Ich vermisse meine Freundin.« Erneut schloss sie die Augen und sah Angelique in ihrer ganzen Pracht vor sich. »Sie war nicht nur wunderschön. Sie war sehr diszipliniert und ehrgeizig. Vielleicht hat sie so viel Kraft ausgestrahlt, dass alle Welt übersehen hat, was in ihr vorging. Ich weiß zumindest, dass es bei mir so war. Und jetzt habe ich sie verloren, und alles ist so schnell gegangen, dass ich noch gar nicht richtig um sie habe trauern können. Meine größte Angst ist, dass ich es mit ihren Kindern falsch machen könnte.«

Nach einem weiteren, beruhigenden Atemzug presste sie die Muschel zwischen ihren Händen und fuhr fort: »Ich bin sehr dankbar, hier sein zu können. Und ich bin meinen Schwestern und Freundinnen dankbar, dass sie mir bei der Organisation geholfen haben. Ich wusste immer, dass Georgia und Virginia weiser sind als ich, aber mir war nie bewusst, wie viel weiser.« Die Geschichte war einfach so aus ihr herausgeplatzt. Hatte sie zu viel gesagt? Klang sie wie eine geschwätzige Idiotin?

Als sie sich im Kreis der Frauen umschaute, sah sie jedoch nur Akzeptanz. »Ich hoffe, wenn ich verstehe, was mit der Mutter der Kinder passiert ist, kann ich ihnen besser helfen und sie beschützen.«

Es wurde noch weiter gesprochen. Und Kekse gegessen. Und am Ende des Abends stimmten alle überein, sich in der nächsten Woche wiederzutreffen. Als sie mit ihren Mitstreiterinnen aufräumte und ihre Sachen zusammenpackte, verspürte

Caroline einen Anflug von Hoffnung. »Es ist ein Anfang«, sagte sie leise zu niemand Bestimmten. »Und ich bin froh, dass wir angefangen haben.«

Bevor sie an diesem Abend ins Bett ging, schaute Caroline noch einmal bei den Kindern rein, wie es ihr inzwischen zur Gewohnheit geworden war. Flick und Abbie schliefen tief und fest, ihr Atem ging regelmäßig. Flick nahm gerne sein Fernglas mit ins Bett, das sie ihm gekauft hatte und das nun sein wertvollster Besitz war. Er sagte, es würde ihm helfen, nachts die Sterne zu sehen. Addie hingegen war bei ihrer Wonder Woman geblieben.

Das weiche Licht aus dem Flur fiel über ihre Gesichter, und ihre Verletzlichkeit traf Caroline mit einer Mischung aus Liebe und Traurigkeit mitten ins Herz.

*Angelique, die beiden sind wundervoll*, sagte sie stumm zu ihrer Freundin. *Ich wünschte, du könntest sehen, wie schnell sie wachsen, wie viel sie jeden Tag dazulernen. Sie vermissen dich so sehr.* Ich *vermisse dich so sehr.*

*Ihre Welt hier ist ganz anders. Es ist die Welt, in der ich aufgewachsen bin. Eine sichere Welt. Ich musste nie darüber nachdenken, ob mir etwas geschehen könnte. Ich war immer behütet.*

*Und genau das möchte ich ihnen geben, Angelique. Eine Kindheit, in der Sicherheit nicht nur ein Ziel, sondern eine Selbstverständlichkeit ist.*

# 3. TEIL

# 14. Kapitel

Als Caroline das erste Mal zum Haus der Jensens gefahren war, war sie zwölf, beinahe dreizehn Jahre alt gewesen. Es war gleich zu Beginn des Sommers – drei wundervolle Monate ohne Lehrer, ohne Bücher, ohne Hausaufgaben, ohne Pausenklingeln, ohne Kleidervorschriften oder dem Aufstellen in einer Reihe. Die Sommermenschen, wie die Touristen genannt wurden, trudelten bereits langsam in ihren glänzenden Wagen mit Surfbrettern und Picknickkörben ein, um der Hitze und der Hektik der Stadt zu entfliehen.

Mit dem Wind im Gesicht radelte sie auf ihrem Fahrrad den schattigen Weg hinunter, und es fühlte sich an wie die pure Freiheit, die verheißungsvoll und süß endlos vor ihr lag. Die dicken Reifen ihres Beachcruisers ratterten über die holprige Straße, und sie musste immer wieder überprüfen, ob die Gläser mit der hausgemachten Erdbeer-Rhabarber-Marmelade noch sicher in dem an den Lenker geklemmten Korb saßen.

Mom hatte sie geschickt, um der alten Mrs. Jensen die Marmelade als Dankeschön zu überbringen, denn Mrs. Jensen hatte der Stadtbibliothek, die eines von Moms Lieblingsprojekten war, ein hübsches Sümmchen gespendet. Caroline würde sich mit dieser Lieferung fünf Dollar verdienen. Wäre sie ein besserer Mensch, wie ihre perfekte Schwester Georgia, würde sie die fünf Dollar vermutlich auch der Bücherei spenden. Aber sie war nicht Georgia. Sie war nicht perfekt. Sie brauchte das Geld, um Stoff in Lindys Laden zu kaufen – dem wundervollsten Ort auf der gesamten Halbinsel. Sie hatte eine großartige Idee für ein Sommerkleid, die alte Nähmaschine ihrer Großmutter war frisch geölt, und Caroline konnte es nicht erwarten, anzufangen.

Die Jensens wohnten in einem großen Herrenhaus – oder zumindest war es das einst gewesen. Es hatte eine umlaufende Veranda und Giebelfenster, und an der Fassade blätterte die grüne Farbe an vielen Stellen ab. Auf Höhe des ersten Stockwerkes verlief entlang der Mauer ein schmaler, mit einer Brüstung versehener Laubengang, von dem aus man über die Willapa Bay schauen konnte. Aus einem von ihren geliebten Kinderbüchern, *A Little Maid of Nantucket*, hatte Caroline gelernt, dass diese Gänge Witwenausguck hießen, wegen der Frauen, deren Männer auf Waljagd gefahren waren. Allein zurückgelassen waren die Frauen dort oben auf und ab gelaufen und hatten nach ihren Ehemännern Ausschau gehalten. Was für Caroline überhaupt keinen Sinn ergab. Warum wussten die Frauen nichts Besseres mit sich anzufangen? Wie zum Beispiel ein Kleid zu nähen, so eines mit einer Krinoline und weiten Röcken.

Sie stellte ihr Fahrrad ab, nahm den Helm ab und schnappte sich den Korb, um zur Haustür zu gehen. Ein zotteliger brauner Hund kam bellend auf sie zugelaufen. Sein fedriger Schwanz schwang jedoch wild hin und her und verriet, dass er freundlich war.

»Hey du.« Sie ging in die Hocke, um ihn zu streicheln. Er hatte ein rotes Halsband mit einem Namensschild daran um. »Duffy«, sagte sie. »Ist das dein Name, mein Guter?« Er wedelte noch heftiger mit dem Schwanz, dann warf er sich kurz in die Spielstellung, bevor er einen Satz zurück machte und einen Stock ins Maul nahm.

Caroline schaute sich um und sah niemand. Die Veranda war mit weißen Korbsesseln und einer zweisitzigen Hollywoodschaukel ausgestattet. Daneben stand ein gusseiserner Tisch mit einer Schusterpalme darauf und neben der Tür ein Stiefelkratzer in Form eines Dackels. Der Damast der Stuhlkissen war mit Kohlrosen bedruckt. Caroline hatte nie verstanden, warum die Leute Damast so sehr mochten. Sie fand den Stoff immer viel zu schwer und langweilig.

Ein Schild der Historischen Gesellschaft war neben der Tür angebracht: *DAS ARNE JENSEN-HAUS, 1881.* Im Jahr 1881 hatten Mädchen Petticoats und geknöpfte Stiefel getragen. Und Korsetts, die brutal aussahen, aber irgendwie auch großartig waren.

Caroline ging die Treppe hinauf, klopfte an und wartete. Nichts. Mit den Händen schirmte sie die Augen ab und linste durch das altmodische Glas in den Eingangsbereich. Sie sah einen Garderobenständer und einen Spiegel, dahinter eine Treppe. Es war wohl niemand daheim.

Sie klopfte noch einmal, beschattete sich die Augen und ließ den Blick über das Grundstück streifen. Weiter hinten stand eine riesige Scheune mit Wänden aus wettergegerbtem Holz, deren Dach ein wenig eingesunken war wie der Bauch einer Sau. Noch weiter hinten lagen der Steg und die Austernschuppen. Aber nirgendwo war eine Menschenseele zu sehen.

Na gut. Sie ließ den Korb an der Tür stehen und lehnte die Dankeskarte ihrer Mutter dagegen.

»Hey.«

Erschrocken wirbelte Caroline herum. Auf dem Kiesweg, der vom Steg zum Haus führte, stand ein Junge. Er war groß und dünn und tropfnass von Kopf bis Fuß. Er hielt eine Schnorchelbrille in den Händen. Die blonden Haare klebten ihm am Kopf wie das Fell eines Seehunds, er hatte Sommersprossen und blaue Augen, um die herum der Abdruck der Schnorchelmaske zu sehen war.

Ihr Herz setzte einen Schlag aus. Selbst klatschnass war er total süß. In letzter Zeit hatte sie angefangen, Jungs auf andere Weise zu betrachten. Eine Weise, die ein ganz warmes Gefühl in ihrer Brust hervorrief.

»Hey«, erwiderte sie und fragte sich, wer der Junge wohl war. Sie hatte ihn noch nie zuvor gesehen.

»Suchst du jemanden?«, fragte er.

»Die alte Mrs. Jensen.« Sie zeigte auf den Korb. »Ich habe etwas für sie.«

»Ah, du meinst meine Großmutter. Die ist noch nicht so alt.«

Sie schaute über die Felder und das Watt, an dessen Rand große Zedernbäume wuchsen, die vom Wind gebeugt waren wie alte Männer. »Gehört dieses Haus deinen Großeltern?«

»Jupp.«

»Und du bist zu Besuch oder …?«

»Ja, für den Sommer.«

Also einer der Sommermenschen, dachte sie. In seiner Badehose wirkte er gar nicht so nobel, und seine nackte Brust war weiß wie der Bauch eines Fisches.

Er legte seine Schnorchelsachen ab. »Ich bin Will Jensen.«

»Caroline Shelby«, sagte sie. »Ich wohne hier im Ort. Das ganze Jahr über.«

Wie alle auf der Halbinsel hatte sie gemischte Gefühle, was die Sommermenschen anging. Sie fielen jedes Jahr ein, um die Sonne aufzusaugen und in den Wellen zu spielen, füllten die Campingplätze und die Motels am Strand, rasten mit ihren Fahrrädern über die Promenaden, ließen Drachen steigen und zündeten fast jeden Abend illegale Feuerwerke. Ihre älteren Schwestern und deren Freundinnen waren nahezu besessen davon, einen Sommerfreund zu ergattern, was, wie Caroline festgestellt hatte, Jungen waren, mit denen sie herummachten und die nach dem Labour Day nie wieder gesehen wurden.

Sie warf einen Blick auf seine Schnorchelsachen. Dann sah sie seine Beine, die lang und blass waren und zu gleichen Teilen aus Muskelmasse und Gänsehaut zu bestehen schienen. »Schwimmst du gerne?«

Er nickte, und seine bläulichen Lippen verzogen sich zu einem Lächeln. »Mein Granddad sagt, ich sei ein halber Fisch. Um den Steg herum kann man im Wasser aber nicht viel sehen.« Er wies über seine Schulter. »Hauptsächlich Seeanemonen und Krabben. Ich wollte beobachten, wie die Vögel ins Wasser tauchen, aber dann ist es mir zu kalt geworden.«

»Hast du je einen Neoprenanzug ausprobiert?«

»Nö.«

»Damit kann man viel länger im Wasser bleiben. Es gibt sie derzeit bei *Swain* im Angebot.« Als Einheimische fühlte sie sich ein wenig überlegen, weil sie sich hier auskannte.

»Das werde ich mir merken.« Er trat aus dem Schatten in einen sonnenbeschienenen Flecken. Seine Augen waren so blau wir ihr Lieblingskaugummi.

Das seltsam warme Gefühl in ihrer Brust kehrte zurück. »Hast du ein Fahrrad?«, fragte sie, einer plötzlichen Eingebung folgend.

Er zuckte mit den Schultern. »Ich glaube, in der Scheune steht noch ein alter Beachcruiser.«

»Hast du Lust, eine Runde zu drehen?«

»Klar. Ich zieh mich nur schnell um.« Er klopfte sich gegen den Oberschenkel, und Duffy folgte ihm ins Haus.

Während Caroline wartete, füllte sie ihre Lungen bis zum Anschlag mit der schwindelig machenden Luft des bevorstehenden Abenteuers. Es wirkte so greifbar wie der Geschmack von Salzwasser auf der Zunge. Generell mochte sie keine Jungs. Mit zwei jüngeren Brüdern waren sie sich deren Schwächen nur zu bewusst. Jungs waren laut, und sie rochen wie Hamster. Außerdem hatten sie die nicht nachvollziehbare Angewohnheit, tagelang dasselbe schmutzige T-Shirt zu tragen, bis jemand sie zwang, ein frisches anzuziehen.

Dieser Junge jedoch, Will Jensen … Er hatte etwas Besonderes an sich, und zwar nicht nur seine Sommersprossen und die blauen Augen. Aus irgendeinem Grund erschien er ihr nicht so nervtötend wie ihre Brüder oder die Jungen aus ihrer Klasse. Zumindest noch nicht.

Nach ein paar Minuten kam er die Treppe heruntergelaufen. Sein *Go-Navy*-T-Shirt wirkte sauber, und seine jetzt trockenen Haare glänzten wie in einer Shampoo-Werbung. Diese Haare sind viel zu schön für einen Jungen, dachte sie.

»Bei dem Fahrrad müssen vermutlich die Reifen aufgepumpt werden«, sagte er, als er zur Scheune voranging.

Caroline schloss zu ihm auf. »Du magst die Navy?«

»Mein Dad ist in der Navy, also muss ich sie wohl mögen. In den letzten zwei Jahren waren wir in Guam stationiert. Weißt du, wo das ist?«

»Ich würde lügen, wenn ich Ja sagen würde. Sorry.« Sie wandte den Blick ab und kam sich unglaublich ungebildet vor.

»Ist schon okay. Ich würde es vermutlich auch nicht wissen, wenn ich nicht dort wohnen würde. Das ist eine Insel in Mikronesien – im Südpazifik.«

»Guam«, wiederholte sie und genoss die Form des Wortes in ihrem Mund. »Wie ist es da so?«

»Tropisch. Wie Hawaii, nur mit Schlangen.«

»Das klingt großartig. Ich würde mich sogar mit Schlangen abfinden, wenn es ist wie Hawaii, auch wenn ich nie da gewesen bin. Aber ich wette, es ist wunderschön. Ich habe immer nur hier gelebt.«

»Ich finde, hier ist es ziemlich toll.«

»Im Sommer schon.« Sie nickte. »Aber bist du mal im Winter hier gewesen?«

Er schüttelte den Kopf. »Lass mich raten: kalt, dunkel und feucht.«

»So und noch schlimmer.« Jedes Jahr sprachen ihre Eltern darüber, das Restaurant im Winter für einen ganzen Monat zu schließen und mit der Familie irgendwo hinzufahren, wo es warm war. Aber das war nur Gerede. Denn unweigerlich fingen sie an, sich Gedanken zu machen, was sie mit dem Hund anstellen sollten. Und dem Haus. Und dem Restaurant. Und wie sie eine so große Reise mit fünf Kindern finanzieren sollten und dass die älteren Mädchen die Schule verpassten, und unweigerlich hatten sie es sich dann jedes Mal doch dagegen entschieden.

Will öffnete den rostigen Riegel am Scheunentor. Die Angeln quietschten, als er es aufzog. Durch die Schlitze in den Wänden fiel das Sonnenlicht und malte Muster aus Licht und Schatten auf die alten, verlassenen Spinnweben. Staubflocken wirbelten durch die Luft. Die große, hohe Decke ließ den Raum riesig wirken, größer noch als ein Kirchenschiff.

»Mein Granddad sagt immer, wir müssten die Scheune mal ausräumen«, sagte Will. »Aber irgendwie kommen wir nie dazu. Ich wette, einiges von dem Zeug hier ist noch von *seinem* Großvater, der das Haus gebaut hat.« Er zeigte auf ein geschnitztes Holzschild mit der Aufschrift *Justine*. »Das ist von dem Schiff, mit dem er die Austern nach San Francisco gebracht hat.«

Caroline musterte eine hölzerne Galionsfigur von einer barbusigen Frau. »Und das ist Justine?«

Er errötete so sehr, dass seine Sommersprossen verschwanden. »Keine Ahnung. Hilf mir mal mit dem Fahrrad. Ich glaube, das hat keiner mehr benutzt, seitdem ich letzten Sommer hier war.«

Sie zerrten das Fahrrad aus dem Gerümpel und schoben es nach draußen. Caroline half Will, die Reifen aufzupumpen, froh darüber, dass ihr Dad es ihr beigebracht hatte und sie somit nicht wie ein Tölpel wirkte. Will fand eine Dose WD-40-Spray und ölte die Kette. Danach schien alles tadellos zu funktionieren.

»Guck besser nach, dass da keine Spinnen in dem Helm sind«, warnte Caroline ihn.

Er hielt ihn hoch, um ihn genau zu inspizieren. Caroline ekelte sich, wunderte sich aber nicht, als sie sah, dass sich eine Wolfsspinne mit zotteligen Beinen an die Unterseite des Helmes klammerte. Überrascht war sie hingegen, als Will diese vorsichtig in die Hand nahm und woanders absetzte, bevor er die Spinnweben abwischte. Vielleicht konnte ihm nach den Schlangen auf Guam eine Spinne keine Angst mehr einjagen. Er setzte den Helm auf. »Bereit?«

Sie sprang auf ihr Fahrrad und sauste voran die Hauptstraße hinunter. Sie fuhr, so schnell sie konnte, gab ein wenig an, reckte beide Arme in die Luft und rief: »Ich liebe den Sommer!« Aber das stellte für den Jungen offenbar keine Herausforderung dar. Er glitt locker an ihr vorbei und übernahm die Führung. Es war eine lange, rasante Fahrt die Straße hinunter in Richtung des südlichen Endes der Halbinsel. Sie kamen an kleinen Golfplätzen vorbei, auf denen Männer mit dicken Bäuchen Bier tranken und mit ihren Schlägern herumwedelten. In Long Beach, der kleinen Stadt auf der Halbinsel, herrschte dichter Verkehr, und die Menschen ließen sich durch die Läden treiben. Caroline und Will sprachen nicht viel, aber sie wies ihn hin und wieder auf Orte hin, die Besucher gerne erkundeten – das Marsh's Museum der Seltsamkeiten, die Go-Kart-Bahn, die Fabrik, in der Meersalz-Toffees hergestellt wurden, den Schießplatz.

»Komm, fahren wir über die Promenade«, sagte sie und bog in Richtung des Torbogens ab, der einen wundervollen Blick auf den Strand einrahmte, auf dessen endloser Weite sich die Sonnenanbeter tummelten. Sie folgten dem malerischen Pfad durch die Dünen oberhalb des Strandes.

»Das ist unser Restaurant – *Star of the Sea*«, sagte sie und deutete auf das verwitterte Gebäude mit der schattigen Veranda und den unter Sonnenschirmen stehenden Tischen.

»Hey, da haben wir vor Kurzem Schwertmuscheln gegessen. Der Laden gefällt mir.«

»Ja, fast alle mögen es«, sagte sie. »Im Sommer ist es immer voll, vor allem, seitdem es ein paar Artikel in der *New York Times* und dem *Condé Nast Traveler* gegeben hat. Oh, und eine Crew vom *Travel Channel* war mal hier und hat einen ganzen Tag gefilmt, nur um daraus eine gerade mal halbstündige Sendung zu machen.«

»Wirklich? Das ist ja cool.«

»Ich wollte so gerne im Fernsehen sein. Ich habe mir sogar ein neues Outfit genäht und darüber vor der Kamera gesprochen, aber der Teil ist rausgeschnitten worden. Sie haben meine Eltern gezeigt, weil die die Besitzer sind, und meine Schwester Virginia, weil die einfach unglaublich hübsch ist und so getan hat, als wäre sie ein Gast.«

Er sah sie seltsam an, und Caroline errötete. »Ich weiß, ich rede zu viel. Meine Mom meint, das liegt daran, dass ich das mittlere Kind bin, und wenn man in der Mitte ist, muss man lernen, sich Gehör zu verschaffen, weil einen die Leute sonst nicht wahrnehmen.«

»Ich bezweifle, dass dich jemand nicht wahrnehmen könnte«, sagte er.

»Ha! Du hast meine Geschwister noch nicht kennengelernt. Ich habe je zwei Schwestern und zwei Brüder. Hast du auch Geschwister?«

»Nö. Es gibt nur mich.«

»Du Glücklicher.«

Geschickt wichen sie Sonnenanbetern und Menschen mit Angelausrüstungen und Drachen aus und fuhren den ganzen Weg in das Fischerdorf Ilwaco, in dessen kleinem Hafen Charterboote und Fischerkähne lagen. »Warst du je an den Leuchttürmen?«, fragte sie. »Davon gibt es hier zwei.«

»Dann hin da«, erwiderte er.

Der gewundene, steile Aufstieg war höllisch anstrengend, aber das ließ Caroline sich nicht anmerken. Der Weg führte sie zu einem felsigen Hochland, durch dessen dichten Wald sich ein feuchter Pfad zu den Leuchttürmen von North Head und Cape Disappointment wand.

An einem Aussichtspunkt, von dem aus man sehen konnte, wo der Columbia River in den Pazifischen Ozean mündete, hielten sie neben dem ersten Leuchtturm an – North Head. Sie setzten ihre Helme ab und tranken einen großen Schluck aus dem Springbrunnen im Park. Dann kletterten sie über den Sicherheitszaun auf die felsige Landzunge, von der aus man einen fantastischen Blick über die Küste hatte.

»Unglaublich«, sagte Will und starrte in die Gischt hinab, die sich an den Klippen und Steinen brach. Einige der Wellen sprühten ihre Fontänen fast bis zu ihnen hinauf.

»Im Frühling und Herbst kann man die Wale vorbeiziehen sehen«, erklärte Caroline. »Und du solltest es hier mal im

Sturm erleben. Dann steigen die Wellen noch höher, und in der Ferne sieht man die riesigen Gewitterwolken. Und der Wind und der Nebel sind einfach unfassbar. Für die Boote hier in der Gegend ist das sehr gefährlich. Arbeitet dein Vater auf einem Schiff?«

»Ja. Im Januar ziehen wir von Guam nach Coronado. Das liegt in Südkalifornien.«

»Oh, Kalifornien klingt nett.«

Sie standen nebeneinander auf der Felszunge und spürten die salzigen Gischtropfen auf der Haut. »Das hier ist mein Platz«, sagte Caroline und schaute hinaus zu der Stelle, wo der Himmel und das Meer sich trafen. »Ich meine, er gehört mir natürlich nicht, aber ich komme manchmal her, um nachzudenken.«

»Es ist ein guter Ort.« Er schaute zum blauen Horizont. Dann hob er einen Stein auf und schleuderte ihn weit aufs Meer hinaus. Caroline folgte ihm mit dem Blick, bis er verschwand. Will schlenderte über den Pfad, der sich an den Klippen entlangzog, und sie ging ihm nach und versuchte, sich vorzustellen, wie es in Coronado wohl war. Wenn sie an Kalifornien dachte, stellte sie es sich immer vor wie in *Beverly Hills 90210* – eine langweilige Fernsehserie, nach der ihre Schwestern süchtig waren.

»Kalifornien ist vermutlich ganz okay«, sagte er. »Ich werde da auf eine normale Schule gehen, nicht auf die DoD.«

»Was ist eine DoD-Schule?«

»Das steht für *Department of Defense* und ist für die Kinder von Angehörigen des Verteidigungsministeriums. Die gibt es auf allen Stützpunkten. Aber wenn wir in den USA sind, gehe ich immer auf öffentliche Schulen.«

»Und dein Dad arbeitet dann auf einem anderen Schiff?«

Er schüttelte den Kopf. »Nein, er hat Landdienst und wird auf dem Stützpunkt arbeiten, weil es jetzt nur noch ihn und mich gibt und er deshalb nicht mehr auf Einsätze geschickt werden kann.«

»Ach. Haben deine Eltern sich getrennt?« Einige ihrer Freundinnen hatten das erleben müssen. Ein Elternteil hatte den anderen verlassen – allein der Gedanke verursachte Caroline Gänsehaut am ganzen Körper. Die Kinder blieben jedoch meistens bei der Mutter.

»Meine Mom ist tot.«

Caroline stolperte und wäre beinahe gegen ihn gefallen. »Das ist ja schrecklich. Das ist …« Es drängten sich so viele Fragen in ihrem Kopf, dass sie gar nicht wusste, wo sie anfangen sollte. »Was ist passiert?«

»Etwas, das sich Lungenödem nennt. Sie hatte einen nicht erkannten Herzfehler.« Seine Stimme war leise und ausdruckslos, womit das, was er sagte, irgendwie noch schlimmer klang, als wenn er weinend zusammengebrochen wäre.

»Das ist das Schlimmste, was ich je gehört habe. Wann war das?«

»Kurz nach Neujahr letztes Jahr. Dad war im Einsatz, und ich dachte, sie hätte verschlafen. Aber sie war in der Nacht gestorben.«

Caroline versuchte, sich auszumalen, wie es sein musste, seine Mutter morgens tot vorzufinden. »Ich … Mein Gott, das ist schrecklich. Ich weiß nicht, was ich sonst sagen soll.«

»Du bist wenigstens ehrlich.«

Ihre Brust fühlte sich ganz eng an, und sie überlief ein Schauder. »Ach Mann«, sagte sie. »Das tut mir echt leid für dich. Allein die Vorstellung, ich könnte meine Mutter verlieren, jagt mir eine Heidenangst ein. Ohne meine Mom wäre ich total verloren. Ich wäre wie der Fisch-Trawler, der sich letzten Winter losgerissen hat und von den Gezeiten aufs offene Meer hinausgezogen wurde, bevor er dann direkt hier, wo der Columbia River ins Meer fließt, an den Klippen zerschellt ist.« Sie zeigte auf die Stelle, und sie blieben stehen, um auf die unter ihnen explodierenden Wellen zu schauen.

»Ich dachte, du wüsstest nicht, was du sagen sollst«, meinte Will.

»Tja, ich schätze, das war der Schock. Wie auch immer. Sollte meiner Mom etwas passieren, würde ich mich vermutlich so fühlen.«

Mehrere Minuten starrte er schweigend aufs Meer hinaus. Die Farben waren so unglaublich – von dem sommerlichen Blau des Himmels über das tiefe Indigo des Wassers und die schneeweiße Gischt vor den Klippen, an denen sich die Wellen brachen. Das Rauschen der Brandung war wir ein kehliges Dröhnen, das durch die felsigen Höhlen unterhalb des Kliffs hallte.

»Sorry«, sagte sie. »Ich hoffe, dass du dich jetzt nicht noch schlechter fühlst.«

»Nein. Und was du darüber gesagt hast, sich verloren und zerschmettert zu fühlen ... das trifft es ziemlich gut.« Er sagte. »Nein, das trifft es sogar ganz genau.« Sie schaute auf die schäumende Brandung an der Flussmündung. »Wir haben in der Schule gelernt, dass es hier Tausende Schiffswracks gibt.«

Er drehte sich um und sah hinauf zu dem stummen Wächter auf den Klippen. »Ich dachte, die Leuchttürme sollten genau das verhindern?«

»Das funktioniert nur, wenn jemand das Ruder in der Hand hat.«

In jenem Sommer entstand ganz leicht und wie selbstverständlich eine Freundschaft zwischen Caroline und Will. Ein Teil von ihr spürte, dass das Band zwischen ihnen etwas Besonderes war und in keiner Weise den oberflächigen Bekanntschaften glich, die sie immer mal wieder im Sommer mit anderen Kindern am Strand schloss und genauso schnell vergaß. Es fühlte sich anders an als das Zusammensein mit ihren Schulfreunden, die sie jeden Tag sah. Die Freundschaft mit Will war mit nichts zu vergleichen und wirkte irgendwie rar und kostbar, vielleicht, weil sie beide wussten, dass sie sich am Ende des Sommers voneinander würden verabschieden müssen.

Manchmal war sie nicht sicher, was sie von diesem Jungen halten sollte. Es war so unkompliziert, sich mit ihm zu unterhalten. Sie verstanden sich auf eine Weise, die ihr so natürlich und unangestrengt vorkam. Er war eher der ruhige Typ und sie eine Plappertasche, und vielleicht war das der Grund, warum sie so gut miteinander auskamen.

Sie holten aus jedem Tag das meiste raus, stießen an jeder Ecke auf ein Abenteuer. Sie liebten den Geruch des Meeres, der salzigen Luft. Caroline erklärte ihm, dass Long Beach den besten Buddelsand auf der Welt hatte – nicht, dass sie jemals woanders im Sand gebuddelt hätte. Es gab Sandburgenwettbewerbe, zu denen die Menschen aus allen Himmelsrichtungen herbeigeströmt kamen, um verrückte Skulpturen in Form von Meerjungfrauen und Türmen zu bauen und den ganzen Tag an ihren Kreationen zu arbeiten, die unweigerlich von den Gezeiten hinweggespült werden würden.

Sie gingen mit ihren Hunden Duffy und Wendell spazieren. Duffy war ganz offensichtlich der Klügere der beiden, der Befehlen gehorchte und locker seinen Weg zwischen Wäldern und Lichtungen und Dünen fand. Wendell war verspielt und nutzlos, aber so unglaublich süß, dass jeder ihn mochte.

»Wendell und ich haben am gleichen Tag Geburtstag«, sagte Caroline eines Tages. »Also, wir kennen sein genaues Geburtsdatum nicht, aber meine Eltern haben ihn als Welpen in dem Jahr gerettet, in dem ich geboren wurde, also haben wir einfach beschlossen, dass er mit mir zusammen Geburtstag hat.«

»Für so einen alten Hund ist er noch erstaunlich fit«, entgegnete Will.

»Wendell ist nicht alt«, widersprach Caroline. »Ich meine, okay, vielleicht ist er es, aber ich versuche, nicht darüber nachzudenken. Ich kann mir ein Leben ohne ihn nicht vorstellen.«

»Dann tu es nicht«, sagte Will. »Und eines Tages wird er fort sein, und es wird das Schlimmste von allem sein, und du wirst dich trotzdem daran gewöhnen.«

Sie überlegte, ob es ihm so mit dem Verlust seiner Mom gegangen war. Allerdings fragte sie ihn nicht danach. Es war schrecklich genug, dass er sie verloren hatte. Da wollte sie ihn nicht auch noch dazu zwingen, darüber zu reden.

Der Strand im Sommer fühlte sich für sie wie eine Belohnung dafür an, dass sie den dunklen, regendurchtränkten Winter überstanden hatte – glasklares Wasser, manchmal wilde Wellen, das alles war ein Teil ihres Herzens, ihrer Seele. Sie gingen Muscheln sammeln und schleppten ihre Ernte eimerweise nach Hause. Sie legten ihr Geld zusammen, um sich kandierte Äpfel und seidenfeine Zuckerwatte zu kaufen. Mit Will fühlte sich der Sommer wie eine geheime Passage in eine ganz besondere Welt an. Caroline stellte sich vor, dass nur sie beide diese Passage finden, durch das unsichtbare Tor schlüpfen und für immer verschwinden konnten, wie die Kinder in einem Abenteuerroman.

Will war ein sehr guter Schwimmer und im Wasser vollkommen furchtlos, egal, ob auf einem Bodyboard oder in einem Kajak. Sie versuchte, mit ihm mitzuhalten, aber er musste ständig warten, bis sie zu ihm aufschloss. Sie zeigte ihm die langen Strände, die jeweils einen ganz eigenen Charakter hatten, wie der, den sie Klipsan nannten und an dem die Wellen aus der ganzen Welt anzubranden schienen, vielleicht sogar aus Guam, wo er mit seinem Vater lebte.

Caroline stellte fest, dass sie beide die Kirche der Oceanside-Gemeinde besuchten, sich ungeduldig durch den Sonntagsgottesdienst quälten und versuchten, einander nicht anzuschauen, weil sie dann in heilloses Gekicher ausgebrochen wären.

Sie konnte es nicht erwarten, wieder nach draußen zu kommen. Manchmal unternahmen sie auch was mit anderen einheimischen Kindern, die Caroline aus der Schule kannte.

Will holte sie normalerweise mit seinem Fahrrad bei ihr zu Hause ab, und dann zogen sie gemeinsam los. Sie erkundeten alle ihre Lieblingsplätze, darunter die Wälder im Marschland, wo die Lachse manchmal während der Laichzeit tatsächlich über die Wege hüpften. Ständig entdeckten sie gemeinsam neue Wunder, wie das Nest eines Blaureihers, das sie von dem Witwengang am Haus seiner Großeltern perfekt beobachten konnten. Caroline brachte ihm an der alten Nähmaschine ihrer Großmutter bei, wie man nähte, auch wenn er zugab, dass er keine Ahnung hatte, warum er das lernen sollte. Im Gegenzug erklärte er ihr die Werkzeuge seines Großvaters, und gemeinsam bauten sie ein Vogelhaus aus altem Holz.

Nachdem sie sich einen alten Bruce-Lee-Film angesehen hatten, verriet Will ihr, dass er Selbstverteidigung gelernt hatte, weil sein Vater der Meinung war, jedes Kind bräuchte eine Kampfausbildung.

»Ich habe noch nie im Leben kämpfen müssen«, erwiderte sie. »Du etwa?«

Er nickte. »An meiner Schule in Guam gab es eine Gruppe Schläger. Eines Tages bin ich mit einer geplatzten Lippe nach Hause gekommen, und danach hat mein Vater mich bei einem Krav-Maga-Kurs angemeldet.«

»Was ist das denn? Das habe ich noch nie gehört. Wie funktioniert das?«

»Die beste Selbstverteidigungsstrategie ist, sich gar nicht erst auf einen Kampf einzulassen. Aber wenn man es nicht vermeiden kann, sollte man ihn so schnell beenden wie möglich. Man kann lernen, dabei einen kühlen Kopf zu bewahren«, sagte er. »Die meisten Menschen sind wütend, wenn sie kämpfen, was sie nur verletzlicher macht. Und man sollte nie so kämpfen, wie der Gegner es will – sondern so, wie man selbst es kann.«

»Das klingt aber sehr nach Wunschtraum. Ich bin das mittlere von fünf Kindern. Wenn eins von meinen Geschwistern mit mir kämpfen will, hätte ich keine Chance, es zu verhindern.«

Er trat ein paar Schritte zurück. »Stürz dich auf mich, als wolltest du mich angreifen.«

»Was? Das ist doch albern.«

»Du willst doch wissen, wie es funktioniert. Mach dir keine Gedanken, dass du mir wehtun könntest, denn ich verspreche dir, das wird nicht passieren. Und ich werde dir auch nicht wehtun, weil es nur eine Demonstration ist. Tu einfach so, als wäre ich ein blöder Typ, und greif mich an.«

Tja, sich das vorzustellen war zwar nahezu unmöglich, aber die Herausforderung reizte sie. Sie rannte auf ihn zu und versuchte, sich so zu benehmen wie Bruce Lee. In dem Moment, in dem sie ihm nahe kam, machte Will eine schnelle Bewegung, und Caroline lag rücklings im Gras und schaute in den Himmel hinauf.

Sie brauchte einen Moment, um wieder zu Atem zu kommen. »Hey!«

Er ging neben ihr auf die Knie und legte seinen Unterarm über ihre Kehle. »Wenn das ein echter Kampf wäre, würde ich jetzt zudrücken, bis du dich ergibst oder ohnmächtig wirst.«

Sie schaute hinauf in sein Gesicht. Er roch nach frisch gemähtem Gras und Schweiß, und seine Augen waren so blau wie der Himmel über ihr. Sie war ihm so nah, dass sie die Sommersprossen auf seiner Nase zählen konnte. Verlegen sagte sie: »Ich verstehe. Erinnere mich daran, dass ich niemals versuche, dich anzugreifen.«

Eines Tages sahen sie, wie Carolines Vater sein Surfbrett und seinen Neoprenanzug auf die Ladefläche des Pick-ups lud. »Hey Mr. Shelby«, grüßte Will. »Wo fahren Sie hin?«

»Ich will für ein paar Stunden an den Sunset Beach. Bist du ein Surfer, Will?«

»Schön wär's. Vielleicht lerne ich es, sobald wir nach Coronado gezogen sind.«

»Caroline ist eine ziemlich gute Surferin«, sagte ihr Vater.

»Ach ja?« Will drehte sich um und sah sie auf ganz neue Weise an. »Das wusste ich ja gar nicht.«

»Du hast ja auch nicht gefragt«, gab sie zurück. »Ich bin nicht sonderlich gut, aber ich kann mich auf dem Brett halten.«

»Ich habe einen Vorschlag. Ich hole noch ein paar Bretter und Neoprenanzüge für euch, und dann probieren wir es zusammen.«

Wills Augen leuchteten auf wie am Weihnachtsmorgen. »Cool!«, rief er. »Vielen Dank, Mr. Shelby.«

Nachdem die Bretter und Anzüge verstaut waren, krabbelten Will und Caroline in die Fahrerkabine des Pick-ups. In letzter Minute kamen ihre Brüder aus dem Haus gerannt und bestanden darauf, mitzukommen. Caroline war genervt, aber ihren Dad schien es zu freuen. »Ihr müsst euch dann abwechseln«, sagte er. »Ich kann nicht alle gleichzeitig mit rausnehmen.«

»Ja, wir wechseln uns ab«, sagte Jackson. »Wir werden ganz brav sein, Dad. Versprochen.«

»Versprochen«, sagte auch Austin.

Caroline fing Wills Blick auf und zuckte mit den Schultern. Er grinste nur. Ihm schien diese große Familie zu gefallen, und er war wesentlich geduldiger mit den Jungen, als sie es war.

Ihre Schwestern waren beide auf der Highschool und arbeiteten im Restaurant. Im nächsten Sommer wurde von Caroline erwartet, das ebenfalls zu tun. Sie würde in der heißen, grauenhaften Spülküche anfangen und sich dann langsam nach oben arbeiten, wie ihre Mom es ausgedrückt hatte. Dad nannte es *seine Pflicht erfüllen*. Jeder der Shelbys musste auf der untersten Ebene beginnen und wurde dann befördert, wenn er oder sie die Arbeit gut machte. Georgia, alias Miss Perfect, hatte eine Woche in der Spülküche durchgehalten und das so gut gemacht, dass sie inzwischen schon vorne im Restaurant bei der Gästebegrüßung arbeitete. Virginia, alias Miss Wunderschön, war ihr dicht auf den Fersen.

Caroline fragte sich, wie lange sie wohl brauchen würde, um sich zu beweisen, wenn sie im nächsten Jahr die Tische abräumen und das Geschirr spülen musste. Die Aussicht erfüllte sie mit Grauen. Georgia und Virginia sagten, ihnen gefielen die Energie, der Lärm, das ständige Kommen und Gehen der Gäste. Caroline wusste, dass das Klappern und die Hitze, der Koch und die herumwuselnden Beiköche sowie die konstanten Forderungen der Gäste sie in den Wahnsinn treiben würden.

Sie malte lieber oder nähte etwas auf der alten Nähmaschine ihrer Großmutter. Doch vor allem liebte sie es, draußen herumzulaufen, vorzugsweise mit Will.

Dad fuhr mit ihnen allen an den Strand und parkte den Pick-up. Hinter der Brandungslinie trieben bereits Surfer auf ihren Brettern. Wie Bojen tanzten sie auf dem Wasser und warteten auf die nächste gute Welle. Einige von ihnen stellten sich auf, schwarze Strichmännchen schwebend auf dem blau-grünen Meer. Caroline sah, dass Will die Szene aufmerksam beobachtete. Sie selbst war keine sonderlich gute Surferin, aber manchmal hatte sie Glück. Vielleicht war heute so ein Tag.

»Die Neoprenanzüge liegen auf der Ladefläche«, sagte ihr Dad. Auch wenn es ein heißer Sommertag war, war das Wasser nie warm genug, um ohne Neoprenanzug zu surfen. Sie zogen ihre Anzüge an und trugen die Surfbretter zum Wasser. Dad paddelte bereits voraus und tauchte geschickt durch die anrollenden Wellen. Jackson und Austin schnappten sich ihre Bodyboards, die einfacher zu reiten waren.

Caroline schleppte ihr Brett in die Brandung. Das Wasser war eiskalt, aber nach ein paar Sekunden wärmte der Neoprenanzug sich auf. Eine Welle erhob sich und traf sie mitten im Gesicht. Sie lachte, als sie das Wasser und die Sonne auf ihrer Haut spürte, und befestigte die Leash genannte Schlaufe an ihrem Fußgelenk, die sie mit dem Surfbrett verband. Will war ihr wie üblich weit voraus. Sie war nicht überrascht, dass er das Surfen anging, als befände er sich auf einer Mission.

Sie wusste auch, dass er den Dreh bald heraushaben würde, denn ihr Dad war ein echt guter Surflehrer. Er war in Südkalifornien aufgewachsen und behauptete gerne, er hätte Meerwasser in den Adern. Dank ihm wussten alle Shelby-Kinder, wie man über das Weißwasser hinauspaddelte und die grau-grünen Wellen fand. Er hatte stundenlang in der Brandung gestanden und ihrem Brett genau im richtigen Moment einen Schubs gegeben, wobei er immer gerufen hatte: »Angriffsposition!« – was ihr Stichwort gewesen war, sich aufzurichten und auf der

Welle an den Strand zu reiten. Seine Freude, wenn sie es geschafft hatten, war beinahe genauso befriedigend gewesen wie der Ritt an sich.

Will kämpfte mit den Wellen und dem Timing noch lange, nachdem die jüngeren Jungs müde geworden waren und sich darangemacht hatten, ein Fort aus Treibholz zu bauen. Dad sagte, dass Will einen hohen Schwerpunkt hatte, weil er so groß war, deshalb bräuchte er ein wenig mehr Übung, um die richtige Haltung zu finden. Obwohl er von den Wellen hin und her geworfen wurde, gab er nie auf.

»Das Timing richtig hinzukriegen ist das Schwerste«, sagte Dad zu ihm. »Aber es ist auch das Wichtigste. Die Welle soll genau in dem Moment unter dir sein, in dem sie kurz davor ist, zu brechen. Also musst du ein Gespür dafür entwickeln, ob du warten oder schneller paddeln musst.«

Caroline versuchte, eine richtige Welle zu reiten, nicht nur das Wildwasser. Sie suchte den Horizont nach einer auf sie zukommenden Erhebung ab und hatte auch ein paarmal das Glück, den perfekten Zeitpunkt vor dem Bruch der Welle zu erwischen.

»Super gemacht, C-Shell!«, rief ihr Dad ihr zu. »Du auch, Will. Du machst das schon ganz gut.«

»Ich werde das hinkriegen«, versprach Will.

Und schließlich, in einem einzigen süßen Moment, packte er es. Er erblickte die richtige Welle und paddelte, bis Dad rief: »Angriffsposition!«

Will richtete sich auf, wackelte ein wenig und ritt die Welle dann mit einem solch seligen Gesichtsausdruck, dass Caroline laut lachen musste. Am Ende stürzte er vom Brett, tauchte wieder auf und reckte triumphierend die Faust in die Luft. Das ist der Sommer, dachte sie. Sie wünschte, er würde nie enden.

Als die Saison sich ihrem bittersüßen Ende zuneigte, verspürte Caroline den Drang, die Tage mit allem zu füllen, was sie am Sommer liebte. Das Labor-Day-Wochenende tauchte schon auf dem Kalender auf, der letzte Höhepunkt für so viele auf der Halbinsel – Will eingeschlossen. Das Rotary-Picknick trieb alle an den Sunset Beach. Die Mütter kamen mit Picknickkörben voller Eiersalat-Sandwiches, Chipstüten, Keksen, gestreiften Handtüchern und Sonnencreme. Eine örtliche Band spielte alte Songs aus den Achtzigern, und es gab ein Beachvolleyball-Turnier. Caroline und Will schleppten eine Kühltasche von der Promenade an den Strand, als sie einen durchdringenden Pfiff hörten. Will erstarrte mit einem seltsamen Ausdruck im Gesicht.

»Mein Dad ist hier«, sagte er und stellte die Kühltasche ab.

Caroline drehte sich um und sah einen großen Mann auf sie zukommen. Er trug einen dunkelblauen Blazer und eine Flanellhose mit Bügelfalte. Seine blonden Haare waren streng zurückgekämmt, und seine Schuhe glänzten in der Sonne. Er hatte ein glatt rasiertes, kantiges Kinn und eine so aufrechte Haltung, dass er die Aufmerksamkeit aller auf sich zog.

»Oh!«, sagte sie. »Kommt er mit uns an den Strand?«

»Das bezweifle ich.« Will wischte sich die Hände an seiner Shorts ab. »Er hat nicht gerade die richtigen Klamotten für den Strand an.«

Das stimmte. Zwischen den Menschen, die vom Parkplatz zum Strand strömten, wirkte er etwas fehl am Platz, aber das schien ihn nicht zu stören.

»Wie geht's, mein Sohn?«, fragte Mr. Jensen. »Deine Großeltern sagten, ich würde dich hier finden.«

»Hey, Dad.«

Sie schüttelten sich weder die Hand, noch umarmten sie einander, sondern nickten sich nur zur Begrüßung zu. »Kommst du mit zum Picknick?«, fragte Will.

»Vielleicht später«, antwortete sein Vater.

»Das ist Caroline«, stellte Will sie vor.

»Caroline Shelby«, sagte sie und streckte ihm die Hand hin, auch wenn sich das total falsch anfühlte. Sein Griff war schnell und fest, ein wenig wie ein Zuschnappen. »Mein Dad hat Surfbretter und Neoprenanzüge mitgebracht. Wir gehen nachher surfen. Sie können gerne mitkommen. Also, wenn Sie wollen.« Sie merkte, dass sie ins Plappern geriet, wie immer, wenn sie nervös war. Und irgendetwas an Mr. Jensen machte sie definitiv nervös.

»Oder du kannst einfach nur zuschauen. Ich kann jetzt auf dem Brett stehen, Dad«, sagte Will.

»Was ein wenig sinnlos ist, wenn du mich fragst. Das Meer ist ein Ort zum Arbeiten, nicht zum Spielen«, gab Mr. Jensen zurück. »Geht nur, Kinder. Ich werde schnell auf ein Bier in der Bar vorbeischauen.«

»Okay«, sagte Will. »Wir sehen uns später.«

»Halte dich aus Schwierigkeiten raus.«

»Klar.«

Mr. Jensen deutete mit der Hand einen Salut an, dann drehte er sich auf dem Absatz um und verschwand in Richtung Hauptstraße. Dort reihten sich mehrere Restaurants und Bars aneinander, in denen die Erwachsenen herumsaßen, was tranken und Baseballspiele auf den großen Fernsehern anschauten.

Caroline musterte Will. Eine ganz besondere Form der Traurigkeit überschattete seine blauen Augen. Sie fragte sich, ob er gerade an seine Mom dachte oder ob er sich wünschte, dass sein Vater sich ihnen und dem Spaß am Strand angeschlossen hätte. »Vielleicht kommt er später dazu«, sagte sie in dem Versuch, ihn aufzuheitern.

»Nee. Der taucht erst wieder auf, wenn die Bar schließt.«

»Das tut mir leid«, sagte sie, auch wenn sie nicht wusste, ob es das Richtige war.

Er starrte der verschwindenden Gestalt nach. »Mir nicht. Wenn er bleiben würde, würde er nur den ganzen Spaß verderben.«

Sie konnte sich nicht vorstellen, dass irgendjemand einen Tag am Strand verderben konnte. »Wie?«

»Vermutlich würde er zu viel trinken und mich blamieren.«

»Oh.« Und noch einmal: »Das tut mir leid.«

»Heute ist mein letzter Tag. Den werde ich mir von nichts kaputtmachen lassen. Komm, gehen wir.«

Sie trugen die Kühltasche zum Picknickbereich, wo ihre Brüder bereits den Teller mit Russischen Eiern plünderten, die ihre Mutter zubereitet hatte. Ihre Schwestern und deren Freundinnen flochten sich gegenseitig französische Zöpfe und positionierten sich dort auf ihren Handtüchern, wo sie von den Jungen gesehen werden würden. Ihr Dad hatte bereits seinen Neoprenanzug an und wachste die Surfbretter.

»Heute sind die Wellen gut«, sagte er. »Wollen wir eine Runde drehen?«

»Klar«, meinte Will. »Ich darf mir keine Gelegenheit entgehen lassen zu trainieren.«

»Die Einstellung gefällt mir«, sagte Dad.

Will grinste, und gemeinsam mit Caroline gesellten sie sich zu der Gruppe von Kindern, die bereits hinter der Brandungsgrenze warteten. Wie üblich blieb Will noch auf dem Brett, als Erschöpfung und Hunger Caroline schon in die Grillecke trieben, wo die Mitglieder des Rotary Clubs Bier tranken und für die anderen grillten. Nach einer Weile kam Will dazu und verschlang mit seliger Miene einen Burger.

Kurz vor Anbruch der Abenddämmerung erschien sein Vater, um ihn einzusammeln. Caroline erkannte ihn sofort an seinem Gang, der jetzt jedoch ein wenig unsicher war.

Ihr Dad trat zu ihnen und stellte sich vor. »Will ist ein Naturtalent, was das Surfen angeht. Er hat das diesen Sommer wirklich gut gemacht.«

»Tja, nun, wir müssen jetzt los«, erwiderte Mr. Jensen. »Wir reisen morgen sehr früh ab.«

»Wissen Sie was?«, schlug Dad vor. »Ich bringe Sie hoch zum Haus Ihrer Familie. Ich muss ohnehin in die Richtung.«

Muss er nicht, dachte Caroline.

»Nein, danke«, lehnte Mr. Jensen ab. »Mein Auto steht gleich dort drüben.« Er zeigte vage in die Richtung.

»Wir holen Ihr Auto morgen ab. An einem Feiertagswochenende führt die Polizei verstärkt Kontrollen durch«, sagte Dad. »Kannst du mir mit den Surfbrettern zur Hand gehen?«, fragte er an Will gewandt. »Danke, mein Junge.«

Dad war total entspannt. Er war ein Experte darin, mit Leuten umzugehen, die das eine oder andere Glas zu viel getrunken hatten. Er war Sommelier und hatte sein gesamtes Leben hinter der Bar gearbeitet, deshalb wusste er, was zu tun war. Innerhalb weniger Minuten waren die vier Kinder auf der Rückbank der Fahrerkabine zusammengequetscht, und Mr. Jensen saß auf dem Beifahrersitz. Auf der Fahrt nach Water's Edge plauderte Dad freundlich weiter. Will schwieg die ganze Zeit. Caroline spürte ihn neben sich atmen. Sie mussten sich einen Anschnallgurt teilen, und sein Bein presste sich gegen ihres, sodass sie seine Angespanntheit spürte. Als sie vor dem alten Haus anhielten, krabbelte Will so rasch aus dem Auto, als könnte er es gar nicht erwarten, wegzukommen.

»Äh, danke fürs Mitnehmen, Mr. Shelby«, sagte er.

»Gern geschehen«, erwiderte Carolines Dad.

»Ja, danke.« Mr. Jensen ging aufs Haus zu. »Komm, Sohn.«

Caroline blieb zurück und war sich schmerzhaft bewusst, dass das jetzt ein Abschied war. Und ihr fehlten die passenden Worte. Also sagte sie nur: »Tschüss, Will.«

Ein Ruck ging durch ihn hindurch, als wäre ihm erst jetzt klar geworden, dass sie sich erst einmal nicht wiedersehen würden. »Okay«, sagte er. »Ich nehme an, wir sehen uns.«

»Ja, schätze ich auch.« Es gab hundert Dinge, die sie ihm sagen wollte, aber er machte sich bereits auf in Richtung Haus. Vielleicht sollte sie ihm anbieten, ihn anzurufen. Aber nein, sie sprachen nicht am Telefon miteinander. So eine Freundschaft war das nicht. Es war eine »Den ganzen Tag herumlaufen und spielen«-Freundschaft. Zu versuchen, am Telefon zu reden, würde alles kaputtmachen. Außerdem gab es keine Möglichkeit, in Guam anzurufen, oder?

Natürlich hätten sie sich E-Mails schreiben können, aber in Carolines Familie gab es nur einen Computer, und sie hatten alle dieselbe E-Mail-Adresse: shelbyfamily@willapa.net. Und ganz sicher wollte sie nicht, dass ihre Schwestern ihre E-Mails an Will Jensen lasen.

Sie fand den Abschied furchtbar. Er war überstürzt und irgendwie komisch. Nicht, dass sie wie Romeo und Julia verweilen wollte, aber sie wollte Will einige Dinge sagen. Zum Beispiel, dass sie viel Spaß mit ihm gehabt hatte. Dass sie ihre Abenteuer vermissen würde. Dass sie während des endlosen Schuljahrs an ihn denken würde.

»Kommst du nächstes Jahr wieder?«, fragte sie.

»Ganz sicher.«

»Ich werde hier sein.«

# 15. Kapitel

Caroline sang gerade lauthals »The Winged Herald of the Day«, als sie Will Jensen im nächsten Jahr wiedersah. Sie saß auf ihrem üblichen Platz in der Kirche – in der Mitte einer Reihe mitten im Kirchenschiff –, als sie zufällig hinüberschaute, während sie »Take up thy bed, to each He cries« schmetterte, und da war er, eine Reihe hinter ihr auf der anderen Seite des Mittelgangs.

Beinahe hätte sie sich am Refrain verschluckt. Ihre Wangen begannen zu glühen, und sie drehte sich schnell wieder um.

Direkt nach seiner Abreise im letzten Sommer hatte sie ihn so sehr vermisst, dass sie alles aufgeschrieben hatte, was sie ihm erzählen wollte – von dem, was sie zu Abend gegessen hatte (Thunfischauflauf aus frischem Fang von ihrem Onkel mit Erbsen), über ihren Stundenplan (ihr Lieblingsfach war Hauswirtschaft, weil dazu auch Nähen gehörte). Doch sie hatte nicht einen einzigen Brief abgeschickt. Vor allem, weil sie weder seine Adresse in Guam noch in Coronado hatte. Sicher, sie hätte seine Großmutter fragen können, aber dazu war sie zu schüchtern gewesen.

Sie hatte sich mit ihren Geschwistern um den Computer streiten müssen, aber eines Tages hatte sie sich schließlich hingesetzt und eine E-Mail geschrieben. Das Modem hatte vor sich hin gepiept, und im entscheidenden Moment war die Verbindung unterbrochen worden, und die mühsam getippte Nachricht war einfach verschwunden. Danach hatte sie aufgegeben. Verglichen mit dem Herumstreunen im Sommer und den langen Fahrradausflügen über die Halbinsel war eine E-Mail sowieso nur zum Gähnen.

Nach der Kirche trafen sie sich am Tisch mit den Keksen. »Hey, Fremde«, sagte Will. »Ich bin wieder da.«

»Selber hey. Du bist zurück.«

»Ja. Für den gesamten Sommer.«

»Cool. Die Kirche ist öde, aber die Kekse sind gut. Sie suchen gerade einen neuen Pastor. Vielleicht finden sie einen, der nicht ganz so langweilig ist.«

Sie konnte nicht aufhören, zu grinsen, obwohl sie ein wenig verlegen war. Er sah so anders aus. Größer. Vielleicht ein wenig breiter in den Schultern. Und seine Stimme war auch ganz anders, leicht krächzend und tief, wie ein menschlicher Roboter. Sie fragte sich, ob sie für ihn auch anders aussah. Vermutlich nicht. Sie war immer noch dünn und flachbrüstig, worauf ihre Schwestern sie ständig hinwiesen. Trotzdem hatte sie angefangen, einen BH zu tragen, in der Hoffnung, der würde die Sache ein wenig beschleunigen.

»Guck dir nur deine verrückten Haare an«, sagte er.

Tja, wenigstens schaute er *irgendetwas* an ihr an. »Was ist mit meinen Haaren?«

»Die sind pink.«

»Ich habe bei einem Marsch im Rahmen einer Aufklärungskampagne für Brustkrebs mitgemacht«, sagte sie und errötete sofort, weil sie »Brust« gesagt hatte. »Willst du morgen mit an den Strand kommen?«, fragte sie, um das Thema zu wechseln. »Der Surfreport klingt vielversprechend.«

»Klar. Meine Großeltern haben mir sogar ein eigenes Brett gekauft.«

Der erste Montag im Sommer war immer etwas Besonderes, wie ein magischer Feiertag, weil es der erste Tag war, an dem die Kinder sich morgens nicht aus dem Bett quälen, jammernd das Frühstück überstehen und zum Bus rennen mussten, als käme der jeden Tag zu einer anderen Uhrzeit. Der erste Tag, an dem sie nicht im Klassenraum saßen, bis ihre Augen glasig wurden.

Der Wetterbericht hatte recht behalten, und der erste Montag war der perfekte Strandtag. Es wimmelte nur so vor Menschen, die den Sommer willkommen hießen. Die Stunden vergingen wie eine Reihe von Schnappschüssen – Volleyball, Drachen steigen lassen, Sandburgen bauen, surfen. Caroline blieb im Wasser, bis sie sich kaum noch auf ihrem Surfbrett halten konnte. Dann stolperte sie an den Strand, zog den Neoprenanzug aus und spülte sich das Meerwasser unter der Stranddusche ab. Den Neoprenanzug legte sie auf die Ladefläche des Pick-ups, schlüpfte dann in eine Shorts und schnappte sich ihr Sweatshirt.

»Darin wird er dich niemals bemerken«, sagte Georgia und nahm ihr das Sweatshirt weg.

»Was? Ich habe keine Ahnung, wovon du redest.«

»Ja, klar.« Georgia richtete den Träger von ihrem limettengrünen Bikini. »Ich rede von dem Jungen, der für den Sommer zurückgekehrt ist. In diesem Outfit siehst du aus wie seine kleine Schwester.«

»Ach ja?« Sie schaute ihre abgeschnittene Jeans und die Stoffturnschuhe an.

»Du bist so besessen davon, Kleider zu entwerfen, ziehst dich aber an wie ein Gassenjunge. Hier, probier das mal.« Mit ihrer gewohnt herrischen Art tauschte Georgia das Sweatshirt gegen eine dünne Bluse aus ihrer Strandtasche, die einen Streifen Haut zwischen dem Saum und dem Bund von Carolines Shorts freiließ. »So. Gleich viel besser. Du hast süße kleine Bauchmuskeln.«

»Meine Güte.« Caroline spürte, wie sie rot wurde. »Niemanden interessieren meine süßen kleinen Bauchmuskeln.«

Ihre große Schwester warf das Sweatshirt wieder in den Truck. »Ha, erzähl das Baby aus *Dirty Dancing*.« Georgia und ihre Freundinnen waren besessen von dem alten Film. Die Lieder vom Soundtrack fanden sich auf jeder ihrer selbst gebrannten CDs. Selbst Caroline liebte heimlich den Teil, in dem sich Baby vom hässlichen Entlein in einen schönen Schwan verwandelte und zur Überraschung aller mit Johnny einen atemberaubenden Tanz hinlegte.

Will kam vom Strand hinauf und zog sich dabei seinen Neoprenanzug aus. Er schien ihre Bauchmuskeln nicht zu bemerken, süß hin oder her. Caroline reichte ihm eine Dose Rootbeer, was, wie sie beide fanden, das beste Getränk nach dem Surfen war. Nach einer Weile gesellten sie sich zu einem Volleyballmatch. Will spielte mit, und Caroline sah vom Rand aus zu. Sie stellte fest, dass einige ihrer Freundinnen ihn ausgiebig musterten.

»Der ist ein totaler Hottie«, sagte Rona Stevens, ein Mädchen aus Carolines Klasse. Rona beobachtete, wie Will einem Ball hinterherhechtete. »Er sieht aus wie Brendan Fraser, nur in blond.«

»Was? Nein.« Es war komisch, dass ihre Freundinnen so über ihn sprachen. Ein paar von ihnen hatten bereits feste Freunde. Und beinahe alle hatten Brüste. Caroline hatte weder noch, und das störte sie auch nicht besonders. Na gut, vielleicht ein wenig.

»Er ist ein echter scharfer Typ«, erklärte Rona. Als Kapitänin der Cheerleader-Truppe war sie eines der wichtigsten Mädchen auf der Junior-High – zumindest in ihren Augen.

»Was soll das überhaupt heißen?« Caroline schüttelte den Kopf. In letzter Zeit gab es mehrere Dinge, die sie verwirrten: die Aussicht, im September auf die Highschool zu gehen. Ihre neue Angewohnheit, manchmal ohne jeglichen Anlass zu weinen. Wie peinlich ihr es war, dass die meisten ihrer Freundinnen bereits ihre Periode hatten und BHs trugen. Und dass sie immer so ein komisches Gefühl im Magen bekam, wenn sie Will Jensen anschaute. Ein Teil von ihr – ein sehr großer Teil – hatte einfach nur wieder seine Sommerfreundin sein wollen, so wie im vorherigen Jahr.

Am Ende des Tages verwandelte der Sonnenuntergang alles in pures Gold, und die Strandbesucher richteten ihre Kameras auf den Horizont und versuchten, dieses Schauspiel einzufangen. Die Farben schmolzen wie vergossene Flüssigkeit, als die Sonne immer tiefer sank. Jetzt saßen Will und Caroline mit einigen anderen Jugendlichen zusammen am Strand, alberten herum und sprachen über ihre Pläne für den Sommer.

»Ich muss diesen Sommer im Restaurant arbeiten«, sagte Caroline schwermütig. »Meine Schwestern haben das auch gemacht, und nun bin ich dran.« Sie rümpfte die Nase. »Tische abräumen und Geschirr spülen. Igitt. Ich habe einen Aufstand gemacht, aber es ist nun mal ein Familienunternehmen, und ich muss meinen Beitrag leisten«, wiederholte sie die Standpauke, die ihre Eltern ihr gehalten hatten.

»Ich habe auch einen Job«, sagte Will. »Ich arbeite Teilzeit bei *Scoops*.«

»Das ist so cool. Ich liebe das Eis dort.«

»Ich auch. Außerdem meinte der Besitzer, dass die Trinkgelder sich in der Regel summieren. Ich spare, weil ich mir zu Hause ein eigenes Surfbrett kaufen will.«

Caroline fragte sich, was wohl sein Vater dazu sagen würde. Beharrte Mr. Jensen immer noch darauf, dass das Meer zum Arbeiten und nicht zum Spaßhaben da wäre? »Also läuft es da unten mit dem Surfen gut?«

»O ja. Ich habe viel trainiert.«

»Das habe ich heute gesehen. Du bist wirklich gut geworden.« Seufzend lehnte sie sich auf ihre Ellbogen zurück und verfolgte den Flug einer Möwe über dem Wasser. Will war in allem gut. Vermutlich sogar in Mathe. »Hey, hast du je den grünen Blitz beim Sonnenuntergang gesehen?«

»Einen grünen Blitz?« Stirnrunzelnd schüttelte er den Kopf.

»Den kann man manchmal in dem Moment sehen, wenn die Sonne verschwindet. Nicht immer, aber an so klaren Tagen wie heute trennt sich das Licht in andere Farben auf, wenn es die Atmosphäre durchbricht.« Sie grinste, als sie seine Miene sah. »Manchmal passe ich in Naturwissenschaften tatsächlich auf. Vielleicht kriegen wir ihn ja heute zu sehen.«

Will schlang die Arme um die angezogenen Knie und starrte auf den schimmernden Horizont. »Falls ja, wäre das für mich was ganz Neues.«

»Du darfst erst in der allerletzten Sekunde direkt in die Sonne schauen«, instruierte sie ihn.

»Aber wenn ich so lange warte, verpasse ich ihn vielleicht.«

»Nein. Ich sage dir Bescheid. Ich halte immer nach dem grünen Blitz Ausschau. Es gibt dieses Sprichwort: Wenn man ihn einmal gesehen hat, wird man sich in Herzensdingen niemals irren.«

Er schnaubte. »Ich sehe da ehrlich gesagt keinen Zusammenhang.«

War er sarkastischer als im letzten Jahr? »Wie auch immer. Die Leute sagen das eben so. Ich schaue trotzdem nach ihm. Nur für den Fall, weißt du.«

Andere Jugendliche gesellten sich zu ihnen, legten sich bäuchlings auf die Decken und schauten zum endlosen Horizont. Rona Stevens schaffte es, sich direkt neben Will zu drängen, doch der schien das nicht zu bemerken.

Als das Licht weiter schwand, stieß Caroline Will mit dem Ellbogen an. »Okay, jetzt können wir anfangen zu gucken. Zum Ende hin geht es immer sehr schnell.«

Alle schauten zur kleiner werdenden Sonne. In dem Moment, bevor sie außer Sicht geriet, blitzte ein grünlicher Schimmer auf. »Da!«, rief Caroline. »Ich habe ihn gesehen. Du auch?«

»Ich glaube schon. Ja, ich habe was Grünes gesehen.«

»Cool. Jetzt wirst du dich in Herzensdingen nie mehr irren.«

»Ich weiß ja nicht …«

Sie war so froh und glücklich, einfach mit ihm abhängen zu können. »Ich auch nicht.« Sie standen auf und sammelten ihre Handtücher und Decken ein. Nachdem sie den Sand ausgeschüttelt hatten, packten sie alles zu den Surfbrettern und Bodyboards auf die Ladefläche des Pick-ups. Will sollte sich mit seinem Großvater auf dem Parkplatz am Strand treffen. Caroline würde mit Georgia nach Hause fahren, die – laut eigener Aussage – den Pick-up ihres Vaters wie ein Profi fuhr.

»Wie ist Kalifornien so?«, fragte Caroline und versuchte, sich ihn wie einen dieser Typen aus *Beverly Hills 90210* vorzustellen.

»Ganz gut. Allerdings nicht so schön wie hier.« Er lehnte sein Surfbrett an die Stranddusche. Ohne zu zögern, zog er sich das T-Shirt mit einer Hand über den Kopf und hob das Gesicht dem Duschstrahl entgegen.

Caroline bemühte sich, nicht seine nackte Brust anzustarren. Oder die Badeshorts, die ihm tief auf den Hüftknochen saß. »Und deinem Dad gefällt der Dienst an Land?«

Nachdem Will schnell geduscht hatte, schlang er sich ein Handtuch um den Nacken. »Schätze schon. Er hat jetzt eine Freundin. Ich glaube, er wird sie heiraten.«

»Oh! Sind das gute Neuigkeiten oder …?«

»Es ist okay, glaube ich. Sie heißt Shasta und arbeitet auf dem Stützpunkt. Sie ist ziemlich nett und wesentlich jünger als Dad, was irgendwie komisch ist. Ich glaube, sie ist nur fünfzehn Jahre älter als ich oder so.«

Caroline versuchte, sich ihren Dad mit irgendeiner anderen Frau als ihrer Mom vorzustellen, doch es gelang ihr nicht. Eine andere Frau, die in ihrem Elternhaus das Sagen hatte? Niemals! »Hat sie Kinder?«

»Nö. Ich habe aber gehört, wie sie sich über Kinder unterhalten haben. Deshalb glaube ich, dass sie heiraten werden.« Er betrachtete die bunt gefärbten Wolken am Horizont. »Dad spricht nie über meine Mom. Manchmal ist es, als hätte sie nie existiert.«

Caroline hasste das Geschirrspülen so sehr, dass sie hätte heulen können. Die fettigen grauen Wannen mit den schmierigen, benutzten Tellern wurden in einem nicht enden wollenden Strom bei ihr abgeliefert und warteten darauf, von ihr mit heißem Wasser abgespritzt zu werden. Ihr Vorarbeiter, Mike, war ein Faulpelz aus dem Ort, der mehr Zeit am Lieferanteneingang mit seinen Zigaretten als in der Küche verbrachte. Georgia und Virginia bedienten an den Tischen und schienen jede Minute davon zu genießen. Doch Caroline wusste, selbst wenn sie eine Beförderung als Hostess oder Kellnerin bekäme, würde sie es hassen. Ihre vierstündige Morgenschicht kam ihr endlos vor.

Nach ein paar Wochen setzte sie sich mit ihrer Mutter zusammen und sagte: »Ich ertrage das nicht mehr.«

»Süße, du hast gerade erst angefangen.«

»Ich will ja helfen, Mom, das weißt du. Aber Geschirr zu spülen tötet meine Seele.«

»Oh. Das klingt ernst.«

»Mom.«

»Okay. Es tut mir leid. Ich sollte mich nicht über deine Gefühle lustig machen. Was liegt dir auf dem Herzen, Miss Caroline?«

»Ich habe einen Vorschlag. Wie wäre es, wenn ich mir, anstatt im Restaurant zu helfen, einen anderen Job suche?«

»Solange du noch nicht vierzehn bist, kannst du nur im Familienbetrieb mitarbeiten.«

»Ich bin beinahe vierzehn. Und Mrs. Bloom meinte, sie könnte Hilfe in ihrem Stoffladen gebrauchen. Sie würde mich unter der Hand bezahlen, bis ich alt genug bin. Ich liebe es dort, Mom. Bitte.«

»Ach, Caroline.«

Sie hielt den Atem an. Wenn Mom auf diese Weise *Ach, Caroline* sagte, bedeutete das, dass sie weich wurde.

»Kann ich es wenigstens versuchen? Und wenn es nicht funktioniert, komme ich ins Restaurant zurück. Versprochen.«

»Deine Schwestern lieben das Restaurant. Ehe du dich's versiehst, wirst du auch an den Tischen bedienen.«

»Ich liebe das Restaurant auch. Ich liebe es nur nicht, dort zu arbeiten. *Bitte.* Mrs. Bloom meint, ich würde auch Rabatt auf die Stoffe bekommen. Und du weißt, wie viel Stoff ich immer benötige.«

»Ja, das weiß ich. Du hast ein paar wundervolle Sachen genäht, Caroline.«

»Ich werde noch mehr wundervolle Sachen nähen, wenn du mich dort arbeiten lässt.« Sie erinnerte sich noch daran, wie sie den Laden das erste Mal betreten hatte. Damals war sie in der dritten Klasse gewesen, und ihre Mom hatte sie dorthin geschickt, um ein paar Knöpfe zu kaufen. Caroline war Stunden später zurückgekommen und hatte ihr gesamtes Taschengeld für Kurzwaren, Garne und vorgeschnittene Stoffstücke aus Baumwolle ausgegeben. Dann war sie mit ihren Schätzen in ihr Zimmer gerannt und hatte sich sofort darangemacht, ein Outfit für ihre *American-Girl*-Puppe zu nähen. Auch wenn die Schere stumpf gewesen war und sie mit der Hand und nicht mit der Maschine hatte nähen müssen, hatte sie ein wunderschönes Kleid erschaffen. Caroline war so stolz darauf gewesen, dass sie es Mrs. Bloom gezeigt hatte, die der festen Meinung gewesen war, sie hätte großes Potenzial.

Danach hatte Caroline immer einen Grund gefunden, um in den Laden zu gehen. Die verschiedenen Stoffe und die langen Metallschubladen, in denen die Muster wie Landkarten von El Dorado lagerten, hatten sie magisch angezogen. Die handgezeichneten Illustrationen auf den Umschlägen verfolgten sie in ihren Träumen. Alle ihre Notizhefte aus der Schule waren voll mit skizzierten Entwürfen von Ballkleidern bis zu Boleros.

Mom zögerte. »Ich werde Lindy mal anrufen und …«

Caroline schlang ihrer Mutter die Arme um den Hals. »Du bist die Beste! Und du wirst es nicht bereuen.«

»Nein«, sagte ihre Mom verständnisvoll. »Das werde ich nicht.«

Caroline sprang auf ihr Fahrrad und raste in den Ort, um Will die Neuigkeiten mitzuteilen. Mit seinem weißen Button-down-Hemd, der gestreiften Schürze und dem komischen spitzen Papierhütchen sah er hinter der Glastheke der Eisdiele zugleich albern und unglaublich süß aus. »Meine Mom hat Ja gesagt! Ich muss kein Geschirr mehr spülen. Ich kann im Stoffladen direkt gegenüber arbeiten!«

»Das klingt gut«, sagte er. »Hey, würdest du gerne …«

»Hi, Will!« Eine Gruppe Mädchen stürmte in die Eisdiele, angeführt von Rona Stevens.

Würde ich gerne was? fragte Caroline sich und biss genervt die Zähne zusammen. Er hatte sie gerade irgendetwas fragen wollen. Ob sie mit ihm ins Kino gehen wollte? Zum Gipfel der Willapa Hills wandern? Eine Pizza essen? Was?

Sie würde es nie erfahren, denn nun wurde der Laden von Cheerleadern belagert. Rona und ihre Freunde trugen alle superkurze Shorts, bunten Lipgloss und riesige Schleifen im Haar, die aussahen wie ein extra Körperteil. »Wir brauchen dringend ein Eis. Oh, hi, Caroline.«

»Selber hi.« Aus irgendeinem Grund fühlte Caroline sich in Ronas Gegenwart immer unzulänglich. Sie war quasi eine Berühmtheit, weil sie letztes Jahr auf dem Schulball mit einem Jungen von der Highschool herumgemacht hatte – einem Typen, der sich warum auch immer Hakon nannte. Angeblich war dieser Hakon ihr fester Freund, aber das hielt sie nicht davon ab, mit Will zu flirten.

»Was ist denn das Eis des Tages?«, fragte Rona nun und lehnte sich so weit vor, dass ihre Brüste beinahe die Theke berührten.

»Cranberry-Crunch«, sagte Will, der ihre vorgereckten Brüste nicht zu bemerken schien. »Willst du mal probieren?« Er reichte jedem der Cheerleader einen kleinen Plastiklöffel voll. Caroline bot er auch einen an, aber sie schüttelte den Kopf.

»Nein danke. Ich weiß, was ich will.«

»Das Übliche?«

»Jupp. Du hast es erfasst.«

Mit einer geschickten Handbewegung setzte er eine perfekt geformte Kugel Meersalz-Karamell-Eis auf ein Waffelhörnchen und reichte es ihr. Caroline zählte das Geld ab und legte es auf den Tresen. Die anderen Mädchen bestanden darauf, alle Sorten zu probieren, bevor sie schließlich kichernd ihre Bestellungen aufgaben. Caroline war genervt von ihrer Flirterei, aber Will schien es nichts auszumachen. Rona machte eine große Show daraus, ein extragroßes Trinkgeld zu geben.

»Wir gehen jetzt auf die Go-Kart-Bahn«, sagte sie zu ihm. »Willst du dazukommen, wenn du hier fertig bist?«

Er wischte den Marmortresen ab. »Ich kann nicht. Ich habe meinem Granddad versprochen, heute mit ihm eine Partie Cribbage zu spielen.«

»Was ist denn Cribbage?« Rona neigte fragend den Kopf. »Das klingt ja Furcht einflößend.«

»Das ist sein Lieblingsspiel«, erwiderte Will freundlich lächelnd. »Aber danke. Vielleicht ein andermal.«

»Definitiv.« Sie warf Caroline einen abschätzenden Blick zu. »Bis später, Kleine.«

Nachdem sie gegangen waren, setzte Caroline sich auf einen Hocker und sah zu, wie Will weiter sauber machte. »Wie ist die Highschool in Kalifornien so?«, fragte sie.

Er schaute kurz auf. »Nach der DoD-Schule in Guam kommt mir eine normale Schule echt anders vor.«

»Auf gute Weise? Oder gibt es da auch solche Typen wie die, mit denen du dich in Guam geprügelt hast?«

»Solche Typen gibt es überall, aber bisher hat mich noch keiner von ihnen belästigt.«

»Machst du noch Krav Maga?«

»Ja. Zusammen mit meinem Dad. Seine Freundin Shasta meinte, wir sollten was als Vater und Sohn gemeinsam unternehmen. In meiner neuen Schule bin ich außerdem im Footballteam und beim Geländelauf.« Er musterte sie kurz. »Was ist los? Bist du nervös wegen der neuen Schule im Herbst?«

Sie nickte düster. »Ich bin in nichts wirklich gut. Ich habe überall Zweien. Im Sport bin ich nur so mittel. Ich habe die zweite Klarinette gespielt, als wäre *das* etwas, das man vorzeigen könnte. Außerdem fängt die Schule eine halbe Stunde früher an, und ich bin so überhaupt kein Morgenmensch.« Sie leckte an ihrem Eis, bis sie bemerkte, dass Will sie anstarrte. »Was ist?«

»Du kannst besser surfen als alle, die ich kenne.«

»Dann scheinst du nicht viele Leute zu kennen.«

»Komm schon. Was ist deine Superkraft? Meine Mom hat immer gesagt, dass jeder eine Superkraft hat.«

Caroline atmete tief durch. »Okay, da habe ich tatsächlich was. Ich kann echt gut nähen. Ich kann nähen wie der Blitz.«

»Du meinst so mit Nadel und Faden?«

»Und mit der Nähmaschine. Mein Ziel ist es, irgendwann mal eine industrielle Nähmaschine zu besitzen. Mrs. Bloom lässt mich ihre benutzen. Deshalb bin ich ja so glücklich, dass ich in ihrem Laden arbeiten darf. Ich kann dann ihre Nähmaschinen nutzen.« Sie sprang vom Hocker und führte ihre Shorts vor. »Guck mal. Die habe ich nach einem eigenen Entwurf angefertigt.«

»Cool.« Sein Blick blieb einen Moment an ihren Shorts hängen, dann röteten sich seine Wangen.

»Wie auch immer«, lenkte Caroline schnell ab, weil sie merkte, dass auch ihr das Blut in die Wangen schoss. »Wie soll mir denn das die Zeit auf der Highschool erleichtern? Soll ich die mit Nähen und Surfen überstehen?«

»Das reicht vermutlich nicht, aber wenigstens würdest du etwas tun, das du magst.«

# 16. Kapitel

Im Stoffladen zu arbeiten war der Himmel im Vergleich zu der Hölle des Geschirrspülens. Caroline fand alles daran toll, sogar die nervigen Abrechnungen und die Kunden, die alles durchwühlten, ohne irgendetwas zu kaufen.

»Hier, bitte schön«, sagte Mrs. Bloom am Ende der ersten Woche. »Dein erstes Gehalt.«

»Danke.« Caroline schaute sich den Betrag auf dem Scheck nicht einmal an. Wenn sie ehrlich war, hätte sie hier auch umsonst gearbeitet. Mrs. Bloom war einer ihrer absoluten Lieblingsmenschen und immer bereit, ihr neue Nähtechniken beizubringen und ihre Fertigkeiten im Umgang mit der industriellen Nähmaschine zu verbessern. Zu ihren Kunden war sie immer freundlich, aber ab und zu überfiel sie ein Schatten, als dächte sie an etwas Schlimmes oder Trauriges.

Kurz vor Ladenschluss sah Caroline sie vorne an der Kasse stehen und mit einem abwesenden Ausdruck in den Augen in die Ferne schauen. »Ist alles in Ordnung, Mrs. Bloom?«

»Oh! Du hast mich erschreckt, Caroline.«

»Tut mir leid. Ich … Können Sie mir hinten kurz helfen? Ich habe mich bereits ausgestempelt und arbeite gerade an einem Regenmantel für Wendell.«

»Für Wendell?«

»Mein Hund. Er wird langsam alt und hasst es, im Regen rauszugehen.«

»Das ist sehr fürsorglich von dir«, sagte Mrs. Bloom. »Wie kann ich dir helfen?«

»Ich habe Probleme mit dem Schnitt.« Hinten im Atelier zeigte Caroline ihr das Projekt. Als Schneiderpuppe hatte sie einen Stoffhund genommen, der ungefähr Wendells Größe hatte. »Sehen Sie? Das hält so nicht.«

Mrs. Bloom betrachtete den Mantel, und nun war ihre Miene nicht mehr gedankenverloren, sondern wach und neugierig. »Tja«, sagte sie. »Ich habe dich immer ermutigt, mit dem Design und den Schnitten zu experimentieren.«

»Ich weiß, aber ich habe daran gearbeitet und gearbeitet, und es kommt nichts dabei heraus.« Caroline starrte den Mantel finster an, der sich an den falschen Stellen ausbeulte. Der von ihr ausgewählte, mit kleinen Hydranten bedruckte Stoff kam ihr mit einem Mal kitschig vor.

Mrs. Bloom steckte ein paar Nähte anders ab. »Ich wette, du hast ein paar Dinge gelernt.«

»Ja. Zum Beispiel, dass ich keinen Stoff mit einem Muster nehmen sollte, das nur in eine Richtung verläuft.«

»Dann waren deine Mühen nicht umsonst. Die beste Art zu lernen, ist, Fehler zu machen.« Mrs. Bloom schloss die Hintertür ab, und sie gingen beide nach vorne.

Caroline nickte. »Dann bin ich ja auf einem guten Weg.«

»Hab keine Angst davor zu scheitern. Du musst nur jedes Mal ein kleines bisschen besser scheitern«, riet Mrs. Bloom ihr lächelnd, während sie die Alarmanlage anschaltete. »Morgen bekomme ich ein Buch mit den neuen Mustern für den Herbst. Vielleicht würdest du davon gerne einige als Ausstellungsstücke anfertigen.«

»Machen Sie Witze? Ich wäre *begeistert*!« Sie schaute sich im Laden um, der nun still im Halbdunkel lag. »Ich liebe es total, Klamotten zu nähen«, sagte sie. »Meine Mom meint, das wäre meine *Leidenschaft*.«

»In solchen Dingen haben Mütter meistens recht.«

»Tja, ich habe keine Ahnung, warum ich es so sehr mag. Ich weiß nur, dass ich absolut glücklich bin, wenn ich etwas nähen kann.«

»Das ist wunderschön, Caroline. Diese Einstellung gefällt mir.«

»Meine Mom sagt, das Geheimnis des Erfolgs unseres Restaurants liegt in der Familienphilosophie, dass gutes Essen zu-

zubereiten eine Art ist, Liebe zu zeigen. Glauben Sie, das ist das Gleiche, wie Anziehsachen herzustellen?«

»Eine Art, Liebe zu zeigen?« Mrs. Blooms Blick wurde ganz weich, und an den Augenwinkeln bildeten sich kleine Fältchen. »Das ist ein bezaubernder Gedanke. Und ich glaube, du hast damit vollkommen recht.«

Caroline und Will telefonierten beinahe nie miteinander. Einige Kinder hatten diese Handys, die in die Hosentasche passten und die man aufklappen konnte, aber Caroline nicht. Und selbst wenn sie eines gehabt hätte, bezweifelte sie, dass sie ihn dann eher angerufen hätte. Anstatt also bei seinen Großeltern anzuklingeln, um zu hören, ob er zu Hause war, fuhr sie einfach nach Water's Edge.

Sie sprang von ihrem Rad und rannte auf ihn zu. Er stand mit einem Werkzeugürtel um die Hüften vor der Scheune und hämmerte auf irgendetwas ein. Er und sein Großvater hatten ständig irgendwelche Projekte oder reparierten etwas auf dem Grundstück. »Was machst du da?«, fragte sie.

»Eine Skateboard-Rampe«, sagte er. »Hier, guck mal.« Er nahm den Werkzeuggürtel ab und schnappte sich sein Skateboard. »Sie ist noch nicht fertig, aber …« Er holte auf der Auffahrt Schwung und sprang auf die selbst gebaute Rampe, wobei er mit einer Rolle am Rand hängen blieb und flach auf dem Rücken landete.

Caroline lief zu ihm und ging neben ihm in die Hocke. »Hey, alles gut?«

Mühsam rappelte er sich auf. Am Ellbogen und an einem Knie hatte er eine große Schramme. »Verdammt«, sagte er und betrachtete das Malheur. »Das tut weh.«

»Wir sollten reingehen und die Wunden reinigen.«

Er schüttelte den Kopf. »Dann würde meine Großmutter ausflippen, weil ich weder Helm noch Schützer getragen habe. Ich mach das mit dem Gartenschlauch.« Ein wenig wackelig versuchte er, aufzustehen.

Sie hielt ihm ihre Hand hin, und er fand sein Gleichgewicht und kam auf die Füße. Kurz fiel er dabei gegen sie und umarmte sie förmlich. Er roch nach Asphalt und Gras und Schweiß, und sie wurde so nervös, dass sie ihn schnell losließ. »Helm und Schützer. Vielleicht hat deine Großmutter da recht.«

Er stellte das Wasser an und spritzte sich die Schrammen mit dem Gartenschlauch ab, wobei er unter Schmerzen zusammenzuckte. »Die Rampe ist aber ziemlich cool. Ich baue gerne Sachen. Mein Granddad meint, ich sollte hier wohnen, wenn ich groß bin, weil ich sein einziges Enkelkind bin und das Haus in der Familie bleiben soll.«

»Hier?« Sie beschattete sich die Augen und blinzelte zu dem großen Haus hinüber. »Und, hast du das vor?«

»Vielleicht. Das wäre ganz cool, oder?«

Sie erwiderte nichts. Oft träumte sie von einem anderen Leben weit weg von der Halbinsel – Paris oder Hongkong, New York oder Mailand, irgendeinen Ort, an dem Modedesigner arbeiteten. »Ich habe auch was gemacht«, sagte sie, nachdem er das Wasser ausgestellt hatte. »Für dich.« Sie kramte in ihrem Rucksack. »Für die Luau-Nacht.«

Dieses Fest schien jedes Jahr größer zu werden. Es war die beliebteste Spendenveranstaltung des *Booster Clubs*. Ihre Eltern standen dem Event vor – einer Nacht voller hawaiianischer Musik, Fackeln, Hula-Tänzen und traditionellem Essen. Es gab sogar ein Spanferkel, was irgendwie eklig war, aber die Menschen liebten es. In den letzten vierundzwanzig Stunden hatten die Jungs sich um das langsam in einer Erdgrube vor sich hin brutzelnde Fleisch gekümmert. Zum festgelegten Zeitpunkt würde das große Essen im Park am Strand beginnen.

Er hielt das Kleidungsstück vor sich. »Das hast du gemacht?«

»Jeden einzelnen Stich. Und ich habe auch eins für Duffy.« Sie reichte ihm das passende kleine Hemd. »Wendell hat auch eins. Sobald ich einmal angefangen hatte, konnte ich nicht mehr aufhören. Der Stoff nennt sich modernes Rindentuch.«

Er sah sie fragend an. Die meisten Menschen, vor allem Jungen, interessierten sich nicht sonderlich für die verschiedenen Stoffarten.

»Okay«, sagte er. »Danke.«

»Gern geschehen«, erwiderte sie. »Aber du musst es nicht tragen. Das liegt ganz bei dir.«

Er hatte das Shirt an! Caroline konnte es kaum glauben. Er kam mit seinen Großeltern zum Luau-Fest und trug das Hemd offen über einem *Go-Navy*-T-Shirt und dunkelblauen Shorts.

Fackeln säumten den Weg zum Pavillon, in dem das Essen stattfand, und Hula-Musik erfüllte die Luft. Will gesellte sich zu einigen der älteren Jungs, die im *Scoops* arbeiteten, und kam irgendwann zu den langen Tischen, die mit künstlichem Gras geschmückt waren. Alle Shelbys halfen mit, servierten Fruchtpunsch, Vorspeisen, die, wie Carolines Brüder stolz verkündeten, *Pu-Pu-Teller* genannt wurden, und Tabletts mit gegrilltem Fisch und Gemüse.

Die meisten Kinder hatten sich nicht dem Hawaii-Thema entsprechend angezogen, aber beinahe alle Männer trugen Hawaii-Hemden und die Frauen Muumus und Blumen im Haar. Caroline hatte sich komplett einheimisch gekleidet, wie ihre Schwestern es nannten, und trug eine Kette aus Orchideen um den Hals und ein Fußkettchen aus Kukui-Nüssen. Sie hatte sogar ihre Haare mit einer Tönung schwarz gefärbt. Seitdem sie klein war, liebte sie es, sich zu verkleiden und jemand anderes zu sein.

Andere bemerkten Will auch – vor allem Rona Stevens. Sie trug einen Grasrock und einen Kokosnuss-BH, dazu eine Krone aus Seidenblumen. Selbst Caroline musste zugeben, dass sie umwerfend aussah. Sie und ihre Cheerleader-Freundinnen probierten sich an einer Art Hula-Tanz und lachten dabei. Mit übertrieben schwingenden Hüften kam Rona zu Will hinüber.

»Hey, Surferboy«, sagte sie. »Du siehst cool aus in dem Hemd.«

»War das ironisch gemeint?«, fragte er.

»Natürlich nicht.« Sie stemmte die Hände in die Hüften. »Sehe ich aus, als wäre ich ironisch?«

»Schätze nicht. Das hat Caroline genäht.« Er erblickte sie und winkte sie zu sich.

»Auf keinen Fall. Das ist unglaublich.« Rona streckte die Hand aus und berührte sanft den Kragen, wo sie ihre Finger einen Moment verweilen ließ. »Gut gemacht, Caroline.«

Ein größerer Junge drängte sich in ihre Mitte und stieß Will gegen die Schulter. Es war Ronas Freund Hakon.

»Mein Gott, Hakon!«, rief Rona und trat einen Schritt zurück. »Was soll das?«

Caroline hielt den Atem an. Hakon war Mitglied des Footballteams der Highschool und hatte den Ruf, ein Hitzkopf zu sein.

»Nichts«, sagte Hakon, den Blick auf Will gerichtet. »Ich habe mich nur gefragt, was das für ein Typ in diesem Tuntenshirt ist.«

Will zuckte nicht mal mit der Wimper, sondern sah den größeren Jungen ruhig an. »Das ist einfach nur ein Hemd, mehr nicht.«

»Du siehst darin aus wie eine Schwuchtel.«

»Ach, komm schon.« Will versuchte, an ihm vorbeizugehen.

Doch Hakon blieb mitten im Weg stehen wie ein alter, fest verwurzelter Baum. »Nicht so schnell, mein Hübscher.«

Will lachte – es war ein aufrichtiges Lachen. »Du machst Witze, oder? ›Mein Hübscher?‹«

»Ich mach dich fertig, mein Hübscher«, sagte Hakon.

»Komm jetzt.« Rona packte ihn am Arm. »Holen wir uns was zu essen.«

Hakon schüttelte sie ab – die plötzliche Bewegung war sowohl überraschend als auch verstörend.

Wills Gesichtsausdruck änderte sich. »Hey, ich kenne dich nicht, Mann. Ich weiß nicht, warum du sauer auf mich bist. Aber was immer der Grund ist, komm drüber hinweg. Ich werde jetzt gehen.«

Gut gemacht, dachte Caroline. Er hatte ihr mal gesagt, die beste Verteidigung sei, sich gar nicht erst auf einen Kampf einzulassen.

Das schien Hakon jedoch nicht zu verstehen. »Ach ja? Läufst du zu deiner Mama?« Hakon neigte sich zur Seite und stieß Will erneut gegen die Schulter.

Caroline atmete keuchend ein. Rona zog sich zu ihren Freundinnen zurück. Ihr flirtiges Selbstbewusstsein war verschwunden.

Will trat schnell zurück. Hakon setzte ihm nach und sagte vermutlich das Einzige, das Will seine »Nicht auf einen Streit einlassen«-Regel vergessen lassen konnte. »Ja, lauf nur zu deiner Mama. Sie ist vermutlich gerade dabei, hinter der Taverne Blowjobs …«

Will schlug so blitzschnell zu, dass Caroline es beinahe nicht gesehen hätte. Mit einem Mal lag Hakon flach auf dem Rücken, und Will hockte über ihm, den Unterarm fest gegen den Hals des größeren Jungen gedrückt. Hakons Gesicht war knallrot, und seine Augen waren vor Panik weit aufgerissen.

Einige Kinder kamen angerannt und bildeten einen Kreis um die beiden. Caroline stand so dicht, dass sie Will sagen hörte: »Ich werde jetzt gehen. Mach besser keine Dummheiten.« Damit erhob er sich und ging in Richtung des Büfetts, ohne einen Blick zurückzuwerfen.

Hakon rappelte sich auf. Sein Gesicht war immer noch tomatenrot, und er atmete heftig. Kurz schien er vorzuhaben, Will zu folgen, überlegte es sich dann aber offenbar anders.

»Komm«, sagte Rona. »Lass es gut sein.«

Er stieß sie mit einer heftigen Bewegung von sich, während er sich gleichzeitig auf dem Absatz umdrehte und in die entgegengesetzte Richtung von Will verschwand.

Zum dritten Mal in den letzten Minuten musste Caroline sich ermahnen, zu atmen.

Eines Morgens Ende August weckte Mom Caroline und Virginia sehr früh. Das tat sie eigentlich nie, weil Virginia die Abendschicht im Restaurant übernommen hatte und deshalb ausschlafen durfte. Als Mom also in ihr Zimmer kam und ihre Namen flüsterte, wusste Caroline, dass irgendetwas los war.

In dem Morgenlicht, das durch das Giebelfenster fiel, wirkte Mom gequält und abgekämpft. Georgia schlüpfte hinter ihr ins Zimmer und krabbelte zu Caroline ins Bett.

»Was ist los?«, fragte Virginia mit vor Angst rauer Stimme.

»Es ist Wendell«, sagte Mom. »Er hat uns letzte Nacht verlassen. Er ist im Schlaf gestorben.«

*Nein.*

*Wendell.*

Caroline fühlte sich, als würde sich ihr Inneres nach außen stülpen. Und beim nächsten Atemzug wurde sie von dem schlimmsten Schmerz erfüllt, den sie je verspürt hatte. Sie zog die Knie an die Brust, zerrte ihr Nachthemd darüber und schlang die Arme fest darum.

Wendell. Der arme alte Wendell. Ihr guter Junge. Dieser Hund war an jedem einzelnen Tag, an dem sie auf der Welt war, ein Teil ihres Lebens gewesen, weil ihre Eltern ihn als Welpen in dem Monat vor ihrer Geburt gerettet hatten.

Und jetzt war er fort. Für immer. Sie würde nie wieder sein lustiges Bellen hören oder sein raues, warmes Fell unter den Fingern spüren. Sie würde ihn nie wieder mit Moltebeeren aus der Hand füttern oder ihm ihre Sorgen in die Schlappohren flüstern.

Irgendwo im Haus hörte sie ihre Brüder weinen. Offensichtlich hatte Dad ihnen gerade die Nachricht überbracht.

»Was ist passiert?«, fragte Virginia schluchzend. »Ist er krank gewesen?«

Georgia vergrub das Gesicht in ihren Armen.

»Er ist mir gestern noch durch den Garten gefolgt«, flüsterte Caroline, und ihre Kehle fühlte sich an, als stünde sie in Flammen. »Er hat die Hühner geärgert, wie er es immer getan hat.«

Mom putzte sich die Nase. »Dad hat ihn mitten in der Nacht keuchen hören, ihr wisst schon, wie er es in letzter Zeit öfter getan hat. Doch gestern Nacht hat es nicht aufgehört, also haben wir ihn einfach fest in den Armen gehalten, bis er gegangen war.«

»Warum habt ihr mich nicht geweckt?«, presste Caroline unter Tränen hervor. »Ich konnte mich nicht von ihm verabschieden.«

»Dad und ich waren zu traurig, um etwas anderes zu tun, als ihn zu halten«, erwiderte ihre Mom. »Wir wollten ihn in Frieden gehen lassen. Es tut mir so, so leid, meine Süßen.«

»Wo ist er jetzt?«, fragte Caroline.

»In seinem Körbchen in der Wäschekammer. Wir haben ihn in eine karierte Decke gehüllt.«

Nun wusste Caroline, wie sich ein gebrochenes Herz anfühlte. Es war das Schlimmste auf der Welt. Die Wände des Zimmers schienen auf sie zuzukommen. Sie sprang aus dem Bett und zog sich eine Shorts und ein T-Shirt an. »Ich drehe eine Runde mit dem Rad!«, rief sie.

»Sei vorsichtig«, sagte ihre Mom. »Und setz den Helm auf.«

Auf dem Weg nach draußen blieb Caroline an Wendells Körbchen stehen. Der Anblick der reglos daliegenden Decke, unter der ein wenig Fell herausschaute, ließ sie in Millionen Teile zerbrechen. Sie kniete sich hin und legte ihre Hand darauf. Die fehlende Wärme und Reaktion ließ die Leere noch größer erscheinen. »O Wendell«, sagte sie. »Du wirst immer mein erster bester Freund bleiben. Adieu, mein guter, guter Junge.«

Sie rannte hinaus und schwang sich auf ihr Fahrrad. Dann fuhr sie so schnell, wie sie konnte – so schnell, dass ihr Atem in tiefen Schluchzern aus ihr herausströmte. Sie nahm den gewundenen Weg hinauf zum Leuchtturm auf dem North Head und erreichte ihn in Rekordgeschwindigkeit. So früh am Morgen waren nur wenige Wanderer unterwegs.

Am Sicherheitszaun ließ sie ihr Fahrrad fallen und schlüpfte an dem Warnschild der Küstenwache vorbei auf die andere

Seite. Dem erodierenden, felsigen Abhang ausweichend, lief sie zu der Landzunge, die ins Meer hinausragte. Der Wellengang war heute stark, weiße Gischt schoss hoch in den Himmel, und es passte zu ihrer Stimmung, einfach hier zu sitzen und zu weinen und daran zu denken, wie sehr Wendell ihr fehlen würde. Er war albern gewesen und hatte ständig Unsinn im Kopf gehabt, und man hatte ihn zu nichts anderem gebrauchen können außer dazu, mit ihm zu kuscheln und herumzutoben. Er hatte einen streng riechenden Atem und sandige Pfoten gehabt, und wenn er nass gewesen war, hatte er sich immer egal wo geschüttelt.

Aber er war der beste Hund der Welt gewesen, der beste Hund, der je gelebt hatte, und sie wusste nicht, wie sie ohne ihn weitermachen sollte.

Lange saß sie auf dem Felsen, zitternd unter der Feuchtigkeit der aufspritzenden Gischt, und verstaute alle Erinnerungen sicher in ihrem Herzen. Irgendwann hörte sie das Knirschen von Schritten auf dem Weg.

Will ließ sich neben sie fallen. »Ich dachte mir schon, dass ich dich hier finde.«

Sie konnte ihn nicht einmal ansehen, sondern nur auf den Horizont hinausschauen, der verschwommen war vom Morgennebel und ihren Tränen.

»Deine Mom hat mir das mit Wendell erzählt«, sagte er. »Das tut mir so leid.« Sein leises und mitfühlendes *Das tut mir so leid* löste eine weitere Tränenflut aus, und sie machte sich nicht einmal die Mühe, sie fortzuwischen. Will rutschte näher und legte einen Arm um sie, und in ihr brach etwas auf. In einem Rausch des Kummers und des Schmerzes kam alles aus ihr heraus. Es dauerte nur wenige Sekunden, dann wurde alles klar, wie das Meer, das vor ihr lag.

Ungefähr drei Herzschläge lang blieb sie ganz still, während sie sich wieder fasste. Will Jensen hatte seinen Arm um sie gelegt, und das löste das unglaublichste Gefühl in ihr aus. Ein Gefühl, das sogar stärker war als ihre Trauer.

Sie rückte ein Stück von ihm ab und schlang die Arme um

ihre angezogenen Knie. »Ich bin noch nie in meinem Leben so traurig gewesen.«

Sein Arm glitt von ihrer Schulter, aber Will saß noch immer so nah bei ihr, dass sie einander beinahe berührten. Auch er blickte zum Horizont hinaus. Die heranrollenden Wellen brachen sich krachend an den Felsen. »Ja«, sagte er. »Das ist echt ätzend.«

Sie trocknete sich das Gesicht mit dem Ärmel ihres T-Shirts. Sie hatte das gemacht, was ihre Schwestern »hässliches Weinen« nannten – ein Weinen, das das Gesicht verzerrte und alles rot und geschwollen machte. Doch Will schien es nicht zu bemerken, und ihr war es egal.

»Als deine Mom gestorben ist, muss es sich für dich zehnmal schlimmer angefühlt haben«, sagte sie.

Er schwieg ein paar Sekunden. »Traurig ist traurig.«

Sie nickte und stützte das Kinn auf die Knie. »Ich wünschte, wir könnten sie beide zurückhaben. Ich wünschte, wir könnten sie für immer bei uns haben.«

An dem Tag, an dem Wendell gestorben war, veränderte sich etwas zwischen Caroline und Will. Sie trafen sich weiterhin regelmäßig, stromerten herum, fuhren mit den Fahrrädern, verbrachten lange, träge Tage am Strand, hörten Musik und lachten über alles und nichts. Aber an jenem Morgen, als er sie allein und traurig vorgefunden hatte, hatte es eine tektonische Verschiebung gegeben. Es fühlte sich an, als würden sie und Will sich jetzt auf ganz andere Weise kennen.

Sie sprachen nie über diesen Moment, aber Caroline dachte ständig darüber nach.

Ihm galt ihr letzter Gedanke, wenn sie abends ins Bett ging, und der erste, wenn sie am Morgen erwachte. Jede Vision, die sie für ihr weiteres Leben hatte, schloss ihn mit ein. Er hatte davon gesprochen, in Water's Edge zu wohnen, wenn er groß war. Und sie überlegte, wie das wohl anstelle von Hongkong oder Mailand wäre.

Ständig stellte sie sich vor, was er gerade machte. Ihr fielen die winzigsten Details an ihm auf, zum Beispiel, wie er seine Ärmel aufrollte, wenn er seine Uniform in der Eisdiele trug. Oder wie er tonlos vor sich hin pfiff, wenn er sein Surfbrett wachste. Jedes Mal, wenn sie ihn sah, stoben Schmetterlinge in ihrem Bauch auf.

Diese Gefühle verstand sie nicht. Es waren ganz neue Empfindungen, für die sie keinen Namen hatte. Es war weder Glück noch Trauer, sondern eine wilde Kombination aus allem und mehr. Es kam ihr vor, als ob sie ihn schon ihr gesamtes Leben kannte, und gleichzeitig war er vollkommen neu für sie.

Das war alles so verwirrend, dass sie ihre Gedanken vollkommen für sich behielt. Denn wenn sie etwas sagen würde, würde er sie vermutlich nur unter hochgezogenen Augenbrauen ansehen und für verrückt erklären.

Am letzten Abend des Sommers, dem Rotary-Picknick, fand sie ihn, als er gerade beim Aufräumen half. Die Sonne stand schon tief am Himmel, und der beinahe volle Mond erhob sich bereits über dem Meer. Will wuchtete gerade eine der Mülltonnen auf einer Sackkarre in Richtung des Parkplatzes am Strand.

»Hey«, sagte sie und ging neben ihm her. Wieder flatterten die Schmetterlinge in ihr auf.

»Hey.«

»Du fliegst also morgen nach Hause«, merkte sie unnötigerweise an.

»Jupp.« Er ließ die Mülltonne von der Sackkarre gleiten und stellte sie neben die anderen. »Gleich morgen früh fahren wir zum Flughafen.«

»Okay.« Sie schaute sich auf dem Parkplatz um. Die Leute waren auf dem Weg zu ihren Autos; Eltern trugen schlafende Kleinkinder, Kinder schleppten ihre Strandsachen und Handtücher. »Fährst du heute Abend mit deinem Dad zum Haus?«

Will schüttelte schnell den Kopf. »Nein, ich bin mit dem Fahrrad hier.«

»Ich auch«, sagte sie. »Hey, wir könnten bis zu mir zusammenfahren. Ich meine, wenn das …«

»Klar«, unterbrach er sie. »Gute Idee.«

Der Mond war nun vollkommen aufgegangen und erhellte die verlassene Straße, auf der die Lichter ihrer Fahrradlampen tanzten. Nicht sichtbare Frösche sangen und schwiegen in den Marschen im Chor. Die Fahrt zu Carolines Haus verging für ihren Geschmack viel zu schnell, und obwohl sie die ganze Zeit redete, hatte sie das Gefühl, dass es noch so viel mehr zu sagen gab. Am Ende der Auffahrt, vor dem selbst gebastelten Briefkasten mit den Muscheln und dem Seeglas, hielten sie an.

Caroline stieg von ihrem Rad, und Will tat es ihr gleich. Normalerweise hätte Wendell es bemerkt und wäre laut bellend die Einfahrt hinuntergestürmt. Die Stille war eine schmerzhafte Erinnerung daran, dass er wirklich nicht mehr da war.

»Dann sehe ich dich, wenn du nächsten Sommer wiederkommst, oder?«, fragte sie Will und nahm den Helm ab, um ihn an den Lenker ihres Fahrrads zu hängen. Ihr Magen war wie zugeknotet, weil sie Will jetzt schon vermisste.

»Ja«, erwiderte er. »Ich freue mich schon jetzt darauf, wieder hierherzukommen. Ich wünschte, ich könnte das ganze Jahr über bleiben.«

»Im Winter ist es echt anders. Total dunkel, und beinahe jeden Tag gibt es einen Sturm.«

Er zögerte, sah sie an, das Mondlicht lag sanft auf seinem Gesicht. »Mit Stürmen komme ich klar«, sagte er leise. Dann setzte auch er seinen Helm ab.

Caroline konnte nicht aufhören, seinen Mund anzustarren. »Okay«, sagte sie mit vor Unsicherheit zittriger Stimme.

»Okay«, wiederholte er. »Jetzt ist wohl die Zeit des Abschieds gekommen.« Dann berührte er ihre Hand und hielt sie fest. Mit der anderen Hand strich er ihr eine Haarsträhne von der Wange.

Caroline war vor Schreck wie erstarrt. In einer blitzschnellen Bewegung beugte er sich vor und berührte ihre Lippen mit seinen. Es war kurz und süß und ein wenig ungelenk, weil ihre Köpfe sich nicht im gleichen Moment neigten. Und weil das Feuerwerk, das in ihr explodierte, sie beinahe umwarf.

»Adieu«, sagte er und trat einen Schritt zurück. Dann noch einen, wobei er stolperte und über sich lachte. »Wir sehen uns nächstes Jahr.«

Sie war zu überrumpelt, um etwas zu erwidern, also stand sie einfach nur da wie eine Statue, als er seinen Helm aufsetzte und in die Nacht davonradelte. Sie sah ihm nach, bis die Schatten ihn verschluckten und das Licht seiner Fahrradlampen nicht mehr zu sehen war.

Dann schwebte sie ins Haus. Sie spürte den Boden unter ihren Füßen nicht einmal.

Will Jensen hatte sie geküsst.

Will Jensen hatte sie geküsst.

Will Jensen hatte sie geküsst.

Ihre Welt würde nie wieder dieselbe sein.

Und in dem Moment wusste sie einfach, dass er immer ein Teil ihres Lebens sein würde, egal, was passierte. Sie würden immer beste Freunde sein, alles miteinander teilen, selbst wenn sie die meiste Zeit des Jahres getrennt waren, weil er während des Schuljahrs woanders lebte. Ihre Freundschaft würde sich nie verändern. Nichts und niemand würde sich je zwischen sie drängen können.

# 17. Kapitel

Zu Beginn des Schuljahres, als Caroline sich durch den Gottesdienst zappelte und darüber nachdachte, welche Gefahren in der neuen Schule auf sie lauern mochten, geschah ein Wunder. Nicht *so* ein Wunder, aber die Art, die die Rückkehr in die Schule erträglich machte.

Die *Oceanside Congregational Church* bekam einen neuen Pastor. Doch auch der war nicht das Wunder. Sondern seine Tochter Sierra. Caroline warf nur einen Blick auf Sierra Moore und wusste, dass sie beste Freundinnen werden würden. Sie waren gleich alt, und laut dem Kirchenblatt, das mit der Post gekommen war und in dem der neue Pastor und seine Familie vorgestellt wurden, war Sierra in ihrer Klasse.

Als Sierra und ihre Eltern aufstanden, um von der Gemeinde begrüßt zu werden, erhob sich ein hörbares Gemurmel wie ein frischer Wind durch die Reihen. Sierra war das, was Carolines Schwestern als umwerfend schön bezeichnen würden. Sie hatte unglaubliche rote Haare, blasse Haut und rubinrote Lippen. Außerdem strahlte sie eine gewisse Gelassenheit aus, wie sie leicht lächelnd ihren ruhigen Blick durch das Kirchenschiff gleiten ließ. Sie war sehr groß und hatte die Proportionen eines Models – schmale Hüften und eine aufrechte Haltung – und ein großartiges Stilempfinden. Das war selten unter den Mädchen, die Caroline kannte. Die meisten von ihnen hielten sich an die billigen, modischen Klamotten aus den Discount-Läden. Sierra hingegen trug ein Designerkleid, Sandalen mit kleinem Absatz, die zu ihrem Gürtel passten – aber nicht zu perfekt –, und sie war ein wenig geschminkt. *Geschminkt.* In der *Kirche*. Das war, wie ein Einhorn zu erblicken – aufregend und selten.

Sie würden beste Freundinnen werden. Das wusste Caroline einfach.

Sie vergeudete keine Zeit, sondern machte sich gleich daran, das neue Mädchen kennenzulernen. In dem Moment, in dem der Gottesdienst endete, ging sie schnurstracks auf Sierra zu. Mr. und Mrs. Moore standen neben dem Kaffeetisch und begrüßten die Gemeindemitglieder wie ein Königspaar – was sie in dieser kleinen Gemeinde auch irgendwie waren. Sierra hielt sich ein wenig abseits, eine Hand ruhte auf der eleganten kleinen Handtasche mit der Goldkette als Riemen, in der anderen Hand hielt sie eine Wasserflasche. Ein paar der Jungs waren bereits dabei, sie abzuchecken, aber auf diese alberne Jungensart, indem sie einander schubsten und anstießen und dabei kicherten. Als würde *das* sie beeindrucken.

»Ich bin Caroline«, sagte sie und drängte sich an Kevin Pilcher vorbei, der gerade einen Ärmel aufrollte, um einen Achselfurz vorzuführen. »Kümmere dich nicht um die. Das sind Idioten. Ich nicht. Und wir gehen in die gleiche Stufe, vielleicht sogar in die gleiche Klasse – von *M* bis *Z*. Ich finde dein Outfit wirklich klasse.« Hör auf zu plappern, ermahnte Caroline sich, und atme durch.

Sierras Blick wirkte kurz misstrauisch. Dann lächelte sie. »Danke. Deins gefällt mir auch. Das ist ein echt cooler Rock.«

Sofort richtete Caroline sich ein wenig auf. »Den habe ich selbst gemacht.«

Sierra zog die Augenbrauen zusammen. »Du meinst, du hast ihn genäht?«

»Jupp. Ich nähe ständig alles Mögliche, meistens meine eigenen Entwürfe.«

»Ach komm.«

»Wirklich.«

»Das ist echt beeindruckend. Ich liebe Klamotten, könnte aber nicht mal einen Knopf annähen.«

»Ich bin auch noch dabei, es zu lernen. Vielleicht können wir bald mal was zusammen entwerfen.«

Sierra lächelte sie an, und ihr Strahlen war heller als die Sonne. »Wie wäre es, wenn wir *alles* zusammen machen würden?«

Caroline grinste. »Abgemacht.«

Und das taten sie dann ab dem Tag auch. Caroline stellte Sierra ihren Freundinnen und ihrer Familie vor, zeigte ihr die charmanten und nicht so charmanten Seiten des Lebens in einem so kleinen Ort. Sierra war in Südkalifornien aufgewachsen, und der Umzug an die Küste Washingtons bedeutete für sie eine große Veränderung. Caroline war fasziniert von ihrem Leben – ein Einzelkind, angebetet und verwöhnt von den liebevollen Eltern.

»Ach, Einzelkind zu sein ist auch nicht so toll, wie es sich anhört«, erklärte Sierra oft, wenn Caroline ihren Neid aussprach. »Wenn ich Probleme bekomme, kann ich niemand anderem die Schuld in die Schuhe schieben.«

»Wenn du keine Geschwister hast«, entgegnete Caroline dann immer, »gibt es auch weniger Schwierigkeiten, in die man geraten kann.«

»Aber mehr Leute zum Beschuldigen«, erwiderte Sierra.

Die erste Schulwoche war ein Wirbel aus dem Versuch, sich die Stundenpläne zu merken, sich einen Spind zu suchen und die außerschulischen Aktivitäten zu organisieren. Caroline entschied sich natürlich für den Nähkurs, den Lindy Bloom leitete. Rona Stevens versuchte Sierra zu überreden, beim Cheerleading mitzumachen. Offensichtlich war selbst Rona klar, dass Sierra in diesem Jahr die interessanteste neue Schülerin war. Caroline hielt den Atem an und betete, dass Sierra nicht zusagen würde.

»Ich bin nicht wirklich gut im Herumhüpfen und Gymnastik«, gestand Sierra.

»Es gibt Unmengen an Cheers, die nur aus Klatschen und Rhythmus bestehen«, versicherte Rona ihr.

»Ich weiß nicht …«

»Die Busreisen sind immer superlustig. Und außerdem sind alle süßen Jungs im Footballteam.«

»Ich sag dir Bescheid«, sagte Sierra so geschmeidig und diplomatisch wie ihr Vater in den Gesprächen nach dem sonntäglichen Gottesdienst. »Die Outfits sind echt süß.«

Als Rona außer Hörweite war, murmelte Sierra: »Und mit *echt süß* meine ich grauenhaft.«

Caroline war höchst erfreut. »Also kein Cheerleading für dich.«

»Ich stehe allerdings auf süße Jungs«, gestand Sierra. Und dabei errötete sie noch nicht mal.

»Tja«, sagte Caroline. »Wer tut das nicht?«

»Hast du einen Freund?«, fragte Sierra.

»Was?« Die Frage verblüffte Caroline. Sie dachte an den Kuss im letzten Sommer – das Mondlicht, die Hand, die ihr eine Haarsträhne aus dem Gesicht gestrichen hatte, die Berührung seiner Lippen … Das Ganze hatte nur wenige Sekunden gedauert, aber seitdem hatte sie stundenlang darüber nachgedacht. Zu viele Stunden.

»Nein«, sagte sie dann. »Ich meine, es gibt hier Schulpartys und so. Ich hänge auch ab und zu mit ein paar Jungs aus der Schule ab, aber die sind nur gute Freunde.«

»Na ja, du bist echt süß, und wenn du einen Freund haben willst, solltest du einen kriegen«, meinte Sierra.

»Also …« Es lag ihr auf der Zunge, Sierra von Will Jensen zu erzählen, aber sie tat es dann doch nicht, weil sie nicht wusste, wie sie es erklären sollte.

Es gab entweder viel zu viel zu sagen oder gar nichts.

Und nichts zu sagen kam ihr irgendwie sicherer vor.

Dank ihrer Freundschaft mit Sierra machte die Schule mehr Spaß, als Caroline erwartet hatte. Das Event des Jahres war das jährliche Frühlings-Bankett, eine extravagante Veranstaltung, zu der die Schülerinnen und Schüler sich schick anziehen und wie Erwachsene benehmen konnten. Diese Tradition ging so weit zurück, dass niemand sich mehr an die Ursprünge erinnern konnte, aber alle Eltern schwelgten in Erinnerungen an ihre eigenen Zeiten. Ein Komitee aus Freiwilligen arbeitete Monate daran, das Motto, das Essen und die Musik auszuwählen.

»Die großartigen Achtziger?« Sierra musterte den Flyer, der den Eintrittskarten beilag. »Ernsthaft? Gab es irgendetwas Großartiges an den Achtzigern?«

»Äh, blauen Lidschatten?«, schlug Caroline vor. »Stulpen? Discomusik?«

»Tja, ich denke, da stehen wir vor einer Herausforderung«, erklärte Sierra. »Unsere Outfits müssen umwerfend sein.«

»Keine Sorge, das werden sie. Lass uns ein paar alte Filme anschauen und einen Plan machen.«

Sie gingen in die Videothek und schauten sich unter den Klassikern um, die Carolines Mom vorgeschlagen hatte: *Pretty in Pink*, *Das darf man nur als Erwachsener*, *Ferris macht blau*, *Flashdance*, *Footloose*, *Teen Lover* ... Sie schauten sie an einem stürmischen Wochenende bei Sierra zu Hause – ein im Vergleich zu Carolines Elternhaus sehr ruhiges und ordentliches Haus in der Nähe des Golfplatzes. Die Mädchen waren fasziniert von den Filmen und der Musik der Achtziger.

Die schräge Mode inspirierte Caroline – Miniröcke, breite Gürtel, funkelnder Schmuck, schulterfreie Tops. Sie und Sierra planten und stylten sich schon Tage im Voraus.

Am Tag des Banketts mit anschließendem Tanz zogen sie sich bei Caroline zu Hause um. Auch wenn es bei den Shelbys immer recht chaotisch zuging, war es der bessere Ort dafür. Sierra meinte, ihre Eltern würden ihren kurzen Rock trotz der bunten Leggins niemals gutheißen.

»Toupierte Haare und krasses Make-up«, sagte Sierra, als sie neben Caroline vor dem Badezimmerspiegel stand. »Trauen wir uns das?«

Caroline lachte und warf den Zopf, der hoch auf ihrem Kopf saß, zurück. »Natürlich trauen wir uns das!«

# 18. Kapitel

Endlich war das Schuljahr zu Ende. Caroline wusste, dass der wunderbare Sommer im pazifischen Nordwesten für Sierra eine Offenbarung sein würde. Die Tage erstreckten sich wundervoll lang, und die Sonne verweilte jeden Abend ein wenig länger am Horizont.

Caroline hatte ihre Eltern erneut davon überzeugen können, dass die Arbeit im Stoffladen das Richtige für sie war. Um ihren Punkt zu unterstreichen, hatte sie ihre Nähkünste zum Einsatz gebracht und sich darangemacht, den scheinbar bodenlosen Korb mit Sachen zum Flicken abzuarbeiten, wozu ihre Mutter nie kam. Sie hatte die kaputten Reißverschlüsse in den Lieblingsjacken ihrer Brüder ausgetauscht und sogar einen Quilt für die Auktion in der Bücherei angefertigt. Kurz gesagt, sie hatte es ihren Eltern unmöglich gemacht, zu behaupten, dass die Arbeit im Restaurant für sie die bessere Alternative wäre.

Sierra freute sich auch, denn Caroline arbeitete gerade an ihrem bisher herausforderndsten Projekt: Sommeroutfits für sie beide.

»Ich liebe dieses Wetter!«, rief Sierra, als sie in den Laden stürmte. »Das ist es beinahe wert, den grässlichen Winter hier zu verbringen.« Sie wirbelte glücklich herum und bewunderte die Ballen mit den bunten Stoffen.

»Von jetzt bis zum Labor Day wird es jeden Tag besser«, versprach Caroline, die gerade dabei war, Stoffballen wieder in die Regale zu räumen. Sie freute sich für ihre Freundin, die ihren ersten Sommer auf der Halbinsel erleben würde. Sie würden so viel Spaß am Strand haben, und dank ihres Jobs im Stoffladen konnte sie mit dem Nähen richtig Gas geben, denn Sierra hatte sich als ihr größter Fan herausgestellt.

»O ja, da hat sie recht.« Mrs. Bloom rückte ihre Lesebrille auf der Nase zurecht. »Wie schön, dich zu sehen, Sierra.«

»Gleichfalls.« Sie machte einen kleinen Knicks, wobei sie gegen eine Rolle petrolfarbenen Georgettestoff stieß, die auf den Boden fiel. »O mein Gott, das tut mir leid«, sagte sie und bückte sich.

Mrs. Bloom griff im gleichen Moment nach der Rolle, und gemeinsam hoben sie sie wieder auf den Tresen. »Schon gut«, sagte sie. »Ist ja nichts passiert.«

»Ach herrje«, sagte Sierra da. »Was haben Sie denn mit Ihrem Arm gemacht?«

Mrs. Bloom wirkte verlegen, als sie den Ärmel ihres Pullovers herunterzog. »Ach, das. Ich habe mich an der Autotür gestoßen. Ich bin schrecklich ungeschickt und kriege so schnell blaue Flecken wie eine Banane braune Stellen. Das war schon immer so.«

»Das sieht schmerzhaft aus«, meinte Sierra.

»Nein, es ist nicht so schlimm. So, jetzt muss ich die Abrechnung für den heutigen Tag machen. Wenn ihr Mädchen hinten nähen wollte, macht das nur. Um diese Uhrzeit erwarte ich keinen Kundenansturm mehr.«

»Sind Sie sicher?« Caroline wollte zu gerne das Kleid fertigstellen, das sie gerade für Sierra nähte. Ihr eigenes war bereits fertig, und es war super geworden. Aber Sierras würde unglaublich werden, wenn sie die Abnäher perfekt hinbekäme. »Ich meine, wenn Sie mich hier nicht mehr brauchen, Mrs. Bloom.«

»Geht nur.« Sie scheuchte die beiden in Richtung Atelier im hinteren Bereich des Ladens. »Seid kreativ. Ich freue mich, dass ihr mit euren Projekten so gut vorankommt.«

»Das ist allein ihr Werk.« Sierra stieß Caroline an. »Ich kann es kaum erwarten, das Ergebnis zu sehen.«

Caroline strahlte vor Stolz. Für sie war Sierra die perfekte Schneiderpuppe. Ihre Geduld bei den Anproben und Änderungen war endlos. Sie war nicht wie Carolines Schwestern, die seufzten und zappelten und sie dazu antrieben, sich zu beeilen. Außerdem konnte Sierra schminken wie ein Profi und hatte ein wirklich gutes Händchen, was das Stylen eines Looks anging. Sie hatte alle wichtigen Modemagazine abonniert und studierte sie, als wären sie die Schriftrollen von Qumran.

Die Mädchen zogen sich in das kleine Atelier zurück. Lindy machte es nichts aus, diesen Raum mit Caroline und den anderen Schülerinnen zu teilen, die nähen wollten.

»Ohhh, das ist traumhaft!«, seufzte Sierra, als sie das Sommerkleid auf der Puppe sah.

»Wir werden sehen. Zieh es mal an.«

Schnell schlüpfte Sierra aus Rock und Bluse. Darunter trug sie einen BH und einen Slip, die ihren Eltern vermutlich einen Herzinfarkt verursacht hätten. Deshalb hatte sie das Set auch heimlich bei einem Dessousversand bestellt. Sie hatte eine unglaubliche Figur mit perfekten Brüsten – nicht so groß, dass sie ihr peinlich gewesen wären, aber deutlich vorhanden. Ihre Bauchmuskeln waren vom Yoga definiert, das sie hingebungsvoll praktizierte, und ihre Hüften waren genau richtig gerundet. Sie war wie besessen von einer australischen Fernsehsendung, in der ein Supermodel gesucht wurde. Sie nahm jede Folge auf Video auf und schaute sie sich wieder und wieder an, um den typischen Model-Gang und verschiedene Gesichtsausdrücke zu üben.

Obwohl sie nur sechs Monate jünger war als Sierra, hinkte Caroline ihr Lichtjahre hinterher. Ihre Brüste waren immer noch kaum zu sehen, und ihre Hüften waren so schmal, dass sie ohne Probleme die Jeans ihrer kleinen Brüder hätte tragen können. Das Einzige, das sie als Teenager auswies, war das, was an der Zeit als Teenie am unattraktivsten war: Pickel. Igitt. Sierra, die mit Make-up eine wahre Magierin war, hatte ihr gezeigt, wie man die überdecken konnte, aber Caroline war so unsicher, dass sie an einigen Tagen nicht einmal in den Spiegel schauen mochte. Warum konnte sie nicht so gesegnet sein wie Sierra mit ihrer makellosen, glatten Haut? Und dem seidigen

Haar, wo sie schon dabei war? Stattdessen hatte sie ihre ungebändigte Mähne zu einem unordentlichen Dutt hochgebunden, der nicht gerade vorteilhaft war. Schlimmer noch, sie hatte in diesem Jahr eine Zahnspange bekommen – die Heilige Dreifaltigkeit der Hässlichkeit.

Aber sie war nicht eifersüchtig auf Sierras Aussehen, sondern dankbar, eine Freundin zu haben, die Mode liebte und aussah wie ein Supermodel. Und die dazu die nötige Geduld für die Anproben besaß.

Sie half Sierra, das Kleid über den Kopf zu ziehen. »Okay, heb die Arme.« Sie griff nach einem Nadelkissen. »Ich muss das Oberteil neu abstecken.«

»Das fühlt sich unglaublich an.« Sierra streckte gutmütig die Arme in die Luft, während Caroline die Änderungen vornahm. »Ich kann nicht glauben, dass du das selbst entworfen hast, Caroline.«

»Halt still«, murmelte Caroline, um die zwischen ihren Lippen klemmenden Stecknadeln herum. Sie steckte einen Abnäher ab, damit das Oberteil sich perfekt an Sierras Körper schmiegen würde. Das Kleid an ihrer Freundin zu sehen war total aufregend, denn sie war sicher, dass es das Beste war, was sie bisher entworfen hatte. »Okay«, sagte sie. »Pass auf, dass du dich nicht an den Nadeln pikst.«

»Es ist so cool, dass du Mrs. Blooms Sachen benutzen darfst.« Sierra schaute sich in dem perfekt ausgestatteten und organisierten Atelier um: An einer Wand gab es Garnspulen in allen nur erdenklichen Farben, an einer anderen hingen Schnittmuster an Klammern, dazu gab es Schubladen mit Kurzwaren, Gläser voller Knöpfe und Verzierungen.

»Ja, das ist echt cool. Meine Eltern sind ausgeflippt, als ich ihnen gesagt habe, dass ich im Sommer wieder hier und nicht im Restaurant arbeiten will. Sie verstehen einfach nicht, warum ich nicht so besessen von dem Restaurant bin wie meine Schwestern.« Sie sagte das in lockerem Ton, aber in Wahrheit störte es sie, dass ihre Eltern nicht einmal versuchten zu verstehen, was sie am Entwerfen und Nähen von Kleidung so sehr liebte. Sie schienen zu denken, dass es sich um eine vorübergehende Leidenschaft handelte, so wie damals, als Virginia alles dafür gegeben hätte, ein eigenes Pferd zu haben. Diesen Wunsch hatten sie ihr ausgetrieben, indem sie ihr einen Job in den *Beachside Stables* besorgt hatten, wo sie sich um die Pferde gekümmert hatte, mit denen die Touristen am Strand ausreiten konnten. Der Plan war aufgegangen. Nach ein paar Wochen, in denen sie Ställe ausmisten, Hufe kratzen und Pferdeschweiß abwischen musste, war Virginia bereit gewesen, ihre Sporen an den Nagel zu hängen.

In Carolines Fall war der Plan aber nach hinten losgegangen. Obwohl sie in Lindy Blooms Laden mit den niedrigsten Arbeiten, wie fegen, die Stoffballen in die Regale wuchten und die Schnittmuster einsortieren, angefangen hatte, konnte sie es morgens kaum erwarten, in den Laden zu kommen. Anstatt der Aufgaben leid zu werden, hatte Caroline immer noch mehr tun wollen. Jede Minute, die sie bei Lindy verbringen durfte, war für sie eine glückliche.

Mit einem Stück Schneiderkreide markierte sie den hinteren Saum des Kleids. »Okay, ich mach das schnell für dich fertig.«

»Cool.« Sierra zog das Kleid vorsichtig aus und reichte es ihr. Dann schaute sie sich, immer noch in Unterwäsche, die Musterstücke an, die auf einem Rollständer hingen. Sie war so selbstsicher. In sich ruhend. Caroline hatte keine Ahnung, wie sich das anfühlen musste.

Sie setzte sich an Mrs. Blooms Nähmaschine, die sie mit jeder Faser ihres Herzens begehrte. Es war keine normale Nähmaschine, wie die meisten Frauen sie irgendwo in einem Schrank verstaut hatten, sondern ein wahres Wunder für Profis. Caroline sparte auf eine eigene, auch wenn selbst die gebrauchten Modelle Unsummen kosteten.

Sie spürte das Vibrieren des Motors in ihren Adern, als sie die kleinen Änderungen am Kleid vornahm. Als sie fertig war, zog Sierra es wieder an und strich mit den Händen über den

Baumwollstoff, der mit einem ungewöhnlichen Muster aus handgemalten kleinen Pfeilen bedruckt war »Das fühlt sich großartig an«, sagte sie.

»Es sitzt wie angegossen«, erklärte Caroline und schob Sierra vor den großen Spiegel. »Sieh es dir an.«

Sierra schlüpfte in ihre Wedges-Sandalen, die sie noch größer machten, und musterte ihr Spiegelbild. »Oh, Caroline …«

»Lasst mich mal sehen.« Mrs. Bloom gesellte sich zu ihnen. »Oh, Caroline«, sagte auch sie. »Das ist wirklich gelungen. Was für ein bezauberndes, ungewöhnliches Kleid. So wunderschön geschnitten und genäht. Ich fand die Stoffwahl ja erst etwas riskant, aber mit der leichten Waschung und dem Futter … Wow. Sehr gut gemacht.«

»Danke.« Caroline strahlte vor Stolz.

»Ist das ein Muster aus der *Vogue*?«

Caroline und Sierra tauschten einen Blick. Dann wirbelte Sierra vor dem Spiegel herum und sagte: »Nein, Ma'am, das ist ein Caroline-Shelby-Original.«

Mrs. Bloom betrachtete das Kleid genauer. »Eine wundervolle Arbeit. Wer hätte gedacht, dass ich eine Designerin und ein Model hier in meinem Laden habe?«

Die Mädchen konnten nicht aufhören zu grinsen, als sie einander anschauten. »Danke, Mrs. Bloom«, sagte Caroline.

Sierra fächelte sich Luft zu. »Es ist immer noch ganz schön heiß draußen. Wir sollten an den Strand gehen.«

Caroline warf kurz einen Blick zu Mrs. Bloom. »Ich muss noch beim Zuschließen helfen.«

»Unsinn.« Mrs. Bloom wedelte mit den Händen. »Ich mach das schon.«

»Oh. Danke.« Caroline zögerte. »Äh, haben Sie vielleicht Lust, mit uns an den Strand zu gehen?« Manchmal kam ihr Mrs. Bloom einsam vor, als könnte sie ein wenig Spaß im Leben gebrauchen.

»Wie nett von dir, zu fragen, aber nein. Ich muss mich beeilen und das Abendessen für Mr. Bloom kochen.« Sie nannte ihren Mann immer Mr. Bloom, als wäre er ihr Chef oder so. Er war ein großes Tier in der Bank, also vielleicht mochte er es, Mr. Bloom genannt zu werden.

»Dann sehen wir uns morgen«, sagte Caroline.

»Bestimmt freut ihr euch schon, eure neuen Kleider morgen zum Clambake zu tragen«, erwiderte sie. Der Clambake war ein weiterer Höhepunkt eines jeden Sommers, zu dem sich alle am Strand trafen, um in einem Erdofen gegarte Muscheln zu essen.

»Darauf können Sie wetten«, bestätigte Caroline. Sie hatte sich dafür einen lässigen Wickelrock nach eigenem Entwurf genäht. Er hatte aufsitzende Taschen und Ösen für alles Mögliche. Sie brauchte viele Taschen, weil sie, wie ihre Mom immer sagte, wie eine Elster war, die alles Glänzende aufsammelte, was ihr ins Auge fiel. Der Look war nicht so dramatisch wie der von Sierra, aber er passte zu Caroline und war genau das Richtige für den Clambake.

Der Clambake war der offizielle Startschuss in den Sommer und nur eine von vielen Veranstaltungen, die jedes Jahr auf der Halbinsel stattfanden. Es gab Musik und Spiele am Strand, und es war einfach nur himmlisch. Einige Menschen behaupteten nur halb im Spaß, dass erst die Feste die Halbinsel zum Leben erweckten. Diese spezielle Veranstaltung wurde von den Kirchengemeinden gemeinsam auf die Beine gestellt, um Geld für die Jugendhilfe zu sammeln.

Wenn sie an den Sommer dachte, schweiften Carolines Gedanken automatisch zu Will Jensen. Es kam ihr wie eine Ewigkeit vor, dass sie ihn zuletzt gesehen hatte. Und so war es ja auch. Ein ganzes Schuljahr war inzwischen vergangen. Sie hatte angenommen, dass er wieder den Sommer bei seinen Großeltern verbringen würde, aber sie war sich nicht sicher. Während des Schuljahres hatten sie beide keinen Kontakt. Sie hatte keine Ahnung, warum nicht. Vermutlich, weil sie beste Sommerfreunde waren und den Rest des Jahres vollkommen unterschiedliche Leben führten. Manchmal sah sie seine Großeltern in der Kirche, aber sie erkundigte sich nie nach Will. Sie wollte nicht zu eifrig wirken. Oder so, als würde ihr zu viel an ihm liegen – obwohl genau das der Fall war.

Immer noch war sie erstaunt darüber, dass er sie geküsst hatte – ein echter, richtiger Kuss, was so ziemlich das Beste war, was ihr je in ihrem Leben passiert war. Sie dachte ständig daran. Als sie und Sierra also Mrs. Jensen über den Weg liefen, die an diesem Tag mit Duffy auf der Promenade spazieren ging, verspürte sie kurz einen Anflug von Schuldgefühlen, als wäre sie bei etwas Schlimmem erwischt worden.

»Oh«, sagte sie nervös. »Hi, Mrs. J.!« Schnell stellte sie Sierra Wills Großmutter vor.

Mrs. Jensen lächelte. »Wie schön, dich zu sehen, Caroline. Ich habe gerade an dich gedacht.«

*Wow.* »Wirklich?«

»Wir fahren morgen nach Portland, um Will vom Flughafen abzuholen.«

Carolines Herz setzte mehrere Schläge aus. *Morgen.*

»Das, äh, das ist toll, Mrs. J.«

»Bestimmt kann er es kaum erwarten, dich wiederzusehen.« Mrs. Jensen zwinkerte ihr zu. »Ihr zwei habt immer so eine tolle Zeit zusammen, wenn er im Sommer hier ist.«

*Haben wir?* Sie schluckte schwer. Mein Gott, was hatte er ihr erzählt?

»Ich kann mir vorstellen, dass er zum Clambake kommt. Das will er bestimmt nicht verpassen.«

»Das ist ja auch immer super.« Caroline war davon überzeugt, dass ihr Gesicht knallrot angelaufen war. »Also dann, wir sehen uns, Mrs. J.« Sie flüchtete von der Promenade zu dem Steg, der sich durch das Dünengras wand.

»Wer ist Will?«, fragte Sierra, die ihr folgte.

Nur der wichtigste Mensch in meinem Leben, dachte Caroline. Oder auf der ganzen Welt. »Ach, nur ein Junge, den ich kenne«, sagte sie lässig. »Das war eben seine Großmutter.«

»Geht er auf unsere Schule?«, hakte Sierra nach.

»Nö. Er kommt immer nur im Sommer her. Du hast doch gehört, dass er morgen in Portland landet.«

»Wie kommt es, dass du ihn noch nie erwähnt hast?«

Gute Frage, dachte Caroline und zuckte mit den Schultern. »Keine Ahnung. Seine Großeltern haben ein Haus am Ende der Straße, und er kennt hier niemanden, also hängen wir ab und zu zusammen ab, wenn er da ist.«

»Ist er süß? Denn wenn ja, werde ich total neidisch auf dich sein.«

Carolines Wangen brannten. Sie ging schnell weiter, um es zu verbergen. Sie wusste nicht, warum es ihr so widerstrebte, ihrer Freundin alles zu erzählen. Es war, als gehörte Will zu einem exklusiven, privaten Teil von ihr, den sie mit niemand anderem teilen wollte.

»Also, ist er süß?« Sierra grinste.

»Ich weiß nicht. Vielleicht. Ja, schätze schon. Wir sind … so ist das nicht.« Warum log sie ihre beste Freundin an?

»Wie ist das nicht?«

»Es ist egal, ob er süß ist oder nicht.« Caroline trat sich die Sandalen von den Füßen und sprang in den weichen Sand, der sich wunderbar warm unter ihren nackten Füßen anfühlte.

»Nun, gut zu wissen«, erwiderte Sierra.

»Warum ist das gut?«

Sierra sprang neben ihr in den Sand. »Weil ich ihn dir dann, wenn ich mich in ihn verliebe, nicht wegnehme.«

»Wieso heißt es Clambake, wenn ihr die Muscheln im Sand vergrabt?«, fragte Sierra. »Wäre dann nicht ›Muscheln begraben‹ der passendere Ausdruck als ›Muscheln backen‹?« Sie waren bei Caroline zu Hause im unteren Badezimmer und machten sich für den Abend fertig. Sie hatten die Tür zum Schutz vor Carolines nervigen Brüdern verbarrikadiert, und Sierra demonstrierte gerade, wie man kunstfertig Make-up auftrug, damit es so aussah, als würde man keines tragen.

»Die Muscheln werden nicht im eigentlichen Sinn gebacken, sondern eher gegart.« Caroline beugte sich zum Spiegel vor und schaute den Pickel an ihrem Kinn grimmig an, der über Nacht aufgeploppt war wie ein böser Pilz in der Dunkelheit. »Es funktioniert so: Jemand – normalerweise mein Vater oder jemand aus dem Restaurant – gräbt ein großes Loch in den Sand und füllt es mit Steinen, einer Schicht heißer Kohlen und einer Lage Algen. Dann werden Muscheln, Maiskolben und kleine rote Kartoffeln daraufgelegt und zugedeckt. Zusammen gart das dann, bis es fertig ist und ausgegraben werden kann.«

»Klingt nach ziemlich viel Arbeit.«

»Das ist es vermutlich auch, aber die Leute lieben es. Und überhaupt, bei einem Clambake geht es mehr um die Party als um die Muscheln. Das wird lustig, du wirst schon sehen.«

»Gut, denn ich könnte niemals eine Muschel essen.« Sierra schüttelte sich und trat einen Schritt zurück, um ihre Silhouette im Spiegel zu bewundern, die in dem von Caroline genähten Kleid perfekt zur Geltung kam.

Sierra aß überhaupt nicht viel, wie Caroline aufgefallen war. Sie ernährte sich hauptsächlich von Wassereis und Cola light und ab und zu einer Reiswaffel.

»Ich liebe am meisten den Mais und die Kartoffeln«, sagte Caroline. »Die werden dir auch schmecken.«

»Ich werde es im Hinterkopf behalten. O mein Gott.« Sierra drehte sich vor dem Spiegel hin und her. »Das ist das schönste Kleid, das ich jemals gesehen habe. Es ist einzigartig und sitzt perfekt. Du bist ein Genie, das weißt du, oder? Ein verdammt geniales Genie.«

Caroline konnte ein Grinsen nicht unterdrücken. »Tja, da bin ich mir nicht so sicher.«

»Ich schon. Du hast es entworfen und jeden einzelnen Stich selber gemacht. Und ich fühle mich darin umwerfend.«

»Es ist ja auch leicht, dich umwerfend aussehen zu lassen«, meinte Caroline. »So siehst du schon aus, wenn du morgens aufwachst.«

»Pah. Überhaupt nicht. Tyra Banks sagt, es braucht mindestens zwei Stunden für Haare und Make-up, um ein Mädchen in eine natürliche Schönheit zu verwandeln.«

»Ja klar. Wo wir gerade davon reden – wie sehe ich aus?« Sie war immer noch dabei, sich daran zu gewöhnen, sich zu schminken, und hatte immer fürchterliche Angst, es zu übertreiben.

Sierra legte Caroline einen Finger unters Kinn und drehte ihren Kopf ins Licht. »Du bist zum Anbeißen, und du brauchst kaum Make-up. Nur vielleicht …« Sie schnappte sich einen Pinsel und trug Caroline ein wenig Rouge auf. »Der Rock, den du dir genäht hast, ist auch super mit diesen ganzen coolen Taschen und Ösen.« Sie steckte einen Lipgloss in eine der Taschen. »Denk dran, jede Stunde ein wenig Lipgloss nachzulegen.«

»Okay.« Caroline wünschte, unter ihrem schlichten weißen Tanktop würden sich ein paar Kurven abzeichnen, aber noch wartete sie vergeblich darauf. Ihre Schwestern hatten ihr in einem seltenen Anflug von Mitgefühl erzählt, dass sie auch Spätentwicklerinnen gewesen waren. Aber neben Sierra hatte Caroline das Gefühl, sie würde sich niemals entwickeln. »Bereit?«, fragte sie.

»Nicht für die Muscheln, aber auf jeden Fall für die Party. Das wird so ein Spaß, das weiß ich einfach.«

»Musst du am Stand der Oceanside Church mithelfen?«, fragte Caroline.

Sierra schürzte die Lippen. »Ich habe es meinen Eltern versprochen. Mein Dad will, dass ich ihm helfe, mehr Kinder für die Jugendgruppe zu gewinnen.«

»Ich mache mit«, bot Caroline an. »Die Jugendgruppe im Sommer ist gar nicht mal so schlecht. Zumindest geht es da mehr um die Jugendlichen als um die Kirche. Einige der Älteren schleichen sich nach den Treffen allerdings immer davon und machen miteinander rum. Meine Schwestern waren da keine Ausnahme.«

»Das«, verkündete Sierra, »klingt wesentlich besser, als Muscheln zu essen.«

»Ich habe gehört, wie meine Eltern sagten, dass mehr Mädchen dank der Kirchengruppen schwanger werden als wegen des Sexualkundeunterrichts.«

Sierra kicherte. »Wenigstens zeigen sie einem im Sexualkundeunterricht, wie man *nicht* schwanger wird. In der Kirchengruppe sagen sie nur, man solle warten. Als würde irgendjemand *das* tun.«

»Ganz genau.« Caroline putzte sich noch schnell die Zähne und tauschte die Gummibänder an ihrer Zahnspange aus. Die war so ätzend. Der Kieferorthopäde hatte geschworen, dass es eines Tages den Preis wert sein würde, doch Caroline hatte nie verstanden, warum die Zahnspangen ausgerechnet in der Highschoolzeit getragen werden mussten, wo das Aussehen wichtiger war als alles andere.

»Hast du schon mal mit einem Jungen rumgemacht?«, fragte Sierra.

Carolines winziges Gummiband schoss durch die Luft. »Nein«, antwortete sie schnell. Und doch war sie in Gedanken sofort bei diesem einen Moment im letzten Sommer. Bei dem Kuss. Aber das war kein Rummach-Kuss gewesen. Nur ein Abschied. Doch dieser Abschied hatte sie durch das ganze Jahr getragen. Und hier war jetzt die Gelegenheit, Sierra zu erklären, was Will ihr bedeutete – was sie gestern nicht über sich gebracht hatte.

Aber wieder einmal war ihr Kopf mit einem Mal komplett leer. Sie konnte es nicht. »Was ist mit dir?«, fragte sie.

Sierra ließ ihren Rock aufwirbeln, als sie sich noch einmal im Spiegel anschaute. »Na klar. Erinnerst du dich noch an Trace Kramer?«

Einer der Starspieler der *Peninsula Mariners*. »Unter der Tribüne nach einem Footballspiel im letzten Herbst.«

»Davon hast du mir nie erzählt.«

Sie zuckte mit den Schultern. »Es hat mir nicht wirklich gefallen. Vor allem, weil *er* mir nicht gefallen hat. Er war aufdringlich und verschwitzt, und keiner von uns wusste wirklich, was wir da taten. Aber diesen Sommer werde ich einen *echten* Freund haben.«

»Ach ja? Wer schwebt dir da denn vor?«

»Noch niemand Bestimmtes. Ich werde es wissen, wenn ich ihn sehe.«

»Ja klar. So wie Lizzy Bennet, als sie Mr. Darcy zum ersten Mal gesehen hat?« Sie hatten dieses Jahr im Englischunterricht *Stolz und Vorurteil* gelesen, und Caroline träumte immer noch davon.

»Die beiden konnten einander nicht ausstehen«, merkte Sierra an.

»Aber sie haben etwas füreinander empfunden.« *Und wie!*

»Tja, mal sehen, ob Mr. Darcy auftaucht.« Sierra packte die Haarspraydose und ihre Schminksachen ein.

»Es geht los«, verkündete Jackson, als sie die Badezimmertür aufschlossen. »Ihr wart da ja eine Ewigkeit drin.« Er war elf Jahre alt, und das Einzige, was noch nerviger war als er, war Austin, der neun war und nicht nur nervig, sondern auch schmuddelig. Beide Jungs standen vor dem Bad im Flur und hielten einen tropfnassen Jutesack in den Händen.

»Was zum Teufel …?«, sagte Caroline.

Der stinkende feuchte Sack streifte ihren Rock, als die Jungs sich ins Badezimmer drängten. Sierra presste sich gegen die Wand, um jeglichen Kontakt mit dem, was auch immer es war, zu vermeiden. »Was ist das für ein grauenhafter Gestank?«, fragte sie.

Die beiden antworteten nicht, sondern stellten den Sack, in dem sich irgendetwas bewegte, in die Badewanne.

»Mom!«, rief Caroline.

»Halt den Mund«, sagte Jackson.

Ihre Mom ignorierte Caroline normalerweise sowieso, wenn sie rief. »Was habt ihr damit vor?«, fragte sie streng. »O mein Gott.«

Sierra stieß einen kleinen Schrei aus und klammerte sich an Carolines Arm. »Ist das eine Ratte?«

»Das ist ein Otter«, sagte Austin und hüpfte aufgeregt auf und ab. »Ein Babyotter. Wir haben ihn gefunden, und wir werden ihn behalten.«

»Der stinkt«, stellte Caroline fest. »Ich muss Mom gar nichts sagen. Sie wird einfach ihrer Nase folgen.«

»Igitt.« Sierra beugte sich vor, um die kleine Kreatur anzuschauen, die versuchte, am Badewannenrand hinaufzuklettern. »Aber irgendwie auch süß.«

»Lass dich von seinem Aussehen nicht täuschen«, warnte Caroline. »Otter sind fies. Sie lassen überall tote Fische rumliegen und scheißen überallhin.«

»Wir nennen ihn Oscar«, sagte Jackson. »Oscar, der Otter.«

In dem Moment schwang die glitschige Kreatur ihren Körper hoch und über den Rand der Wanne. Sein muskulöser Schwanz klatschte gegen Carolines nackte Beine und bespritzte ihren neuen Rock mit dreckigem Wasser und Sand.

»Er haut ab!«, rief Austin und stürzte dem davonhuschenden Otter hinterher.

»Was ist hier los?«, drang die Stimme ihrer Mutter durch den Flur.

Caroline packte Sierras Hand. »Schnell weg hier, bevor die Hölle losbricht.«

»Caroline?« Ihre Mom hielt sie auf dem Weg nach draußen auf. »Was haben deine Brüder jetzt schon wieder angestellt?«

»Keine Ahnung«, erwiderte sie. »Wir gehen jetzt zum Clambake. Wir sehen uns später!«

»Passt auf euch auf!«, rief ihre Mom. »Vergesst nicht, die Helme aufzusetzen. Jungs! Was um alles in der Welt … Schafft das Ding sofort aus dem Haus!«

Caroline schnappte sich eine abgeschnittene Jeans von der Wäscheleine und ging dann schnurstracks auf die Fahrräder zu. »Diese dummen Jungs. Mein Gott.« Sie zog die Shorts an und wischte sich mit dem schmutzigen Rock die Matschspritzer von den Beinen.

»Ist es bei euch immer so?«, fragte Sierra.

»Nein. Manchmal ist es noch schlimmer.« Caroline sprang auf ihr Fahrrad. »Deshalb komme ich so gerne zu dir nach Hause.«

Die Hintertür wurde aufgestoßen, und der Otter floh über das Grundstück in Richtung der Dünen. Die Jungs rasten ihm hinterher, und dann tauchte Carolines Mom auf und rief ihnen nach, sie sollten sofort ins Haus kommen und sauber machen.

»Deine Brüder sind irgendwie verrückt«, sagte Sierra.

»Ach, findest du? Komm, fahren wir.« Caroline trat in die Pedale, um das Drama hinter sich zu lassen. Ihre Genervtheit schwand, als sie in den Ort kamen und sie das Gefühl der Sonnenstrahlen auf ihren Armen und Beinen spürte und ihr der Geruch von frischen Blumen und Gräsern in die Nase stieg.

Sie schlossen die Räder an einem Fahrradständer in der Nähe der Promenade an und mischten sich unter den Strom an Leuten, die in Richtung Strand liefen. Das Wetter war wie aus dem Bilderbuch – warm und golden glitzerte das Licht des frühen Abends auf dem Wasser.

Die Szene am Strand bot all das, was Caroline am Sommer so liebte – Musik, die aus den Lautsprechern eines Autos drang, ein Volleyballspiel am Strand, Drachen, die über ihnen durch die Luft segelten. Kühltaschen voller eisiger Dosen mit Rootbeer und bonbonfarbener Limonade, Schüsseln mit Chips und Dips auf langen Tischen, Erwachsene, die trinkend und quatschend um das Loch herumstanden, in dem die Muscheln garten. Sie liebte auch die Kleidung, die die Leute im Sommer herausholten – weiße Jeans und goldener Schmuck, flatternde Strandkleider über Bikinis, nackte Füße mit pinkfarben lackierten Zehennägeln. Doch als sie sich so umschaute, sah sie nichts, das aufregender gewesen wäre als Sierras Kleid.

Caroline und Sierra halfen am Stand der Kirche aus, und

viele etwas ältere Kinder trugen sich für die Jugendgruppe ein. »Wir haben einen wilden Zustrom an Jungs zu verzeichnen«, sagte Caroline, als Sierra einen Stapel Klemmbretter einsammelte. »Die checken dich alle ab.«

»Die können so viel checken, wie sie wollen«, sagte sie leichthin. »Wenn mein Dad sie dabei erwischt …« Sie strich sich mit dem Zeigefinger über die Kehle. »Dad hat jedoch keine Ahnung«, fügte sie hinzu und sah zu, wie ihr Vater die Kalender mit den Sommeraktivitäten verteilte. »Komm, hauen wir ab, solange wir noch können.«

Sie verließen den Stand und gingen zu den anderen aus ihrer Schule. Einige, angeführt von Rona Stevens, trauten sich tatsächlich, zu tanzen. »Komm schon«, sagte Sierra und packte Carolines Hand. »Machen wir mit.«

Madonnas »Nothing Really Matters« brach das Eis. Dieses Lied lockerte alle auf, und bald schon waren sie eine ganze Gruppe am Strand, die lachte und mitsang und neue Tanzschritte ausprobierte. Sierra ertrank förmlich in Komplimenten zu ihrem neuen Kleid. Caroline sonnte sich in dem Schein, der auf sie abstrahlte. Ein paar Highschool-Mädchen fragten sie sogar, ob sie ihnen auch etwas nähen könne.

Nach einer Weile legten sie eine Pause ein und holten sich ein kühles Getränk. Zane Hardy, der letztes Jahr in Biologie Carolines Laborpartner gewesen war, reichte ihr eine Dose. »Ist Limo okay?«

»Klar, danke.« Sie nahm einen Schluck und presste sich dann die kalte Dose an den Hals. »Ich bin da ganz schön ins Schwitzen gekommen.«

»Ja, das habe ich gesehen.« Zane räusperte sich. »Ich meine, du bist, äh, eine gute Tänzerin.«

»Du spinnst.« Caroline lachte.

»Nein, wirklich. Ich komme mir immer so ungelenk vor, wenn ich tanze.«

Sie stellte die Dose ab. »Dann denkst du vermutlich zu viel darüber nach. Vergiss, dass du tanzt, und hab einfach Spaß.«

»New York City Boy«, hallte durch die Lautsprecher – ein absoluter Tanzsong. »Komm!« Sie winkte ihm, ihr zu folgen und ging voran. »Es wird sowieso keiner auf dich achten.«

Erst weigerte er sich, aber nach ein paar Sekunden gab er nach, und sie mischten sich unter die Tanzenden. Am Ende des Lieds tanzte Zane wie alle anderen auch.

»Siehst du?«, zog Caroline ihn auf. »Du bist ein echter *New York City Boy.*«

»Und du bist cool«, erwiderte er. »Wir sollten diesen Sommer mal zusammen abhängen.«

Oh. Tja. Sie wusste nicht, ob er sie anmachte oder einfach nur freundlich war. Es gab nur eine Möglichkeit, das herauszufinden. »Machst du mich an oder bist du nur nett?«

Seine Wangen wurden knallrot. »Ich mache nicht ... ich bin nicht ...«

Sie fühlte sich schlecht, weil sie ihn zum Stottern gebracht hatte. Jungs waren so eine seltsame Mischung aus mutig und unsicher. Das sah sie jeden Tag an ihren Brüdern. »Sorry. Meine Mom meint immer, ich wäre zu geradeheraus.«

In dem Moment kam Sierra zu ihr und packte Caroline am Arm. »Oh, hey Zane.«

»Hey«, sagte er, immer noch hochrot.

»Ich muss Caroline mal kurz entführen.« Sie wirbelte herum und zog Caroline mit sich. »Der Typ steht total auf dich«, sagte sie.

»Wer? Zane?« Jetzt spürte Caroline, wie sie rot anlief.

»Natürlich Zane. Das sieht man doch. Er ist echt süß.«

»Ja, vielleicht ...« War er das? Lange Haare mit Seitenscheitel. Enge Jeans und ein Vintage-T-Shirt. Er hatte ein nettes Lächeln, was ihn, wie sie vermutete, süß machte.

»Ich muss dir was zeigen. Erinnerst du dich noch, dass ich gesagt habe, ich wüsste es, wenn ich ihn sehe?«

»Was? Wen? Ach ja, Mr. Darcy.«

Sierra deutete auf eine einsame Gestalt am Wasser, die ein

Frisbee für einen quirligen Hund warf. »Tja, gerade habe ich ihn gesehen. Nur glaube ich nicht, dass er Darcy heißt.«

Caroline starrte in die Richtung, in die Sierra zeigte, und ein Gefühl des Wiedererkennens durchzuckte sie.

Er war nicht Darcy.

Er war natürlich größer. Das war in diesem Alter so – man wuchs eben. Er war schlank, aber muskulöser als im letzten Jahr. Sein nackter Oberkörper glänzte vor Salzwasser oder Schweiß. Die Sonne funkelte golden auf seinen Haaren, und seine Stimme klang tief und fremd, als er den ihr so bekannten Namen rief: »Duffy! Hierher, mein Junge!«

Caroline schnürte sich der Magen zusammen. Es war Will Jensen. Will mit dem Hund seiner Großeltern.

»V… verdammt«, stammelte sie. »Er ist nicht …«

Sierra hörte ihr nicht zu. Als das Frisbee an ihr vorbeiflog, schnappte sie es wie eine Spitzensportlerin aus der Luft. Sie waren das ganze Jahr über zusammen im Sportunterricht gewesen, aber noch nie hatte Caroline ihre Freundin so gesehen.

Nun im Besitz des Frisbees, lachte Sierra, als der Hund bellend um sie herumsprang. »Was für ein süßer kleiner Kerl!«, rief sie. »Kann ich das Frisbee für ihn werfen?«

»Klar«, sagte Will und hob sein T-Shirt vom Strand auf, als er auf sie zukam. Sein Blick schien förmlich an Sierra zu kleben. Und wieso auch nicht? Sie sah in dem Kleid, das Caroline für sie gemacht hatte, einfach umwerfend aus. Getaucht ins goldene Sonnenlicht war sie beinahe zu schön, um wahr zu sein. Wie eine Meerjungfrau. Kein Wunder, dass Will nicht wegschauen konnte, selbst als er sich das vertraute *Go-Navy*-T-Shirt über den Kopf zog.

Sierra warf das Frisbee, und Duffy rannte hinterher. »Ich bin Sierra«, sagte sie.

Und ich bin unsichtbar, dachte Caroline.

»Hi«, sagte er. »Ich bin …«

»Das ist Will«, unterbrach Caroline ihn etwas lauter als geplant.

In dem Moment, in dem sie sprach, richtete er seine Aufmerksamkeit auf sie. Dann erhellte ein Grinsen sein Gesicht, und mit einem Mal war er wieder vertraut, trotz der tiefen Stimme und der breiten Schultern. »Hey, Fremde«, sagte er.

»Selber hey«, erwiderte sie, und ihr Herz raste, als hätte sie gerade einen Hundertmetersprint hingelegt. »Du bist zurück.« Sie hatte diese verrückte Fantasie im Kopf, dass er sie herumwirbeln würde, wie Rhett es in *Vom Winde verweht* mit Scarlett gemacht hatte, und sie so fest küssen würde, dass sie ohnmächtig wurde.

»Ihr kennt euch?«, fragte Sierra. »Das ist ja cool.« Sie schnippte mit den Fingern. »Deine Oma ist Mrs. Jensen, richtig? Wir haben sie gestern getroffen. Ich hätte den Hund wiedererkennen sollen.«

Duffy kam mit dem Frisbee zurückgerannt. Da weder Will noch Sierra ihn beachteten, warf Caroline die Scheibe noch mal für ihn. Sie wurde von einer Böe erfasst und schien meilenweit zu fliegen.

»Hast du Hunger?«, fragte Sierra und sah Will an.

»Immer. Und du?«

»Ich sterbe gleich«, log sie.

Sie starb nie vor Hunger. Sie aß kaum etwas. Vielleicht hatte Will zu treffen ihren Appetit angeregt. Plappernd ging sie mit ihm in Richtung des Büfetts, das sich jetzt unter dampfenden Platten voller Muscheln, Kartoffeln und Mais förmlich bog.

Caroline trottete ihnen hinterher. Ihr Magen war ein einziger dicker Knoten. Sie wusste, sie würde keinen Bissen runterkriegen.

Direkt vor ihren Augen schienen Sierra und Will magnetisch voneinander angezogen zu werden. Die Highschool-Version von Lizzy und Darcy.

Mit einem Mal kam Caroline der magische Sommer, den sie sich vorgestellt hatte, gar nicht mehr so magisch vor. Sie schnappte sich ein Stück Treibholz und stach es in den Sand. Sie war wütend auf sich. Sie hätte mit Sierra reden sollen. Sie hätte einfach die Wahrheit sagen sollen. Und die Wahrheit war, dass sie seit jenem Tag für Will Jensen schwärmte, an dem sie herausgefunden hatte, was Schwärmerei bedeutete.

Jetzt hatte sie beide verloren – ihre beste Freundin *und* ihren Schwarm. Und das war ganz allein ihre Schuld.

Sie schaute auf die Szene am Strand – Menschen, die miteinander spielten und tanzten, sich an den Ständen tummelten, Lose für die Tombola kauften. Sommer am Strand – die Zeit, auf die sie sich das ganze Jahr über gefreut hatte.

Und dahinter erstreckte sich der wilde Ozean bis in die Unendlichkeit.

# 4. TEIL

# 19. Kapitel

Caroline war im Zimmer der Kinder, schaute ihre Schulranzen durch und überprüfte die Hausaufgaben. Nie hätte sie gedacht, dass sie so etwas mal tun würde, und sie kam sich wie eine Hochstaplerin vor. Nachrichten von den Lehrern, Formulare, Hausaufgaben – das war alles neu für sie.

Manchmal, so wie in diesem Moment, fühlte es sich jedoch beinahe normal an. So als wäre es ihr Leben. Nicht das, was sie sich für sich erhofft hatte, sondern eines, das sie sich in ihren wildesten Träumen nicht hätte ausmalen können. Addie und Flick schienen sich in der Schule gut einzuleben. Sie waren sogar stolz darauf, dass ihre Superhelden-T-Shirts inzwischen bei allen so beliebt waren. Caroline sagte ihnen gerne, dass sie eben echte Trendsetter waren.

Der Tag neigte sich dem Ende zu. Sie hatten zu Abend gegessen und waren in der Badewanne gewesen. Jetzt lag Flick auf dem Bett, ganz vertieft in sein neues Buch. Addie hatte ein altes Barbie-Puppen-Set mit einem Koffer gefunden, der sich wie ein Schrank öffnen ließ, und spielte mit den alten Puppen. Dank Carolines Mutter wohnte Barbie immer noch mit ihrem Freund Ken zusammen. »Sie könnte die Freundin von Wonder Woman sein«, verkündete Addie. »Sie haben die gleiche Größe.«

»Gute Idee«, sagte Caroline. »Sie können sogar ihre Klamotten untereinander tauschen.« Sie hielt ein winziges Ballkleid aus Polyester hoch. »Ich erinnere mich noch, wie ich das gemacht habe – ein gescheitertes Experiment. Für Barbie zu nähen ist ehrlich gesagt wesentlich schwerer als für Erwachsene. Aber siehst du, sie hat ziemlich viele coole Sachen und sogar ihren eigenen Motorroller. Ich habe mal echte Schwierigkeiten bekommen, weil ich ihr ein Auto gebastelt habe.«

»Warum hast du deswegen Schwierigkeiten bekommen?«

»Weil ich mir dafür einen von den italienischen Lederschuhen meines Vaters geliehen habe. Mit Heißkleber habe ich Räder daran befestigt, was mir damals wie eine gute Idee vorkam. Aber die Schuhe waren danach ruiniert, und Dad war unglaublich sauer auf mich.«

»Hat er dich geschlagen?«

»Was? Mich geschlagen? *Nein.*« Caroline verspürte ein leichtes Kribbeln. »Macht man das, wenn jemand etwas Schlimmes tut?«

Addie zuckte mit den Schultern, ihre typische Reaktion, wenn Caroline dieses Thema ansprach. Weder sie noch Flick hatten sich je anmerken lassen, ob sie wussten, was mit ihrer Mutter passiert oder wer der Mann gewesen war, der sie geschlagen hatte. Doch das bedeutete nicht, dass sie es nicht mitbekommen hatten.

»Tja, es ist nämlich so, dass es niemals in Ordnung ist, jemanden zu schlagen. Oder zu schubsen oder ihm eine Ohrfeige zu geben. Gewalt – also jemandem wehzutun – ist niemals in Ordnung. Das wisst ihr, oder?«

Ein weiteres Schulterzucken. Addie zog Wonder Woman einen Jeansrock an.

»Hat dich jemals jemand geschlagen? Oder Flick? Oder eure Mama?« Diese Fragen waren den Kindern schon von den Sozialarbeitern gestellt worden, nachdem Angelique gestorben war, und die Antworten waren immer uneindeutig gewesen.

Doch wieder schüttelte Addie nur den Kopf, und Flick tat so, als hätte er sie nicht gehört.

»Ihr sollt wissen, dass wir über alles reden können. Das ist wichtig. Und ich verspreche euch, dass ich euch immer zuhören werde«, sagte Caroline so liebevoll wie eindringlich. »Vielleicht hab ihr etwas gesehen, das euch Angst gemacht hat.«

Sie hielt inne. Keine Reaktion.

»Vielleicht habt ihr jemanden mit böser Stimme schreien gehört.«

Immer noch nichts.

»Auch Anschreien ist nicht okay, und ihr dürft niemals denken, dass es eure Schuld ist. Ihr hättet nichts tun können, um das zu verhindern, was mit eurer Mama passiert ist. Ich werde alles in meiner Macht Stehende tun, damit ihr euch sicher fühlt. Könnt ihr mit mir über eure Gefühle reden?«

Die Kinder schauten einander an und schwiegen weiter.

»Mama fehlt mir«, sagte Addie nach einem Moment. »Ich bin traurig.«

»Das bin ich auch. Und Flick sicherlich ebenso.« Caroline zog Addie in die Arme. »Ich wünschte, ich wüsste, wie ich dir helfen kann, Süße«, flüsterte sie in die weichen Locken des kleinen Mädchens. »Ihr habt das, was geschehen ist, nicht verdient. Und eure Mama hat es auch nicht verdient. Aber jetzt seid ihr in Sicherheit, und ich werde euch immer beschützen.«

Nach ein paar Minuten nahm Flick das Buch in die Hand, das Caroline ihnen gerade vorlas. »Lies uns weiter aus *Old Yeller* vor«, bat er.

»Das ist eine gute Idee. Ich glaube, wir sind schon beim letzten Kapitel angelangt.« Caroline schlug das Buch an der markierten Stelle auf und begann zu lesen. Sie erinnerte sich noch an die Wärme und das Gefühl von Geborgenheit, wenn sie sich mit ihren Geschwistern ins Bett gekuschelt und ihre Mutter ihnen vorgelesen hatte. Yeller war ihr Lieblingsbuch gewesen. Er und Travis hatten gemeinsam Abenteuer erlebt, so wie sie und Wendell. Der arme Yeller musste schwere Zeiten durchmachen – er wurde von einem Bären angegriffen, rettete Travis vor einer Rotte Wildschweine und wurde von einem tollwütigen Wolf gebissen.

Während sie den Teil vorlas, in dem sich Yellers Wunde entzündete, spürte sie, wie die Kinder sich vor Grauen an sie drückten. Sie erinnerte sich noch daran, wie sie sich innerlich gegen das Schlimmste gewappnet hatte, aber ihre Mom hatte die tröstende letzte Szene mit einem Lächeln vorgelesen. Gerade, als alles verloren zu sein schien, wurden Yellers Augen wieder klar. Der Schaum vor seinem Maul verschwand, er wedelte mit dem Schwanz und jaulte freudig auf, als er Travis sah. Es ging ihm gut. Er und Travis würden auch in Zukunft zusammen neue Abenteuer erleben.

Oder …?

Caroline runzelte die Stirn, als sie sich selbst die letzte Szene vorlesen hörte. *Warte mal. Was?* Das war nicht die Geschichte, an die sie sich erinnerte. Dort stand es, schwarz auf weiß: Yeller hatte die Tollwut, und Travis musste ihn erschießen. Fassungslos und ungläubig las sie weiter, aber es wurde nicht besser. »Meine Güte«, hauchte sie, und ihre Tränen fielen auf das Buch, als sie es zuklappte. »Was ist das denn für ein Ende?«

»Ist Yeller gestorben?«, fragte Addie, und ihr Kinn bebte.

»Warum hat Travis ihn erschossen?« Flick schlug voller Zorn mit der Faust gegen sein Kissen.

»So sollte es nicht enden«, sagte Caroline. »Als meine Mom es uns vorgelesen hat, hatte es ein komplett anderes Ende. Ein glückliches Ende.«

»Ich will nicht, dass Yeller tot ist.« Addie schluchzte bitterlich.

»Es ist nur eine Geschichte«, sagte Caroline und wischte sich wütend die Tränen ab. »Das ist nicht in Wirklichkeit passiert.«

»Das ist das Traurigste überhaupt.«

»Ich weiß.« Caroline seufzte. »Ich weiß. Es tut mir leid, dass ich euch eine so traurige Geschichte vorgelesen habe. Das Ende, an das ich mich erinnere, war ganz anders. Yeller ist wieder gesund geworden und hat auch die Welpen behalten können.«

»Warum ist er dann jetzt tot?«, fragte Addie.

Weil meine Mom sich ein anderes Ende ausgedacht hat, dachte Caroline.

Es kostete Caroline weitere dreißig Minuten und eine neue Geschichte, um die Kinder zu beruhigen. Als sie endlich eingeschlafen waren, schnappte sie sich das alte Buch und ging, um ihre Mutter damit zu konfrontieren.

Ihre Mom saß im Wohnzimmer und war ganz in einen neuen Roman aus der Bücherei vertieft. Caroline ließ *Old Yeller* in ihren Schoß fallen. »Du hast der Geschichte ein anderes Ende gegeben«, sagte sie anklagend.

»Was?«

»Du hast uns *Old Yeller* vorgelesen und das Ende so verändert, dass der Hund gesund wurde und sie weiter glücklich zusammengelebt haben.«

»Hab ich das?« Dottie nahm ihre Lesebrille ab. »Das war klug von mir. Ich wollte sicher nicht, dass ihr fünf die ganze Nacht wegen einer traurigen Hundegeschichte weint.«

»Ich habe mein ganzes Leben gedacht, es wäre das beste Buch aller Zeiten, weil ich davon ausgegangen bin, dass es für Yeller gut endet.« Sie krampfte die Finger um die feuchten Taschentücher in ihrer Hand. »Und nun habe ich es gerade Flick und Addie vorgelesen, und zwar mit dem echten Ende, weil ich dachte, es gibt zum Schluss noch einen Umschwung. Aber das verdammte Kind hat seinen verdammten Hund erschossen, und das war's. Es hat eine Ewigkeit gedauert, bis die beiden sich so weit beruhigt hatten, dass sie einschlafen konnten, und morgen ist ein Schultag.«

»Ach, Liebes. Du hättest ihnen ein glückliches Ende schenken sollen.«

Am nächsten Morgen hüllten Regen und Wind die Insel in Dunkelheit. Caroline packte die Pausenbrote der Kinder in deren Ranzen und schüttelte sich angesichts des grauenhaften Wetters. Flick und Addie starrten aus dem Fenster, und ihre Mienen waren so finster wie der Himmel.

»So ist es hier manchmal«, sagte sie.

»So ist es hier immer«, murmelte Flick mürrisch.

»Ich hasse den Regen«, warf Fern ein, die gerade in die Küche kam und ihren Ranzen auf den Boden warf. »Allein vom Weg von der Garage zum Haus bin ich total durchnässt.«

»Dann werdet ihr euch sehr über das freuen, was ich für euch gemacht habe«, sagte Caroline. »Neue Regenmäntel.«

»Jippie.« Addie sprang vom Tisch auf. »Du machst immer die besten Sachen.«

»Das ist eine Überziehjacke«, erklärte Caroline und half Addie, ihre anzuziehen. »Daran arbeite ich schon länger. Kommt, ich zeige euch, wie sie funktioniert.« Die Kinder hatten sie erneut inspiriert, und so war ihr ein einzigartiges Design eingefallen. Die Fleece-Jacken hatten Taschen mit einer Überraschung darin: ein Regenumhang mit Kapuze, der sie und ihre Ranzen vor dem Regen schützte.

»Das ist cool«, sagte Flick. »Ich mag die Sachen, die du machst.« Spontan umarmte er sie, was selten genug vorkam.

Ferns Miene hellte sich auf, als sie ihre neue Jacke betrachtete. »Die ist super. Danke, Tante Caroline.«

Es war Caroline vorher nie in den Sinn gekommen, Regenkleidung für Kinder zu entwerfen, aber das Gefühl der Zufriedenheit, vom dem sie nun erfasst wurde, erinnerte sie an etwas, das sie beinahe vergessen hatte: dass Kleidung zu entwerfen eine Art war, Liebe zu zeigen. In dem ganzen Trubel, der mit ihrer Arbeit einhergegangen war, war ihr dieser Gedanke beinahe verloren gegangen. Die Jacken für die Kinder trugen ihr übliches Markenzeichen – die Nautilusmuschel. Das Logo hatte sie beinahe ein wenig trotzig angebracht, entschlossen, sich ihren Weg ins Business zurückzuerkämpfen.

Die Kinder zogen ihre bunten Jacken samt Umhang an und führten sie vor.

»Davon brauchen wir unbedingt Fotos«, sagte Virginia, die sich zu ihnen gesellt hatte und die Sachen nun bewunderte. »Caroline, das ist echt eine clevere Idee.« Sie holte ihr Handy heraus und machte ein paar Bilder. »Ich hoffe, du bist darauf vorbereitet, Bestellungen von anderen Müttern entgegenzunehmen.«

»Das ist der Plan«, erwiderte Caroline und scheuchte die Kinder zur Tür hinaus, weil der Schulbus schon am Ende der Auffahrt wartete. Dann reichte sie ihrer Schwester einen Ausdruck ihrer Entwürfe und der Details für die Jacken.

»Wow, das ist brillant. Super gemacht.« Virginia nahm sich einen Kaffee und setzte sich mit den Dokumenten hin. »Ich bin froh, dass du mit deiner Karriere als Designerin weitermachst.«

»Irgendetwas muss ich ja tun. Es ist zwar nicht ganz die Karriere, die ich mir vorgestellt hatte, aber …«

»Willkommen im Club«, sagte Virginia. »Manchmal schubst einen das Leben ins Unbekannte, und das stellt sich am Ende als das Richtige heraus.«

Caroline wusste, dass Virginia über ihre Scheidung sprach. »Wie geht es dir?«

»Ach, mal so, mal so«, antwortete sie. »In letzter Zeit öfter besser als schlechter. Fern und ich waren uns noch nie so nah. Seitdem ich gezwungen bin, sie mir zu teilen, ist mir die Zeit mit ihr kostbarer als je zuvor.« Ihre Miene wurde weich. »Und was das Dating angeht … Das bringt auf seltsame Art sogar Spaß. Hast du das je so empfunden?«

»Ich habe total vergessen, wie das geht«, gab Caroline zu. »Ich arbeite immer bis spät in die Nacht, um mein Atelier auf die Beine zu kriegen. Die Maschinen von der Fabrik aus Astoria sind mir inzwischen fest zugesagt worden, und einige der Arbeiterinnen, die bei der Schließung entlassen wurden, werden bei mir anfangen. Außerdem ist Lindys Freundin Echo mit an Bord. Bin ich eigentlich total verrückt?«

»Nein. Du bist motiviert.«

»Ja, denn nichts motiviert mich so sehr wie die Aussicht auf ein erneutes Scheitern.« Caroline wuselte in der Küche herum und räumte die Frühstücksachen weg.

»Du klingst langsam wieder wie du selbst«, merkte Virginia an.

»Jackson und ich fahren gleich mit Dads Pick-up nach Astoria. Ich erzähle dir alles, wenn ich wieder da bin.« In einem

Anfall von Nervosität holte sie ihren eigenen Regenmantel heraus – ein hässliches und langweiliges Ding. Aber eine Regenjacke musste nicht langweilig sein. Und sie setzte gerade ihre gesamte Zukunft auf diese Idee.

»Du bist echt gut«, sagte Virginia, während sie Carolines Entwürfe durchging, die diese in einem fiebrigen Anfall von Kreativität auf die Seiten geworfen hatte. »Ich dachte immer, du hättest alles. Ich dachte, du hättest deinen Traumjob.«

»Das dachte ich auch.« Caroline starrte in den Regen hinaus.

»Du hast mit deinen Entwürfen einen Platz bei einer der größten Modenschauen in New York ergattert«, sagte Virginia. »Ich weiß noch, wie aufgeregt du warst.«

»Und es ist eine Katastrophe geworden. Ich habe Angst, dass das noch einmal passiert.«

»Wenn es leicht wäre, würde es jeder machen.«

»Nun, ich habe heute zumindest ein Problem gelöst. Ich habe einen Ort für das Atelier gefunden.« Im Moment lagerte noch alles in der Garage. Dort wurden die Sachen auch hergestellt, aber Caroline wusste, dass sie mehr Platz und mehr Licht benötigen würde.

»Ach ja? Wo denn?«

»Die Scheune beim alten Jensen-Haus. Will und Sierra vermieten sie mir, also werde ich mit allem dorthin umziehen.«

# 20. Kapitel

Will half Jackson Shelby, die letzte von Carolines Nähmaschinen von der Ladefläche des Pick-ups zu wuchten und in die Scheune zu tragen. Von der Anstrengung war er schweißgebadet. »Wer hätte gedacht, dass Nähmaschinen so schwer sind?«, fragte Jackson und trank eine Flasche Wasser in einem Zug aus.

»Ich habe euch gewarnt«, sagte Caroline. Sie war auch verschwitzt vom Schleppen. »Das hier sind nicht die Nähmaschinen, die ihr von euren Großmüttern kennt. Das sind echte Arbeitstiere.«

Sierra reichte ihr ein Glas Mineralwasser. »Du bist auf dem Weg zu Ruhm und Reichtum.«

»Ich hoffe nur, dass der Boden hält«, meinte Will. »Die Scheune ist seit Jahren nur noch als Lager genutzt worden.«

Caroline hob das Wasserglas. »Es ist so toll von euch, dass ihr mich die Scheune nutzen lasst. Wirklich, das ist das Coolste überhaupt.«

Will und Jackson trugen die letzte Nähmaschine an den Platz, den Caroline ihnen zeigte.

Dann drehte Jackson sich zu Caroline um. »Du hast immer schon verrückte Ideen gehabt.«

»Wen nennst du hier verrückt, Mr. Ich-wohne-auf-einem-Boot?«

Er zerzauste ihr die Haare. »Wo wir gerade davon sprechen. Ich muss los. Ich habe heute Abend ein Date.«

»Ooooh. Jemand, den wir kennen?«

»Jemand, die ich auf einer Dating-App kennengelernt habe.«

»Das klingt … vielversprechend?«

»Wir werden sehen.«

»Danke noch mal, Kumpel.« Will schüttelte ihm die Hand, dann fuhr Jackson davon.

Caroline drehte sich einmal langsam im Kreis und schaute sich in der weitläufigen Scheune um, durch deren hohe Dachfenster die Sonne hereinfiel. »Nicht ein einziger Spinnenweben in Sicht.«

»Will hat einen halben Tag damit zugebracht, alles vorzubereiten«, sagte Sierra. »Vorher war das hier die reinste Spinnwebenfabrik.«

Will hoffte, dass er der Einzige war, der den bitteren Unterton in ihrer Stimme hörte. In letzter Zeit konnte er ihr einfach nichts recht machen.

»Ich bin euch echt was schuldig, Leute«, erklärte Caroline. »Wenn eure kleinen Wills und Sierras kommen, werde ich ihnen ein lebenslanges Abo für C-Shell-Klamotten spendieren. Und das ist ein Versprechen.« Sie wandte sich an Will. »Sierra hat mir mal erzählt, dass du mal vorhattest, die Scheune in einen Spielplatz für Kinder umzubauen. Du sollst wissen, wenn du den Platz brauchst, ziehe ich sofort wieder aus.«

»Das war nur so ein Hirngespinst«, sagte er und konnte nicht anders, als Sierra einen Blick zuzuwerfen. Sie hatte sich abgewandt und betrachtete gerade den langen Zuschneidetisch in der Mitte des Raums. Sie waren inzwischen beide Meister darin, das Thema Nachwuchs zu vermeiden.

»Ich muss jetzt auch los«, sagte Sierra. »Ich habe morgen ein Treffen mit meiner Agentur in Portland und muss noch ein paar Dinge vorbereiten. Komm noch kurz im Haus vorbei, bevor du gehst, okay?«

»Klar«, sagte Caroline. »Und danke noch mal, Sierra.«

»Mach dich an die Arbeit.« Sierra winkte in Richtung der Nähmaschinen. »Wir erwarten Großartiges von dir.«

Caroline sah noch einmal auf die Skizze, die sie von dem Raum angefertigt hatte. »Sie klingt wie Marley von der Bank, von der ich meinen Geschäftskredit bekommen habe.«

»Marley ist ein guter Kerl«, sagte Will. »Seine beiden Kinder sind Schüler von mir. Er hat dieses spezielle Kreditprogramm ins Leben gerufen, um Geschäftsleute und Talente auf der Halbinsel zu halten. Übrigens: Herzlichen Glückwunsch, dass du den Kredit bekommen hast«, fügte er hinzu.

»Danke. Das ist einer der Vorteile vom Leben in einem kleinen Ort. Sie wissen, wo sie mich finden, wenn es schiefläuft.« Sie schaute von ihrer Skizze auf. »Nicht, dass ich vorhabe, zu verschwinden. Ich verspreche, ich werde die Miete immer pünktlich zahlen.«

»Darüber mache ich mir keine Sorgen.«

»Ich schon. Ich meine, ich mache mir diesbezüglich keine Sorgen, aber ich habe vor, hiermit Erfolg zu haben.«

»Das wirst du auch. Du warst schon immer jemand, der seine Ziele erreicht, Caroline.«

»Wirklich?« Sie lächelte, und für den Bruchteil einer Sekunde sah sie wieder aus wie zwölf – wie das Mädchen, das er vor all den Jahren zu Beginn ihrer langen und manchmal verwirrenden Freundschaft kennengelernt hatte. »Kannst du mir hiermit kurz zur Hand gehen?« Sie zeigte auf eine große Rolle weißen Papiers. »Die muss da an die Halterung über dem Zuschneidetisch.«

Sie nahmen jeder ein Ende der Rolle und hoben sie in die dafür vorgesehenen Haken.

»Fleischerpapier?«, fragte er.

»Musterpapier. Eines der wichtigsten Werkzeuge der Branche.« Sie seufzte. »Ich habe das Todesurteil für meine Karriere auf dieses Papier gezeichnet.«

»Was? Wie meinst du das?«

»Das ist eine lange Geschichte.«

Er schaute sich die Kisten an, die im Raum aufgestapelt waren. »Wir haben noch viel Arbeit vor uns.«

Ihre Miene hellte sich auf. Dieses Lächeln schaffte ihn noch immer. »Du willst mir helfen, alles einzurichten?«

»Heute ist Sonntag. Ich habe nichts Besseres vor.« Er hatte

noch tausend andere Aufgaben im Haus zu erledigen, aber Sierra sagte immer, sie könne sich nicht konzentrieren, wenn er herumhämmerte.

Gemeinsam wuchteten sie die Stoffballen in die Regale, sortierten das Zubehör, rückten Möbel und Maschinen, überprüften die Steckdosen. Und Caroline erzählte. Sie erklärte ihm, wie die Modebranche funktionierte, wie freiberufliche Designer von großen Marken für bestimmte Projekte engagiert wurden. »In meiner Freizeit habe ich immer meine eigenen Entwürfen gemacht – abends und an den Wochenenden, in den Mittagspausen; jedes Mal, wenn ich auch nur eine Sekunde für mich hatte. Nach mehr Rückschlägen, als ich zählen kann – und die dich nur langweilen würden –, habe ich endlich die Chance erhalten, meine eigene Kollektion vorzuführen. Doch der Designer, für den ich zu der Zeit gearbeitet habe, hat meine Entwürfe hinter meinem Rücken gestohlen und sie auf einer großen Show unter seinem Namen vorgeführt.«

»Mein Gott. Der Kerl hat deine Entwürfe geklaut? Wie kann der so was machen? Das ist doch kriminell.«

»Das ist das Lustige an der Modebranche – jemanden zu kopieren ist nicht illegal. Gewisse Dinge kann man durch ein Copyright schützen, zum Beispiel ein bestimmtes Muster oder eine bestimmte Form, aber es ist nicht verboten, einen anderen Designer Stich für Stich zu kopieren. Und selbst wenn ich mich hätte wehren wollen, hätte ich es mir nicht leisten können. Als ich Mick Taylor – den Typen, der die Lorbeeren für mein Design eingeheimst hat – und seine Chefdesignerin damit konfrontiert habe, haben sie nur gesagt, ich hätte einige der Sachen in ihrem Atelier entworfen. Wie hätte ich auch ahnen können, dass sie mich ausspioniert haben? Er konnte behaupten, ich hätte die Designs entworfen, während ich bei ihm unter Vertrag stand, und daher gehöre das geistige Eigentum daran ihm.«

Sie rollte ein Stück von dem Papier ab und spannte es über den langen Tisch. »Und so bin ich quasi in Flammen aufgegangen«, sagte sie. »Es war schrecklich. Als hätte mich jemand körperlich angegriffen. Ich habe versucht, mich zu wehren. Ich habe jedem Journalisten und Blogger, den ich kannte, erzählt, was passiert ist. Ich habe versucht, Mick in den sozialen Medien an den Pranger zu stellen. Aber meine Drohungen stellten sich als genauso leer heraus wie mein Bankkonto. Wenn nicht eine große Zeitung die Geschichte aufgreift, interessiert es keinen.«

Er schwieg lange und versuchte, sich ihr Gefühl des Verrats und der Enttäuschung vorzustellen. »Verdammt. Das ist echt ätzend. Bist du sicher, dass du nichts tun kannst?«

Sie schüttelte den Kopf. »Mick wirkte tatsächlich ein wenig reumütig – nicht, weil er es bedauert oder auch nur zugegeben hätte, dass er meine Designs geklaut hat. Nein, ich bin mir ziemlich sicher, dass sein Bedauern damit zu tun hatte, dass ich für ihn so verdammt nützlich gewesen bin. Ich habe Unmengen an Entwürfen für sein Label gemacht. Nun muss er sich wohl einen Ersatz suchen.«

»Es tut mir leid, dass dir das widerfahren ist«, sagte Will. »Ich wünschte, ich könnte dir irgendwie helfen.«

»Machst du Witze? Du hilfst mir total, indem ich hier arbeiten darf. Er hat mir die Chance vermasselt, in New York eine eigene Kollektion zu präsentieren. Aber hier draußen bin ich so weit weg von allem, dass er mich niemals findet. Also helft du und Sierra mir, meine seelische Gesundheit wiederherzustellen.«

»Und du hilfst der einheimischen Wirtschaft«, sagte er.

»Tja, da bin ich mir nicht so sicher. Aber ich werde mein Bestes geben. Ich habe zwei Leute, die für mich arbeiten werden. Und zwei Praktikanten von der Highschool. Hat Sierra dir das erzählt?«

»Das ist ja super, Caroline.« Er mochte ihre Energie und ihre Zielstrebigkeit; das hatte er schon immer getan. »Ich sag dir was: Ich werde diese Deckenlampen für dich installieren.« Er zeigte auf einige Kartons, die geliefert worden waren.

»Nein, das musst du nicht machen. Ich kann einen Elektriker anrufen …«

»Oder du kannst dir von mir helfen lassen.«

»Ich … ja. Das kann ich. Und danke.« Überraschung und Freude hellten ihre Miene auf. »Ich bin beeindruckt, dass du weißt, wie man Lampen installiert. Alles, was mit Strom zu tun hat, hat mir schon immer Angst eingejagt.«

»Ich habe bei der Renovierung des alten Hauses viel gelernt«, sagte er nur.

»Es ist wirklich schön geworden, Will. Man erkennt, wie viel Liebe du hineingesteckt hast.«

»Ach ja?« Er band sich seinen Werkzeuggürtel um.

»Auf jeden Fall.«

»Das hier war immer der Ort, an dem ich glücklich war«, gestand er.

»Daran erinnere ich mich. Du und dein Großvater, ihr habt ständig zusammen an irgendetwas gewerkelt.«

»Erinnerst du dich auch noch hieran?« Er zog eine alte, von Spinnenweben überzogene Figur aus einem Haufen Unrat.

»Justine! Die alte Galionsfigur.«

Er wischte den Staub ab. Sein Großvater hatte sie von einem Schiffswrack an der Mündung des Columbia River gerettet. Die Figur hatte die typische Pose – eine kräftige Walküre mit bloßen Brüsten, wilden Haaren und offenem Mund, als würde sie die Wellen anschreien. »Ich war besessen von ihren Brüsten.«

»Sie sieht leidenschaftlich aus. Ich mag sie.«

Will schnappte sich eine Leiter, lehnte sie an die Scheunenwand und stieg mit der Galionsfigur hinauf, um diese hoch an die Wand zu halten, von wo aus sie den Arbeitsplatz überblickte. »Wie findest du es?«

»Perfekt. Meine Mitarbeiterinnen werden sie lieben. Wir stehen auf leidenschaftliche Frauen.«

»Okay. Ich finde es übrigens cool, was du mit der Frauengruppe auf die Beine gestellt hast.«

»Danke. Ich lerne sehr viel von ihnen.« Sie sah ihn an, den Kopf leicht zur Seite geneigt, und legte einen Finger an die Unterlippe – eine Geste, an die er sich von früher noch zu gut erinnerte. Dann schien sie einen Schalter umzulegen. Sie wandte sich ab, aber er sah noch, wie ihre Wangen sich röteten.

Wie ein Schmetterling im Garten von einer Blüte zur anderen flog, ging sie von einer Maschine zur nächsten, rückte hier etwas zurecht, überprüfte dort einen Anschluss. »Manchmal ist das Leben schon komisch, oder?« Sie seufzte leise.

»Das Leben ist immer komisch.« Er fand die entsprechenden Schrauben, um die Galionsfigur an der Wand zu befestigen.

»Da hast du auch wieder recht. Ich dachte gerade darüber nach, dass ich wieder hier gelandet bin, an dem letzten Ort, an dem ich je sein wollte. Und wie sich herausstellt, ist es vermutlich genau der Ort, an den ich gehöre.«

»Bist du dir da sicher? Wird dir die Stadt nicht fehlen?« Seine Gedanken glitten zu Sierra, zu ihren Litaneien darüber, wie sehr sie Seattle und Portland vermisste.

»Versteh mich nicht falsch – ich liebe die Stadt«, erwiderte Caroline. »Aber mein Leben findet dort statt, wo es am meisten Sinn ergibt. Und im Moment ist das hier.« Sie nahm ein halb fertiges Kleidungsstück in die Hand – eine Jacke mit Blitzen darauf und angenähten Handschuhen – und musterte es ein paar Sekunden. »Ich dachte, diese Kinder würden das endgültige Ende meiner Karriere bedeuten. Ich dachte, es wäre zu viel, mich um sie und um meine Arbeit zu kümmern.«

»Und nun bist du hier und schaffst es doch. Mich wundert es, dass du je gezweifelt hast.«

»Ha. Vergiss nicht, es sind zwei Kinder. Ich erkenne jetzt erst, dass Flick und Addie mir nicht im Weg stehen. Im Gegenteil, sie inspirieren mich. Ich kann mir mein Leben ohne sie schon gar nicht mehr vorstellen.« Sie warf ihm einen Blick zu. »Ja, das hörst du von der Caroline Shelby, die immer gesagt hat, dass sie nie sesshaft werden und Kinder haben wird.« Sie legte das Kleidungsstück beiseite und begann, einen Karton mit großen Spulen unterschiedlichen Garns auszupacken. Jetzt erkannte Will, wofür die Stecktafel gedacht war. Caroline arrangierte die Spulen nach Farben geordnet darauf.

Mit einem Mal überkam ihn eine Welle der Zuneigung für sie, da sie sich um zweier Waisenkinder willen in diesen neuen Lebensplan stürzte. »Das ist gut«, sagte er. »Ich bin froh, dass es so gekommen ist.« Er biss sich auf die Zunge, um nicht noch etwas hinzuzufügen. Zu gestehen, dass er gehofft hatte, Sierra würde auch zu dieser Erkenntnis gelangen. Dass sie das Leben in Oysterville genauso lieben würde wie er und sich ebenfalls eine Familie wünschte. Aber je mehr Zeit verging, desto deutlicher erkannte er, dass sie vermutlich niemals so empfinden würde. Doch das war eine Unterhaltung, die er mit Sierra führen musste, nicht mit Caroline. Und schon gar nicht jetzt. Aber da war sie wieder, diese alte Verbindung mit Caroline, die von Anfang an zwischen ihnen bestanden hatte. Es war unglaublich, dass er sie nach all den Jahren immer noch spürte. Es war beinahe, als hätte die Anziehung zwischen ihnen irgendwo tief in der Erde vergraben gewartet – unsichtbar, aber niemals ganz verschwunden.

»Ich wusste immer, dass ich mal hier enden würde«, sagte er. »Nur nicht, dass es so früh passiert. Ich hatte vorgehabt, noch wesentlich länger in der Navy zu dienen.«

Caroline hielt im Sortieren inne und drehte sich zu ihm um. »Das mit deinem Unfall tut mir leid«, sagte sie und schlug sich dann sofort die Hand vor den Mund. »Sorry. Ich hätte das nicht ansprechen sollen. Sierra meinte, dass du nicht gern darüber redest.«

Sierra hatte recht. Das tat er nicht. »Stimmt, aber ich glaube, ich sollte es dennoch tun«, gab er zu. »Angeblich ist es gut für mich, darüber zu reden. Gut für meine seelische Gesundheit.«

»Dann bin ich also gut für deine seelische Gesundheit.« Sie grinste. »Wer hätte das gedacht?«

Du bist immer gut für meine seelische Gesundheit gewesen, dachte er. Sie war der erste Mensch gewesen, mit dem er über den Verlust seiner Mutter hatte sprechen können. Sein Dad, die Lehrer und die Therapeuten hatten alle versucht, ihn zum Reden zu bewegen, aber er hatte nie viel gesagt. Bis er Caroline getroffen hatte. Er erinnerte sich noch genau an den Tag – die Fahrt mit dem Fahrrad, die Brandung, die unter ihnen an die Felsen schlug. Das lustige Mädchen, das in ihm den Wunsch geweckt hatte, über das Unaussprechliche zu sprechen.

»Es ist bei einer Geiselrettungsaktion passiert«, sagte er.

»Das hat Sierra mir erzählt. Sie meinte, es hätte sich bei den Geiseln um Entwicklungshelfer gehandelt.«

»Hast du je von Dschibuti gehört?« Er grinste, als er ihre Miene sah. »Keine Sorge. Das hat kaum einer. Ich auch nicht, bis meine Einheit einen Einsatz dort hatte. Es liegt in Afrika, zwischen Äthiopien und Somalia. Es ist kein Krisenherd im eigentlichen Sinn, aber einige amerikanische Entwicklungshelfer wurden auf der Durchreise entführt. Eine Gruppe namens Al Shabab hielt sie gefangen, um Lösegeld zu erpressen.«

Das war seine letzte Operation gewesen, auch wenn er das damals nicht gewusst hatte. Er hatte den Rang eines Korvettenkapitäns in einer Spezialeinheit der US Navy für Terrorismusbekämpfung und Geiselbefreiungen, auch SEAL Team 6 genannt, innegehabt. Innerhalb des Bruchteils einer Sekunde war aus ihm der aus medizinischen Gründen frühpensionierte Korvettenkapitän (SEAL) William Jensen geworden.

Caroline stellte ihre Kiste beiseite. Die ruhige, ungeteilte Aufmerksamkeit, die sie ihm zuteilwerden ließ, fühlte sich wie ein Geschenk an. So wie damals, in ihrem ersten Sommer, als sie sich kennengelernt hatten und er ihr von dem Tod seiner Mom erzählt hatte.

Er erinnerte sich noch daran, im Lager gewesen zu sein, als der Anruf kam. Einer dieser ungeliebten Anrufe – die Teilnahme an dem Einsatz war freiwillig, was bedeutete, die Sache war besonders riskant. Doch alle hatten sich gemeldet. Denn das war genau eine von den Situationen, für die sie ausgebildet worden waren.

»Um sie rauszuholen, musste es schnell gehen. Wir wollten mit einem Helikopter hinfliegen, die Geiseln befreien und wieder verschwinden. Normalerweise wird so etwas vorher ausreichend geübt, aber in jener Nacht hatten wir nur ein verschwindend kleines Zeitfenster. Wir haben einen Plan erstellt, hatten aber keine Zeit, ihn zu testen.«

Er erinnerte sich, dass in jener Nacht Neumond herrschte, was ideal war für die Operation. »Dank eines Informanten fanden wir die Entführungsopfer schnell – zwei Krankenschwestern und einen Mitarbeiter der Organisation. Zwei von ihnen waren in schlechter Verfassung, schwach und schwindelig vor Fieber. Die Operation lief wie geplant – bis die Entführer das Feuer eröffneten, womit wir allerdings aufgrund unserer Informationen gerechnet hatten.«

Caroline zuckte zusammen. »Und du bist getroffen worden.«

»Da noch nicht. Erst einmal waren die Entführer die einzigen Opfer. Unser Team hat innerhalb weniger Sekunden neun von ihnen erledigt.« Das Stakkato der Schüsse hallte immer noch in seinen Ohren nach. Manchmal hörte er es sogar in seinen Träumen. »Die Rettung lief wie geplant. Bis zu diesem einen Moment …«

Caroline sah ihn mit weicher, fragender Miene an. Sie schien ihm mit ihrem ganzen Herzen zuzuhören. »Was ist passiert?«

Das war der Teil, über den er nie sprach. Der Teil, der ihn noch immer verfolgte. »Wir hatten die Geiseln. Ich hatte die Nachhut übernommen und lief durch die Büsche auf den Heli zu. Wir dachten, wir hätten alle Entführer erledigt, aber tief im Busch bemerkte ich mit meinem Nachtsichtgerät auf einmal eine Bewegung – was niemals ein gutes Zeichen ist. Ich verlangsamte meine Schritte und versuchte eine Gesichtserkennung. Das musste ich tun, denn ein Kerl mit einer entsprechenden Waffe hätte uns alle erledigen können. Und … da war dieses Kind.«

»Ein Kind – also ein kleiner Junge?«

Will sah die Szene immer noch vor sich, wie sie durch das Nachtsichtgerät ausgesehen hatte. Ein kleiner Junge, der sich im hohen Gras versteckte und in seine Richtung sah. Ein kleiner Junge mit einer Ak-47. Seine Augen waren groß und leer, vermutlich, weil er *Khat* gekaut hatte, eine Art Speed. Mit nervösen Händen hielt er die Waffe, den Finger am Abzug.

»Ein verängstigtes kleines Kind. Er war vielleicht zehn Jahre alt und high von dem Zeug, das die Einheimischen kauen. Er hatte einen Patronengürtel umgehängt und zielte mit einer AK-47 auf mich.«

»O mein Gott. Ich kann mir gar nicht vorstellen, wie das gewesen sein muss«, sagte sie.

»Dafür werden die SEALs ausgebildet. Jahrelange Übungen und Trainings jeden Tag – um eine Bedrohung sofort und ohne zu zögern auszuschalten.«

»Lass mich raten«, sagte sie leise. »Du hast gezögert.«

Während der Ausbildung war Will eingebläut worden, die Bedrohung auszuschalten. Aber etwas in ihm hatte ihn davon abgehalten. Das war ein *Kind*.

Will nickte. »Und dann hat er das Feuer eröffnet.«

Seine Schutzausrüstung hatte ihn vor tödlichen Verletzungen bewahrt, aber seine Brille war ihm von den Kugeln weggefetzt worden. Als er im Gesicht getroffen wurde, hatte es sich angefühlt, als hätte man ihm den halben Kopf weggeschossen.

»Einer aus meinem Team hat ihn erwischt. Später habe ich erfahren, dass der Junge Hamza hieß und vierzehn Jahre alt gewesen war.«

Caroline atmete tief durch. Dann umrundete sie den Zuschneidetisch und stellte sich vor Will. Kurz berührte sie ihn am Arm, bevor sie die Hand wieder zurückzog. »Es tut mir so leid. Was für eine grauenhafte Entscheidung du treffen musstest – ein Kind zu erschießen oder selbst angeschossen zu werden. Ich verstehe, warum du gezögert hast.«

Wegen des Vorfalls hatte er sich einer intensiven Befragung unterziehen müssen. Sein Team hatte zum Glück für ihn gebürgt. Ihm wurde erst jetzt bewusst, dass er außer vor dem Untersuchungsausschuss nie über die Einzelheiten des Vorfalls gesprochen hatte. Weder mit seinem Dad noch mit seinen Großeltern oder Sierra. Nur mit Caroline, die er kennengelernt hatte, als er nicht älter gewesen war als Hamza, und die damals auf einer felsigen Landzunge über dem Cape Disappointment gehockt hatte.

»Danke. Ich bin … Ich schätze, es wird mich mein Leben lang begleiten«, sagte er.

»Und jetzt bist du Lehrer«, überlegte sie laut. »Ich fange langsam an, den Zusammenhang zu erkennen.«

Er machte sich wieder an die Arbeit. »Ich bin mir nicht sicher, ob es da einen Zusammenhang gibt. So tiefgründig bin ich nicht. Mein Leben hat sich im Bruchteil einer Sekunde verändert. Ich habe einfach den nächsten logischen Schritt getan.«

»Du weißt doch, was man sagt: Das Leben ist das, was passiert, während du dabei bist, Pläne zu machen.«

Ein einvernehmliches Schweigen senkte sich auf sie herab. Ab und zu schaute Will zu Caroline hinüber und ertappte sie dabei, wie sie ihn ansah. Dann wandten beide schnell wieder den Blick ab. Es war eine zögerliche Annäherung, die eine Freundschaft wiederherstellte, die sich jahrelang im Winterschlaf befunden hatte.

Auch wenn er versuchte, es zu leugnen, fühlte er sich auf eine Weise zu ihr hingezogen, die komplett verboten war. Sich selbst konnte er nicht belügen. Aber alle anderen schon. Und er hatte vor, genau das zu tun.

»Ich bin mir nicht sicher, was ich mit diesen Kartons anstellen soll«, sagte sie und riss ihn damit aus den Gedanken, die er gar nicht haben sollte.

»Mit welchen?«

»Mit denen da.« Sie zeigte auf die Kartons, die neben der Tür standen.

»Schauen wir mal.« Ein kleinerer Karton war voller Belege und Unterlagen. Ein anderer enthielt Lehrbücher aus dem College. »Ich werde Sierra mal fragen«, sagte er. »Während meines letzten Einsatzes hat sie studiert, um ihren MBA zu machen.« Die Kiste ganz unten war länglich und überraschend schwer. Ihre einst glänzend weiße Oberfläche war nun von Staub und Spinnenweben bedeckt. Er nahm den Deckel ab und fand darunter eine Abdeckung aus Pappe, in die ein ovales Fenster aus Zellophan eingelassen war. »Verdammt. Das habe ich schon lange nicht mehr gesehen.«

Caroline beugte sich vor, um es zu betrachten. »Ist das …?«

»Sierras Hochzeitskleid, das du für sie genäht hast.«

»Wow. Ich dachte, das würde ich nie wiedersehen.«

Er stellte die Kiste zu den anderen auf die Sackkarre. Dann musterte er Caroline prüfend. Sie stand so nah bei ihm, dass er den Duft ihrer Haare riechen konnte. Er konzentrierte sich auf den Schwung ihrer Lippen. »Und ich dachte, dass ich *dich* nie wiedersehen würde.«

»Will …«

»Das meine ich ernst, Caroline. Wir haben uns getrennt, und nun sind wir wieder hier. Sierra und ich …«

»Hör auf«, sagte sie. »Hör einfach auf.«

# 5. TEIL

# 21. Kapitel

»Ich habe Neuigkeiten.« Caroline überfiel Sierra nach der siebten Stunde auf dem Parkplatz. »Ich flippe aus.«

»Hat Zane Hardy dich endlich gefragt, ob du mit ihm zum Abschlussball gehen willst?«, fragte Sierra. »Darüber hättest du dir keine Gedanken machen müssen. Ich wusste, dass er das machen würde.«

»Vergiss den Ball«, erwiderte Caroline. »Das meine ich nicht. Wir müssen sofort zu mir nach Hause. Meine Mom sagt, dass heute ein wichtiger Umschlag für mich in der Post war.«

»Oh!« Sie eilten zu Sierras Wagen, einem narzissengelben Käfer. »Dann los.«

Die Collegeschreiben trudelten langsam ein, und Sierra hatte ihre Zusagen bereits erhalten: die UW in Seattle, das Lewis & Clark College in Oregon und die UC San Diego. Ihre Entscheidung, nach San Diego zu gehen, war nicht von ungefähr gefallen. Denn das war die Uni, die Will Jensen besuchte. Ihre Schwärmerei für ihn, die zu dem Sommer ihrer ersten Begegnung zurückreichte, hielt unvermindert an. In den darauffolgenden Sommern hatte ihre Romanze von Mal zu Mal heller gebrannt. Caroline hatte vom Rand aus zugeschaut, hatte versucht, sich nicht daran zu erinnern, dass Will für einen verrückten, magischen, unwiederbringlichen und unmöglichen Augenblick der Ihre gewesen war.

Doch inzwischen wusste sie, dass das albern war. Wenn man vierzehn ist, gehört einem niemand, nicht einmal man selbst. Man war wie ein formloser Klumpen Ton und versuchte noch herauszufinden, wer man war oder was man einmal werden würde.

Jeden Sommer waren sie alle drei unzertrennlich gewesen, waren im goldenen Sonnenschein gemeinsam erwachsen geworden. Will hatte als Erster seinen Führerschein gemacht, da er ein Jahr älter war als sie, und er hatte sie in dem alten Grand Marquis seines Granddads herumgefahren. Manchmal waren sie mit dem Wagen in dem weichen Sand in der Zufahrt zum Strand stecken geblieben, ein andermal hatten sie es auf den festen Sand am Meeressaum geschafft, um dort an illegalen Rennen teilzunehmen. Die er normalerweise gewann, und zwar nicht, weil das Auto so großartig war, sondern weil er wusste, wie er damit umzugehen hatte. Gemeinsam hatten sie Drachenflugwettbewerbe gewonnen und verloren, beim Frisbee alle anderen geschlagen, ihren ersten Joint probiert und sich zum ersten Mal betrunken.

Caroline war immer der Kumpel gewesen, die lustige Freundin, die Will und Sierra auf ihren Sommerabenteuern begleitete – manchmal zusammen mit einem Jungen, der sie mochte, manchmal nicht. Sierra und Will waren verrückt nacheinander. Sie waren ein Paar, das den Glauben der Erwachsenen an Teenager wiederherstellte. Wenn die Leute sie gemeinsam in der Kirche sahen, wie sie so adrett und wohlerzogen dasaßen, nickten sie zustimmend, nicht ahnend, dass dieses Paar es vermutlich am Abend zuvor im verlassenen Pfarrhaus miteinander getrieben hatte. Caroline hatte ihren Frieden mit der Situation gemacht. Will Jensen hatte ihr nie gehört. Nun ja, vielleicht für einen winzigen Moment, der aber in den Falten der Zeit verschwunden war. Dieser erste Kuss. Dieser einzige Kuss. Er hatte ihn nie erwähnt und vermutlich längst vergessen.

Sierra parkte vor dem Haus der Shelbys, und die Mädchen rannten hinein, wo sie den Stapel Post auf dem Küchentisch fanden. Caroline schnappte sich den großen Umschlag, der den Absender trug, auf den sie so sehr gehofft hatte, seitdem sie im letzten Winter ihr Portfolio und ein paar Muster weggeschickt hatte. Sie hatte sich ein dickes Paket an Informationsmaterial vorgestellt, wie sie es von dem *Art Institute of Seattle* erhalten hatte, ihrem Plan B. Denn ein schlichter Brief war immer ein schlechtes Zeichen.

»Warte«, sagte Sierra, bevor Caroline den Umschlag aufreißen konnte. »Wir müssen erst die Hände auflegen.« Das war ein Ritual, von dem sie sich Glück versprachen. Sierras Dad würde sie wegen ihrer heidnischen Bräuche vermutlich schelten, aber die Mädchen machten es trotzdem – nur für den Fall, dass es half, Aberglaube hin oder her. Sie pressten die flachen Hände auf den Umschlag und schlossen die Augen.

»Ich wünsche, ich könnte, ich wünschte, ich würde«, murmelte Caroline. Dann öffnete sie den Umschlag und ließ die Seiten herausgleiten. »Ich kann nicht hinsehen«, sagte sie und wandte sich ab, während sich ihr Magen krampfhaft zusammenzog. »Dieser Brief wird mich entweder glücklich machen wie noch nie, oder ich werde am Boden zerstört sein, und ich habe Angst, es zu erfahren. Ich kann nicht hinsehen«, wiederholte sie.

»Doch, das kannst du, Caroline. Du musst.«

Sie schaute hin. Und da stand es, schwarz auf weiß: »Liebe Caroline, herzlichen Glückwunsch! Du bist …« Sie stieß einen Schrei aus. »Ich hab's geschafft!«

»Du hast es geschafft!« Sierra ergriff Carolines Hände, und sie tanzten durch die Küche.

Caroline platzte beinahe vor Glück. Das war es. Der Traum. Das Ziel. Der Anfang des Lebens, nach dem sie sich immer gesehnt hatte – New York City, Design an einer der besten Schulen des Landes studieren. Als sie aufhörte, zu hyperventilieren, las sie den Brief zu Ende und erfuhr, dass ihr vor Ablauf der normalen Frist zugesagt worden war – ein Privileg, das nur Studenten erhielten, die außergewöhnliches Potenzial zeigten. »Ich kann es nicht glauben«, sagte sie.

»Ich schon.« Sierra strahlte sie an. »Wenn es um das Entwerfen und Nähen von Kleidung geht, bist du unglaublich. Du hast das so was von verdient, Caroline. Komm, suchen wir deine Mom.«

Das Schuljahr zog sich endlos hin, und unter Caroline und ihren Freundinnen griff die sogenannte »Senioritis« um sich – keiner hatte mehr Lust, sich groß anzustrengen und zu lernen. Niemand wollte sich durch den Unterricht quälen oder für Prüfungen pauken. Denn alle konnten es kaum erwarten, dass endlich ihr Leben nach der Highschool begann.

Wie Sierra vorhergesagt hatte, bat Zane Caroline, ihn auf den Abschlussball zu begleiten. Sierras Date war Bucky O'Malley, der nicht nur schwul, sondern auch der beste Tänzer der Abschlussklasse war. Caroline entwarf und nähte ihre Kleider, und sie wurden von der gesamten Schule darum beneidet.

Endlich kam der Sommer und mit ihm Will Jensen mit seinen breiten Schultern, den blonden Haaren und den blauen Augen. Manchmal, wenn Caroline ihn anschaute, sah sie immer noch den dünnen Jungen mit seiner tropfenden Schnorchelausrüstung. Sein Grinsen hatte sich überhaupt nicht verändert. Als sie drei sich an ihrem Lieblingsplatz am Strand trafen, begrüßte er sie und Sierra mit einer freundlichen Umarmung, wobei er Sierra ein wenig länger hielt.

»Hey, Fremde«, sagte er zu ihnen.

»Selber hey«, erwiderte Caroline.

»Ich hab dich wie verrückt vermisst«, gestand Sierra ihm. »Wie lange kannst du bleiben?«

»Das ist vermutlich der letzte Sommer, den ich ganz hier verbringen kann. Sobald der vorbei ist, muss ich mich hinsetzen und lernen. Ich bin in dem Schnellkurs, damit ich meinen Abschluss früher machen kann.«

Caroline nahm an, dass sein Dad wollte, dass er seinen Abschluss früher machte, aber sie fragte nicht nach. Das mit Will und seinem Vater war kompliziert. Will wollte in die Navy eintreten, wie sein alter Herr es getan hatte. Er war sowohl damals auf der Highschool als auch jetzt auf dem College im Reserveoffizier-Ausbildungskorps, doch egal, was er erreichte, seinem Dad schien es nie zu genügen.

»Was ist mit euch beiden?«, fragte er.

Caroline würde Vollzeit bei Lindy Bloom arbeiten und jeden Penny für New York sparen. Sierra hatte einen Teilzeitjob in der Touristeninformation, wo sie die Gäste begrüßte und dabei half, die verschiedenen Festivitäten des Sommers zu organisieren. Darin war sie wirklich gut – und so hübsch und ansprechend, wie sie war, war sie das Gesicht der Long-Beach-Halbinsel. Im letzten Frühling hatte sie einen Schönheitswettbewerb gewonnen und war auf den berühmten *Dallas Apparel Accessories Market* geschickt worden, um die Welt des Modelns zu erkunden. Sie war noch stylisher zurückgekommen, als sie es vorher schon gewesen war.

»Hast du auch einen Sommerjob?«, erkundigte Caroline sich bei Will.

»So in der Art. Ich trainiere mit dem Seenotrettungsteam unten in Seaview.«

»Oh, die Jet-Ski-Jungs«, sagte Sierra. »Wow, die gehen bei jedem Wetter raus. Versprich mir, dass du nicht ertrinkst.«

Er ließ sein berühmtes Grinsen aufblitzen. »Zu ertrinken ist keine Option.«

»Das sieht immer echt gefährlich aus«, meinte Caroline.

»Das ist es auch«, bestätigte er. »Rettung aus rauer See, technische Rettung und Rettung an den Klippen – dafür wird man ausgebildet.«

»Trotzdem mache ich mir Sorgen«, sagte Sierra und schüttelte sich.

»Das ist eine gute Vorbereitung für die Kampfschwimmerausbildung bei der Navy.«

»Was genau ist das?« Caroline sah ihn fragend an.

»Das ist ein Teil der SEAL-Ausbildung. Es fängt mit der Theorie an, danach folgen drei weitere Phasen. Acht Wochen körperliches Aufbautraining, acht Wochen Tauchen und Schwimmtraining, neun Wochen Kriegsführung an Land. Dann macht man seinen Abschluss, und die eigentliche Ausbildung beginnt. Vorausgesetzt, man packt es.«

»Da habe ich bei dir keine Zweifel«, sagte Sierra. »Ich kenne dich, Will. Du gibst niemals auf.«

»Ich hoffe, dass du recht hast. Ich habe oft das Training auf dem Gelände in Coronado beobachtet, das nicht umsonst *Der Schinder* genannt wird. Dort habe ich Männer, die größer und stärker waren als ich, in Tränen ausbrechen sehen.«

»Okay, damit ich das richtig verstehe«, warf Caroline ein. »Du wirst sieben Monate damit verbringen, zu lernen, halb Frosch, halb ausgebildeter Killer zu sein, und dann wirst du an die gefährlichsten Orte der Welt geschickt, um zu kämpfen und Leute zu retten.«

»Das ist ein wenig simpel ausgedrückt, aber die Richtung stimmt.«

»Tja, für mich klingt das alles schrecklich und hart«, sagte sie.

»So wie für mich dein Plan, nach New York zu ziehen und Designerin zu werden«, witzelte er.

»Ich wünschte, du würdest mit mir nach San Diego kommen, Caroline«, sagte Sierra. »Dann müssten wir das Band zwischen uns niemals zerreißen. Es gibt auch in Südkalifornien Unmengen an Design-Schulen.«

»Ah.« Caroline stieß sie an. »Das ist verlockend. Es wäre so … einfach, nicht wahr? Zu einfach. Ich bin bereit für etwas vollkommen Neues.«

»Und ich bin bereit, schwimmen zu gehen.« Will zog sein T-Shirt aus und ließ es in den Sand fallen, dann rannte er in die Wellen. Sein Körper war gestählt und von der Sonne Kaliforniens bereits vorgebräunt.

»Mein Gott, er ist umwerfend.« Sierra seufzte und löste den Wickelrock, den sie über ihrem Bikini trug.

Caroline erwiderte nichts. Sie ließ sich Zeit, das übergroße Baseball-Shirt auszuziehen, das einem ihrer Brüder gehörte. Verdammt, die ganze Welt wusste, dass Will Jensen umwerfend war.

»Komm, gehen wir.« Sierra nahm ihre Hand. »Besser noch,

laufen wir. Lass uns so schnell laufen, dass wir nicht mehr anhalten können.«

Unter lauten Freudenschreien rannten die beiden Freundinnen in die Brandung, wo sie unter der Kälte der aufspritzenden Wellen aufkreischten, bevor sie sich in die Fluten stürzten, wie sie es jeden Sommer taten, denn sie wussten, die einzige Weise, dem kalten Wasser zu trotzen, war, einfach unterzutauchen.

Zu dritt kamen sie wieder an die Oberfläche, zitternd vor Kälte und Lachen. »Ich sterbe«, stieß Sierra zwischen klappernden Zähnen aus. »Wirklich, ich stehe buchstäblich kurz vorm Tod.«

»Ich glaube nicht, dass du gleich von uns gehen wirst«, erwiderte Caroline. »Es fühlt sich doch so gut an!«

»Stimmt. Noch nie hat sich der Sommer so gut angefühlt.« Will lachte.

Caroline tauchte wieder unter und hörte unter Wasser, wie sich der Sand bewegte und die Wellen rauschten. Als sie wieder hochkam, war Sierra bereits auf dem Weg zum Ufer.

»Sie hat nicht lange durchgehalten«, merkte Will an.

»Das tut niemand.«

»Du schon«, widersprach er.

»Ich bin ein Freak. Genau wie meine Geschwister.«

»Dann sind wir beide Freaks.« Er hielt ihren Blick für ein paar Sekunden, dann schwamm er davon.

Ab und zu spielte Carolines Fantasie ihr Streiche. Sie hatte gesehen, wie Will sie auf gewisse Weise angeschaut, ihren Mund betrachtet und ihr ein paar Sekunden zu lange in die Augen geblickt hatte. Für einen kurzen Moment hatte sie überlegt, ihm zu gestehen, dass sie Gefühle für ihn hegte – romantische Gefühle –, aber der Augenblick war vergangen, und sie hatte sich nicht getraut. Fragte er sich je, was passiert wäre, wenn Sierra nicht auf der Bildfläche erschienen wäre? Wenn er sich stattdessen für Caroline entschieden hätte? Das war wirklich ein alberner Gedanke, und sie schob ihn schnell beiseite.

Sierra passte perfekt zu ihm. Nicht nur wegen ihres Aussehens, sondern auch wegen ihres Temperaments. Anders als Caroline hatte Sierra keinen großartigen Lebensplan, der sie nach New York City entführen würde. Sierra wollte einfach nur eine Beziehung haben. Teil eines Paares sein. Sich ein Leben aufbauen, das sich um die Familie drehte. Kein Wunder, dass Will sie vorzog.

Caroline gab sich damit zufrieden, das fünfte Rad am Wagen zu sein. Feste Freunde kamen und gingen in ihrem Leben, hauptsächlich, damit sie sich nicht immer so allein fühlte. Und um ihre Sehnsucht zu verbergen.

Der Sommer endete und mit ihm die Tage ihrer Kindheit. Es war an der Zeit, ein neues Kapitel im Leben aufzuschlagen. Will würde abreisen, und an ihrem letzten gemeinsamen Abend machten sie ein Lagerfeuer am Strand und teilten sich das Bier, das sie heimlich aus dem Restaurant hatten mitgehen lassen.

»Am letzten Abend des letzten Sommers, bevor das echte Leben beginnt, möchte ich einen Toast ausbringen«, sagte Caroline. »Wir werden immer Freunde bleiben, egal, wo wir hinziehen.«

»So, wie wir es jetzt sind.« Sierra nickte zustimmend und trank einen Schluck von ihrem Bier.

Dann folgte eine Gruppenumarmung. Will zog sie und Sierra in seine kräftigen Arme. Er roch nach Meer, und der Sand klebte an seiner warmen Haut. Caroline empfand eine Mischung aus Glück und Traurigkeit, aus Aufregung und Angst, aus Angespanntheit und Entschlossenheit.

»Freunde, egal was kommt!«, rief Sierra.

»Ja«, bestätigte Caroline. »Egal, was kommt.«

Wie die Kontinentalverschiebung war es unausweichlich, dass sie voneinander forttrieben. Es gab einen Grund, warum es *auseinandertreiben* hieß, wie Caroline lernte. *Einer dieser Tage* wurde zu *keiner dieser Tage*. Und *Lass uns unbedingt mal wieder treffen* bedeutete eigentlich *Wie wäre es mit nie?*.

Will trat in die Army ein und absolvierte seine mörderische Ausbildung, um der Elitetruppe der Navy SEALs beizutreten, wie es schon sein Vater getan hatte. Sierra machte ihren Abschluss und zog von San Diego in die Gegend von Los Angeles. Caroline schloss ihr Studium ab und verwandelte ihre kleine Wohnung in ein chaotisches Atelier, in dem sich alles fand, was sie für ihren Beruf benötigte: ihre heiß geliebte Overlock-Nähmaschine, Rollen von Musterpapier und Musselinstoffen, Ständer voller Musterkleider und experimenteller Designs. Ab und zu brach sie zu einem seltenen Besuch nach Oysterville auf, aber dabei schafften Sierra und sie es nie, ihre Zeiten abzustimmen. Ihre Freundschaft existierte noch, aber sie war in den Hintergrund gerückt, wie die alten Schnappschüsse, die in Alben klebten, die sich niemand mehr anschaute.

Das Auseinanderdriften war ein natürlicher Prozess, und als erst die Jahreszeiten und dann die Jahre vergingen, übernahm die Geschäftigkeit des Erwachsenenlebens die Herrschaft. Sie waren auf den sozialen Medien miteinander verlinkt, aber niemand schien die Zeit zu haben, sich dort auch wirklich auszutauschen.

Als Sierras Nummer eines Tages auf Carolines Handy erschien, zuckte sie überrascht zurück. Sie war gerade mitten in einer Anprobe für ein Stück, das sie für einen namhaften Designer entworfen hatte. Die Chefdesignerin hatte sie angeheuert, um ein paar Muster und einfache Nähaufgaben zu übernehmen. Caroline wollte das Stück perfektionieren, denn wenn die Chefin mit ihrer Arbeit zufrieden wäre, würde sie Caroline vielleicht für ein paar echte Entwürfe engagieren.

Auch wenn es eine Qual war, den Anruf zu ignorieren, ließ sie die Mailbox rangehen. Fitting-Models verlangten hundert Dollar oder mehr pro Stunde, und sie wollte keine Probleme kriegen, weil sie ein Model zu lange beschäftigt hatte. In dem Moment jedoch, in dem die Anprobe vorbei war, eilte sie nach draußen und rief Sierra zurück.

»Caroline!« Sierra klang atemlos. »Ich brauche dich.«

»Was?«

»Wir müssen uns treffen.« Sie sprach, als wäre überhaupt keine Zeit vergangen.

»Wo bist du?«

»In L. A. Ich habe Neuigkeiten. Ich werde heiraten.«

Heiraten.

Viele ihrer Freundinnen hatten bereits geheiratet, wie sie online oder durch ihre Familie erfahren hatte. Und nun das. Nun auch Sierra.

»Wow«, sagte sie. »Glückwunsch.«

»Ich will, dass du mein Kleid nähst. Und meine Trauzeugin bist«, fuhr Sierra fort.

»Natürlich«, erwiderte Caroline, ohne zu zögern. Und erst, als sie aufgelegt hatte, fiel ihr auf, dass sie gar nicht gefragt hatte, ob Will der Bräutigam war.

Er war es. Die Dinge nahmen ihren Lauf. Sierra flog für den Entwurf und das Anpassen des Kleides nach New York. Die Hochzeitsfeier sollte in Oysterville stattfinden, und die Hochzeit, die Pastor Moores Tochter und den Navy-Offizier miteinander verbinden würde, war das Ereignis des Jahres. Das ganze Dorf war in Aufregung über die Vorbereitungen. Wills Trauzeugen in Ausgehuniform würden ein Spalier aus Degen bilden, und das Essen beim Empfang würde das *Star of the Sea* liefern. Der umwerfende Verlobungsring stammte von Tiffany – ein sehr moderner, mit Diamanten besetzter Reif aus Platin, den Paloma Picasso entworfen hatte.

Als sie Will das erste Mal seit Jahren wiedersah, musste Caroline sich innerlich kurz für die Begegnung wappnen. Sein vertrautes »Hey, Fremde« wurde von einer ganz kurzen Umarmung begleitet. Jetzt waren sie wirklich Fremde.

Das Probeessen für die Hochzeit war eine Strandparty, auf der Champagner und Aufregung nur so übersprudelten. Die Gäste waren eingeladen worden, Badesachen für einen mitternächtlichen Sprung ins Wasser mitzubringen.

Laute Musik aus den Lautsprechern eines Autos dröhnte durch die Luft. Die Flammen des Lagerfeuers stiegen hoch in den Himmel. Der Champagner wurde durch Tequila ersetzt, und die Musik wurde immer lauter. Die Leute schnappten sich einen Partner und tanzten im Kreis um Sierra und Will herum, die inmitten ihrer Freunde so unglaublich glücklich aussahen. Es waren viele aus Südkalifornien da, wie Caroline feststellte. Die meisten von ihnen kannte sie nicht. Sie kannte ja selbst Sierra und Will kaum noch. Und doch sah sie ihre Freude, die wie Feuerwerk in die Luft schoss.

Ein paarmal ertappte sie Will dabei, wie er sie fragend anschaute, aber sie wusste nicht, was sie von diesem Blick halten sollte. Es war zu viel Zeit vergangen. Alle hatten gewusst, dass das hier eines Tages passieren würde. Und Caroline war nicht eifersüchtig. Auf keinen Fall. Sie wollte definitiv nicht heiraten. Nicht jetzt und vielleicht nie. Eine aufregende Karriere als Designerin in New York City war es, was sie lockte; nicht ein Ehemann.

Der Mond ging auf und schien auf die sich am Strand brechenden Wellen.

»Ich kann nicht aufhören, die Navy-Jungs anzuschauen«, flüsterte Rona Stevens Caroline zu. »Wenn ich noch mehr trinke, bin ich für mein Handeln nicht mehr verantwortlich.«

»Das geht uns heute Abend wohl allen so.« Caroline nahm sich noch einen Tequila von dem Tablett, das herumgereicht wurde. Es war ihr vierter oder fünfter. Sie hatte nicht mehr mitgezählt. »Komm, springen wir ins Wasser, um uns abzukühlen.«

»Aber die Navy SEALs sind im Wasser«, sagte Rona.

»Ganz genau.« Caroline war keine große Trinkerin, aber heute wollte sie in ihrem Kopf woanders sein. Sie wollte in sich einen Ort finden, an dem sie sich aufrichtig für ihre beiden besten Freunde freuen konnte – und der Alkohol half ihr dabei. Sie öffnete den Knoten ihres Seiden-Sarongs – den sie selbst entworfen hatte – und ließ ihn zu Boden fallen. »Bist du dabei?«

»Ich bin dabei.« Rona schlüpfte aus Rock und Oberteil. Fünf Jahre nach der Highschool hatte sie immer noch die Figur einer Cheerleaderin, was sie ihrem Job als Trainerin im örtlichen Fitnesscenter verdankte. Sie war in der Abschlussklasse zum »Mädchen, das am ehesten Erfolg haben wird« gewählt worden und hatte vorgehabt, Sportmedizin zu studieren und für ein Team der National Football League zu arbeiten. Aber dann hatte sie es nie geschafft, die Halbinsel zu verlassen, und führte immer noch eine On-Off-Beziehung mit Hakon. In ihrem Badeanzug sah sie fabelhaft aus. »Wir werden uns den Arsch abfrieren«, warnte sie Caroline.

»Die Navy-Jungs werden uns schon wieder aufwärmen.« Caroline packte Ronas Hand, und gemeinsam rannten sie in die Wellen hinein, wo bereits andere Partygäste planschten und kreischten. Der Kälteschock raubte ihr den Atem, aber sie hielt durch und stürzte sich in die Schwärze unter Wasser. Als sie wieder auftauchte, flirtete Rona bereits mit einem der SEALs. Zwei andere tauchten neben Caroline auf wie ein paar abgerichtete Orkas.

»Verdammt«, sagte einer von ihnen. »Das Wochenende ist gerade um tausend Prozent besser geworden. Wie heißt du, meine Süße?«

»Ich bin Caroline. Und ihr seid Matt und Lars, richtig?«

»Schön und klug«, sagte Matt, der weiße Zähne und große, schöne Hände hatte. »Matt Campion, stets zu Diensten.«

Sie bekam einen Schluckauf. »Ah, klar. Ich bin also ein Genie, weil ich bei der Vorstellungsrunde aufgepasst habe?«

»Du bist ein Genie, weil du verdammt heiß bist.«

Eine Welle schlug über ihrem Kopf zusammen, und Caroline verlor das Gleichgewicht und wurde unter Wasser gezogen. Innerhalb des Bruchteils einer Sekunde hoben starke Männerarme sie hoch, und sie schaute in Matts lächelnde Augen.

»Meine erste Rettung dieses Abends«, sagte er und warf einen Blick zu Lars. »Verzieh dich, Kumpel. Die hier gehört mir.«

»Ach, wirklich?« Sie schlang ihm die Arme um den Hals und hielt sich an ihm fest, während er sie aus dem Wasser trug. »Brrr. Jetzt ist mir kalt«, sagte sie mit klappernden Zähnen.

»Dagegen können wir was unternehmen«, erwiderte er.

Ein paar Minuten später lag sie mit ihm auf einer Decke ein Stück vom Lagerfeuer entfernt. Im Schein des Feuers wirkten die sich im Rhythmus der Musik bewegenden Feiernden beinahe wie Angehörige eines Eingeborenenstammes. Matt reichte ihr eine kleine Flasche, wie man sie im Flugzeug bekam. »Jägermeister«, sagte er. »Der wärmt dich auf.«

Sie trank einen Schluck und ließ sich die seltsame Mischung aus Zitrone, Lakritz und Gewürzen auf der Zunge zergehen. »Wow, jetzt ist mir schwindelig«, gestand sie.

Er rutschte näher zu ihr und zog sie in die Arme. »Ich weiß, was du meinst, Süße.«

»Nein, ich meine …«

Er unterbrach sie mit einem tiefen Kuss, der nach Salzwasser und Alkohol schmeckte. Seine Oberschenkel pressten sich hart und nass gegen ihre, seine Erregung war deutlich zu fühlen. Es ging alles so schnell, dass es ihr den Atem raubte, und sie stemmte ihre Hände fest gegen seine Brust. Er gab einen kehligen Laut von sich, als er mit der Zunge tiefer in ihren Mund glitt und begann, an den Trägern ihres Bikinioberteils zu nesteln.

Sie drehte den Kopf zur Seite, um ihm auszuweichen. »Wow, ganz ruhig, Großer«, sagte sie. Der Jägermeister und der Tequila hatten sich in nichts aufgelöst. »Für so was bin ich wirklich nicht zu haben.«

»Und ob du das bist«, sagte er und lachte leise. »Halt still, meine Schöne. Ich hab hier was für dich.« Er legte ihre Hand auf seine Erektion. »Ah, das ist gut.«

»Um Himmels willen.« Sie zog ihre Hand zurück. »Hör auf damit.«

»Schon gut«, murmelte er und drückte sie in die Decke. »Ich habe Kondome dabei.«

»Kondome?« Sie lachte scharf und ungläubig auf. »Was zum Teufel … Hast du wirklich gedacht, wir würden …«

»Ganz genau, kleine Lady. Heute ist deine Glücksnacht.«

Kleine Lady? Ernsthaft? Caroline wand sich unter ihm und versuchte, ein wenig Abstand zwischen sich und ihn zu bringen. Aber es war, als versuchte sie, einen Felsen von sich zu rollen. Sie war verwirrt. Und fühlte sich gedemütigt. Außerdem verspürte sie einen Anflug von Panik. »Es reicht«, sagte sie mit fester Stimme. »Runter von mir. Das meine ich ernst.«

»Ich auch«, sagte er mit sonorer, warmer Stimme. »Du bist das Süßeste, was ich seit Langem in den Armen hatte.«

Sie schaffte es, eine Hand zu befreien, und drückte damit gegen seine Schulter. »Kumpel, hör mal gut zu. Es ist schon spät, und wir beide haben zu viel getrunken. Ich will das hier nicht, also lass mich verdammt noch mal los.« Sie drückte fester.

»Ah, du magst es also auf die harte Tour, ja?«, fragte er. »In dem Fall werden wir beide uns wunderbar verstehen.«

»Was? *Nein.* Welchen Teil von *Nein* verstehst du nicht?«

»Ich verstehe, was dein süßer Körper mir sagt, und da höre ich kein *Nein.*« Er packte ihre Handgelenke und presste sie über ihrem Kopf auf die Decke. Ein Raubtier mit seiner Beute.

»Dann hörst du besser genauer hin«, stieß sie durch klappernde Zähne aus.

»So, meinst du?«, fragte er und rieb seine Hüften an ihr. Dann senkte er den Kopf für einen weiteren Kuss. Caroline drehte sich weg, und seine warmen Lippen glitten über ihre Wange.

Was sollte sie tun? Um Hilfe rufen und hoffen, dass jemand sie über die laute Musik hinweg hörte? Wenn sie das täte, würde dieses alberne Drama hier nicht Sierra und Will den Abend verderben? Immerhin war Matt nur ein dummer, betrunkener Kerl. Da musste man keine Staatsaffäre draus machen.

Er ließ ihre Handgelenke los und stützte sich auf den Händen auf, aber bevor sie sich unter ihm wegrollen konnte, verlagerte er sein Gewicht, sodass sie wieder unter ihm gefangen war.

»Lass mich gehen, verdammt noch mal«, stieß sie hervor. Dann atmete sie tief ein, um zu schreien, auch wenn sie wusste, dass sie sich mit dieser Überreaktion lächerlich machen würde. Sie wusste nicht mal, was sie schreien sollte. *Nein? Hilfe?* Vielleicht reichte es, einfach nur laut zu brüllen …

»Kumpel, ich habe das ernst gemeint. Zwing mich nicht dazu, eine Szene zu machen und die Hochzeit unserer Freunde zu ruinieren.«

»Komm schon, Baby. Wir machen zusammen eine Szene. Das wird dir gefallen.« Wieder packte er ihre Handgelenke und senkte seinen Mund auf ihren, bevor sie den Kopf abwenden konnte. Jetzt konnte sie nicht mal mehr schreien. Konnte nicht atmen. Sie hatte Angst, zu ersticken, und fühlte sich vollkommen hilflos. Es gelang ihr, den Mund für den Bruchteil einer Sekunde von seinem loszureißen.

*»Stopp!«*, sagte sie. Doch sofort küsste er sie wieder, ein brutaler Angriff, mit dem er ihr wehtat. Sie biss ihm in die Zunge, die sich wie ein zähes, ungenießbares Stück Fleisch anfühlte.

»Scheiße«, sagte er. »Du bist aber auch eine wildes Ding.« Er küsste sie nicht noch mal, sondern presste ihr stattdessen eine Hand auf den Mund. Caroline wurde von Panik erfasst. Sie war eine Gefangene. Die laute Musik und das Rauschen der Brandung übertönten ihre erstickte Stimme. Mit der freien Hand fummelte er an ihrem Bikini herum.

Das darf nicht passieren, dachte sie. Und doch passierte es und umfing sie mit dem erstickenden Gefühl der Machtlosigkeit. Einen Moment später konnte sie nicht mehr atmen. Nicht mehr denken …

Mit einem Mal wurde das schwere Gewicht von ihr gehoben wie von einer Baggerschaufel.

Schwindelig vor Angst atmete Caroline keuchend ein.

Matt stieß einen Schrei aus. »Was zum Teufel …?«

»Sie hat Stopp gesagt«, durchschnitt Wills Stimme die Nacht.

»Verpiss dich, Jensen. Wir haben nur ein wenig Spaß.« Matt stolperte zurück und sprang dann auf Will zu. Ihre Silhouetten krachten wie zwei brünftige Hirsche gegeneinander.

Caroline schrie auf. Ihr gesamter Körper vibrierte noch unter dem Schock. Sie krabbelte zum Rand der Decke, richtete sich auf und wickelte sich in ein Handtuch. Ihr Bikinioberteil war verschwunden.

Will wendete den Krav-Maga-Trick an, den er ihr vor einer Ewigkeit gezeigt hatte und an den sie sich noch gut erinnern konnte. Dann hörte sie ein Geräusch, als würde ein Beutel mit Flüssigkeit auf Asphalt landen.

*»Fuck«*, stieß Matt aus. »Mein Gott, Jensen, ich glaube, du hast mir die verdammte Nase gebrochen.«

Will drehte sich um. »Lass sie in Ruhe.« Er packte Caroline am Arm und zog sie mit sich in Richtung Parkplatz.

Das Handtuch fest mit einer Hand umklammernd, stolperte sie neben ihm her. Die Sache war ihr zu peinlich, als dass sie mehr hätte sagen können als: »Hey, ich kann sehr gut allein auf mich aufpassen.«

»Ja, das habe ich gesehen. Was zum Teufel hast du da gemacht?«, fragte Will wütend. »Meine Güte, sieh dich nur an.«

Sie zog das Handtuch noch fester um sich. »Ach, jetzt ist das also meine Schuld?«

Er riss die Tür von seinem Wagen auf – dem alten Grand Marquis seines Großvaters. »Steig ein.«

Ihr Oberteil war weg, und sie war barfuß, also gehorchte sie.

Will startete den Motor und fuhr los. Gleichzeitig griff er hinter seinen Sitz und fand eine Jacke, die er ihr zuwarf. »Zieh die an, falls dir kalt ist.«

Caroline zitterte unkontrolliert am ganzen Leib.

Dann wurde ihr klar, dass es nicht an der Kälte lag. »H-hast du dem Kerl wirklich die Nase gebrochen?«

»Er kommt schon klar. Aber verdammt, Caroline, er ist in meinem *Team.*« Er bog so rasant auf die Auffahrt zum Haus ihrer Eltern, dass die Austernschalen unter den Reifen aufspritzten.

»Tja, er ist ein Idiot«, sagte sie. »Ich habe ihn nicht darum gebeten … Ich wollte nicht …«

»Was hast du dir dann dabei gedacht, in deinem Bikini herumzustolzieren und Kurze zu trinken?«

»Wage es ja nicht, meine Kleidung für das Verhalten dieses Arschlochs verantwortlich zu machen.«

»Er hat dich den ganzen Abend angesehen, als wärst du ein köstliches Lammkotelett.«

»Und woher weißt *du*, wie er mich angesehen hat?«

Er brachte den Wagen abrupt zum Stehen, beugte sich zu Caroline und presste sie in den Sitz. Sein Gesicht war nur wenige Zentimeter von ihrem entfernt, sein süßer Whiskey-Atem strich ihr über die Haut. »Weil Jungs wie er so etwas tun.«

Sie keuchte entsetzt auf und stieß ihm die Hände so fest sie konnte gegen die Brust. »Lass mich in Ruhe!«

Er zog sich sofort zurück und wirkte ebenfalls entsetzt. »Okay, ja. Ich weiß. Tut mir leid. Es ist nur … Verdammt, Caroline. Ich wollte nicht …«

Sie konnte ihn nicht hören, weil sie angefangen hatte, vor Panik, die mit einem Mal wie ein Waldbrand durch sie hindurchfegte, zu hyperventilieren. Die Nachwirkungen des Grauens, auf die Decke gepresst und befummelt zu werden, machten es ihr unmöglich, zu atmen. Das Herz hämmerte ihr laut und schmerzhaft in der Brust.

»Hey, hey …« Sanfte Hände umfassten ihre Schultern. »Caroline, hey, es ist vorbei. Es ist okay. Es tut mir leid, dass das passiert ist.« Seine Berührung war sanft, und seine Worte drangen schließlich zu ihr durch. »Es tut mir leid, dass ich dich angeschrien habe. Ich hatte Angst, was passiert wäre, wenn ich nicht bemerkt hätte, dass du nicht mehr da warst. Aber jetzt ist alles gut«, sagte er. »Ich bin hier. Ich bin hier, okay?«

Sie sank gegen seine Brust, presste ihre Wange an sein Herz und klammerte sich an ihm fest. Der solide Trost seiner Umarmung fühlte sich wie ein Schutzwall an, der ihre Angst in Schach hielt. Er hatte recht. Ein Betrunkener hatte sie angemacht, Will hatte eingegriffen, und nun musste sie keine Angst mehr haben. Die Panik ebbte ab, und Caroline hörte auf zu zittern.

»Geht es dir jetzt wieder gut?«, fragte er.

»Ich hatte solche Angst«, flüsterte sie.

»Ich weiß, Baby«, erwiderte er leise. »Ich weiß. Aber jetzt ist es vorbei.«

Mit unendlicher Zärtlichkeit nahm er ihr Gesicht in beide Hände und schaute ihr in die Augen, bevor er ihr einen federleichten Kuss auf die Stirn gab. Und dann loderte mit einem Mal ein anderes Feuer in ihr auf – nicht von Angst angefacht, sondern von einem lange vergrabenen, schon immer schwelenden Begehren. Caroline war nicht sicher, wer den ersten Schritt machte, aber mit einem Mal versanken sie in einem schrecklichen, unwiderstehlichen, unerlaubten Kuss.

Die Zeit blieb stehen.

Es war ein tiefer, hingebungsvoller Kuss, geboren aus Jahren der Sehnsucht, und es war überwältigend. Die Welt verschwand für einen Moment. Einen flammenden Moment der Süße. Sein Geschmack. Sein Duft. Seine Hände auf ihrer nackten Haut. Dann zuckten sie voneinander zurück, als hätten sie sich verbrannt.

Sie starrte ihn an. Er starrte zurück.

»Caroline, o mein Gott. Das ist … Das war … Mist. Ich wollte das schon seit einer Ewigkeit …«

»Wage es ja nicht, mehr zu sagen. Wag es ja nicht.«

Er erstarrte. »Ja. Okay. Wir haben beide zu viel getrunken. Es ist nur … Du hast recht. Verdammt. Es tut mir leid, Caroline. Es tut mir so verdammt leid.«

Dieses allgemein gehaltene *Es tut mir leid* ließ sie rätselnd zurück. Was tat ihm leid? Blind tastete sie nach dem Türgriff und sprang aus dem Wagen, erfüllt von einer Mischung aus Schuldgefühlen, Aufregung und grauenhafter Scham.

Am nächsten Morgen erwachte Caroline mit einem Kater – nicht vom Alkohol, sondern von den Nachwirkungen ihres Kusses, mit Will Jensen – dem zukünftigen Ehemann ihrer besten Freundin.

Wie um alles in der Welt hatte das passieren können? *Warum* war es passiert? Und was zum Teufel sollte sie jetzt tun?

Es vergessen, sagte sie sich entschlossen. So tun, als wäre es nie geschehen. Und hoffen, dass Will das Gleiche tun würde.

Es war, als hätten sie sich miteinander abgesprochen. Ohne ein Wort zu wechseln, vermieden sie jeglichen Blickkontakt, als Caroline und der Trauzeuge – der zum Glück *nicht* Matt Campion war – die Hochzeitsgesellschaft in die Kirche führten, wo Will in voller Galauniform am Altar auf seine Braut wartete. Caroline trat schnell beiseite und nahm ihren Platz als Trauzeugin ein. Dieser Platz befand sich unglücklicherweise genau in Wills Blickrichtung, aber sie sahen sich während der gesamten Zeremonie nicht ein einziges Mal an.

Es war beinahe, als hätte sie das alles nur geträumt. Und vielleicht hatte sie das ja auch. Und vielleicht war Will so betrunken gewesen, dass er sich nicht mehr erinnerte. An diesen ihre Freundschaft zerstörenden Moment, der alles zwischen ihnen verkompliziert hatte.

Stattdessen funkelte sie Matt zornig an, der mürrisch und betreten in der Bank saß. Sein blaues Auge und die geschwollene Nase hatte er eher schlecht als recht mit Concealer überdeckt. Er hatte kein Wort zu ihr gesagt. Keine Entschuldigung. Kein Eingeständnis dessen, dass er etwas falsch gemacht hatte. Was zum Teufel verleitete einige Männer zu der Annahme, dass es in Ordnung wäre, eine Frau zu etwas zu zwingen, was sie nicht wollte?

Als Sierra den Gang hinunterschritt, sah sie aus wie eine Märchenprinzessin. Das Kleid, das Caroline für sie entworfen und genäht hatte, war der ultimative romantische Triumph. Bewundernde Seufzer und gefühlvolle Schluchzer der Gäste begleiteten ihren Weg. Caroline jedoch war innerlich starr wie ein Stein. Sie gestattete sich nicht, irgendetwas zu empfinden – keine Eifersucht, keine Scham, keine Enttäuschung, kein Bedauern. Aber auch kein Glück. Doch sie zwang sich, so zu tun, als ob.

Nach dem Ende der Zeremonie ließ sie sich zurückfallen und alle anderen vorgehen, um dem glücklichen Paar zu gratulieren. Während sie sich abseits der Feierlichkeiten hielt, tobten in ihrem Kopf die Bilder von ihnen dreien, wie sie gemeinsam aufgewachsen waren, von den goldenen Sommern, den drei Musketieren, die gemeinsam Abenteuer erlebt, alles miteinander geteilt und versprochen hatten, für immer Freunde zu bleiben.

Auf dem Empfang schien niemand zu bemerken, dass sie nicht mit dem Bräutigam tanzte. Sie ging, ohne sich zu verabschieden, und die Reifen ihres Mietwagens zerquetschten die Austernschalen, als sie davonfuhr. Mit einem Blick in den Rückspiegel sah sie die breitschultrige Silhouette eines Mannes, der ihr nachschaute.

# 6. TEIL

# 22. Kapitel

»Ich habe eine großartige Idee«, sagte Sierra, als sie in Carolines Atelier schlenderte und die fertigen Kleidungsstücke bewunderte: wunderschöne Regensachen, die bereits für den Verkauf verpackt und mit Preisen versehen waren. Jedes Teil trug die Nautilus-Muschel als Logo auf einem Ärmel. Und jedes Teil stand für unzählige Stunden Arbeit. Amy vom Nähkreis hatte eingewilligt, die Auslieferung an die Boutiquen zu übernehmen, die die Ware in Long Beach, Astoria, Portland und Seattle verkaufen wollten.

»Aha. Und wie lautet die?«

»Gehen wir uns betrinken.«

Caroline drückte sich von dem Arbeitsplatz ab, den sie hastig aus einer alten Tür und zwei Aktenschränken zusammengebaut hatte. Sie und Ilsa, die Web-Designerin, arbeiteten hier an ihrem Online-Shop. »Was? Uns betrinken? Das macht man heutzutage nicht mehr.« Sie schaute erst ihre Freundin, dann Ilsa an. »Oder?«

»Nee«, sagte Ilsa. »Das habe ich mal gemacht, aber jetzt nicht mehr. Also nicht mehr seit … du weißt schon.« Caroline wusste, dass Ilsa sich auf den Vorfall bezog, von dem sie im Nähkreis erzählt hatte. »Ich mache jetzt Feierabend. Habt viel Spaß, ihr zwei.«

»Ich trinke normalerweise auch nicht«, sagte Sierra. »Alkohol hat zu viele Kalorien. Aber heute ist ein besonderer Abend.«

Nachdem Ilsa gegangen war, musterte Caroline ihre Freundin. Ihre hübsche, von Sorgen geplagte Freundin. »Gibt es etwas zu feiern oder zu beklagen?«

»Beides«, erwiderte Sierra. »Das macht es ja so besonders. Und deshalb muss ich was trinken. Komm mit rüber ins Haus.«

Caroline zögerte. Sie fühlte sich Sierra und Will gegenüber immer noch unsicher. Sie war mit ihnen befreundet – sowohl mit jedem einzeln als auch mit beiden gemeinsam. Und zwischen ihnen allen gab es Geheimnisse.

»Komm schon«, lockte Sierra. »Ich brauche etwas Mädelszeit.«

»Okay, ich komme kurz mit rüber. Aber ich werde mich nicht betrinken. Ich muss nachher noch fahren.«

»Okay, dann trink wenigstens ein paar Kurze mit mir. Um der alten Zeiten willen.«

Kurze waren definitiv nicht Carolines Sache. Sierra wusste es vermutlich nicht, aber zu viel Alkohol hatte vor Jahren dazu geführt, dass Caroline ihre Freundschaft verraten hatte.

»Was ist mit Will?«, fragte sie. »Wird er den Feierlichkeiten beiwohnen?«

»Der kommt erst in ein paar Stunden nach Hause.« Sierra winkte ab. »Er hat ein Treffen vom Komitee, und danach fährt er noch zum Holzhandel, um eine Fuhre Latten für den Austernschuppen abzuholen. Mein viel beschäftigter Ehemann.«

»An einem Freitagabend?«

»Das ist die ideale Zeit«, erwiderte Sierra. »Ansonsten müsste er den Abend ja mit mir verbringen.«

Caroline versuchte, nicht zu viel in den Kommentar hineinzudeuten, als sie das Haus betrat. Water's Edge war so schön und so liebevoll renoviert worden. Und doch wirkte Sierra überhaupt nicht glücklich. »Ich werde zwei Kurze mit dir trinken – einen zum Feiern und einen zum Lamentieren.«

»Klingt fair.« Sierra ging voran in die Küche.

Caroline schaute sich mit großen Augen um. »Die ist ja fertig.«

»Ja, so ziemlich. Will und Kurt haben am Wochenende letzte Hand angelegt.«

»O Sierra, das ist einfach großartig.« Sie nahm sich einen Moment Zeit, um den großzügigen, von Licht erfüllten Raum zu bewundern. Obwohl alles modernisiert worden war, schimmerte überall noch der alte Charme durch. »Hast du das selbst entworfen?«

Sierra stellte eine Flasche Tequila, Salz, Zitronen und zwei Schnapsgläser auf den Tresen. »Ich? Pft. Nein, wir haben eine Innenausstatterin engagiert. Padma Sen. Die ist wirklich gut. Und sie steht voll auf Will. So wie jeder.«

Caroline schnitt die Zitrone auf und konzentrierte sich dabei ganz auf die scharfe Klinge des Messers. »Wie jeder?«

»Wie ich schon gesagt habe, Will ist einfach unglaublich. Ich bin mit einem Einhorn verheiratet.« Sie schenkte großzügig ein.

»Bei dir klingt das, als wäre das was Schlechtes.«

»Es ist, was es ist.«

Sie stießen miteinander an, leckten sich das Salz von den Handrücken, stürzten den Tequila hinunter und bissen in die Zitrone. Caroline genoss den salzig-sauren Geschmack auf der Zunge und das Brennen des Alkohols in ihrer Kehle.

»Okay«, sagte sie. »Vorausgesetzt, du kannst hiernach noch sprechen: Worauf haben wir gerade getrunken?«

Sierra setzte sich auf einen der schicken Barhocker im Countrystil. »Ich habe ein Jobangebot von Nordstrom erhalten.«

»Das ist ... super?« Caroline konnte die Miene ihrer Freundin nicht recht deuten.

»Früher habe ich Unmengen an Modeljobs von ihnen bekommen. Jetzt bin ich aus der Rolle herausgewachsen.«

»Unglücklicherweise habe ich das in der Branche viel zu oft erlebt. Aber jetzt wollen sie dich zurück?«

»Ja, aber als Producerin, nicht als Model. Und nicht als irgendeine Producerin, sondern als *die* Producerin. In dem Sinne, dass alle ihre Shootings von mir persönlich organisiert werden.«

»Heilige Scheiße, das ist ja großartig. Wirklich.« Eine Producerin hatte die Aufgabe, die Shootings für Kataloge und Websites zu organisieren und zu überwachen, und dafür musste sie die Locations aussuchen, die Reisen planen, die Stylisten und Set-Designer engagieren. Wieder musterte sie Sierra prüfend. »Ist das die gute oder die schlechte Neuigkeit?«

»Das ist ja das Dilemma. Ich würde die Hälfte der Zeit weg sein. Vielleicht sogar mehr. Das ist wie mit Wills Einsätzen, nur umgekehrt. Ich bin diejenige, die geht. Und anstatt unser Land zu verteidigen, werde ich im Winter an tropischen Stränden shooten und im Sommer in Ski-Resorts.«

»Das hört sich doch toll an. Also abgesehen davon, dass ihr dann so lange getrennt seid.«

»Wie soll ich eine Ehe führen, wenn ich ständig weg bin?«

Caroline schenkte zwei weitere Gläser ein. »Da kann ich dir leider nicht helfen.«

»Das ist echt eine verfluchte Zwickmühle. Als wir noch jünger waren, war ich diejenige, die eine Beziehung, einen Mann, die Ehe wollte. Aber dann … haben sich meine Prioritäten verändert. Er war ständig auf Einsätzen, und ich habe mein eigenes Leben entdeckt. Das ist weder ihm noch mir gegenüber fair. Ich habe mich verändert. Ich bin jetzt ein anderer Mensch und nicht mehr das Mädchen, das er geheiratet hat. Und ich fühle mich deswegen so schuldig.«

»Hör mal, jeder von uns verändert sich.«

»Mein Gott, du bist genauso schlimm wie Will.«

»Was denkt er über das Angebot?«

»Er meint, es ist meine Entscheidung. Dass wir es irgendwie hinkriegen. Aber da irrt er sich. Egal, wie ich mich entscheide, einer von uns wird den Kürzeren ziehen. Wenn ich den Job annehme, verliert er seine Frau. Wenn ich diese Gelegenheit ausschlage, verliere ich die Zukunft, die ich mir schon seit längerer Zeit vorgestellt habe.«

»Also gibt es keinen Raum für Kompromisse?«

Sierra schwieg einen Moment. Dann kippte sie ihren zweiten Tequila hinunter. »Will wäre sauer, wenn er wüsste, dass ich trinke. Wir wollen doch irgendwann ein Baby kriegen. Ich bin ein schrecklicher Mensch.«

»Hör auf damit.«

»Ich kann nicht. Ich weiß, dass ich schrecklich bin. Du weißt, dass die Frauen in den Treffen vom Nähkreis immer davon sprechen, wie verzweifelt sie versucht haben, ihren Monsterehemännern zu entkommen? Tja, mir geht es genauso. Aber ich versuche verzweifelt, meinem *perfekten* Mann zu entkommen. In diesem Fall bin ich also das Monster.«

Caroline nahm ihr Glas in die Hand und stürzte ihren zweiten Tequila entschlossen hinunter. »Meine Güte, Sierra. Warum erzählst du mir das alles?«

»Weil du meine Freundin bist.«

»Aber dafür brauchst du mehr als eine Freundin. Du brauchst eine Therapeutin. Oder einen Eheberater. Irgendjemand Professionelles. Und das bin ich nicht einmal ansatzweise. Und Beziehungsratschläge von mir? Das wäre, als würdest du deinen Klempner bitten, die Accessoires zu einem Outfit auszusuchen.«

Sierra nahm sich noch einen Schnaps. »Ich war bereits bei einer Therapeutin und habe ihr alles haarklein erzählt. Das Ergebnis war, dass ich mich danach noch schlechter gefühlt habe. Warum sollte ich mich – und möglicherweise Will – noch einmal so einer schmerzhaften Sitzung aussetzen? Nein, danke.«

»Es tut mir leid. Vielleicht war es nicht die richtige Therapeutin für dich. Ich weiß es nicht. Ich wünschte, du hättest jemanden, der besser geeignet ist als ich, um dir zu helfen, eine Lösung zu finden.«

Sierra seufzte. »Als wir jung waren, schien alles so einfach zu sein.«

Aus deiner Sicht zumindest, dachte Caroline.

»Alles war so kristallklar. Erinnerst du dich noch an den Sommer, in dem du mir Will vorgestellt hast? Ich erinnere mich noch, als wäre es gestern gewesen. Ich habe ihn angeschaut und wusste, dass er mein Ein und Alles sein würde. Gott, ich wünschte, ich könnte dieses Gefühl wiederbeleben. Es war so mächtig. Ich dachte, es würde für immer halten. Und jetzt sieh mich an: Ich habe den perfekten Ehemann und fühle mich wie gefangen.«

»Ich will ja nicht unsensibel sein«, sagte Caroline, die langsam die Wirkung des Tequilas spürte, »aber das ist nicht gerade das schlimmste Problem, das man haben kann.«

»Ich hatte eine Abtreibung«, platzte es aus Sierra heraus.

Jedes kleine Härchen auf Carolines Armen richtete sich kribbelnd auf. »Was?« Sie starrte ihre Freundin fassungslos an. »Ich meine, ich habe gehört, was du gesagt hast, aber … Mein Gott. Was ist passiert? Und wann? Geht es dir gut?«

Sierra presste die Hände auf den glänzenden neuen Tresen aus Marmor. »Letztes Jahr. Ich war schwanger. Ich dachte, ich wollte es … Will möchte so gerne Kinder haben. Aber ich konnte es nicht. Ich habe mich so sehr bemüht, das Gleiche zu wollen wie er. Ich wusste, es würde ihn unglaublich glücklich machen. Aber ich … Ich habe ihm nichts von der Schwangerschaft erzählt und sie heimlich abgebrochen. Ich bin ein fürchterlicher Mensch.«

Das war schockierend, aber Caroline weigerte sich, ein Urteil über andere Menschen und deren Beweggründe zu fällen. »Ich hoffe, er hat verständnisvoll reagiert, als du es ihm schließlich erzählt hast.«

»Er weiß es immer noch nicht.«

Caroline wäre beinahe vom Barhocker gefallen.

»Er weiß weder, dass ich schwanger war, noch von der Abtreibung. Du bist die Einzige, der ich je davon erzählt habe.«

»Heilige Scheiße«, murmelte Caroline. »Hör mal, das ist echt eine große Sache, Sierra. Wie gesagt, ich bin keine Beziehungsexpertin, aber ich möchte …« Was wollte sie? Dass die beiden glücklich waren, ja, aber sie war nicht sicher, was das hieß. Sierras Geständnis schwärte in ihr. Die Wahrheit musste ans Licht, aber es war nicht an ihr, sie Will zu sagen. Das konnte nur Sierra tun. Caroline ertrug den Gedanken nicht, in seiner Nähe zu sein und dieses Geheimnis mit sich herumzutragen.

»Du solltest es ihm erzählen. Nein, du musst es ihm sagen. Er ist dein Mann, um Himmels willen.«

»Das würde ihm das Herz brechen. Und unsere Ehe ruinieren.«

Caroline hielt sich keineswegs für jemanden, der wusste, wie man eine Beziehung führte. In diesem Bereich war sie nie sonderlich erfolgreich gewesen. Aber sie war ziemlich sicher, dass eine Beziehung, in der einer ein so großes Geheimnis vor dem anderen hütete, bereits zerbrochen war.

# 7. TEIL

# 23. Kapitel

Will stand am Küchentresen und starrte auf die Scheidungspapiere, die zusammen mit dem *Northern Tool + Equipment*-Schlussverkaufkatalog und dem *Peninsula Tattler*, der örtlichen Zeitung, mit der Post gekommen waren. Die erste Seite war in zwei Spalten unterteilt wie eine Autobahn, als wäre ihr gemeinsames Leben in der Mitte durchgeschnitten worden, sobald die unausweichliche Entscheidung wie eine Dampfwalze mit atemberaubender Finalität über sie hinweggerollt war.

Es hatte fünfzehn Jahre gedauert, ein gemeinsames Leben aufzubauen.

Und es hatte gerade einmal drei Monate gedauert, um es einzureißen. Nachdem alles gesagt und getan worden war, war dieses Papier nur eine Formalität. Das Leben, von dem er geträumt, das er geplant, das er mit seinen Händen und seinem Schweiß aufgebaut hatte, war vorbei. Vorbei in der kurzen Zeit, die es brauchte, damit ein Telefon klingelte, ein Plus-Zeichen auf einem Schwangerschaftstest auftauchte, eine Träne über jemandes Wange rollte.

Der Mediator – sie hatten beschlossen, sich nicht zu streiten – hatte ihnen erklärt, wie klug es von ihnen war, eine Auseinandersetzung um ihr Vermögen zu vermeiden. Und es gab auch keinen Grund für so eine Auseinandersetzung. Der Kampfgeist hatte sie beide schon lange verlassen, hatte sich unbemerkt davongeschlichen, bis er ganz verschwunden war. Am Ende waren Will und Sierra sehr ehrlich miteinander gewesen und hatten darin übereingestimmt, das gleiche Ziel zu haben: ihre Ehe zu beenden.

Will hielt sich nicht länger mit dem mehrseitigen Dokument auf. Er wusste, was darin stand. Eine abschließende Zusammenfassung ihrer Ehe in klaren, objektiven Worten – wie sie ihre Autos, den Schmuck aufteilen würden, ihr Anwesen, die Renten, die Versicherungen. Eine schlichte geschäftliche Vereinbarung. Es stand nichts darüber drin, wie Sierra und er sich auseinandergelebt hatten – seine Einsätze, ihre Einsamkeit; sein Unfall, ihre Unzufriedenheit; sein Traum, ihr Verrat. Diese Dinge waren wie Wasser gewesen, das durch einen Riss in einem Stein tropfte – scheinbar harmlos, doch sobald eine Kältewelle kam, brach das Wasser den Stein entzwei.

Die finale Kältewelle war die ehrlichste und schmerzhafteste Unterhaltung gewesen, die sie beide je geführt hatten. Sie hatte ihm gesagt, dass sie keine Kinder haben wollte.

Trotz der brennenden Enttäuschung hatte er versucht, verständnisvoll zu sein. *Ich habe dich geheiratet. Ich habe dir ein Versprechen gegeben. Wenn du deine Meinung geändert hast, werde ich meinen Frieden damit machen.*

*Das ist aber nicht das, was ich will*, hatte sie geantwortet, und die Flut ihrer Tränen war ihm endlos erschienen. *Ich habe mich so sehr bemüht, zu wollen, was du willst. Aber ich konnte es nicht. Es ging einfach nicht.* Dann hatte sie ihm erzählt, dass sie im letzten Jahr, während sie wegen eines großen Shootings für einen Katalog unterwegs gewesen war, eine unerwartete Schwangerschaft im Frühstadium beendet hatte.

Danach hatte es keine Worte mehr gegeben, die sie hätten retten können.

Er glaubte aufrichtig an das Recht der Frau, selbst über ihren Körper zu bestimmen. Seine Frau hatte dieses Recht auch. Aber er wusste auch, dass Sierras Entscheidung mehr bedeutete als nur eine Änderung ihrer Einstellung zu Kindern. Es war das indirekte Eingeständnis dessen, dass sie nicht mehr mit ihm verheiratet sein wollte. Dass sie die Zukunft nicht mehr wollte, die sie sich gemeinsam vorgestellt hatten, als sie noch zu naiv und jung gewesen waren, um zu wissen, dass das Leben nicht immer nach Plan verlief.

»Nun gut«, sagte er, obwohl natürlich gar nichts gut war. Dann ließ er die Papiere in die Schublade fallen, die den ganzen Müll der vergangenen drei Monate enthielt. »Nun gut.«

Manchmal, wenn er in der Stadt seinen Erledigungen nachging, traf er seine früheren Schwiegereltern. Während sie verheiratet gewesen waren, hatten Sierras Eltern nicht gezögert, ihn wie ein Familienmitglied zu behandeln. Sie hatten ihn zu Feiertagen und Festen eingeladen, sogar Kontakt zu seinem Vater aufgenommen. Jetzt allerdings senkten sie die Köpfe und mieden den Blickkontakt, wenn sie ihn sahen, als wären sie die Schuldigen. Wussten sie von Sierras Entscheidung? Oder glaubten sie, dass die Trennung einen anderen Anlass hatte? Glaubten sie, es wäre seine Schuld? Dass er Sierra betrogen hatte? Denn Betrug war oft der Grund einer Scheidung. Will und Sierra bildeten da die Ausnahme. Sie hatten sich auseinandergelebt, hatten verschiedene Wege eingeschlagen und irgendwann aufgehört, sich nach dem Warum zu fragen. Sie hatten einander im Alltag verloren. Sie hatten aufgehört, über wichtige Dinge miteinander zu reden. Sie hatten aufgehört, gemeinsam zu träumen.

Er ging nach draußen, um seine heutige Aufgabe in Angriff zu nehmen. Er wollte einige morsche Bretter an der Unterseite des Garagendachs ersetzen.

Leiter, Stemmeisen, Säge. Er kletterte auf die Leiter und stieß mit dem Stemmeisen in das weiche, verrottete Holz. Ein paar Wespen schossen aus dem gähnenden Loch – immer ein schlechtes Zeichen. Und ein Furcht einflößendes Geräusch – ein tiefes, stetiges und Unheil verkündendes Summen. Das klang nach Ärger.

Er riss ein weiteres Brett ab, was einen wahren Sturm an Wespen auffliegen ließ. Sie strömten aus ihrem riesigen Nest, und ihre Wut steigerte sich zu einem ohrenbetäubenden Lärm.

»Mist«, sagte er, als er den ersten Stich am Nacken spürte. »Einfach nur … *Mist.*«

Er schlug nach den Wespen, als ihn immer neue Stiche trafen. Aber er geriet nicht in Panik. Sobald einem einmal ein Terrorist ins Gesicht geschossen hatte, konnte einen nichts mehr so leicht aus der Fassung bringen.

Das Nest hing nur noch halb an dem Balken. Er schwang das Stemmeisen noch einmal und verfehlte es. Die Bewegung brachte ihn jedoch aus dem Gleichgewicht, und er fiel rückwärts mit wedelnden Armen und ins Nichts greifenden Händen von der Leiter. Alle Luft wich ihm aus den Lungen, als er flach auf dem Rücken landete. Regungslos blieb er liegen, und für ein paar Sekunden bekam er keine Luft in seine Lungen. Das wütende Summen ging weiter.

Das Nest hing nur noch an ein paar Fäden. Die Wespen kreisten darum. Vielleicht kreisten sie auch um seinen Kopf wie Vögel um den Kopf einer Zeichentrickfigur.

Endlich gelang es ihm, vorsichtig Luft zu holen. Kurz spürte er in seinem Körper nach, ob alles in Ordnung war. Das schien der Fall zu sein. Er schaute wütend zu dem Nest und den davor schwebenden Wespen hinauf. Wenn man es mit aggressiven Insekten zu tun hatte, sollte man einen Profi rufen. Schutzkleidung tragen.

»Scheiß drauf«, sagte er und kam auf die Füße. Er ging ins Haus und kam mit einem Feuerzeug und einer Dose WD-40 zurück. *Warnung: Nicht auf Flammen oder glühende Körper richten.* Er zielte auf das Nest und hielt das Feuerzeug an den Strahl. Der selbst gemachte Flammenwerfer röhrte auf. Das Nest explodierte in den Flammen, das trockene Material löste sich auf, die Insekten wurden geröstet. Dann schwebte das ganze Ding zu Boden wie die Überreste der Hindenburg. Es verglomm im trockenen Gras, entzündete die umliegenden Büsche, und bald schon leckten die ersten Flammen an der Seite der alten Garage. Will schnappte sich eine Schaufel und warf lose Erde auf das Feuer, bis es schließlich erlosch.

Während er sich in dem Chaos umschaute, das er angerichtet hatte, spürte er mehrere schmerzhafte Stiche. Mit einem weiteren *Mist* zog er sich bis auf die Unterhose aus, lief zum Steg und sprang mit einem Satz ins Wasser. Er ließ sich auf dem Rücken treiben und schaute in den Himmel hinauf, während das Salzwasser über ihn hinwegspülte und die Stiche kühlte.

Es war seltsam, allein zu sein. Eine ganz neue Situation für ihn, wie ihm jetzt klar wurde. Er hatte in Studentenwohnheimen gelebt. Dann mit seiner Einheit im Ausbildungslager und später in der Navy. Nach der Hochzeit mit Sierra. Bei seinen Einsätzen auf den Stützpunkten. Doch noch nie hatte er ganz allein gelebt, so wie jetzt.

Nachdem Sierra gegangen war, hatten Freunde und Kollegen ihn besucht, ihm Trost und Gesellschaft angeboten – das war einer der Vorteile, wenn man in einer kleinen Gemeinde lebte. Vor allem die Frauen waren sehr aufmerksam gewesen. Ein ungebundener Mann mit gutem Job, der wieder auf dem Markt war? Noch nie in seinem Leben hatte er so viele selbst gemachte Makkaroni-Käse-Aufläufe und Kuchen gegessen. Er war sogar auf Dates gegangen, hauptsächlich, um sich davon abzulenken, dass sein Herz zerbrochen war.

Und das ist es tatsächlich, dachte er. Ein gebrochenes Herz war wesentlich schlimmer als ein Sturz von einer Leiter und ein Dutzend Wespenstiche.

Ein gebrochenes Herz konnte die Welt auf den Kopf stellen.

Ein gebrochenes Herz konnte einen in die Knie zwingen.

Ein gebrochenes Herz konnte deine Träume zerstören.

Das Wartezimmer der Praxis des Kinderarztes war am Montagnachmittag nach der Schule voller schniefender Kinder. So kam es Caroline zumindest vor.

Es gab vieles, was ihr an Kindern ein Rätsel war, zum Beispiel, dass sie ständig krank zu sein schienen. Sie teilten die Viren und Bakterien untereinander wie Sammelkarten, reichten sie in einem endlosen Kreislauf von einem zum anderen. Heute jedoch waren beide Kinder vollkommen gesund, was gut war, denn sie sollten geimpft werden.

»Okay, wenn ihr beim Arzt tapfer seid, gehen wir danach ein Eis essen«, sagte sie zu ihnen.

»Aber Eis ist nicht so gut, wie die Impfung schlimm ist«, erwiderte Flick.

Er war einfach zu süß und clever.

»Na gut, dann sag mir etwas, das so gut ist, wie die Impfung schlimm.«

»Ein Hund«, antwortete Flick wie aus der Pistole geschossen.

»Wie bitte?«

»Ich will einen Hund. Wie Ribsy aus dem Buch, das du uns vorgelesen hast.«

»Ach, Flick.«

»Ein Hund! Lass uns einen Hund kaufen!« Addie hüpfte auf ihrem Stuhl auf und ab.

Die Kinder wussten es noch nicht, aber Caroline hatte schon mit ihren Eltern darüber gesprochen, einen Hund zu sich zu holen. Sie waren nicht nur einverstanden, sondern richtig begeistert von der Aussicht. Seitdem Caroline zurückgekehrt war, drängten sie sie, hier wirklich sesshaft zu werden und bei ihnen zu wohnen. Das Haus sei so groß, sagten sie. Viel zu groß für sie. Es war ein Haus, das für Kinder und Hunde gemacht war.

Caroline konnte nicht leugnen, dass das Arrangement ihr über alle Maßen half. Ein Zuhause und liebevolle Menschen um sich zu haben, die ihr halfen, sich um die Kinder zu kümmern, während sie ihr Leben neu organisierte, war wahrlich ein Geschenk. Doch im Hinterkopf sah sie das alles immer noch nur als vorübergehend an. Sie wollte kein Boomerang-Kind sein, das sich nach einem Misserfolg in den Schoß seiner Eltern flüchtete, um seine Wunden zu lecken.

Sie hatte Pläne. Und die würde sie in die Tat umsetzen. Wenn sie mit ihrer Regenkollektion Erfolg haben sollte, würde sie wieder in die Stadt zurückziehen und sich einen Namen machen. Sie würde das Leben wiederaufnehmen, von dem sie schon so lange träumte – nur dieses Mal nach ihren Regeln.

Einen Hund zu sich zu nehmen kam ihr so bindend vor. Ein weiterer Tampen an dem Anker, der schon so tief in dem nachgiebigen Boden des Meeres ihres Heimatortes steckte. Ein weiteres Lebewesen, das von ihr abhängig war.

Eine Arzthelferin rief sie auf, und zu dritt betraten sie das kleine Untersuchungszimmer.

Addie kam als Erste dran. Das kleine Mädchen setzte sich auf die papierbezogene Liege und starrte mit bewundernswertem Gleichmut geradeaus. Mit ihrer freien Hand klammerte sie sich gleichzeitig an Caroline und ihrer Wonder Woman fest. Eine Ärztin trat ein und stellte sich als Connie vor. Sie handhabte die Spritze so geschickt, dass sie gar nicht zu sehen war.

»Du spürst gleich einen kleinen Piks«, sagte sie. »Kannst du für mich stillhalten?«

Addie nickte. Dann entdeckte sie die Nadel und brach wie eine Marionette auf der Liege zusammen. Wonder Woman fiel zu Boden.

Caroline keucht auf. »Addie! Was zum …«

»Ohnmächtig geworden«, murmelte die Ärztin. Schnell legte sie Addie gerade auf die Liege und überprüfte ihre Atmung und ihren Puls. Gerade wollte sie ihr mit einer Stablampe in die Augen leuchten, als Addie blinzelte, sich aufsetzte und verwirrt im Raum umschaute.

»Du bist ohnmächtig geworden«, verkündete Flick fröhlich. »Das war cool.«

»Ich habe noch nie erlebt, wie jemand ohnmächtig wird«, sagte Caroline. Der Anblick von Addie, die einfach zusammengeklappt war, hatte sie verstört. Es war erschreckend, wie verletzlich dieses kleine Kind war.

»Das passiert schon mal«, versicherte die Ärztin. »Wir werden sie im Auge behalten. So etwas ist also bisher noch nicht vorgekommen?«

»Habe ich die Spritze gekriegt?«, fragte Addie blinzelnd.

Die Ärztin nahm nochmals ihren Puls und überprüfte ihre Pupillen. »Noch nicht. Aber du machst das wirklich gut. Komm, probieren wir es noch einmal.«

Addies Kinn zitterte. »Okay«, flüsterte sie.

»Ich halte dich ganz fest.« Caroline legte ihre Arme fest um das kleine Mädchen, und vor Mitgefühl und Zuneigung wurde ihr ganz warm ums Herz. »Ich bin so stolz auf dich, Addie. Komm, sieh mich an, während Miss Connie dir die Spritze gibt. Das geht ganz schnell.«

Die Ärztin stach zu. Addie schrie kurz auf, hielt aber still, und innerhalb einer Sekunde war alles erledigt. Dann war Flick dran, und er verzog schmerzhaft das Gesicht, ließ die Prozedur aber klaglos über sich ergehen.

»Du warst auch sehr tapfer«, sagte Caroline zu ihm. »Ich bin stolz auf euch beide.«

Er beobachtete, wie die Ärztin ihm ein Cowboy-Pflaster auf die Einstichstelle klebte.

Dann untersuchte sie einen Ausschlag an der Unterseite von Flicks Arm. »Du hast da eine kleine Dermatitis. In der Apotheke nebenan könnt ihr euch eine Salbe dagegen holen.« Sie schrieb ihnen den Namen auf.

»Danke«, sagte Caroline. Ihr Kind hatte Dermatitis. *Meine Güte.* »Das machen wir sofort.«

Die Ärztin verließ das Zimmer, und Caroline half den Kindern, ihre Kleidung zu richten.

»Mama war ein Angsthase«, sagte Flick. »Sie hatte ständig Angst.«

Caroline erstarrte. »Wie meinst du das? Wovor hatte sie Angst?«

Der kleine Junge zuckte mit den Schultern. »Vor allem. Sie hatte Angst zu reden.«

»Über was zu reden?«

»Einfach alles. Sie hat immer gesagt: ›Sagt nichts. Verratet niemandem etwas.‹«

»Flick, weißt du, warum sie das getan hat?«

Für einen Moment verlor sich sein Blick in der Ferne. »Sie war einfach ein Angsthase.«

»O nein. Da muss ich dir widersprechen. Eure Mama war

sehr mutig. Ich erzähle euch mal, wie ich sie kennengelernt habe.«

Beide Kinder schenkten ihr sofort ihre ganze Aufmerksamkeit. Sie hungerten förmlich nach Geschichten über ihre Mutter. Caroline war entschlossen, Angelique in ihrer Erinnerung lebendig zu halten. »Ich war noch ganz neu in meinem Beruf und ging mit einem dieser Rollständer mit meinen besten Entwürfen die Straße entlang. Da hat mir ein Kerl die Handtasche entrissen – und ratet, wer ihn aufgehalten hat?«

»Mama«, flüsterte Addie. *»Maman.«*

Caroline nickte und erinnerte sich an diesen außergewöhnlichen Moment. »Ich hatte damals keine Ahnung, wer sie ist. Sie kam mit einer Gruppe Models auf das Gebäude zu, in dem die Modenschau stattfinden sollte, und als ich geschrien habe, ist sie dem Kerl hinterhergerannt. Sie war groß und so schnell wie Wonder Woman. Sie hat ihn eingeholt und sich meine Handtasche geschnappt. Er hatte sie vor Angst fallen gelassen und ist weggelaufen. Das war der Moment, in dem eure Mom eine meiner besten Freundinnen geworden ist.«

»Das hast du dir ausgedacht«, sagte Flick.

»Nein. Es war genau so. Das habe ich nicht erfunden.« Caroline berührte seine Wange. »Und das ist die Mama, an die ihr euch erinnern sollt.«

Sie gingen in die Apotheke, um die Salbe zu kaufen, und warteten, während einige Frauen hinter dem Tresen zusammenstanden und sie ignorierten. »Er ist so heiß«, sagte eine von ihnen.

»Verdammt heiß. Ich stehe total auf ihn.«

»Hast du gewusst, dass er Trainer an der Highschool ist?«, fragte eine der Frauen.

»Nein. Mein Gott, das macht ihn noch unwiderstehlicher. Hat er eine Freundin?«

»Honey, er geht mit *jeder* aus.« Sie fächelte sich mit einem Faltblättchen Luft zu und wandte sich endlich Caroline zu. »Wie kann ich Ihnen helfen?«

Caroline errötete, weil sie sich frage, ob es stimmte, dass Will Jensen mit jeder Frau ausging, und reichte dann das Rezept über den Tresen.

»Will!«, rief Flick. »Hey, Coach Will!« Er und Addie stürmten auf ihn zu, als Will die Apotheke betrat. Carolines Wangen begannen zu glühen. Sie lief Will ständig über den Weg, aber irgendwie war sie trotzdem jedes Mal überrascht, ihn zu sehen. Jetzt war ihre Überraschung aber angebracht, denn sein Gesicht war dick angeschwollen.

Sie musterte ihn prüfend. »Geht es dir gut?«

»Ja. Sieht es sehr schlimm aus?«

»Dein Gesicht ist ganz geschwollen.«

»Du solltest den anderen Typen sehen. Und mit *den anderen Typen* meine ich das Wespennest.«

Addie und Flick starrten ihn mit großen Augen und ernster Miene an.

»Oh. Ein Wespennest? Igitt.«

»Das wird schon wieder«, sagte er. »Ich muss nur ein Mittel gegen die Schwellung abholen.« Er ging vor den Kindern in die Hocke. »Ich werde sehr viele Tabletten brauchen, um wieder so attraktiv zu sein wie vorher.«

Addie streckte zögernd die Hand aus und berührte ihn sanft am Kinn. »Tut das weh?«

»Jetzt nicht mehr.«

»Wir waren beim Impfen, und ich bin ohnmächtig geworden«, erzählte sie ihm.

Er sah sie ernst an. »Wow. Aber jetzt geht es dir wieder gut?«

»Ich habe Germatitis«, warf Flick stolz ein.

»Dermatitis.« Caroline berührte die Tüte mit der Salbe. »Diese Kinder sind jeden Tag ein neues Abenteuer.«

»Wir waren beim Arzt ganz tapfer, und jetzt kriegen wir einen Hund«, verkündete Flick.

»Ich habe gesagt, wir werden mal sehen«, korrigierte Caroline ihn.

»Das ist der Code für ein widerstrebendes Ja«, erklärte Will. »Vertraut mir, ich kenne mich mit solchen Dingen aus.«

Beide Kinder drehten sich zu ihr um. »Ja heißt ja«, sagte Addie.

»Und ›wir werden sehen‹ heißt, wir werden sehen. Wie wäre es, wenn wir ins Tierheim fahren und gucken, ob es da einen passenden Hund für uns gibt? Denn vielleicht finden wir keinen …«

»Doch, den finden wir, den finden wir!« Flick hüpfte auf und ab.

»Siehst du, was du da angerichtet hast?«, sagte sie zu Will.

»Ich weiß. Ich bin einfach großartig.«

»Komm doch mit«, sagte sie aus einem Impuls heraus. »Ich brauche eine zweite Meinung.« Seit sie für die Kinder verantwortlich war, gab es immer wieder Momente, in denen sie sich wünschte, sie hätte einen Partner. Ihre Schwester Virginia sagte das auch oft. Sie vermisste zwar ihren betrügerischen Ex nicht, aber sie vermisste es, jemanden zu haben, mit dem sie über Fern sprechen konnte.

»Ja! Komm mit, komm mit.« Flick tanzte um ihn herum.

Caroline sah Will bittend an.

»Okay, wir treffen uns am Tierheim.« Er lächelte. »Hoffen wir, dass meine hässliche Visage die armen Kreaturen nicht allzu sehr verschreckt.«

Vor der *Peninsula Pet Rescue Society*, dem örtlichen Tierheim, versuchte Caroline, die Vorfreude der Kinder zu drosseln. »Hört mal, es kann sein, dass wir heute ohne Hund nach Hause fahren. Manchmal muss man mehrmals herkommen, um den Hund zu finden, der am besten zu einem passt.«

»Hast du dir auch andere Kinder angeguckt, bevor du uns aufgenommen hast?«, fragte Flick.

»Was? *Nein.*« Mein Gott, dachte sie. »Wie kommst du nur auf so was?«

»Tja, manchmal muss man das nehmen, was man kriegt.« Er senkte den Kopf, aber sie sah sein verschmitztes Grinsen.

»Klugscheißer«, sagte sie liebevoll.

Als Will eintraf, gingen sie gemeinsam hinein. Flick und Addie konnten vor Aufregung kaum an sich halten, während Caroline das Formular am Empfang ausfüllte.

»Seid ruhig«, sagte sie zu Flick. »Ich muss das hier ausfüllen, bevor wir die Hunde besuchen können.«

»Wenn wir einen Hund mitnehmen, heißt das, wir können ihn für immer behalten?«, fragte Addie.

»Na klar«, erwiderte Caroline. »Für immer und ewig. Deshalb müssen wir ja den passenden Hund finden.«

»Wir sind nicht einfach nur eine Pflegefamilie?«, hakte Addie nach.

»Nein. Wenn wir den richtigen Hund finden, werden wir für immer seine Familie sein.« Caroline spürte, dass Will sie beobachtete. Schnell konzentrierte sie sich wieder darauf, das Formular auszufüllen.

»Rutger Peters sagt, wir sind Pflegekinder und du könntest uns jederzeit zurückgeben«, erklärte Flick.

Caroline hielt inne. Erst schaut sie Will, dann Flick an. »Das stimmt nicht. Ich bin euer Vormund. Das ist das Gleiche, wie Eltern zu sein. Ich werde euch immer bei mir behalten und euch beschützen.«

Will schaute sie nachdenklich an. Sie sah, dass seine Medikamente langsam wirkten, denn die Schwellung war deutlich zurückgegangen, und er sah unglaublich süß aus.

»Aber das ist nicht das Gleiche wie eine Adoption«, beharrte Flick.

Diese Aussage war wie ein Faustschlag in den Magen. Sie standen kurz davor, einen Hund zu adoptieren, und doch waren diese Kinder immer noch Pflegekinder. »Es ist … Doch, es ist das Gleiche«, sagte sie zögernd. »Vertraut mir, ich werde euch nicht zurückgeben. Das ist ein Versprechen.«

»Sind wir die richtigen Kinder für dich?«, fragte Addie.

»Ihr seid die perfekten Kinder für mich«, versicherte Caroline. »Was für eine alberne Frage.«

»Können wir jetzt zu den Hunden gehen?«, quengelte Flick.

Über die Köpfe der Kinder hinweg fing sie Wills Blick auf. »Willkommen in meiner Welt«, murmelte sie.

»Deine Welt gefällt mir sehr gut. Kommt. Ich will die Hunde auch sehen.«

Im Inneren des Tierheims warteten wedelnde Ruten, flehende Augen und fiepsende Bitten, bemerkt zu werden, auf sie. Es gab große und kleine Hunde, welche mit struppigem und welche mit glattem Fell, grauschnäuzige Senioren und aufgeregte Welpen.

Eine ehrenamtliche Helferin stellte ihnen ein paar der Hunde vor, und sie begrenzten ihre Auswahl auf einen freundlichen schokoladenbraunen Labrador, der auf einem Auge blind war, und einen kleineren schwarz-weißen Hund, der zurückhaltend und scheu war und sich mit eingezogenem Schwanz in eine Ecke kauerte. »Sie ist misshandelt worden«, erklärte die Helferin Caroline und Will. »Aber dank unserer Praktikanten geht es ihr schon viel besser. Sie arbeiten jeden Tag mit ihr. Wir glauben, sie wäre ein wundervoller Hund für Ihre Familie, Mr. und Mrs. …«

»Oh«, sagte Caroline erschrocken. »Wir sind keine Fam… Ich meine, Will ist nur ein Freund, der uns begleitet …« Sie suchte nach Worten und spürte, wie sie rot anlief.

Will berührte ihren Arm. »Wie wäre es, wenn wir beide Hunde mit raus in den Freilauf nehmen und gucken, wie die Kinder mit ihnen klarkommen?«

Ein paar Minuten später waren Flick und Addie im siebten Himmel. Sie streichelten die Hunde und warfen Bälle für sie, wobei sie genauso aufgeregt hin und her rannten wie die Hunde. Caroline und Will beobachteten sie, und Carolines Herz ging vor Zuneigung über.

»Du erlebst gerade einen besonderen Moment«, sagte Will und stupste sie mit der Schulter an.

Kurz lehnte sie sich an ihn. »Ich liebe es, sie so zu sehen.«

»Ich wette, das fühlt sich gut an. Was kann besser sein, als ein Kind glücklich zu machen?«

»Diese Frage hält mich nachts wach. Wie kann ich sie glücklich machen? Wie kann ich dafür sorgen, dass sie es bleiben? Ich habe solche Angst, das hier zu vermasseln.«

»Das nennt sich Mensch sein, Caroline. Das Elternsein ist keine Wissenschaft. Du machst das großartig mit ihnen, und die beiden sind verrückt nach dir. Klar, du wirst Fehler machen. Aber du wirst auch sehr viel richtig machen.« Er zeigte auf das glückliche Knäuel aus Kindern und Hunden. »So wie jetzt gerade.«

»Danke. Ich hoffe bei Gott, dass du recht hast.« Sie hielt inne und warf ihm einen kurzen Blick zu. »Ich habe darüber nachgedacht, sie zu adoptieren. Bin ich verrückt?«

Er lachte. »Ja, und das hat mir an dir immer gefallen.«

»Nein wirklich. Bin ich verrückt?«

»Nein, du bist toll. Du hast diese Kinder aufgenommen und sie zu deinen gemacht. Du hast ihnen ein Leben geschenkt, nachdem ihnen das Schlimmste passiert ist, was einem Kind passieren kann. Und das macht dich zu einer Heldin, nicht zu einer Verrückten.«

Sie merkte erst, dass sie den Atem angehalten hatte, als dieser sie in einem erleichterten Seufzer verließ. »Du hast ja keine Ahnung, wie gut es tut, das zu hören. Diese Kinder … Sie sind das Beste und das Schwerste, was ich je getan habe. Ich wache jeden Tag mit der Angst auf, es zu versauen, aber irgendwie scheine ich es hinzukriegen.«

Schweigend bleiben sie nebeneinander stehen. Kinder und Hunde zusammen spielen zu sehen war der Inbegriff von Freude. Sicher, Kinder bekamen Hautausschlag und wurden beim Arzt ohnmächtig. Sie verursachten den ganzen Tag Chaos und Lärm. Aber die Belohnung, sie aufwachsen zu sehen, war besser als alles, was Caroline sich je hätte vorstellen können.

»Also, wie geht es dir?«, fragte Caroline schließlich. »Und du weißt, was ich damit meine.«

»Mir geht es gut. Ich gewöhne mich langsam an meine neue Realität.«

»Ich wünschte, ich wüsste, wie ich eine bessere Freundin sein könnte.«

»Wir waren immer Freunde«, erwiderte er leise.

Nach einer Trennung teilten sich die Freunde des Paares meistens auf, blieben loyal dem einen oder anderen Partner gegenüber. Caroline fühlte sich zwischen beiden hin- und hergerissen. Sierra war in die Stadt gezogen und für ihren neuen Job ständig auf Reisen. Caroline hatte sie oft angerufen, ihr Nachrichten und E-Mails geschickt. Die Antworten waren immer kurz, beinahe abweisend gewesen. Dann hatte sie eine Nachricht von Sierra erhalten, die alles zusammenfasste: *Ich baue mir ein neues Leben auf, und mir geht es gut. Für mich ist es im Moment einfacher, wenn ich die Vergangenheit ruhen lassen. Ich hoffe, du verstehst das.*

Caroline hatte aufgehört, sie anzurufen.

Will hingegen war eine ganz andere Sache. Sie sah ihn oft, weil sich ihr Atelier auf seinem Grundstück befand. Ein paarmal hatte sie gesehen, wie er Besuch von einer Frau bekam. Einem Date. Er ging wieder aus. War wieder auf dem Markt. Und das ließ sie natürlich daran denken, wie es früher zwischen ihnen gewesen war.

Sie erinnerte sich an eine Zeit, in der sie solch starke Gefühle für ihn gehabt hatte, dass sie glaubte, zu explodieren. Doch sie hatte sie für sich behalten.

Tat sie das jetzt auch?

»Ich kann gut zuhören«, sagte sie.

Er schwieg sehr lange. »Verdammt, als ob ich das nicht wüsste.«

»Was soll das heißen?«

»Sierra hatte eine Abtreibung. Sie hat mir gesagt, dass sie es dir erzählt hat.«

Caroline wandte schuldbewusst den Blick ab. »Das geht mich nichts an. Ich wünschte, sie hätte mir gegenüber nichts davon erwähnt.«

»Sie hat es dir erzählt, bevor sie es mir erzählt hat.«

»Sie wusste, dass es dich verletzen würde.«

»So etwas vor seinem Mann zu verheimlichen ist eine ziemlich große Sache.«

»Es tut mir leid. Ich weiß wirklich nicht, was ich dazu sagen soll.«

»Das geht den meisten Menschen so. Verdammt, die Hälfte der Zeit weiß ich nicht mal, was ich dazu sagen soll.« Er schüttelte den Kopf.

Es gab so vieles anderes, worüber Caroline mit ihm reden wollte. Sie zögerte jedoch, weil sie unsicher war, wie sie nach allem, was geschehen war, zueinanderstanden. Ihre Freundschaft hatte sich auf eine Weise verändert, die ihr noch nicht ganz klar war. Sie wünschte …

»Haben Sie eine Entscheidung getroffen?« Die Frau vom Tierheim kam heraus und beobachtete die Kinder, die mit den Hunden spielten. Der Labrador holte unermüdlich ein Stöckchen zurück. Der schwarz-weiße Hund hatte sich süß in Flicks Schoß zusammengerollt.

»Oje.« Caroline warf Will einen Blick zu. »Das wird nicht leicht.«

»Blackie ist wirklich lieb«, sagte Addie. »Aber Brownie auch.«

Flick nickte. »Wir können uns nicht entscheiden.«

Mist, dachte Caroline. Zwei Hunde?

»Aber wir müssen einen auswählen«, sagte sie, selbst hin- und hergerissen. Beide Hunde waren bezaubernd, und beide würden die Kinder glücklich machen.

»Ich habe eine Idee«, sagte Will. Er ging in die Hocke, und der Labrador kam sofort zu ihm und versuchte, ihm auf den Schoß zu klettern und ihm das Gesicht abzulecken. »Ich brauche auch einen Hund«, fuhr Will fort. »Vielleicht könnte ich den hier nehmen, und ihr nehmt den anderen. Was meint ihr?«

»Jippie!« Addie sprang in die Luft. »Aber wir können ihn besuchen, oder?«

»Na klar. Wann und sooft ihr wollt.«

»Will, das ist unglaublich.« Caroline verspürte eine große Erleichterung. »Bist du dir sicher?«

»Ja.« Er kraulte dem Hund die Ohren. »Ich wollte schon lange einen Hund haben. Sierra hingegen nicht. Ich denke, jetzt gibt es keinen Grund mehr, noch länger darauf zu verzichten.«

# 24. Kapitel

»Warum heißt es ›Willkommen zu Hause‹, wenn wir schon zu Hause sind?«, fragte Flick und reckte den Hals, um die Szene zu beobachten.

»Weil alle zusammenkommen, um die Leute willkommen zu heißen, die hier zur Schule gegangen sind.«

»Kommt Sierra auch zurück?«

Die große »Homecoming«-Party war immer ein Ereignis. Ansteckssträuße aus Chrysanthemen, ein Konzert der Schulband und natürlich der wichtige Hofstaat aus König, Königin und Höflingen. Sierra war im letzten Schuljahr die Homecoming-Queen gewesen. Ihr König war Bucky O'Malley gewesen, der leitende Cheerlader, weil er der Einzige gewesen war, der es mit ihrem guten Aussehen halbwegs hatte aufnehmen können. Caroline war nie Mitglied des Hofstaats gewesen, aber sie hatte Sierras Umhang aus Kunstfell für die Halbzeit-Show genäht.

»Sierra wird dieses Jahr nicht kommen. Vermutlich habt ihr noch nie ein Homecoming-Spiel gesehen«, sagte Caroline. »Das ist wie ein normales Football-Spiel, nur mit wesentlich mehr Leuten.«

Es gab eine Rallye auf dem Parkplatz des Stadiums, auf dem es nur so vor Menschen in Teamjacken und Schulfarben wimmelte. Der Geruch nach Regen hing schwer in der Luft, aber das schienen alle zu ignorieren. Das *Star of the Sea* hatte einen eigenen Stand, wo Caroline und die Kinder auf einen Snack einkehrten – frittierte Gourmet-Würstchen in einer Maishülle und Kekse mit dem Logo der *Peninsula Mariners* darauf. Die Geräusche und Gerüche weckten nostalgische Erinnerungen in Caroline – die Rivalitäten, die Romanzen, das Bedauern. Die

Lächerlichkeit von großen Träumen, die zu oft mit Anbruch des Erwachsenseins zerschellten. Caroline erblickte Menschen, die sie seit der Highschool nicht mehr gesehen hatte. Von einigen wurde sie begrüßt, andere zogen nur fragend die Augenbrauen in die Höhe, als sie ihre Kinder sahen.

Einer der fragenden Blicke kam von Zane Hardy, ihrem damaligen Laborpartner. Er sah noch genauso aus wie früher – coole Brille, längere Haare mit Seitenscheitel, Skinny-Jeans und ein Vintage-T-Shirt unter einem karierten Hemd. Nur jetzt hatte er einen kleinen Jungen im Schlepptau, der ihm so ähnlich sah, dass es beinahe komisch war. Sie lächelte ihn an, ging aber weiter. Manchmal war das Schönste an der Nostalgie die Frage: *Was wäre gewesen, wenn …*

Sie und die Kinder suchten sich Plätze auf der Tribüne, und bald wurden sie von der Aufregung mitgerissen, trampelten mit den Füßen, als die Schulband die Eröffnungsnummer spielte, und beobachteten fasziniert die Cheerleader. »Caroline, die sind im Radschlagen beinahe so gut wie du«, sagte Addie.

Caroline umarmte die Kleine. »Genau, meine Süße.«

Unter großer Fanfare brachen die Spieler durch die Papierwand am Ende des Spielertunnels.

»Ich sehe Will!« Flick hüpfte auf und ab und zeigte auf das Spielfeld. »Hey, Will! Können wir ihm eben Hallo sagen?«

»Jetzt nicht«, sagte Caroline, auch wenn sie insgeheim das Gleiche gedacht hatte. Es war toll, ihn in seinem Element zu sehen, als Trainer eines Teams, das unbedingt gewinnen wollte. Er strahlte so viel Energie aus, als er ernst mit seinem Assistenten und den Spielern sprach. Nach dem Kickoff lief er gespannt wie eine Feder an der Seitenlinie auf und ab, das Klemmbrett in der Hand. Er kaute Kaugummi, wobei sich seine Kiefermuskeln rhythmisch anspannten.

»… geht immer noch mit der halben Stadt aus«, hörte Caroline eine Frauenstimme ein paar Reihen hinter ihr.

Sie wagte einen Blick nach hinten und erkannte Lanie Cannon, eine attraktive, alleinstehende Mutter. Lanie arbeitete im örtlichen Supermarkt. In letzter Zeit schien es hier vor Singlefrauen nur so zu wimmeln. Und alle waren hinter Will Jensen her.

»… du solltest ihn einfach mal einladen.«

»Das pack ich nicht.«

»Hat er nicht deinem Ältesten letztes Jahr geholfen, aufs College zu kommen?«

Caroline lehnte sich ein wenig zurück, um zu lauschen.

»Stimmt«, sagte Lanie. »Beau hat dank Will ein Sportstipendium für die UW bekommen. Ich muss also nicht ins Armenhaus, um für die Studiengebühren aufzukommen. Vor ein paar Jahren konnte ich mir die Kosten für Beaus Sporteinheiten nicht leisten, und dann hat irgendjemand sie heimlich bezahlt. Ich vermute, es war Will.«

Natürlich war es Will, dachte Caroline.

»Siehst du, da hast du es. Sag ihm einfach, du möchtest ihn zum Abendessen einladen. Als Dankeschön.«

»Das ist so offensichtlich.«

»Er ist ein Mann. Da muss man direkt sein.«

»Es würde mir nichts ausmachen, wenn *er* ein wenig direkter wäre«, sagte Lanie. »Ich habe gehört, dass er nie über das erste Date hinausgeht.«

»Er ist der örtliche Footballtrainer. Vermutlich will er nicht, dass es Gerede gibt. Oder er wartet auf die richtige Frau. Vielleicht solltest du …«

»Kann ich so einen Schaumstofffinger haben?«, fragte Addie und zeigte auf einen der Verkäufer, der durch die Reihen ging.

Caroline versuchte, sie zu ignorieren. Wenn sie eines über Kinder gelernt hatte, dann war es, dass sie alles für ganze fünf Minuten spannend fanden. Danach wurde das neue Spielzeug vergessen oder, schlimmer noch, irgendwo liegen gelassen, damit sie es wegräumen konnte. Sie konnte nicht anders, als über das nachzudenken, was die Frauen gerade besprochen hatten. Und sie konnte auch nicht aufhören, an das Geheimnis zu denken, das sie schon viel zu lange tief in ihrem Herzen bewahrte –

die Nacht, in der sie sich für einen kurzen, unerlaubten Augenblick in Will Jensens Armen verloren hatte.

»Kann ich?«, hakte Addie nach. »Bitte.«

»Nein«, sagte Caroline. Die Unterhaltung der beiden Frauen hatte sie durcheinandergebracht. »Iss deinen Hotdog auf.«

»Ach männo …«

Als die Halbzeit-Show begann, setzte auch der Regen ein. Regenschirme ploppten wie Pilze in der Dämmerung auf. »Zieht euch die Regenjacken über, ihr zwei«, sagte Caroline.

Die Kinder holten ihre Regenumhänge aus den Taschen ihrer Jacken und legten sie um. Caroline hatte einen Prototyp ihres neuesten Entwurfs für die C-Shell-Regenkollektion dabei – einen Stadiumumhang. Ihr Sitzkissen verwandelte sich in einen leichten Regenumhang mit coolem Muster. Sie schüttelte ihn aus, legte ihn sich um die Schultern, und als sie auf das Feld schaute, stellte sie fest, dass Will direkt zu ihr hinaufsah.

Für einen Moment trafen sich ihre Blicke; dann hob er den Arm und winkte sie zu sich.

»Hey, winkt er dir zu?«, fragte die Frau hinter ihr. »Ich glaube, ja.«

»Komm, gehen wir zu Will«, sagte Caroline und nahm Addie an der Hand. »Achte darauf, wo du hintrittst.«

Auf halbem Weg die enge Betontreppe hinunter tippte jemand Caroline auf die Schulter. »Entschuldigung.« Es war Lanie Cannon, die sich den Regen aus den Augen wischte.

Guter Gott, hatte sie es auf einen Streit abgesehen?

»Ja?« Caroline würde sie nicht vorbeilassen.

»Mir ist nur aufgefallen … Hast du gerade ein Sitzkissen in einen Regenumhang verwandelt?«

*Oh.*

»Ja, das habe ich tatsächlich«, sagte Caroline.

»Das ist genial. Und total süß. Ich habe auf mehr kalten, nassen Bänken gesessen, als ich zählen kann. Wo hast du den her, wenn ich fragen darf?«

»Den hat Caroline gemacht«, meldete sich Addie zu Wort.

Caroline nickte und zeigte auf die Nautilus-Muschel auf ihrer Jacke. »Die gibt es auf meiner Website. Und bei *Swain's*.«

»Cool. Danke.«

Sie sah, wie Flick schnurstracks auf Will zulief. »Sorry, ich muss jetzt los.«

Es hatte durchaus Vorteile, Single zu sein, wie Will entdeckte. Er tat den Menschen leid. Sie kochten ihm Essen und brachten es vorbei, so wie es üblich war, wenn es in einer Familie einen Todesfall gegeben hatte. Sie schickten ihm Textnachrichten und E-Mails mit lustigen Fotos und Videos. Sie luden ihn zu sich ein.

Er war dankbar für die Aufmerksamkeit. Aber manchmal erinnerte ihn das alles nur daran, was er verloren hatte – seine Frau, eine sorgfältig geplante gemeinsame Zukunft, einen Traum. Er schaute sich um und sah Paare, die Paare waren; die mühelos miteinander umzugehen schienen und die täglichen Freuden des Lebens teilten. Ja, vermutlich hatten sie auch ihre Probleme. Aber das zu wissen bewahrte ihn nicht davor, dieses gähnende Loch mitten in seiner Welt zu spüren.

Bei dem jährlichen Homecoming-Spiel war Caroline in der Halbzeit zu ihm gekommen, bevor er für eine kleine Ansprache in die Kabine gehen wollte. Trotz des eisigen Regens, trotz der Tatsache, dass sein Team sieben Punkte im Rückstand war, hatten sie einander freudig begrüßt.

Sie hatte ihn zum Thanksgiving-Dinner bei ihrer Familie eingeladen, und er hatte die Einladung dankbar angenommen.

Das ist ein Anfang, dachte er, als er sich für das vermutlich epische Festmahl fertig machte.

Aber ein Anfang von was?

Vielleicht von etwas. Vielleicht von nichts.

Seit der Scheidung nahm er eine Veränderung in seiner Beziehung zu Caroline wahr. Es war sehr subtil, und er fragte sich manchmal, ob er es sich nur einbildete. Aber er fühlte sich auf eine ganz neue Weise zu ihr hingezogen. Wenn er sie in ihr Atelier kommen oder es abends verlassen sah, fielen ihm Dinge an ihr auf, die ihm vorher als verheiratetem Mann nicht aufgefallen waren. Jetzt jedoch bemerkte er, wie ihre Augen aufleuchteten, wenn sie lächelte, und wie knackig ihr Hintern in der engen Jeans aussah, die sie meistens trug. Er bemerkte ihre vollen Lippen und den Klang ihres Lachens.

Bewaffnet mit einem großen Blumenstrauß und einer Schachtel ausgefallener Pralinen – fünf Pfund, was reichen sollte, um die gesamte Bagage satt zu kriegen – tauchte er an einem düsteren, verregneten Nachmittag bei den Shelbys auf. Durch das gesamte Haus wehten die Aromen eines klassischen Thanksgivings – ein bratender Truthahn, Salbei, frisch gebackene Brötchen, süße Zimtrollen und Äpfel.

»Danke, dass ihr einen Streuner aufnehmt«, sagte er zu Dottie, als sie ihn an der Tür begrüßte. »Ich wollte eigentlich einen Kuchen mitbringen, aber ich dachte, das wäre, wie Eulen nach Athen zu tragen.«

»Da hast du recht.« Georgia nahm ihm seine Regenjacke ab und hängte sie auf. »Mit meinem Ahorn-Pekan-Kuchen oder Moms Kürbiskuchen mit braunem Zucker kann niemand mithalten.«

»Okay. Ihr werdet mich nie wieder los.«

Der Shelby-Clan umfing ihn mit einer Wärme, für die er dankbar war, die ihn aber auch mit einer gewissen Sehnsucht erfüllte. Beide Großelternpaare waren anwesend. Georgia war mit Ehemann und Kindern da. Virginia mit ihrer Tochter Fern und dem Mann, mit dem sie gerade ausging. Beide Brüder hatten ebenfalls eine Begleitung dabei. Will war erleichtert, dass er nicht das einzige Nicht-Familienmitglied war. Die Anwesenheit der anderen ließ ihn weniger mitleiderregend wirken.

Unter Dotties Kommando halfen alle mit, und bald war ein Büfett aufgebaut, der Tisch gedeckt, die Unterhaltung floss dahin, und auf dem Fernseher lief ein Footballspiel.

Lyle sprach einen Toast aus und schenkte einen, wie Will wusste, vermutlich außergewöhnlich guten Weißwein ein. Für die Kinder gab es frischen Apfelsaft. Überall klirrten Gläser. Dann füllten sich alle ihre Teller und genossen das Festmahl.

»Habt ihr ein schönes Thanksgiving?«, fragte Will, als er und Flick sich an den Nachtisch machten.

»Hm, hm.«

»Wie war Thanksgiving mit eurer Mom?«, fragte er weiter. Er spürte, wie Carolines Blicke sich in seinen Rücken bohrten.

Flick zuckte mit den Schultern. »Weiß ich nicht mehr.«

»Vielleicht hattet ihr Gäste oder seid irgendwo eingeladen gewesen«, schlug Caroline vor und schaute Will über Flicks Kopf hinweg in die Augen.

»Nö«, sagte der Kleine. »Kann ich noch was von dem Kürbiskuchen haben?«

Mit einem Mal ertönten laute Akkorde vom Klavier. Austin saß daran und begann mit »All Star« von Smash Mouth. Dann folgte »Shut Up and Dance«, und tatsächlich wurde ein wenig getanzt. Will schnappte sich Caroline, und sie lachten sich durch das Lied und stießen mit den anderen Paaren und den Kindern zusammen. Die Musik endete mit dem ultimativen Ohrwurm: »Sweet Caroline.«

»Das ist mein Lied«, verkündete sie während des Intros. »Es ist das schlimmste Lied aller Zeiten, und ich liebe es!«

Zu sehen, wie alle um das Klavier herum lachten und sangen, ließ in Will ein Gefühl aufsteigen, das er lange nicht mehr empfunden hatte – die sanfte, allumfassende Umarmung einer echten Familie. Klar, er wusste, dass er die Sache idealisierte; Familien waren chaotisch, und es gab oft genug Probleme. Aber in ihnen gab es auch Momente voller Freude und Geborgenheit. Er betrachtete Caroline, ihr Lächeln und das Funkeln in ihren Augen, die natürliche Geste, mit der sie die Kinder an sich zog – und die Einsamkeit in ihm brüllte auf.

# 25. Kapitel

Zum einjährigen Bestehen des Nähkreises war der Raum zum Bersten voll. Caroline und ihre Schwestern hatten einen Blechkuchen gebacken und mitgebracht, der mit einer eingefädelten Nadel und dem Spruch »Flick dein Herz« verziert war. Dieser Satz, zusammen mit einer Telefonhotline, stand auch auf den kleinen Nähetuis, die Lindy gemacht hatte, um sie zu verteilen. Es gab eine Kerngruppe von regelmäßigen Besucherinnen – Caroline verpasste kein einziges Meeting – und einige Frauen, die hin und wieder mal erschienen. Die meisten hatten herzzerreißende Geschichten zu erzählen, die oftmals auch inspirierend waren. Für Caroline waren die Einblicke in das Leben der Frauen, die eine gewalttätige Beziehung überlebt hatten, lebensverändernd.

Einige Frauen tauchten auf, hörten schweigend zu und wurden nie wieder gesehen.

Eine der Lektionen – und vielleicht die schwerste für Caroline – war, zu akzeptieren, dass es Grenzen gab in dem, was sie tun konnte. Das Scheitern war hart mit anzusehen. Nicht jede der Frauen konnte von einem glücklichen Ende berichten. Mehr als einmal kehrte eine der Frauen zum Täter zurück. Andere gingen weitere Beziehungen ein, in denen sie Gewalt erfuhren, kämpften mit Drogen und Alkohol oder versanken immer tiefer in Armut und Verzweiflung.

Zu Carolines Überraschung kam auch Rona Stevens, die sie seit der Highschool kannte, zu einigen der Treffen. Obwohl sie immer noch wie eine Cheerleaderin aussah, waren ihre Schultern jetzt gerundet, die Augen niedergeschlagen, und sie wirkte insgesamt wie besiegt. Ihre Beziehung zu Hakon war ein ständiges Hin und Her zwischen Trennung und Versöhnung. Und er war immer noch so schrecklich wie früher. Er schlug sie nicht, wie Rona schnell beteuerte. Aber mit ihm zusammenzuleben war stressig. Er kontrollierte jeden Aspekt ihres Lebens, von der Menge an Kalorien, die sie zu sich nahm, bis zu der Art, wie sie die Handtücher faltete und in den Schrank sortierte. Er war eine toxische, hinterhältige Stimme in ihrem Kopf geworden und hatte sie davon überzeugt, nichts wert zu sein.

»Er stalkt mich«, hatte sie bei ihrem ersten Mal gestanden und gesagt, sie legten gerade eine Pause in ihrer Beziehung ein. »Als wir zusammengezogen sind, fand ich es süß, wenn er unerwartet mit Blumen oder einer Flasche Wein nach Hause gekommen ist. Aber nach einer Weile habe ich erkannt, dass er mich überwacht. Er überprüft den Kilometerstand auf meinem Tacho. Er kontrolliert mein Handy. Er meckert ständig über die Art, wie ich mich anziehe und frisiere.« Ein erschöpfter Ausdruck hatte sich über ihr Gesicht gelegt. »Manchmal möchte ich einfach nur allein sein, und dann beschuldigt er mich, ihn nicht zu lieben. Das ist vielleicht das Einzige, womit er recht hat.«

Sie starrte auf ihre Knie und schien zusammenzuschrumpfen. »Ich weiß nicht, was ich tun soll. Vermutlich nichts.«

»Das hier ist schon ein guter Schritt«, hatte Virginia ihr sanft versichert.

Nach zwei Meetings war Rona zu ihm zurückgekehrt. Das passierte viel zu oft. Einige Frauen wurden unsicher, redeten sich alles schön und kehrten zu ihren gewalttätigen Partnern zurück.

Diese Fälle machten Caroline und ihre Schwestern nur noch entschlossener, die Gruppe aufrechtzuerhalten. Sie konnten nicht alle Frauen retten, aber Caroline musste einfach daran glauben, dass sie mit ihrem Engagement etwas bewegen konnte. Sie musste glauben, dass der Nähkreis für einige der Frauen die Rettungsleine war. Das einjährige Jubiläum war die Gelegenheit, sich daran zu erinnern. Sie begannen so, wie sie es immer taten, indem sie die Gruppenphilosophie vorlasen und jemand fragte: »Sollen wir anfangen?«

»Ich bin in diese Gruppe gekommen, nachdem ich den Tiefpunkt meines Lebens erreicht hatte«, sagte Amy. »Ich musste aus einem so tiefen Loch herausklettern, dass ich dachte, ich würde nie wieder das Licht sehen. Anfangs wollte ich nicht darüber reden, was mir widerfahren ist. Ich wollte auch nicht hören, was andere erlebt haben. Jetzt kann ich mir ein Leben ohne diese Gruppe nicht mehr vorstellen. Aber das muss ich leider.«

Alle im Raum hielten den Atem an.

»Ich ziehe weg«, sagte Amy.

Aus der angehaltenen Luft wurden Seufzer der Enttäuschung. »Ist bei dir alles in Ordnung?«, fragte jemand.

»Bolton kommt aus dem Gefängnis, aber das ist nicht der Grund, warum ich gehe«, erklärte Amy. »Ich habe mich zur LKW-Fahrerin ausbilden lassen und gerade einen Job bekommen. Einen echten Job. Und auch wenn ihr mir alle schrecklich fehlen werdet, könnte ich nicht glücklicher sein.«

»Du wirst uns auch fehlen«, sagte Echo. »Aber Veränderungen sind gut. Wenn wir alle immer gleich blieben, hieße das, dass wir einfach nur festhängen, oder?«

»Das ist so cool«, sagte Nadine. »Ich werde langsam besser darin, Grenzen zu setzen. Und das hat mich auf jeden Fall zu einer besseren Mutter gemacht. Meine Kinder fingen an, frech und fordernd zu werden – was wenig überraschend ist bei dem, was sie mit angesehen haben. Ich habe mich verändert, und das bemerken sie. Meistens jedenfalls.«

»Ich möchte wieder mutig sein«, sagte Yvonne, die noch recht neu in der Gruppe war. »Ich habe mich früher so viel getraut. Das ist mir abhandengekommen, als ich mich selbst in einer Beziehung zu einem gewalttätigen Mann verloren habe, und ich bin es leid, Angst zu haben. Aber um die Wahrheit zu sagen: Ich bin einsam. Also wirklich einsam. Ich habe aufgehört, mir selbst zu vertrauen, zu wissen, wie Liebe wirklich sein soll. Dabei weiß ich es. Seht ihr, da ist dieser Mann …« Sie schaute auf ihre Hände, die sie fest im Schoß verschränkt hatte. Dann schien ihr klar zu werden, was sie da tat, und hob den

Kopf. »Er weiß, was ich durchgemacht habe. Er ist supergeduldig und verständnisvoll. Ich bin mir ziemlich sicher, dass ich ihn schon sehr lange liebe. Und nun möchte ich den Mut finden, es ihm zu sagen. Was meint ihr?« Sie blickte sich um. »Bin ich verrückt?«

»Was ist das Schlimmste, das passieren könnte, wenn du diesem Mann sagst, was du für ihn empfindest?«, fragte Georgia.

»Er könnte sagen, dass es ihm nicht so geht, und dann fühlt er sich schrecklich und ich mich komisch und …« Sie hielt inne. »Ja, ich schätze, die Welt würde sich weiterdrehen.«

»Und was ist das *Beste*, das passieren könnte, wenn du es ihm sagst?«, fragte Georgia.

Das mechanische Summen der Nähmaschinen erfüllte die Luft. Nach der ganzen harten Arbeit war das wie Musik in Carolines Ohren – die Übersetzung ihrer Entwürfe in Klang und Stoff. Sie war kreativ wie niemals zuvor: die Stadionkissen-Jacke. Eine weitere Jacke, die im Dunkeln reflektierte. Eine »kluge« Jacke, die auf Handzeichen von Fahrradfahrern reagierte. Alles, was sie in ihrem Atelier produzierte, war wunderschön, weil sie jeden einzelnen Stich überwachte.

Die Scheune war in einen Raum verwandelt worden, der sich sicher und produktiv anfühlte. Niemand wurde reich von dem, was sie hier machten, aber die Verkaufszahlen waren solide, und so waren sie wenigstens solvent. Es hatte schon einige Artikel in der Presse und auf Mode-Blogs gegeben. Nach einer erfolgreichen Präsentation auf einer Modemesse verschickten sie die Sachen jetzt jede Woche an kleine, inhabergeführte Boutiquen im ganzen Staat, und Caroline hatte zwei Auszubildende und eine Praktikantin angestellt.

Der Nähkreis bot ihr mehr, als sie sich je hätte vorstellen können, und hatte einen überraschenden Nebeneffekt: die meist noch unentdeckten Talente der teilnehmenden Frauen. Manchmal war es beinahe wie Magie. Wenn etwas getan werden musste, standen die Chancen gut, dass eine der Frauen es konnte oder jemanden kannte, der es konnte. Echo war inzwischen zu einer geschickten Modellmacherin geworden, und sie hatte Caroline mit einigen der entlassenen Näherinnen von ihrer ehemaligen Arbeitsstelle in Kontakt gebracht. Ilsa kümmerte sich um die Website und war Expertin für ausdrucksstarke und lebendige Produktfotos. Finanzielle Unabhängigkeit war für diese Frauen ein Riesenthema, und es war zutiefst erfüllend, ihnen helfen zu können. Caroline und ihren Schwestern war es erfolgreich gelungen, finanzielle Beihilfe vom Staat im Rahmen einer Maßnahme zu erhalten, mit der Ausbildungen und Arbeitsprogramme im gesamten Land unterstützt wurden. Inzwischen machten auch ein paar andere örtliche Firmen mit, und es gab ein Pilotprojekt an der Highschool.

Eine ihrer besten Entscheidungen war es gewesen, Willow vom Nähkreis zu engagieren. Nun war Carolines Firma eine GmbH, und sie hatte einen wasserdichten Businessplan, den Willow erstellt hatte. *C-Shell Rainwear* erarbeitete sich langsam den Ruf, Kleidung zu sein, die nachhaltig und mit Liebe zum Detail hergestellt wurde. Eine der Näherinnen hatte mit der Nähmaschine einen Quilt mit der Aufschrift gemacht: *Mit Liebe und Können gefertigt*. Das war zum Motto der Firma geworden, und nun hing der Quilt unter der Galionsfigur von Justine an der Wand.

Manchmal, wenn die Arbeit sie zu überwältigen drohte und der Blick auf die Zahlen ein kleines Tief offenbarte, bekam Caroline Panik und schalt sich, verrückt zu sein. Zu anderen Zeiten, so wie jetzt, wenn alle glücklich ihre harte Arbeit erledigten, fühlte es sich genau richtig an. Amy kam mit ihrer zukünftigen Nachfolgerin, um eine Lieferung abzuholen, und sie begannen, die verpackten Sachen in den Lieferwagen zu laden.

Es herrschte so viel Lärm und Aktivität, dass Caroline beinahe das leise *Ping* nicht gehört hätte, das eine eingetroffene E-Mail ankündigte.

Sie ging zu ihrem Computer und sah nach. Dann blinzelte sie und setzte sich langsam. Vielleicht hatte sie dabei irgendein Geräusch von sich gegeben, denn Echo hielt in ihrem Tun inne und kam zu ihr herüber.

»Was ist los?«, fragte sie. »Du hast diesen *So-ein-Mist*-Ausdruck im Gesicht.«

»Ich glaube, meine Miene sagt eher *Heilige Scheiße*.« Caroline lehnte sich zurück und starrte auf den Bildschirm. Es war ein Foto von Catherine Willoughby im *Vogue Celebrity Style*, einem Magazin, das von Modeliebhaberinnen auf der ganzen Welt obsessiv gelesen wurde. Die unwiderstehliche Schauspielerin mit den Rehaugen, die derzeit in dem neuesten Superhelden-Film mitspielte, trug einen C-Shell-Regenmantel.

»Heilige Scheiße«, wiederholte Caroline, wie gebannt von der surrealen Vorstellung, dass eine der berühmtesten Frauen der Welt einen Regenmantel aus ihrer Kollektion trug. Es war einer ihrer besten und teuersten Entwürfe in einem frostigen Weiß mit einem durchsichtigen Saum, der mit Seidenblumen gefüllt war. »›Cats Lieblingsmantel an einem regnerischen Tag ist der *Aprilschauer*-Anorak aus der C-Shell-Regenkollektion. Zu finden unter c-shellrainwear.com. Ein Prozent des Erlöses geht an die *Sisterhood Against Domestic Violence*, eine Organisation zum Schutz vor häuslicher Gewalt.‹«

»Sieh an, sieh an.« Echo strahlte Caroline an. »Du hast einen A-Promi, der einen deiner Entwürfe trägt. Ich meine, sie hat ungefähr fünfundvierzig Millionen Follower auf Instagram. Wie cool ist das denn bitte? Und wie cool, dass sie das mit der *Sisterhood Against Domestic Violence* erwähnt haben.«

Willow hatte diese Kooperation initiiert, und Caroline hatte bald gemerkt, dass ihre Plattform schneller gewachsen war, als sie sich je hatten vorstellen können. Sie wünschte nur, Angelique hätte sehen können, was sie erschaffen hatten.

Amy gesellte sich mit ihrer Begleiterin zu ihnen. Sie verbrachte ihre letzten beiden Arbeitswochen damit, ihre Nachfolgerin einzuarbeiten, bevor sie nach Reno ziehen und dort als LKW-Fahrerin arbeiten würde. Auf Caroline wirkte sie inzwischen wie ein ganz anderer Mensch. Sie bewegte sich frei und nicht mehr schamerfüllt, ihre Haltung war selbstbewusst und nicht mehr verängstigt. »Was ist los, Zuckerschnauze?«, fragte sie.

Echo grinste Amy an. »Wir gucken uns gerade die *Vogue* an.«

»Ah, mein Lieblingsmagazin«, erwiderte Amy und zeigte grinsend auf ihr Kapuzensweatshirt und die Kampfstiefel.

»Catherine Willoughby trägt einen unsere Mäntel.« Echo drehte den Bildschirm so, dass Amy es sehen konnte.

»Wow. Ist sie nicht das Blitz-Mädchen in dem neuen Film? Hey, das ist großartig. Jetzt wird jeder einen haben wollen. Du kommst ganz groß raus, Caroline.«

»Ich bin überwältigt«, gab Caroline zu. »Es ist aber auch ein echt schöner Mantel, oder?«

»Total«, bestätigte Echo. »Ich habe an ihm gearbeitet. Hab die ganzen durchsichtigen Säume mit den bunten Seidenblumen gemacht. Ich wusste, dass er ein Hit wird.«

Caroline leitete die E-Mail an Willow weiter, die normalerweise von zu Hause aus arbeitete.

»Wo wir gerade von Hits sprechen …« Ilsa, die für die Website verantwortlich war, kam zu ihnen herüber. »Im Online-Shop geht es gerade hoch her. Seht euch das mal an.« Sie hielt ihnen ihr Tablet entgegen, und die anderen konnten zuschauen, wie die Bestellungen im Sekundentakt eingingen. »Da klingelt es in der Kasse«, sagte sie. »Der *Aprilschauer* in Weiß ist bereits ausverkauft, und wir haben eine Warteliste.«

»Den Grund dafür siehst du hier.« Echo zeigte ihr das Foto aus der *Vogue*. »Morgen wird ein großer Tag für uns, was?«

»Haben wir den nicht immer?«

Caroline stand auf. »Guckt mal auf die Uhr. Es ist an der Zeit, dass ihr Mädels nach Hause geht. Ich schließe hier ab.«

Nachdem alle gegangen waren, starrte Caroline das Foto noch ein paar Minuten lang an.

Sie wusste um den Wert einer einflussreichen prominenten Unterstützung. Sie wusste um den Wert einer Erwähnung in der *Vogue*. Designer verfolgten die Medien auf ihrer Suche nach Aufmerksamkeit immer ganz genau. Auch wenn ihr die Mittel für eine große Kampagne fehlten, hatte sie Muster an Daria und Orson Maynard in New York geschickt in der Hoffnung, dass ihre Sachen in den richtigen Händen landen würden. Normalerweise musste man für eine Erwähnung in einem der führenden Magazine riesige Summen zahlen, die sie niemals hätte aufbringen können.

Doch irgendwie war ihr Mantel am Ende bei einem großen Star gelandet. Sie konnte nicht aufhören, das wunderschöne Foto von Cat anzuschauen, die den Regenmantel mit hohen, schmal geschnittenen Gummistiefeln kombiniert hatte. Auf dem Bild ging sie gerade an einem schmiedeeisernen Zaun vorbei und sah aus wie der junge Frühling.

Normalerweise arbeitete Caroline noch lange weiter, nachdem alle anderen gegangen waren. Das war die Zeit, in der sie ihrer Kreativität freien Lauf ließ. Sie ließ laute Musik durch die Scheune hallen und gab sich ganz den Visionen in ihrem Kopf hin. Das Foto machte ihr Mut, und so spielte sie nun mit einem Design, das ihr schon länger durch den Kopf ging. Es war ein Trenchcoat, dessen Schultercape in eine Kapuze verwandelt werden konnte. »Darin würdest du umwerfend aussehen, Cat Willoughby«, murmelte sie und klickte auf ihre digitalisierte Illustration. »Blauer Serge-Stoff? Vielleicht ist es auch an der Zeit für ein Comeback von Swiss Dot …«

»Mir gefällt deine Art zu denken«, hörte sie eine Stimme, und Will betrat das Atelier. Sein Hund, den er Fisher genannt hatte, trottete neben ihm her. Will trug noch sein Lehrer-Outfit: Chinos, langärmliges Hemd, gestreifte Krawatte. »Ich war schon immer ein Fan von Swiss Dot.«

Sie schnaubte. »Du weißt doch gar nicht, was das ist.«

»Aber es hat ein Comeback verdient.« Er lehnte sich mit der Hüfte gegen die Arbeitsplatte und löste den Knoten seiner Krawatte.

»Wie war die Schule?«, fragte Caroline. Wenn sie einander über den Weg liefen, verweilten sie meistens ein wenig und unterhielten sich.

So wie Freunde, ermahnte sie sich.

Aber in Wahrheit hatte sich nach Wills Scheidung etwas zwischen ihnen verändert. Sie versuchte, nicht genauer darüber nachzudenken. Und Will offensichtlich auch nicht. Er ging weiterhin mit Frauen aus. Mit vielen verschiedenen Frauen. Man sah ihn in letzter Zeit ständig irgendwo in der Stadt, und Caroline zog ihn sogar manchmal damit auf.

»Die Schule war großartig«, erwiderte er. »Ich bin großartig. Ich habe einer Gruppe Jugendlicher eine Einführung in Analysis gegeben und ihnen gezeigt, wie die ihnen später im Leben von Nutzen sein kann. Ich kann dir versichern, sie hingen gebannt an meinen Lippen.«

Sie grinste. »So wie ich.«

»Wie läuft es mit C-Shell?«

»Ha! So viel aufregender als bei dir mit deiner Analysis. Und das meine ich ernst. Guck dir das mal an.« Sie klickte auf das Fenster mit dem Foto aus der *Vogue*. »Cat Willoughby trägt einen meiner Mäntel. Das ist vor einer Stunde gepostet worden, und unser Online-Shop ist bereits ausverkauft.«

»Hey, das ist ja fabelhaft. Die Kids in der Schule sind verrückt nach ihrem neuen Film. Sehr gut gemacht, Caroline.«

»Danke. Das ist definitiv ein Höhepunkt in meinem Leben. Wir werden allerdings Überstunden schieben müssen, um alle Bestellungen fertigzukriegen. Ich habe hier nicht die Infrastruktur für eine Massenproduktion. Aber ich versuche, nicht in Panik zu geraten.«

»Dafür gibt es keinen Grund.« Er zeigte auf das Atelier. »Sieh dir nur an, was du bisher auf die Beine gestellt hast. Dir gelingt einfach alles.«

Sie konnte ein Lächeln nicht unterdrücken. »Deine Art zu denken gefällt mir auch. Und ehrlich, ich hätte das nie geschafft, wenn du mir die Scheune nicht für diese winzige Summe vermieten würdest. Aber ich …«

Eine weitere E-Mail ploppte auf. Caroline warf einen Blick auf die Betreffzeile und keuchte auf.

»Weitere gute Neuigkeiten?«

Sie öffnete die Nachricht. »O mein Gott. *Eau Sauvage* will sich mit mir treffen.«

»Oh-So-Vasch? Hab ich noch nie gehört.«

»*Eau Sauvage* ist französisch für *wildes Wasser*. Das ist ein hochwertiges Modelabel und wahnsinnig erfolgreich.«

»Ich nehme an, ein Treffen mit ihnen ist der Anfang von etwas Großem?«

Sie umklammerte den Rand des Schreibtischs und schaute zu Will. Ein Teil von ihr wäre am liebsten aufgesprungen und hätte ihm vor lauter Freude die Arme um den Hals geschlungen. *Ganz ruhig, Brauner.* Vermutlich hatte Will heute Abend noch eine Verabredung. Die hatte er immer.

»Das könnte riesig werden«, sagte sie. »Aber auch nicht unkompliziert. Ich hoffe, es ist keine dieser Situationen, in denen man sagt: ›Sei vorsichtig, was du dir wünschst‹.«

»Was wünschst du dir denn?«

Sie lehnte sich in ihrem Stuhl zurück. »Von einem großen Modelabel entdeckt zu werden *war* immer mein Wunsch. Aber seitdem ich hierher zurückgekommen bin und die Kinder habe …« Sie stellte sich vor, wieder in New York zu sein, zu Meetings zu gehen, einen Traum zu leben, der nicht mehr so recht zu ihr passte. »Ich werde mir einfach anhören, was sie zu sagen haben. Vielleicht wollen sie nur meine Entwürfe klauen, so wie Mick Taylor damals.«

»Das hoffe ich nicht. Was ist überhaupt aus dem Typen geworden?«

»Er ist immer noch erfolgreich.« Sie schaltete den Computer aus und nahm ihre Handtasche. Mit einem Mal konnte sie es kaum erwarten, Addie und Flick zu sehen und zu hören, wie ihr Tag gewesen war. Die beiden hatten ihren Blick auf die Dinge verändert. Sie hatten ihr Leben verändert. »Ich versuche, nicht an ihn zu denken, weil mich das verrückt macht. Aber ich habe immer noch ab und zu Rachefantasien.«

»Du solltest den Kanal wechseln und dich anderen Fantasien hingeben.« Will zwinkerte ihr zu. *Er zwinkerte.*

»Halt den Mund«, sagte sie, sicher, dass er sie nur aufzog.

»Okay, eine Frage: Wenn die wirklich mit dir zusammenarbeiten wollen, wie würde das dann aussehen?«

Ihr Magen zog sich zusammen. »Ich wäre wie der Blitz zurück in New York. Ich gebe zu, mit den Kindern würde es nicht leicht werden, aber es wäre auch nicht unmöglich. Sie könnten vielleicht sogar wieder auf ihre alte Schule gehen.«

»Du würdest also wieder von hier wegziehen.«

»Könnte sein. Aber ich denke viel zu weit voraus.« Sie hielt inne. »Warum fragst du?«

»Ich bin nur neugierig. Ich hätte dich nicht nach deinen Plänen fragen sollen, denn ich habe die Angewohnheit, die Pläne anderer Leute kaputt zu machen.«

Sie wünschte, er würde ihre Pläne kaputt machen. »Ach, hör auf damit, dir selbst leidzutun.«

Und da war es. Dieses Lächeln. Das Lächeln, in das sie sich einst verliebt hatte.

Caroline erklärte Cat Willoughby zu ihrer neuen Freundin, denn nach dem Artikel in der *Vogue* wurde ihre Regenkollektion zum Trend – und nicht nur die Jacken und Mäntel. Die Organisation *Sisterhood Against Domestic Violence* lud sie nach Atlanta ein, um die Geschichte des Nähkreises zu erzählen.

»Du fährst weg?«, fragte Flick, als sie ihre Tasche packte. Blackie tapste durchs Zimmer und kämpfte mit einem Seil.

»Ja, um mit einer Gruppe von Frauen über unser Programm gegen häusliche Gewalt zu sprechen. Es ist aber nur übers Wochenende. Sonntagabend bin ich wieder zurück.«

Addie brachte Wonder Woman zu ihrem Bett. »Ich will nicht, dass du gehst.«

Caroline hörte auf zu packen. Nach dem Trubel der letzten Tage wurde ihr erst jetzt klar, dass sie bisher keine Nacht von den Kindern getrennt verbracht hatte. Jedes Mal, wenn sie sich bewusst wurde, welche Bedeutung sie inzwischen für diese Kinder hatte, glich es einer kleinen Offenbarung. »Ach, Süße. Es ist nur für zwei Nächte. Und ihr bleibt hier bei Grammy Dot und Lyle.«

»Das ist nicht das Gleiche.« Flick schaute sie grimmig an.

»Ich glaube aber, dass ihr das schafft.«

»Wir sind gerade bei so einer spannenden Stelle in *Ramona*«, erklärte Addie. Caroline las ihnen jeden Abend ein Kapitel aus dem Buch vor.

In letzter Zeit ging es den Kindern so gut, dass Caroline manchmal vergaß, wie sehr die beiden es brauchten, sich sicher zu fühlen. »Ich sage euch was: Wir können einen Skypeanruf machen, und dann lese ich euch vor.«

»Das ist nicht das Gleiche«, wiederholte Flick.

»Warum musst du denn weg?«, fragte Addie.

Caroline wusste mittlerweile, dass eines mit diesen Kindern immer funktionierte: Ehrlichkeit. »Weil es wichtig ist«, sagte sie. »Weil das Leben eurer Mama wichtig war. Ihr ist das Schlimmste auf der Welt passiert, und sie ist gestorben. Das können wir nicht mehr ändern. Aber es gibt eine Organisation, die anderen Familien hilft, mit Gewalt umzugehen, und sie wollen eure Geschichte hören und erfahren, was wir jetzt unternehmen. Wenn wir weiter darüber reden und den Leuten erklären, dass Gewalt niemals in Ordnung ist, können wir vielleicht anderen helfen.«

Beide Kinder schwiegen. Sie ließ ihnen Zeit, darüber nachzudenken. Immer noch wusste sie nicht, was die beiden mitbekommen hatten. Sie fragte sich, ob Angelique sie gelehrt hatte zu schweigen, weil sie gefürchtet hatte, aufgrund ihres unklaren Immigrantenstatus von ihnen getrennt zu werden. Vielleicht würden sie sich ihr eines Tages öffnen. Aber bis dahin würde sie sie nicht bedrängen.

»Warum musst du gehen?«, wiederholte Flick die Frage seiner Schwester.

»Als die Organisation angerufen hat, habe ich ihnen die gleiche Frage gestellt. Und wir haben über die Gruppe gesprochen, die ich ins Leben gerufen habe, und über unser Ausbildungsprogramm. Aber hauptsächlich haben wir über euch gesprochen. Wie ihr ganz allein zurückgeblieben seid und wie wichtig es war, euch zu beschützen. Sie wollen alles darüber erfahren. Es könnte anderen Menschen helfen.«

»Uns aber nicht«, sagte Flick. »Und unserer Mama hilft es auch nicht.«

»Ich weiß. Aber ihr helft doch gerne anderen, oder?«

Er überlegte einen Moment. Dann streckte er die Hand aus und kraulte Blackie hinter den Ohren. »Ja«, sagte er. »Ich glaube, schon.«

Caroline setzte sich aufs Bett und breitete die Arme aus. »Kommt her, ihr zwei.«

Sie kletterten zu ihr aufs Bett, und Blackie sprang Flick auf den Schoß. Dann schloss Caroline sie alle in die Arme. Zuneigung und Zärtlichkeit erfüllten sie bis in die letzte Zelle, und sie presste die Lippen auf die süßen warmen Köpfe der Kinder. »Ich bin zurück, bevor ihr überhaupt merkt, dass ich weg war. Okay?«

»Okay«, sagte Flick.

»Okay, Mom«, flüsterte Addie.

»Sie ist nicht Mom«, sagte Flick.

»Sie ist nicht Mama«, widersprach Addie. »Aber sie ist unsere *Mom.*«

Die Worte brannten sich in Carolines Herz. »Addie, warum bist du nur so lieb?«

Das kleine Mädchen zuckte mit den Schultern. »Ich schätze, ich bin einfach ein guter Mensch.«

»Das seid ihr beide. Und Blackie auch. Ich habe so ein Glück, euch alle zu haben.« Caroline zögerte, beschloss dann aber, dass es der richtige Moment war, um etwas anzusprechen, worüber sie schon seit längerer Zeit nachdachte. »Ihr könnt mich Mom oder Caroline nennen oder was auch immer euch glücklich macht. Es gibt da etwas, das ich euch fragen möchte. Als eure Mama gestorben ist, bin ich euer Vormund geworden. Das bedeutet, ich bin dafür verantwortlich, dass ihr ein Zuhause habt und dass euch nichts passiert. Ich finde es wunderschön, euer Vormund zu sein. Aber in letzter Zeit habe ich gedacht … Wie wäre es, wenn ich euch adoptieren würde?«

Die Kinder schwiegen einen Moment.

»Du meinst, so wie wir Blackie adoptiert haben?«, fragte Flick dann.

»Ja. Genau so. Es wird sich nichts verändern. Ich werde immer noch für euch verantwortlich sein. Aber wenn ich euch adoptiere, bin ich auch ganz offiziell eure Mutter. Ich werde nie eure Mama ersetzen. Das kann keiner. Aber es bedeutet, dass ihr für immer ein Elternteil habt.«

»Für immer und bis in alle Ewigkeiten?«, hakte Addie nach.

»Ja. Ganz genau. Was meint ihr?«

»Ja!«, rief Addie.

Flick schwieg und schlang seinen Arm fester um Caroline. Dann schniefte er, und ihr T-Shirt wurde warm und feucht. »Okay«, flüsterte er rau. »Okay.«

# 26. Kapitel

Caroline hörte eine Autotür zuschlagen und schaute auf die Uhr an ihrem Computer. Alle anderen waren schon nach Hause gegangen, und sie hatte gerade ihre Eltern angerufen, um ihnen mitzuteilen, dass sie heute lange arbeiten würde – extrem lange. Das Angebot von *Eau Sauvage* war eine riesige Chance für sie. Sie wollten eine limitierte Edition ihrer Entwürfe anbieten, und wenn die gut lief, würde man darüber sprechen, wie eine weitere Zusammenarbeit aussehen könnte. Vor dem Meeting mit dem Marketing-Team musste sie noch eine überzeugende Präsentation erstellen. Die würde ihre Vorbereitungen für die unter einem schlechten Stern geborene Chrysalis-Kollektion wie einen Kindergeburtstag aussehen lassen.

Sie stand von ihrem Schreibtisch auf, massierte sich den Nacken und schlenderte nach draußen. Zu ihrer Überraschung sah sie Will in Jeans und einem gestreiften Hemd, dessen Ärmel er aufgekrempelt hatte. Wie immer ging ihr sein Anblick unter die Haut, was sie aber geschickt zu verbergen wusste.

»Ich dachte, du hättest heute Abend ein Date«, sagte sie.

»Hätte ich auch gehabt, aber ich habe mich gedrückt.«

Caroline konnte nicht länger vor der Wahrheit davonlaufen. Sie schwärmte immer noch für Will Jensen. Nein, es war schlimmer. Es war keine Schwärmerei. Es war wesentlich mehr. Eine so mächtige Sehnsucht, dass sie oft nachts wach lag, geplagt von rastlosem Verlangen. Es lenkte sie tagsüber ab, erfüllte sie zu gleichen Teilen mit Freude und Schuldgefühlen.

Er war tabu. Der Ex ihrer besten Freundin.

Vermutlich empfand er nicht einmal das Gleiche für sie wie sie für ihn. Nur dass sie manchmal glaubte, er würde es doch tun. Ab und zu sah sie, wie er sie auf gewisse Weise anschaute.

Wie seine Augen funkelten. Und dann dachte sie immer, vielleicht …

»Warum?«, fragte sie.

»Warum was?« Er steckte die Hände in die Hosentaschen.

O Gott. Sie liebte sogar die Art, wie er seine Hände in die Hosentaschen steckte.

»Warum hast du dich gedrückt?«

Er schwieg einen Moment und ließ einfach nur den Blick von Kopf bis Fuß über sie gleiten. Sie wünschte, sie hätte etwas Schickeres an als ihre Arbeitskleidung – Jeans und einen weißen Kittel, den sie selbst entworfen hatte; ihre Hommage an Modehäuser wie Chanel, wo die Näherinnen Laborkittel trugen.

»Komm rein. Ich erzähle es dir bei einem Bier.«

Sie warf einen Blick über die Schulter. »Danke. Ich könnte eine Pause gebrauchen. Ich habe meiner Mom schon gesagt, dass ich die Nacht durcharbeite.«

»Großes Projekt?«

»Das größte. Ich erzähle es dir beim Bier. Mein Gott, ich hoffe, ich habe den Mund nicht zu voll genommen.«

Er stupste sie an, wie er es früher immer gemacht hatte, als sie noch Kinder gewesen waren. »Von Bier kann man den Mund gar nicht zu voll nehmen.«

Sie verdrehte die Augen und folgte ihm ins Haus. Fisher begrüßte sie voller Begeisterung. Seitdem Sierra ausgezogen war, hatte sich Water's Edge nicht großartig verändert. Sie war mit nichts außer ihren Klamotten und persönlichen Dingen gegangen. Caroline hatte sie erklärt: »Das war nie mein Haus. Ich habe die Möbel, die Deko und die Farben ausgesucht, als hinge mein Leben davon ab, aber eigentlich habe ich es nur getan, um Will glücklich zu machen. Um unser Leben aussehen zu lassen, als wären wir glücklich. Aber am Ende hat es nicht gereicht.«

Doch das Haus war immer noch wunderschön. Wie hätte es das bei Sierras Stilempfinden auch nicht sein können? Caroline fielen jedoch mehr Sachen von Will auf – ein gerahmtes Mannschaftsfoto an der Wand, Sportausrüstung im Vorflur.

Ihr kam ein seltsamer Gedanke. Sie war so aufgeregt wegen ihrer Pläne, und es gab nur einen Menschen, dem sie davon erzählen wollte – Will. Aber zuerst …

Sie setzte sich auf einen der Hocker an der Kücheninsel und trank einen großen Schluck. »Bier ist immer eine gute Idee«, sagte sie. »Das löst Glücksgefühle in mir aus. Okay, du hast dich also vor deinem Date gedrückt. Warum?«

»Ich habe erkannt, dass ich meine Zeit und die der Frauen vergeude. Im letzten Jahr waren Dates eine willkommene Ablenkung für mich.« Er hielt inne und sah Caroline mit einem Ausdruck in den Augen an, den sie noch nie zuvor gesehen hatte. »Aber sie stehen dem im Weg, was ich wirklich will.«

»Und das wäre …?«

»Länger mit jemandem zusammen zu sein als nur für eine Nacht oder ein Wochenende. Das war ganz lustig, aber ich bin über die ›Gerade geschieden‹-Phase hinweg.«

»Wow«, sagte sie. »Das wird in Long Beach aber viele Herzen brechen.«

»Ach was.«

»O doch. Ich weiß es, Will. Die Frauen lieben dich. Alle sprechen über den heißen jungen Trainer, der wieder auf dem Markt ist.«

»Alle, hm?« Er lachte leise. »Wer sind denn diese unglaublichen Frauen, die mich alle lieben?«

»Es ist ein kleiner Ort. Ich höre so dies und das. Also gibst du das Dating jetzt auf, oder was?«

»Ich werde mit dem Dating aufhören und mich wieder richtig verlieben.«

Sie war so erstaunt, diese Worte von ihm zu hören, dass sie sich kräftig an ihrem Bier verschluckte. Das Ergebnis war nicht schön. Schnell drückte sie sich ein Geschirrhandtuch vor den Mund und versuchte keuchend, wieder zu Atem zu kommen.

»Ganz ruhig«, sagte er und klopfte ihr auf den Rücken. »Alles in Ordnung?«

Sie nickte und winkte ab. Dann stand sie auf, ging zur Spüle und wusch sich Gesicht und Hände. »Alles gut. Ich habe mich nur verschluckt.«

»Nicht gerade die Reaktion, auf die ich gehofft hatte«, sagte er.

*Auf welche Reaktion hattest du denn gehofft?* Doch sie stellte die Frage nicht. »Ich bemühe mich, den Rest meines Biers zu trinken, ohne alles zu überfluten.«

»Du gehst auch nicht aus«, sagte er.

»Woher weißt du das? Beobachtest du mich?«

»Nein«, versicherte er schnell. Dann: »Ja. Ja, irgendwie schon.«

Sie setzte sich wieder und trank vorsichtig einen Schluck von ihrem Bier. Sie versuchte, Will nicht anzustarren, konnte aber nicht anders. Er hatte diese Lippen. Diese Augen. »Warum?«

Er hielt ihren Blick fest, nahm ihr die Bierflasche aus der Hand und stellte sie vorsichtig auf den Tresen. »Caroline, das weißt du verdammt genau.«

Caroline erwachte mit einem Anflug von Panik und schlug die Augen auf. *Was habe ich getan?* wirbelte es ihr durch den Kopf. Nein, dachte sie und klammerte sich an den dünnen Faden der Leugnung. Das habe ich nicht gemacht.

Ich habe gerade nicht mit Will geschlafen.

Ein sanftes, friedliches, unglaublich süßes Schnarchen kam von dem schlummernden Mann neben ihr.

O mein Gott, habe ich doch, dachte sie. Ich habe mit Will geschlafen.

Und o mein Gott, es war himmlisch gewesen.

Sie blieb ganz still liegen. Traute sich kaum zu atmen. Das Herz hämmerte ihr laut in der Brust und drohte sie zu verraten. Dann rutschte sie Stück für Stück an den Rand der Matratze. Es war noch dunkel, mitten in der Nacht. Sie könnte immer noch alles leugnen. Könnte sich rausschleichen, nach Hause fahren, in ihr Bett kriechen wie ein Teenager, der zu lange aus gewesen war, und so tun, als hätte diese Nacht niemals stattgefunden.

Aber das hatte sie natürlich.

Sie hatte mit dem Exmann ihrer besten Freundin geschlafen.

Und bevor sie in seinen Armen eingeschlafen war, hatte sie den besten Sex ihres Lebens gehabt. Die Art Sex, nach der sie sich gesehnt hatte, seitdem sie wusste, was Sex war. Die Art, die sie mit glasigem Blick, überwältigt und … unglaublich verknallt zurückließ.

Es gab keine Entschuldigung. Sie konnte weder dem Alkohol die Schuld geben noch einem gefährlichen Typen, der sie in die schützenden Arme eines Mannes getrieben hatte, dem sie vertraute – einem Mann, den sie schon ihr ganzes Leben lang liebte.

Das hier war nicht gut. Es musste sofort aufhören.

Eine große warme Hand schob sich unter der Decke auf sie zu und bewegte sich langsam, aber sicher, an ihrem nackten Bein hinauf. »Du bist wach«, murmelte eine tiefe Stimme.

»Woher weißt du das? Ich habe nicht einmal mit der Wimper gezuckt.«

»Du atmest anders.« Die Hand legte sich auf ihren Oberschenkel. »Ich höre dich denken.«

»Ach ja? Was denke ich denn?«

»Das Gleiche wie ich.«

Unter der Berührung seiner Hand hätte sie sich beinahe aufgelöst. »Ich atme nicht anders«, sagte sie. »Ich bin vor Scham wie erstarrt.«

»Cool.« Mit einer fließenden Bewegung rollte er sich zu ihr herum und begann, ihren Hals zu küssen. »Dann muss ich dich nicht durchs Bett jagen. Rühr dich nicht. Ich übernehme die ganze Arbeit.«

»Ich …«

»Die. Ganze. Arbeit.« Seine Lippen. Seine Zunge. Seine erfahrenen Hände.

Sie verschmolz förmlich mit der Matratze. Dieser großen, bequemen, weichen Matratze auf seinem Bett. Sie lag in Will

Jensens Bett. In Sierras Bett. Und die Dinge, die sie miteinander angestellt hatten …

»Hör auf.« Sie rutschte von ihm weg und presste sich die Decke gegen die Brust. »Es ist nach Mitternacht. Ich muss los.«

»Du hast deiner Mom bereits gesagt, dass du die ganze Nacht durcharbeitest.« Er berührte ihre nackte Schulter, malte kleine Kreise auf ihre Haut. »Und sie hat gesagt, dass sie sich um die Kinder kümmert.«

Caroline ging unter seiner Berührung in Flammen auf. »Wir können das nicht machen, Will.«

»Zu spät. Wir haben es bereits gemacht, und es war unglaublich, und ich will, dass es niemals aufhört.«

»Machst du Witze? Das ist verrückt. Du bist der Ex meiner besten Freundin.«

»Die Betonung liegt hier auf *Ex*.« Er setzte sich auf und lehnte sich gegen das gepolsterte Kopfteil des Bettes, dessen Bezug vermutlich Sierra ausgesucht hatte. »Hör mal, in unserem Alter hat jeder einen oder eine Ex.«

»Aber nicht so. Das ist echt ein Problem, Will. Sie war meine beste Freundin, und sie war mit dir verheiratet.«

»Beinahe jeder war schon mal verheiratet. Wir alle haben eine Vergangenheit.«

»Aber nicht so eine wie wir.«

»Ach, Baby, wir fangen doch gerade erst an. Und du hast nicht zu bestimmen, wie das zu laufen hat.«

»Aber du schon?«

»Ja. Ja, ich schon.« Wieder seine Hände. Finger, die kreisten und streichelten. Mondlicht auf seiner unglaublichen Brust.

Sie warf ein Kissen nach ihm. »Das ist eine ganz schlechte Idee.«

Er schwieg ein paar Minuten, bevor er wieder sprach. »Hör mal, Sierra und ich haben uns auseinandergelebt. Wir haben uns scheiden lassen. So etwas passiert. Und jetzt passieren *wir*. Du und ich.«

Sie rutschte noch weiter von ihm weg und war dankbar für die Dunkelheit im Raum, denn sie war sicher, dass ihre Gefühle ihr offen ins Gesicht geschrieben standen: Panik, Hoffnung und Verwirrung. »Das tut es nicht. Es geht einfach nicht.«

»Verdammt, Caroline. Wovor hast du Angst?«

Vor allem. Am meisten fürchtete sie, das hier zu sehr zu wollen. Sich in ihn zu verlieben und dann nicht in der Lage zu sein, sich wieder aufzurappeln, nachdem irgendeine unvermeidliche Katastrophe eingetreten war.

»Sprich mit mir«, bat er. »Ich bin es nicht gewohnt, dass du nicht redest. Du redest ständig. Und das liebe ich an dir.«

War das das Gleiche wie *Ich liebe dich*?

Überwältigt zog sie die Knie an die Brust. »Ich fürchte mich vor … Mein Gott, wo soll ich anfangen? Was ist mit meinen Kindern? Und mit *meinen Kindern* meine ich, dass ich einen Antrag auf Adoption gestellt habe.«

»Das ist doch toll, Caroline.«

»Ich habe es ihnen schon erzählt. Sie werden meine Kinder sein. *Meine Kinder.*«

»Ich liebe Addie und Flick auch«, sagte Will. »Wir verstehen uns gut. Hör mal, du machst das alles komplizierter, als es ist.« Er warf die Decke beiseite und rutschte zu Caroline. Seine Lippen, seine in die Stirn fallenden Haare, sein muskulöser Körper – das war alles zu viel, um ihm zu widerstehen. »Ich will mir dir zusammen sein – inklusive Kindern, Hund und was sonst noch dazugehört.«

Als Caroline mit Virginia zu dem wöchentlichen Treffen des Nähkreises fuhr, fiel es ihr schwer, nicht die ganze Zeit über Will zu plappern. Trotz ihres anfänglichen Zögerns brannte ihre Affäre nun wie ein vom Wind angefachtes Buschfeuer – gefährlich und nicht einzudämmen. Der Sex machte sie zu einer brabbelnden Idiotin, aber manchmal spielte er auch nur eine untergeordnete Rolle. Manchmal wollte sie einfach neben ihm auf dem Steg liegen, zu den Sternen hinaufschauen und endlos über das Leben und Träume und Ängste und Pläne reden.

Ihre jahrelange Freundschaft war nicht mehr nur eine Freundschaft. Sie war explodiert, geschmolzen und hatte dann eine ganz neue Form angenommen.

Sie wollte etwas sagen. Wollte es in die Welt hinausschreien. Aber das konnte sie nicht. Noch nicht. Und vielleicht nie. »Meinst du, es wird heute voll?«, fragte sie, als sie den stark belegten Parkplatz bemerkte.

»Sieht so aus.« Virginia stellte den Wagen ab und stieg aus. »Bereit?«

Caroline nickte.

Sie ging hinein und wurde beinahe von einem lauten »Überraschung!« wieder zur Tür hinausgeschleudert.

Was zum Teufel? Der Raum war mit pinken und blauen Ballons und Luftschlangen geschmückt. Auf dem Snack-Tisch stand ein großer Blechkuchen, und darüber hing ein Banner mit der Aufschrift: *Herzlichen Glückwunsch! Es ist ein Junge! Und ein Mädchen!* Dazu klebten Fotos von Addie und Flick auf dem Whiteboard, das mit Glückwünschen, Herzen und Blumen bemalt war.

»Ihr seid mir vielleicht welche.« Caroline ließ sich gegen Virginia sinken. »Eine Babyparty?«

»Eine Kinderparty«, sagte Georgia und begrüßte sie mit einer Umarmung. »Es ist nie zu spät, die Ankunft von Kindern zu feiern.«

Ihre Mom stand mit einer Flasche gekühltem Champagner bereit. »Mach dir keine Sorgen, die Kinder sind bei deinem Vater. Ich wollte hier sein und hoffe, es macht dir nichts aus, dass ich allen von dem positiven Gerichtsbeschluss die Adoption betreffend erzählt habe.«

»Noch ist es nicht hundert Prozent sicher«, erwiderte Caroline. Es hatte ausführliche Gespräche und Besuche bei ihr zu Hause gegeben. Es würden noch weitere Besuche und Berichte nach der Adoption folgen.

»Die Wartezeit ist Standard«, erklärte Virginia. »Sieh der Tatsache ins Auge, Caroline. Du bist eine Verpflichtung eingegangen. Und wir haben den Kuchen, um es zu beweisen.«

Caroline wäre beinahe zusammengebrochen. »Ich brauche ein Taschentuch«, sagte sie. »Und ein Stück von dem verdammten Kuchen.«

Ihre Schwestern führten sie zu einem Stuhl im Kreis und brachten ihr ein Stück Kuchen. Es war eine von Georgias beliebtesten Kreationen – Zitronenblechkuchen mit Zitronenzuckerguss, und er war süß und köstlich. Er schmeckte wie das pure Glück. Er schmeckte nach Liebe. »Die Überraschung ist euch echt gelungen«, sagte Caroline. »Ich fasse es immer noch nicht, dass ihr das gemacht habt.«

»Wir mussten doch dafür sorgen, dass du zu deiner Babyparty kommst«, sagte Echo, die den Kuchen schnitt und auf pinken und blauen Tellern verteilte.

»Wir freuen uns wirklich für dich, Caroline«, sagte Elsa. »Wie fühlt es sich an, Mutter zu sein?«

»Anders«, antwortete sie. »Ich weiß gar nicht genau, warum. Die Adoption ist eigentlich nur eine Formalität. Und doch fühlt es sich anders an. Es ist schwer zu erklären.«

»Eigentlich nicht«, widersprach Georgia. »Ich kann es erklären.«

Natürlich konnte sie das. Georgia wusste immer alles. »Ach ja?«

»Du bist jetzt eine Mom.«

Die Wahrheit dieser Aussage raubte Caroline den Atem. Georgia hatte recht. Caroline hatte einen Sohn. Eine Tochter. So stand es nicht nur in den Gerichtsdokumenten, sondern es wurde ihr auch tagtäglich von zwei unglaublichen kleinen Wesen bewiesen, die uneingeladen in ihr Leben getreten waren und sich einen dauerhaften Platz in ihrem Herzen gesichert hatten.

»Ja, so ist es«, sagte sie nach einer längeren Pause. »Ich bin jetzt eine Mom.«

# 27. Kapitel

Sierra genoss es, endlich einen Job zu haben, in dem es nicht darum ging, auszusehen wie eine abgemagerte Siebzehnjährige. Sie war öfter unterwegs als zu Hause, reiste von einem Fotoshooting zum nächsten, war für ein Team verantwortlich, das es nicht wagte, ihr zu sagen, sie solle »die Lippen schürzen« oder »die Stirn entspannen – sonst siehst du aus wie deine Mutter«. Und sie hörte auch kein »Guck verdammt noch mal sexy«.

Das alles vermisste sie nicht.

Sie vermisste ihr altes Leben nicht.

Sie vermisste ihre Ehe nicht.

Sie vermisste jedoch Will. Ihren superperfekten Ehemann, auf dessen Herz sie herumgetrampelt war, dessen Träume sie zerschlagen hatte.

Die Leute sagten, sie solle dankbar und stolz sein, weil sie beide es geschafft hatten, sich ohne großes Drama zu trennen. Ohne verbrannte Erde zu hinterlassen. Aber sie empfand keine Dankbarkeit. Keinen Stolz. Sie empfand einfach nur … Leere.

Aber auf gute Weise. Auf eine Weise, die sie ungebunden und offen für neue Möglichkeiten sein ließ.

Die derzeitige Möglichkeit beinhaltete, auf einem Balkon über einem unglaublich idyllischen Strand zu sitzen, an einem Cosmopolitan zu nippen und die gleichnamige Zeitschrift zu lesen. Das Shooting war ein wahrer Wirbelwind gewesen, und endlich war es an der Zeit, runterzukommen. Sie ließ sich den köstlichen süßen Drink auf der Zunge zergehen, der in ihren Zeiten vor der Kamera absolut verboten gewesen wäre. Und dann stellte sie sich die Models in ihren Gemeinschaftszimmern vor, wie sie Dr. Pepper light tranken und Zigaretten rauchten, ihre Poren und Fältchen in gnadenlosen Make-up-Spiegeln musterten.

Nein, das fehlte ihr wirklich nicht.

Sie überblätterte den üblichen »Wie du ihn dazu bringst, mit dir rumzumachen«-Artikel. Solche Tipps hatte sie nicht nötig. Zum ersten Mal seit der Highschool war sie Single, und die Männer standen Schlange. Sie genoss es, sich eine schöne Zeit ohne Verbindlichkeiten zu machen.

Ihr Handy piepte, und sie warf einen genervten Blick darauf. Nachdem sie den ganzen Tag hin und her geeilt war, wollte sie jetzt einfach nur ein wenig Ruhe haben. Dann sah sie ein Bild aufpoppen. Caroline rief sie per Facetime an.

Na gut, mit Caroline konnte sie umgehen. Sierra nahm den Anruf an. »Hey, Fremde.«

»Hi, Sierra.« Carolines Gesicht tauchte auf. Hinter ihr war der vertraute weite Strand zu sehen, an den die Wellen anbrandeten.

»Das ist ein Strand-zu-Strand-Anruf«, sagte Sierra und drehte ihr Handy so, dass Caroline es sehen konnte.

»Wow, das ist wunderschön. Wo bist du?«

»Am Descanso Beach auf Catalina Island. Ich habe gerade einen ›Mein Job ist gar nicht mal so schlecht‹-Moment.«

»Das freut mich, Sierra. Deine Posts auf Instagram sehen so toll aus. Ich freue mich für dich.« Caroline hielt inne. Sie sah nicht gerade glücklich aus.

»Ist alles in Ordnung? Ich folge C-Shell und habe gelesen, dass du einen Deal mit *Eau Sauvage* gemacht hast. Das ist großartig, Caroline. Und ein kluger Schachzug von der Firma.«

»Danke. Ich hoffe, es funktioniert. Also … ja.«

Sierra trank einen Schluck von ihrem Cocktail und überlegte, was sie sagen sollte. Seitdem sie weggezogen war, war ihre Freundschaft zu einem gelegentlichen Like oder kurzem Kommentar in den sozialen Medien verblasst. Es war nicht mehr das Gleiche wie eine echte Freundschaft von Angesicht zu Angesicht. Manchmal dachte Sierra, dass das ein frühes Anzeichen für das Ende ihrer Beziehung mit Will gewesen war. Zu Wills Zeiten in der Navy hatten sie sich oft monatelang nicht gesehen, und diese unvermeidlichen Trennungen waren der Anfang ihres langsamen, kaum merklichen Auseinanderdriftens gewesen.

Kurz spielte sie mit dem Gedanken, nach den Kindern zu fragen, aber zu ihrer insgeheimen Schande interessierten die sie nicht wirklich.

»Wie läuft es mit den Mädels im Nähkreis?«, fragte sie stattdessen.

»Oh! Meistens gut.« Caroline fasst kurz die ermutigenden Erfolge und die bestürzenden Rückfälle für sie zusammen. Sierra fiel es schwer zu verstehen, wie eine Frau freiwillig in eine von Gewalt geprägte Beziehung zurückkehren konnte oder eine neue anfing, aber so etwas kam vor.

»Und Will?« Sierra stellte die Frage in lockerem Ton. Sie wollte hundertprozentig mit der Vergangenheit abgeschlossen haben, aber ein Teil von ihr hing immer noch an ihm. »Mit wem trifft er sich dieser Tage so?«

Caroline blieb der Mund offen stehen, und Sierra lachte. »Glaubst du etwa, ich kriege nichts mehr mit? Vergiss nicht, meine Mutter ist die Chefin der Gerüchteküche. Sie sorgt immer dafür, dass ich das Neueste über meinen Exmann zu hören kriege. Manchmal glaube ich, die Scheidung hat sie härter getroffen als mich.«

»Äh, ja.« Caroline blickte kurz zu Boden, bevor sie wieder in die Kamera schaute. »Sierra, der Grund meines Anrufs … Ich muss dir etwas sagen.«

Sierra verspürte ein leichtes Kribbeln im Nacken. »Ist alles in Ordnung?«

»Ja! Total. Ich meine, es ist niemand krank oder verletzt oder so … Ach Mist. Ich habe dich angerufen, um dir zu sagen, dass Will und ich zusammen sind.«

Natürlich sind sie das, dachte Sierra. Sie waren von Anbeginn der Zeiten jeden Sommer zusammen gewesen. Sie drei waren unzertrennlich gewesen. »Und?«, fragte sie.

»Ich meine, *zusammen* zusammen«, sagte Caroline. »Verdammt, ich erkläre das nicht richtig. Die Sache ist die … Wir haben uns ineinander verliebt. Diese Art von zusammen meine ich.«

*Warte mal, was?* Sierra musterte stirnrunzelnd das Display, dann hob sie die Augenbrauen, um die Falten auf der Stirn zu glätten. »Ihr seid verliebt.« Sie versuchte, nicht an den Worten zu ersticken. Und sie versuchte, sich die beiden vorzustellen – zusammen, verliebt. Aber das Bild wollte sich einfach nicht formen. Es war immer Will und Sierra und Caroline gewesen. Nicht Will und Caroline verliebt.

»Ich wollte es dir sagen, bevor du es von jemand anderem erfährst«, sagte Caroline. »Ich wollte nicht, dass dich die Neuigkeit überrumpelt.«

Überrumpelt? Es war eher ein Schock. Wie ein Faustschlag in den Magen.

Sie trank einen Schluck. »Ich weiß nicht, was ich dazu sagen soll.« Sie trank noch einen Schluck. »Glückwunsch, dass du meinen Ex vögelst?«

Caroline zuckte sichtlich zusammen. »Ich habe das nicht geplant, Sierra. Aber als es anfing, habe ich gemerkt, dass die Gefühle echt sind. Und es wird nicht aufhören. Ich meine, wir … das ist nicht nur eine Affäre. Wir meinen es ernst.«

»Ernst.«

»Es könnte durchaus etwas Dauerhaftes werden.«

Etwas Dauerhaftes. Ihre beste Freundin und ihr Ex. Womit Sierra … nichts blieb. »Was zum Teufel willst du von mir?«, fragte sie. »Meinen gottverdammten Segen?«

»Nein. Ich meine … *nein*. Du hast jegliches Recht, zu fühlen, was du fühlst. Ich wollte es dir nur persönlich sagen. Wir waren einmal Freundinnen, standen uns so nah wie Schwestern«, sagte Caroline. »Und als ich zurückgekommen bin, waren wir es wieder. Ich wünschte … Ich will unsere Freundschaft nicht verlieren, Sierra.«

»Zu spät«, erwiderte sie. »Sie ist bereits verloren.«

Sie beendete den Anruf. Den Blick auf die untergehende Sonne gerichtet, trank sie einen großen Schluck. Jetzt schmeckte der Drink so bitter wie Reue.

Und Sierra wusste, dass das allein ihre Schuld war. Sie hatte in Oysterville vor Unzufriedenheit geschäumt. War wegen der Schwangerschaft in Panik geraten, hatte sie als Fessel gesehen, die sie für immer anbinden würde, während sie doch einfach nur … alles andere gewollt hatte. Freiheit und Unabhängigkeit. Einen Job, der ihr Spaß machte. Die Welt.

Das hier, dachte sie und schüttete den Rest aus dem Glas über die Brüstung des Balkons.

# 28. Kapitel

Mit dem Herzen voller Hoffnung fuhr Caroline nach New York, überzeugt davon, dass sie endlich wieder auf die Füße kommen würde. Wieder im Spiel war. Auf dem Markt. Als sie und Willow die Bahn an der Penn Station verließen und sich auf den Weg zum Ace Hotel machten, empfand sie eine unglaubliche Vorfreude.

Das Hotel ließ sie früher einchecken. Willow wollte ein Nickerchen machen, aber Caroline war zu rastlos, um still zu sitzen. »Ich mache einen kleinen Spaziergang«, sagte sie und konnte es kaum erwarten, den Ort wiederzusehen, der jahrelang ihr Zuhause gewesen war. Sie ging in das Viertel, das sie einst wie ihre Westentasche gekannt hatte – die Läden und Restaurants, die kleinen Supermärkte, die modernen Gebäude, die Schulter an Schulter mit den alten Lagerhäusern aus Backstein standen, die Zeitungskioske und Imbisswagen, die die Luft mit einem rauchigen, zwiebeligen Geruch erfüllten.

Doch unerwarteterweise fühlte sich die Stadt fremd an. Verwirrend. Das lag nicht nur daran, dass sie den Nachtflug genommen und deshalb wenig Schlaf bekommen hatten, sondern vielmehr daran, dass sie in Gedanken bei dem war, was sie in Oysterville zurückgelassen hatte. Die Kinder – die bald wirklich *ihre* Kinder sein würden – waren dort. Will war dort. Ihre Familie. Lindy und der Nähkreis und C-Shell. Kurz gesagt, alles, was ihr wichtig war. In nur einem einzigen Jahr hatte sich ihre ganze Welt verändert.

Und doch war ihr das hier auch wichtig. Schon ihr ganzes Leben lang hatte sie diese Leidenschaft für Modedesign in sich getragen, und in ihrem Atelier erschuf sie Dinge, die sowohl schön als auch nützlich waren. Sie konnte die für sie arbeitenden Frauen unterstützen, ihr Selbstbewusstsein stärken, ihnen Optimismus schenken.

Wie konnte sie beides gleichzeitig haben wollen? Wie konnte sie die Liebe und die Freude haben wollen, die das Familienleben mit sich brachten, aber auch die Sehnsucht nach der Erfüllung ihrer Berufung verspüren, die sie für ihr Seelenheil brauchte?

Sie kam an der alten Schule der Kinder vorbei, dessen Schulhof von einem Maschendrahtzaun eingezäunt war und auf dem lachende Kinder umherrannten. Sie fragte sich, ob Addie und Flick noch an ihr Leben hier dachten, welche Erinnerungen sie an Angelique hatten. Caroline bemühte sich, jeden Tag mit ihnen über ihre Mutter zu sprechen. Sie hatte ein Album mit Tausenden von Fotos von Angelique angelegt, die eins der meistfotografierten Models der Welt gewesen war. Doch trotz der umfangreichen Sammlung von Bildern in allen möglichen Posen und Umgebungen blieb sie unnahbar. Als würde sie etwas Mysteriöses und Unberührbares umhüllen – ihre Geheimnisse, der versteckte Schmerz, die unbeantworteten Fragen.

Vielleicht war sie deshalb immer in die Kirche in Saint Kilda gegangen, die nur wenige Straßenzüge von der Schule entfernt lag. Vielleicht hatte sie sich dort sicher gefühlt. Vielleicht gab es dort einen mitfühlenden Pastor. Es fing an zu regnen, und Caroline setzte die Kapuze ihres selbst entworfenen Mantels auf. Sie stand vor der alten Kirche im gotischen Stil, dachte an ihre Freundin und wünschte, sie könnte nur noch ein einziges Mal mit ihr sprechen. Um sie herum wurden Regenschirme aufgespannt, als die Fußgänger an ihr vorbeihetzten, aber Caroline blieb ganz still stehen und las den Aushang mit den Ankündigungen der nächsten Gottesdienste, der neben der Tür hing.

Eine Frau drängte sich an ihr vorbei und ging die Stufen hinauf. Dann hielt sie inne und kam wieder zu Caroline zurück. »Wollen Sie zu dem Treffen der Anonymen Drogensüchtigen?«

Verlegen zog Caroline die Augenbrauen zusammen. »Nein. Ich bin … Eine Freundin von mir ist hier immer zur Kirche gegangen.«

Die Frau zuckte mit den Schultern. »Tja. Aber nur für den Fall: Es gibt ein Treffen heute um zehn und ein weiteres um zwölf. Sie finden im Gemeindekeller statt.«

»Warten Sie!«, rief Caroline, als ihr ein Gedanke kam. Sie folgte der Frau die Treppe hinauf. »Vielleicht … Meine Freundin hieß Angelique. Sie ist letztes Jahr gestorben. An einer Überdosis.«

Die Frau betrat den Eingangsbereich der Kirche. Er war klein und düster, und es roch nach alten Steinen und frischen Blumen. »Angelique?«

»Kannten Sie sie?« Caroline hielt kurz inne. »Ich meine, ich weiß, das dürfen Sie vermutlich nicht sagen … Aber sie war meine Freundin, und ich ziehe jetzt ihre beiden kleinen Kinder auf.«

Die Frau war Ende vierzig, Anfang fünfzig, schlank und gut angezogen. Und sie hatte müde Augen. »Kommen Sie mit rein. Es ist ein offenes Treffen.«

Eine Stunde später saß Caroline in dem beinahe leeren Raum zusammen mit einer Frau namens Jody und einem Mann, von dem sie nie gedacht hätte, ihn jemals wiederzusehen: Roman Blake. Jody war Angeliques Sponsorin bei den Anonymen Drogensüchtigen gewesen.

»Ich dachte immer, dass du es warst«, sagte Caroline zu Roman, während sie die Puzzleteilchen zusammensetzten, die Angelique hinterlassen hatte. »Sie hat sich geweigert, mir zu sagen, wer sie schlug, und ich dachte …«

»Ich schätze, das ist verständlich«, unterbrach Roman sie. »Wir beide … das war keine gute Verbindung. Wir haben uns viel gestritten. Sie war mir wichtig. Und mir war es wichtig, dass sie clean blieb.«

Eine Erinnerung blitzte in Caroline auf. »Ich habe einmal

mitbekommen, wie ihr euch gestritten habt«, sagte sie und sah vor sich, wie Roman die Hand nach Angelique ausgestreckt und sie ihn weggestoßen hatte. »Das war im *Terminus*, dem Club, in dem wir damals öfter waren.«

Er legte die Fingerspitzen zusammen und starrte seine großen starken Hände an. »Ich erinnere mich an den Abend. Wir haben uns nicht gestritten. Oder vielleicht … wir haben uns irgendwie immer gestritten. Wir waren beide süchtig, beide total verkorkst.« Er schaute zu ihr auf. »Aber das Herz will, was es will.«

Jody verbürgte sich für ihn. »Im Programm weiß jeder, dass es nicht ratsam ist, sich mit einem anderen Mitglied einzulassen. Aber es passiert.«

»Ja«, bestätigte Roman. »Es tut mir so verdammt leid. Nicht, dass ich sie geliebt habe. Sondern dass ich sie nicht genug geliebt habe, um mich von ihr zu trennen.«

Mit seinen dicken Muskeln und den Tattoos hatte Caroline ihn immer für eher brutal und gemein gehalten, aber vielleicht hätte sie hinter seine raue Fassade schauen sollen. »Und in jener Nacht?«

»Sie … Ich hatte den Verdacht, dass sie wieder was nimmt, und ich habe versucht, sie ins Programm zurückzuholen.«

»Hat Angelique jemals andere Männer erwähnt? Freunde?«, fragte Caroline.

»Als ich sie kennengelernt habe, meinte sie, sie hätte keinen festen Freund, weil sie mit ihrem Beruf und den Kindern zu viel um die Ohren hätte. Sie erzählte, dass einer ihrer Exfreunde in den Entzug gegangen wäre, und ich hatte den Eindruck, dass sie sich von ihm nicht fernhalten konnte – oder umgekehrt«, berichtete Roman.

»Angelique war meine Freundin«, sagte Caroline. »Sie ist in meiner Wohnung gestorben. Ich wünschte, ich wüsste, wie es passiert ist. Ich fühle mich so schuldig, weil ich keine Ahnung von ihrer Drogensucht hatte. Mein Gott, wie habe ich nichts davon wissen können?«

»Bei einem hochfunktionalen Süchtigen muss man das, was man normalerweise über Süchtige weiß, vergessen«, erklärte Jody. »Sie schieben weder ihre Habseligkeiten im Einkaufswagen die Straße entlang, noch schlafen sie in Altkleidercontainern oder setzen sich einen Schuss in einer dunklen Gasse. Im Gegenteil, einige von ihnen sind wahnsinnig erfolgreich. Vielleicht, weil sie Überstunden leisten, um den Schein zu wahren und ihre Sucht zu finanzieren.«

Ein neues Bild von Angelique formte sich. Sie hatte es geschafft, ihre Dämonen vor allen verborgen zu halten – selbst vor sich. Zumindest für eine Weile. Unglücklicherweise hatte dieses Aufrechterhalten der Fassade einen hohen Preis gefordert. Es war gefährlich gewesen. Sie hatte um ihrer Kinder willen versucht, clean zu bleiben, aber irgendetwas hatte sie in die Sucht zurückgetrieben. Caroline erinnerte sich wieder an die Rasierklingen, die aus ihrem Nähetui gefehlt hatten, und dass ihr die Alufolie ausgegangen war. Einmal waren ihr winzige orangefarbene Kapseln im Müll aufgefallen, aber sie hatte nicht länger darüber nachgedacht. Jetzt waren sie Puzzleteile, die langsam an ihren Platz fielen.

»Ich wünschte, ich hätte ihr helfen können«, gestand sie mit vor Tränen rauer Stimme. »Aber ihren Kindern geht es wirklich gut. Sie hat mir nie erzählt, wer der Vater ist. Hat sie je mit euch darüber gesprochen?«

Die beiden wussten auch nicht mehr als Caroline – Angelique hatte Flick mit siebzehn und Addie mit achtzehn bekommen, als sie noch auf Haiti gelebt hatte. Es gab immer noch so viele offene Fragen, aber auch ein paar neue Einblicke in Angeliques Leben, die einige der Leerstellen füllten.

Nachdem Caroline die Kirche verlassen hatte, wanderte sie die Straße hinunter zu dem Haus, in dem sie einst gewohnt hatte. Sie probierte den Türcode aus, für den Fall, dass es noch der gleiche war.

Und das war er. Sie schaute sich in der Eingangshalle um. Da war der klappernde Radiator, der den Raum im Winter mit stickiger Luft wärmte. Das übliche Durcheinander von Postwurfsendungen auf dem Boden unter den Briefkästen. Der durchdringende Geruch nach Suppe. Erinnerungen an den Tag, an dem sie Angelique tot aufgefunden hatte, stürzten auf sie ein: der Anruf bei der Schule. Die im Hausflur herumliegende Stromrechnung mit dem Schuhabdruck darauf. Die unverschlossene Tür, die unnatürliche Stille in der Wohnung, nachdem Caroline eingetreten war.

Als der Fahrstuhl im Hauptquartier von *Eau Sauvage* sie am nächsten Tag in die Höhe trug, war Caroline ganz aufgeregt. »Ich habe so oft von diesem Augenblick geträumt«, sagte sie zu Willow. »Ich habe ihn im Kopf schon tausendmal durchgespielt – ich würde mit einer großen Firma über meine Arbeit sprechen, einen Plan für eine Partnerschaft entwickeln. Und nun, wo es tatsächlich so weit ist, drehe ich gleich vor Aufregung durch. Vielleicht ist es auch nur der Schlafmangel.«

»Das wird großartig«, versicherte Willow ihr. »Sieh uns nur an.« Sie wies auf ihr Spiegelbild in den glänzenden Wänden des Fahrstuhls. Sie trugen beiden C-Shell-Jacken, die mit Regentropfen bestickt waren. »*Wir* sind großartig.«

Caroline hatte ihre Muster, Hoffnungen und Träume an *Eau Sauvage* geschickt. Nun ging es nur noch darum, das Team kennenzulernen und den Launch der Kollektion zu besprechen. Der Konferenzraum summte nur so vor kreativer Energie, als das Marketingteam sein Konzept vorstellte. Sie wollten von Caroline erfahren, wie es zu der Idee für die Regensachen gekommen war. Caroline erzählte von Oysterville und ihren Anstrengungen, ihre Entwürfe auf den Markt zu bringen, und dann erklärte sie ihnen, was es mit dem Nähkreis auf sich hatte.

»Wir lieben Ihre Geschichte«, sagte einer der Marketingexperten. »Eine von einer Frau geleitete Firma, die anderen Frauen hilft.«

Sie schaute zu Willow und spürte, wie die Emotionen unerwartet in ihr aufwallten. »Diese Frauen haben mir genauso geholfen wie ich ihnen. Ohne sie hätte ich das niemals geschafft.«

Auf dem großen Monitor im Konferenzraum wurden ihre Entwürfe gezeigt. Als eine Nahaufnahme der Nautilus-Muschel auftauchte, sagte eine Junior-Assistentin: »Sie haben mal für Mick Taylor gearbeitet, oder?«

Carolines Magen zog sich zusammen. »Ja, ich bin von seinem Label engagiert worden. Warum?«

Die junge Frau mit der Cat-Eye-Brille und den drei Handys erwiderte: »Es ist nur ...«

Jeanine, die Produktentwicklerin, die das Meeting leitete, schaltete sich ein. »Wir müssen das Muschellogo entfernen«, sagte sie. »Wir bringen auch eine Reihe von Mick-Taylor-Taschen auf den Markt, und die Nautilus-Muschel ist seinem Markenzeichen zu ähnlich. Das ist nur eine Kleinigkeit. Hilft aber, Verwirrungen zu vermeiden.«

Caroline hatte den Ausdruck *vor Wut qualmen* schon mal gehört, aber nicht gewusst, wie sich das anfühlte. Bis sie jetzt die Fotos von den Designertaschen sah, auf denen ihr Logo prangte. Der Druck baute sich immer stärker in ihr auf, während ihre Gedanken sich überschlugen. Es hatte nicht gereicht, dass Mick ihre Entwürfe gestohlen und sie beschuldigt hatte, ihn zu kopieren. Offensichtlich hatte er sich auch ihr Logo angeeignet. Ein Gefühl, wie körperlich misshandelt worden zu sein, rauschte über sie hinweg, so frisch wie beim ersten Mal. Sie zwang sich, tief durchzuatmen. Dann sah sie Willow an, die sich auf einem Block Notizen machte. Wie Jeanine gesagt hatte, war es nur ein kleines Detail. Aber es war ihr Logo. Ihr Markenzeichen. Ein Teil ihrer Identität. Ihrer Marke. Und sie wollten, dass sie es änderte.

»Wir haben da ein paar Ideen«, sagte die junge Frau wieder und klickte auf das nächste Foto. »Natürlich ist das komplett Ihnen überlassen, aber hier sind mal ein paar Inspirationen.«

Caroline spürte, wie ihr alle Farbe aus dem Gesicht wich. Sie musste sich arg zusammennehmen, um nicht auszuflippen, den

Deal in die Tonne zu treten und den Raum zu verlassen. Irgendwie schaffte sie es, ihre Zunge im Zaum zu halten. Willow war ganz Profi und erklärte dem Team, dass sie sich wegen der letzten Einzelheiten melden würden.

Caroline schaffte es, sich zu beherrschen, bis sie und Willow gemeinsam aus dem Gebäude auf die Straße traten. Dann ließ sie ihrer Wut freien Lauf. »Erst raubt er mir meine Karriere, und jetzt das?«, schäumte sie.

»Das ist echt ätzend.« Willow nickte zustimmend. »Ist das Logo zu verändern ein Dealbreaker für dich?«

»Ich wünschte, ich könne das bejahen, aber es ist und bleibt eine Riesenchance für mich. Für *uns*. Wenn ich mir das große Ganze anschaue, dann muss ich auch an Flick und Addie denken. Sie sind von mir abhängig. So wie alle, die bei C-Shell arbeiten – wir brauchen unsere Jobs. Und ich denke auch an all die Arbeit, die ich in dieses Unternehmen gesteckt habe. An meinen Kontostand. Ehrlich gesagt brauche ich diesen Deal mehr, als ich ein kleines Detail an meiner Kleidung brauche. Wenn ich das Logo ändern muss, wäre das nicht das Ende der Welt.«

Willow betrachtete sie gedankenverloren. »So fängt es immer an. Wir geben uns zufrieden. Gehen Kompromisse ein. Wir lassen uns nach und nach unsere Rechte nehmen und merken die Erosion gar nicht. Oder wir finden eine Begründung. Wir sagen uns, es ist für das große Ganze.«

Caroline hörte das Echo von Willows Geschichte durch ihre Worte. Auch wenn es dabei um eine Ehe und nicht um einen Job gegangen war, gab es Gemeinsamkeiten: Sie ließ zu, dass ein Mann ihr Stück für Stück die Dinge nahm, die rechtmäßig ihr gehörten. Sie akzeptierte diese Ungerechtigkeit, weil ihr ein Streit zu mühsam erschien. Sie schreckte vor der Konfrontation zurück, anstatt für sich einzustehen. Das waren alles Themen, die im Nähkreis immer wieder angesprochen wurden. Jetzt musste sie sich selbst fragen: Was hatte sie daraus wirklich gelernt?

»Wir treffen uns im Hotel«, sagte sie zu Willow.

Caroline ging zum Hauptquartier von Mick Taylor. Es fühlte sich seltsam an, wieder hier zu sein, wo sie so viele Stunden mit dem Entwerfen von neuen Kollektionsstücken verbracht hatte. Damals hatte sie ein Gefühl des ständigen Staunens, ja sogar der Ehrfurcht darüber empfunden, dort einen Job ergattert zu haben.

Jetzt jedoch verspürte sie nur einen scharfen Stich der Wut, als sie die Haupttreppe hinaufging, an dem blöden Firmenmotto vorbei, das im Graffiti-Stil an die Wand gesprüht worden war, die protestierende Empfangsdame ignorierend, bis sie Mick in seinem schicken, von Glaswänden umgebenen Büro fand. Im angrenzenden Konferenzraum hatte sich ein kleines Team zu einem Meeting mit der Chefdesignerin versammelt.

Mick schaute von seinem Computer auf und musterte Caroline mit leicht gerunzelter Stirn. »Kann ich Ihnen irgendwie helfen?«

Sie wusste nicht, ob seine Ahnungslosigkeit nur vorgetäuscht oder echt war. »Caroline Shelby. Sie wissen schon, diejenige, deren Designs Sie geklaut haben.«

Er schüttelte kurz den Kopf. »Wie bitte?«

Rilla Stein betrat das Büro. Carolines einstige Mentorin beachtete sie nicht einmal, sondern beugte sich vor und flüsterte Mick etwas ins Ohr. Etwas, das verdächtig nach »Ich kann die Security rufen« klang.

»Ah, jetzt erinnere ich mich.« Mick ließ sein charmantes Lieblingsonkel-Grinsen aufblitzen und winkte Rilla mit einer Handbewegung fort. »Geh zum Meeting zurück«, sagte er. »Ich mach das hier.«

Rilla zögerte und warf Caroline einen Blick zu. »Bist du sicher?«

Er nickte. »Und schließ die Tür hinter dir.«

Nachdem sie gegangen war, musterte er Caroline lange und eindringlich. »Hey, ich dachte, wir hätten das Problem ad acta gelegt.«

»Ich dachte ja auch, das wäre erledigt, aber Sie benutzen das

Nautilus-Logo bei der Taschenkollektion für *Eau Sauvage*«, gab Caroline angespannt zurück. »Von wem haben Sie das wohl geklaut? Brauchen Sie sonst noch was, Mick? Einige Ideen für die nächste Herbstkollektion vielleicht? Mein erstgeborenes Kind?«

Er schien überrascht zu sein. Vielleicht, weil sie nicht mehr die duckmäuserische, machtlose junge Designerin war, die mit eingezogenem Schwanz aus New York geflüchtet war. Seine Miene verhärtete sich, und er lehnte sich auf seinem Stuhl vor. »Die Leute bei *Eau Sauvage* wissen, dass du mal für mich gearbeitet hast. Und sie wissen, dass du von der ganzen Branche ausgelacht worden bist, weil du meine Entwürfe kopiert hast.«

»Und doch schließe ich gerade einen Vertrag mit ihnen ab.« Er blinzelte, womit er verriet, dass sie ihn schon wieder überrascht hatte. »Sie können sagen, was Sie wollen«, fügte sie hinzu. »Und ich werde das Gleiche tun. Ich werde ihnen die Wahrheit erzählen.«

»Du solltest jetzt gehen«, sagte er. »Und es wäre gesünder für dich, zu vergessen, was auch immer *Eau Sauvage* von dir wollte.« Wieder zeigte er sein mildes Lächeln, von dem sie wusste, dass sich dahinter eine Giftschlange verbarg. Dann lehnte er sich entspannt zurück und legte die Füße auf den Tisch.

Während sie ihn betrachtete, nagte etwas in ihrem Hinterkopf. Eine Erinnerung blitzte auf und verschwand wieder. Dann kehrte sie zurück und wurde zu einer Übelkeit erregenden Gewissheit. »Sie waren an dem Tag, an dem Angelique gestorben ist, in meiner Wohnung.«

»Ich habe keine Ahnung, wovon du da redest«, erwiderte er. »Und jetzt ist es wirklich an der Zeit, dass du gehst.«

Caroline blieb jedoch standhaft. »Sie ist in meiner Wohnung an einer Überdosis gestorben.«

Mick stand auf und kam um seinen Schreibtisch herum. »Eine Tragödie, mit der ich nichts zu tun habe.« Er ging mit großen Schritten zur Tür und bedeutete Caroline zu gehen. »Raus hier. Sofort.«

Ihr fielen die kleinen Schweißperlen auf seiner Oberlippe auf. Das maßgeschneiderte Hemd, das über den Hosenbund fiel, die ultra-coolen Designerstiefeletten von der *Apiary Shoe Company*. Die Sohlen hatten das Muster einer Honigwabe. An dem Tag, an dem Angelique gestorben war, hatte im Hausflur ein Briefumschlag mit einem Schuhabdruck darauf gelegen, der genau dieses Muster gehabt hatte. Ein Detail, das nur jemandem aus der Modebranche auffallen würde. »Sie haben sie misshandelt«, fuhr sie mit leiser, zitternder Stimme fort. »Nachdem Sie aus dem Entzug gekommen sind. Ich habe gesehen, was Sie ihr angetan haben.«

Er machte einen Schritt auf sie zu. Seine Augen waren wie Eissplitter, und kurz flammte Panik in Caroline auf. Sie dachte an Angeliques Verletzungen. Er legte seine Hand auf den Türgriff. Diese Hände, dachte Caroline. Waren es die Hände, die ihre Freundin geschlagen hatten? War das hier die Grausamkeit, die Angelique in der Nacht zu ihr hatte fliehen lassen?

»Verschwinde, verdammt noch mal.« Der tiefe Befehlston zerrte an ihren Nerven.

»Oh, das werde ich«, sagte sie. »Um Anzeige zu erstatten.«

»Gegen wen? Und weshalb? Du bist eine Lügnerin, die verbittert ist, weil sie gefeuert wurde. Wer soll dir denn glauben? Mein Gott, die ganze Stadt kennt mich. Ich bin Mick *fucking* Taylor.«

Er war jetzt zu nah, drängte sie gegen die Tür.

»Und ich bin Ihr schlimmster Albtraum. Das habe ich schon einmal gesagt, aber dann bin ich gegangen. Dieses Mal werde ich das nicht tun.«

Er lächelte – das milde Lächeln des Mick Taylor, das jeder kannte und liebte. »Glaub mir, du willst dich nicht mit mir anlegen«, fuhr er im freundlichen Plauderton fort. »Versuch es, und es wird dir verdammt leidtun …«

»Was wollen Sie denn machen?«, forderte sie ihn heraus. »Mich auch schlagen?«

Daria begrüßte Caroline mit einem »Pst, das Baby schläft«, gefolgt von einer Umarmung und einem stummen Jubelschrei. »O mein Gott, es ist so schön, dich zu sehen«, sagte sie. »Ich kann es gar nicht erwarten, zu hören, was es Neues gibt.«

»Du siehst großartig aus. Die Mutterschaft steht dir«, erwiderte Caroline. Daria trug eine Chrysalis-Tunika, einen Prototypen von Carolines gestohlener Kollektion. Der schimmernde Stoff umhüllte ihre wieder schlanke Figur wie ein Kokon, und die Nautilus-Muschel auf der Schulter verdeckte einen Knopf, mit dem sich das Oberteil zum Stillen öffnen ließ.

»Ich liebe es«, sagte Daria. »Ich bin zwar ständig erschöpft, aber ich könnte nicht glücklicher sein.« Sie führte Caroline zu dem kleinen Küchentresen, der vollgepackt war mit Beißringen für zahnende Babys, Feuchttüchern, Kartons mit biologischer Babynahrung und Stapeln ungeöffneter Briefe. »Ich habe Wasser oder … Wasser. Sorry. Layton ist auf Reisen, und ich bin nicht zum Einkaufen gekommen.«

»In dem Fall nehme ich ein Wasser.«

»Wenigstens ist es eines mit Sprudel.« Daria schenkte ein, während Caroline ihr die kleinen Geschenke für das Baby gab.

»Eine Regenjacke mit Umhang und ihr eigenes Superhelden-T-Shirt.« Caroline hielt das T-Shirt in die Höhe. »Sie wird da schon bald hineinwachsen.«

»Wie schön! Ich wünschte, ich hätte auch eine Superkraft – und zwar die, die Wohnung aufzuräumen, während ich schlafe.« Sie hob das Wasserglas. »Auf dich, meine Freundin. Ich folge *C-Shell Rainwear* online, und es wundert mich nicht, dass es ein Erfolg ist. Der Artikel in der *Vogue* mit Cat Willoughby? Also wirklich.«

»Ja, das war echt ein Glücksfall. Jetzt müssen wir uns ranhalten, um die Sachen so schnell zu produzieren, wie sie bestellt werden.« Sie erzählte ihr von dem Deal mit *Eau Sauvage*, was ihr ein High-Five von ihrer Freundin einbrachte.

»Nimm *das*, Mick Taylor«, sagte Daria. »Weißt du, ich habe nach dem, was er dir angetan hat, nie wieder für ihn gearbeitet.«

»Lustig, dass du ihn erwähnst«, sagte Caroline. »Er hat auch eine Kooperation mit *Eau Sauvage*. Taschen, von denen er behauptet, er hätte sie entworfen, aber wer weiß das schon? Zum Teil habe ich meine Marke so heimlich aufgebaut und bin unterm Radar geblieben, um ihn in dem Glauben zu lassen, er hätte mich erfolgreich fertiggemacht. Und er kann nicht klauen, was er nicht sehen kann.«

»Und nun stehst du auf einmal wieder im Scheinwerferlicht. Ich wette, das treibt ihn in den Wahnsinn. Das ist die beste Rache.«

»Ich will keine Rache. Aber die Sache ist die: Ich habe noch etwas über Mick Taylor erfahren. Etwas, das wesentlich schlimmer ist. Er ist derjenige, der Angelique misshandelt hat, und ich bin mir ziemlich sicher, dass er auch etwas mit ihrer Drogensucht zu tun hatte.«

Daria blieb der Mund offen stehen. »Mick? Ernsthaft? Ich weiß nicht, Caroline. Er ist ein Arsch, weil er deine Entwürfe gestohlen hat, aber eine Frau schlagen? Noch dazu Angelique?«

»Deshalb habe ich das ja bis jetzt auch nicht zusammengebracht. Wir haben alle angenommen, es wäre Roman oder irgendein anderer Typ gewesen, über den sie nicht reden wollte. Aber rate mal? Ich habe Roman getroffen und etwas herausgefunden.« Sie erzählte ihr von den Treffen in der Kirche, und was sie von Angeliques Sponsorin erfahren hatte.

»Mein Gott, das ist so traurig. Ich fühle mich schrecklich, weil ich da gar nicht drauf gekommen bin. Woher weißt du, dass Mick an dem Tag bei ihr war?«

»Eine Kleinigkeit: seine Schuhe.«

Daria runzelte die Stirn.

»Er trug Schuhe von Apiary. Die kosten tausend Dollar das Paar. An dem Tag, an dem Angelique gestorben ist, war jemand mit Apiary-Schuhen in meinem Haus – ich habe den Abdruck auf einem Brief für mich erkannt, der aus dem Briefkasten gefallen war und im Hausflur lag, und auch auf den Treppenstufen. Damals habe ich mir nichts dabei gedacht, aber heute habe ich ihn in diesen Schuhen gesehen, und ich dachte daran, dass niemand, der damals in dem Haus wohnte, Tausend-Dollar-Schuhe getragen hätte. Und dann fiel mir ein, dass Mick auf Entzug gewesen war. Natürlich leugnet er alles. Er hat mir sogar gedroht. Er meinte, alle Welt würde denken, ich wäre eine Lügnerin, die ihrem ehemaligen Arbeitgeber eins reinwürgen will.«

»Warst du schon bei der Polizei?«

»Ich habe angerufen und Anzeige erstattet. Da ich nicht mit angesehen habe, was passiert ist, können sie nur begrenzt etwas unternehmen. Kein Opfer, kein Verbrechen. Und es geht um Mick Taylor. ›Mick fucking Taylor‹, wie er sich selbst genannt hat, als er mich heute Morgen aus seinem Büro geworfen hat. Er kann sich alle Anwälte der Stadt leisten.«

»Er ist ein Albtraum, und du hast recht – er ist schlimmer, als ich dachte. Aber was können wir tun?«

Caroline erzählte ihr vom Nähkreis und den Dingen, die sie da gelernt hatte. »Männer, die Frauen misshandeln, hören nicht mit einem Mal auf. Dieses Verhalten ist tief in ihnen verwurzelt. Vor allem in einem Mann mit so viel Macht und Status, einem Mann, der vermutlich schon seit Jahrzehnten damit durchkommt.«

»Also meinst du, dass es noch andere Frauen gibt, die unter ihm zu leiden hatten beziehungsweise haben?«

»Jetzt, wo Angelique tot ist, quält er sicher jemand anderen. Andere Models. Andere Designerinnen, Praktikantinnen und Assistentinnen. Wenn wir eine finden, die mit uns redet, könnte das vielleicht ein Anfang sein.«

»Ich weiß nicht, Caroline. Das klingt mir sehr weit hergeholt.«

»Das stimmt. Aber vielleicht habe ich auch eine Superkraft – zu wissen, wie man eine Gruppe von Frauen organisiert.«

# 29. Kapitel

Will vermisste Caroline höllisch, dabei war sie erst ein paar Tage fort. Verdammt, er vermisste sie ja schon, wenn sie nur ein paar *Stunden* nicht zusammen waren. Das war schlimm. Und es war so unglaublich gut. In der schweren Zeit nach dem langsamen, traurigen Scheitern seiner Ehe war Caroline das Unmögliche gelungen. Sie weckte in ihm dieses Schwindel erregende Gefühl des Verliebtseins, als wäre er ein Teenager, der auf Wolke sieben schwebt. Aber es war viel besser, weil er jetzt genau wusste, was er wollte und was nicht.

Es war diese ehrliche, tiefe Beziehung, nach der er sich sein ganzes Leben lang gesehnt hatte, vielleicht ohne wirklich zu wissen, wie sehr er das brauchte.

Es war keine Schwärmerei. Und es war auch nicht das, was seine Grandma immer als »flüchtige Liebelei« bezeichnet hatte.

Nein, es war so echt wie der Boden unter seinen Füßen. Es würde sich nicht in Luft auflösen, sondern mit jedem Tag immer stärker werden. Das zu wissen war so eine Erleichterung, denn nach Sierras Weggang hatte er seine Zweifel gehabt, ob er jemals so eine Liebe finden würde. Und er war sich auch nicht sicher gewesen, ob sie außerhalb von Liebesromanen und Filmen überhaupt existierte.

Wenn er so auf die Jahre zurückschaute, konnte er nur über den langen, verschlungenen Weg staunen, den ihre gemeinsame Geschichte genommen hatte. Er erinnerte sich an jeden einzelnen Moment mit Caroline, angefangen damals, als sie noch Kinder gewesen waren. Die Erinnerungen waren so hell wie der Sonnenschein und golden vor Glück. Manchmal schaute er auf diese Tage zurück und fragte sich, warum er es nicht erkannt hatte. Nämlich, dass er dieses Mädchen seit der allerersten Begegnung liebte. Nach dem Unfall in Afrika hatte ein Traumatherapeut – wenn auch in einem anderen Kontext – gesagt, alles habe seine Zeit. Hatte er deshalb jahrelang nicht gemerkt, dass Caroline seine große Liebe war?

Ihre Reise nach New York führte ihm umso deutlich vor Augen, was er empfand. Als sie ihm eine Nachricht schickte, dass sie zurück war, überließ er den Rest des Trainings seinem Assistenten und fuhr sofort zu ihr nach Hause. Sie kam durch die Tür, als er gerade aus dem Auto ausstieg, und flog ihm förmlich in die Arme.

»Hey.« Sein Herz weitete sich, als er den Duft ihrer Haare einatmete. Eine Sekunde später stellte er fest, dass sie weinte. »Hey, was ist los? Ist das Treffen in New York nicht gut gelaufen?«

»Doch. Und irgendwie auch nicht«, antwortete sie. »Das ist eine lange Geschichte.«

»Ich habe den ganzen Tag Zeit. Komm, steig ein.« Er hielt ihr die Wagentür auf. Als er auf der Einfahrt zurücksetzte, sah er ihre Mutter am Fenster stehen.

»Sie ist wirklich meine Lebensretterin«, sagte Caroline. »Ich wüsste nicht, was ich ohne sie machen sollte. Sie hilft mir mit den Kindern und gibt uns ein Dach über dem Kopf.«

Er fuhr über die Hauptstraße von Long Beach, wo die Geschäfte gerade für den Tag schlossen, und in südlicher Richtung zu den bewaldeten Pfaden und den Leuchttürmen auf den Klippen. Als er auf dem verlassenen Parkplatz der Küstenwache parkte, lächelte Caroline und murmelte: »Unser Platz.«

»Hier sind wir an dem Tag hingefahren, als wir uns kennengelernt haben, weißt du noch?«

Sie wanderten den Steilhang zur Spitze von Cape Disappointment hinauf und setzten sich, um auf die Wellen zu schauen. Der Himmel war bedeckt, das Meer ein undurchdringliches Bleigrau. »Es war seltsam, wieder in der Stadt zu sein«, sagte Caroline nach einer Weile. »Ich habe beinahe mein halbes Leben dort verbracht, aber auf gewisse Weise war es, als würde ich ganz von vorne anfangen. Der Deal mit *Eau Sauvage* läuft, das ist also alles gut. Willow war in dem Meeting einfach großartig. Ich habe auch ein paar Leute getroffen, die Angelique kannten.«

Er legte einen Arm um sie und ließ sie reden. Sie hatte etwas über die Mutter der Kinder erfahren, unter anderem, dass der Kerl, der Angelique verprügelt hatte, Mick Taylor war – der gleiche Mann, der Carolines Entwürfe geklaut hatte. »Er hat diese grausame Seite, also haben meine Freundin Daria und ich Kontakt zu Frauen aufgenommen, die mit ihm gearbeitet haben oder es noch tun. Models, Assistentinnen, Praktikantinnen.« Sie schlang die Arme um die angezogenen Knie und starrte zum Horizont. »Ich habe versucht, sie zu überzeugen, dass sie kein Risiko eingehen, wenn sie mit uns reden, und dass seine Art, Menschen zu behandeln, alles andere als akzeptabel ist.«

Will musterte sie von der Seite. Sie war so schön, so entschlossen und verletzlich zur gleichen Zeit. »Lass mich raten: Keine hat was gesagt.«

Sie nickte und seufzte schwer. »Diese Branche ist in jeder Hinsicht ein Haifischbecken, aber vor allem für Frauen, die verzweifelt versuchen, sich einen Namen zu machen. Sie haben ihr ganzes Leben darauf hingearbeitet, nach New York zu kommen, und dann tauche ich auf einmal auf, eine Fremde, die sie bittet, mit dem Finger auf einen Mann zu zeigen, der ihre Karriere genauso schnell beenden kann, wie er es mit meiner gemacht hat. Es war naiv von mir zu denken, dass sie sich öffnen würden. Sie werden sich nicht für mich unter den Bus werfen. Sie müssen Rechnungen bezahlen. Vermutlich haben einige von ihnen Kinder. Keine von ihnen kann es sich leisten, eine Welle zu machen. Bevor das alles passiert ist, hätte ich mich vermutlich genauso verhalten. Immerhin bin ich diejenige, die einfach gegangen ist, nachdem er meine Entwürfe geklaut hatte. Und jetzt bitte ich diese Frauen, aufzustehen und zu kämpfen?«

»Du bist zu hart zu dir.«

»Nein. Ich bin realistisch. Du weißt ja, dass ich der #MeToo-Bewegung folge, so wie viele andere. Und würden wir nicht alle gerne auf Demonstrationen gehen und die Stimme erheben? Aber rate mal? Das hier ist das echte Leben, und unsere Rechnungen sind echt, und wir brauchen alle echte Jobs.«

Dagegen konnte er nichts sagen. Es war richtig und definitiv an der Zeit, mit dem Finger auf die betreffenden Männer zu zeigen und über die Frauen zu berichten, die ausgebeutet und oft auch verletzt worden waren. In den sozialen Medien und der Presse klang das alles toll, aber mit Protesten konnte man keine Rechnungen bezahlen. Das hatte er sowohl in der Army als auch während seiner Lehrtätigkeit erlebt – Frauen schwiegen lieber, als ihre Karrieren zu gefährden.

»Wie kann ich dir helfen?«, fragte er nur.

Sie wandte sich ihm zu, und da war wieder dieses Lächeln, das er so liebte. »Das tust du bereits.«

Caroline gab den beiden Kindern je einen Kuss auf den Scheitel und schickte sie die Auffahrt hinunter, um auf den Schulbus zu warten. Es war ihr erster Tag ohne ihre Cousine Fern, weil Virginia ein Häuschen am Südende der Halbinsel gekauft hatte – ein weiterer Schritt in ihrem Leben nach der Scheidung.

»Wann fing es an, sich so normal anzufühlen, meinen Kindern zum Abschied einen Kuss zu geben?«, fragte sie ihre Mutter, die gerade frischen Kaffee aufsetzte.

»Du bist die geborene Mutter.«

»Definitiv nicht. Aber du bist eine gute Lehrerin. Ernsthaft, Mom, ich weiß nicht, wie ich dir und Dad danken soll. Jetzt, wo Virginia ausgezogen ist …«

»Willst du in die Wohnung über der Garage ziehen?«

»Das wäre wirklich schön, aber eigentlich will ich wieder auf mich allein gestellt sein. Mich selbst um mich und meine Kinder kümmern.«

»Ich habe keinen Zweifel daran, dass dir das gelingen wird«, sagte ihre Mutter und reichte ihr eine Tasse Kaffee. »Aber das hat keine Eile. Wir genießen es, dir mit den Kindern zu helfen.« Sie hielt inne. »Nimm dir so viel Zeit, wie du brauchst. Vermutlich ist es noch etwas verfrüht, das zu sagen, aber du und Will … Es sieht aus, als wenn ihr euch immer näher kommt.«

Bitte sag nicht, wie nahe, dachte Caroline.

»Ich freue mich für dich«, fuhr ihre Mom fort. »Er ist ein guter Mann, und du bist … anders, wenn du mit ihm zusammen bist. Auf positive Weise.«

»Wirklich?«

»Er lässt dich strahlen, Caroline. Das zu sehen ist so schön.«

Caroline schaute aus dem Fenster auf die vom Wind gepeitschten Dünen. »Ist es seltsam, dass wir zusammen sind? Ich und Sierras Ex? Ich bin vor Kurzem ihrer Mutter über den Weg gelaufen, und sie hat mir quasi vorgeworfen, der Grund für die Trennung der beiden zu sein. Sie meinte, wenn ich nicht zurückgekommen wäre, wären die beiden noch zusammen.«

»Sierras Mutter vermisst ihre Tochter vermutlich schrecklich und trauert. Sie weiß genauso gut wie du und ich, dass deine Rückkehr nichts mit dem Scheitern von Sierras Ehe zu tun hatte.«

»Das Timing muss ihnen aber verdächtig vorkommen. Ehrlich, das war das Letzte, womit ich gerechnet hätte.« Und die Sache war die: Caroline war so in Will Jensen verliebt, dass sie nicht klar denken konnte. Doch in letzter Zeit fragte sie sich ab und zu, ob er bereits bedauerte, sich mit ihr eingelassen zu haben. Sie hatte zwei Kinder, ein noch wackeliges Unternehmen und einen komplizierten Adoptionsprozess im Gepäck. War das zu viel für eine neue Beziehung?

Sie klappte ihren Laptop auf und checkte ihre E-Mails. Die Liste schien in letzter Zeit immer meilenlang zu sein. An diesem Morgen hatte sie einige Nachrichten mit Anhängen von der Sozialarbeiterin erhalten, die ihr bei der Adoption half. Mit einem leichten Gefühl der Anspannung öffnete sie ein Dokument, in dessen Betreffzeile WICHTIG stand.

Die Worte auf dem Bildschirm verschwammen ihr vor den Augen. Alles in ihr schien sich zu verflüssigen und in einer Welle des Grauens davongespült zu werden. Sie musste irgendein Geräusch von sich gegeben haben, denn ihre Mutter ließ alles stehen und liegen und kam zu ihr an den Tisch.

»Was ist los?«

Caroline versuchte Luft zu holen. »Da … Mom, es gibt ein Problem mit der Adoption.«

»Was meinst du? Was für ein Problem? Der Termin für die Anhörung steht, und wir haben die Party schon geplant. Was kann an diesem Punkt denn noch schiefgehen? Mein Gott, du bist ja weiß wie die Wand, Caroline. Liegt es an ihrer Aufenthaltserlaubnis?«

Caroline brach beinahe in Tränen aus, als sie mit bebender Stimme sagte: »Der Vater der Kinder hat nicht auf seine väterlichen Rechte verzichtet.«

# 30. Kapitel

Caroline stieg vor dem Gerichtsgebäude von Pacific County aus dem Wagen und versuchte, ihre zitternden Knie unter Kontrolle zu bringen. Das kuppelförmige Gebäude aus dem Jahr 1910 schaute mit beinahe düsterer Symmetrie über die Bucht hinaus. Majestätisch thronte es über den umliegenden Gärten und dem Parkplatz. Weitere Autos und Übertragungswagen von Funk und Fernsehen standen am Straßenrand, und die Teams waren dabei, Kabel zu entrollen und Kameras aufzubauen.

Was eine einfache Adoption hätte sein sollen, war zu einem Medienereignis geworden. Caroline hatte seit Tagen kaum geschlafen, während sie sich auf den Gerichtstermin vorbereitet hatte.

Flick und Addie stiegen ebenfalls aus, und Virginia fuhr weiter, um einen Parkplatz zu finden. Der Albtraum hatte begonnen, als das Schreiben mit der Einforderung der väterlichen Rechte in ihr Haus, ihr Herz, ihre Träume eingefallen war.

Da Caroline sich keinen Anwalt hatte leisten können, hatten ihre Eltern eine Anzahlung bei einer auf Familienrecht spezialisierten Anwältin geleistet. Denn alle wussten, dass Caroline alle Hilfe brauchen würde, die sie kriegen konnte.

Theresa Bond, die Anwältin, hatte Caroline angewiesen, die Kinder zu der Anhörung mitzubringen. Caroline hatte versucht, den beiden die Situation auf eine Weise zu erklären, die sie verstehen konnten, aber sie hatten es nicht verstanden. »Mama hat immer gesagt, dass wir keinen Vater haben«, hatte Flick beharrt.

»Ich will keinen Vater«, hatte Addie gesagt. »Ich will nur dich.«

Nun nahm Caroline die beiden an die Hand. Sie hoffte, dass ihnen nicht auffiel, wie eiskalt ihre Hände waren. Sie hatte solche Angst. Wiederholt hatte sie den Kindern versprochen, sie immer zu beschützen. Und jetzt wusste sie nicht, ob sie ihr Versprechen würde halten können.

Richter entzogen Eltern nur dann das Sorgerecht, wenn sie keine andere Möglichkeit sahen.

Caroline hoffte mit aller Macht, dass dem Richter klar werden würde, was er den Kindern antäte, wenn er das Sorgerecht dem Vater zuspräche.

Ein glänzender SUV mit verdunkelten Scheiben hielt am Bürgersteig an. Es stiegen ein paar Männer mit Aktenkoffern aus, gefolgt von Rilla Stein und Mick Taylor. Darauf brach ein Blitzlichtgewitter aus, und Journalisten riefen ihre Fragen. Es war bizarr, sie hier, am anderen Ende des Landes, zu sehen – Fremde, die aus New York hierher verpflanzt worden waren.

Mick Taylor war der Vater der Kinder. Ein DNA-Test hatte seine Behauptung bestätigt. Caroline stand deswegen immer noch unter Schock. Die Kinder waren in Haiti geboren worden, also war sie davon ausgegangen, dass der Vater dort lebte. Doch jetzt kam sie nicht umhin zu bemerken, dass Flick eine leicht adlerförmige Nase hatte, und vielleicht lag in Addies Augen ein Hauch von Grün. Laut den Dokumenten, die Micks Anwaltsteam eingereicht hatte, hatte Angelique ihm nie erzählt, dass die Kinder von ihm waren.

Caroline hatte weder ihm noch seiner Entourage etwas zu sagen, als diese, verfolgt von Reportern und Fotografen, an ihr vorbeistürmten. Mick hatte ihre Achillesferse gefunden. Das Einzige, womit er sie in die Knie zwingen konnte. Auch wenn Sorgerechtsprozesse normalerweise ihre Zeit dauerten, hatte Micks mächtiges Anwaltsteam eine schnelle gerichtliche Verfügung gegen Carolines Adoptionsantrag erwirkt.

Addie gab einen kleinen, beinahe unhörbaren Laut von sich. Das kleine Mädchen starrte Mick an, und Urin lief an ihrem Bein herunter.

»O Süße«, flüsterte Caroline. »Lass uns reingehen, okay?«

Mit beiden Kindern im Schlepptau warf sie ihre Tasche auf das Band der Sicherheitskontrolle und suchte danach schnell die nächstgelegene Toilette auf. »Wir machen dich schnell sauber«, sagte sie und zog Addie Unterhose, Schuhe und Socken aus. Dann spülte sie alles im Waschbecken aus und trocknete es unter dem Händetrockner. Als sie Addie half, sich wieder anzuziehen, schaute sie ihr in die Augen.

»Geht es dir wieder besser?«, fragte sie. »Was war los?«

Addie hielt den Blick gesenkt.

»Süße, kannst du mir sagen, was los ist?«

Addie schüttelte den Kopf. »Ich will da nicht raus.«

Caroline zerriss es beinahe das Herz. Der Anblick von Mick hatte das kleine Mädchen zu Tode geängstigt. »Ich halte deine Hand. Du kannst zwischen Grammy Dot und Grandpa Lyle sitzen. Wir lassen dich keine Sekunde allein.« Sie betete, dass das kein leeres Versprechen war.

Mit den Kindern an der Hand kehrte sie in die Eingangshalle des Gerichtsgebäudes zurück und sah erstaunt, was für eine Menschenmenge sich schon vor den Türen zum Gerichtssaal versammelt hatte. Ihre Eltern, Schwestern und Brüder natürlich. Eine Abordnung des Nähkreises. Die Angestellten des Restaurants. Nachbarn, die sie ihr ganzes Leben lang kannten.

Und Will. In einem perfekt geschnittenen Anzug, der seine makellose militärische Haltung betonte.

Caroline versuchte, sich zusammenzureißen, als sie sich zu ihrer Anwältin gesellte und sie gemeinsam den Gerichtssaal betraten. Er war groß und einschüchternd, mit zwei gewundenen Treppen und einer riesigen Bleiglaskuppel, durch die das grelle Sonnenlicht auf den Mosaikboden fiel. Wie betäubt vor Angst setzte sie einen Fuß vor den anderen. Im Vorbeigehen fing sie Wills Blick auf, aber der Moment war schnell vorbei. Als sie die Nachricht erhalten hatte, hatte Will sie in den Armen gehalten und sie wüten lassen. *Er will die Kinder gar nicht*, hatte sie zornig ausgestoßen. *Er will nur Rache.*

Sie hatte keine Ahnung gehabt, was sie an dem Tag, an dem sie Mick in New York zur Rede gestellt hatte, ausgelöst hatte.

Will und ihre Familie nahmen im Gerichtssaal Platz. Addie und Flick gingen mit Carolines Eltern, und sie und ihre Anwältin nahmen vorne an einem Tisch Platz. Sie warf einen Blick zur anderen Seite. Da war Mick, mit frisch geschnittenen Haaren und in einem konservativen Anzug, flankiert von einem ganzen Team aus Anwälten und der stets präsenten Rilla, die angespannt wie eine Feder wirkte.

Als der Richter eintrat, erhoben sich alle. Theresa hatte gesagt, sie könne nicht vorhersagen, wie Richter Rudolph die Situation einschätzte. Er hatte den Ruf, ungeduldig und konservativ zu sein, was für Caroline sowohl ein Vor- als auch ein Nachteil sein könnte. Er war nicht der Richter, der im Adoptionsprozess das Urteil gefällt hätte, was, wie Theresa zugegeben hatte, nicht ideal war.

»Ich bin kein großer Freund von Überraschungen«, sagte der Richter. »Und ich mag auch keine Schlamperei, vor allem nicht in Fällen, in denen es um Kinder geht. Diese Adoption ist als klarer und unbelasteter Fall präsentiert worden. Und jetzt haben wir hier Mr. Taylor, der seine väterlichen Rechte gegenüber Francis und Adeline Baptiste geltend machen will. Ist das korrekt, Mr. Taylor?«

Mick tauschte einen kurzen Blick mit einem seiner Anwälte und sagte dann: »Ja, Sir, das ist korrekt.«

»Und auf der anderen Seite haben wir Ms. Shelby, den Vormund der Kinder, die wünscht, diese zu adoptieren?« Rudolph schaute Caroline an.

»Ja, Euer Ehren. Ich bin der Vormund, seitdem die Mutter der Kinder letztes Jahr verstorben ist, und …«

»Ich habe Ihre Aussage gelesen«, unterbrach er sie und winkte ab. »Ich werde einen Prozesspfleger als Vertreter für die Kinder bestimmen, denn in diesem Fall geht es einzig um das Wohl der Kinder. Ich werde mir beide Seiten anhören, aber vermutlich heute keine Entscheidung treffen.«

Mick kritzelte schnell eine Notiz auf einen Block, die er einer Frau aus seinem Anwalts-Team zuschob.

Diese stand daraufhin auf und faltete sittsam die Hände. Sie trug eine Brille mit Metallgestell, und ihre weißen Haare waren perfekt frisiert. Ihr Lächeln war süß und beinahe ein wenig naiv, doch Caroline hatte keinen Zweifel, dass sie den Instinkt eines Barrakudas besaß.

»Wie der DNA-Test unwiderlegbar beweist, Euer Ehren, ist Michael Taylor der leibliche Vater von Adeline und Francis, und er hat seine väterlichen Rechte *nicht* aufgegeben. Dieser Mann hat ein Modeimperium gegründet, und er hat die Mittel und das Herz, um den beiden ein sicheres und glückliches Zuhause zu bieten.«

Theresa stand auf. »Euer Ehren, Mr. Taylor hat die Existenz seiner Kinder bisher weder anerkannt noch sie auf irgendeine Weise unterstützt …«

»Weil die Mutter sie ihm vorenthalten hat«, unterbrach Micks Anwältin sie. »Traurigerweise war Angelique Baptiste eine unverbesserliche Drogensüchtige. Außerdem war sie eine sich illegal im Land aufhaltende Ausländerin, genau wie es die Kinder sind. Ihr Status ist fraglich …«

»Euer Ehren.« Theresa räusperte sich vernehmlich. »Allein die Tatsache, dass Mr. Taylor es zulässt, dass sein Rechtsbeistand auf diese Weise vor den Kindern spricht, zeigt, wie wenig ihm an ihrem Wohlbefinden liegt.«

Carolines Mutter war bereits dabei, den Gerichtssaal mit den Kindern zu verlassen. An der Tür blieb sie stehen, sprach kurz mit dem Gerichtsdiener und ging dann mit Flick und Addie hinaus.

Als er gefragt wurde, warum er nie Unterhalt für die Kinder gezahlt hatte, behauptete Mick, von der Vaterschaft nichts gewusst zu haben. Er behauptete außerdem, dass Angelique sexuell freizügig gewesen wäre und den Ruf gehabt hätte, mit mehreren Partnern gleichzeitig zusammen zu sein.

»Angesichts dieser Behauptungen«, schaltete Theresa sich

ein. »Wie ist Mr. Taylor dann auf die Idee gekommen, er könnte der Vater sein?«

Micks Anwältin war auf diese Frage definitiv vorbereitet. »Er sah ein Foto von ihnen in einem Zeitungsbericht über Ms. Shelbys Modelinie. Und die Ähnlichkeit ist ziemlich bemerkenswert, finden Sie nicht?«

Caroline stand kurz davor, zu explodieren. Sie hatte all das in Gang gesetzt, als Orson einen Artikel mit Fotos über sie und ihr Leben auf der Halbinsel veröffentlicht hatte.

Sie brannte förmlich darauf, mit dem Finger auf Mick zu zeigen und ihn als den Gewalttäter anzuprangern, der er war. Doch ihre Anwältin wollte da nicht mitmachen. Sie hatten keine Beweise, nur Vermutungen. Der Richter musste nach Faktenlage entscheiden, und Micks Team würde ihre Geschichte in Fetzen reißen.

Theresa hatte jedoch auch etwas in der Hinterhand, das unanfechtbar war. »Angesichts von Francis' Geburtsdatum wissen wir, dass Angelique bei seiner Geburt siebzehn war. Das bedeutet, sie war erst sechzehn, als Mr. Taylor sie geschwängert hat. Und erst siebzehn, als er mit ihr ein zweites Kind gezeugt hat. Geschlechtsverkehr mit Jugendlichen unter achtzehn Jahren ist in Haiti strafbar, also hat Mr. Taylor sich der Vergewaltigung einer Minderjährigen schuldig gemacht.«

»Euer Ehren, das ist ein Angriff auf den Charakter meines Mandanten«, entgegnete Micks großmütterliche Anwältin. Äußerst ruhig und höflich erklärte sie, dass Angelique während eines High-Fashion-Shootings an einem Strand von Haiti Mick weisgemacht habe, sie wäre neunzehn, und die beiden hatten sich verliebt und eine Affäre miteinander angefangen. Aber Angelique habe unglücklicherweise eine promiskuitive Natur gehabt. Als sie mit ihren kleinen Kindern nach New York kam, sei ihr Mandant davon ausgegangen, dass der Vater jemand aus Haiti wäre.

Angeliques Ruf zu zerstören reichte ihnen nicht. Schon bald erfuhr Caroline den Grund, warum Rilla Stein mitgekommen war. »Ms. Shelby war von Mr. Taylor unter Vertrag genommen worden«, erklärte Rilla dem Richter. »Die Zusammenarbeit endete im Streit, als sie seine Entwürfe kopierte und versuchte, sie als ihre eigenen auszugeben.«

Die Worte dröhnten Caroline in den Ohren, und sie wurde von einer Welle der Übelkeit erfasst.

Auf der anderen Seite des Ganges stellte Mick sich als verletzten, aber großherzigen Sieger dar. Caroline sah sich als kleinkarierte, auf Rache sinnende Untergebene dargestellt, die Entwürfe ihres ehemaligen Chefs geklaut und dann versucht hatte, ihn zu bestrafen, indem sie ihm seine Kinder vorenthalten hatte.

»Der Fall hat mehrere Aspekte, die sehr besorgniserregend sind«, sagte der Richter. »Wie auch immer, der Staat hat die Pflicht, die leiblichen Eltern zu schützen ...«

Der Hammer wurde gehoben. Hing in der Luft. Theresas Handy leuchtete unter einem stummen Alarm auf. Sie stand schnell auf. »Einen Moment, Euer Ehren. Meine Kollegin hat gerade noch zusätzliche Informationen zu dem Fall erhalten.«

»Haben Sie mich nicht gehört, Ms. Bond? Ich mag keine Überraschungen.«

»Es ist ... Ich verstehe das, und ich entschuldige mich.« Theresa sprach ganz langsam, wie um Zeit zu schinden. »Ich kann mich gar nicht genug entschuldigen.«

Micks Anwältin durchschaute ihre Taktik. Sie stand ebenfalls auf. »Bitte, Eurer Ehren, das ist schlicht ein Versuch ...«

Die Tür im hinteren Bereich des Gerichtssaals ging auf und gab kurz den Blick auf neugierige Reporter und Schaulustige frei. Willow schlüpfte durch die Tür und überreichte dem Gerichtsdiener eine Mappe, der sie dem Richter übergab. Mit einer ungeduldigen Geste nahm der Richter die Mappe entgegen und überflog die darin enthaltenen Dokumente. Einen Moment später musterte er die Anwälte mit steinerner Miene. »In mein Richterzimmer, sofort«, sagte er. »Wir vertagen uns um eine halbe Stunde.«

Caroline stand kurz vor einer Panikattacke. Sie hatte sich aus dem Gerichtssaal geschlichen und Zuflucht in einem nahe gelegenen Konferenzraum gesucht, der düster und voller Schatten war. Während sie aus dem Fenster schaute, presste sie sich die Hände auf den Bauch und versuchte, ihren Atem zu beruhigen. Sie würde ihre Kinder verlieren. Der Richter würde sie dem Mann zusprechen, der ihre Mutter geschlagen hatte. Sie überlegte schon, wie sie mit Addie und Flick fliehen konnte, sich verstecken …

Jemand betrat den Konferenzraum. Als sie sich umdrehte, sah sie sich von Angesicht zu Angesicht Mick gegenüber.

Ein eiskalter Schauer lief ihr über den Rücken. Sie funkelte ihn an. »Was willst du?«

»Der Richter hat eine Pause verordnet«, sagte er. »Ich dachte, ich könnte hier warten.«

»Das meine ich nicht«, fuhr sie ihn an. »Ich meine, was willst du? Was verlangst du? Denn um die Kinder geht es dir nicht.«

»Ich habe dich in New York gewarnt – blas den Deal mit *Eau Sauvage* ab. Gib zu, dass du gelogen hast, als du behauptet hast, ich hätte Angelique geschlagen.«

»Vergiss es. Mit Tyrannen verhandle ich nicht.«

»Dann stellst du die Kinder besser ihrem neuen Daddy vor.«

Die Härchen an ihren Armen richteten sich auf. »Ernsthaft – würdest du dann aus meinem Leben verschwinden?«

»Alles in Ordnung hier drinnen?« Will tauchte in der Tür auf, den Blick fest auf Caroline gerichtet.

»Wer sind Sie denn?«, plusterte Mick sich künstlich auf. »Das hier ist eine private Unterhaltung. Verschwinden Sie.«

»Ach, Kumpel.« Will sprach ganz ruhig. Seine Haltung war entspannt, doch in seiner Stimme lag eine gewisse Drohung. »Mit mir wollen Sie sich nicht anlegen.«

Caroline hatte keinen Zweifel, dass Will im Bruchteil einer Sekunde in den Navy-SEAL-Modus schalten konnte.

Was zwar sehr befriedigend wäre. Aber nicht hilfreich.

»Mick wird seine väterlichen Rechte abtreten«, sagte sie und fixierte Mick.

Er funkelte sie an. »Ich habe dir gesagt, was ich will. Nimm mein Angebot an, oder lass es bleiben.«

Sie verspürte einen Anflug von Panik. Wenn sie den Deal mit *Eau Sauvage* absagte, würde *C-Shell Rainwear* es schwerhaben, auf dem Markt Fuß zu fassen. Schlimmer noch, wenn sie ihn nicht als Gewalttäter entlarven würde, würde sie damit alles verraten, wofür der Nähkreis stand – den Frauen zu glauben, ihnen das Gefühl zu geben, gesehen und gehört zu werden.

Er verengte die Augen und wiederholte: »Nimm mein Angebot an, oder lass es bleiben.«

Er wollte, dass *sie* ihren Ruf zerstörte, um seinen zu retten. Er wollte alles kaputt machen, was sie aufgebaut hatte – ihre Firma, ihr Leben, die Chance, Frauen zu helfen, die ihr geholfen hatten, C-Shell aufzubauen. Er wollte ihr alles nehmen, so wie schon einmal, als er ihre Entwürfe gestohlen hatte. Er erpresste sie mit den Kindern, damit sie ihn nicht als den Verbrecher demaskierte, der er war. Er war verantwortlich für Angeliques Tod, und er wollte, dass sie ihre Integrität verriet, damit er unbehelligt weitermachen konnte.

*Fick dich.* Das wollte sie ihm sagen. Diesem selbstgefälligen, sexistischen, frauenverachtenden Mann. Diesem Mann, der ihr Gewalt angetan hatte, indem er ihr ihre Macht geraubt hatte.

Dann dachte sie an Addie, die sich beim Anblick von Mick in die Hose gemacht hatte. Sie konnte den Mund aufmachen und riskieren, die Kinder zu verlieren. Oder sie konnte gleich hier und jetzt auf seinen Deal eingehen. Es war ein grauenhaftes, herzzerreißendes Dilemma: Entweder entschied sie sich für die Kinder, oder sie sorgte für Gerechtigkeit.

Sie sah Will an, dann wieder Mick. »Hol deine Anwälte. Wir klären das gleich hier und jetzt.«

Caroline fiel das Atmen schwer. Will führte sie aus dem Gerichtsgebäude zu einem ruhigen Eckchen mit Blick über die Willapa Bay, die umgeben war von Marschland, bewaldeten Klippen und verlassenen Docks. Sie presste sich gegen die gelbe Backsteinwand des Gebäudes und versuchte durchzuatmen.

»Ich muss diesen Deal mit ihm eingehen«, sagte sie zu Will und wäre beinahe an ihren eigenen Worten erstickt. »Ich muss alles tun, um meine Kinder zu beschützen.«

Er legte die Arme um sie, und sie presste ihre Wange an seine Brust. »Ganz ruhig, Baby. Du wirst sie nicht verlieren«, murmelte er.

»Meine Anwältin sagt, kein Richter würde einem Vater die elterlichen Rechte entziehen, nur weil er Entwürfe klaut und sich unmoralisch benimmt. Sie meint, wenn ich ansprechen würde, dass er die Mutter der Kinder geschlagen hat, ohne es beweisen zu können, würde mir das nur zum Nachteil gereichen, weil es nichts als Hörensagen ist.« Ihre Stimme triefte vor Bitterkeit.

»Wir kriegen das hin«, sagte Will. »Wir finden einen Weg.«

»Wie soll der aussehen? Der Richter muss der Faktenlage entsprechend urteilen. Um Mick dazu zu bringen, einen Rückzieher zu machen, muss ich meine eigene Karriere auslöschen und alles leugnen, was ich über ihn weiß. Dass er Angelique auf dem Gewissen hat. Aber wenn es um Flick und Addie geht, bin ich bereit, mich unter einen fahrenden Zug zu schmeißen.«

»Der Kerl ist nicht an den Kindern interessiert«, sagte Will.

»Da hast du recht. Mick will kein Vater sein. Das war nie sein Ziel. Ich sollte seinen Bluff auffliegen lassen. Ich könnte sagen: ›Nimm sie, sie gehören dir. Viel Glück.‹« Sie richtete sich auf und sah Will an, zog Stärke aus seinem ruhigen Blick. »Doch das würde ich meinen Kindern niemals antun. Ich würde sie nie benutzen, um einen Vorteil zu erlangen. Denn die beiden bedeuten mir die Welt. Sie sind meine Familie. Sie sind keine Pfänder auf einem Pokertisch.«

Wenn ihre Firma, ihre Karriere, ihr Ruf in Flammen aufgehen würden, dann sollte es eben so sein. Die alte Caroline hätte nie etwas niedergerissen, was sie aufgebaut hatte, hätte den Erfolg als höchstes Gut angesehen. Aber dieser Mensch war sie nicht mehr. Sie war jetzt eine Mutter.

Es gab nur wenig, was kostbarer war als die eigene Integrität, aber dazu zählte das Gefühl, ein Kind zu lieben. Und der tiefe Wunsch, es zu beschützen.

Sie löste sich aus Wills Umarmung und ging, um ihre Mutter mit den Kindern im Garten des Gerichts zu finden. Sie schloss sie in die Arme und hielt sie ganz fest.

»Ihr seid meine Kinder. Für immer«, erklärte sie ihnen. »Ihr seid in Sicherheit. Und ihr werdet immer, immer in Sicherheit sein.«

»Können wir jetzt nach Hause gehen?«, fragte Flick.

Virginia eilte auf sie zu. »Caroline – du musst sofort in den Gerichtssaal kommen.«

Caroline konnte niemanden anschauen, als sie sich dem langen Tisch näherte, an dem Theresa und nun auch Willow saßen. Wir hatten einen Deal, dachte sie, und ihr Pulsschlag beschleunigte sich. *Unsere Anwälte hätten einen Deal aushandeln sollen*.

Eine dritte Anwältin hatte sich zu ihnen an den Tisch gesellt. Zu ihrem Erstaunen sah Caroline, dass es Aisha Franklin war, die Anwältin, die sie bei dem Treffen mit *Sisterhood Against Domestic Violence* in Atlanta kennengelernt hatte.

»Was ist hier los?«, flüsterte Caroline zwischen Hoffnung und Angst schwankend.

Willow berührte sie sanft am Arm. »Ganz ruhig. Das wirst du gleich erfahren.«

Schweigen senkte sich über den Saal, als der Richter an seinen Platz zurückkehrte.

Aisha reichte Theresa ein Dossier, bevor diese gemeinsam mit Micks Anwältin vor den Richtertisch trat.

»Euer Ehren, ich würde gerne diese für den Fall relevanten Beweise einreichen. Das sind unter Eid geleistete Aussagen.« Sie drückte Micks Anwältin ein Dossier in die Hand, ein weiteres davon gab sie dem Gerichtsdiener, damit er es dem Richter weiterreichte. »Es handelt sich um Aussagen von Personen, die direkte Kenntnis von Michael Taylors gewalttätigem Verhalten gegenüber Frauen haben. Sie sind Zeugen, die gesehen haben, wie er Angelique Baptiste misshandelt hat. Und es gibt auch andere, die unter ihm gelitten haben.«

»Euer Ehren«, wandte Micks Anwältin ein. »Sie haben selbst gesagt, dass Sie keine Überraschungen mögen.«

Caroline umklammerte Willows Arm. »Ist es nicht zu spät, diese Aussagen einzubringen?«

»Das hier ist eine Anhörung, kein Prozess«, erklärte Willow ihr flüsternd. »Die Entscheidung liegt allein beim Richter.«

Im hinteren Bereich des Gerichtssaals erhob sich Gemurmel. Der Richter hob seinen Hammer und bellte dem Gerichtsdiener einen Befehl zu. Mehrere Frauen traten durch die Flügeltür. Caroline erkannte einige der Models und Junior-Designerinnen, mit denen sie sich in New York getroffen hatte. Es waren die Frauen, die Daria und sie gebeten hatten, auszupacken. Sie hatten sich geweigert, waren verängstigt und verletzlich gewesen, und Caroline hatte schließlich aufgegeben, sie überzeugen zu wollen. Doch jetzt waren sie hier und brachen wie eine Flutwelle durch die Türen.

Trotz des Richterhammers und der deutlich ausgesprochenen Bitte um Ruhe, ließ sich weiteres Gemurmel im Hintergrund vernehmen.

»Das ist doch Bullshit!«, rief Mick, der von seinem Stuhl aufsprang, als hätte er Feuer gefangen. »Eine gottverdammte Hexenjagd.«

Seine Entourage umringte ihn, und die Anwälte versuchten offenbar, den Schaden zu begrenzen, indem sie ihn aus dem Gerichtssaal drängten.

»Die Jagd ist vorbei«, sagte Willow zu Mick, als er an ihr vorbeikam. »Wir haben die Hexe gefunden.«

Caroline wandte sich an Willow und Aisha. »Was ist da gerade passiert?«

»Es passiert immer noch. Komm, gehen wir.«

Micks Anklägerinnen hatten sich in der Kuppelhalle und auf den Stufen des Gerichtsgebäudes versammelt. Sie sprachen mit der Presse und deuteten mit den Fingern auf Mick. Sie zeigten Handyfotos und gaben Interviews. Frauenstimmen hallten von den Marmorwänden, und durch die historische Rotunde schallte der mächtige Klang des Triumphes. Sie berichteten von Druck und Einschüchterung, von Nötigung und Drohungen, von finanzieller Ausbeutung.

Caroline ergriff haltsuchend Willows Arm. Dankbarkeit und Erleichterung drohten sie zu überwältigen und spülten die quälende Verbitterung darüber, geschwiegen zu haben, fort. »Wie sind die alle hierhergekommen?«, fragte sie. »Hast du davon gewusst?«

»Seit unserer Reise nach New York habe ich es zu meiner Mission gemacht. Auch wenn sie sich anfangs geweigert haben, über ihre Erlebnisse zu sprechen, sind wir beharrlich geblieben und haben schlussendlich diese sechs überzeugen können. Deine Freundin Daria war eine große Hilfe. Sie hat gesagt, jetzt, wo sie eine Tochter hat, kann sie so ein Verhalten nicht mehr durchgehen lassen. Und die *Sisterhood* in Atlanta hat uns finanziell unterstützt. Die eidesstattlichen Versicherungen sind unanfechtbar, Caroline. Es gibt Fotos und Videos. Mindestens zwei Frauen werden Anzeige erstatten. Mick hat jetzt wesentlich größere Probleme, als das Sorgerecht für die Kinder zu gewinnen. Ich glaube nicht, dass du dir noch Gedanken darüber machen musst, dass er seine Rechte geltend machen könnte.«

Caroline konnte es nicht glauben. Aber das sollte sie, denn wenn es eines gab, das sie vom Nähkreis gelernt hatte, dann, wie mächtig Frauen waren, die entschlossen waren, die Wahrheit zu sagen.

»Danke«, sagte sie. »Mein Gott, das klingt so absolut unzureichend ...«

»Dank nicht uns. Du hast das Ganze angefangen, Caroline. Und nun geh und such deine Kinder.«

# 31. Kapitel

Caroline saß gegen die Kissen in Wills Bett gelehnt und las den gründlich recherchierten Artikel, der in einem überregionalen Nachrichtenmagazin erschienen war und die Überschrift trug: »Der Niedergang eines Modeimperiums.«

Das frühe Morgenlicht fiel auf den Fußboden. Will war mit dem Hund Laufen gewesen, und jetzt kehrte er mit zwei Bechern Kaffee zurück. Es gab keinen besseren Anblick am Morgen als einen Mann mit nacktem Oberkörper und Kaffee.

»Du bist ein Schatz«, sagte sie und wärmte sich die Hände an dem Becher, bevor sie einen ersten Schluck trank.

Er machte es sich neben ihr bequem. »Wie ist er?«

»Köstlich.« Sie trank noch einen Schluck.

»Ich meine den Artikel.«

Sie drehte das Magazin so, dass er die Aufmachung des Artikels sehen konnte. Das Hauptbild war ein dramatisches Foto von dem neogotischen Gerichtsgebäude, vor dem sechs hart ausgeleuchtete, finster dreinblickende Models standen, die aussahen wie der schlimmste Albtraum eines jeden Straftäters. Der Artikel war von Becky Barrow geschrieben worden. Caroline hatte sie als Orson Maynards Praktikantin kennengelernt. Jetzt war sie eine Star-Reporterin und machte sich einen Namen, indem sie über Ausbeutung und Missbrauch in der Modebranche schrieb.

Caroline legte das Magazin so hin, dass sie beide lesen konnten. »Es ist schwer, das alles schwarz auf weiß vor sich zu haben«, gab sie zu. »Und es ist schrecklich, daran zu denken, was er alles getan hat. Womit er so lange durchgekommen ist. Ich bin froh, dass es jetzt vorbei ist, aber ich finde es furchtbar, dass es überhaupt passiert ist. Und noch dazu so vielen Frauen.«

Neben den Frauen, die bei Gericht aufgetaucht waren, gab es noch weitere – mehr, als sie sich je hatte vorstellen können. Models und Assistentinnen und Praktikantinnen und Angestellte, die sich anfangs von Micks vollendeten Manieren und seiner Prominenz angezogen gefühlt hatten und erst später, im Privaten, seine gewalttätige Seite entdeckt hatten. Sie beschrieben ihre Misshandlung in schmerzhaften Einzelheiten. Sie traten aus den Schatten mit Geschichten über wilde Partys, Einschüchterungen und sexuelle Übergriffe.

Mick Taylor wurde an die Oberfläche gespült, wie so viele andere Männer, die ihren Status und ihre Macht dazu genutzt hatten, Frauen zu drangsalieren. Und genau wie diese anderen Männer würde er bald wieder in der Bedeutungslosigkeit verschwinden. Anfangs hatte er versucht, die Anschuldigungen mit einem Schulterzucken abzutun. Dann, mit einer unaufrichtig wirkenden Entschuldigung an »alle, die sich von mir falsch behandelt fühlen«, war er nach Sedona in eine Entzugsklinik entschwunden. Als der Sturm gegen ihn an Kraft gewann, wurde er von allen seinen berühmten Freunden fallen gelassen. Seine Marke war wie ein Kartenhaus in sich zusammengestürzt. Die zunehmende Anzahl an Beweisen gegen ihn hatte ihm deutlich vor Augen geführt, dass er sich einer Vielzahl von Zivilklagen seiner Opfer ausgesetzt sehen würde, dazu kamen Strafanzeigen und eine drohende Gefängnisstrafe. Wie Willow vorhergesehen hatte, hatte er nur zu gerne auf seine väterlichen Rechte an Addie und Flick verzichtet.

Während des Interviews für den Artikel war Caroline von Becky gefragt worden, wie es sich anfühlte, ihn in die Knie gezwungen zu haben. »Ich habe ihn nicht in die Knie gezwungen«, wurde Caroline zitiert. »Die Wahrheit hat ihn zu Fall gebracht.« Es fühlte sich seltsam an, ihre eigenen Worte als hervorgehobenes Zitat auf der Seite zu sehen.

»Das entlastet dich«, sagte Will, nachdem er den Artikel gelesen hatte.

»Das interessiert mich nicht«, erwiderte Caroline. »Ich will einfach nur, dass es vorbei ist. Ich will mit meinem Leben weitermachen, eine Mom für die Kinder sein und versuchen, mit meiner Firma weiterzumachen.«

Er stellte ihren Kaffeebecher auf den Nachttisch und klappte die Zeitschrift zu. »Und ich möchte dich einfach nur heiraten«, sagte er und zog sie in die Arme.

Sie schob ihn von sich und sah ihn fassungslos an. »Hör auf damit.«

»Das war nicht gerade die Antwort, auf die ich gehofft hatte.«

»Will.« Sie musterte sein Gesicht, das ihr so vertraut war, das sie liebte und das sie nie wieder missen wollte. »Wage es ja nicht, Witze zu machen.«

»Ich? Witze machen?« Er legte eine Hand auf sein Herz. »Caroline Shelby, ich liebe alles an dir. Wie du über meine albernen Witze lachst, wie du weinst, wenn dir etwas nahegeht. Wie du nicht aufhören kannst zu reden und trotzdem zuhören kannst. Wie du aus nichts außer deiner Fantasie die unglaublichsten Entwürfe entstehen lässt. Wie viel Freude du an Flick und Addie hast, obwohl du sagst, dass du Angst hast. Du bist alles, woran ich denken kann. Du bist alles, was ich will. Du und deine Kinder. Und deinen kleinen Hund auch. Und bei Gott, das wünsche ich mir aus ganzem Herzen.«

Ihr eigenes Herz wäre beinahe explodiert. Sie war zu überwältigt, um zu sprechen. Wenn sie Ja sagte, würde das den Lauf ihres Lebens verändern. Sie stellte sich vor, hier in Water's Edge zu leben, in diesem Haus voller handgeschnitzter Holzkunst und alter Familienschätze. Sie stellte sich vor, wie Addie und Flick mit den Hunden spielten, mit Will tobten, die Abenteuer erlebten, die sie in den Wäldern, in den Buchten und am Strand erwarteten, an den Leuchttürmen und in den kleinen Dörfern, die sich über die Halbinsel zogen.

Sie stellte sich vor, wie es wäre, immer mit ihm zusammen zu sein. Die wilde Aufregung fühlte sich beinahe an wie eine Panikattacke.

»Du sagst ja gar nichts«, merkte er an.

»Gib mir eine Minute, okay?«

»Klar.« Er ließ ihre Hand los und öffnete die oberste Schublade seines Nachttischs. »Nur, damit du es weißt, ich habe auch einen Ring.«

*»Was?«* Ihr stockte der Atem.

Er klappte das kleine Kästchen auf, und zum Vorschein kam ein verzierter goldener Ring mit einem eckig geschliffenen Diamanten. »Der hat meiner Großmutter gehört«, sagte er. »Ich habe ihn für dich aufbewahrt.«

Wieder einmal verschlug es ihr die Sprache. Was äußerst untypisch für sie war. Sie konnte weder etwas sagen, noch konnte sie den Blick von Will abwenden, als sie den Moment Herzschlag für Herzschlag in sich aufnahm. Er war der Mensch, der die Liebe für sie definiert hatte. Damals, vor Jahren schon, als sie noch zu jung gewesen war, um ihre Macht zu verstehen. Es war das beste Gefühl der Welt, roh und mächtig, wunderschön und verstörend, wie Blut, das einem zu schnell in den Kopf stieg. Unwissentlich hatte Will den Standard dafür gesetzt, wie Liebe für sie sein sollte.

Jede Beziehung, die sie vorher gehabt hatte, hatte sie mit der Liebe verglichen, die sie in ihrer Fantasie mit Will verbunden hätte. Sie hatte gewusst, dass sie etwas idealisierte, das niemals existiert hatte. Wenn sie damals ein Paar geworden wären, hätte sich das Leben bestimmt dazwischengedrängt. Es hätte vielleicht nicht gehalten. Es wäre womöglich kaputtgegangen.

»Caroline?« Eine kleine Falte erschien auf seiner Stirn. »Wenn dir der Ring zu altmodisch ist, könnte ich …«

»Pst«, stieß sie hervor. »Der Ring ist perfekt.« Sie hatte ihn kaum angesehen. »Hör einfach zu. Es gibt etwas, das ich dir sagen muss.« Sie nahm seine Hände in ihre. »Will Jensen, ich liebe dich schon mein ganzes Leben. Ich wusste nicht mal, was romantische Liebe ist, bis ich dich kennengelernt habe. Ich war dreizehn, als ich mich in dich verliebt habe. Es war und ist die tiefste Liebe, die ich je empfunden habe. Ich habe auf diesen

Tag gewartet, seitdem ich dich das erste Mal gesehen habe. Aber ich dachte immer, es sollte nicht sein. Also habe ich mir ein halbes Leben lang beigebracht, dich *nicht* zu lieben. Nicht etwas zu wollen, das ich niemals haben kann.«

»Das war damals. Jetzt ist alles anders. Heute geht es um dich, Caroline. Um dich und mich. Und wenn ich mich nicht irre, hast du gerade zugegeben, in mich verliebt zu sein.«

»Seit Anbeginn der Zeit.«

Irgendwie glitt der Ring auf ihren Finger. Und Will fragte: »Warum hast du nie etwas gesagt?«

»Ich hatte Angst. Ich wusste nicht, ob das klappen könnte – ob aus Freunden ein Paar werden kann.«

»Ach ja?« Sanft strich er ihr mit dem Zeigefinger übers Schlüsselbein und folgte der unsichtbaren Spur dann mit den Lippen. »Ich denke, wir kriegen das gerade ziemlich gut hin.«

Wenn er sie so berührte, konnte sie kaum klar denken. »Hm, hm ...«

»Und nun?«

»Ach Will. Nun ist es ein einfaches Ja. Ein Ja zu alldem hier. Ein Ja für die Ewigkeit.«

# Epilog

»Das Blumenmädchen ist verschwunden.«

Georgias besorgte Worte durchschnitten das Geplapper im Brautzimmer, einem Nebenraum des Restaurants.

Caroline wirbelte auf ihrem Stuhl vor der Frisierkommode herum und ließ dabei die Wimpernzange fallen, was vermutlich einen schwarzen Mascara-Fleck auf ihrer Wange hinterließ. »Was? Wo ist Addie? Wie kann sie verschwunden sein?«

»Ich weiß es nicht – vielleicht ist sie in diesem Gewirr von Hunderten von Hochzeitsgästen, die alle gleichzeitig im strömenden Regen eintrudeln, nach draußen marschiert und niemandem ist es aufgefallen.«

»O mein Gott, Addie.« Caroline eilte zur Tür.

Georgia stellte sich ihr in den Weg. »O nein, das tust du nicht. Ich habe schon einen Suchtrupp losgeschickt. Du musst dich fertig machen.«

»Ich kann nicht einmal atmen, bis ich nicht weiß, wo Addie ist. Was ist, wenn sie auf die Straße gelaufen ist? Sich in den Dünen verirrt hat? Am Strand? Verdammt noch mal, was ist, wenn sie irgendwo verängstigt und durchnässt sitzt?«

Virginia schob die Jalousie ein wenig hoch und zeigte auf den Parkplatz. »Sieh sie dir alle an. Die sind wie ein Schleppnetz, durch dessen Maschen sie nicht rutschen kann.«

Die in Smokings gekleideten Brüder und Trauzeugen hatten sich in alle Richtungen auf dem Parkplatz verteilt. Mit ihren Regenschirmen sahen sie aus wie ein Gemälde von Magritte. Ein großer weißer Pavillon war vor dem *Star of the Sea* errichtet worden und schützte die Stuhlreihen vor den dicken Tropfen, die unaufhörlich fielen, während die Gäste auf den Beginn der Trauzeremonie warteten.

»Vermutlich ist sie am Büfett und probiert die Hochzeitstorte«, fügte Virginia hinzu.

Georgia führte Caroline zurück zum Schminkspiegel. »Setz dich«, befahl sie. »Lass Ilsa ihre Arbeit machen.«

Ilsa war im Schminken sehr geschickt. Und auch im Umgang mit Caroline. Anstatt sie mit Make-up und Rouge zu überfallen, ergriff sie Carolines Hände. »Atme«, sagte sie. »Es wird ein wundervoller Tag.«

»Fern, komm her«, sagte Virginia. »Ich muss deine Haare machen.«

Carolines Nichte konnte kaum stillsitzen und drehte sich auf einem Hocker im Kreis. »Du siehst wie eine Prinzessin aus, Tante Caroline. Wie eine echte Prinzessin.«

Carolines Kleid war ganz schlicht und trotzdem umwerfend: eine Bahn aus Moireseide, die von dem stilisierten Rückenausschnitt in Form einer Nautilus-Muschel an ihr herabfiel. Der Entwurf stammte von ihr, aber das Kleid selbst war von Echo Sanders, die inzwischen eine ihrer besten Freundinnen geworden war, zugeschnitten und genäht worden.

»Ich hab sie!«, rief Will von der Tür. Er hatte Addie auf dem Arm und Flick an der Hand. »Sie lag tief und fest schlafend auf der Rückbank im Auto.« Er gab dem Mädchen einen Kuss auf die Nase. »Genau wie beim ersten Mal, als ich dich gesehen habe.«

»Nicht die Braut angucken!«, rief Fern. »Es bringt Unglück, wenn du die Braut vor der Trauung siehst!«

»Ich guck ja gar nicht.« Will reichte Addie an Georgia.

Caroline schaute ihn an und wäre vor Liebe beinahe dahingeschmolzen. Er sah aus wie ein Traum. Und sie konnte es kaum erwarten, endlich seine Frau zu werden.

Addie sah Will nach, als der das Zimmer verließ, und drückte gähnend ihre Puppe an sich.

»Das war dumm von dir«, schalt Flick sie.

»Hey«, warnte Caroline.

»Entschuldigung«, sagte er schnell. Er war so groß und

selbstbewusst geworden. Heute, in seinem Smoking und den Hosenträgern, sah er besonders süß aus.

»Kommt mal her, ihr zwei.« Caroline breitete die Arme aus. »Ich habe etwas für uns alle.« Sie holte das Muschelarmband hervor, das Angelique einst gemacht hatte. Sie hatte die drei Stränge vorsichtig voneinander getrennt, um drei Armbänder daraus zu machen. »Eure Mama hat mir das an einem sehr wichtigen Tag geschenkt. Es ist aus Muscheln vom Strand in Haiti gemacht. Sie hat diese Armbänder früher selbst geknüpft, als sie noch ein kleines Mädchen war. Wir können jeder eines davon tragen, um uns an eure Mutter zu erinnern. Daran, wie sehr wir sie lieben und vermissen.« Sie legte den Kindern die Armbänder um die Handgelenke und knotete sie fest.

Dann zog sie die beiden für eine Umarmung an sich. *Danke, Angelique*. Sie schickte den Gedanken ans Universum. *Danke.*

»Sie wird uns niemals verlassen«, flüsterte sie. »Sie lebt in unseren Herzen weiter, okay?«

»Das macht mich traurig«, sagte Addie und musterte die bohnenförmigen Muscheln an ihrem Armband. »Aber heute soll ein glücklicher Tag sein.«

»Das ist er auch«, versicherte Caroline ihr. »Wenn du jemanden weinen siehst, wie zum Beispiel Grandma Dot oder mich oder … irgendjemanden, dann nur, weil wir wirklich glücklich sind.« Sie schaute sich im Raum um, in dem überall Schminksachen und Stylingprodukte und Blumensträuße herumlagen und der mit Frauen angefüllt war, die ihr die Welt bedeuteten. Nicht nur ihre Schwestern und ihre Mutter, sondern auch die Freundinnen, die sie über den Nähkreis gefunden hatte. Sie alle hatten auf ihrem Weg eine wichtige Rolle gespielt. Selbst Sierra hatte sich zu einer versöhnlichen Geste hinreißen lassen. Es war eine Karte von ihr aus Scharm El-Scheich angekommen. Ihr Name stand jetzt im Impressum eines der größten Modemagazine des Landes.

Georgia eilte zu ihr und nahm ihr die Kinder ab, um mit ihnen schon mal zu ihren Plätzen zu gehen. Die Musik erklang, und die Gäste schritten den Mittelgang hinunter. Willow, die sie trauen würde, wartete mit Will unter einem Bogen aus Treibholz.

Für einen Moment war Caroline ganz allein. Sie stand kurz davor, den größten Schritt ihres Lebens zu tun, und dachte über all das nach, das sie zu diesem Moment geführt hatte – die verstörenden Verluste und schwindelig machenden Triumphe und alles dazwischen.

Am liebsten wäre sie den Gang hinuntergerannt, doch sie zwang sich zur Ruhe. Sie wollte die lächelnden Gesichter in sich aufnehmen, die sich ihr zuwandten. Sie fühlte sich den hier anwesenden Menschen auf eine Weise verbunden wie nie zuvor. Mit der Familie, die sie in der schweren Zeit nach der fürchterlichen Tragödie gegründet hatte, mit den Freunden, die sie gefunden hatte, indem sie die Arme ausgestreckt und ihr Herz geöffnet hatte.

Dann hatte sie endlich das Ende des Mittelgangs erreicht und stand vor Will, dem jedes seiner Gefühle offen ins Gesicht geschrieben stand.

Die Musik verklang langsam. Eine erwartungsvolle Stille senkte sich herab. Will nahm Carolines Hände in seine.

Willow schaute von ihr zu ihm. »Sollen wir anfangen?«

# Anmerkung der Autorin

Auch wenn es sich um eine fiktive Geschichte handelt, ist häusliche Gewalt nur zu real, und sie kann jedem widerfahren, unabhängig von Alter, Geschlecht, Herkunft, Bildung oder Einkommen. Einen Teil meiner Einkünfte von diesem Buch werde ich einer Non-Profit-Organisation in meinem Heimatstaat spenden, die Überlebenden von häuslicher Gewalt sichere und bezahlbare Unterkünfte bietet.

Wenn du Hilfe brauchst oder jemanden kennst, der in Not ist, schweige bitte nicht. Melde dich bei einer Krisenhotline, bei der Polizei, bei den örtlichen Behörden. In Deutschland kannst du die Nummer des Hilfetelefons »Gewalt gegen Frauen« wählen: 08000 116 016 und rund um die Uhr Hilfe bekommen.

Du sollst wissen, dass du nicht allein bist. Wissen, dass es nicht deine Schuld ist. Und darauf vertrauen, dass man dir glaubt und dich unterstützt.

# Danksagung

Die Recherchen zu diesem Buch haben mich auf einen dunklen Weg geführt; in das geheime Leben von Frauen, die Opfer häuslicher Gewalt geworden sind. Ich kann gar nicht oft genug betonen, wie traumatisch, zerstörerisch und weitreichend die Auswirkungen dieses Syndroms sind. Dieser Roman beleuchtet nur eine winzige Seite des Problems, aber ich hoffe, dass Überlebende in allen Teilen der Welt einen Weg finden, ein neues Leben in Sicherheit zu führen. Für alle Frauen, die ihre Geschichten mit mir geteilt haben: Ich danke euch aus ganzem Herzen für eure Offenheit, euren Mut und eure Entschlossenheit, zu überleben.

Ein Dank geht auch an meine Lektorin Rachel Kahan und an das wunderbar professionelle Team bei William Morrow – Liate Stehlik, Jennifer Hart, Tavia Kowalchuk, Lauren Truskowski, Alivia Lopez, Karen Hansen – für die Begeisterung, mit der ihr den Entstehungsprozess dieses Romans begleitet habt. Meg Ruley und Annelise Robey von der Jane Rotrosen-Agency haben mir wie immer Kraft gegeben und mich mit ihrem Humor unterstützt. Dafür, dass sie mich und meine Leserinnen und Leser durch das Labyrinth der sozialen Medien geführt haben, gebührt mein immerwährender Dank Cindy Peters, Ashley Hayes und Elizabeth Wiggs.

Ein großes Danke auch an Laura Cherkas für ihr gründliches und sorgfältiges Lektorat und an Marilyn Rowe für das Korrigieren der Satzfahnen.

Mein Mann Jerry Gundersen ist im echten Leben Designer und für mich auf mehr Arten, als ich mit Worten beschreiben kann, eine Quelle der Inspiration.

**Susan Wiggs**
**Heimat meines Herzens**
€ 9,99, Taschenbuch
ISBN 978-3-95649-593-9

Kaum lässt Michelle ihren Blick nach so langer Zeit wieder über die schneebedeckten Weiten Montanas gleiten, spürt sie, wie ihr Atem leichter geht. Obwohl sie vor siebzehn Jahren nur einen Sommer hier verbracht hat, ist das die Heimat ihres Herzens. Nie war sie so glücklich wie hier, nie so verliebt. Aber das mit ihr und Sam hat kein gutes Ende genommen. Jetzt ist sie nur zurück, um ihrem Vater zu helfen, und will dann in ihr Leben in Seattle zurückkehren. Doch da hat sie die Rechnung ohne Sam gemacht. Er erkennt sofort, dass er der Vater ihres Sohns sein muss. Und er will die verlorene Zeit mit ihm aufholen. Wird Michelle das Liebste, was sie hat, an diesen Mann verlieren? Oder wird sie mit ihm zusammen endlich finden, wonach sie sich ihr Leben lang gesehnt hat?

**Susan Wiggs**
**Versprechen eines Sommers**
€ 9,99, Taschenbuch
ISBN 978-3-95649-685-1

Camp Kioga – der Name weckt in Olivia Erinnerungen an die unbeschwerten Sommer ihrer Kindheit, den Duft von Pinien und das klare Wasser des Willow Lake. Doch der einstige Sommersitz der reichen New Yorker ist inzwischen völlig verwildert und zugewachsen. Um ihn für die große Familienfeier der Bellamys im Sommer wieder herzurichten, engagiert Olivia den örtlichen Bauunternehmer. Und kann es nicht glauben, wer da mit einem Mal vor ihr steht: Connor Davis, ihre Jugendliebe. Obwohl sie sich einst gegenseitig sehr verletzt haben, sind ihre Gefühle füreinander nie ganz erloschen ...